SEBASTIÁN ROA (1968), aragonés de nacimiento y valenciano de adopción, compagina su labor en el sector público con la escritura. En 2010 recibió el premio Hislibris al mejor autor español de novela histórica. Es autor de las novelas *Casus Belli* (2007), *El caballero del alba* (2008; Ediciones B, 2016), *Venganza de sangre* (ganadora del certamen de novela histórica Comarca del Cinca Medio 2009; Ediciones B, 2012), y la Trilogía Almohade, integrada por *La loba de al-Ándalus* (Ediciones B, 2012), *El ejército de Dios* (Ediciones B, 2015) y *Las cadenas del destino* (Ediciones B, 2016; Premio Cerros de Úbeda del Certamen Internacional de Novela Histórica a la mejor novela publicada). Su última novela publicada es *Enemigos de Esparta* (Ediciones B, 2019).

roasebastian.blogspot.com.es
Facebook: *www.facebook.com/SebastianRoaAutor*
Twitter: *@sebastian__roa*

MAXI

Papel certificado por el Forest Stewardship Council®

Primera edición en B de Bolsillo: mayo de 2019
Primera edición en esta colección: octubre de 2019

Printed in Spain – Impreso en España

ISBN: 978-84-1314-068-1
Depósito legal: B-17.451-2019

Impreso en Rodesa
Villatuerta (Navarra)

BB 4 0 6 8 1

Penguin
Random House
Grupo Editorial

Enemigos de Esparta

Sebastián Roa

Gracias a aquellos por cuyas manos ha pasado esta obra en uno u otro momento del proceso. Gracias por su tiempo, gracias por su sagacidad y, sobre todo, gracias por sus consejos a Anabel Martínez, Ian Khachan, Josep *Wanax* Asensi, Antonio Penadés, Lucía Luengo y Alejandro Noguera. Gracias también a Toni *Gandi* Lledó, cuya inquietud griega me sugirió la idea. Y gracias, por supuesto, a Yaiza Roa, responsable del casting y otros menesteres.

A principios del siglo IV a. C., una polis domina el mundo griego: Esparta.

Han pasado cien años desde la épica guerra contra los persas. Lejos quedan los hitos de Maratón, las Termópilas, Salamina y Platea. La época en la que los griegos, unidos y encabezados por Atenas y Esparta, derrotaron a los bárbaros que pretendían dominarlos.

Queda lejos, sí, porque la rivalidad entre las dos grandes potencias helenas solo podía desembocar en enfrentamiento. Un conflicto brutal que implicó al resto de las ciudades y que se alargó treinta años hasta que Esparta se impuso como polis hegemónica.

Ahora, su autoridad militar es aplastante. Influye en los gobiernos de las demás ciudades, coloca en el poder a las familias afines a su causa o, directamente, instala guarniciones bajo el mando de gobernadores propios. Esparta impone su paz basada en el dominio de la guerra.

Pero hay quien prefiere las turbulencias de la libertad al conformismo de la servidumbre.

1

El mestizo

Tracia. Año 380 a. C.

Prómaco observa la muerte a su alrededor.

Tribalos. Salvajes guerreros incapaces de rendirse. Caídos sin soltar sus armas, acribillados a dardos o mutilados. Amontonados allí donde chocaron con las filas odrisias. Una larga línea de cuerpos que se entrelazan; cada matador con su víctima, que lo mató a su vez. A trechos se ve un tribalo destrozado con varios odrisios muertos a su alrededor. Y aun ahora resulta peligroso caminar por donde fue más densa la matanza. Esos norteños moribundos intentan apuñalarte con su último hálito. Por eso los odrisios recorren el campo y alancean varias veces todos los cadáveres enemigos.

«Tribalos. Han vendido muy cara su piel», reconoce Prómaco.

—Ifícrates quiere verte.

El muchacho se vuelve. El mensajero muestra la misma expresión que él. La de quien acaba de mirar cara a cara al implacable Hades, pero ha conseguido retrasar el momento. Señala a su espalda, a la cima de una pequeña loma alfombrada de verde a cuyos pies se ha desarrollado la masacre.

Prómaco asiente. Enfunda su *kopis* sin molestarse en limpiar la sangre y se ayuda de la mano diestra para desembrazar la pelta. El escudo está inservible. Astillado, casi partido por la mitad. Lo deja caer en ese mar de lodo rojizo que es ahora la llanura tracia a orillas del río Hebro. Camina a grandes pasos, esquivando cadáveres y miembros que todavía aferran lanzas, dagas y jabalinas. Rodea cauto a un par de hombres que aún se agitan. Ignora la cantinela monótona que parece brotar de la tierra. Un quejido colectivo de dolor y desesperanza. Los moribundos llaman a sus madres, a sus esposas o a sus hijos con las pocas fuerzas que les quedan. Algunos odrisios buscan a sus heridos. Los ayudan o les ofrecen un último trago de vino. Se están formando cuadrillas para tomar prisioneros. Apresar vivo a un tribalo es toda una hazaña, y el rey Cotys la recompensará con creces.

Pero eso no le incumbe ahora a Prómaco. Prefiere confirmar con un vistazo rápido que cinco de los seis hombres a su cargo han sobrevivido. Cinco hijos que volverán a ver a sus madres. Aunque el sexto es el que más le importa. Piensa en qué dirá a sus familiares. «Luchó bien. Con honor. Mató a muchos enemigos. Ares está contento con él.»

Salvo que encuentren su cuerpo lejos de la matanza y con una herida en la espalda, claro. El estratego Ifícrates es inflexible con eso. Los cobardes recibirán la infamia tanto vivos como muertos. Sus familias sabrán que intentaron huir o, si lo consiguieron, harán frente a la deshonra. Y si el desertor es capturado, su ejecución se convertirá en un ejemplo para los demás. Por eso no es habitual que los hombres de Ifícrates huyan. Por eso y porque Cotys, rey de los odrisios del llano y de la costa, paga bien. Muy bien.

Prómaco asciende por la suave ladera. Ahora nota el dolor sordo en las piernas. Esta noche caerá en el sueño solo cuando los quejidos de sus articulaciones cedan a la enorme fatiga del combate. Aunque antes, como es costumbre entre los tracios, celebrará la victoria con una borrachera de proporciones olímpicas.

—Prómaco, hijo de Partenopeo. Bebe conmigo.

Es Ifícrates, el estratego. El hombre que ha hecho posible la victoria. De baja estatura, hombros anchos, cráneo afeitado y mirada penetrante. Como todos sus peltastas, va armado a la ligera. Nada del pesado escudo redondo que los hoplitas llaman *aspís*, nada de coraza ni grebas. Sostiene el casco con la izquierda, con la derecha aguanta la copa. Uno de sus auxiliares derrama vino en ella desde una jarra. No lo mezcla con agua. No hoy.

—Ares y Atenea, hemos vertido la sangre por vosotros. —Ifícrates deja caer un chorro para ofrecer la primicia a los dioses—. Ahora vertemos el vino.

Prómaco acepta la copa llena que le tiende el sirviente. Imita a su estratego y apura el resto de un trago. Vino de Kazanluk. Viejo. Fuerte. Los demás jefes —los que han sobrevivido a la batalla— brindan igualmente. Ifícrates los observa satisfecho. En verdad ha sido una gran victoria.

—Los tribalos no volverán a adentrarse en el reino de Cotys —señala uno de los militares. Al igual que Ifícrates, es ateniense. Este sonríe como si el vaticinio le hiciera feliz solo a medias.

—No se atreverán siquiera a cruzar la frontera. Hemos aniquilado a su ejército.

«Es cierto», piensa Prómaco mientras se vuelve. La colina es baja, pero ofrece la vista del campo de batalla. No es normal tanta mortandad, aunque lo cierto es que las reglas cambian cuando son tracios los que combaten, y más si es contra otros tracios. Los odrisios no han dado cuartel ni los tribalos lo han pedido. No ha habido ruptura tras el choque, como suele ocurrir cuando son griegos los que batallan.

El mensajero tracio que avisó a Prómaco llega a la carrera. Hace una rápida reverencia ante Ifícrates.

—Señor, hemos hecho algunos prisioneros.

—Imposible —dice uno de los jefes griegos—. Los tribalos jamás se rinden.

—Estos no lo hicieron. Son heridos.

Ifícrates reflexiona un instante. Todos los demás lo observan.

—Que los curen. Pero cuidado. Intentarán degollar a los médicos y, si pueden, se quitarán la vida después. En fin, Cotys se alegrará de que le llevemos unos cuantos enemigos vivos.

Prómaco se atreve a hablar. Tal vez el vino puro le suelta la lengua:

—Los torturará.

«Claro que los torturará», parece decir la expresión de Ifícrates. Pero no es sobre eso de lo que quiere hablar.

—Te he invitado a unirte a la libación, Prómaco, porque te has distinguido hoy. Te has batido muy bien, tu padre estaría orgulloso. He decidido ascenderte. A partir de mañana no serán seis los peltastas a tu cargo, sino treinta y seis.

—Gracias, señor. Pero...

—Mirad a este muchacho, amigos. —El estratego extiende la copa hacia Prómaco—. Apenas tiene veinte años y ya manda sobre otros hombres. Dentro de poco me quitará el puesto.

Algunas risas forzadas. Eso contrasta con los gemidos de angustia que ascienden desde la llanura.

—Respecto a eso... —Prómaco se frota el hombro izquierdo, dolorido de aguantar la pelta durante el combate—, creo que no estoy preparado para el ascenso. Es más: quisiera que me relevaras del mando que tengo ahora. Me siento más cómodo como simple soldado, señor.

—Eso me gusta, chico. —Ifícrates le clava una mirada profunda—. No confío en quienes ansían mandar. Prefiero a un general capaz e inconformista que a cinco inútiles satisfechos.

Nuevas risas. Más forzadas esta vez. Prómaco asiente. Ifícrates tiene fama de hombre justo, pero no es buena idea llevarle la contraria.

—Entonces será un honor continuar, estratego.

Ifícrates deja la copa en manos de su auxiliar y se ajusta el casco. Un modelo tracio, claro; con carrilleras y un penacho de pelo de caballo que le cuelga hasta la nuca.

—Tengo que ver a esos prisioneros, Prómaco, pero tú quédate y bebe un poco más. Te lo has ganado. Esta noche cenarás en mi tienda.

El estratego desciende la colina bajo la mirada respetuosa de su plana mayor. Lleva más de cinco años en Tracia como jefe mercenario para el rey Cotys. Y este se mantiene en el trono gracias a Ifícrates y sus peltastas, así que paga con largueza. Y no solo eso. Cotys incluso le entregó a una de sus hijas como esposa. Dos aldeas tracias fueron su dote.

—Hablas bien el griego, chico —le dice a Prómaco uno de los lugartenientes de Ifícrates, un eubeo llamado Teógenes—. ¿Detecto un acento eolio?

El joven saca pecho.

—Mi padre era tebano, señor.

—¿También sirvió con Ifícrates?

—No, señor. Fue con la expedición de los Diez Mil a Persia.

El eubeo entorna los ojos.

—Ah, era de esos...

—Se llamaba Partenopeo. Sirvió a las órdenes de Próxeno de Beocia. Cuando los Diez Mil volvieron de Asia, mi padre encontró una esposa tracia y prefirió quedarse aquí.

—Así que eres mestizo. Eso lo explica todo. —Mira de arriba abajo a Prómaco—. Hablas como un griego, pero luchas como un tracio.

—Mi padre no nos dejó mucho dinero cuando murió. No puedo permitirme la panoplia de hoplita.

Teógenes asiente mientras se retoca las escamas de bronce de su coraza. Señala a Ifícrates, que ahora se aleja rodeado de auxiliares hacia donde se congregan las tropas odrisias supervivientes.

—Él acabó con el orgullo de los hoplitas, chico. O eso dicen.

—Lequeo.

Lequeo. Ifícrates ha cobrado fama de gran militar en toda Grecia, y también en Tracia y el Helesponto. Pero su hazaña más sonada tuvo lugar hace trece años, durante la guerra de Corinto.

—Cuando lo de Lequeo, Ifícrates tenía veinte años, como tú. Supongo que por eso le caes bien. No te ha quitado ojo en toda la batalla. Y si te perdía de vista, preguntaba por ti. Sí, está claro que le recuerdas a él mismo cuando empezó con esta locura. Aunque Ifícrates, a tu edad, ya dirigía a los peltastas atenienses y era capaz de guiarlos a la victoria. Lequeo.

Prómaco conoce la historia, como todo el que lucha bajo las órdenes de Ifícrates. Por aquel entonces el ateniense, hijo de un simple zapatero, había conseguido por méritos propios el mando de los mercenarios del Helesponto. Su humilde origen no le daba derecho a mandar sobre los hoplitas y, pese a su habilidad y a su evidente inteligencia, nadie tenía mucha fe en él; por eso le habían asignado los dos mil peltastas. Soldados armados a la ligera, con escudos de mimbre y cuero, jabalinas y espadas cortas. Sin una sola pieza de armadura y con una esperanza de vida de medio suspiro frente al hoplita. Guerreros a sueldo, pagados con el dinero que los persas enviaban para ayudar a Atenas frente a la potencia invencible: Esparta. La machada de Ifícrates consistió en enfrentarse a una *mora* espartana cuando la sorprendió en campo abierto y sin apoyo de caballería cerca de Lequeo, el puerto de Corinto. Ifícrates fue tan frío como astuto, y aprovechó la velocidad de sus hombres para acosar a los orgullosos hoplitas espartanos. Seiscientos guerreros protegidos con pesados escudos de bronce. La victoria de Ifícrates llegó tras un lento y paciente acoso, pero marcó un hito.

—Derrotar a Esparta es algo reservado a los dioses. Quizás a los héroes antiguos —admite Prómaco—. Más aún con solo veinte años. Estoy muy lejos de parecerme al estratego.

Teógenes quita importancia al asunto con un gesto displicente.

—La gente habla mucho de lo que no sabe. Ifícrates no derrotó a Esparta. Aquel día murieron doscientos cincuenta espartanos, pero no se trataba de auténticos iguales, sino de laconios de baja condición. El resto de la *mora* eran auxiliares peloponesios y chusma perieca: pobres desgraciados de las ciudades doblegadas que sirven en el ejército espartano. Y los peltastas de Ifícrates, que los superaban en cuatro a uno, jamás se acercaron a ellos a menos de un tiro de jabalina. Fue una victoria admirable... si te gusta combatir como un cobarde.

Prómaco mira fijamente a Teógenes. Sabe que ese tipo jamás se atrevería a decir tal cosa ante Ifícrates. Su padre se lo había contado antes de morir: los griegos practican como nadie el deporte de la envidia. Si fuera disciplina olímpica, no habría corona más reñida.

—Vencer a doscientos cincuenta espartanos es propio de un dios —insiste.

Teógenes sonríe con media boca.

—Entiendo que admires a Ifícrates. Sobre todo ahora que él también te admira a ti. Pero no me dirás que eres de esos que admiran a los espartanos.

Prómaco aprieta los labios.

—Dime, señor: ¿tú has vencido alguna vez a uno?

Un solo criado se encargaba de servir el vino, ahora muy aguado. Llenó la copa de Ifícrates y se detuvo ante la de Prómaco, que le indicó con un gesto que no deseaba más.

El muchacho había aguantado el tipo con un éxito aceptable mientras los jefes griegos de la tropa mercenaria engullían buey asado, se emborrachaban a dolor y lo sometían a sus pullas de prohombres civilizados. Porque en aquel ejército a sueldo de un rey tracio, los tracios eran quienes, paradójicamente, ocupaban los puestos de más bajo rango. Los bárbaros que morían con el barro hasta las rodillas. Cuando Ifícrates consideró que Prómaco había soportado suficientes burlas, mandó que todos abandonaran la tienda menos el escanciador y el joven mestizo. Ahora Ifícrates también ordenó al criado que saliera. Una vez solos, se dirigió al muchacho:

—Te preguntas por qué estás aquí.

Prómaco tenía cierta idea, sobre todo tras haber hablado con el eubeo Teógenes. Aunque la admiración de un hombre hacia un muchacho podía adquirir diversas formas.

—Así es, señor. ¿Por qué estoy aquí?

Ifícrates vació media copa y se secó los labios con el dorso de la mano.

—Teógenes me ha dicho que habéis hablado. Él cree que me recuerdas a mí cuando tenía tu edad. Y tiene razón. Por eso te haré una pregunta, y quiero que me respondas con la verdad.

—Por supuesto, señor.

—¿Hay algo que te retenga aquí, en Tracia?

—Sí.

—Pues olvídalo. Debes irte lo más lejos posible.

El consejo sorprendió a Prómaco, que entornó los ojos. Intentó adivinar qué escondía la mirada del estratego, ahora tan afable como la que podría tener un padre para con su hijo.

—Esta misma tarde has decidido ascenderme, señor.

—Delante de esos, sí. Y tú has respondido como debías, así que tu honor está a salvo. Pero la batalla de hoy, ya lo has visto, ha sido una apuesta a los dioses. Tres de cada diez hombres a mis órdenes han dejado la vida en esa llanura. Uno o dos más morirán por sus heridas antes de que acabe la semana. Y después de semejante salvajada, muchos pedirán que los licencie y querrán volver a casa, a dejarse caer entre los brazos de sus mujeres para olvidar el horror. O a dar gracias por seguir vivos a algún dios bárbaro de nombre enrevesado. Unos pocos seguiremos, dispuestos para la siguiente. Esta vez han sido los tribalos. Es muy posible que los bitinios quieran aprovechar nuestras bajas antes de que nos recuperemos. O tal vez los que vean la oportunidad sean los crobycios. O los dardanios. El rey Cotys se ha ganado tantos enemigos que no hemos de preguntarnos si habrá más guerra, sino de dónde vendrá la próxima vez.

Prómaco, que escuchaba con atención a Ifícrates, se encogió de hombros.

—Bien. Somos mercenarios y el rey Cotys paga con largueza, ¿no? Disculpa, señor, pero siempre puedes contratar a otros hombres para suplir las bajas. Y dado que tenemos tantos enemigos, el trabajo está asegurado.

—Y la muerte también. Tarde o temprano, muchacho, morirás. Quizá muera yo antes. O no. Y moriremos con la bolsa llena, sí. Pero solo hace falta una moneda para cruzar al otro lado.

—Bueno, no es que me disguste la vida... —Prómaco sonrió con timidez—. Pero soy soldado, señor. Es lo que me enseñó mi padre y solo sé hacer esto.

—Hazlo entonces. Pero manteniendo el pellejo a salvo. Teógenes también me ha dicho que admiras a los espartanos. ¿Es cierto?

—No creo, señor, que exista un solo soldado que no los admire.

Ifícrates asintió despacio.

—La vida del espartano es dura, supongo que ya lo sabes.

Y no me refiero a esa bazofia perieca con la que rellenan sus ejércitos. Hablo de los espartiatas de verdad. Esos que se llaman a sí mismos «iguales».

—Claro que lo sé. Mi padre me habló largo y tendido sobre ellos.

—¿Sabes, Prómaco, cuántos espartiatas mueren de viejos?

El muchacho enarcó las cejas. Aquella pregunta tenía una respuesta indudable.

—Pocos, naturalmente.

—Ya. Eso no te lo enseñó tu padre, supongo. La verdad es que salvo un puñado de ellos, los auténticos espartiatas viven muchos años. Con cicatrices por todo el cuerpo, desde luego; y sí, admirados por los guerreros del orbe desde Italia hasta Persia. Pero no hagas caso de las habladurías. Esos cabrones mueren en sus casas junto al Éurotas, rodeados por sus nietos y biznietos.

Prómaco se removió en la silla.

—No lo entiendo.

—Eso es porque no los has visto en pleno combate, muchacho. En realidad son muy pocos los que los han visto luchar. Sí, los ejércitos de Esparta están por todas partes. Cada verano, las lambdas de sus escudos aparecen por aquí o por allá. Pero se trata de la chusma de segunda. Ya te lo he dicho, periecos e ilotas libertos acompañados por un montón de peloponesios alistados a la fuerza.

»Y es curioso, porque cuando cualquier milicia griega tiene que enfrentarse a esas lambdas, es casi seguro que no llegarán a chocar. Antes de acercarse lo suficiente para ver el blanco de los ojos espartanos, cualquier griego dejará caer su *aspís*, dará la vuelta y correrá hasta su casa como un campeón olímpico. Ahora trata de imaginar, si es que puedes, qué pasa cuando son los auténticos espartiatas los que te plantan esa maldita lambda en las narices.

—Perdóname, señor, pero no sé adónde quieres ir a parar.

Ifícrates suspiró. Dejó la copa sobre un tablero en el que humeaban los restos de la cena. Se levantó y caminó hasta la entrada de la tienda. Miró afuera, al campamento plagado de fogatas. Las risas de los hombres se oían apagadas. Estaban alegres porque habían sobrevivido. Más aún tras ver el furor suicida con el que los tribalos les habían hecho pagar la victoria.

—Estoy seguro de que Teógenes te habrá explicado lo de Lequeo —habló sin volverse, con la vista puesta en las hogueras que convertían la llanura tracia en un mar de luceros—. Pero no eso que se cuenta cuando yo estoy delante, sino la verdad. Una verdad que yo mismo no llegué a comprender hasta años después. Porque aquel día, en Lequeo, no podíamos pensar en otra cosa que en nuestra proeza. Una *mora* de espartanos masacrada. Ja. De repente me había convertido en un héroe que apenas sabía enlazarse el casco. Nos sentíamos inmortales, ¿sabes?

»Te lo juro, en aquel entonces era tan joven y tan estúpido que lo creí de verdad. El gran Ifícrates. Qué orgullo para mi familia y para mi ciudad. Mi nombre junto a los de Alcibíades, Temístocles, Milcíades... —Se volvió con una sonrisa amarga—. Ninguno de ellos consiguió en su vida derrotar en campo abierto a los espartanos, así que incluso sentí que los aventajaba.

»Luego pasó el tiempo. Me di cuenta de lo ingenuo que había sido. Sobre esa farsa edifiqué lo que yo auguraba un futuro glorioso, siempre con las armas empuñadas. Ahora estoy aquí y mírame. No sé si mañana me atravesará una lanza. No sé dónde estaré el año que viene. No sé quién será mi enemigo. Solo sé algo con seguridad, y es que llegará el día de la derrota. Porque ese día, Prómaco, llega para todos. Para todos excepto para los espartanos.

»Te he observado. Tu forma de luchar y de cuidar de tus compañeros me llamó la atención en el río Axio, cuando los agrianos se rebelaron contra Cotys. Y cuando los getas llevaron aquella incursión hasta Kabyle. Sí, lo confieso: te miro y me veo. Por eso te he hecho venir esta noche. Para que no cometas el mismo error que yo.

Prómaco se levantó. Carraspeó antes de hablar.

—Señor, si he entendido bien, me sugieres que me una a los espartanos.

—Esparta es la guerra. Es también la victoria. Mi triunfo en Lequeo se convirtió en nada cuando los espartiatas de verdad embrazaron sus escudos y se decidieron a imponernos esta falsa paz que disfrutamos ahora los griegos. Los propios persas les siguen el juego. Así que ya ves: la hegemonía espartana es indiscutible. Pero necesita de hombres que la mantengan. Piénsalo. Jamás te faltará trabajo si luchas para Esparta. Antes de envejecer y contar a tus nietos de dónde viene cada una de tus cicatrices, alguien te dirá que el gran Ifícrates, por fin, fue derrotado. ¿Quién sabe? Tal vez incluso seas tú quien me venza.

»¿Qué me dices, Prómaco, hijo de Partenopeo? ¿Lo pensarás?

El joven estuvo a punto de decir la verdad al estratego.

—Lo pensaré, señor.

—Bien. ¡Bien! Pero no tenemos prisa. Ve ahora y reúnete con tus hombres. Felicítalos por su bravura y recordad juntos a los compañeros caídos. Mañana, tras la paga, partimos para Kypsela. Cotys organizará uno de esos grandes banquetes para mí, y me gustaría que vinieras. ¿Lo harás?

—Será un honor.

Prómaco salió. Y mientras recorría la llanura, pensó en la extraña charla que acababa de tener. Varias ideas peregrinas le rondaron la mente, pero una a una las desechó. No: el estratego no tenía razones para andarse con dobleces. Su intención era sincera. Tal vez incluso fuera cierto que le recordaba a él mismo en su juventud. Esa especie de añoranza imposible de lo que pudo ser y ahora jamás sería. Aunque había un factor con el que Ifícrates no había contado. Uno que marcaba la diferencia entre el joven ateniense que había vencido en Lequeo y la promesa mestiza que era Prómaco.

Una mujer.

2

Los misterios de la diosa tracia

Con el final de la vendimia, los jóvenes tracios odrisios se entregaban a las exigencias de la diosa Bendis.

Su culto se había reavivado en los últimos años. Con la llegada de la prosperidad, muchos eran quienes habían empezado a despreciar los cultos griegos, que consideraban ajenos. Tracia no tenía nada que envidiar a Grecia, así que ¿por qué no recuperar las tradiciones auténticas?

Entre los nuevos señores odrisios, rescatar viejas costumbres no se veía bien. Aquello era volver a los antiguos tiempos, cuando los griegos miraban a los tracios por encima del hombro y se reían de sus ritos primitivos. Pero como los nostálgicos de Bendis eran los jóvenes hijos de los nobles odrisios, se hacía la vista gorda. «Cosas de críos», decían.

Muy cerca de Kypsela, la capital del reino, se elevaba el santuario de Bendis. Apenas un círculo de piedras entre los árboles, en un altozano desde el que podía contemplarse la ciudad, la inmensa llanura fértil y, más allá, las aguas tranquilas del ancho Hebro, que discurrían en busca del mar Egeo.

Prómaco había pasado por su casa, una humilde construcción adosada a la muralla oeste, y había dejado allí sus armas y la paga por la campaña. Apenas había saludado a su madre, que desde la muerte del esposo se limitaba a perder la mirada en los hilos con los que tejía, como una Penélope que jamás vería regresar a su Odiseo. Prómaco no podía soportarlo. No después de haberla conocido lozana, jovial como eran todas las tracias.

Había una escena que recordaba especialmente. Prómaco era un niño y por toda la ciudad corría la noticia: las tropas mercenarias volvían de la campaña veraniega. «Ahí llega tu padre», le decía su madre, y lo alzaba bien alto para que pudiera verlo. Hasta que, un día, los demás guerreros se reunieron con sus familias mientras Prómaco y su madre esperaban. Y esperaban. Y él se quedó mirándola. Vio que sus pupilas se volvían transparentes, su cabello encanecía y el alma se le secaba. Como si toda su capacidad de amar se hubiera agotado y ahora solo pudiera penar.

Prómaco temía que el germen de esa locura fuera parte de su herencia, como había heredado los ojos grises de la muchacha tracia que había sido la madre. También tenía el mismo pelo rubio que ella, aunque el hijo solía recogerlo en una corta trenza. Ahora no. Ahora ese cabello claro caía libre a los lados de su rostro. Un rostro agraciado al que la barba trigueña aportaba una falsa madurez.

Las flautas se oían desde mucho antes de afrontar la subida, y por las faldas de la colina se encendían las primeras fogatas. En las laderas, algunos borrachos dormitaban medio desnudos, tal vez ahorrando fuerzas para gastarlas en la noche que ya se les echaba encima. Los *kylix* pasaban de mano en mano, y las parejas empezaban a dejarse arrastrar por la lujuria. Prómaco esquivó a un par de muchachas disfrazadas de varones que le proponían acompañarlas a la espesura. Ambas quedaron atrás, defraudadas, y se dispusieron a buscar a otro voluntario con el que sofocar su ardor.

En la cima, varios jóvenes sentados se balanceaban en torno a una hoguera, alternando los susurros con las risas. Alguien había desparramado semillas de cáñamo, y el humo blanco flotaba en jirones, se agarraba a las piedras antiguas y a las ramas bajas de las vides. Sobre un tocón había un banquete despreciado. Higos, uvas y vino que ahora goteaba sobre la alfombra de hierba. Los comensales se revolcaban a ojos de los demás; algo imposible de ver en cualquier otro momento del año, pero no ahora, cuando se celebraba el final del estío bajo la divina mirada de Bendis. Durante ese día y, sobre todo, a lo largo de la noche, se renegaba de las impurezas. Se purgaba el alma para que la limpieza fuera total. Eran muchos los que se travestían, otros se reunían para danzar a la luz de la luna y embriagarse hasta caer rendidos o fornicar con cuantos pudieran; algunos se entregaban a las perversiones más oscuras. Pero nada podía salir de allí. Los secretos de la noche de Bendis eran sagrados bajo pena de maldición divina, y las sacerdotisas de la diosa eran las guardianas de esta máxima.

Veleka era una de esas sacerdotisas.

Prómaco la vio en medio del círculo de piedras, junto con sus compañeras de sacerdocio. Danzaban al son de los címbalos que llevaban sujetos con correas de piel. Eran siete, vestidas con túnicas cortas y muy finas, casi transparentes. Cuando la esfera del sol se ocultara y la oscuridad se adueñase del santuario, los flautistas se precipitarían en una melodía monótona y vertiginosa hasta el frenesí, y las siete sacerdotisas de Bendis cumplirían su rito secreto.

Veleka lo vio entonces. Su rostro se iluminó, aunque no dejó de bailar. Agitó su cabello rubio y largo y se mordió el labio. Le prometió con la mirada que pronto se reuniría con él. Prómaco se apartó, como el resto de los curiosos. La culminación de la ceremonia era secreta, reservada solo a los iniciados en los ritos de Bendis. Tomó asiento sobre un tocón y encendió una pequeña hoguera. Frente a él, el cielo se teñía de rosa y el Hebro reflejaba las últimas luces del día. Su cabeza voló hasta la pasada reunión con el estratego Ifícrates. Sonrió. Allí, en ese monte dedicado a la diosa lasciva, estaba la razón por la que él no podía abandonar Tracia. Veleka.

Como todas las sacerdotisas de Bendis, Veleka era hija de un noble odrisio. Bryzos, primo del rey Cotys y uno de sus hombres de confianza. La había conocido el verano pasado, justo en aquel mismo festival de purificación juvenil. Casi parecía mentira que llevara un año enamorado de aquella joven de ojos azules y pacientes; una belleza tracia, frágil, casi triste. Había pensado en ella durante toda la campaña tribala. Había soñado cada noche que quien dormía a su lado era Veleka, y no aquel montón de soldados rudos y fatigados.

Arriba, los alocados sones de las flautas y los címbalos cesaron. El manto oscuro que venía de oriente se extendió y los misterios de Bendis limpiaron los pecados tracios.

Sus cuerpos todavía sudaban. Habían hecho el amor sin concesiones. Casi demasiado deprisa. Aunque quedaba noche para tomárselo con calma.

Veleka, echada sobre Prómaco, sentía el calor de la fogata a su lado. Los ritos del misterio la obligaban a beber para conectar con Bendis, escuchar a la diosa y ver sus revelaciones; ahora, embriagada a partes iguales por el vino y por el amor, casi cedía al dulce letargo. Cerró los ojos y sonrió mientras su cabeza subía y bajaba al ritmo al que él respiraba. Quiso retener el momento. El leve dolor entre los muslos. Las marcas de sus labios en el cuello, en los pechos, en el vientre. El olor al mosto joven y la humedad que flotaba desde el Hebro.

—Te he traído algo.

Veleka levantó la cabeza. De entre sus ropas, arrojadas junto a la hoguera, Prómaco sacó un bulto atado a una cuerdecita.

—¿Qué es?

—Era de un tribalo. Un amuleto, creo.

Ella tomó la bolsita de cuero y la agitó. La miró con aprensión. Su dueño le había pintado una irregular línea roja alrededor, seguramente para distinguirla de otros fetiches.

—¿Se la quitaste a un muerto?

—Sí. Era un hombre joven. La llevaba colgada del cuello y su mano la apretaba con fuerza. No tengo ni idea de por qué, tal vez su amada se la dio para que la suerte le acompañara.

El gesto de Veleka, dichoso un momento antes, se ensombreció.

—Pues no le trajo mucha suerte.

—Pero a mí sí. Yo lo maté.

—Los amuletos no se quitan, Prómaco. Si no se regalan, no sirven de nada.

—Bah. Deja de quejarte y póntelo.

La muchacha se incorporó y se pasó el cordel por la cabeza. A la luz de la fogata, el trazo rojo del amuleto refulgió entre los pechos brillantes de sudor. Ocultas por las vides, las parejas emitían gemidos de goce, los flautistas retomaban sus melodías y los misterios de Bendis se extendían por la tierra.

—No sé, Prómaco... Tal vez deberías llevarlo tú. Si ha funcionado una vez...

—Nunca me han hecho falta amuletos. Buenos compañeros y un *kopis* afilado. Es todo lo que necesito. Y a ti te vendrá bien ahora, cuando le digas a tu padre que te vas a casar con un mestizo de sangre griega. Será como entrar en combate.

Ella permaneció en silencio. Dio vueltas al saquito de piel entre los dedos.

—Hay algo que has de saber, Prómaco.

A él no le gustó cómo había sonado eso. Se apoyó sobre los codos.

—¿Es que ya se lo has confesado?

Veleka le puso un dedo sobre los labios. Sus ojos claros reflejaban las llamas, tal vez más de lo normal. ¿Sería por el vino y por la lujuria?

—No debería decirte esto. Los arcanos de la diosa no se pueden revelar a los no iniciados, y menos aún a quien, como tú, no es tracio de pura sangre.

—Ah, se trata de algún augurio. Me habías asustado.

—Yo también estaba asustada antes de esta noche. Pero después de la danza, cuando hemos hecho el sacrificio sobre el fuego sagrado, he visto a la Gran Madre y me ha hablado del destino. Ocurre a veces, ¿sabes?

—Claro. ¿Es bella la diosa?

—Mucho. Tanto que duele.

—¿Y qué te ha dicho?

Veleka tomó aire antes de continuar. Desnuda ante el fuego, a Prómaco se le antojó la propia Bendis encarnada. Pálida, misteriosa y tan ligera como la niebla.

—«Hallarás tu amor en tierra extranjera y con un hombre extranjero.» Eso me ha dicho.

Él guardó silencio mientras lo pensaba. Las llamas crepitaban, hacían bailar las sombras alrededor de la joven tracia. Dibujaban sus formas redondas. A muy poca distancia, una muchacha soltó un largo quejido de placer. Prómaco miró hacia el origen del sonido y los vio a la luz de la luna. Estaban sentados sobre un tocón, ella sobre él. La cabellera rojiza de la joven tracia se mecía con la suave brisa que llegaba del Hebro. Sintió que su deseo se reavivaba. Se volvió hacia Veleka y acarició su melena, sus mejillas. Pasó los dedos sobre sus labios y los deslizó por la barbilla.

—Hace unos días, cuando formamos frente a los tribalos, temí morir.

—Todos los soldados tienen miedo antes de luchar, Prómaco. Solo los necios no temen.

—No es eso. No era la muerte lo que me asustaba. Era el no volver a verte. A tocarte.

—Pues estás vivo. Yo estoy viva. Y la diosa quiere que nos toquemos.

Prómaco vio en sus ojos el anhelo de su juventud. El ansia por el reencuentro tras la batalla a vida o muerte. El bálsamo contra el miedo de la ausencia. Tal vez fuera efecto de los filtros mistéricos, pero Veleka parecía poseída por una fiebre que contagiaba a Prómaco, así que se inclinó sobre ella y se dejó envolver por el misticismo. El destello de la hoguera desapareció cuando sus labios se tocaron. Y mientras se besaban, se apagaron los gritos de placer de los demás jóvenes. La ladera pertenecía solo a Veleka y a Prómaco. La montaña sagrada, la propia Tracia..., el mundo entero se esfumaba mientras sus lenguas reptaban sobre la piel del amado o los dientes mordían los pechos de la amada. El mestizo rodeó la cintura de la sacerdotisa, la apretó contra sus músculos curtidos en batalla. Ella pasó los dedos por las cicatrices de la espalda ancha, se agarró a los hombros y cruzó los pies tras Prómaco. Dejó que sus aguzados pezones rozaran el torso mestizo. Le rogó al oído que se metiera en ella y derramara su simiente. Él no se hizo esperar. Arrancó a la joven tracia un corto chillido, y luego otro. Y otro. En pleno frenesí, la vio en su mente en plena danza ritual. Unida a sus compañeras en los ritos delirantes del misterio divino. De poseer a la mujer, había pasado a poseer a la sacerdotisa y, de ahí, a la propia diosa. Era la saliva de Bendis la que saboreaba. Al lamer sus labios captó matices de vino y miel. Descubrió que la ceremonia secreta se le revelaba. Que nunca volverían a ser tan jóvenes y a estar tan desesperados. Era la propia madre tierra quien exigía el tributo del amor, y el padre cielo el que vigilaba para que se consumara el sagrado ritual. Y ambos cumplieron como devotos siervos de la divinidad. Prómaco se envaró en un último envite y Veleka clavó sus uñas hasta desfallecer. Entonces el mundo renació a sus sentidos, poco a poco se desvaneció el hechizo de Bendis.

Esta vez se habían tomado su tiempo. Tanto, que la hoguera estaba a punto de apagarse. Seguían entrelazados sobre la hierba, con el coro cercano de otras parejas que se entregaban a la purificación de la diosa. La brisa del Hebro provocó un escalofrío al joven mestizo al tiempo que recordaba el oráculo. Ahora, con el deseo satisfecho, complacer a Bendis no parecía tan importante.

—Es curioso. El estratego Ifícrates me aconsejó irme de Tracia. Le prometí pensarlo, pero ni tenía intención de hacerlo entonces ni la tengo ahora. No me alejaré de ti. Y ahora tu diosa te ofrece ese oráculo absurdo.

Veleka lo miró a los ojos. El azul tracio chispeó de furia un corto instante.

—La diosa no habla en vano. Nunca.

—No en cuanto a tu amor extranjero. Está claro que ese soy yo, a quien los griegos consideran bárbaro y los tracios tomáis por griego. Pero ¿en tierra extranjera? Si creyera en Bendis, no me quedaría más remedio que asustarme. Por cierto, has dicho que tú también estabas asustada antes de oír las palabras de la diosa. ¿Por qué?

—Pues porque hace una semana, mi padre anunció que quiere negociar mi matrimonio con un noble odomanto. Se lo ha pedido el rey Cotys.

El sobresalto de Prómaco sorprendió a Veleka.

—¿Qué? ¿Y lo dices tan tranquila?

—Ya te he dicho que mi felicidad está en tierra extranjera y con un hombre extranjero. Los odomantos son tan tracios como yo. No entran en los planes de la diosa.

—No puedo creerlo. —El joven se puso en pie y recobró sus ropas—. He de hablar con tu padre.

—¿Adónde vas? Mi padre es de sangre real. No te recibirá

así como así. Y ya te he dicho que no me casaré con el odomanto. La diosa Bendis...

—Ifícrates es griego y yerno del rey. Si él pudo casarse con una princesa tracia, ¿por qué yo no?

—Deja las cosas como están, Prómaco. —Veleka también se puso en pie, pero no intentó cubrir su desnudez—. Se arreglarán solas.

—No. —Él terminó de vestirse—. Mañana hay banquete en el palacio de Cotys con toda la nobleza odrisia para celebrar la victoria sobre los tribalos. Estoy invitado, así que no me resultará difícil hablar con tu padre, o incluso con el rey.

Veleka trató de retenerlo, pero él ya se lanzaba colina abajo.

—Pero eso es mañana... ¿Por qué te vas ahora?

—¡Tengo que ver a Ifícrates! ¡Él será mi valedor!

Si hubiera que buscar un adjetivo para describir el palacio de Cotys en día de fiesta, sin duda habría sido este: excesivo.

Cotys se consideraba hijo de Febo Apolo, de modo que las figuras del dios abarrotaban cada sala. Había apolos con liras, apolos flechadores, apolos con hachones, apolos desolladores de sátiros, apolos con ciervas, con leones, con serpientes... En el salón del trono, justo tras el recargado asiento del rey, había un enorme Apolo auriga, con el carro y los cuatro caballos incluidos. El banquete iba a ofrecerse allí, bajo la mirada atenta del dios y sobre una larga mesa. Los criados ya colocaban los platos, los cuencos y algunas bandejas. Pero el rey pasaba la mañana ajeno a los preparativos. Su atención estaba puesta en el patio que dominaba desde un amplio ventanal. Cotys se hallaba rodeado de los nobles más importantes de la Tracia odrisia, que eran a la vez sus parientes cercanos.

Y hacia ese grupo se dirigían Ifícrates y su protegido. El ateniense desgranaba una retahíla de consejos a Prómaco mientras pasaban junto al Apolo conductor de carros.

—No hables hasta que él no te hable. No lo mires a los ojos fijamente o lo considerará un desafío. No te asustes si te amenaza: lo hace siempre con todos. Pero no te tomes en broma lo que diga. Mientras sea posible, deja que yo me encargue.

Prómaco asintió nervioso. Habían atravesado juntos los múltiples filtros de seguridad compuestos por los integrantes de la caballería tracia, con sus corazas labradas y sus botas altas. No había nada tan honorable en Tracia como montar a caballo. «La tierra, de Argos —decían los poetas—; la mujer, de Esparta; la yegua, de Tracia.»

Ifícrates y Prómaco vestían al modo odrisio: túnica sin mangas y manto con solapa. Cruzaron el salón, el estratego ligeramente adelantado, y se detuvieron a una distancia prudencial para no resultar indiscretos ante la conversación de los nobles. De repente, un bramido desgarrador cortó el aire.

Venía del patio al que miraban los tracios, y estos lo recibieron con risas burlonas. Ni Ifícrates ni Prómaco podían verlo desde su posición.

—Los prisioneros tribalos —adivinó el estratego—. Los están torturando ahí abajo.

Había hablado en voz baja, pero no suficiente. Cotys se volvió y mostró los dientes en una sonrisa lobuna.

—Mi querido yerno.

El rey de los odrisios se acercó para abarcar al ateniense en un fuerte abrazo. Prómaco observó de reojo la voluminosa figura de Cotys, su melena roja recogida en un moño, la barba muy poblada, de cerdas rígidas y aceitosas. Los ojos pequeños y de un azul gélido. Sacaba una cabeza a Ifícrates y pesaba dos veces más. Eso sin sumar el oro que colgaba de su cuello y sus muñecas. Tal vez contara unos cuarenta años, aunque siempre resultaba difícil calcular la edad de un monarca tan dado a los excesos. Ifícrates le devolvió el abrazo con timidez.

—Mi rey, aquí estoy por fin.

—Desde luego. Lo has hecho muy bien, como siempre. —Cotys palmeó los hombros del griego con fuerza—. Y tengo que agradecerte el detalle. —Señaló a su espalda con el pulgar—. Descuartizar a media docena de tribalos me abrirá el apetito.

Remató la frase con una carcajada estentórea que los demás nobles tracios se apresuraron a corear. De fondo, otro grito de dolor se alzó sobre las risas. A Prómaco se le heló la sangre.

—La frontera norte está segura, mi rey —dijo Ifícrates en

un tono aséptico—. Los tribalos no volverán a atacarte en años.

—Justo lo que esperaba de ti, yerno. Victoria tras victoria. Lo he estado pensando y creo que ya puedo decirlo: no me quedan enemigos. Sin contar a esos cabrones espartanos, claro... Pero ¿qué me dices de los demás tracios? Ni siquiera unidos me superarían. Bah, no son rivales para mí. ¿Sabes qué? Cada vez me apetece más hacerme con una de esas ciudades griegas de la costa. Sí, puede que a tus paisanos atenienses no les sentara bien, pero ¿qué se les ha perdido a ellos aquí? Por Zalmoxis que no está bien comer del plato ajeno. ¿Qué me dices, yerno? ¿Te atreverías a provocar a tu patria? ¿Atacarías una colonia ateniense?

—Ya sabes a quién soy leal, mi rey.

—¡Al maldito dinero, como todo mercenario!

Ifícrates rio con Cotys y sus nobles.

—Me refería a ti, por supuesto. Aunque hemos tenido bajas, mi rey. Me temo que necesitaré reemplazar a los caídos antes de iniciar otra campaña...

Un nuevo alarido interrumpió al ateniense. Cotys hizo un gesto de disgusto.

—Ah, eso lo discutiremos mañana. Hoy toca divertirse. ¡Mataré a quien me estropee la fiesta! —Señaló a Ifícrates con un dedo rechoncho—. Y eso te incluye a ti, yerno.

Nuevas carcajadas con coro de la nobleza tracia.

—Nada de hablar de futuras guerras entonces, mi rey. Pero permíteme presentarte a este valiente que se batió por ti como un león. ¿Qué digo? Como una manada entera de leones.

Ifícrates se hizo a un lado, Prómaco se esforzó por disimular el temblor. Cotys entornó los ojos.

—Muy joven. ¿Cómo te llamas, chico?

—Prómaco, mi rey. Hijo de Partenopeo.

Aquello pareció sorprender al tracio.

—¿Eres griego? No lo pareces.

—Mi padre era beocio, mi rey. Mi madre es odrisia.

—Ya. Lo afeminado de tu acento delata tu sangre griega. No serás de esos, ¿eh? No me caen bien los invertidos. Si me entero de que lo eres, te mandaré empalar.

Prómaco no supo qué responder. En el patio, un prisionero tribalo lanzó un grito burbujeante que se apagó poco a poco. Prómaco palideció más aún, y eso hizo gracia a Cotys, que rompió a reír de nuevo. De pronto cortó su carcajada y se dirigió a Ifícrates.

—Recuérdame que premie a este mestizo, yerno. Pero luego, cuando haya bebido. Sobrio soy más bien tacaño.

Otra tanda de risotadas. Ifícrates miró de reojo a Prómaco y le pidió paciencia con un gesto casi imperceptible.

—Mi rey, como suegro mío que eres, aunque en realidad te amo como a un padre, quisiera pedirte algo. No para mí, sino para este bravo muchacho.

Cotys arqueó las cejas.

—No sé si vas por el buen camino al compararme con un padre, Ifícrates. Tengo tres hijos, y cada uno es más infame que el siguiente. Cualquier día uno de ellos me apuñalará, y así podrá reinar hasta que otro de sus hermanos lo liquide. Tengo claro que el último en sucederme será quien goce de más larga vida.

—No me cansaré de repetirlo: cuentas con toda mi lealtad. Eres muy generoso conmigo.

—Basta de adularme, Ifícrates. Suelta lo que hayas venido a mendigar o te castigaré. En lugar de buey y cordero, soy capaz de darte a comer las entrañas de esos tribalos hijos de perra.

La amenaza se vio rubricada por otro rugido de sufrimiento en el patio. El ateniense sonrió azorado.

—Prómaco tiene un ruego. Sabe de tu grandeza, y ha pensado en recurrir a ti para pedir la mano de una joven tracia. Es de sangre noble.

Cotys se hizo el sorprendido.

—¿Un griego casado con una noble tracia? ¿Dónde se ha visto tal cosa? —Volvió a mirar a Ifícrates—. Creo que te he acostumbrado mal, yerno.

El ateniense lo consideró una broma y tomó por buena la reacción. Era el momento de que Prómaco interviniera, así que, con la mirada, le invitó a tomar el protagonismo.

—Mi rey... —balbuceó el muchacho—. Hay una muchacha... Es sacerdotisa de Bendis.

Cotys gesticuló como si oliera a podrido.

—Ganas me dan de prohibir esa secta. La juventud nunca está contenta. Ni cuando tiene razones para ello. ¿Y bien? ¿Qué pasa con la muchacha?

—Pues, no sé cómo decirte... Jamás aspiraría a alcanzar al noble Ifícrates en prestigio, pero permíteme que lo ponga como ejemplo: le entregaste a tu propia hija como esposa. El estratego me ha ofrecido el mando en batalla... —Pidió la confirmación del ateniense, que asintió con firmeza—. No me juzgues por mi sangre griega, mi rey. Mi madre es tracia y yo amo esta tierra... Lo he demostrado en combate y... Bueno...

—Chico, espero que luches mejor que hablas, porque me estás aburriendo. Y cuando me aburro, me enfado. Pero si hablas de una acólita de Bendis, acabaremos por saber quién es. Todas las falsas sacerdotisas de la diosa son nobles. Mira, aquí tienes al padre de una de ellas. ¡Bryzos, acércate!

Uno de los tracios, que había seguido en silencio la conversación, se separó del ventanal. Se aproximó con los ojos entrecerrados. Prómaco tragó saliva.

—Eres sabio, mi rey. La verdad es que te estoy hablando de Veleka, la hija del noble Bryzos.

Este intervino:

—¿He oído bien? ¿Un mercenario mestizo se atreve a cortejar a mi hija pequeña?

—Eso parece —convino Cotys con sorna.

Aquello no iba como Prómaco esperaba. Su gesto de ruego no pasó desapercibido para Ifícrates, que dio un paso al frente.

—Noble Bryzos, permíteme recordarte la larga costumbre tracia. ¿No es cierto acaso que Seutes, el padre de nuestro rey Cotys, ofreció a una de sus hijas al griego Jenofonte cuando los Diez Mil volvieron de Asia y se quedaron para ayudar a los tracios? ¿Y que muchos años antes, el rey Oloro dio a su amada hija Hegesípila en matrimonio al ateniense Milcíades? ¿Podemos negar que yo mismo sea el esposo feliz de una princesa odrisia? ¿Cuántos beneficios se han desprendido de esta tradición bendecida por los dioses del norte y del sur?

Cotys no abandonaba su sonrisa sardónica.

—Primo Bryzos, no te dejes embaucar por la palabrería. Ya sabes cómo son estos atenienses: la única manera de callarlos es meterles una jabalina por la boca. Pero esta discusión me irrita. Verás, Ifícrates, la hija pequeña de Bryzos... Veleka se llama, ¿no? Bien, pues la chica, como algunas otras en edad casadera, entra en mis planes para asegurarme la fidelidad de los odomantos. Son unos necios orgullosos, pero los necesito para defender la frontera oeste y, sobre todo, para que no se les ocurra aliarse con los peonios o los ilirios. Está hablado, no puedo hacerles ahora el feo de echarme atrás. ¿Qué se diría de mí si no cumpliera mis compromisos?

Ifícrates hinchó los pulmones. La mirada que echó a Prómaco no era difícil de interpretar. Este se desesperó.

—Os lo ruego a ambos. Mi rey, estoy seguro de que hay otras muchachas que podrás mandar a los odomantos... Noble Bryzos, ¿por qué no hablas con Veleka? Sé que es tu hija más joven y la quieres. ¿Has pensado que...?

Bryzos cortó el parlamento del muchacho con un ademán de impaciencia.

—Basta. ¿Cómo te atreves? Los tracios no somos ya como aquellos desarrapados que ofrecían sus hijas a cualquier vendedor de pescado. ¿Acaso no has oído lo que ha dicho el rey? No tenemos rival. Deberías mostrar un poco de respeto. ¿Mi hija casada contigo? ¿Con un mestizo que lucha a sueldo para tener unas botas remendadas? Antes se la vendería a un escita.

Un chillido de dolor extremo entró por el ventanal. Cotys se volvió molesto. Se encogió de hombros antes de lanzar una última mirada de desprecio a Prómaco.

—Habéis conseguido que me pierda el espectáculo. Id ahora y tomad asiento. Pronto empezará el banquete. No quiero oír hablar más de esa chica, ¿entendido? Yo mismo cortaré la lengua del que me contradiga, sea griego, tracio o mestizo.

Ifícrates había arrastrado a Prómaco fuera del salón. El muchacho quiso volver, caer de rodillas y rogar a Cotys, pero el estratego lo impidió.

—Ya has oído al rey. Lo he visto despellejar vivo a más de uno por menos de lo que hemos hecho hoy. No tientes a las Moiras, chico.

—¿Y si esperamos a que estén borrachos? Beberán durante el banquete. Tal vez entonces sea más fácil convencerlos.

—Ni hablar. Escúchame bien: a partir de ahora, esos puercos tracios solo me oirán darles la razón.

—¿Qué?

—Lo que oyes. Les diré que las Erinias te han derretido los sesos, o que la lucha contra los tribalos te ha desequilibrado. Desde este momento no pueden pensar que tú y yo estamos de acuerdo. —Aferró los hombros de Prómaco, que ahora lo miraba incrédulo, con los ojos brillantes y el temblor metido en el cuerpo—. Y te explicaré por qué:

»¿Recuerdas lo que te aconsejé el otro día tras la batalla? ¿Acaso no te indiqué cuál debía ser tu camino?

»Esto es lo que harás, porque sé que de lo contrario acabarás peor que los desgraciados tribalos a los que están despedazando para diversión de mi suegro:

»Tomarás a esa muchacha, Veleka. Irás a buscarla, esta noche mejor que mañana. No le cuentes a nadie que vas a hacerlo, ni dejes recado ni expliques adónde vas. Ni siquiera a tu madre. ¿Comprendes? No cargues con nada que no sea imprescindible. Deja aquí tus armas. Solo huye con esa tracia.

»A mil quinientos estadios, en la Calcídica, está Olinto. Los olintios se han pasado de listos, como parece ocurrir mucho últimamente. Se han atrevido a formar una liga y a conquistar algunas ciudades griegas de Tracia. Se han atrevido incluso con Pela, la capital de los macedonios. La Calcídica y Macedonia no entran aún en los planes de Cotys, pero hay alguien que no puede consentir la hegemonía olintia al norte del Egeo: los espartanos.

»Esparta mandó un ejército contra Olinto hace dos años. Una chusma de segunda, ya sabes: periecos y aliados peloponesios. Los comandaba un espartiata, eso sí. Un tal Teleutias. El caso es que los olintios se sacaron una treta de la manga y consiguieron matarlo. Como respuesta, uno de los reyes espartanos marchó el año pasado sobre Olinto. Allí está ahora, asediando la ciudad y ofreciendo buena paga a los mercenarios que se quieran alistar para ayudarles.

»Al final seguirás mi consejo, ya ves. Yo mismo te financiaré, aunque te juro que te cortaré el cuello si alguien se entera de que el dinero que gastas es mío. Te llevarás a tu tracia hasta la Calcídica y te ofrecerás como peltasta para esos melenudos del Peloponeso. Te alejarás de aquí, vivirás más tiempo y, ¿quién sabe? Quizás hasta consigas ser feliz.

3

La jauría

Olinto llevaba un año bajo asedio.

Sitiar una ciudad no era algo que hiciera disfrutar a los espartanos. Para ellos, la única guerra honorable era la que se libraba en campo abierto, línea frente a línea, hombre contra hombre. Pero la necesidad les había obligado a aceptar que, para rendir a un enemigo que renunciaba al honor, era necesario bloquearlo. Reducirlo por hambre y enfermedad. Aun así, los asedios eran tan repugnantes a ojos espartanos que, en cuanto tomaban una ciudad, la obligaban a derribar sus murallas. Esparta misma carecía de ellas. Licurgo, el antiguo legislador, lo había dejado claro: «Una ciudad está bien fortificada cuando la guarnecen hombres, no piedras.»

Prómaco y Veleka caminaban en silencio desde el puerto convertido en arsenal, a menos de quince estadios de la ciudad sitiada. Las naves peloponesias abarrotaban el golfo y, tierra adentro, las tiendas de los mercachifles eran casi tan numerosas como las de los soldados. Los dos jóvenes habían desembarcado de un navío ateniense que hacía la ruta desde el Ponto con un cargamento de trigo. El armador, un tal Melobio, había accedido a recogerlos en Ainos, en la desembocadura del Hebro, donde los mercantes solían hacer escala. Su natural curiosidad, tan propia de un comerciante y más si era de Atenas, le impelía a preguntar qué pintaba aquella muchacha tracia, delicada y bien vestida, con un tipo que —se notaba de lejos— era mercenario. Solo la mención de Ifícrates y una nada despreciable cantidad de plata habían hecho que tanto el armador como los marineros cerraran la boca y miraran para otro lado. Aun así, la travesía a lo largo de la costa tracia fue insufrible para Veleka. «La mar no es sitio para mujeres», decía Melobio. Los dos jóvenes callaban. Ella porque apenas entendía la lengua griega, él por no hacer la situación más difícil.

Ahora Veleka arrastraba los pies, agradecida al notar tierra firme bajo ellos, pero con la desesperanza pintada en el rostro. Se alejaban del puerto, donde el armador Melobio y sus marineros pasarían un par de días antes de seguir hacia Atenas. Ante los dos jóvenes, el campamento de asedio se extendía inmenso, lleno de columnas de humo, tan multicolor como una fiesta. Centenares de carros se apiñaban junto a las empalizadas, tiendas de todo tamaño y hechura, grupos de hombres y perros famélicos. Hasta los críos de las aldeas cercanas venían al campamento a rosigar sobras o sacar los cuartos a los mercenarios.

—No me gusta esto, Prómaco. Tengo miedo.

—No temas. Ya verás como muchos soldados traen con ellos a sus... esposas. Espera. —Se detuvieron para que él pudiera ajustarle el velo—. Mejor que no se te vea la cara.

Eso no contribuyó a tranquilizar a la tracia. Al contrario. En un arrebato, tiró de la prenda y se descubrió la cabeza por completo. Las trenzas casi deshechas cayeron sobre los hombros.

—¿No dices que no tema? Prómaco, te lo repito: no fue buena idea. Yo habría convencido a mi padre. La diosa no engaña. Esto es una estupidez. El rey Cotys habrá mandado gente a buscarme. Creo que la culpa es de este amuleto que me diste. No se quitan los amuletos, Prómaco. Mala suerte, mala suerte, mala suerte...

El muchacho resopló. A la altura de Tasos, una agria discusión los había llevado a no dirigirse la palabra durante dos jornadas. El ateniense Melobio los observaba y negaba taciturno. Prómaco solo se había decidido a abandonar su obstinación para consolarla cuando la vio llorando sobre la borda y mirando al horizonte. Pero aquello no iba como él esperaba. Dejó el pesado fardo en el suelo, recogió el velo antes de que la brisa marina lo alejara y, con toda la delicadez que pudo reunir, envolvió la cabellera rubia de Veleka.

—Te pido que confíes en mí. Ya te lo expliqué en Kypsela: esto no contradice a la diosa. Quizás ella sabía ya que tu padre se negaría a lo nuestro y que tendríamos que irnos. Por eso encontrarás la felicidad lejos. Y conmigo.

Veleka se mordió el labio. Miró al conglomerado de tiendas, al ir y venir de gente, a las fogatas de campamento y los espetones de carne. Más allá, Olinto ocupaba una tímida elevación. Sus murallas parecían sólidas. Capaces de resistir siglos.

—¿Qué haremos ahora?

—Comprar armas. Con el dinero de Ifícrates tendré de sobra para algunas jabalinas, una pelta y un casco. Después me presentaré a los espartanos y nos instalaremos.

—¿Vamos a vivir en una tienda? ¿Sin esclavos?

—Solo por unos días. —Sopesó la bolsa que colgaba de su cintura—. Está bien, te compraré una esclava. Seguro que aquí hay mercado... Y no te preocupes, que encontraremos un sitio donde instalarnos cuando esta campaña acabe. El Peloponeso será lo mejor. En Esquirítide, tal vez. Ifícrates dice que es buena tierra. Cuando el ejército espartano sale de campaña, siempre pasa por allí. —Le acarició el rostro a través del velo—. Imagínate. Tú me despedirás cuando yo me una a las tropas y, al volver, te traeré regalos. De Corcira, de Tesalia, de Argos... Te llenaré la casa de criados.

—Y estaremos juntos —claudicó Veleka por fin.

—Sí. Eso es lo que importa de verdad. Juntos tú y yo.

La tropa mercenaria era la que trabajaba en los fosos y empalizadas que circundaban Olinto, y la que recorría en barcas el río que flanqueaba la ciudad. También había periecos de las regiones limítrofes de Laconia. Estos se pavoneaban como si fueran auténticos espartiatas. Paseaban las lambdas de sus escudos por todo el campamento, aunque no hubiera peligro de enfrentamiento. Se dejaban el pelo largo, imitaban el discurso breve y cortante de sus amos e incluso hablaban de Esparta como algo suyo. Solo había un detalle que permitía distinguir a los iguales espartanos del resto de la chusma. Ellos, los espartiatas de verdad, lucían sin excepción sus barbas puntiagudas con el labio superior afeitado. No permitían que nadie más lo hiciera. Era su marca. La forma de reconocerse y de alardear de su raza invencible.

Prómaco los vio pasar. Eran tres, y se acercaban alineados, con sus típicos bastones de espartiata en forma de T, la barbilla arriba, la mirada puesta al frente. Los *exomis* escarlatas dejaban sus hombros diestros al descubierto. La gente se apartaba. Todos les regalaban miradas de respeto, y los que no eran griegos hacían reverencias.

—Mira, Veleka. Son ellos.

La joven sujetaba el velo contra su boca para que el viento no descubriera su rostro. Sus ojos azules se clavaron en los tres hombres. Altos, fuertes, de músculos remarcados. Las melenas negras trenzadas. Iban sin armas a la vista, pero era como si ellos solos pudieran derrotar a cualquier ejército con las manos desnudas. Prómaco empujó con suavidad a Veleka para retirarse de su paso, y entonces uno de los espartiatas la vio.

Fue un instante. De forma casi imperceptible, su cabeza se volvió. Incluso se quedó atrás con respecto a los otros dos iguales. Entornó los párpados. Tenía la mandíbula cuadrada bajo la barba puntiaguda, el pelo abundante y rizado. Un deje de tristeza en la mirada. La tez tostada del que pasa su vida a la intemperie. Prómaco notó que su estómago encogía. Pero el momento pasó, igual que los espartiatas. Continuaron su camino, y solo entonces advirtió Prómaco que tres servidores caminaban tras ellos, a distancia de respeto y con dagas al cinto. Supuso que se trataría de ilotas, los esclavos estatales de los espartanos. Los tres se habían dado cuenta de lo ocurrido y también miraron a Veleka. Sus sonrisas de burla dejaron al descubierto dientes amarillentos.

—Vámonos, Prómaco.

Él obedeció. Se internaron entre las tiendas mientras el ejército acampado volvía a sus quehaceres.

—Por allí —dijo él. La llevaba sujeta del brazo y no la soltaría por nada.

Caminaron hacia donde el martilleo delataba la presencia de una forja. En aquel sector también había puestecillos de comida. Dulces de miel, ruedas de queso y, sobre todo, boquerones ahumados. Una mezcla de cebolla, vino rancio y pescado apestaba el aire mientras los mercaderes ofrecían su género a gritos. Voces en griego de Laconia, en jonio y en tracio. Prómaco vio peltastas de su tierra, con botas altas y gorros de piel. También había arqueros cretenses y honderos rodios. En grupos, brindando o jugándose la paga a los dados. Se dieron prisa en atravesar las calles medio embarradas donde se concentraban las prostitutas. Se asomaban desde carros cubiertos con lona. Llevaban los ojos embadurnados de negro, provocaban a los hombres y les mostraban los pechos.

—No nos quedaremos aquí, ¿verdad, Prómaco?

—No... Es un poco más allá. Pero no temas. Nadie te hará daño si saben que no estás sola. En los campamentos, solo los borrachos se atreven a disputar las mujeres a los demás. Y no es difícil derrotar a un borracho. Espera.

Se detuvieron frente a una caseta improvisada con vigas de madera y techo de pieles curtidas. Un herrero templaba la hoja de una espada corta mientras un chico, seguramente su hijo, alimentaba la fragua.

—Hefesto te guarde, buen hombre.

El tipo, cubierto tan solo por un faldellín y con el torso tan negro como sudoroso, levantó los ojos de su trabajo. Lanzó una rápida mirada a Prómaco y otra bastante más lenta a Veleka.

—¿Qué quieres?

—Armas, si es que tienes. Jabalinas. Y un puñal.

—¿Con qué pagarás?

Prómaco hizo tintinear la bolsa. El herrero asintió. Dejó descansar el martillo y se dio la vuelta. Desapareció bajo un cortinaje de pellejos mientras el chico observaba con descaro a Veleka.

—¿Eres su esclava?

Veleka entendió la pregunta, aunque respondió en tracio:

—No soy esclava, desgraciado. Soy sacerdotisa...

Prómaco dio un tirón al brazo de su amada. Nunca se sabía

quién podía escuchar, y el oro del rey Cotys llegaba muy muy lejos.

—Es mi esposa, chico —mintió.

El padre reapareció con una canasta alargada. Sacó una jabalina que hizo saltar en su mano.

Prómaco compró varias, y también se hizo con un puñal de hoja curva. El herrero no tenía peltas, pero sí le vendió una generosa porción de piel de buey y le indicó dónde podría adquirir mimbre. Le ofreció un casco beocio, pero el muchacho consideró que pedía demasiado por él. Se arreglaría con su gorra de fieltro. Antes de despedirse, preguntó por el alojamiento de los espartiatas.

—Están al norte. Si, como sospecho, vienes a buscar contrato, tendrás que dirigirte a Antícrates.

—Antícrates —repitió Prómaco.

—Es uno de esos iguales presumidos. Se pasa el día cepillándose la melena. Pero dicen que ha matado a más de cien hombres. En fin, ya sabes cómo son estos laconios. Hablan poco, y la mayor parte de lo que dicen es mentira.

Prómaco casi se sintió ofendido. Ahora el tema de conversación no eran los periecos, sino los iguales. Los mismos que un siglo antes habían salvado a Grecia de los persas.

—¿Dónde puedo encontrar a ese Antícrates, herrero?

—Ya te lo he dicho: al norte. No te resultará difícil. Aparte del rey Agesípolis, solo hay treinta espartiatas en el campamento. Pero ni el rey ni la mitad de esos pelilargos está ahora aquí. Han ido a rezar al santuario de Afites, creo que porque Agesípolis cayó enfermo y no encuentran la cura.

—¿Dices que solo hay treinta iguales? Pensaba que Esparta se tomaba en serio este asedio.

—Y así es, chico. ¿Crees que los reyes de Esparta acuden a todas las escaramuzas?

El herrero, cobrado su servicio, daba por concluida la conversación. Lanzó una mirada curiosa a Veleka y siguió con el martilleo. Prómaco, ahora cargado con su compra, tiró de su amada hacia el norte. Una vez que abandonaron la zona de mercado, el camino se hizo más fácil. Las tiendas, alineadas a lo largo de un improvisado camino, se erguían con cierto orden y agrupadas por el origen de los soldados. Muchos de ellos dormían a la espera de su turno de vigilancia en el foso, y otros aprovechaban para cuidar de sus armas. Fueron bastantes las cabezas que se volvieron al paso de la pareja. Prómaco detectó comentarios al oído y alguna risa. Pero también había mujeres, y no se trataba solo de prostitutas. El asedio de Olinto llevaba más de un año en pie, y eso era demasiado tiempo para que las concubinas e incluso las esposas no se hubieran instalado con los sitiadores. Hasta Veleka se tranquilizó cuando vio un grupo de muchachas con cestas de ropa, alejándose para lavar río arriba.

Encontraron por fin el espacio reservado a los espartiatas. En cualquier otro campamento, aquella había sido la parte más lujosa, puesto que se alojaban un rey y su guardia personal. Pero allí no había más que un grupo de pabellones sencillos, un pequeño corral con cabras y ovejas y un montón de sirvientes que preparaban la comida y limpiaban armas. Solo un par de hombres de guardia, cuyas barbas enteras los delataban como periecos. Cruzaron las lanzas para cerrar el paso de Prómaco y Veleka. Iban de rojo bajo la coraza de cuero endurecido y llevaban calados los *pilos*, los cascos cónicos de bronce que dejaban toda la cara al descubierto. De sus escudos colgaban faldones de piel de buey para proteger las piernas de los flechazos olintios.

—¿Qué queréis?

—Busco a Antícrates.

Los laconios examinaron a ambos. Uno se permitió una sonrisa burlona.

—Muy listo. Sabes que le gustan las rubias, ¿eh?

Veleka se apresuró a remeter la guedeja que le colgaba del velo. Eso hizo que los periecos rieran. Prómaco aguantó paciente.

—¿Está Antícrates o no?

—Está. Deja aquí esos pinchos y pasad a su tienda. Es la primera. —Abrieron paso—. Y si él no quiere a la rubia, ya me encargo yo de ella.

El muchacho apretó los dientes. Depositó en tierra la canasta con las jabalinas y, ante la mirada sarcástica de los periecos, entró en el sector espartano.

Era él.

El espartiata que se había fijado en Veleka. Esta vez también la miró con descaro. O con una mezcla de éxtasis ante la belleza y de acecho cazador ante la víctima. Era como si Prómaco no estuviera allí. El momento se tensó mientras Antícrates, sentado en un taburete, observaba a la sacerdotisa tracia. Un igual de Esparta. Con el rojo del *exomis* descolorido por su desprecio a todo bien material que no sirviera para la guerra. Siempre con el hombro derecho desnudo para dejar libre el brazo de matar. Sobre la piel a la vista, las marcas del adiestramiento salvaje en la *agogé* espartana, las cicatrices de un historial combativo que se contaba por victorias aplastantes. Mantenía la zurda apoyada con displicencia en la rodilla y agarraba el bastón con la diestra. Había un ilota a la espera de órdenes en un rincón de la tienda; un tipo de piernas cortas con una gran mancha de nacimiento en el pómulo. También él permanecía atento a la muchacha. Solo cuando Prómaco carraspeó, se dignó Antícrates abandonar su insolente examen.

—¿Es tuya?

—Sí.

No pareció que nada cambiara con la respuesta, porque Antícrates volvió a clavar su vista en Veleka. Ahora también apuntó su bastón hacia ella.

—¿Qué hace aquí?

—Es mi esposa. No quería dejarla sola. Aún no nos hemos instalado.

—Bien hecho. Alguien podría quitártela.

Sonó a amenaza. Más aún con ese acento dorio. Prómaco tragó saliva. Se dio cuenta de que estaba tan asustado como si fuera a entrar en batalla, pero debía hacerse valer.

—Degollaré a quien la toque.

Eso pareció gustar al espartiata, que bajó el bastón. Examinó con más atención al muchacho.

—¿Qué acento es ese?

—Tracio.

—Ah. Bárbaro. ¿Tú también, mujer?

Prómaco no dejó que Veleka respondiera:

—Así es.

—¿No comprende nuestra lengua?

—Solo algunas palabras. Pero soy yo a quien debes escuchar.

Antícrates se puso en pie. Superaba a Prómaco en altura, y sus ojos oscuros miraban muy muy fijo. La punta del bastón se apoyó en el pecho del joven.

—¿*Debo*? ¿Desde cuándo un espartano *debe*?

Prómaco sintió que el calor le subía a la cara. A su lado, Veleka intuía que la conversación iba mal. Incluso sospechaba que ella era la culpable sin quererlo. Rogó a su amante con la mirada y este hizo de tripas corazón.

—Perdona, señor. Aunque mi padre es griego, siempre he vivido en Tracia y no sé emplear bien las palabras. Te ruego que me escuches. Eso es lo que quería decir.

La madera laconia se apartó de su pecho. Pero fue peor, porque Antícrates la movió a la izquierda para tocar el hombro de Veleka. Resbaló hasta topar con un cordel alrededor del cuello. El espartano subió el bastón y el amuleto de cuero salió a relucir. Lo observó con desinterés.

—¿Por qué se tapa la cara la muchacha?

Prómaco, tentado de apartar la vara de madera de un manotazo, redobló sus esfuerzos para controlarse.

—Señor, no es decoroso que la vean los demás hombres.

—Costumbre absurda. En Esparta las mujeres no esconden el rostro. Dile que se quite el velo.

—Señor...

Antícrates volvió a clavar sus ojos negros en los de Prómaco.

—¿Busco un intérprete de tracio para que me entiendas?

Tras un suspiro, el joven accedió. Habló en voz baja y en lengua odrisia. Veleka negó con la cabeza, pero él insistió. Finalmente, la tracia se retiró la gasa del rostro y miró con rabia a Antícrates. Este sonrió.

—Lo suponía, bárbaro. Eres un avaricioso. Quieres guardarte toda su belleza. Además, eres un embustero.

—Señor... ¿Por qué embustero?

—Has dicho que degollarías a quien la tocara. —Antícrates acompañó sus palabras con una enfática mirada a su bastón, que aún sostenía en el aire el amuleto. Prómaco enrojeció, y solo entonces el espartano dejó caer la bolsita de cuero entre los pechos de Veleka. Regresó a su taburete—. Bien, basta de estupideces. Supongo que vienes a contratarte como mercenario.

—Señor... Sí.

—Has escogido un buen momento. Tenemos que volver a casa y nos llevamos a parte de la tropa.

Por un instante, la vergüenza y el miedo pasaron a un segundo plano. ¿Se abría la posibilidad de alejarse de Tracia? ¿Incluso de viajar a Esparta?

—Señor, será un honor acompañarte a...

—No, no. No me entiendes, bárbaro. Yo vuelvo a casa con mis iguales. El rey Agesípolis ha muerto en Afites. Lo traen de vuelta, calculo que llegará mañana. Pero habrá que enterrarlo en tierra laconia. Lo conservaremos en miel y lo escoltaremos hasta allí.

—¿Qué? ¿El rey ha muerto?

Antícrates asintió con desgana. Prómaco dejó caer la mandíbula por la indiferencia de aquel espartano ante semejante noticia. Cuando un rey tracio moría, las muestras de dolor se extendían hasta la casa más humilde. Las mujeres se rasgaban las vestiduras, los hombres se emborrachaban y las viudas del rey competían por tener el honor de acompañarle al sepulcro, pues ser enterrada junto al monarca muerto era privilegio reservado para la favorita. Las exequias duraban semanas y la sangre de los animales sacrificados empapaba la tierra hasta pudrir las cosechas.

—No mires así, bárbaro. Todos los hombres mueren, y los reyes también son hombres. Este, además, lo ha hecho por una enfermedad. No resulta muy honorable para un espartano. Pero era un descendiente de Heracles, así que hay que enterrarlo en el suelo que lo vio nacer.

»Aunque no has venido a hablar de eso, sino de los servicios que puedes prestar a Esparta. Bien, tu trabajo será colaborar en el cerco a Olinto hasta que caiga. Un dracma ateniense por dos días, más el reparto habitual en caso de botín. Cobrarás cada sexto día a partir de que aceptes y el contrato es por ti.

Si mueres, tu... bárbara se queda sin nada. En caso de herida de combate que no te permita luchar, sueldo de un mes. Tras ese plazo, o te reenganchas o te vas. Si enfermas, te vas. Si te accidentas, te vas. Como vienes por libre, se te asignará a una *enomotía* y será tu *enomotarca* quien te pague. Al ser tracio, supongo que lucharás como peltasta. ¿Es así?

—Así es, señor.

—Bien. ¿Tu nombre?

—Prómaco, hijo de Partenopeo.

—Hiérax, apunta. —Tras Antícrates, el ilota se dirigió a un arcón abierto. Sacó un estilo y una tablilla mientras su amo continuaba. El espartano reparó en algo—. ¿Prómaco, has dicho? Ese nombre es griego, no tracio.

—Mi padre era tebano, señor.

—Ah, Tebas. Ciudad de rebeldes. La tuvimos que someter hace dos años. Espero que tú seas más leal.

—Eh... Sí, señor.

Antícrates asintió sin borrar su sonrisa. Se pasó la mano por la barba puntiaguda hasta que decidió ponerse en pie de nuevo.

—Verás, bárbaro. Hay dos clases de mercenarios: unos combaten para ganar dinero y volver ricos a sus casas, y otros son criminales que huyen de sus culpas. Los primeros jamás llevan consigo a sus familias. Se buscan concubinas o pagan a putas. No me importa de quién huyes ni qué delitos pesan sobre ti —movió el bastón espartano hacia Veleka—, pero sí me interesa ella.

—Ya te he dicho que es mi...

—Esposa, sí. Y yo te he dicho que eres un embustero, cosa que no has negado. Si es tu esclava, pagaré por ella. No es honroso que un espartiata maneje dinero pero la bárbara vale la pena, así que haré una excepción. ¿Cuánto?

Prómaco reunió todo el valor que pudo.

—No está en venta. No me separaré de ella. Y en esto no miento, te lo aseguro.

El tiempo se hizo eterno mientras esperaba la reacción de Antícrates a la pertinaz negativa. El espartiata asintió muy muy despacio. Después sonrió, como si aquello fuera una charla entre amigos de toda la vida.

—¡Bien dicho! En fin. Necesitas alojamiento. Supongo que mi ilota podrá encontrar una tienda con otros bárbaros. Aunque no es lugar para la chica. Haremos un esfuerzo y la alojaremos aquí.

—No será necesario, señor. Montaré mi propia tienda. Suficiente para los dos.

—Ah. Pues eso es todo... —La mirada del espartiata volvió a Veleka y sonrió—. Al menos de momento. Hiérax, acompaña a este bárbaro y a su esclava al sector de los tracios y que se acomoden allí.

El ilota Caramanchada asintió. Dejó el estilo y señaló a Prómaco la salida del pabellón.

Habrían podido dormir al raso, envueltos en sus mantos como hacían muchos de los que simplemente pasaban la campaña veraniega al servicio de Esparta; o bajo las carretas de los quincalleros; o al abrigo de las construcciones de adobe que la tropa había erigido durante más de un año de asedio. Prómaco prefirió montar una sencilla tienda con un pellejo estirado sobre tres cañas, en el sector tracio de asedio, pero a distancia prudencial de los demás mercenarios. Aquel era el rincón que el ilota Hiérax Caramanchada les había buscado.

Desesperado, Prómaco oyó a Veleka echarle la culpa a su amuleto robado, repetir que la mala suerte los perseguía. Cuando la mujer se cansó, sollozó en silencio hasta que cayó rendida por la fatiga y las tensiones del día. Él aguantó un poco más, atento a las conversaciones en la oscuridad, a las toses y ronquidos, a las consignas de los centinelas. Mientras los párpados se le cerraban, se preguntó por enésima vez si había acertado al seguir los consejos de Ifícrates. Sabía que lo del amuleto era una excusa. En realidad, Veleka le culpaba a él de su mala suerte y veía ante sí un futuro negro, muy negro. Y aun así había accedido a acompañarlo. Eso quería decir algo, ¿no? Tendría que compensarla, desde luego. Lo primero sería montar una buena tienda. Una de verdad, con piel de cabra y armazón de madera. No la necesitaría muy grande, pero no podía mantener a su amada en aquellas condiciones. Se trataba de una noble tracia, hecha a las comodidades y al calor del hogar. Tal vez, si Olinto caía, podría conseguir algún esclavo viejo...

Las pesadillas lo visitaron durante la noche. Se despertó un par de veces, pero le tranquilizó la respiración pausada de Veleka a su lado. Se le había abrazado, su cuerpo menudo le daba calor y, aunque pudiera parecer absurdo, también seguridad. Junto a ella era capaz de todo, se dijo. Volvió a dormirse y soñó que vestía una piel de león. Llevaba en la diestra una jabalina, y se defendía con la pelta de una jauría de perros salvajes. Prómaco se revolvía, evitaba las dentelladas y pinchaba a los animales, pero no les hacía daño. Arrojó el arma con fuerza y atravesó a uno de ellos. Nada. La bestia se sacudió y, aun sangrando a chorros, la emprendió a bocados con la pelta hasta destrozarla. Prómaco desenfundó su *kopis* y repartió espadazos. Reventaba tripas, tajaba cuellos y cortaba patas, pero los perros seguían allí, acosándolo como si fuera un jabalí en plena montería. Sus ataques eran inútiles, se desesperaba. Invocó a Ares, pero el dios de la guerra se burló de él y envió más perros. Grandes, de pelo hirsuto y oscuro, fauces babeantes, colmillos terribles. Prómaco vio una pesada y tosca maza en el suelo. Supo que era de olivo y que le salvaría la vida. La empuñó tras arrojar el inútil *kopis*.

Entonces sí. Cada mazazo hundía el cráneo de una de aquellas bestias infernales. El joven se movía impulsado por una fuerza sobrehumana, y los perros salían despedidos entre aullidos de dolor. Prómaco reía. Sus carcajadas competían con los gruñidos lastimeros. Cuando se quedó sin aire, las risas se acallaron y miró a su alrededor. Toda la campiña estaba ensangrentada. Los perros, muertos. Pero algo iba mal. No podía respirar. Dejó caer la maza y se agarró el cuello. Boqueó desesperado. Se ahogaba.

Despertó. Entre la bruma del sueño y a la luz difusa de la luna, descubrió la cara manchada del ilota Hiérax. Sonreía como un lobo, y le tapaba la boca y la nariz con una manaza que olía a grasa y sudor. Prómaco se revolvió, pero tenía al esclavo encima. Lo vio levantar su puño y sintió el golpe en la sien. Forcejeó. Había sombras tras el ilota. Se movían a su alrededor como almas escapadas del Tártaro. Recibió un puntapié en el costado que, incluso con Hiérax encima, le obligó a doblarse. Una nueva patada, esta vez en la cara. La mano del esclavo liberó su boca y Prómaco aspiró con fuerza, pero alguien le envolvió la cabeza con el pellejo que les había servido de techo. Una lluvia de golpes le castigó las costillas. Cuando pudo reunir fuerzas, Prómaco solo fue capaz de gritar un nombre:

—¡Veleka!

Él último impacto le rompió la nariz. Notó el crujido del hueso y saboreó su propia sangre antes de que la tierra se abriera en un profundo abismo.

4

El juramento

El carguero acababa de rodear el promontorio de Muniquia cuando el puerto de Cántaros apareció a proa. Viento del oeste, buena visibilidad y poco tráfico. Melobio se sacudió las manos. La maniobra de entrada y atraque era asunto del piloto, así que se daba por satisfecho. Con la bodega hasta arriba de trigo del Ponto Euxino y un viaje más que sereno, su optimismo crecía. La paz impuesta por los persas a instancias de Esparta podía ser una farsa para que los pelilargos conservaran su hegemonía, pero a él le venía muy bien la tranquilidad en la mar. La única mancha de la feliz singladura era la pena del joven tracio.

Ahí estaba. Apoyado en la borda y con la vista puesta en el inmenso complejo del Pireo. Prómaco parecía seco. Con el dolor tan profundamente clavado que, paradójicamente, había dejado de doler. No había más remedio que callar y aguardar, y ni podía sentir ni quería pensar, porque a su alrededor todo se había convertido en desgracia. El mundo era una abejera de egos ignorantes. Personas que se esforzaban por alcanzar la felicidad sin darse cuenta de que todo era miseria. Los dioses debían de reírse bastante cuando contemplaban la absurda vanidad humana.

Melobio se le acercó y observó los moratones que aún enmarcaban sus ojos. La fractura de nariz le había arrebatado su aspecto juvenil. Ahora su aire era maduro; más fiero, desde luego; menos inocente. Sí. En Olinto, Prómaco no solo había perdido a su amada.

—Deja que te aconseje una vez más, chico —dijo el marino—: abandona ese plan de locos.

Prómaco gruñó. Sus dedos se aferraban a la madera como si pudieran clavarse en ella. Sabía que sus opciones eran pocas. Ninguna, si lo pensaba bien. Pero tampoco aceptaba dejarlo así, por muy inútil que pareciera remar contra el embravecido océano de su destino. Tal vez no fuera posible recuperar su felicidad, pero sí era capaz de recolectar desgracias ajenas para aliviar las suyas. Sus ojos se fijaron en los famosos trirremes atenienses, en fila frente a los muelles.

—Maldita paz. Ojalá no la hubiera. Ojalá pudiera embarcarme en uno de esos para matar espartanos.

Melobio suspiró. La tripulación del carguero corría de un lado a otro para ajustar la última maniobra, y en tierra se veía al personal del puerto igualmente agitado, dispuesto a ayudar en el atraque y en el desembarco de la carga. En poco tiempo, los carros llenos de trigo recorrerían el corto camino que separaba Atenas del Pireo. Misión cumplida.

—No se mata a los espartanos, muchacho. Los atenienses lo aprendimos a fuerza de enterrar a los nuestros.

Eso no valía para Prómaco. Nada valía, porque las leyes impuestas por los dioses estaban rotas desde Olinto.

En Olinto, los ilotas al servicio de Esparta habían raptado a Veleka. Las marcas de su resistencia aún escocían, aunque era mucho peor la culpa. Porque su amada jamás había querido salir de Tracia. Ahora, cada palabra de reproche por aquel loco viaje se clavaba en el corazón de Prómaco como las zarpas de un león. Veleka no estaba porque él, obstinado, no había querido escucharla. Por los malos consejos de Ifícrates también, desde luego. Pero sobre todo por la soberbia espartana.

—Yo mataré espartanos, Melobio. A muchos.

El armador asintió sin ganas. Había intentado convencer a Prómaco desde que apareció en el puerto militar cercano a Olinto, con la nariz rota, los ojos cárdenos y doblado por una paliza. Los demás mercenarios tracios lo habían encontrado un día antes, después del amanecer, sin sentido y envuelto en el pellejo que le había servido de tienda. Le faltaban las armas y el dinero, pero lo peor era que los asaltantes se habían llevado a Veleka.

Los espartiatas habían recibido el cadáver del rey Agesípolis esa misma mañana y, sin apenas ceremonia, lo habían sumergido en miel para conservarlo en el viaje hasta Laconia. Todos, los treinta iguales, se habían embarcado con su funesta carga mientras Prómaco aún convalecía inconsciente. Salieron en tres trirremes y una nave de transporte, con medio centenar de periecos y el doble de ilotas. También iban algunos esclavos tomados en la Calcídica a los rebeldes olintios. Y claro, una muchacha menuda y de cabello rubio. Melobio los había visto embarcar desde su carguero, ignorante de la tragedia. Cuando Prómaco se presentó esa noche y le rogó que persiguiera a las naves laconias, se negó, naturalmente. Ni su barco servía para la guerra ni él era un soldado. Y sobre todo, no estaba loco. Accedió a llevar al muchacho a Atenas, eso sí. Y lo hizo gratis en cuanto se enteró de lo sucedido. Le apenaba tanto la pérdida de su amada como la culpa que se dibujaba en su rostro junto a las huellas de la agresión.

—En el puerto, junto al templo nuevo de Afrodita, hay una taberna. Con esto tendrás para un par de días. —Le tendió una bolsita que, a pesar de la vergüenza, Prómaco terminó por aceptar—. Di que vas de mi parte y te atenderán bien. Tal vez encuentres algún mercante que ponga rumbo a Gitión y en el que puedas enrolarte, pero ¿qué harás cuando pises la tierra de los pelilargos?

—Buscarla.

El marino observó al muchacho.

—Ya. Aunque hay otras opciones. Ahora, con la paz, las rutas comerciales son seguras y los mercenarios tienen poco trabajo. Salvo aquellos que luchen para Esparta, claro. Estoy pensando en ampliar mi flota y necesitaré gente de confianza. ¿Qué te parece? No pienses que ese odio te dará de comer. Y si no, fíjate en esta ciudad. Te aseguro que aquí todo el mundo tiene cuentas pendientes con los espartanos. Raro es el ateniense que no ha perdido a un abuelo, un padre, un hermano o un amigo por culpa de esos pelilargos. Aunque hemos aprendido a seguir adelante. Sé que ahora te sientes desgraciado, pero el tiempo pasa y las heridas se cierran.

—Seguir adelante. ¿Cómo?

—Cada uno tiene su estilo, tú encontrarás el tuyo. Piensa esto: cuando llegues al final que las Moiras te han marcado y mires atrás, ¿qué verás? ¿A un hombre corroído por el ansia de conseguir un imposible? ¿O a uno que fue capaz de rehacerse y buscar la felicidad? ¿Prefieres que los jueces del Hades se rían cuando comparezcas ante ellos? ¿O que te feliciten por haber empleado bien tu vida?

—Tu intención es buena, Melobio, y agradezco tu oferta tanto como estas monedas. Tanto como todo lo demás que has hecho por mí. Pero donde yo nací no dejamos que nadie se ría de los muertos.

»En Tracia existe una costumbre, tal vez la conozcas. Mi madre la cumple sin excepción. Se trata de marcar cada día con una piedra. Blanca si has gozado de fortuna, negra si has sido desgraciado. Así, cuando tu vida termina, todos pueden comprobar el balance final con un simple vistazo al montón. Desde que mi padre murió, las piedras negras se acumulan en la casa de mi madre. Sé que jamás volverán a cambiar de color.

»No es lo que quiero para mí, y tampoco para Veleka. Cada día que pasa, dos piedras negras se unen a nuestros montones y, poco a poco, cubren las piedras blancas que habíamos recogido hasta ahora. Yo te juro algo, Melobio, por todos los dioses griegos y los tracios: llegará el día en que mis piedras vuelvan a ser blancas y las de Veleka también. Eso, o procuraré que lo que se amontone sea la tierra sobre mi cadáver.

Las tabernas del Pireo eran lugar de reunión de marineros, extranjeros y prostitutas. La que había junto al templo de Afrodita estaba especialmente llena de estas últimas, así que Prómaco se vio acosado por ofertas variadas en cuanto dejó caer su fardo y pidió el primer cuenco. El tabernero, un eretrio de mofletes colorados, le aseguró que disponía del mejor vino de Tasos y le ofreció un caldo de pescado. Prómaco lo aceptó.

Inclinó la cabeza sobre el presunto licor tasio y se vio reflejado en él. No se reconoció. Pensó en las palabras del armador Melobio. Hasta ese momento, su único objetivo era llegar lo antes posible a Esparta, pero ¿qué haría una vez allí? ¿Preguntar por Antícrates, sin más? Miró al suelo, junto al taburete que ocupaba frente al mostrador. Un montón de andrajos envueltos en piel de cabra. Esas eran sus opciones frente a la máquina militar más poderosa del mundo. Cerró los ojos con fuerza. Necesitaba algo más que sus ganas de tomarse venganza y recuperar a Veleka. Levantó la vista hacia el tabernero.

—¿Hay alguna posada barata?

—Muchas. Pero no es necesario que busques más, pues aquí mismo podrás dormir si te conviene el precio. ¿Qué te parecen dos óbolos por una buena cama?

—Me vale.

Prómaco volvió a inclinarse sobre el cuenco. Una voz masculina sonó a su espalda:

—Tu modo de hablar es beocio, pero no pareces tebano. Además, el tabernero te ha servido el vino rancio con el que engaña a los bárbaros y pretende cobrarte el doble que a un ateniense. ¿De dónde eres?

El muchacho miró al curioso. Un hombre de mediana edad con barba de varios días. La mugre de sus manos y los efluvios del sudor lo delataban como uno de los trabajadores del puerto. Seguramente llevaba desde el amanecer cargando y descargando mercancía. Tal vez del propio buque de Melobio.

—¿Quién quiere saberlo?

—Me llamo Acenor y soy tebano. Los paisanos nos ayudamos, que demasiado hemos padecido ya.

Prómaco miró de arriba abajo al tal Acenor. Melobio le había advertido contra los truhanes del puerto, así que se mantuvo alerta.

—Mi padre era tebano.

—Entonces tú también lo eres. —Acenor señaló el fardo—. Acabas de llegar, por lo que veo. —Bajó la voz—. Y también veo que pretendes alojarte aquí. Ni se te ocurra. Si no se te comen las pulgas, alguna de esas putas te desvalijará. Mañana mismo estarás tirado ahí fuera, rogando un mendrugo de pan o apaleado por esos cabrones escitas que patrullan las calles.

—Eso es asunto mío. Gracias por tu interés. Ahora, si no te importa...

—Ya te he dicho que los paisanos nos ayudamos. Haz como gustes, pero si cambias de idea, sube a Atenas y busca a Pelópidas. Es tebano, como nosotros. Te conseguirá un alojamiento digno y hasta trabajo. —Extendió las palmas negruzcas—. Yo gano mis dineros con honra gracias a él.

A Prómaco le intrigó aquel sentimiento de solidaridad tebano, así que preguntó a Acenor por qué era tan necesario que los paisanos se protegieran unos a otros en Atenas. ¿Acaso no podían volver a Tebas, su hogar, para no ser simples metecos?

Acenor se acomodó en un taburete a su lado.

—¿De dónde vienes, muchacho?

—De Tracia.

—Ya. ¡Tabernero, trae un poco de ese meado caliente que llamas vino tasio! —Sonrió a Prómaco—. Entonces no sabes que muchos tebanos vivimos como exiliados, ¿eh? En Corinto, en Argos, en Calcis... Pero sobre todo aquí. Atenas es el lugar más seguro si un cabrón espartano te ha echado de casa.

Prómaco dejó el cuenco sobre el mostrador. Ahora sí quería saber más.

Acenor le puso al corriente de lo primordial. Dos años antes, el partido proespartano de Tebas, compuesto por los caciques de la ciudad, había pedido a Esparta que lo aupara en el poder, por aquel entonces en manos de los demócratas. Esparta apoyó la pretensión. Mandó a un igual llamado Fébidas junto a algunos periecos y consiguió que los oligarcas ocuparan las magistraturas. Entonces empezó la represión. Muchos tebanos tuvieron que huir con lo puesto, aunque fueron más los que no lo consiguieron.

—Pelópidas es de muy buena familia, pero que eso no te engañe: ama la democracia. Y odia a Esparta. Sus padres murieron en las represalias, y él y su hermana pequeña vinieron a Atenas. Conoce a los magistrados y se codea con los atenienses más ricos. Es el hombre que nos mantiene unidos en el exilio. Y goza de estupenda reputación aquí porque, como puedes imaginar, los atenienses aceptan a regañadientes esta paz, que por otra parte es más falsa que un óbolo de barro. Atenas sigue odiando a Esparta por todos los males que le ha causado, así que cualquier antiespartano es bien recibido y agasajado.

Prómaco apretó el puño sobre el mostrador.

—Nadie odia a Esparta más que yo, Acenor. Nadie.

—Bien, chico. Entonces sube a Atenas. Crúzala de lado a lado y ve al barrio de Cinosargo, fuera de los muros. Pregunta por Pelópidas. Todo el mundo lo conoce.

El barrio de Cinosargo ocupaba la ribera del río Iliso, muy cerca de Atenas, y había crecido alrededor de un santuario dedicado a Heracles. Como meteco, Pelópidas no podía poseer casa en Atenas, pero sí gozaba de una nada despreciable propiedad en alquiler. La mansión, rodeada de una cerca baja de piedra, sobresalía entre las copas de los olivos.

Había una notable animación en el lugar. Corros de jóvenes que compartían comida y vino a la sombra de los árboles, parejas de hombres que conversaban mientras daban un paseo y esclavos que recorrían la finca con cráteras y bandejas. Prómaco avanzó con su fardo a cuestas, atrayendo las miradas. Su aspecto cansado y triste contrastaba con los quitones inmaculados, con el acicalamiento y, sobre todo, con la moderada alegría que se respiraba en el lugar. Uno de los esclavos se dirigió a él:

—¿Podré ayudarte?

—Vengo en busca de Pelópidas.

El hombre sonrió y abarcó el contorno con un amplio gesto.

—Como todos. Aunque ahora mi amo está ocupado. Si me dices lo que deseas...

—Acenor, un trabajador del puerto, me envía. Me dijo que Pelópidas ayuda a los tebanos.

—¿Eres tebano, señor?

Cuando le preguntaban eso en su tierra natal, Prómaco solía hacer gala de su sangre tracia. Pero no era lo mismo hallarse entre griegos tan distinguidos.

—Lo soy. Prómaco, hijo de Partenopeo. Acabo de llegar a Atenas.

—Bien. Descansa donde gustes. Te avisaré cuando mi amo pueda recibirte.

El joven asintió, dejó caer su fardo a la sombra de un olivo y se sentó contra el tronco. Respiró profundamente y, por primera vez desde su salida de Kypsela, pudo gozar de algo que de forma muy muy remota se parecía a la paz. Observó a los jóvenes que se solazaban. Gente ociosa, sin duda. Discutían sobre temas que a Prómaco se le antojaban absurdos. Dos de ellos pasaron muy cerca. Uno gesticulaba con pasión mientras hablaba sobre lo bello y lo útil. Más allá, otros dos muchachos compartían vino de una misma copa, reían cada poco e incluso intercambiaban caricias melosas. Cuando se aburrió de mirar, Prómaco paseó hasta el pequeño templo de Heracles. La hierba clareaba sobre la tierra apisonada, porque aquel era un lugar al que acudían los ciudadanos para adiestrarse militarmente. Subió la rampa, se apoyó en una de las columnas y, a través del pórtico, observó la estatua del antiguo héroe. Solemne su rostro de mandíbula cuadrada. Sus ojos pétreos casi contagiaban esa amargura que había regido su vida mortal. La forma de agarrar su maza, como si quisiera aplastarla entre esos dedos capaces de estrujar gargantas de monstruos y de sostener bóvedas celestes. El escultor había captado, quizás, el momento en el que Heracles veía cómo el pérfido Neso raptaba a su amada Deyanira. Heracles, al precio más alto imaginable, la había recuperado. ¿Cómo no hacerlo?

«Yo también lo haré. —Traspasó el pórtico y fijó sus ojos vivos en los muertos del semidiós—. Lo juro ante ti y por mi vida, Heracles. Llegaré hasta Veleka pese a todo y pese a todos.»

El sol bajó para tocar la tierra, el olivar se vació lentamente. Empezaba a refrescar y ya solo los esclavos recorrían la finca. El que había recibido a Prómaco lo localizó junto al templo.

—Mi amo te recibirá ahora, pero antes debo comprobar si vas armado.

—No llevo armas. Las perdí en... —Prómaco se interrumpió ante la sonrisa de circunstancias del esclavo. Suspiró y levantó los brazos. El cacheo fue rápido.

—Gracias, señor. Ahora sígueme.

El sirviente lo guio por entre los olivos hasta la casona. Dentro se oían risas y ruidos de cacharros. Prómaco observó la cuidada decoración. Los tapices tejidos con exquisitez. Incluso los sirvientes que recorrían la villa gozaban de un aspecto estupendo.

—Es aquí. Adelante.

Prómaco tomó aire y entró en la sala. Cuatro hombres comían sobre divanes, alrededor de una pequeña mesa central que contenía una bandeja llena de fruta. Al fondo, un portal ofrecía la vista del patio presidido por una fuente. El joven examinó a los comensales, que también lo miraban con atención. Sin saber cómo, supo quién era Pelópidas.

Lo tenía frente a sí, reclinado con indolencia y jugueteando con un higo. Contaría unos treinta años y, con toda probabilidad, se trataba del hombre más apuesto que Prómaco había visto en su vida. Nada parecía casual en él. Ni el pelo negro que caía a los lados de su rostro, ni la barba bien recortada, ni los ojos oscuros que observaban con curiosidad al recién llegado.

—Así que eres tebano.

Prómaco decidió aclararlo:

—Por parte de padre. Nací en Tracia.

Eso pareció decepcionar a Pelópidas.

—¿Vienes de allí?

—Así es.

—Larga marcha. ¿Ese es tu equipaje?

Prómaco bajó la vista hacia el fardo que sostenía con una sola mano. Se encogió de hombros.

—En realidad es todo lo que tengo. Esto y unas pocas monedas.

—Ya veo. —Pelópidas señaló la fruta de la mesa—. Entonces estarás hambriento. Toma asiento y come... ¿Prómaco?

—Gracias, señor. Sí, ese es mi nombre.

—Un gran nombre con un gran significado. Prómaco. El que lucha en primera fila. Como los héroes antiguos, ¿eh? Tienes aspecto de eso. De luchador. ¿Me equivoco?

El joven se había sentado en un diván libre, pero se mantenía envarado y sin probar la comida.

—He servido como mercenario a las órdenes del ateniense Ifícrates, señor.

—Un hombre que lucha por dinero. —Pelópidas consultó a los demás comensales con la mirada. Todos guardaban cierto parecido con él, aunque no se acercaban a su belleza. Sus ademanes eran delicados; sus quitones, de un blanco níveo. Tomaban la fruta con la punta de los dedos y la saboreaban despacio, como si fuera ambrosía. Los tres asintieron y uno pidió la palabra con un breve movimiento de cabeza. Se trataba de un hombre de baja estatura, pero bajo los ropajes se adivinaba una constitución fuerte.

—Luchar por dinero no es tan honorable como hacerlo por tu ciudad, desde luego. ¿Puede haber una causa que los dioses favorezcan más?

Pelópidas, que de pronto parecía haber perdido el interés por Prómaco, torció la boca:

—Bien dicho, Pamenes. Aunque lo más honorable, lo que más agrada a los dioses, es luchar por la gloria.

—Nuestro anfitrión se cree Aquiles reencarnado. —Rio el tal Pamenes.

—Oh, no. —Pelópidas terminó con el higo y masticó despacio, como si tuviera todo el tiempo del mundo—. Aquiles era invulnerable. Yo no lo soy. Creedme, amigos: lo tengo muy en cuenta cuando me juego la vida. Si no fuera así, ¿por qué habría de conservar la armadura de mis antepasados?

—Sí. —Pamenes miró a Prómaco y señaló un rincón de la estancia. Allí, sobre un armazón de madera, descansaba una coraza de bronce de las que nadie usaba desde décadas atrás. En el remate había un casco corintio, también pasado de moda. Con su facial de máscara que ocultaba el rostro y convertía al guerrero en un ente de fábula—. Observa eso, joven amigo. ¿Dudarías ahora de que Pelópidas pretende ser un héroe de cuando la guerra de Troya?

El anfitrión se encogió de hombros.

—Hace mucho tiempo juré que llevaría puesta esa armadura el día de mi muerte, así que no puedo arriesgarme a entrar en batalla sin ella.

Nuevas risas. Pamenes volvió a intervenir.

—Tu ciudad, la gloria... ¿Qué otras causas favorece Ares?

—La venganza, por supuesto —contestó Pelópidas. Prómaco creyó ver que cierta sombra cruzaba su rostro, pero enseguida recobró esa luz que parecía brotar de sus ojos—. Aunque no es incompatible con las otras dos causas. Dejemos que nuestro joven Prómaco nos ilustre. Él, que ha peleado a cambio de un salario, y nada menos que bajo las órdenes del famoso Ifícrates. Dinos, amigo: ¿consideras que Ares te socorre? ¿Crees que es honorable luchar por dinero?

—Pues... —Prómaco intentó concentrarse. Se sentía incómodo entre aquellos tipos indolentes—. Nunca antes había pensado en eso. Creo que se puede luchar con honor, sea cual sea la causa. No sé... Alguien que pelee por su ciudad puede comportarse como un cobarde en la batalla. He conocido a alguno que otro de esos que se llenaban la boca con la gloria cuando gozaban de seguridad, pero arrojaban el escudo en cuanto aparecía el enemigo.

Pelópidas aplaudió un par de veces.

—Bravo, Prómaco. Creo que sé lo que insinúas. Realmente es fácil hablar de estos temas aquí, entre comodidades y en tiempo de paz. Una paz hermosa esta que disfrutamos, ¿verdad, amigos? Pero nuestro invitado ha dicho una gran verdad. Casi ha parecido un reproche.

Prómaco enrojeció.

—Oh, no. Perdona, señor, si te he ofendido. Perdonad todos.

—No, no. Si tienes razón. —Pelópidas se puso en pie. Entonces pudo comprobar Prómaco lo alto que era. Si realmente Homero había pensado en un modelo humano para describir a su Aquiles, no podía tratarse de alguien muy diferente de aquel hombre. Se movió con gran elegancia hasta el portal que comunicaba la sala con el patio. Habló de espaldas—. Enfrentarse al enemigo... después de todo este tiempo. Eso sí sería del agrado de Ares. Pero seguimos aquí, mendigando un lugar de reposo después de tanta tribulación. ¿Qué alma noble puede soportar esto? ¿Lo habrían soportado Áyax o Héctor? —Se volvió despacio. Aquella sombra vengativa había regresado—. Me han dicho, Prómaco, que vienes de parte de Acenor. Buen hombre, desde luego. Con sus limitaciones, claro, pero honrado. Y tebano. ¿Te ha contado Acenor su historia?

—No, señor.

—Acenor trabaja en El Pireo ahora, pero en Tebas no hay

puerto. Allí era artesano. ¿Sabíais eso, amigos? Fabricaba las mejores flautas de Tebas, y yo os digo que las flautas tebanas no admiten comparación en toda Grecia.

»Aquí, en Atenas, un fabricante de flautas podría llegar a dirigir el ejército. ¿Qué te parece eso, Prómaco? No hace falta ser un *eupátrida* ni poseer una gran hacienda. Has dicho que en Tracia luchabas a las órdenes de Ifícrates y, corrígeme si me equivoco, pero ¿no es acaso Ifícrates el hijo de un zapatero? —Aquello sorprendió a Prómaco, ya que no era un detalle de dominio público—. Pues bien, en la Tebas que yo conocí de niño, un zapatero o un fabricante de flautas solo podían ser eso: zapatero y fabricante de flautas.

»Aunque no es justo que unos dispongamos de más comodidades que otros solo porque los dioses, siempre tan caprichosos, nos hicieron nacer en esta o en aquella familia. No es justo, no, sobre todo si eres un zapatero. Si eres un terrateniente, ah, entonces los dioses son justísimos y es un gran sacrilegio romper el orden que establecieron. Por eso, cuando en Tebas se nos ocurrió que tal vez un zapatero podía hacer más por la ciudad que un terrateniente, hubo quien se lo tomó a mal.

»Pero estoy aburriendo a nuestro amigo. Solo añadiré, Prómaco, que muchos zapateros y fabricantes de flautas tuvieron que irse de Tebas, dejar atrás a sus familias y a un montón de muertos de su sangre, solo para que algunos terratenientes pudieran conservar ese privilegio que consideran divino. Acenor fue uno de esos desgraciados. Bueno, Acenor —soltó una risa amarga y señaló a los comensales— y algunos más, como nosotros.

Prómaco miró a los amigos de Pelópidas. Se fijó en sus uñas cuidadas, sus manos limpias, sus cabellos bien recortados. Incluso el rocoso Pamenes parecía recién salido de un baño aderezado con masajes aceitosos.

—Señor, ni tú ni tus amigos parecéis zapateros.

Pelópidas soltó una corta carcajada.

—No hace falta nacer en una familia humilde para ser demócrata, joven amigo. Lo que hace falta, sobre todo, es una vista que alcance más allá de tus narices. Y amor por tu ciudad, desde luego. Fíjate en Atenas, por ejemplo. No verás nada igual en tu vida, te lo garantizo. Y Atenas es lo que es, y sobre todo ha sido lo que ha sido, gracias a la democracia. Y solo de una democracia como Atenas puede salir alguien como Ifícrates.

Un intenso silencio, apenas roto por el surtidor del patio, llenó la estancia. Pelópidas volvió a sentarse y tomó otro higo de la fuente. Prómaco observó a los cuatro jóvenes, que ahora parecían absortos en la reflexión. Durante toda la tarde se había sentido en paz, y hasta había llegado a envidiar a aquellos exiliados tebanos que vivían entre lujos. Ahora veía que no todo era perfecto. Siempre existía un pero. Algo que lo torcía todo. Eso le recordó la razón de su visita.

—Señor, me gustaría compartir vuestro cariño por Tebas, ya que después de todo era la patria de mi padre. Pero no estoy aquí por eso. Acenor me aconsejó que viniera porque podías ayudarme, aunque lo que yo busco no es ganarme la vida en El Pireo.

Pelópidas lo miró con un punto de desdén.

—En Laurion viven bastantes tracios. Podría hablar con un par de amigos. ¿Te gustaría colocarte como capataz en las minas?

—No. Ni siquiera pretendo quedarme en el Ática.

—¿Y qué pretendes entonces, Prómaco?

—Seguir viaje hacia el sur. A Laconia.

—Hmmm. Se me ocurren varios sitios mucho más interesantes, pero allá tú. Sin embargo, si lo único que quieres es viajar, ofrécete como remero en alguna nave que vaya al Peloponeso, o bien toma el camino del istmo con un bastón y sandalias nuevas. Para eso no me necesitas a mí, joven amigo. Sigo sin comprender la razón de tu visita.

—Pues te la repito: Acenor me dijo que me ayudarías. Aunque ahora que lo pienso, creo que he venido porque necesitaba sentir que no soy el único que odia a muerte a los espartanos.

El cambio en la actitud de los cuatro fue más que evidente. Pelópidas arrugó el entrecejo.

—Nosotros cuatro tenemos razones para odiar a Esparta. Nos vimos obligados a abandonar Tebas porque los oligarcas se hicieron con el poder, pero eso no hubiera sido posible sin la ayuda de Fébidas y sus espartanos. Ni eso ni las matanzas que hubo después. Somos exiliados, Prómaco, no viajeros. A nosotros Esparta nos quitó nuestra ciudad. ¿Qué te ha quitado a ti?

—A mi amor, Pelópidas. Esparta me quitó a mi amor.

Siguió un denso silencio. Pamenes se puso en pie, se acercó al anfitrión y le susurró largo rato al oído. Pelópidas asentía despacio. Cuando terminaron con los cuchicheos, Pamenes carraspeó:

—Prómaco, tenemos una propuesta para ti. Verás... —Miró al techo mientras buscaba las palabras—. Hasta hace una semana, nuestro buen Pelópidas tenía un esclavo llamado Sosipos. Un tipo bastante grande y fuerte que le guardaba las espaldas. El caso es que Sosipos... ya no está, y nos preguntábamos si aceptarías su puesto. Sería un dracma diario, más cama y comida.

Prómaco entornó la mirada.

—¿Qué ocurrió con el tal Sosipos?

Pamenes forzó una sonrisa. Fue Pelópidas quien contestó.

—Lo apuñalaron. Aunque la puñalada iba dirigida a mí. Ocurrió en el mercado, por sorpresa.

—Entiendo. ¿Qué pasó con el criminal?

—Sosipos tuvo fuerzas para romperle el cuello antes de morir.

—Ah. —Prómaco enarcó las cejas—. Entonces, tal vez el peligro haya pasado.

—Tal vez —repitió Pamenes—. Tal vez no. Hay gente que quiere...

Pelópidas interrumpió a su amigo con un gesto y continuó él:

—Es todo lo que tienes que saber por ahora, Prómaco. ¿Aceptas el trabajo? Solo hasta que consigas suficiente dinero para ir a Esparta.

El tracio se lo pensó un momento, pero una mirada a su roñoso fardo fue suficiente.

—Lo acepto.

5

El teatro de la vida

Durante la semana siguiente, Prómaco se dedicó a cumplir con su nueva misión. Pelópidas insistió en que se deshiciera de sus harapos y le suministró ropas nuevas, así como una daga. Lo alojó en el ala de la mansión reservada a los sirvientes libres y a los esclavos y, en principio, no le dedicó mayor atención que a estos.

Lo siguiente fue escoltar al aristócrata tebano en todas sus apariciones públicas en Atenas. Pelópidas encontraba un deber inexcusable en esto: diariamente se dejaba ver en el ágora, donde era abordado por sus paisanos de Tebas y mantenía quedas conversaciones con políticos locales. Prómaco intentaba apartarse para conceder intimidad a su patrón, pero siempre vigilaba las manos de quienes se acercaban a él. También lo acompañaba a los templos y aguardaba a que completara sus sacrificios. O esperaba fuera si Pelópidas entraba, y no lo perdía de vista mientras, en pie y con las manos abiertas a los lados, oraba a las enormes estatuas financiadas por los atenienses. A mediodía, Pelópidas solía regresar a su mansión, y reservaba las tardes para los ejercicios gimnásticos y los banquetes. A estos acudían jóvenes tebanos y atenienses para solazarse en largas comilonas amenizadas con música.

De noche, Pelópidas se volvía taciturno. Era entonces cuando dedicaba alguna palabra suelta a Prómaco.

—¿Recuerdas a tu padre?

—No mucho. Yo era un crío cuando lo mataron.

—¿Y nunca piensas en vengarlo?

Ante esta pregunta, Prómaco se encogía de hombros.

—Era un soldado. No sé quién acabó con él, pero supongo que también lo era. Ambos cumplieron con su deber: uno al morir, otro al matar.

A Pelópidas parecía satisfacerle semejante tipo de respuestas. Las reflexionaba largo rato, y luego remataba el corto interrogatorio:

—Puedes retirarte, Prómaco.

Junto a Pelópidas, en aquella mansión del Cinosargo, vivía su esposa, una noble tebana llamada Corina. Y también la hermana menor de Pelópidas, Agarista. A ninguna de las dos había visto aún Prómaco. Algunos invitados preguntaban por ellas al anfitrión, y Pelópidas les contestaba con alguna formalidad trivial. Solo una vez se explayó cuando Pamenes se interesó por Agarista:

—Mi hermanita está mal de la cabeza. Habla con los dioses.

—Yo también lo hago —repuso Pamenes.

—Y yo. Pero ni a ti ni a mí nos contestan, ¿verdad? —Pelópidas sonrió—. A ella sí.

El séptimo día desde la llegada de Prómaco, su aristocrático patrón decidió ir al teatro. Le avisó con una sola jornada de antelación.

—No pongas esa cara, Prómaco. Te gustará. No suele haber representaciones hasta dentro de unos meses, pero el arconte de este año quiere instaurar la costumbre por las fiestas Oscoforias, que empiezan pasado mañana. El arconte es el tío de Eunico, uno de los comediógrafos de moda en Atenas, y Eunico se ha empeñado en representar su última obra como colofón a una jornada de reposiciones en el teatro de Dioniso. Nos tendremos que andar con cuidado. Se amontona mucha gente, hay empujones... Ya sabes.

Prómaco dudó, pero consideró un deber expresar su prevención:

—¿De verdad es necesario ir?

—Sería un crimen no hacerlo. La comedia de ese chiquillo caprichoso me da igual, pero reponen *Andrómaca*.

Resultaba que aquella tragedia, escrita por un tal Eurípides cincuenta años antes, era la favorita de Pelópidas.

Y de muchos otros atenienses y metecos a juzgar por la aglomeración. O eso creyó Prómaco. La mañana siguiente, ríos de gente confluían hacia el teatro de Dioniso a pesar de que la entrada era carísima. Para consuelo del tracio, Pelópidas decidió esperar a que la marea se diluyera, pues *Andrómaca* era la segunda obra en el programa. Buscaron refugio bajo un árbol junto al Odeón y vieron pasar a las familias con sus comidas embolsadas. No tardaron en escucharse los aplausos cuando la primera tragedia dio comienzo. Aun así, el público seguía afluyendo.

—Una locura, Pelópidas. Si yo quisiera matarte, agradecería a los dioses semejante ocasión. Debe de haber quince mil personas ahí dentro.

El tebano no daba su brazo a torcer.

—No hay tanta gente. De hecho vamos a encontrar asientos libres. La mayor parte empezará a llegar durante la tercera tragedia para asistir al estreno de Eunico. Y eso será después del mediodía.

—Tragedias, comedias... No les veo la utilidad.

Pelópidas lo miró como si acabara de blasfemar contra Zeus, Atenea y Apolo juntos.

—Son bellas, luego son útiles.

—¿Qué?

El tebano ahogó una risita.

—Tal vez algún día te presente al amigo que me enseñó eso. Y estarás de acuerdo cuando veas *Andrómaca.* ¿Sabes que Eurípides la compuso mientras Atenas y Esparta estaban en guerra? Lo notarás.

—No creo que pueda prestar atención a los actores. Tendré trabajo cuidando tus espaldas.

Era la conversación más larga que mantenían desde la llegada de Prómaco. Pelópidas lo observó mientras el rumor del teatro se acallaba, seguramente porque los actores ya salían a escena.

—El teatro es como la vida, Prómaco. ¿O era al revés? Lo nuestro, en todo caso, son tragedias. Eso me recuerda algo. Dijiste que odiabas a los espartanos porque te habían arrebatado a tu amor.

—Así es.

—Cuéntamelo.

Prómaco dudó.

—¿De verdad te interesa?

—Te lo diré cuando sepa qué te pasó.

Suspiró. Los rezagados llegaban al acceso del teatro y las inmediaciones del Odeón se quedaban vacías. Quedaba un largo rato hasta que la primera tragedia del día acabara. Empezó a contárselo.

Pelópidas escuchó con atención. Asentía cada poco o pedía a Prómaco que le ampliara algún punto llamativo. Quedó muy sorprendido cuando supo que el tracio había sido ferviente admirador de Esparta antes de conocer su auténtico rostro. Y que Ifícrates minimizaba su propio triunfo en Lequeo sobre una *mora* espartana. «La humildad que tan solo se encuentra en los grandes», pensó Pelópidas. Apretó los dientes al saber que, tal como se rumoreaba, Esparta asediaba Olinto para evitar cualquier hegemonía que no fuera la propia, incluso en un lugar tan remoto como la Calcídica. Cuando escuchó la oferta que el espartiata Antícrates había formulado a Prómaco para comprar a Veleka, le invadió una pena amarga.

—Así son esos perros. Soberbios irreductibles. Suponen que todo y todos estamos a su disposición.

Prómaco continuó. El tal Antícrates ni siquiera le había considerado un enemigo. Le había enviado a unos ilotas, esclavos a los que los propios espartanos despreciaban, para arrebatarle a su amada como un ladrón robaría un queso. Y tan poco temían esos ilotas sus acciones, respaldadas por Esparta, que hasta habían dejado con vida a Prómaco. Pelópidas se alegró de que hubieran cometido ese error, desde luego. Porque no hay nada como herir al amor para que nazca el odio. Y no había odio tan provechoso para la causa tebana como el odio a Esparta.

—La primera obra está a punto de acabar. —Pelópidas señaló la entrada del teatro—. Vamos.

El aristócrata abonó el precio de ambos y accedieron. Prómaco descolgó la mandíbula al contemplar un teatro por vez primera. El graderío, que se extendía por la ladera sur de la acrópolis ateniense, hervía. El público aprovechaba el lapso entre una y otra tragedia para criticar las actuaciones o interpretar los objetivos del autor, lo que convertía al teatro en una especie de hormiguero que vibraba con miles de voces. En los laterales del graderío, fanfarrones escitas a sueldo de la ciudad guardaban el orden. Iban armados con bastones que hacían girar con evidente jactancia. Pelópidas indicó un par de sitios libres cerca del pasillo central y se dirigieron allí. A Prómaco no le agradó la elección. Muchos espectadores quedaban a la espalda. Algunos de ellos agitaron las manos para saludar al tebano.

—Son paisanos exiliados —aclaró Pelópidas—. Ya los irás conociendo.

Prómaco tomó asiento y se dedicó a repartir miradas de pocos amigos entre los espectadores de alrededor. Pero estos andaban más pendientes de la segunda obra, pues ya salía el actor que interpretaba a Andrómaca. A Pelópidas se le iluminaron los ojos.

—Ahí la tienes —dijo en voz baja—. La pobre viuda de Héctor, arrancada de su tierra para servir como esclava.

Eso distrajo la atención de Prómaco. El actor, con la máscara coloreada y vestido de mujer, se arrancó con los versos de Eurípides. La desdichada Andrómaca se las tenía que ver ahora con Hermíone, la esposa espartana de su amo, que la odiaba a muerte. El tracio no pudo evitarlo. Imaginó a Veleka con el rubio cabello sucio, arrodillada ante la mujer legítima de Antícrates. Se esforzó por dejar de escuchar. Miró tras de sí, pero el público parecía de todo menos peligroso. Miles de bocas silenciadas, ojos que seguían las evoluciones del actor en el escenario. Hasta los fanfarrones escitas se habían embobado con la tragedia. Si alguien hablaba, enseguida recibía los reproches de quienes se sentaban cerca. El propio Pelópidas parecía obnubilado. El segundo actor, vestido de esclava, hizo su aparición y se dedicó a dialogar con Andrómaca. Algo llamó la atención de Prómaco a su derecha. Un hombre entornaba los ojos mientras se fijaba en Pelópidas. Metió su mano entre las ropas, lo que provocó la alerta del tracio, que apretó el puño de su daga.

Entonces el hombre sacó un pedazo de queso y se puso a mordisquearlo al tiempo que Andrómaca y la esclava lloriqueaban.

—«¡Mi duro destino —decía el personaje protagonista—, al que se me unció el día de mi esclavitud! En ella caí sin merecerlo. Preciso es no llamar jamás feliz a ninguno de los mortales hasta que veas cómo llega abajo tras pasar su último día.»

Prómaco se volvió hacia el escenario. Andrómaca hacía grandes aspavientos mientras desgranaba sus miserias tras la muerte del esposo y la destrucción de su ciudad, Troya. En cada uno de los atenienses parecían reflejarse los abusos de los victoriosos. La humillación de los vencidos. Prómaco recorrió las gradas con la vista. Vio ojos que brillaban hasta desbordarse. Más de la mitad de aquellas personas había visto en su juventud cómo Esparta, flamante vencedora en la guerra del Peloponeso, arruinaba los muros de Atenas e imponía su soberbia a los derrotados. El sentimiento de solidaridad con Andrómaca llenó la atmósfera. No era ya un actor disfrazado el que declamaba sobre la escena, sino una especie de conciencia común. Y despertaba el odio. Ahora comprendía lo que Pelópidas quería decir. Sus prevenciones fueron cayendo en una especie de olvido mientras otros actores acudían junto a Andrómaca y el coro efectuaba sus intervenciones desde la orquesta.

Un rumor de desprecio se extendió por las gradas cuando el actor que hacía de Menelao, rey de Esparta, apareció disfrazado con su quitón escarlata. Había añadido una larga peluca a su máscara y se servía de un bastón espartano. El sentimiento de odio electrizó el aire. Su discusión con Andrómaca descubrió la voz ronca, forzada y pomposa con la que trataba de ridiculizar al personaje. Prómaco imaginó el estreno de la obra muchos años antes, en plena guerra del Peloponeso, con el público casi histérico, deseoso de saltar sobre la escena para apalear al hombre vestido de rojo.

—«¡Oh, los más odiosos de los mortales —le escupió Andrómaca—, habitantes de Esparta, consejeros falsos, señores de mentiras, urdidores de males, que pensáis de modo tortuoso, insano, y le dais la vuelta a todo!»

—¡¡Hijos de perra!! —añadió alguien desde lo más alto de las gradas. Recibió protestas, pero también risas de burla. Igual que si en verdad estuvieran insultando a un rey espartano. Prómaco, de reojo, vio que Pelópidas estiraba una sonrisa rabiosa. Observó sus manos agarrotadas sobre la piedra de su asiento, como si apretara el cuello del actor. Andrómaca, en escena, continuó con sus reproches:

—«Injustamente tenéis fortuna a través de la Hélade. ¿Qué es lo que no se da entre vosotros? ¿No, muchísimos asesinatos? ¿No, lucros vergonzosos? ¿No se os sorprende sin cesar diciendo una cosa con la lengua y pensando otra? ¡Así os muráis!»

—¡¡Moríos todos, cabrones pelilargos!! —se oyó en un extremo del teatro. Uno de los alguaciles escitas ordenó silencio. Un espectador se puso en pie entre las primeras filas y blandió su puño hacia el falso Menelao:

—¡¡Puercos, abusadores!!

El teatro temblaba. La Andrómaca del escenario tuvo que callar mientras los alguaciles escitas se adelantaban desde los muros laterales. La gente se levantaba, gruñía un par de improperios y volvía a sentarse. Otros se desplazaban entre los asientos. La máscara no dejaba ver la auténtica expresión de Menelao pero, a buen seguro, el actor palidecía.

—No me gusta esto —susurró Prómaco. Aunque Pelópidas no escuchaba. Sus dientes apretados parecían a punto de abrirse para unir su voz a las del resto. Andrómaca intentó retomar el diálogo:

—«Para mí la muerte no es tan penosa como te parece, pues me mataron aquellas pasadas desgracias...»

Calló. Su voz apenas llegaba a las gradas delanteras. Los alguaciles se metieron entre las filas. Prómaco se puso en pie. Alguien mandó callar a los escandalosos, pero lo llamaron proespartano y recibió un puñetazo. Arriba, otro ateniense encajó un empujón y cayó dos asientos más abajo. Un escita empezó a repartir bastonazos, y eso provocó una súbita conmoción colectiva. Los que intentaban huir de él empujaban a los que se sentaban a su lado, y estos retrocedían hasta provocar choques en cadena. Hubo quejas airadas que pronto se convirtieron en chillidos de miedo. El público se movió a lo largo del graderío como una ola en una ensenada. Los bancos de piedra temblaron. De pronto, lo único posible era dejarse llevar. Prómaco trató de alcanzar a Pelópidas, que también se veía arrastrado, pero se interponían dos hombres entre ellos. Entonces asomó la daga.

—¡Pelópidas, cuidado!

El tebano no podía verlo. El agresor había brotado a su espalda. Aunque otros se dieron cuenta y eso desató la desesperación. Parte del público se vio arrastrada hacia la orquesta y los miembros del coro salieron corriendo. El de la daga apartó de un codazo a uno de los atenienses que lo obstaculizaba, otro se encaró con él. Prómaco fue testigo de cómo lo apuñalaba sin contemplaciones. Eso avivó el pánico. Varias cabezas desaparecieron mientras la oleada humana presionaba contra el lateral del teatro. Sin saber cómo, Pelópidas chocó contra Prómaco. Entonces, al mirarlo a los ojos, el tebano comprendió. Su cabeza se volvió, vio la daga que se alzaba y reflejaba la luz del sol.

El tracio actuó con la celeridad que le daba la veteranía. Bajó la cabeza, embistió con el hombro a Pelópidas y se vio frente al agresor. Su propia arma pinchó abajo, en el vientre. El tipo se encorvó y su cara adquirió un repentino tono rojizo. De la segunda a la décima cuchillada no transcurrieron ni tres latidos de corazón. Prómaco dejó caer su daga, agarró a Pelópidas por la túnica y tiró a través de la masa. Los ojos del tebano aún observaban a su asesino, que se desplomó antes de que el enjambre lo aplastase.

La jornada teatral se suspendió, pero el balance nubló las fiestas Oscoforias: seis muertos en el teatro de Dioniso, tres de ellos a puñaladas. Al actor que hacía de Menelao le habían abierto la cabeza de una pedrada, aunque ya estaba fuera de peligro. Además, medio centenar de atenienses y metecos habían resultado heridos en la avalancha humana y clamaban contra el arconte. Este declaró que la representación había sido un error y que las familias de los muertos y heridos serían indemnizadas por el Tesoro de Atenas. En cuanto al estreno de la comedia escrita por su sobrino Eunico, lo pospuso hasta las fiestas Leneas. Para quitarse hierro, acusó a los alguaciles escitas de propasarse en su labor y de haber desatado el pánico con sus bastones, así que todos ellos fueron despedidos y se contrató a otros.

Pelópidas dejó que pasaran unos días antes de volver sobre el tema. Fue a media tarde, mientras hacía un alto en sus ejercicios gimnásticos. Se acercó a su guardaespaldas y sonrió.

—Te vuelvo a dar las gracias, Prómaco. Me salvaste la vida.

—Es mi trabajo. Y para seguir haciéndolo, te ruego que la próxima vez me prestes oídos. Yo no quería asistir a la obra.

Pelópidas reconoció su error y prometió que tendría en cuenta la opinión de su guardián.

—Pero, digas lo que digas, tú también lo sentiste. Reconócelo, Prómaco.

—Yo también lo sentí, sí. El odio hacia ese espartano que no lo era. ¿Alguna idea sobre el tipo que intentó matarte?

—Ni siquiera me he molestado en averiguar quién era. Tendría que dar muchas explicaciones y al final se sabría que cayó por tu mano. Me han dicho que todos los muertos eran ciudadanos de Atenas, así que, seguramente, se trata de un asesino a sueldo de los oligarcas tebanos.

—¿Más odio?

Pelópidas se encogió de hombros.

—Creo que se trata de miedo, no de odio. Los oligarcas saben que los exiliados tebanos me consideran una esperanza.

—¿Y realmente lo eres?

El aristócrata no abandonaba su sonrisa.

—Hablaremos de eso en otro momento. Ahora me interesa más tu odio, que nace del amor por tu tracia, Veleka. ¿No te parece admirable que un sentimiento alumbre al opuesto?

—No lo había pensado, la verdad.

—Ya. Eso me recuerda lo que te dije el día del teatro sobre lo bello y lo útil. Te prometí que un día te llevaría a conocer a alguien, y he pensado que ese día será mañana. Tranquilo, nada de aglomeraciones esta vez. Se trata de un hombre sabio que ofrece magníficas conversaciones en unos jardines al otro lado de Atenas. «Academia» llaman a ese lugar.

—Academia...

—Allí ha fundado una... escuela de vida. De entre todos los temas humanos y divinos que se discuten, el amor ocupa un lugar distinguido.

6

El filósofo

—El hombre al que vamos a ver se llama Aristocles, aunque todos lo conocen por su apodo: Platón. Nos recibirá sin duda, aunque no resultaría fácil para cualquier otro.

Cruzaban Atenas por el norte de la Acrópolis, saludando a los ciudadanos que reconocían al noble tebano.

—Curioso —dijo Prómaco—. El arconte se inventa una representación para beneficiar a su sobrino, que ha compuesto una comedia. Y ahora ese tal Platón nos concederá audiencia a nosotros con más facilidades que a otros. Pensaba que estas cosas no ocurrían en las democracias. ¿No era lo mismo un *eupátrida* que un zapatero o un fabricante de flautas?

—Ah, bien visto. Nadie ha dicho que la democracia sea perfecta. El hombre, Prómaco, lleva la semilla de la corrupción en su alma. Además, podemos decir que Platón está un poco... resentido. Ciudadanos corruptos pero amparados por la democracia condenaron a muerte a su maestro.

»Aunque no son las ideas políticas lo que me interesa de él ahora. El día del teatro, cuando me contaste lo de tu amada Veleka, recordé algunas discusiones en casa de Platón. Ya ves: nosotros, pobres ilusos, hablamos de luchar por la gloria, por la ciudad, por venganza... Pero ninguno de nosotros nombró el amor. —Pelópidas puso la mano sobre el hombro de Prómaco—. Hasta que oí tu historia y vi qué es lo que en realidad te mueve. ¿Acaso no es la diosa del amor tan digna de respeto como Ares?

—No sé si te entiendo muy bien, Pelópidas.

—Ya. Cuando hables con Platón lo entenderás. Por eso vamos a verlo.

Salieron del entorno amurallado por el Dípylon y flanquearon el barrio del Cerámico. El camino continuó ameno. La afluencia de viajeros y mercaderes era grande, y las fincas se alternaban con las arboledas. Nadie habría dicho que, apenas treinta años antes, aquel lugar había sido arrasado por Esparta en la larguísima guerra contra Atenas por la hegemonía sobre Grecia. Los espartanos habían resultado vencedores y eso, como se había visto en el teatro, dejaba huella. Pero la vida tras la derrota, a simple vista, no parecía suponer un perjuicio para los atenienses. Sin duda la paz era buena, pensó Prómaco. La única cuestión pendiente era saber si resultaba igualmente honrosa.

La Academia era en realidad un bosque. Con un santuario, tumbas, un gimnasio, pistas de carreras... Al igual que en los jardines de Pelópidas, hombres de todas las edades se paseaban entre los olivos mientras discutían sobre los temas más rebuscados. Alguien terminó su melodía con una flauta en una fronda cercana, a continuación sonaron aplausos. Varios jóvenes saludaron afablemente a Pelópidas, y todos ellos lo hicieron con el mismo acento beocio.

—¿Son tebanos? —preguntó Prómaco.

—Así es. A muchos los conozco desde la niñez. Lo mejor de Tebas está aquí ahora, amigo mío. Quiera Zeus que un día podamos reunirnos en nuestro verdadero hogar.

Pelópidas se detuvo un momento para admirar a algunos efebos que competían en la carrera del estadio. Prómaco lo observó. Se había dado cuenta de que el noble tebano prestaba mucha atención a los demás hombres. Especialmente a los mejor formados.

—¿Me permites una pregunta, Pelópidas?

—¿Sobre el amor y el odio?

Prómaco terminó por asentir.

—En cierto modo. El día del teatro pude ver a familias enteras allí, incluidas las mujeres. Pero tú no trajiste a la tuya. ¿Por qué?

El interpelado frunció el entrecejo. Miró a Prómaco, luego a los gimnastas. Sonrió.

—Alguna vez lo hice, pero a Corina no le gusta el teatro. En realidad, no tenemos mucho en común. Nuestro matrimonio nunca ha pasado del arreglo entre familias. Es algo relacionado con la sangre del dragón.

—¿La sangre del dragón?

—Ya lo entenderás. Corina será la madre de mis hijos. Pero eso lo dejamos para cuando pueda volver a casa, claro. No quiero que mi heredero nazca fuera de Tebas.

—Entonces..., ¿no amas a Corina?

—Oh, el amor... No, Prómaco: no la amo. Corina desciende de uno de los linajes más nobles, antiguos y adinerados de Beocia. Es una buena mujer. Discreta, piadosa... Lo único que podría reprocharle es que no congenia con mi hermana. Pero si me preguntas por mi amor, te diré que no está conmigo en Atenas. Se quedó en Tebas y allí aguarda el día de la liberación.

—¿Otra noble tebana?

—No. Se trata de un hombre, Prómaco. El mejor amigo que se puede tener. Generoso, leal y valiente. Se llama Górgidas. Pero no hablemos de cosas tristes y fíjate en esos muchachos. ¿No te parecen hermosos? Mira cómo sus músculos se tensan con el esfuerzo. Cómo se marcan sus tendones bajo la piel. Jóvenes como esos recuperarán Tebas, estoy seguro. Y algún día puede que incluso nos liberen a todos de los espartanos.

Prómaco no estaba tan convencido. En Esparta, el ejercicio físico y el adiestramiento para la guerra eran la única ocupación de los ciudadanos libres. Ningún espartiata tenía que trabajar, ni comerciar, ni viajar, ni cuidar de la hacienda. Todo eso era función de ilotas. La misión del auténtico espartano era la guerra, desde que se veía capaz de empuñar un cuchillo hasta que se le caía de las manos de pura vejez. Esa era la principal razón de que nadie los hubiera derrotado en una batalla campal. Aquellos jóvenes a los que Pelópidas admiraba ahora, sin embargo, dejarían de lado su instrucción un día cercano para dedicarse a sus deberes ciudadanos. Y cuando tuvieran que empuñar sus armas para una lucha real, sus músculos ahora elásticos e imponentes se habrían quedado flácidos, torpes. Ninguno de ellos poseería experiencia en la lid, y lo más probable era que el miedo los agarrotara cuando tuvieran cerca al enemigo.

Continuaron a través de la arboleda y alcanzaron el edificio principal. Varios jóvenes desnudos dieron la bienvenida a Pelópidas mientras descansaban junto a la piscina, y otros de mayor edad lo recibieron y le invitaron a entrar a una sala de la que salía una voz resonante. El tebano se volvió y se puso el dedo ante los labios. Prómaco asintió.

Había divanes repartidos, aunque muchos oyentes se sentaban en el suelo, apoyados contra los pedestales y las columnas. Todos atendían a un solo hombre no muy alto pero de anchas espaldas que, en pie, acompañaba sus palabras con ademanes breves y gesto risueño. Andaría cerca de la cincuentena, y el pelo le faltaba en toda la coronilla aunque le crecía gris sobre las orejas y en la barba.

—¡Así pues, amigos, no esperéis grandes portentos de la democracia! —decía en ese momento—. Salvo, si acaso, la posibilidad de que un solo hombre os domine no por las armas, el linaje o por el dinero, sino por sus palabras.

»Así ocurre ciertamente entre quienes conocen los mecanismos de la democracia, y la usan en su propio provecho o en perjuicio de quienes odia. Del mismo modo que una hoz sirve para un fin bueno pero, en manos de un criminal, se convierte en un arma capaz de cosechar el desastre.

»Yo he conocido a hombres que dominaban el mundo con su charla. Embaucadores que, para aquellos que les prestaban oídos, se convertían en imprescindibles. Incluso en su única salida. Porque les contaban lo que querían oír. Les prometían un próspero futuro que, en realidad, era imposible de alcanzar. Pero el pueblo lo creía porque, en democracia, los charlatanes gozan de oportunidades para disfrazar la realidad. La presente y la futura, según le perjudique una o le favorezca otra. Y el pueblo no siempre es capaz de distinguir la verdad de la mentira. Es más, siempre suena mejor una mentira bien dicha que una verdad dolorosa. Y, de vez en cuando, es natural que uno se canse de padecer dolores.

Prómaco dio un codazo a Pelópidas. Le susurró al oído:

—¿Y este es el hombre al que admiráis los demócratas de Tebas?

—Desde luego. Sospecho que cultiva nuestra amistad más por nuestra sangre noble que por los planes de recuperar la democracia, pero nunca está de más escuchar sus palabras. Aunque no siempre nos agraden.

Al reconocer la media voz de Pelópidas, la sonrisa de Platón se acentuó. Lo buscó con la mirada y extendió la mano.

—¡Alegrémonos, amigos, pues veo a otro ilustre hijo de Tebas que viene a visitarnos!

Los oyentes saludaron a Pelópidas con jovialidad. Los más entusiastas, situados en un rincón al otro lado de la sala, agitaron las manos. Entre ellos se hallaba Pamenes.

—Todos esos son mis paisanos —explicó el tebano a Prómaco en voz baja mientras devolvía el saludo—. A algunos ya los has visto en Cinosargo. A los demás te los presentaré más tarde. —Alzó la voz y se dirigió al hombre de la barba gris—. Yo soy quien se alegra, maestro. Pero sigue, por favor. No interrumpas tu discurso.

—De ningún modo, Pelópidas, hijo de Hipoclo, hasta que no nos digas quién te acompaña. No lo había visto antes, o eso podría jurar. ¿Otro patriota tebano al que unirás a tu causa democrática?

—Eso espero, maestro. Pero mi amigo es tebano solo a medias. La otra mitad de su sangre es tracia. Su nombre es Prómaco.

Todos los presentes observaron al mestizo. Platón entornó los ojos, que sin duda arrastraban ya los problemas de visión propios de la edad.

—Prómaco. Nombre caro a Ares. Sus adeptos gustan de adiestrarse fuera, en el estadio. O en la palestra. ¿No preferirá ir con ellos? Mira que aquí rendimos tributo a otros dioses.

Pelópidas, que parecía disfrutar con el diálogo casi a gritos y la expectación de los demás, señaló a Prómaco.

—Oh, no lo creas. Al igual que yo, mi amigo tiene un gran interés por comprender los mecanismos del amor y del odio. Aunque no te falta razón, maestro, en que considera que el mejor medio para llegar a su fin es cumplir los designios del belicoso Ares.

—¡El amor! —Platón levantó los brazos a los lados—. ¡Qué gran excusa para cambiar de tema! ¿O acaso os aburría con mis desvaríos sobre la política? Acercaos, Pelópidas y Prómaco. Venid aquí.

El tebano tuvo que empujar un poco al mestizo, pero acabaron muy cerca del maestro, que volvió a entrecerrar los ojos.

—Poco maduro este Prómaco, me temo, para acceder a los secretos del amor o del odio. Y temo por él, pues se adivina el sufrimiento en su mirada. Pelópidas, tú, que por tus años has de ser más juicioso, ¿qué puedes decirnos del mal que le aqueja?

El tebano se volvió, gozoso de acaparar la atención. Allí, centro de todas las miradas, parecía crecer hasta convertirse en un auténtico Aquiles reencarnado. Habló con voz potente y bien modulada:

—La verdad es que no llego a comprender el mal de Prómaco. Aunque puede ser porque lo comparo con mis propios males. Todos me conocéis, amigos, y sabéis que mi deseo es alcanzar la gloria. —Miró a Platón—. ¿Es malo eso, maestro?

—De ningún modo, Pelópidas. Somos mortales, y nuestro deseo natural es cambiar semejante estado. ¿Qué mayor tesoro que la inmortalidad? Eso nos acercaría a los dioses. O mejor: nos convertiría en dioses. Así pues, tu deseo es casi divino.

—¿Me equivoco entonces cuando digo que la causa más noble para la guerra es la gloria?

—Ares no podría estar más de acuerdo.

—¿Y cómo es posible que mi amigo Prómaco prefiera luchar por amor y por odio? ¿Qué tendrá Ares que decir a eso?

Platón posó su mano en el hombro de Pelópidas, que lo aventajaba con mucho en altura.

—Quizás el deseo de Prómaco encierre en sí mismo tanto lo falso como lo verdadero, pues dices que el amor y el odio son sus razones para una misma cosa. Esto me recuerda una historia muy tebana. Seguro que todos la conocéis, pero os la recordaré, porque así veréis que de lo malo, según nuestras leyendas, puede nacer lo bueno:

»Como sabéis, el viejo Cadmo se encontró con un problema en el lugar en el que quería construir Tebas. Desde un bosque cercano, un terrible dragón asolaba la comarca y la volvía inhabitable. En la lucha contra él perecieron los hombres de Cadmo, así que este se armó de valor y, en un combate digno de la guerra entre dioses y titanes, mató al dragón. Pero Cadmo necesitaba pobladores para su nueva ciudad, y ahora todos sus amigos habían caído. Tal vez fue el propio Zeus quien le dio la solución: tenía que arrancarle los dientes al dragón muerto y sembrarlos en el mismo sitio donde hoy se alza la ciudadela Cadmea. De cada una de esas extrañas semillas nació un guerrero armado hasta los dientes, y pronto toda la cosecha fue una guerra civil en la que Cadmo no se inmiscuyó. Los hombres sembrados, hijos del dragón, se mataron entre sí hasta que solo quedaron cinco. Los cinco mejores, más valientes y aguerridos. Estos se prometieron la paz y se declararon súbditos de Cadmo. Fueron los primeros pobladores de Tebas, antepasados de nuestros amigos aquí presentes.

»Ya veis. La siembra del mal dio una cosecha de bien. Los mismos tebanos de buena sangre se llaman a sí mismos «hijos del dragón». ¿Lo he contado bien, Pelópidas?

—Muy bien, maestro. Es una leyenda bonita, aunque pocos son los tebanos que en verdad creen descender de una bestia homicida.

Los presentes rieron

—Pues claro. Fácil es aquí distinguir lo real de lo inventado. Otra cosa ocurre con los sentimientos humanos. Así que volvamos al tema que nos ocupa y veamos si podemos encontrar respuestas en tu interior, Pelópidas. Dinos a todos si te enorgulleces de obrar bien, como hizo Cadmo.

—Naturalmente, maestro.

—¿Quieres decir que te avergüenza obrar mal, como hacía el dragón?

—Por fuerza. Aunque no sé qué tiene que ver esto con Prómaco, su amor y su odio.

—Mucho o poco, pronto lo veremos. La cuestión es que tú eres tebano, Pelópidas. Por tus venas corre la sangre del dragón. Nadie podría decir que ama a Tebas más que tú.

—Sin duda.

—Por lo tanto, te enorgullecería obrar de modo que tu ciudad se viera beneficiada. Y crees que esto se cumplirá cuando los tebanos, hijos del dragón, os sacudáis el yugo de los oligarcas y la propia Tebas deje de estar en manos de Esparta.

Pelópidas asintió con entusiasmo.

—El caso es que en cierta ocasión debatimos sobre eso, y hubo quien dijo que no hay causa más honorable que luchar por tu ciudad.

—He aquí, Pelópidas, que ahora podemos unir ambas causas: el amor y tu ciudad. Pues nada sería más glorioso ni podría darte más razones para enorgullecerte que luchar por amor a Tebas.

—¡Es cierto, maestro!

—Pero fijémonos en nuestro joven amigo Prómaco. ¿Acaso no es él como nosotros, y se gloria de lo que hace bien y se avergüenza de lo que hace mal? —Prómaco, que aún no se atrevía a hablar, lo confirmó con un breve movimiento de cabeza. Platón prosiguió—: Y si está dominado por esa fuerza irresistible que es el amor, ¿ante quién creéis que se avergonzaría más si fuera sorprendido en una acción reprochable? ¿Ante sus amigos? ¿Ante su ciudad? ¿Ante su amor?

Todos miraron a Prómaco. A él, que había dejado todo atrás por Veleka, no le costó responder:

—Ante mi amor..., maestro.

A Platón se le iluminaron los ojos. De pronto pareció poseído por una inspiración sobrehumana. Se adelantó a Pelópidas y a Prómaco.

—¡Tal como pensaba! Yo os digo, amigos míos, que si un hombre estuviera enamorado y ejecutara una mala obra, nada le dolería más que si fuera sorprendido en esa maldad por su amor. Ante nadie, sea padre, madre, hermano o amigo, sentiría la misma vergüenza. Ni una ciudad entera goza del poder de quien es amado, pues a su sola presencia se excitan los ánimos del amante, y este es capaz de todo. De matar e incluso de morir.

»Pero el noble Pelópidas se extrañaba de que el joven Prómaco pretendiera luchar por amor. Pensad en lo que acabo de decir. Imaginad que la persona a la que más amáis os pudiera ver en el combate. ¿No sería lo más odioso del mundo arrojar el escudo y correr, huir del enemigo y convertirse en un cobarde? ¿Sabéis que en ciertas tribus bárbaras es costumbre, cuando los hombres van a la guerra, que sus mujeres formen filas en la retaguardia para que puedan verlo todo? Así animan a sus esposos, los vitorean si se distinguen con las armas y los vituperan si se comportan con cobardía. Y estos se ven más inflamados por el ardor guerrero, pues saben que, si son vencidos, sus mujeres los insultarán y se verán decepcionadas y, para mayor desdicha, serán alcanzadas por el enemigo victorioso.

»Pelópidas, te haré una pregunta cuya respuesta te dolerá. Pero contéstame pese a todo: ¿cuál es el mejor ejército del mundo?

El tebano se mordió el labio. Bajó la cabeza y miró durante un momento al suelo.

—Debo decir la verdad, maestro. Se trata del ejército espartano.

—Nadie te llevará la contraria, Pelópidas, por más que odie a Esparta. ¿Sabes cómo despiden las espartanas a sus hijos cuando estos parten para la guerra?

—Todo el mundo lo sabe, maestro. Les ordenan que vuelvan con sus escudos o sobre ellos.

—Porque nada hay tan vergonzoso como arrojar el escudo, sobrevivir y regresar a un hogar donde te espera la madre avergonzada. Las espartanas prefieren ver los cadáveres de sus hijos antes que soportar el oprobio de la cobardía. Y, sin embargo, los espartanos huérfanos de madre actúan igual que los que aún la tienen: superado su periodo de instrucción, forman en las primeras filas de la falange, el lugar donde más honor se consigue. ¿Quién puede explicar esto?

Se hizo el silencio. Algunos murmuraron por los rincones, pero nadie se atrevió a dar una respuesta. Platón, lejos de sentirse decepcionado, sonrió con amplitud.

—Pensad en la respuesta todos vosotros. Y cuando la tengáis, venid a verme y reveládmela. Y ahora hagamos un descanso, pues mis rodillas no aguantan como cuando era un jovenzuelo.

Entre susurros de desencanto, los alumnos de Platón se pusieron en pie y fueron abandonando la sala. El maestro, que de ningún modo parecía fatigado, se dirigió en voz baja a Pelópidas y a Prómaco.

—A vosotros dos os espero en mi casa esta noche. Tengo anguilas del lago Copais y quiero compartirlas con alguien que sepa apreciarlas. Pensad también en la respuesta a mi pregunta e intentad dármela, aunque a ambos os adelantaré algo. A ti, Pelópidas, que el mejor ejército posible no es el espartano. Y a ti, Prómaco, que el amor auténtico excluye el odio, luego eso que tú llamas amor es, con toda seguridad, algo diferente.

Platón se fue, rodeado de sus discípulos más allegados. Prómaco comprendía ahora por qué aquel hombre concitaba la admiración de media Atenas. Su forma de gesticular, de entonar, incluso de mirar y sonreír mientras razonaba, era la de quien se elevaba hasta la perfección y, a la vez, se mostraba humilde como el ser más imperfecto. Cada una de sus palabras parecía revestida de la coraza del conocimiento. Y de algún modo lograba que ese conocimiento naciera en el interior de cada uno, como si siempre hubiera estado allí, esperando para salir a la luz.

Y, sin embargo, Platón los había dejado frustrados. Náufragos a punto de ahogarse cuando la orilla se hallaba a dos brazadas. Mientras Prómaco desentumecía sus sentidos, paralizados por el potente hechizo del filósofo, el grupo de tebanos se acercó a Pelópidas e intercambiaron saludos y abrazos. Pamenes, como parecía ser su costumbre, lo sometió a varias bromas amistosas. Pero el más vehemente, el que mayor afecto demostraba, era un hombre algo más joven que los demás, de pelo y barba castaños. Sus ojos, pequeños, hundidos y muy claros, observaron a Prómaco con una mezcla de curiosidad y envidia.

—Dinos, Pelópidas, cómo ha conseguido este joven tu atención. ¿O acaso se ha convertido en tu amante?

Los demás rieron con naturalidad. Prómaco enrojeció, de modo que Pamenes fue en su rescate:

—Nada de eso, Meneclidas. Prómaco guarda las espaldas de Pelópidas.

Pelópidas también intervino:

—Y lo hace bien. No negaré que Prómaco es un apuesto muchacho, pero hay algo de él que me atrae mucho más que la posibilidad de su amor. Algo que a ti también te gustará, Menéclidas: odia a Esparta con todo su corazón.

El tal Menéclidas y Prómaco se estrecharon las muñecas.

—Entonces puedes contar con mi amistad. No me importa que seas medio bárbaro.

—La familia de Menéclidas y la mía han sido íntimas desde siempre —explicó Pelópidas, y su gesto alegre se borró de repente. Fue el propio Menéclidas, que aún sujetaba la muñeca de Prómaco, quien continuó:

—Hasta que los míos fueron exterminados por los espartanos de Fébidas y por sus siervos oligarcas, traidores a Tebas y sabandijas asquerosas.

Lo había dicho mostrando los dientes y con los ojos encendidos. Prómaco sintió la fuerza en el apretón, como si fuera un alarde. Como si quisiera dejar claro que su odio era mayor y más puro. Solo entonces lo soltó.

Los demás tebanos también saludaron a Prómaco. Pamenes apartó a Pelópidas del grupo y le habló al oído. Este se limitaba a asentir. Una vez concluida la conversación furtiva, todos abandonaron la Academia y se separaron antes de llegar a la puerta Dípylon. Pelópidas interrogó a Prómaco acerca de la impresión que le había causado Platón.

—Resulta muy... convincente.

—Lo es solo porque tiene razón, Prómaco. Te aseguro que esta noche no nos decepcionará. Pero no pierdas la paciencia, ya has visto que le gusta hacer pregunta tras pregunta. La verdad es que tú mismo, a fuerza de reflexionar y responder, acabas donde él quiere llevarte.

»En Tebas vive un hombre parecido. No tan elocuente, desde luego, pero con gran juicio. Epaminondas. Le debo la vida. Hace tiempo, cuando éramos unos ilusos, luchamos en Mantinea, en el mismo bando que los espartanos. ¿Puedes creerlo?

»Los mantineos hicieron una salida de su ciudad y nos pillaron desprevenidos. Estábamos apartados del resto del ejército, de modo que tuvimos que valernos solos. Me hirieron de un lanzazo aquí. —Se tocó el muslo—. Caí al suelo y Epaminondas me protegió con su escudo hasta que llegaron los refuerzos.

—¿Qué fue de él? ¿También lo mataron los traidores? ¿O fueron los espartanos?

—Epaminondas sigue con vida. Al igual que mi buen Górgidas, fue lo suficientemente listo como para que no lo consideraran una amenaza, así que continúa en Tebas.

»Prómaco, esta noche iremos a casa de Platón, tal como nos ha pedido, pero mañana tengo que ausentarme de Atenas. Será un viaje corto, no te preocupes. Pamenes me ha contado algo de gran interés y... En fin, he de ver a algunas personas. Ya supondrás que hombres como Epaminondas y Górgidas no están ociosos en Tebas. Ellos allí y nosotros aquí trabajamos por nuestro futuro, separados aunque con un mismo objetivo. Algún día te lo contaré. Pero a lo que iba: la reunión de mañana me impide cumplir un deber que había contraído con antelación. Debía acompañar a mi hermana a un santuario cercano, a llevar una ofrenda. Dado que no podré, ¿te importaría escoltarla? Solo por seguridad, claro. También irán un par de esclavas.

—Pero mi misión es protegerte a ti. ¿Vas a ir solo a esa reunión? Recuerda lo que estuvo a punto de pasar en el teatro.

—Lo tengo muy en cuenta, Prómaco. No temas, que estaré a salvo. Me preocupa más mi hermana. Imagina que algún puerco a sueldo de los oligarcas la raptara.

Prómaco asintió

—Estoy a tus órdenes.

—¡Bien! —El noble tebano palmeó la espalda de Prómaco—. Sé indulgente con ella, por favor. A veces dice cosas... raras. Hay quien la toma por loca, pero no es eso. Solo una advertencia más, amigo —soltó una breve carcajada—: no vayas a enamorarte de mi hermana. Ese hombre que has conocido, Meneclidas, es su pretendiente desde niño. Además, en mi familia tenemos la mala costumbre de romper corazones.

Prómaco se sorprendió al acompañar a Pelópidas en su risa. De todas formas, pensó, era imposible que nadie le rompiera el corazón. Ese trabajo ya estaba hecho.

7

Afrodita y Eros

Platón tenía una mansión junto a la Academia, pero la mayor parte del año vivía en el barrio de Escambónidas, en una casa que delataba su pasado aristocrático. Cuando recibió a Prómaco y Pelópidas, ordenó a los esclavos que les dejaran vino, agua y la bandeja con la anguila del Copais ya troceada y humeante. Él mismo se ocupó de servir a sus invitados. Empezó una charla trivial y demostró curiosidad por Tracia. Prómaco se vio obligado a describir su tierra, sus costumbres y sus ritos religiosos, de modo que, cuando acabaron con el pescado, el joven estaba suficientemente desinhibido como para someterse al curioso método de debate del filósofo.

—Esta mañana, Prómaco, he sembrado la duda en ti. O quizá no.

—Yo no dudo, maestro. Odio a Esparta y amo a Veleka.

—Veleka, ¿eh? Una chica tracia, imagino.

—La hija de un noble odrisio, sí. Pariente del rey Cotys. Sacerdotisa de Bendis y la más bella muchacha que haya visto en Tracia o fuera de ella.

Platón sonrió comprensivo.

—Sin duda, una mujer digna de ser amada. ¿Serías capaz de cualquier cosa por ella?

—Fui capaz de dejarlo todo atrás, maestro. Nos fugamos de nuestro hogar porque no podíamos estar juntos... —Se interrumpió. Pelópidas se apresuró a suplir la vacilación del joven.

—Un espartano se la arrebató en Olinto, maestro. No ha vuelto a saber nada de ella.

—Oh, aquí tenemos la razón de su odio. —Platón hizo un gesto de pesar—. Espinoso asunto. Claro que, para estar juntos, asumisteis el riesgo de alejaros de vuestra tierra. Valía la pena, ¿verdad?

—Eso pensamos.

—No quisiera avivar tu dolor, joven amigo, pero dime: ¿si os hubierais quedado en Tracia, habría desaparecido Veleka?

—Supongo que no. No. Allí vivía segura. Cotys es un déspota que disfruta con el dolor ajeno, pero Veleka no corría peligro alguno.

Platón asintió antes de beber un trago de vino muy aguado.

—¿Qué es lo que más recuerdas de ella, Prómaco?

El joven se removió incómodo. Ya estaban ahí esas preguntas de apariencia inocente. Él también bebió; más que por sed, para ganar tiempo y pensar su respuesta:

—Lo que más echo de menos es su cabello. Veleka es muy rubia. Y el calor de su cuerpo me ayudaba a dormir. No hay placer que pueda competir con eso. Y su forma de mirar... Oh, si la hubierais visto.

—Entiendo —murmuró Platón—. Ahora quiero que imagines, Prómaco. Imagina que Veleka estuviera de regreso en su hogar, en Tracia. ¿Puedes hacerlo? ¿Te haría eso feliz?

—Me gustaría, maestro. Allí estaría a salvo. Pero no podría ser feliz, pues su padre se negaba a que nos viéramos. Él pretendía casarla con un noble odomanto.

—No necesito saber más. Yo estaba en lo cierto.

Tanto Pelópidas como Prómaco dejaron sus copas en la mesa.

—¿Y bien, maestro?

—Es Afrodita quien tiene poder sobre ti, Prómaco. Es el cabello rubio de Veleka, el calor de su cuerpo. Su forma de mirar. Sobre todo, su belleza. Tu felicidad depende de estar con ella, tú lo has dicho. Tal vez ella habría podido vivir libre y ajena a la tribulación en Tracia, pero eso significaba que no iba a estar a tu lado. De tal modo que renunciaste a su seguridad para gozar de su amor. Has dicho antes que serías capaz de cualquier cosa por Veleka. Bien, Prómaco, yo te digo ahora que eso no es cierto.

»Si hubieras sido capaz de cualquier cosa, habrías renunciado a tu amada. Ahora viviría atada a ese noble odomanto, puede ser. Pero en tu corazón has de saber que es deseable tal cosa y no la incertidumbre de ahora o, peor aún, la certeza de saberla esclava y humillada, calentando la cama de un espartano o trabajando sus tierras en Laconia. ¿No es mejor, incluso más noble, el sacrificio de no verla jamás y saberla libre que la imprudencia de sacarla de su hogar para perderla?

»Existe un amor superior a ese que te domina, Prómaco. Uno que no sirve a Afrodita, sino a Eros. Si él te hubiera inspirado, habrías amado el alma de Veleka más que su cuerpo, su cabello, su calor o su mirada. Tal vez, pues, hayas de buscar el amor puro en otro lugar. En otra alma.

Prómaco se había sacudido. Ya estaba de nuevo. La sensación de que Platón acababa de desnudarlo de una túnica que, antes de ese momento, desconocía que llevara puesta. Todos sus secretos quedaban a la vista. Pero Platón no era un dios. No podía saber acerca de Prómaco lo que el mismo Prómaco ignoraba.

—No es posible, maestro. El alma que busco es la de Veleka.

Platón negó despacio.

—Afrodita te impulsa a buscarla para dormir a su lado. Simple pasión que, por su impureza, ha hecho nacer en ti el odio a Esparta. Pero del amor puro hacia un alma gemela, del amor de Eros, no puede jamás surgir el odio. Reconocerás el alma que buscas cuando sepas que tu sacrificio no será exigir el suyo, sino procurar su bien sobre todas las cosas. Incluso aunque eso implique no yacer con ella ni gozar de su belleza, de su calor o de su mirada, sino permitir, sin más, que ella goce del bien. Contigo o sin ti.

Prómaco se venció de hombros. No lo iba a creer. No debía. Veleka se hallaba ahora en algún remoto lugar, perdidas su libertad y su esperanza, y él no podía dejarla de lado por el anhelo de un extraño amor que exigía renuncias. Menos aún tras haberlo jurado en el santuario de Heracles en Cinosargo. Se levantó y anduvo hasta el extremo de la sala. Pelópidas hizo ademán de apaciguar su inquietud, pero Platón lo impidió con un gesto.

—No se convencerá tan fácilmente, lo sé. Tendrá que hallar la verdad por sí mismo. Es así como realmente se llega al conocimiento.

»Pero vayamos contigo, Pelópidas. Os pregunté a todos cómo es posible que los jóvenes huérfanos de Esparta ocupen las primeras filas de la falange, si carecen de madres ante las que avergonzarse si arrojan su escudo. ¿Tienes la respuesta?

—La única respuesta posible, maestro, es que los espartanos no luchan por el amor de sus madres.

—Es la única respuesta posible y la correcta. ¿Quién de entre los griegos no sabe dónde los espartanos y sus aliados detuvieron a los medos durante las guerras contra el Gran Rey? ¿Acaso no conocemos todos el sacrificio de Leónidas? Sin duda también sabrás lo que escribió el poeta en honor de esos caídos, pues en el mismo lugar donde dejaron sus vidas puede leerse aún: «Ve, caminante, y di a los espartanos que aquí yacemos, obedientes a sus leyes.»

Pelópidas asintió lentamente.

—Sus leyes...

—Las leyes de Licurgo. Las leyes de su ciudad, las de sus antepasados, son lo que mueve el corazón espartano en la lucha. Por eso te digo que el suyo no es el mejor ejército posible. El mejor ejército posible, amigo Pelópidas, será aquel cuyos guerreros estén obligados por los lazos del amor.

»Esta es la verdad: si existiera un ejército de amantes y amados, ninguno de ellos haría otra cosa que avergonzarse de lo que les restara honor. Antes bien, competirían entre sí para alcanzar la mayor gloria y hacerse merecedores de ese amor. Y el amante no permitiría que le ocurriese ningún mal al amado, por lo que lucharía con un ardor que las leyes de Licurgo no pueden inspirar. Y si con todo su afán no fuera capaz de evitar la muerte del amado, el amante se batiría con mayor ímpetu aún para vengarlo. Y de ninguna manera, jamás, arrojaría un amante el escudo para desamparar al amado o abstenerse de vengar su muerte. Yo te digo, Pelópidas, que un ejército así vencerá siempre y contra toda circunstancia, porque está impulsado por Eros. Y Eros es invencible.

Cruzaban Atenas de noche. Prómaco, que abría camino con una antorcha, caminaba abatido, evocando una y otra vez las palabras de Platón. Del verdadero amor no puede surgir el odio...

—No le des vueltas —sugirió Pelópidas—. Por lo que a mí respecta, no hay odio más sagrado que el que se profesa por el enemigo. Y Esparta es el enemigo, tanto tuyo como mío. De dónde nazca ese odio... ¿qué más da?

—Hice un juramento. No renunciaré a Veleka. Ni Eros ni Afrodita me importan. No renunciaré a ella.

Pelópidas se acercó un poco más a él. Bajó la voz.

—Claro que no. Ni yo renunciaré a la democracia, ni a la libertad de Tebas. Por eso, por lo que nos iguala en el odio, te propongo algo: únete a nosotros.

Prómaco miró de reojo al noble. A la luz temblorosa de la antorcha, las sombras bailaban en su rostro. Pero la determinación brillaba en su voz como cien soles.

—¿A vosotros?

—A los tebanos libres. A los exiliados y a los que conspiran dentro de Tebas para recuperar la democracia. Falta poco, amigo. El día se acerca, la tiranía de Esparta ha de acabar ya. Toda ayuda será bienvenida.

—Pero yo jamás he estado en Tebas, Pelópidas. Nunca me he interesado por ella más allá de las historias que contaba mi padre.

—Lo sé. Y lo comprendo. Tu odio a Esparta no tiene nada que ver con Tebas. Y en poco tiempo, cuando hayas reunido suficiente dinero, viajarás a Laconia y darás rienda suelta a ese odio. Pero hay algo que debes saber antes de que se te nuble el entendimiento: tú solo no tienes oportunidad alguna contra los espartanos.

Era lo que todos se empeñaban en hacerle comprender, desde luego.

—¿Y qué oportunidad tenéis vosotros, Pelópidas? Ni siquiera los atenienses, con toda su flota y toda su riqueza, pudieron con ellos. Nadie puede, porque a su reclamo se les unen los que temen las represalias. Tal vez incluso la propia Atenas se vea obligada a auxiliar a Esparta en caso de que os alcéis.

—Eso no ocurrirá. Y no lo digo por el odio que presenciaste en el teatro. No pienses que los tebanos hemos estado ociosos todo este tiempo.

—Ya. Vuestros oscuros mensajes en voz baja. Pero aún está el asunto de derribar a los oligarcas proespartanos. Mi padre hablaba maravillas de los muros de Tebas. ¿Qué haréis? ¿Iréis tú y tus amigos bien vestidos y acicalados y pediréis permiso para entrar y acabar con los oligarcas?

—No parece mala idea. Tal vez hagamos eso.

Prómaco negó con la cabeza.

—Pelópidas, no negaré que confío en ti. No sé por qué, ya que hace poco que nos conocemos. Tal vez sea eso del odio que compartimos. Te agradezco tu generosidad y te serviré en lo que esté en mi mano durante el poco tiempo que pase en Atenas. Pero no puedo esperar a que tú y tus amigos desterrados os hagáis con el poder en Tebas y luego resistáis, uno tras otro, los embates de los espartanos que vayan a castigar vuestra rebeldía. Incluso aunque lo consiguierais, incluso aunque pudierais instalar una democracia en vuestra ciudad..., ¿qué ocurriría con Veleka?

»Yo necesito hacer algo ya. Cada día que pasa, ella se hunde más en la nube negra que enturbia mi mente. No puedo enfrascarme en una guerra ajena porque he de librar mi propia guerra.

Pelópidas sonrió. En la oscuridad, Prómaco no pudo saber cuánto de amargo había en ese gesto. Su voz sonó grave cuando le respondió.

—Está bien, amigo. Es decisión tuya. Pero piensa en esto: si tú me ayudas hoy, tal vez yo pueda ayudarte mañana. —El tebano dio una palmada en el aire y su tono cambió. De repente era otra vez el Pelópidas vital para el que todo parecía ir bien—. Y hablando de mañana, recuerda acompañar a mi hermanita. Es lo más valioso que me queda.

Se decía que las tebanas eran las mujeres más esbeltas y elegantes de Grecia. Quizá las espartanas fueran las de cuerpo mejor formado, y las atenienses las más virtuosas. Pero nadie como una tebana lucía su moño alto, ni dejaba caer con elegancia el velo para cubrir a medias el rostro.

Agarista no podía negar que fuera tebana. Acababa de cumplir veintidós años, con lo que aventajaba en dos a Prómaco. Apenas le prestó atención cuando salía de sus estancias en Cinosargo, y tampoco mientras inspeccionaba el contenido de la cesta. Un manto que había tardado en tejer justo el tiempo que llevaba exiliada en Atenas, según le había contado Pelópidas. El mestizo tampoco quiso importunar, así que evitó cruzar la mirada con ella. Pese a todo, el fugaz momento de su aparición no le había decepcionado. Agarista era digna hermana del Aquiles tebano. De cabello negro y bien recogido, ojos oscuros, grandes, rasgados. Gesto altivo. Ella misma era alta como ninguna otra mujer que Prómaco hubiera visto. El parecido con Pelópidas, incluso en los gestos, era más que evidente. Llevaba puesto un peplo jónico, largo y cerrado con una ristra de fíbulas, que ceñía a la cintura con una banda del mismo color verde que el velo tebano que apenas le ocultaba los labios.

Prómaco no pudo ver el manto, aunque supuso que la labor sería excelente. Una esclava lo tapó con un paño y cargó con la cesta. Otra se encargaba de la comida y del parasol. Cuando todo estuvo listo, la propia Agarista dio la orden:

—Vamos.

Contrariamente a lo que Prómaco había supuesto, Agarista tomó la delantera y la mantuvo a pesar de que el camino no era corto. Recordó que Pelópidas le había advertido de sus excentricidades, así que no le dio importancia. Salieron hacia el sur, dejando Atenas a su derecha, y enseguida empezaron el ascenso del monte Himeto. Empezaron a cruzarse con carretas de bueyes cargadas de mármol y con los recolectores de miel. Tras los madrugadores, algunos otros piadosos atenienses se unieron a la senda con sus modestas ofrendas, pues eran varios los dioses a los que se adoraba en el cercano monte. Una espléndida alfombra de flores ceñía la ruta de subida, pero a la joven tebana no parecían entretenerle mucho las abejas que revoloteaban a su alrededor.

En ese momento, rodeado de naturaleza y de quietud, Prómaco fue consciente de que apenas llevaba unas pocas semanas en Atenas y, sin embargo, su viaje y todo lo que había vivido antes de llegar allí parecían remotos. Como si formaran parte de una vida ajena. O como si el propio Prómaco fuera una persona diferente.

A media subida, Agarista miró atrás un par de veces antes de dejarse alcanzar por Prómaco. Este se esforzó en ignorarla, pero el paso de la joven era firme y las esclavas se rezagaban, así que consideró que debía hablar:

—Señora, ¿las esperamos?

Se detuvo. Mantuvo la vista fija en Prómaco. La cabeza un poco baja, los ojos entornados. Agarista tenía una de esas miradas tiranas. Cuando la posaba en alguien, daba igual que Zeus iluminara el cielo con sus rayos o que Poseidón azotara la tierra de lado a lado. Solo existían esos ojos; la posibilidad de escapar de ellos era mera ilusión. Prómaco, azorado, acababa de descubrir su tiranía. Ella le apuntó con el índice a la cara, como si hubiera algo notorio y hasta entonces inadvertido. ¿Acaso Agarista era capaz también de vislumbrar la duda y la culpa que flagelaban al mestizo?

—Tu nariz es divertida. ¿Qué le ha pasado?

A pesar de lo de la diversión, lo había dicho muy seria; pero cuando el joven vaciló en responder, Agarista tiró del velo y sacó a relucir una encantadora sonrisa, de esas que abren deliciosos surcos en las mejillas. El mestizo se decidió por fin:

—Me la rompieron en Olinto, señora.

Ella se encogió de hombros.

—No te queda mal, Prómaco.

Así que sabía su nombre. ¿Qué más sabría? Las esclavas llegaron, jadearon un poco a su altura y, cuando Agarista consideró que habían descansado lo suficiente, continuó con la subida. Esta vez dejó que las muchachas se adelantaran y ella se mantuvo en paralelo con Prómaco. Le habló en voz baja:

—Salvaste la vida a mi hermano. Te lo agradezco.

—Ah. Te lo ha contado.

—Sí. Pelópidas me cuenta cosas que ni su esposa sabe. Confía en mi discreción. Y en la tuya. Te aprecia mucho, ¿sabes?

—Es mutuo, señora.

—Me alegro. Pero cuéntame, Prómaco: mi hermano dice que eres medio bárbaro. Que raptaste a tu amante tracia. ¿Es verdad eso?

Prómaco se lo pensó un rato. ¿Hasta qué punto estaría de acuerdo Pelópidas en que su hermana y él hablaran de esos temas? Una nueva sonrisa de Agarista disipó su cautela y se decidió a contestar:

—Más o menos.

—Hablas poco, ¿no? ¿O te gusta deleitarte en tu tristeza y negársela a los demás? Tendrás muchas cosas que esconder, aunque mira que los dioses lo ven todo.

—Eso no me importa. Yo también he visto mucho y no todo vale para contarlo. Mejor guardarme algunas cosas, señora.

—Pero esto no es como el dinero. Puedes compartirlo conmigo porque en nada estrechará esa amargura tuya, mientras que mi sabiduría aumentará. Ah, me aburro bastante; y cuando parece que hay una historia interesante, vas tú y decides que no vale para contarla. Deja que yo decida eso, vamos. ¿Por qué raptaste a tu tracia?

—Porque la iban a casar con otro.

Aquello pareció encantar a Agarista. Prómaco imaginó que habría oído muchas historias de ese tipo. De héroes y dioses encaprichados con bellas mujeres a las que raptaban de sus hogares y, tras poseerlas en bosques sagrados y engendrar en ellas a mortales de funesto destino, las convertían en cisnes o en mirtos. Miró al frente y vio el camino serpenteante que desaparecía en la arboleda hacia la cima. Había tiempo, se dijo Prómaco. Y no hacían ningún mal a nadie.

Se lo contó todo. Agarista borró la sonrisa en cuanto supo lo ocurrido en la tienda de Antícrates, y sus labios se curvaron en un mohín al escuchar lo del ataque nocturno. A Veleka no la había raptado él en realidad. La había raptado un espartano al que ahora debía encontrar, fuera como fuese.

—Acabo de recordarlo. Esa noche, antes de que todo ocurriera, tuve un sueño. —La observó para ver si el asunto le interesaba. Ella le animó a seguir con un gesto—. Una jauría de perros salvajes me acosaba. Yo me defendía con todas mis armas, pero no servían de nada. Seguían a mi alrededor y ya se disponían a destrozarme. Lo recuerdo con angustia. Entonces tomé una simple maza que alguien había dejado allí y acabé con todos.

Se hizo el silencio mientras seguían camino. Agarista se mantuvo pensativa el resto de la subida, y también el trecho que hicieron por una senda secundaria hasta llegar a un paraje sombrío y húmedo. Parecía que de pronto hubiera dejado de interesarle la historia del medio bárbaro y su amada tracia. Llamó a la esclava de la cesta y le pidió el manto.

—Tú no puedes pasar de aquí, Prómaco.

Él mostró su acuerdo. La tebana se cubrió la cabeza y el rostro con un velo blanco, casi transparente, y tomó el manto con ambas manos. Después se acercó a la espesura. Allí, bien disimulada por las plantas trepadoras, se abría una covachuela de la que escapaba un ligero aroma a incienso. Prómaco se inclinó y entrevió un altar, pero consideró que no debía curiosear más. Tanto Agarista como las dos esclavas desaparecieron en la oquedad.

Prómaco se alejó unos pasos. Vio a más mujeres. Jóvenes que paseaban indolentes. Un par de ellas se le acercaron pero, al observar que Prómaco no las requería, perdieron el interés. Entonces comprendió: se trataba de prostitutas sagradas de Afrodita. Y aquella cueva debía de ser un santuario de la diosa.

Afrodita una vez más.

El sonido del agua atrajo su atención. Había una fuente con un pequeño estanque y, sumergida hasta la cintura, una mujer se sujetaba el pelo con una cinta. No parecía muy hermosa, pero sus pechos eran grandes y firmes. No había advertido la presencia de Prómaco, así que este la observó en silencio a través del ramaje y los arbustos. Ella se estremeció al humedecerse la cara, el cuello y el torso. Prómaco empezó a notar una inoportuna quemazón.

—Vaya. ¿Te recuerda a tu amante tracia?

Se volvió apurado y vio a Agarista, con gesto burlón y el velo retirado de la cara.

—Eh... No, señora. Yo... Perdona.

Agarista le indicó que la siguiera. Salieron de la espesura y se reunieron con las esclavas, que acababan de tender un paño sobre la hierba. Sacaron frutos secos, queso y bollos de trigo. Una de las sirvientas se acercó a la fuente con un cántaro vacío.

—Siéntate y come, Prómaco.

Obedeció, aunque tras el primer bocado se vio en la necesidad de excusarse.

—No sabía que hubiera nadie bañándose. No era mi intención molestar. Sé que es un bosque sagrado.

—Está dedicado a Afrodita. El estanque y la fuente también. El agua cura a las mujeres que no pueden concebir. Pero no tiene importancia si miras y te gusta, Prómaco. Si lo deseas, puedes yacer con alguna. —Señaló a una de las jóvenes que se prostituían al servicio de la diosa—. Tenemos tiempo.

—No lo deseo.

—Bien, Prómaco. Aunque no lo parecía hace un momento.

La mirada de Agarista se había desviado hacia la entrepierna del joven. Este enrojeció como una mora. Las dos esclavas rieron en voz baja y él intentó salir del trance como pudo.

—¿Y para qué has subido a hacer la ofrenda, señora?

Ella arrugó la nariz.

—Mi hermano insistió. Ya sabes lo que dicen. ¿O no lo sabes? Afrodita dorada, hija de la espuma, tejedora de ardides, dulce como la miel. Y también la que perturba a las mujeres y, por lo tanto, la que puede curarlas. Dicen algunos que estoy loca. ¿No te lo ha dicho Pelópidas? Ah, yo no sé si lo estoy. Y si lo estoy, no veo el problema en seguir estándolo. En fin, mi hermano tiene la esperanza de que Afrodita me devuelva la sensatez. Cree que así me inspiraré en las mujeres honestas y aceptaré esposo. Como si a mí me hiciera falta venir aquí para hablar con la diosa o para reconocer al hombre que ella me escoja. Se piensa Pelópidas que con todas sus triquiñuelas acabaré casándome con el partido que me buscó.

—Ah, sí. El noble Menéclidas, ¿no?

Agarista cambió un gesto de pesadumbre con las dos esclavas.

—Menéclidas, sí. En realidad, preferiría a cualquier otro de los tebanos de buena familia que viven en Atenas, pero están todos más interesados en sus propios amigos que en las mujeres. No sé si las tebanas somos muy feas o si la culpa la tiene la sangre del dragón. El caso es que el único de mis paisanos que me atendería a mí con más placer que a mi hermano es, por desgracia, el que menos me gusta.

Prómaco asintió. Se le había antojado rara la devoción de Pelópidas por el tal Górgidas. Algo que parecía ir más allá que la simple relación entre un hombre maduro y un efebo necesitado de enseñanzas, algo habitual y que a nadie avergonzaba. En cambio, en ningún lugar de Grecia, al menos que él supiera, estaban bien vistos los amoríos duraderos entre varones de la misma edad.

—¿Quieres decir que los demás tebanos también prefieren... a otros tebanos?

—Solo los aristócratas. Los hijos del dragón. En Tebas se toman esas cosas muy a pecho. Demasiado. —Volvió a hacer un guiño de complicidad a las esclavas—. ¿No creéis?

Ambas se taparon la boca para reír.

—Vaya. Lo siento... Supongo.

—No debería extrañarte, Prómaco. Eres medio tebano, ¿no? Y hablando de eso, creo que la diosa sí que me ha iluminado mientras estaba ahí dentro. Ya sé lo que significa tu sueño.

—¿Ah, sí?

—Sí. Pero antes de revelártelo debes decirme, y no me mientas, si eres piadoso.

—Mi madre me enseñó a respetar a sus dioses. Mi padre era más descreído con los suyos, pero también los conozco. Creo que Ares no me tiene en baja estima y, por lo que parece, Afrodita tampoco.

—Interesante. Mi hermano me ha dicho que te ha propuesto acompañarnos a Tebas. Y que te niegas.

Prómaco dejó de masticar el bollo de trigo. Necesitó un largo trago de agua para pasarlo.

—¿También sabes eso?

—No me subestimes, Prómaco. Puedo parecer una chiquilla con la cabeza llena de mirlos, y es verdad que los malditos pían desde que sale el sol hasta que las lechuzas les toman el relevo. Pero, aparte de trastornada por la mano de una diosa, soy una exiliada sin padres ni esposo, y mi único refugio en esta vida es mi hermano: el líder de una banda de locos más locos que yo, porque quieren desafiar a Esparta. Si no quieres pasar por loco tú también, hazte el loco y únete a ellos. Ve a Tebas.

Prómaco se rascó la barba. Sostuvo la mirada tirana y oscura de Agarista. La misma decisión, el mismo coraje que podían leerse en los ojos de Pelópidas. ¿El mismo destino? Opuso su terquedad, que ahora pesaba como un escudo acribillado de flechas.

—Mi camino, señora, no me lleva a Tebas, sino a Esparta.

Ella negó con lentitud.

—Me lo temía: otro loco. Todo el mundo anda loco, ¿no lo has notado? Afrodita ha estado muy ocupada por lo visto. Creo que, después de todo, yo soy la única cuerda. Sí, no me mires como si yo también estuviera loca, porque aquí el loco eres tú. Tanto o más que mi hermano y sus amigos. Aunque tú durarás menos porque estás solo. Te diré dos cosas, Prómaco. Una de ellas es que, a pesar de su locura, creo que mi hermano triunfará. Lo conozco bien y sé que hombres como él no nacen en todas las generaciones. Si alguien puede conseguir lo imposible, es Pelópidas. Y pocas hazañas hay tan locas e imposibles como penetrar en el corazón de Esparta, recuperar a tu tracia y regresar vivo. No seas tan loco como para ir solo a Esparta. Sé un loco y ve acompañado a Tebas.

Prómaco se vio obligado a asentir. Todo el mundo se empeñaba en llevarle la contraria, y todo el mundo no podía estar equivocado a la vez. Todo el mundo. Él quería mantenerse firme, aunque, eso había que reconocerlo, todo el mundo no tenía los ojos negros de Agarista.

—¿Y qué hay de mi sueño, señora?

—Tu sueño. Los enemigos que te acosan solo caerán cuando tomes la maza. El símbolo de Tebas, Prómaco, es la maza de Heracles.

—Heracles... —El mestizo se vio jurando en el santuario de Cinosargo—. Claro... Heracles.

—Eso es. Heracles, un tebano. El patrón de mi ciudad y, sin

duda, el causante de esos sueños. Como a él, te quedan muchos trabajos por cumplir. Es cierto que no podemos saber si conseguirás tu objetivo, pero también lo es que tu destino, quieras o no quieras, pasa por Tebas.

8

El desquite

Tebas. Año 379 a.C.

El invierno se había adelantado y Tebas llevaba una semana cubierta por un manto de nieve. La vieja ciudadela Cadmea recortaba su perfil contra un cielo irreal, a medias iluminado por la luna; pero en la ciudad baja, las fiestas Afrodisias habían sacado a los tebanos a la calle.

Los polemarcas, en cumplimiento de la tradición, se disponían a abandonar su cargo anual para pasarlo a los siguientes. Tanto unos como otros eran oligarcas proespartanos. Hijos de ricas familias tebanas cuya autoridad nadie se atrevería a discutir. Y si alguien lo hacía, la guarnición espartana acantonada en la Cadmea se encargaría de arreglarlo. Filidas, secretario de los polemarcas, recorría el suntuoso edificio del Polemarqueo mientras ultimaba los detalles de la fiesta. Las hetairas, tal como dictaba la costumbre, habían reducido sus tarifas durante las fiestas en honor de Afrodita, y Filidas había contratado a las mejores de toda Beocia para celebrar el traspaso de poder. Los esclavos se aprestaban con cráteras de buen vino mezclado con demasiada poca agua. Los manjares atestaban las bandejas, los braseros humeaban y la música ya invadía cada rincón del lugar.

Filidas estaba nervioso. Más de lo normal. Se estrujaba los

dedos gordezuelos y movía su cuerpo rechoncho de un lado a otro. Era el cuarto año que ejercía su labor para los polemarcas proespartanos. Demasiado tiempo de callado servicio. De crujir de dientes y de puños apretados. Sonriendo ante cada humillación. Aceptando una orden tras otra para mantener en las magistraturas a los mismos hombres, o a sus hermanos e hijos. Filidas cruzó la bodega atiborrada de comida y vino, de copas de oro y bandejas de plata. De paños de seda que valían una aldea y que un solo oligarca malgastaría en limpiarse el sudor cualquier día del verano beocio. Entró en la antedespensa, que separaba el almacén del Polemarqueo. Entre sombras, siete hetairas aguardaban su turno para complacer a los oligarcas.

—Todo está listo —informó el secretario. Repasó con la mirada las siete figuras cubiertas con lujosos ropajes. Velos y guirnaldas ocultaban los rostros que, a tenor de su precio, debían de ser los más hermosos de toda la Hélade. Siete cuerpos esbeltos, bien alimentados y dispuestos. El clímax de las fiestas Afrodisias para los polemarcas. El gozo de esa noche sería inigualable. Filidas sonrió, atravesó el grupo y, tras apartar el cortinaje, entró en el salón principal.

Allí la música sonaba más fuerte, pero no podía acallar las risas y los gemidos. Los polemarcas salientes, los entrantes y los más cercanos asistentes de ambos se repartían entre los divanes. Decena y media de oligarcas borrachos y excitados que abrían boca con algunas prostitutas baratas y un par de efebos complacientes. Pisoteaban las uvas con pies descalzos. Sus barbas chorreaban licor. Sus manos apretaban los pechos generosos de las meretrices o pellizcaban las nalgas de los mancebos que a duras penas conseguían escanciar más vino en las copas. Filidas dio tres palmadas.

—Nobles señores. ¿Permitiréis que os obsequie con lo mejor que la tierra beocia ofrece a la bella Afrodita?

Uno de los polemarcas salientes elevó un *kylix* rebosante, que salpicó de vino a la puta más cercana.

—¡Sí, por Afrodita!

—¡Bien dicho! ¡Por Afrodita! ¡Y por Tebas!

Filidas continuó:

—Preparaos entonces para recibir a las mujeres más hermosas. Las más instruidas en el arte de la diosa nacida de la espuma. ¡Sea ella testigo de vuestro gozo!

Los que no estaban desnudos se apresuraron a quitarse la ropa. Los polemarcas y sus amigos apartaron a las vulgares rameras. Uno de ellos se adelantó con el miembro enhiesto en la mano. Su voz sonó autoritaria y burlona al mismo tiempo.

—Adelante. Dejaos ver y dadnos placer.

Filidas descorrió la cortina de la antedespensa y las mujeres pasaron. Pero no con los movimientos seductores que ellos esperaban. Una hetaira tiró del velo que cubría su cara. Las demás lo hicieron casi al mismo tiempo. Y no fueron rostros femeninos lo que asomó a la vista de los oligarcas. Las miradas fieras relucieron justo antes que los puñales.

Pelópidas fue el primero en clavar su hierro en carne proespartana. Lo hizo con tal saña que el polemarca sintió entrar no solo la hoja, sino parte de la empuñadura. El desgraciado chilló como un jabalí en el sacrificio y se derrumbó sobre el diván. Se cubrió la cara con ambas manos, pero Pelópidas acribilló su torso y su abdomen. El oligarca interrumpió su grito y escupió un torrente de sangre. No dejó de recibir puñaladas hasta que quedó inmóvil.

Los demás proespartanos, desnudos y desarmados, habían asistido paralizados a la horrible escena. Retrocedieron despacio, con los dedos entrecruzados.

—Esperad... Clemencia.

Cayeron las copas, las rameras gateaban horrorizadas hasta los rincones, los escanciadores se escondían bajo las mesas. La crátera más grande se volcó, y la mezcla anegó el suelo. Pelópidas alzó su puñal chorreante y miró a sus compañeros con los ojos desorbitados.

—Matadlos.

Cayeron sobre ellos como harpías. Pamenes asestó un tajo bestial que abrió el cuello al único polemarca que intentó defenderse. Menéclidas, por su parte, se lanzó contra un hombre que intentaba huir, lo taladró con una sucesión de golpes rápidos en la espalda y lo apuntilló en plena nuca.

—¡Muere! —repetía—. ¡Muere, muere, muere!

Prómaco fue el más silencioso. Sus ropajes de mujer no le

impidieron ejecutar su parte con habilidad de mercenario. Sin infligir más sufrimiento del necesario. Su puñal volaba de garganta en garganta, de modo que cada víctima recibía su ración antes de que la anterior se desplomara. El salón se llenó de gritos de auxilio, pero el sonido de la muerte los suplantó pronto. Y Prómaco observó que los proespartanos de Tebas se habían convertido en ovejas, e incluso los compadeció a pesar de que él mismo era uno de los lobos. Poco a poco, los que quedaban con vida se apretaban contra un rincón. Desnudos, aterrorizados, ni siquiera intentaban defenderse. Su anhelo consistía en procurar que otro oligarca ofreciera su carne antes. Como si eso no fuera más que demorar lo inevitable. Entonces empezaron las súplicas. Los lloros desesperados. Prómaco se detuvo. Hasta Pelópidas vaciló, y lo mismo el resto de los exiliados. Todos menos Menéclidas.

—¡Muere! ¡¡Muereee!!

Menéclidas era una Erinia. Una bestia salvaje que cobraba su venganza. Soltaba espuma por la boca, y sus rugidos de rabia acallaban los ruegos de los oligarcas. Él solo despachó a los cinco últimos antes de caer de rodillas, jadeante, sobre un espeso charco de vino y sangre. Con la matanza cumplida, el secretario Filidas recorrió la sala. Pateó los cadáveres en busca de heridos y, cuando se hubo asegurado de que no había supervivientes entre los proespartanos, habló a las rameras asustadas.

—Nada hay contra vosotras. Habéis recibido vuestro pago y os lo podéis quedar. Ahora idos y encerraos en vuestros hogares. No salgáis hasta mañana y no habléis a nadie de esto.

Una de ellas corrió a cubrir su desnudez. Resbaló sobre la sangre un par de veces y, espantada, rodeó a Menéclidas antes de alcanzar la salida. Al ver que se iba con vida, las demás putas la imitaron. Los muchachos encargados de escanciar salieron a continuación. Unas y otros con los rostros crispados y la piel salpicada de escarlata. Filidas se volvió hacia las falsas hetairas. Sonrió con una mezcla de rabia y alivio. En verdad el gozo de esa noche había sido inigualable.

—Bienvenidos a Tebas, señores.

Pelópidas se adelantó un paso. Su puñal, su mano, su brazo hasta el codo chorreaban sangre.

—Bienhallado, amigo Filidas. Y ahora sigamos con nuestro plan.

Los seis exiliados más Prómaco, vestidos ya con sus ropas, avanzaban hacia el ágora de la ciudad baja. Filidas los precedía con una antorcha y atisbaba en cada esquina. Había mucha gente por la calle a pesar del frío. Hombres castigados por el régimen proespartano que, impedidos durante todo el año de desahogar sus pasiones, aprovechaban la bajada de tarifas de las fiestas Afrodisias. Pero las putas no eran las únicas personas en Tebas que iban a pasar la noche en vela.

Prómaco sentía un sordo tamborileo en el pecho. Era la primera vez en su vida que mataba a hombres desarmados. Estos, además, no le habían agraviado antes. Y, sin embargo, no era consciente de haber obrado contra la justicia. Los oligarcas masacrados eran proespartanos, y eso los convertía a sus ojos en enemigos. Observó a los exiliados que le precedían. Ninguno de ellos había estado ocioso durante los años de destierro. Los contactos con los beocios antiespartanos repartidos por toda Grecia no habían cesado jamás. Y dentro de Tebas, los disconformes como Górgidas o Epaminondas disimulaban. Ejercían de espías para los conspiradores en el exilio, calculaban riesgos, acumulaban armas. Ahora, con los gobernantes de la ciudad muertos, todo dependía de que esa noche consiguieran el apoyo del pueblo. Eso, o la guarnición espartana de la Cadmea los destrozaría. Su vista se posó en Pelópidas, líder indiscutible del grupo. Él le había mantenido en la convicción alcanzada tras el viaje con Agarista al santuario del Himeto. Él le había jurado que la mejor forma de enfrentarse a Esparta no era actuar en solitario, sino hacerlo en unión de quien más odio reservaba a los guerreros de pelo largo que sojuzgaban toda Grecia. Pelópidas le había asegurado que su plan saldría adelante. Pero sobre todo que, si les ayudaba, contraería con él una deuda que juraba pagar. Si era preciso, él mismo acompañaría a Prómaco hasta el corazón de Laconia para encontrar a su amada Veleka.

Y Pelópidas no mentía, porque los hombres como él no lo hacían jamás.

El ágora de la ciudad baja estaba en el nordeste de Tebas, cerca del Polemarqueo. Conforme se dirigían allí, Prómaco pudo ver que decenas de antorchas iluminaban la noche y un murmullo crecía hasta desbordarse por cada calleja. Los exiliados apretaron el paso y desembocaron en la amplia extensión reservada para las reuniones populares. Allí estaban, apiñados, ansiosos, esperanzados. Una silenciosa masa de disconformes. Todos aguantaron la respiración mientras contaban a los exiliados. Siete debían destapar la caja de Pandora según los planes, y los siete seguían vivos. Los amigos que se habían separado años antes se encontraron por fin. Abrazos y lágrimas de alegría.

Prómaco se detuvo. Observó a Pelópidas, que recorría con la vista la multitud revolucionaria hasta que, a la luz de los hachones, los ojos del Aquiles tebano se humedecieron. Un hombre salió de la multitud y fue a su encuentro. Cercano a los cuarenta, barba bien recortada, cabello rizado, manto de calidad. Otro aristócrata antiespartano. Pelópidas y el extraño fundieron sus labios en un larguísimo beso. Se separaron, pero las manos de uno aferraban los hombros del otro. Ambos lloraban. Se volvieron a besar. En la frente, en las mejillas, en las manos... Prómaco pudo darse cuenta de que por toda el ágora se repetía la escena. El amante recibía al amado tras la separación forzosa. Aquí y allá. Pelópidas y su apasionado camarada se acercaron a Prómaco.

—Amigo, te presento a Górgidas.

Se saludaron con gran respeto. Estaba claro que al tebano le habían llegado noticias del mestizo.

—Sé que en Atenas salvaste la vida a Pelópidas. Al hacerlo, también me la salvaste a mí. Y ahora esto. Estamos en deuda contigo, Prómaco. Pero no hemos acabado. —Górgidas se restregó las lágrimas de felicidad—. Es más, queda lo peor. —Se volvió hacia Pelópidas—. Eres tú a quien todos seguirán. El pueblo ha de verte. Saber que estás aquí. —Le señaló el centro del ágora.

Pelópidas se llenó el pecho de aire. Caminó con decisión, aprovechando el pasillo que abrían los que hasta ahora habían vivido sometidos a la tiranía proespartana. Las muestras de alegría se moderaron, el silencio regresó a la explanada solo para que el Aquiles tebano lo rompiera:

—¡Este es el momento con el que he soñado en Atenas, noche tras noche, durante casi cuatro años!

»¡Hermanos, hoy hemos acabado con los oligarcas que mataron a nuestros seres queridos y nos condenaron a callar!

Toda la plaza prorrumpió en un grito unánime. Por las callejas seguían llegando los tebanos más tímidos. Y aún faltaban los que espiaban cautos desde rincones a oscuras o en la seguridad de sus hogares. Los que solo se unirían a la rebelión cuando el triunfo fuera un hecho. Incluso a esos los necesitaba ahora Pelópidas.

—¡Todo marcha como planeamos, y ahora mismo nuestro querido Epaminondas nos estará esperando en el Anfión. Allí nos haremos con armas y lanzaremos nuestro mensaje a la guarnición espartana de la Cadmea!

La sola mención de los guerreros laconios volvió a silenciar el ágora. Prómaco, que escuchaba desde un rincón alejado, pudo percibir cómo el aire se volvía más denso. El miedo a Esparta cruzó el oscuro cielo tebano como un ave de carroña. Pelópidas también lo notó.

—¡Sé que ahora la duda se aferra a vuestros corazones, pero es demasiado tarde para echarnos atrás! ¡Fébidas y sus espartanos han de abandonar Tebas! ¡Necesitamos nuestra libertad! ¡¡Exigimos nuestra libertad!!

Górgidas, atento a la inflexión creciente en la voz de Pelópidas, cambió una mirada cómplice con Pamenes. Ambos alzaron los brazos a un tiempo.

—¡¡Libertad!!

Los más cercanos al centro de la plaza corearon la consigna.

—¡Libertad! ¡Libertad!

Pelópidas apuntó con el índice hacia el centro de la ciudad.

—¡Al Anfión! ¡Fuera Esparta!

El clamor se elevó. El humo del sacrificio que ahora, si era la voluntad de los dioses, los convertiría a todos en hombres libres o los castigaría con el fracaso y la muerte.

El Anfión era una colina que se erguía justo frente a la Cadmea, la vieja acrópolis tebana a la que daba nombre el fundador de la ciudad. Cuando los rebeldes procedentes del ágora llegaron, vieron que los muros de la ciudadela ya estaban rodeados por demócratas. Todos armados. Y en el Anfión, cientos de escudos, lanzas y espadas forjadas y ocultas durante años esperaban ahora a sus nuevos dueños.

Quien también esperaba era Epaminondas. El hombre que había dirigido el alzamiento desde dentro. Abrazó a Pelópidas con afecto sereno, como si aquel hito que muchos creían imposible fuera la única consecuencia lógica e ineluctable de todos sus desvelos. Prómaco recordó la historia que le había contado Pelópidas en Atenas. Cómo años atrás, su vida había corrido peligro en batalla y solo la oportuna acción de Epaminondas, metido en el papel de héroe, le había salvado. Cómo había resistido con el *aspís* de bronce en alto, imperturbable ante los lanzazos del enemigo. Decidido a morir antes que abandonar al compañero. Prómaco observó la principal diferencia entre aquellos dos hombres. Pelópidas no podía negar su origen aristocrático. Desde su forma de moverse y hablar hasta sus ropas hablaban de una vida de comodidades, incluso en el exilio. Epaminondas, por el contrario, habría pasado por el más humilde esclavo. Por túnica llevaba un *exomis* de mala calidad, y sus sandalias no eran mucho mejores. Su barba crecía descuidada, lo mismo que la cabellera. Era como si no le importara en absoluto su aspecto. Tal vez esa fuera la causa de que los oligarcas proespartanos no lo hubieran considerado peligroso. Gran error.

Cuando percibió el interés que despertaba en Prómaco, Epaminondas se le acercó.

—Si las cartas de Pelópidas no mienten, tú debes de ser el mestizo. Bienvenido.

Prómaco sonrió.

—El mestizo... Sí, soy yo.

—Me interesa mucho tu historia. Pelópidas dice que luchaste para Ifícrates como peltasta.

—Así es.

—Tenemos mucho de que hablar. Pero antes hay trabajo.

A su alrededor se empezaban a repartir las armas. Menéclidas llevaba la voz cantante. Empezó a distribuir personal a los pies de la acrópolis Cadmea. Se dirigía a un grupo y les encargaba que no dejaran salir vivo a nadie. Sobre todo a los espartanos. Epaminondas chascó la lengua. Lo primero que hizo fue dar la bienvenida a Menéclidas, y luego le habló con voz conciliadora.

—Hemos de pensar bien lo que hacemos, porque de nuestra conducta dependerá que podamos seguir adelante o que esta aventura dure una semana. Aún no se ha derramado sangre espartana. ¿Es así, Pelópidas?

—Solo han caído los tebanos traidores a su ciudad.

—Bien. —Volvió a dirigirse a Menéclidas—. En la Cadmea, aparte del *harmosta* Fébidas y la guarnición laconia, viven más tebanos de los que simpatizan con ellos. No soy partidario de derramar sangre de nadie. De los espartanos no, desde luego, porque eso nos metería la guerra en casa. Matad a uno de ellos y nos mandarán un ejército de iguales. Tampoco debemos acabar con más tebanos. No sin un juicio previo, desde luego. No es cabal derramar sangre de compatriotas sobre la sagrada tierra que vio nacer a los hijos del dragón.

Menéclidas apretó el puño en torno al astil de su lanza.

—Esta noche ya he derramado sangre tebana, Epaminondas. Y me importa muy poco si ha dejado mancha en tierra sagrada. Los traidores que degollaron a mis hermanos no tuvieron mucha consideración en verdad. —Se volvió hacia el gentío. Dirigió la punta de su arma a un tebano al azar—. Tú, amigo: ¿perdiste a alguien en las represalias de hace cuatro años? Ya veo que sí. ¿Y has aguardado este tiempo con la idea de perdonar a quienes te hicieron sufrir? —Señaló a otro—. Y tú, ciudadano, ¿qué crees que te habrían hecho los oligarcas si hubieran sabido que hoy te ibas a alzar contra su tiranía? ¿Te habrían perdonado?

—¡No!

Algunos rebeldes, lentamente, fueron ocupando posiciones tras Menéclidas para darle su apoyo. Epaminondas suspiró.

—Sé que hay muchas cuentas que ajustar, Menéclidas, pero hemos de marcar la diferencia. No podemos convertirnos en lo que odiamos.

Uno de los tebanos anónimos se adelantó.

—Hay gente en la Cadmea que torturó y mató a mis padres. Y no se trata de espartanos. Esta noche me cobraré venganza, lo juro.

La bravata recibió algunos aplausos. Prómaco empezó a preocuparse. Una vez que la primera sangre goteaba, resultaba muy difícil controlar el ansia de seguir matando. Y, curiosamente, esa ansia se redoblaba cuando la sangre que uno quería derramar era la de un compatriota. Lo había visto en Tracia, cuando Cotys aplastaba los motines de los parientes y paisanos que querían derrocarlo. Pelópidas le habló al oído.

—Epaminondas tendrá que ceder si quiere mantenernos unidos. Creo que aprovechará el miedo a Esparta para que al menos podamos negociar con la guarnición. Quizá tardemos días en forzar la entrada a la Cadmea, así que habrá tiempo para apaciguar algunos ánimos; aunque sé que todos los tebanos que hay dentro morirán, y no de forma rápida.

—No me extraña. Pero yo preferiría que los muertos fueran espartanos. Y esperaba que tú pensaras igual.

—Lo sé. Sin embargo, mis ganas de matar enemigos esperarán hasta que los tenga delante, en el campo de batalla. Eso, que esta vez no debe morir ningún espartano, es una de las razones por las que te voy a alejar de ellos. Te mando fuera de Tebas.

Prómaco retrocedió un paso, ajeno ya a la discusión entre moderados e intransigentes.

—¿Para qué?

—Para lo mismo que has hecho hasta ahora con total lealtad: preservar la vida de mi familia. Quiero que regreses a toda prisa a Atenas y que traigas aquí a mi hermana y a mi esposa. Si solo hemos venido siete hombres, y no cien, ha sido porque Esparta tiene ojos y oídos en todas partes, y era preciso que no sospecharan de nuestros planes. Ahora esa precaución ya no es útil. Volverás a mi casa del Cinosargo y le dirás a mi hermana que todo ha salido bien. Ella se pondrá en contacto con los demás exiliados, y estos se echarán al camino junto con los voluntarios atenienses que se han ofrecido a ayudarnos. Ahora necesitamos brazos para empuñar lanzas y espadas. Todos los que podamos reunir.

—Espera... ¿Agarista es quien dará la orden? ¿Una mujer?

—Una mujer, sí, de sobra conocida por sus extravagancias. De quien jamás sospecharían los espías a sueldo de Esparta. Ya, ya lo sé: te informé de nuestros planes, pero jamás te conté que ella es una de las piezas más importantes. Compréndelo, Prómaco. Saberlo no te suponía beneficio alguno, pero podría habernos perjudicado mucho a todos. Y más que a nadie, a ella.

Muy cerca, Meneclidas y Epaminondas negociaban con vidas humanas como si intercambiaran mercancía en El Pireo. Prómaco se miró los pies.

—Tu hermana fue muy astuta, Pelópidas. Me hizo creer que Tebas era mi destino. ¿Lo hizo para que ahora pudiera encajar en el plan?

—Te refieres a tu sueño de los perros y la maza. Sí, no me mires así. Agarista me lo contó. El sueño lo tuviste tú, desde luego, y tuyo fue también el juramento en el templo de Heracles. Así que no le eches la culpa a ella. —El tebano rio—. No. Mi hermana es especial, ya lo sabes. En verdad cree que nuestro divino patrón te inspiró. Y fíjate, Prómaco: al igual que Euristeo mandaba trabajo tras trabajo a Heracles, así te envío yo a una misión tras otra. Esta no será muy difícil: solo tienes que traer a una mujer. Aunque recuerda que una mujer fue la perdición de Heracles. Que Agarista no se convierta en tu Deyanira.

Prómaco movió la cabeza a los lados.

—Mi Deyanira, ya lo sabes, no está en Atenas.

—Claro, claro. Lo sé. Y hoy estás un poco más cerca de ella. De cumplir tu juramento. Vamos, amigo mío. De este trabajo digno de Heracles depende que podamos resistir. ¿Lo cumplirás?

—Sabes que sí.

—Pues ve, Prómaco. No hay tiempo que perder. Y trae a mi hermanita sana y salva hasta su verdadero hogar.

9

Heracles y Yolao

Que Agarista poseía una gran voluntad era algo asumido por Pelópidas. Así se explicaba que la hubiera incluido en sus planes. Y por eso, en lo más crudo del invierno, el Aquiles tebano había enviado a Prómaco a Atenas para llevar la buena nueva a su hermana. Así, fue ella la que anunció a los exiliados que su ciudad estaba por fin en manos de la facción demócrata, y que debían apresurarse a regresar.

Algunas esposas, e incluso sus maridos, habían aducido que era mejor aguardar en Atenas hasta que el tiempo y las rutas mejoraran; que si grande era la añoranza de la patria, mayor aún era el peligro de cruzar los pasos nevados. Agarista, insólitamente erigida en líder de los desterrados en ausencia de su hermano, les hizo saber cuál era el principal riesgo de esperar en Atenas: cuando los espartanos se enteraran de la revuelta demócrata y la masacre de los oligarcas, reaccionarían mandando un ejército para someter Tebas a bloqueo, con lo que impedirían que las familias pudieran reunirse. Todo el mundo pensó que Pelópidas hablaba por boca de Agarista, así que no hubo más excusas.

Junto a la puerta de los Caballeros, donde arrancaba el camino a Tebas, Prómaco se encontró con Platón. Observaba este la marcha de los exiliados desde un lado de la senda, con dos o tres de sus alumnos. Su gesto escéptico se trocó en sonrisa en cuanto el filósofo vio al mestizo.

—Bien ha salido la jugada. Mis felicitaciones.

Prómaco se acercó. El traqueteo de las ruedas se mezclaba con el rebotar metálico y las despedidas. Ninguno de los exiliados parecía contento.

—Aún queda mucho por hacer, maestro. Uno no se libra fácilmente de Esparta.

—No, desde luego. Pero veo que hablas ya como un tebano más. Pensaba que no querías perder de vista a los espartanos, sino todo lo contrario.

Prómaco rio. En ese momento salían de la ciudad los atenienses que se unían a la aventura tebana. Muchachos ansiosos de aventura y hombres maduros que, como muchos otros a lo ancho de la Hélade, tenían cuentas que ajustar con Esparta.

—No sé cuánto me quedaré en Tebas, maestro. Mientras esté allí, haré todo lo posible por la ciudad. Y si me voy y mato a unos cuantos pelilargos, igualmente estaré contribuyendo a la causa.

—Me gusta ese optimismo. En cualquier caso, los espartanos son tus enemigos y sabes dónde encontrarlos. Más bien deberías tener cuidado con los que se digan amigos tuyos. Advierte a Pelópidas, anda. La democracia saca lo mejor de la gente, pero también lo peor.

Platón hizo ademán de retirarse, pero Prómaco lo sostuvo por la manga.

—Aguarda, maestro. ¿Qué quieres decir?

—Oh, lo verás tú mismo. A las democracias les pasa como a esos críos débiles que padecen enfermedades. Tebas se acaba de curar de una, pero nadie está a salvo de los caprichos del flechador Apolo. Os deseo lo mejor.

Dicho esto, Platón hizo un gesto a sus alumnos, y juntos emprendieron el camino del oeste, que llevaba hacia la Academia. Prómaco lo observó intranquilo.

—Todos estos son demócratas, maestro. —Alzó un poco la voz—. Todos quieren lo mismo: el bien de Tebas.

El filósofo se detuvo. Su mirada se perdió en el cielo mientras se volvía. Tal vez recordaba el fuerte golpe que la democracia ateniense le había propinado al llevar a la muerte a su querido maestro.

—Prómaco, Prómaco, mi optimista y enamorado amigo. —Anduvo despacio para acercarse de nuevo a él—. Estos hombres que van hacia Tebas pueden amar la democracia, pero cada uno la ama a su manera. Es lo que ocurre cuando todos son gobernantes. En tal cosa consiste, ¿no? Pues bien, estoy seguro de que si ahora preguntáramos a unos cuantos, ninguno se pondría de acuerdo en qué leyes son las más justas, qué magistrados los más necesarios, quién debe ejercer el poder para administrar castigos, y cuáles de ellos son los más apropiados según los delitos. Lo que es excesivo para mí puede ser defectuoso para ti. Y así, lo que uno llama democracia puede ser para el resto una tiranía. Y si ese uno obtiene una magistratura, tal vez tiranice a los demás. No, Prómaco. No es necesario que sea cierto. Solo hace falta que se perciba así.

»Verás, porque es inevitable que lo veas, a magistrados que favorecerán a los suyos y despreciarán a los ajenos. Eso lleva a la injusticia, Prómaco. Aunque los magistrados injustos, no temas, disfrazarán su injusticia con palabrería y unas migajas de rectitud. Pero, ah, el desfavorecido también es capaz de ocultar su resentimiento con ese mismo truco. Y usarlo para exagerar la ofensa. Para acumular injusticia tras injusticia, real o inventada, de modo que pueda justificar su venganza cuando alcance el poder. Y esta es la forma, Prómaco, en que la democracia se convierte en una sucesión de tiranías.

Prómaco intentó digerir aquellas palabras, aunque él no estaba familiarizado con las votaciones y discursos, magistraturas y debates. En el campo de batalla, todo resultaba más fácil.

—¿Y cómo podemos librarnos de esos... demócratas tiranos, maestro?

Platón sonrió con amplitud, aunque enseguida retornó al gesto serio.

—No podéis. Siempre están ahí y siempre estarán. Solo os queda vigilar. Cuidaos de quienes se erijan en víctimas, se rasguen las túnicas y se arañen la cara. Examinad si sus males son ciertos o si solo son enredadores. Y en este caso, alarmaos si veis que congregan acólitos para formar un coro de lamentos.

»Precaución, amigo mío, con los que embaucan al populacho. Los que se convierten en pastores de grandes rebaños vociferantes. Desconfiad si el pastor convence a las ovejas de que están encerradas en una cerca construida por los magistrados, sobre todo si ese pastor dice ser el único que puede abrirla. Y, más que a nadie, temed al hombre que pretenda curar injusticia con injusticia.

—Sí... Sí, maestro. Intentaré recordarlo.

Platón tomó aire. La sonrisa regresó a sus labios.

—Tal vez me equivoco, Prómaco. —Le estrechó la mano—. Tal vez lo consigáis. Tal vez logréis crear una democracia buena. Una justa, donde no se pisotee a los que destacan. Adiós pues, amigo mío, ahora sí.

—Adiós, maestro.

El camino desde Atenas pasaba cerca de Eléuteras y cruzaba la cadena del Citerón hasta Éritras. Cuando las ruedas se atascaban en la nieve, la propia Agarista bajaba del carro y ayudaba a empujar para seguir adelante. La columna se alargaba silenciosa, con tebanos y atenienses armados en rutas paralelas y avanzadas para prevenir cualquier contratiempo. En una larga caravana, las carretas con las mujeres, los niños y las pertenencias de los desterrados avanzaban a pesar del invierno y de sí mismos. Al culminar los pasos del Citerón y salir del Ática, Agarista había llenado sus pulmones con el aire helado. Por fin entraban en Beocia. Atrás quedaban los años de exilio y nostalgia. Se abría una etapa incierta, pero llena de esperanza.

—¿No tienes miedo, señora? —le preguntó Prómaco cuando la vio ensimismada, observando los bosques de cedros que descendían hasta el río Asopo. Una extensión blanca, interminable. Ahí estaba Beocia, tan bella y fértil como peligrosa. La ruta pasaba muy cerca de Platea, donde, además de existir una fuerte guarnición espartana, la rivalidad con la vecina Tebas contaba con siglos de antigüedad. Y lo mismo ocurría con otras ciudades beocias como Tespias y Orcómeno.

—Tengo miedo, sí. Pero me pueden las ganas de llegar a casa. ¿Sabes algo? En Tebas, antes de huir, había un pinzón que bajaba todas las mañanas a beber de nuestra fuente, en el patio. Yo le hablaba y él escuchaba. ¿Cuántos mensajes míos habrá llevado a un dios o a otro ese pinzón? ¿Crees que aún estará? A lo mejor se fue también. Eso me da miedo. Me da miedo llegar a Tebas y que ya no sea la misma. Ha sido mucho odio desatado, y eso deja cicatrices. Y alguna que otra herida que no podrá cerrarse. Algunos de nosotros hemos crecido nadando entre resentimiento, abandono y deseos de venganza.

Lo había dicho mientras señalaba con la barbilla a la larga fila de carros. En uno de ellos viajaba Corina, la esposa de Pelópidas. Una mujer marcada por la indiferencia de un esposo, a la que las circunstancias le habían negado el amor y hasta los hijos. Ella no salía jamás del gineceo, igual que ahora no abandonaba el abrigo de su carro cubierto de lona. El detalle no habría llamado la atención de Prómaco si no fuera por el contraste con Agarista, que no parecía muy dada a respetar las normas ni a escuchar siempre las directrices de su hermano. Entre otras cosas, para que tomara esposo. Eso le recordó algo.

—Tu pretendiente Meneclidas fue de los que más se distinguió al regresar a Tebas.

—No lo dudo. No conozco a nadie con la furia tan agarrada a las entrañas. Es una lombriz el odio de ese hombre, ¿sabes? Se le metió dentro alguna noche, mientras dormía al raso tras huir de Tebas, y escarbó profundo hasta que le llegó al corazón. Come pedacitos muy, muy pequeños, pero sin parar, así que la lombriz engorda mientras el corazón adelgaza. Por eso Menéclidas es... especial.

—Cierto. Parecía poseído por las Erinias cuando... hicimos lo que hicimos en el Polemarqueo.

»Después de eso corrimos al ágora para reunirnos con los demócratas. Los pobres llevaban más de tres años callados y con la cabeza gacha, así que puedes imaginar su alegría. Entre muchos de aquellos hombres había algo más que amistad, tal como me explicaste. Lo que más me llamó la atención fue el modo en el que se encontraron tu hermano y Górgidas.

Agarista sonrió con media boca. Observó los carruajes que comenzaban la bajada desde el Citerón. Allí, entre Beocia y el Ática; en la cima que justamente separaba un hogar adoptivo de otro arrebatado. ¿Qué mejor lugar para las confidencias?

Hizo un gesto hacia sus esclavas, que aguardaban cerca, y estas se alejaron hacia su carroza.

—Creo que te entiendo. Sí, Prómaco: es amor. Y del bueno. En Tracia no se ve muy a menudo, ¿eh? Ni siquiera en Atenas resultaba tan evidente. Es decir: sí, claro, no es tan raro que un hombre maduro tenga a un efebo a su cargo..., pero lo de Tebas es distinto. Ya sabes: la sangre del dragón. Y el caso de Pelópidas y Górgidas va incluso más allá.

»En Tebas, como en el resto de Grecia, es costumbre que los jóvenes sean guiados por tutores. Pelópidas tuvo el suyo, naturalmente. Pero su relación no se salió de lo habitual. Y lo mismo ocurrió con otros muchachos que solían coincidir en el gimnasio que hay junto al Heracleo. Ah, Prómaco, ya verás el Heracleo. Allí, bajo la mirada de nuestro patrón Heracles, mientras compiten en juegos y aprenden el arte de la guerra, parece inevitable que los jóvenes tebanos de sangre noble fragüen una amistad perpetua. Tú mismo, Prómaco, recibiste la señal de Heracles. Viste su maza en sueños y eso te trajo aquí, ¿no es cierto?

El joven arqueó las cejas con un punto de burla.

—Más bien fuiste tú, señora. Pero aceptemos que Heracles tuvo algo que ver.

Agarista rio por lo bajo antes de continuar.

—Como sabrás, Heracles tuvo un amigo muy especial.

—Yolao.

—Su tumba está en Tebas, ya la verás. A ese lugar van las parejas de muchachos a jurarse amor eterno. Pelópidas y Górgidas también lo hicieron antes de que la traición de los oligarcas los obligara a separarse.

Prómaco asintió. Aquello le llevó al debate en casa de Platón.

—Dime, señora, ¿quién crees tú que inspira el amor entre tu hermano y Górgidas? ¿Es Afrodita o es Eros?

Agarista arrugó la nariz.

—Qué pregunta tan extraña, Prómaco. En fin, no lo sé. Si mi pinzón todavía visita la fuente, le preguntaré. —Suspiró y su vista volvió a dirigirse a la extensión helada—. Hay que seguir, Tebas nos espera. ¿Vamos?

—Vamos.

La acompañó hasta su carro pero, antes de ayudarla a subir, ella se volvió a medias.

—Tú, Prómaco, no eres tebano. Y según me contaste en el Himeto, amas de corazón a tu tracia... ¿Veleka?

Oír su nombre en medio de la ventisca le congeló el corazón. El mestizo bajó la mirada.

—Veleka, sí.

—Ya ves: los hombres tebanos reservan ese tipo de amor para otros muchachos, incluso aunque respeten a sus esposas y las colmen de hijos. Quien así lo dispone, en verdad no piensa en nosotras, las mujeres. Supongo que tendré que envidiar a tu tracia, Prómaco. Ella tiene quien la ame, sea por obra de Eros, sea por obra de Afrodita.

Los exiliados llegaron a Tebas sin percances. La ciudad vivió una nueva fiesta mientras la guarnición espartana, encerrada en la Cadmea, aguardaba la reacción de los suyos.

Esta no se hizo esperar. Desde Tespias, ciudad aliada de Esparta, se envió una fuerza que, con ser pequeña, se consideró suficiente para someter a los rebeldes. Al fin y al cabo se trataba de acosar Tebas desde fuera mientras la guarnición asediada de la Cadmea hacía una salida. Los demócratas se verían cogidos entre dos fuerzas y claudicarían. Pero Pelópidas había destacado centinelas avanzados en previsión de la maniobra, así que, en cuanto tuvo noticia de la expedición tespia, reclutó un destacamento, salió a su encuentro y mató a veinte de ellos. El resto se retiró. Cuando la noticia llegó al *harmosta* Fébidas, el igual que había ejercido de delegado de Esparta en Tebas, decidió negociar.

Fébidas se mostró orgulloso, como se esperaba. Exigía, más que pedir, que le dejaran regresar a Esparta para comunicar lo ocurrido a sus éforos y actuar en consecuencia. Los espartanos eran así. No escupían en el suelo sin consultarlo primero.

Menéclidas no dio su brazo a torcer. Reclamaba venganza, y eso solo podía satisfacerse con sangre. Pero Epaminondas sabía que masacrar a los laconios sería una ofensa demasiado grave para Esparta, y Tebas no podía permitirse algo así cuando su rebelión aún estaba en pañales. Tras duras discusiones consiguió que Menéclidas cediera en eso, así que la guarnición laconia pudo abandonar la Cadmea y viajar hacia el Peloponeso sin sufrir una sola herida.

En lo que Menéclidas no cedió fue en cobrar sus deudas. Aún quedaban tebanos que habían apoyado a Esparta y que habían conseguido encerrarse en la Cadmea la noche de la matanza. Aquellos desgraciados vieron cómo sus antiguos amos se alejaban con los mantos rojos ondeando al viento. Y, ya desamparados, lo siguiente que vieron también fue rojo. Su propia sangre manando en torrentes desde sus cuellos.

Por fin Tebas era totalmente libre. Los desterrados que habían planeado la rebelión, con Pelópidas a la cabeza, recibieron coronas de laurel y comparecieron ante el pueblo como libertadores. Se derogó el gobierno oligárquico y se declaró que la ciudad pasaba a estar regida por la democracia. Y su principal aspiración consistía en liberar al resto de Beocia de las injerencias externas para formar una sola confederación independiente y fuerte. Los nuevos magistrados, siete en total, serían renovados cada año, como antes, aunque ahora se prefería llamarlos beotarcas en lugar de polemarcas. Se refrendaba así la aspiración de que Tebas liderara la emancipación de toda Beocia. Por supuesto, Pelópidas fue nombrado beotarca con la aclamacion de la asamblea popular. Epaminondas, siempre discreto, declinó el mismo ofrecimiento y prefirió seguir en la sombra, ayudando en lo necesario pero renunciando a toda celebridad.

Semanas después, con el proyecto de confederación humeando en el horno, Prómaco fue a visitar a Epaminondas en la casa que tenía en el noroeste de la ciudad baja, el barrio más humilde de Tebas. El tebano había rogado su presencia porque quería saber de Ifícrates, único griego que había vencido a los espartanos en campo abierto. Si algo se necesitaba ahora, era saber cómo podía derrotarse a los guerreros más correosos del mundo.

Prómaco se acomodó en un raído diván y aceptó el vino muy aguado que el propio Epaminondas le sirvió. La casa carecía de lujos y un solo esclavo la recorría con parsimonia, como si no tuviera otra ocupación que parecer ocupado.

—Joven Prómaco, me alegro de que por fin podamos hablar con tranquilidad. Estos últimos días han sido de mucho trajín. Bah, la política. Odiosa pero inevitable. Veo que miras a tu alrededor con sorpresa. Supongo que esperabas una mansión como la de Pelópidas.

—A decir verdad, sí. Todos los amigos de Pelópidas viven junto al Ismeno. Creía que tú también procedías... En fin, que tu familia...

Epaminondas levantó una mano para sacar a Prómaco de su atolladero. Sonreía con gran afabilidad.

—Por mis venas corre la sangre del dragón, sí. No hay noble en Tebas que no se precie de ello. Aunque, como puedes comprobar, a algunos les ha ido mejor que a otros a lo largo de los siglos. Además, no soy persona que se preocupe de las riquezas. En esta casa tengo todo lo que necesito. Pelópidas me ha dicho que tú te has alojado no lejos de aquí.

—Sí. Después de lo ocurrido, algunos tebanos humildes ocuparon las viviendas de los proespartanos que... Bueno, ya sabes. Eso, a su vez, dejó muchas casas vacías, y Pelópidas ha decidido que el Tesoro de Tebas proporcione residencia a los que os hemos ayudado. He escogido un lugar cercano y tengo un montón de vecinos atenienses. Muchachos que se apuntaron a la aventura antiespartana. Como tú mismo dices, es todo lo que necesito.

—Eso me gusta, Prómaco. Después del gran servicio que nos has prestado, podías haber pedido la mansión de algún oligarca con su ejército de esclavos. Y se te habría concedido, seguro. Pero te has moderado. Bravo.

La forma de hablar de Epaminondas era pausada, con el tono justo para que su interlocutor tuviera que mantener la atención. A Prómaco le recordaba en gran medida a Platón. Le preguntó si lo conocía, y el tebano asintió a medias. Había oído grandes cosas del ateniense de anchas espaldas, dijo. Aunque él había seguido una escuela diferente. Le recitó una cadena de nombres a través de los que había discurrido el conocimiento, desde su maestro Lisis y hacia atrás hasta un tal Pitágoras. Pero Epaminondas quitó importancia al asunto con un gesto.

—Aunque no era mi intención que habláramos sobre el conocimiento de la vida, sino de la muerte.

»Lo primero que me llamó la atención sobre ti era que habías luchado a las órdenes de Ifícrates. Y si ahora hemos de buscar a alguien cuyo ejemplo seguir, no se trata de Platón o Pitágoras, sino de Ifícrates.

—Lequeo —adivinó Prómaco.

—Exacto. Más temprano que tarde necesitaremos saber cómo lo hizo. Es verdad: conseguí que los laconios de la Cadmea se retiraran sin sufrir daño. Mi intención era que en Esparta no surgiera un odio tal que les obligara a mandar a su ejército contra Tebas. Pero soy consciente de que no hacía otra cosa que retrasar lo inevitable. En realidad, la jugada me ha salido bien solo en parte.

»Como sabes, los espartanos tienen dos reyes. Los que reinan ahora mismo se llaman Cleómbroto y Agesilao. Cleómbroto es joven e inexperto. Sucedió a su hermano Agesípolis, que murió hace poco en la Calcídica. Pelópidas me ha contado que tú estabas allí cuando sucedió. Y también lo que ocurrió con tu amiga tracia. En verdad tienes tus razones para odiar a Esparta.

»El otro rey espartano se llama Agesilao. Le llaman el Cojo. Tiene más de sesenta años y casi todos ellos los ha pasado luchando.

»Te cuento todo esto para que sepas que, cuando Esparta se enfurece, no manda contra ti una *mora* como la que Ifícrates derrotó en Lequeo. Escoge a uno de sus dos reyes y pone a su servicio un ejército en el que marchan los iguales. Los espartiatas. Ahora tengo dos noticias que darte. Escoge si quieres oír antes la buena o la mala.

Prómaco bebió un poco de agua con sabor a vino.

—La mala.

—Uno de los reyes de Esparta está a punto de llegar a Beocia con su ejército.

El vino aguado se le atragantó. Prómaco dejó la copa sobre la mesita cruzada de cicatrices y cercos.

—No sé hasta qué punto es una mala noticia, señor. Estoy deseando ver esas lambdas delante de mí.

—Paciencia, mi joven amigo. Ahora mismo no podemos ponerte al frente de nuestras filas para hacer honor a tu nombre. Pasarán meses antes de que nos organicemos lo suficiente, y de hecho dependemos del auxilio de los atenienses. Veremos cómo responden ellos. Nuestra respuesta será encerrarnos en Tebas y confiar en la otra noticia.

—La buena.

—Que es el nombre del rey que dirige ese ejército espartano: Cleómbroto. Esparta nos quiere castigar, pero no nos considera una amenaza lo suficientemente seria como para enviarnos al Cojo. En cierto modo, eso nos da tiempo. Un tiempo que deseo aprovechar aquí, entre las murallas. Quiero que me lo cuentes todo. Sé que Ifícrates ideó nuevas formas de usar a los peltastas. Que les proporcionó nuevo armamento. Tracia está lejos, pero soy un enamorado del arte de la guerra, y los triunfos de Ifícrates gritan muy alto. Tanto, que su eco ha llegado hasta aquí.

—Será un placer contarte cómo luchábamos a las órdenes de Ifícrates. Qué armas prefería, qué ideas puso en práctica, cuáles funcionaron y cuáles no. Pero te advierto, señor, que los mercenarios del rey Cotys jamás tuvimos que enfrentarnos a Esparta. No es lo mismo luchar contra una tribu tracia del norte que contra una falange griega. Y mucho menos contra las lambdas espartanas.

Epaminondas se reclinó en su diván.

—No conozco mucho a los tracios, pero se dice que, si lograran unirse bajo una sola voluntad, se convertirían en el pueblo más poderoso de la tierra. ¿Tú crees que Tracia se pondría de rodillas si Esparta intentara sojuzgarla? ¿Les importaría mucho a los tracios que los escudos de enfrente llevaran lambdas?

—Ah, señor, verás —Prómaco también se acomodó—: conociendo a los tracios de pura sangre, estoy seguro de que acabarían matándose entre ellos, unos por resistirse a los espartanos para mantener sus privilegios, otros por ganarse el apoyo de Esparta y arrebatar esos privilegios a los primeros. Los tipos de las lambdas no tendrían más que sentarse y esperar.

—Pues te diré algo, amigo Prómaco: los tracios y los griegos no nos diferenciamos en eso. Y precisamente en tal vicio reside nuestra debilidad.

»Has tenido un ejemplo reciente aquí, en Tebas. Hemos vivido casi cuatro años como títeres de Esparta porque algunos de nosotros gustábamos de la democracia mientras que otros preferían el gobierno de los ricos. Pero no somos bichos raros: en cuanto dejas atrás las murallas de esta ciudad, puedes fijarte en el resto de Beocia. Tespias, Platea u Orcómeno son ciudades de tamaño considerable, aunque no pueden compararse con Tebas. Pues bien, ni esas ni las demás, más pequeñas, aceptarán de buenas a primeras unirse a nosotros, aunque tal cosa signifique la autonomía.

»Este estado de las cosas favorece a Esparta. Observa las cláusulas de la paz que persas y espartanos impusieron tras la guerra de Corinto: todas las ciudades debían ser independientes... menos las laconias. Cualquier liga quedaba prohibida menos la del Peloponeso. —Bajó la voz a pesar de que nadie podía oírlos salvo el viejo esclavo haragán—. Aunque con Atenas no ocurrió algo distinto antes de la hegemonía espartana. La aspiración de Esparta y la de Atenas fue siempre la misma: constituir la liga más fuerte y procurar que los adversarios estuvieran desunidos. Y para ello se aseguraban el apoyo de quien más tenía que perder, o bien la traición de quien más tenía que ganar. Al final las dos se aprovechaban de la codicia ajena. Esparta y Atenas, Atenas y Esparta. Estaba claro que ambas no podían convivir como hegemónicas, de modo que, tras el choque, fue Esparta la que se alzó con la égida que nos subyuga a todos. Pero ¿por qué ha de ser Tebas menos que Esparta o Atenas? ¿Por qué no puede Beocia alcanzar la gloria del Ática o de Laconia? ¿Por qué no ha de ir incluso más allá y, en lugar de encaramarse sobre las demás, conseguir una unión sólida entre todos? Atenas, Esparta, Corinto, Tebas, Argos... Sin hegemonías. Sin privilegios. Sin rivalidades porque yo tengo más o menos que tú o porque mi sangre es más pura o más mestiza.

»Esparta es un obstáculo para esa unión. Los que combaten a su lado lo hacen por miedo. Porque no quieren convertirse en un pueblo esclavizado por los espartanos, como ocurrió con los mesenios siglos atrás. Si las opciones son complacer a Esparta o condenar a todos tus descendientes a la esclavitud de los ilotas, que son poco menos que perros al servicio de esos iguales soberbios y melenudos, ¿quién va a dudar? Pero eso ha durado demasiado. Hemos de sacudirnos el yugo espartano. Construir una democracia auténtica. La verdadera democracia, Prómaco, nos iguala en libertad. Nos une a todos. La unión trae el orden, y el orden trae la paz. Y no hay nada mejor que la paz para alcanzar la felicidad. Es una cuestión de bien supremo. ¿Has visto lo que ocurre cuando Pelópidas y Górgidas están juntos?

Prómaco frunció el entrecejo.

—¿Qué tiene que ver...?

—Pelópidas está casado con una mujer, lo que él considera su deber, y en ella engendrará a su prole. Pero con quien se siente feliz es con su amado. Górgidas. Con él alcanza el supremo bien, y no solo por sí mismo, sino porque sabe que el propio Górgidas también es feliz a su lado. Nuestra reunión tras los años de tiranía no ha sido solo un alivio. Significa retomar a la auténtica vida. Bajo el pie de Esparta estábamos muertos. Es hoy cuando tenemos la oportunidad de vivir. Lo único que falta es que todos los beocios, incluso todos los griegos, y hasta los mesenios reducidos a ilotas, se den cuenta de eso. Que dejen de estar muertos y vivan.

Aquello recordaba demasiado a las palabras de Platón. Y calaban del mismo modo. Así que ahora él estaba muerto, y a la espera de reunirse con Veleka para volver a la vida. ¿Y quién sino Esparta lo mantenía en su tumba?

—Esparta no dejará que ocurra, señor. Esparta siempre vence.

Lo había dicho como el que repite una letanía, y había hablado con la mirada perdida en las manchas de la pared. Aunque su mente estaba a muchos estadios de allí. En la tienda del estratego Ifícrates tras una masacre tracia.

—«Siempre» es una palabra que solo puede usarse al final de los tiempos, Prómaco. Yo soy tebano, y Tebas prevalecerá. Soy beocio, y veré una Beocia unida. Soy griego, y esto te lo juro, amigo: llegaré hasta la propia Esparta si es preciso, pero liberaré a Grecia de las cadenas que la atan.

Prómaco se puso en pie. Jamás había oído hablar a alguien con tanta seguridad. Y ahora no se trataba de enfrentarse a una tribu tracia del norte o de convencer a un noble odrisio para que rompiera su tradición. Lo que Epaminondas pretendía era lo que nadie había logrado jamás: llegar a la propia Esparta. Tal vez «siempre» e «imposible» pudieran perder su significado junto a aquel hombre. Tal vez Prómaco pudiera reunirse con Veleka, volver a vivir. Encontrar el supremo bien. Rodeó la mesa baja y se puso frente a Epaminondas. Este también se levantó.

—Te lo contaré todo, señor. Te ayudaré en lo que me pidas. Lucharé a tu lado contra quien sea. —Le ofreció su mano, que el tebano estrechó con entusiasmo—. Solo necesito que me lo jures. Júrame que me llevarás hasta Esparta.

Prómaco aguardaba en el patio de Pelópidas, con la vista fija en el chorro de agua. Así que ese era el bebedero del pinzón que llevaba los mensajes de Agarista a los dioses. Cuando oyó los pasos que se acercaban. Se volvió dispuesto a saludar al beotarca, pero la que salía a recibirle era ella.

En Tebas, Agarista había cambiado el austero peplo jónico por otro dórico y níveo; mucho más corto y sin mangas, y abierto a un costado de modo que el muslo derecho quedaba casi descubierto. Llevaba el pelo trenzado sobre los hombros desnudos y se ceñía la cintura con una banda negra que resaltaba sus caderas.

—¿Heracles regresa de uno de sus trabajos?

El joven no pudo evitar el sonrojo. Apartó la vista del muslo de Agarista e inclinó la cabeza a modo de saludo.

—Mi trabajo no se parece mucho al de un hijo de Zeus. Llevo toda la mañana adiestrando a los voluntarios.

Ella asintió y se acercó a la fuente. Se mojó los dedos con descuido.

—Pelópidas me dijo que te han autorizado para formar un cuerpo de... ¿Cómo se llaman?

—Peltastas.

—Ah. —Agarista se encogió de hombros—. No entiendo mucho de guerras, como ya supondrás. Sé que las tebanas somos en eso muy diferentes de las espartanas. ¿Y las mujeres tracias? ¿Saben la diferencia entre un hoplita y un peltasta?

—Unas pocas, señora, saben lo que es un hoplita. Pero casi todas tienen algún hijo, sobrino o esposo que, en lugar del escudo grande de bronce, se defiende con pelta de caña y cuero. Los tracios somos casi todos peltastas.

—Somos, dices. ¿Aún te consideras tracio, Prómaco?

—Desde que salí de Tracia, señora. Antes de eso era griego. Los mestizos somos extranjeros en todas partes.

—Tonterías. Estás haciendo más por Tebas que muchos tebanos. Mi hermano no habría dado un cargo importante a un extraño. Y menos aún habría puesto a tebanos bajo sus órdenes.

Prómaco aceptó el argumento. A su regreso de Atenas, Pelópidas lo había nombrado jefe de los peltastas en aceptación de una propuesta de Epaminondas. Este se había prestado a recorrer Tebas para reclutar a los ciudadanos que no podían permitirse la panoplia de hoplita. La mayor parte aceptó integrarse en el nuevo cuerpo de infantería ligera, y algunos pocos se convencieron cuando Epaminondas les explicó que, si los espartanos conseguían volver, no dejarían Tebas en pie. Al día siguiente, Prómaco empezó el adiestramiento de sus hombres. Les enseñó a construir peltas y a lanzar la jabalina. Estaba costando lo suyo hacerlo sin salir de la ciudad por la proximidad del ejército espartano, pero los progresos llegaban lentamente. Sin embargo, no eran suficientes.

—Precisamente he venido, señora, porque quiero hacerle una propuesta a tu hermano. Epaminondas ha dado su visto bueno, pero necesito el consentimiento de un beotarca.

Agarista ladeó la cabeza.

—Me encantan las propuestas.

Aquello sonó raro, pero Prómaco no le dio mucha importancia.

—A Pelópidas no le encantará porque supone un gasto para la ciudad. Se trata de contratar mercenarios.

—Entiendo. El caso es que mi hermano no está. —Lanzó una sonrisa pícara—. Górgidas vino a buscarlo y se fueron juntos.

—Ah. Entonces volveré en otro momento.

Agarista se interpuso entre Prómaco y la puerta.

—No, espera... No creo que tarde en llegar. ¿Por qué no pasas y bebes algo? Entrenar a los peltastas debe de ser cansado.

—Señora, no creo que sea decoroso...

—Ah, Prómaco, vamos. Me aburro más que cuando estábamos en Atenas; y encima mi pinzón no ha vuelto, así que solo puedo hablar de telares y mercados con mis esclavas y, a veces, escuchar las quejas de mi cuñada. Cuéntame algo, por favor.

No podía negárselo, y mucho menos después de fijar en él esa mirada tirana, así que se acomodaron en la sala principal. En un rincón, como un símbolo de la fuerza que movía a Pelópidas, reposaba su coraza, bruñida y perfecta en su imitación de la musculatura humana. Dispuesta sobre su armazón, con las correas abrochadas. Y el temible yelmo corintio, como salido del Hades desde una época perdida. Las crines blancas y negras de la cimera se cimbreaban con la suave brisa que llegaba desde el patio.

Agarista pasó junto al escabel que habría ocupado cualquier otra mujer en presencia de un extraño, y se sentó en uno de los divanes alargados. Los esclavos se apresuraron a atender sus órdenes, y en poco tiempo habían traído un aguamanil, una jarra de vino y una hidria. Crátera, copas y una bandeja con golosinas. Prómaco, al principio, se negó a reclinarse. Observaba a Agarista de reojo mientras esta lo organizaba todo, como si fuera a celebrarse un simposio con veinte personas. La libación se hizo a la salud de Afrodita, y la anfitriona sacudió los dedos para que unas gotas de vino puro mancharan el suelo. Luego bebió. Prómaco empezó a ponerse nervioso, así que decidió hablar. No acertó al escoger tema:

—¿Te has pensado lo de Menéclidas?

Agarista, que en ese momento mezclaba agua y vino en la crátera, dejó de verter líquido desde la hidria. La posó en la mesa con estudiada lentitud.

—Prefería el aburrimiento. —Miró arriba—. ¿Dónde estás, pinzón mío?

—Perdona, señora.

Ella resopló. Ante el asombro de Prómaco, subió los pies

al diván y se tendió de espaldas. Su vista aún fija en el techo y las manos bajo la cabeza, como si se dispusiera a aislarse en sus pensamientos o en verdad aguardara al pinzón mensajero. Pero no aguantó mucho en silencio.

—Mi hermano insiste. Sé que Menéclidas no es de su total agrado, pero lo cierto es que procede de una familia muy noble y yo ya debería estar casada. Corina también me riñe por eso. Bueno, me riñe por todo. «Cuñadita», me dice, y a continuación me suelta un montón de reproches. A ella no le hago mucho caso, pero mi hermano es otra cosa. Hasta ahora Pelópidas ha respetado mis ruegos y ha sido indulgente con mis... manías. Aunque he de obedecerle.

Prómaco vaciló. ¿Debía seguir el juego? Observó que los esclavos, los mismos que Pelópidas tenía en Atenas, se movían en sus quehaceres con naturalidad, indiferentes a la extravagancia de Agarista. Aunque poco a poco los iban dejando solos en el salón de banquetes.

—¿Y si te negaras?

Ella volvió la cara hacia Prómaco.

—No puedo hacerlo. Pelópidas es quien manda en nuestra casa. Yo solo soy...

—No hace mucho que conozco a tu hermano, pero no lo imagino obligándote a pasar la vida con alguien a quien no amas. Tú me lo dijiste una vez: lo suyo con Górgidas va más allá de lo normal. Tampoco era normal que Tebas se rebelara como lo ha hecho. ¿Es normal acaso que queramos preparar un ejército para enfrentarnos a Esparta?

Agarista lo observó un largo rato. Así, tumbada, el peplo marcaba cada una de sus curvas. Cuando entornó los ojos, Prómaco creyó que se hallaba ante una diosa labrada en un frontón o esculpida a la entrada de su templo.

—Tú no permitiste que tu tracia se casara con quien debía, a veces lo olvido. Crees que puede repetirse, ¿eh? Que yo puedo repetirlo. —Apoyó los codos en el diván y se incorporó a medias. Sus pechos pugnaron contra la tela del peplo. Demasiado para Prómaco, que apartó la vista. Al hacerlo, se encontró con la figura de Pelópidas en la entrada. El beotarca contemplaba la escena con los brazos en jarras.

—¿Qué pasa aquí?

Prómaco saltó como un resorte. Agarista terminó de sentarse, bajó los pies al suelo y cruzó las manos sobre las rodillas. Sonrió como una niña traviesa sorprendida a media trastada.

—Tenemos un huésped, hermano. Hay que agasajarlo.

—Ya veo. —Pelópidas se acercó a la mesa de banquetes. Tras mirar alternativamente a uno y a otra, se sirvió una medida larga de vino puro. Mientras bebía, siguió con la vista clavada en Prómaco por encima del borde de la copa. Agarista se puso en pie y se alisó el peplo.

—Bien, nuestro invitado quería hablar contigo, hermano, así que me retiro a mis habitaciones, que es donde debo estar.

Prómaco no pudo evitarlo y lanzó una mirada rápida a la marcha de la tebana. A su contoneo natural y al modo en el que el vuelo del peplo acompañaba cada pisada con una sacudida. Pelópidas, por supuesto, se dio cuenta.

—Cuidado, Heracles. Deyanira te acecha.

—Ah, no... Ya te dije que mi Deyanira... En fin, he venido para pedirte algo.

Pelópidas ocupó el lugar que acababa de dejar Agarista. Terminó de mezclar el agua y el vino en la crátera. Lo hizo todo con movimientos lentos, y solo habló cuando las copas estaban servidas.

—Sabes que puedes pedirme lo que quieras... —Se interrumpió—. Mejor dicho, casi todo lo que quieras.

—Ya. El cuerpo de peltastas progresa, pero no es suficiente. A muchos voluntarios los he mandado de vuelta a sus casas. Demasiado viejos o demasiado lentos. Necesitamos gente que sea capaz de sobrevivir en batalla al menos hasta que lance su primera jabalina.

Pelópidas se reclinó.

—¿Qué propones?

—Contratar mercenarios. Esto no es Tracia y no tengo claro dónde encontrarlos, pero estoy seguro de que hallaré la forma tarde o temprano. Eso sí: necesitaré dinero.

—Hmmm. Habría que reunir a la asamblea para que autorizara el gasto. Lo malo es que con los espartanos a nuestro alrededor y nosotros encerrados, los campos están abandonados y este año no habrá cosecha. Disponemos de todo lo que los oligarcas guardaban en sus casas para disfrute personal, pero mucho me temo que habrá que invertirlo en trigo extranjero. Además, hay que alimentar a los aliados atenienses que se unieron a nuestra causa.

—Lo comprendo. Lo esperaba. Seguiré trabajando con la gente que tengo ahora pero, por favor, ten en cuenta mi petición.

—De todas formas es pronto para pensar en enfrentarnos al enemigo. Y por otra parte, Górgidas acaba de darme noticias que no sé si tomar por buenas o malas.

»El rey Cleómbroto vuelve a Esparta. Deja en Tespias una parte de su ejército al mando de su *harmosta*, un tal Esfodrías.

—Creo que es una buena noticia, Pelópidas. Los espartanos se han conformado con pequeñas escaramuzas y con retarnos desde lejos. El tiempo está de nuestra parte.

—Es lo primero que he pensado. Pero luego me ha venido a la mente lo que dice Epaminondas acerca del otro rey espartano, Agesilao.

—El Cojo.

—Ese. La campaña espartana de este año no ha servido para someternos y los pelilargos no recibirán contentos al inútil de Cleómbroto. Mucho me temo que la temporada que viene no sea tan fácil.

Prómaco asintió. Así que tenía poco más de medio año para adiestrar a su corto cuerpo de peltastas. Epaminondas se había empeñado en aplicar las ideas de Ifícrates, y eso implicaba nuevos métodos de lucha, nuevas armas, nueva mentalidad. Había mucho que hacer, así que se puso en pie.

—Bien, gracias por el vino y por la hospitalidad. Voy a volver con mis hombres.

Pelópidas levantó la mano.

—Aguarda, Prómaco. Quiero contarte algo más. Es sobre Agarista.

El mestizo volvió a sentarse. Se encogió de hombros.

—Lo siento, Pelópidas. Insistió en darme conversación y ya la conoces. Sé que no está bien que una mujer abandone sus aposentos, y menos para compartir vino con un extraño, pero...

—No eres un extraño ni para mí ni para mi hermana. Por eso quiero saber qué piensas de mis problemas con ella. Hoy le aconsejaré que acepte como esposo a Menéclidas por... ¿vigésima vez? ¿Trigésima? Cada vez que insisto, ella me ruega que no la case con él. O que no la case, simplemente.

»Agarista parece sentirse a gusto cuando habláis. No sé, supongo que está conmovida por tus problemas y por tu ansia de reunirte con Veleka. O a lo mejor es que los dos estáis igual de locos. En fin... —torció la cabeza—, no creo que haya otra razón. ¿O sí la hay?

Prómaco arqueó las cejas.

—Tu hermana es muy especial, Pelópidas. Tú mismo me lo advertiste. Por alguna razón que no termino de comprender, a ella no le gusta Menéclidas. Me lo ha dicho. Aunque también sé que al final se rendirá a tu insistencia, entre otras cosas porque es consciente de sus obligaciones. En cuanto a mí, sabes muy bien que la mujer que ocupa mi mente está en Laconia, no en Beocia.

El tebano mostró su sonrisa más encantadora.

—Perdona, amigo. Comprendes que me preocupe el futuro de mi hermana, ¿verdad?

—Es tu deber y te honra porque, aparte de su futuro, te preocupa su felicidad. Ojalá el padre de Veleka hubiera sido la mitad de comprensivo. Y ahora, si me disculpas, me reuniré con mis hombres y les enseñaré a aparentar que saben pelear. Si eso que dices del Cojo resulta cierto, medio año se nos va a quedar corto.

Prómaco salió. Pelópidas quedó pensativo, tomó la copa entre dos dedos y se reclinó. Dejó que pasara el tiempo suficiente para que el mestizo se hubiera alejado de su casa.

—Ya puedes salir, hermanita.

Agarista se deslizó desde la puerta por la que había fingido marcharse. Se recompuso el peplo con falso descuido.

—¿Sabías todo el rato que estaba aquí?

—Por Hera, Agarista. Somos hermanos.

Ella no se acercó. Cruzó los brazos.

—¿Y bien? ¿Quieres oír mi vigésima respuesta? ¿O era la trigésima?

Pelópidas bebió sin apartar la vista de su hermana. Qué estupendos hijos daría Agarista a Tebas. Y nunca tanto como ahora eran necesarios esos hijos.

—Menéclidas se impacienta, mujer. Górgidas es su vecino, y cada poco ha de soportar su mal humor. Empieza a decir cosas... Se pregunta si no te habrá consumido la locura. Aunque, por lo visto, lo que más le preocupa es que estés prendada de alguna esclava y no seas consciente de tu deber. Ya sabes a qué viene eso.

—Lo sé, pero me gustaría que tú me lo explicaras. ¿Por qué pasan días enteros sin que tú veas a Corina, pero no te separas de Górgidas?

Pelópidas apretó los labios. Dejó la copa en la mesa.

—Yo cumplo según la ley, nadie puede reprocharme nada. Si mi amor por Górgidas me hubiera impedido casarme, ahora sería un mal ejemplo para ti. Pero tú insistes en despreciar a uno de los hombres más nobles de Tebas y prefieres... ¿Qué prefieres? En Atenas decías que querías esperar hasta regresar a casa. Bien, ya estamos en casa. ¿Cuál es el obstáculo ahora? —Señaló hacia la puerta por la que unos momentos antes había desaparecido Prómaco—. ¿Es él?

Agarista estiró los brazos a lo largo del cuerpo y apretó los puños, como cuando era una cría y Pelópidas le arrebataba algún juguete para hacerse perseguir por toda la casa. Estuvo a punto de decir algo y, con los labios ya abiertos, se obligó a callar. Lo pensó y se dispuso a hablar otra vez. De nuevo se contuvo. Así hasta tres veces. Suspiró y bajó la mirada, pero la subió enseguida para clavarla suplicante en la de su hermano.

—Te lo ruego. Dame un poco más de tiempo. No me obligues aún a ir con Menéclidas.

Pelópidas se levantó, anduvo hacia su hermana y la abrazó con ternura. Acarició las trenzas negras y largas de Agarista mientras esta descansaba la cabeza sobre su hombro. No podía soportar esa mirada oscura y afligida; la misma que tenía el día en que huyeron de Tebas, con sus padres perdidos entre la matanza proespartana. La misma que se apoderó de sus ojos cuando supo que no podían volver a su ciudad. A veces se preguntaba si sus desvaríos venían de ahí. De la tristeza de perder tanto. Tal vez casarla con Menéclidas significara una nueva pérdida, y eso podría hundirla sin remedio en la demencia. Sin dejar de consolarla, volvió la cabeza hacia la puerta. ¿Era Prómaco lo que ahora perdía Agarista, incluso sin haberlo tenido nunca?

10

Los peltastas

Un poco antes de que llegara la primavera, los dioses se pusieron de acuerdo para precipitar la guerra.

En primer lugar, Ares infundió el ansia de luchar en el espartiata *harmosta* de Tespias, Esfodrías. Tal vez estaba frustrado por el fracaso de la campaña anterior bajo el mando de uno de sus reyes, y por eso decidió moverse sin consultar a Esparta. Como los tebanos se negaban a salir de su ciudad y el *harmosta* consideraba que los atenienses habían apoyado la revuelta demócrata, hizo una incursión en el Ática con la mayor parte de sus hombres. Aquella decisión implicaba que, en pleno periodo oficial de paz, un ejército espartano rompía hostilidades contra Atenas. La diosa Atenea, sabia pero también ladina, inspiró a los magistrados atenienses para que elevaran una queja formal a Esparta. Y a fin de mantener la apariencia de legalidad, la propia Atenas se ocupó de acusar a los atenienses que, por su cuenta y riesgo, habían apoyado la revuelta tebana. Esparta no podía quedarse atrás y, como Esfodrías había roto un tratado de forma unilateral, fue juzgado en ausencia. Pero se trataba de un espartiata, así que los éforos no se dejaron guiar por la celestial Diké y lo absolvieron de todo cargo.

La segunda parte de la divina farsa empezó cuando una delegación tebana llegó a Esparta para proponer una tregua. Los espartiatas se reunieron en su inmensa ágora en presencia de los éforos y de sus dos reyes, Cleómbroto y Agesilao, dispuestos a ver cómo los enviados tebanos se postraban y rogaban perdón por la insolencia de su ciudad. Pero estos elevaron la barbilla y ofrecieron a Esparta una alianza entre iguales. La otra alternativa —completaron con no poco descaro— era la guerra.

Ares volvió a proyectar su sombra y, sin más tardar, Agesilao fue escogido por aclamación para dirigir la segunda expedición a Beocia. Aunque no se trataría de un ejército de iguales, desde luego: unos simples tebanos no merecían tal esfuerzo. Esparta se limitaba a aportar a uno de sus reyes y a algunos periecos que harían de peltastas. Tespias pondría los hoplitas y los gastos. Por la parte contraria, los mismos delegados tebanos que habían soliviantado los ánimos en Laconia pasaron por Atenas a su regreso. Allí solicitaron ayuda, esta vez oficial y sin reservas, para enfrentarse a la potencia que, una vez más, rompía los pactos y se empeñaba en sojuzgar a todos los griegos.

Estaba hecho. El estratego ateniense Cabrias, acompañado por cinco mil hombres, acudió en ayuda de Tebas; Górgidas recibió el cargo de *hiparco*, lo que lo situaba al mando de la caballería, y a Menéclidas se le encomendó la dirección de la recién creada falange demócrata. Entre todos construyeron una empalizada y un foso, ambos paralelos y muy largos, a cierta distancia de la ciudad. Cuando llegó el ejército del Cojo, se encontró con este obstáculo, tras el que maniobraban los hombres de Górgidas y los de Cabrias.

El Cojo se burló de los tebanos durante semanas. Los llamó cobardes desde fuera de la empalizada y los retó a salir para enfrentarse a él como hacían los hombres de verdad. Cada mañana, la falange defensora abandonaba la ciudad, marchaba hasta la empalizada y seguía los movimientos de los espartanos desde su lado del cerco, ignorando las ofensas de Agesilao. A ojos de este, los nuevos amos demócratas de Tebas no merecían el esfuerzo, así que un buen día tomó la decisión de regresar a Esparta. Eso sí: para sustituir al poco fiable Esfodrías, el Cojo dejó en Tespias a un *harmosta* de su confianza, viejo conocido también de los tebanos y ansioso por saborear la venganza: Fébidas.

Aquella mañana, los peltastas de Prómaco se dirigían hacia la empalizada por el camino que llevaba de Tebas a Tespias.

Caminaban con desgana, masticando todavía el desayuno. Doscientos hombres con armamento ligero que avanzaban entre bostezos y comentarios aburridos. Un día más. Pronto llegarían al muro de madera y se dedicarían a patrullarlo. Intercambiarían dos o tres burlas con las patrullas tespias del otro lado y, al caer la tarde, regresarían a Tebas.

Prómaco encabezaba la marcha a su paso junto a la aldea de Scolos. A su espalda, la claridad diurna despuntaba sobre la gran llanura de Tanagra. Marchaba, al igual que su bisoño cuerpo de peltastas, con la pelta asegurada a la espalda, tres jabalinas de cornejo al hombro y el *kopis* al cinto. Calzaban botas altas de piel de zorro, al estilo odrisio. Buenas para moverse en roquedales y dejarse resbalar por laderas. Y se cubrían con capacetes de cuero con orejeras o con cascos tracios, sin cimeras, pero provistos de carrilleras para suplir la falta de protección. Nada de corazas, siquiera de lino endurecido. El verano tocaba a su fin, así que el relente les obligaba a arrebujarse bien en sus mantos.

—Dos jinetes.

Prómaco levantó la vista y miró en la dirección que le señalaba uno de sus peltastas. Otro, tan tebano como el primero, reconoció a los vecinos que se acercaban al galope.

—Son hombres de Górgidas.

La columna se detuvo. Cuando los jinetes llegaron a su altura y tiraron de las riendas, Prómaco supo que algo andaba mal. Lo vio en la faz demudada del hombre que ahora saltaba a tierra. Un aristócrata, como todos los miembros del cuerpo de caballería de Górgidas; aunque ahora, tan atemorizado que le temblaban los labios, no parecía muy altivo.

—El enemigo ha atravesado la empalizada esta noche.

Prómaco sintió que el corazón se le desbocaba. Dos años sin acción llevaban a eso. A la costumbre, a la rutina, al conformismo. Al fallo.

—¿Son muchos?

—Medio millar al menos. Peltastas laconios y la falange tespia. Vienen todos juntos hacia aquí.

Los que se hallaban más cerca gimieron. Ninguno de ellos

había entrado en combate jamás, y ahora se encontraban en plena llanura, en la ruta de un contingente que los superaba con mucho. Prómaco miró alrededor. A su izquierda, el terreno subía hasta la aldea de Scolos y culminaba en una colina algo más al sur. A la derecha, una pequeña depresión marcaba el curso del río Asopo. Al otro lado del cauce, hacia el norte, los hoplitas atenienses estarían avanzando hacia su propio punto de reunión en la empalizada.

—¿Dónde está Górgidas?

—A la vista del enemigo. Se ha reunido con Menéclidas, pero son pocos para resistir. Vienen hacia aquí en retirada.

—¿Sus órdenes?

—Refugiarnos en Tebas. Mi compañero irá ahora a avisar a Cabrias y a sus atenienses. No hay tiempo que perder.

Prómaco gruñó. La caballería de Górgidas no tendría problemas, desde luego, pero los hombres de Menéclidas, cargados con sus escudos de bronce y a pie, serían alcanzados por las tropas ligeras enemigas. Señaló a la colina que se erguía tras Scolos.

—Cambio de planes. Nosotros tomaremos posiciones ahí arriba. Tú volverás con Górgidas y le avisarás. Que Menéclidas suba y se reúna conmigo para unir fuerzas. —Se dirigió al otro jinete, que seguía montado—. Busca a Cabrias al otro lado del río y dile que resistiremos en lo alto hasta que llegue.

—Ni hablar —cortó el jinete descabalgado—. No pretenderás que desobedezca a un tebano de renombre para hacer caso a un mestizo que vive de la caridad, ¿verdad?

Típica respuesta aristócrata. Prómaco sonrió. Por lo visto, la democracia tardaba en cuajar en los corazones nobles. Se volvió y observó a sus peltastas, todos de baja cuna. En el último año habían compartido rancho, sudor y esperanza. En aquellos ojos anidaba el miedo, desde luego. Pero también se adivinaba algo más. Cuando contestó al jinete, lo hizo en un tono firme.

—Mis hombres y yo vamos a subir ahí. Somos un puñado de desarrapados que no pueden permitirse una lámina de bronce, pero nos sobra valor para enfrentarnos a quien sea. Si tú quieres huir, adelante.

Eso ofendió al aristócrata, cuya coraza de piel reforzada con escamas valía lo mismo que la equipación de diez peltastas. Eso por no hablar del caballo, que de venderlo daría de comer a toda la unidad de Prómaco durante un mes. Apretó los puños y consultó a su compañero con la mirada. Este se encogió de hombros.

—Deja que el mestizo haga como guste. No nos cuesta nada avisar a Górgidas y a Menéclidas de su decisión. Yo iré en busca de Cabrias. Es ateniense, así que ¿quién sabe? A lo mejor escoge morir en la colina junto a estos.

No dijeron nada más. Uno cabalgó hacia el oeste y el otro hacia el norte. Prómaco salió del camino y llevó sus pasos rumbo a Scolos. Sus peltastas lo imitaron.

Los habitantes de Scolos corrían con lo puesto hacia Tebas mientras Prómaco pasaba revista a sus hombres.

Los había colocado en tres filas, como una delgada falange de caña y cuero, en el rectángulo de tierra que remataba la colina. Una posición ventajosa, aunque difícil de mantener mucho tiempo. Desde el oeste, medio centenar de jinetes se acercaba al trote, sin adelantarse mucho a la falange tebana de Menéclidas, compuesta por doscientos hoplitas. Los peltastas laconios avanzaban tras ellos, a una marcha suficiente para alcanzarlos en poco tiempo, y no mucho más atrás brillaban a los primeros rayos del sol los *aspís* de bronce de los tespios.

—¡Los nuestros llegarán fatigados! ¡Abriréis las líneas para que pasen y se reagrupen a nuestra espalda! ¡Después evitaremos que esos cabrones suban!

Los peltastas tebanos se miraban indecisos. Todos salvo los que escrutaban la llanura al norte, más allá de Scolos. Los atenienses no aparecían. Hasta ellos llegaron los gritos de la caballería de Górgidas. Sonidos confusos que se lanzaban entre ellos. Prómaco movió la cabeza a los lados. El espectáculo de la huida era penoso. Llenó los pulmones con el aire fresco de la mañana y continuó con sus instrucciones.

—¡Os quiero a todos en silencio y atentos a mi voz! ¡La primera fila los recibirá rodilla en tierra, la pelta por delante y sin lanzar! ¡Pasad vuestras jabalinas a los compañeros que tenéis detrás! ¡Filas segunda y tercera, cada orden mía es un disparo, ni antes ni después! ¡Quien haya disparado retrocede un paso, cede el puesto y prepara la siguiente! ¿Entendido?

Asintieron en silencio mientras comprobaban por décima vez que todo estaba en su sitio o restregaban las manos contra la ropa para secar el sudor. Prómaco siguió recorriendo las filas. En Tracia, Ifícrates había ideado un método para repeler al enemigo en altura. Usaba lanzas ciconas, más largas que las de los hoplitas. Tanto que, para manejarlas con cierta destreza, hacían falta las dos manos. Conseguían mantener alejados a los adversarios mientras otros peltastas hacían sus lanzamientos desde las filas traseras o desde los flancos. Pero Prómaco no disponía de lanzas ciconas. Chascó la lengua. Tal vez pudiera arreglarlo a su regreso.

Si es que regresaba.

—¡Se separan!

Así era. La caballería de Górgidas continuaba su camino hacia Tebas mientras los hoplitas de Meneclidas iniciaban la trepada colina arriba. Prómaco disimuló un suspiro de alivio. Hasta ese momento dudaba de que los aristócratas aceptaran su plan. Aunque viendo la poca ventaja que sacaban al enemigo, era más que comprensible que se acogieran a los peltastas. Estos abrieron pasillos y se pusieron de lado para facilitar la llegada de sus compatriotas. Algunos de ellos se apoyaban en el borde del *aspís* y en la contera para subir, e incluso alguno, entrado en carnes, se detuvo mientras resoplaba como un buey en plena canícula. Sus sirvientes llegaron con ellos. Cada orgulloso hoplita llevaba uno, y algunos les habían hecho cargar con el escudo e incluso con el yelmo.

Menéclidas fue de los primeros en alcanzar la cima. Dejó caer el *aspís* y se desenlazó el barboquejo del *pilos*. Su ayudante se acercó solícito y le tendió un pellejo de agua. El aristócrata miró a Prómaco con gesto furioso.

—No eres quien... —Boqueó en busca de aire—. No eres tebano... Las órdenes....

—Lo sé. Si lo prefieres, puedes seguir corriendo.

La cólera brilló en los ojos del noble. Posó la lanza en tierra y apoyó las manos en las rodillas. Prómaco supo que, de no estar derrengado, Menéclidas le habría abofeteado.

—Hablaremos de esto... después.

—Claro. Ahora necesito que os recuperéis. —Miró hacia el borde del altozano. Los peltastas ayudaban a coronarlo a los últimos hoplitas—. Aguantaremos todo lo que podamos y después os tocará a vosotros. Espero que el ateniense no sea tan remilgado y venga para acá.

Menéclidas no respondió. Prómaco se desentendió de él mientras los recién llegados tosían o caían extenuados. Hacia el este, la caballería ya había rebasado la colina y dibujaba una larga parábola para rodearla. Si seguían con ese movimiento, podrían presentarse en el flanco del enemigo. «Bien por ti, Górgidas», pensó. Cincuenta jinetes no eran gran cosa, pero al menos podrían hostigar a los tespios para estorbar la subida.

—¡Creo que esos son los atenienses!

La noticia se recibió con alivio. Prómaco vio la tímida nube de polvo que subía desde las lomas del norte, al otro lado del río.

—No llegarán antes de que esto empiece —susurró. Pasó entre las filas tercera y segunda. Al pie de la colina, los peltastas laconios se reagrupaban. «Un error, estúpidos. Deberíais esperar a vuestros hoplitas»—. ¡¡Preparados!!

La primera línea, rodilla en tierra, se agazapó tras la pelta. Todos encogieron la cabeza y murmuraron plegarias a los dioses. La segunda colocó sus propios escudos a media altura para crear un efímero muro de madera y cuero. Alguien de abajo hizo sonar una trompeta. Prómaco observó a los hoplitas tespios. Beocios, como los tebanos, aunque la enemistad entre ambas ciudades era tan fuerte como antigua. Si un tebano y un tespio llegaban a coincidir en algo que no fuera una pelea, el segundo no tardaba en echarle en cara que Tebas se había alineado con Persia cuando esta, un siglo antes, intentó sojuzgar a toda la Hélade; y que los tespios, por el contrario, habían sangrado junto a atenienses y espartanos para preservar Grecia. Y hacían valer esa tradición, desde luego. Allí estaban, con sus sempiternos mantos negros y la media luna pintada en sus escudos. A Prómaco, pues, le llamó la atención el único hoplita enemigo que vestía de rojo. Vio la lambda que adornaba su *as-*

pís y supo que se trataba de Fébidas, el antiguo *harmosta* espartano de Tebas. Estaba situado en el centro y gritaba sus instrucciones para hacerse oír por encima de la flauta. Prómaco se fijó en aquella barba puntiaguda, en el labio superior rasurado, en la tensión del brazo izquierdo al sujetar el pesado escudo de madera y bronce. Un auténtico espartiata por fin. Por un momento pareció que Fébidas también miraba con fijeza a Prómaco. Apretó los dientes y dio la orden de que los peltastas laconios remontaran la colina.

Suben desordenados, provocando pequeños desprendimientos entre las piedras sueltas de la ladera. Las peltas en forma de cuarto creciente, decoradas con dibujos que simulan rostros burlones, embrazadas con la zurda. Dos o tres jabalinas en la diestra. Los peltastas sureños llevan gorros de fieltro y, como laconios que son, *exomis* rojos. Son unos doscientos, con lo que igualan a la fuerza de Prómaco. Pero abajo quedan los hoplitas tespios en número de trescientos. De momento esperan.

Fébidas ruge. Ordena que sus peltastas suban en orden. Su mente espartana no puede soportar semejante caos. Prómaco toma nota: su enemigo es un hombre que respeta las costumbres.

—¡Esperamos!

Los peltastas tebanos obedecen a pesar de que muchos están deseando lanzar todo lo que tienen y largarse de allí. Se dan ánimos unos a otros, y la mayoría cierra los ojos porque no pueden soportar la vista del enemigo acercándose para matarlos. Prómaco recorre el borde del altozano por detrás de sus hombres.

—¡Esperamos! —repite. Entre la gente que le obedece hay tipos que, a pesar de superar su edad en más de diez años, creen en él como si fuera un padre. Ninguno de ellos ha luchado jamás, y Prómaco es, a pesar de su juventud, un veterano de guerra.

Llega al final de la línea, en el borde norte. Ve que la nube de polvo ateniense se encuentra en la hondonada del río. Ruega a los dioses para que Fébidas no se dé cuenta. Pero los refuerzos están lejos aún. Calcula la distancia y la velocidad de los peltastas laconios. Enseguida se pondrán a tiro.

—¡Esperamos!

Se vuelve y ve a Menéclidas, pálido y sudoroso, con el yelmo y el escudo en el suelo. Su sirviente le sujeta la lanza con manos temblorosas. El resto de los hoplitas tebanos no presenta mejor aspecto. Prómaco maldice en voz baja, vuelve al centro de su formación y se asoma. El enemigo está justo a mitad de pendiente. Es el momento.

—¡Segunda fila!

Cada uno de sus hombres echa el brazo derecho atrás y escoge un blanco. Toda la colina aguanta la respiración.

Ifícrates solía decir que cuando matas a tu primer hombre, algo tuyo muere con él. Aunque se trate de un enemigo al que odias y que, si puede, te arrancará el corazón. Lo peor es matar de cerca, desde luego. Ver cómo la vida se apaga en sus ojos. Si el matador novato tiene mala suerte, la víctima no morirá enseguida y le dará tiempo a suplicar. A veces los dioses son crueles y dejan que el moribundo llame a su madre, a su esposa o a sus hijos, lo que garantiza pesadillas durante meses al desgraciado que lo mata. Por eso es mejor ser peltasta y matar de lejos. Que digan lo que quieran esos orgullosos admiradores de Homero. Mejor no ver cómo el enemigo muere a evocar su agonía noche tras noche.

—¡¡Lanzad!!

Las jabalinas salen catapultadas casi al unísono. Todos los peltastas de Prómaco se ayudan con tiras de cuero atadas a los astiles. Las enrollan en los dedos antes de lanzar y eso les confiere impulso extra. Sus finas puntas de hierro silban en el aire. Algunas rebotan en las peltas laconias, pero otras las atraviesan y las cosen a los brazos que las sujetan. Unas pocas se clavan en rostros, cuellos o piernas. Los gritos de dolor atraviesan la campiña beocia.

—¡¡Esperad!! ¡¡Por Zeus, esperad!!

La segunda fila da un paso atrás y los hombres de la tercera se adelantan. Hace falta mucha templanza para cumplir la orden de aguantar. Una vez que se ha derramado la sangre, su olor se expande junto con los alaridos. Al guerrero se le nubla la vista y ya no puede ver más que al hombre que tiene enfrente. Un par de peltastas tebanos dispara sus jabalinas, y Prómaco entra en cólera.

—¡Perros, he dicho que esperéis!! ¡Al próximo que lance lo despeñaré hacia ellos para que se las arregle solo!

Mira abajo. Se ha liado una buena. No importa que los muertos sean pocos porque, para el caso, vale lo mismo que haya muchos heridos. Están tirados, intentando protegerse mientras se retuercen o agarrando las astas de las jabalinas tebanas. Sus compañeros tendrán que saltar por encima, aunque ahora están detenidos y a cubierto, temerosos de la segunda descarga. Prómaco necesita ese respiro, así que lo alarga todo lo que puede.

—¡Esperad!

Mira al norte. Ya ve a los hoplitas del ateniense Cabrias. Han salido de la depresión y vienen a marchas forzadas. Es cuestión de tiempo que Fébidas se dé cuenta. En la ladera, los peltastas enemigos reanudan el avance.

—¡¡Lanzad!!

La segunda lluvia de hierro es más efectiva. Es el momento en el que los que todavía no se han estrenado ansían hacerlo. Y, además, ven las armas del enemigo de cerca y cobran conciencia de que si no matan, mueren.

Fébidas truena abajo. Alguien le acaba de avisar de que por su flanco izquierdo llegan nuevas tropas. Se destaca de entre los hoplitas, Prómaco puede oír a la perfección su orden:

—¡No os paréis! ¡Subid, hijos de puta! ¡Subid!

Arriba, el relevo es fluido. Ahora la impaciencia los corroe a todos y Prómaco sabe que no puede retenerlos más.

—¡Lanzad! ¡Lanzad! ¡Lanzad!

Los peltastas enemigos se apresuran mientras braman sus gritos de guerra. La única forma de frenarlos es la tormenta de jabalinas que se les viene encima. Algunos de ellos intentan responder, pero disparar cuesta arriba es el doble de difícil y de peligroso. Prómaco contempla el resultado de su paciencia durante el adiestramiento. Sus hombres arrojan un dardo, se echan atrás y dejan sitio al compañero, reponen y se preparan para volver a lanzar. Las jabalinas se acaban enseguida y el mestizo se da la vuelta.

—¡Menéclidas! ¡Ahora!

El noble lo mira con una mezcla de sorpresa y miedo. No hace ademán de recoger su escudo.

—¿Qué quieres, tracio?

Prómaco señala al norte.

—¡Cabrias está llegando y Fébidas lo encara para recibirlo! ¡Debes bajar!

Menéclidas se incorpora. Su sirviente no sabe qué hacer. Se agacha, toma el yelmo y lo alarga hacia su señor, pero este no le hace ni caso.

—¿Me estás dando órdenes, tracio?

Prómaco se desespera. Sus hombres desenfundan los puñales y las espadas cortas.

—¡Menéclidas, por favor!

El tebano avanza con lo que parece timidez. Pasa junto a Prómaco y aparta de un empujón a un peltasta. Mira abajo. Aprensivo. Con la cabeza encogida entre los hombros. Se vuelve. Observa al mestizo. Gira de nuevo la cabeza. Se lo piensa.

—Eso es chusma. Que tus peltastas se encarguen.

—¿Qué? ¡Tienes que bajar! ¡Los tespios superan a los atenienses y has de ayudarlos! ¡No puedes quedarte aquí!

Menéclidas se acerca mucho a Prómaco. Tanto que este huele su aliento amargo. El noble entorna sus ojos pequeños y enrojecidos, que se hunden bajo las cejas rubias.

—Te lo diré una vez nada más, tracio: háblame con respeto.

Y vuelve a sentarse junto al escudo ante el estupor de Prómaco. Este ve que sus hombres le lanzan miradas de desesperación. Aguardan sus órdenes. Tira de la pelta que lleva a la espalda, mete el brazo por la correa de cuero y empuña la manija de cordón en el borde. Desenfunda su *kopis* con un movimiento lento y lo alza recto hacia el cielo.

—¡Cargaaad!

Da ejemplo. Salta hacia el borde y corre cuesta abajo. Tras él, su cuerpo de peltastas aún intacto se derrama como un alud. Los enemigos se detienen. Vacilan. «¿Qué es esto?», se preguntan. Una cosa es que el enemigo huya y se refugie en lo alto de una colina, pero ¿que ataque? Ellos son laconios. La propia Esparta los respalda, y eso infunde terror a todo el mundo. ¿Cómo se atreven esos ilusos tebanos a hacerles frente?

Prómaco es el primero en alcanzar la castigada línea enemiga. Con un latigazo de su pelta aparta la del adversario más cercano y, en el tiempo que dura un pestañeo, clava su *kopis* hasta la empuñadura. La inercia le hacer arrollar al laconio ya muerto y se lleva a otro más por delante. Desentierra su arma de la carne caliente, embiste. Junto a él, sus hombres también traban contacto. Los gritos se multiplican.

Abajo, los hoplitas atenienses retienen su carrera. Su estratego, ahora oculto por la masa de la falange, da órdenes precisas, cortantes. La vanguardia abate las lanzas a un tiempo. Los escudos trabados, cada uno bien marcado con la letra alfa en honor de su ciudad y de su diosa protectora. Alguien grita:

—¡Atenea vencedora!

Los tespios encaran a los atenienses, azuzados por la urgencia de acabar cuanto antes; inquietos por lo que ocurre a sus espaldas.

Prómaco acaba de degollar de un tajo a un laconio. Le sobrepasan dos de sus peltastas y se toma un respiro. Mira tras él en la esperanza de que los hoplitas de Menéclidas se unan al combate, pero no.

—Fantoche...

No hay tiempo para reflexiones. Ahora toca matar. Avanza en zigzag, se encoge para esquivar un jabalinazo, corta de dentro afuera, a la altura de las pantorrillas. El adversario cae y alguien —Prómaco no alcanza a verlo— lo remata con una puñalada que entra bajo la oreja laconia. Ganan terreno. No poco a poco, sino arrollando a los peltastas enemigos. Varios se dan la vuelta antes de que los alcance la marea tebana, pero la lucha entre atenienses y tespios obstaculiza la huida. Intentan salir por la izquierda, y entonces aparecen los jinetes de Górgidas.

Crece un rugido de triunfo entre los tebanos. Los hombres de a caballo arrollan a los peltastas laconios y lanzan sus dardos contra las espaldas tespias. Fébidas se da cuenta de que lo han rodeado. Se vuelve, y la lambda de su escudo parece una

Gorgona que pudiera petrificar toda Grecia. En un momento ensarta a sendos tebanos. Brama.

—¡¡Espartaaa!!

Una jabalina atraviesa su cuello. Ni siquiera afloja el *aspís*. Gira como un león hostigado por los perros, da un paso largo y atraviesa a un ateniense con escudo incluido. Un peltasta tebano le apuñala en la espalda y otro le corta el tendón del pie izquierdo. Su rodilla choca contra el terreno empapado en sangre. Son necesarias tres cuchilladas más para matarlo, y aún consigue herir a otro hoplita de Atenas antes de derrumbarse.

Fébidas, el espartiata, ha muerto.

Górgidas inspeccionaba el cadáver del *harmosta* espartano en Tespias. El *hiparco* llevaba bajo el brazo su casco beocio, con alas que sobresalían del borde para otorgar una protección mayor que la del *pilos* de la infantería. Lo rodeaban algunos de sus jinetes desmontados, todos con corazas de lino y bronce y con botas altas. Por la ladera y al pie de la colina, los vencedores socorrían a sus heridos. Los del enemigo no tenían tanta suerte. Muchos agonizaban, otros eran rematados por quienes acababan de perder a algún amigo en la escaramuza. Si se respetaba a alguien, sería a un hoplita ateniense, claro.

—¿Cuántas heridas han hecho falta? ¿Cinco? ¿Seis?

—La primera ya era mortal —aclaró Prómaco mientras limpiaba la hoja de su *kopis* en las ropas de un cadáver laconio.

Górgidas estaba impresionado por la dureza de Fébidas. El quitón rojo del igual destacaba entre los negros de los tespios que habían caído a su alrededor. Se agachó para acariciar la lambda del *aspís* que el espartano no soltaría jamás. Miró a Prómaco.

—Tus órdenes eran regresar a Tebas.

—Lo habríamos logrado. Y vosotros, a caballo, también. —Se volvió para señalar a lo alto de la colina, en cuyo borde aparecían ya los hoplitas tebanos—. Ellos no.

—¡Ni nosotros! —añadió un ateniense. Se acercó y examinó el cadáver de Fébidas con la misma admiración que Górgidas—. Seguro que nos habrían sorprendido aislados y en campo abierto. Y ellos nos doblaban en número. —Contempló la colina y, aunque arrugó el ceño al observar la presencia de Menéclidas arriba, dedicó una sonrisa a Prómaco—. ¿Ha sido idea tuya aguantar ahí?

—Sí, señor. ¿Eres Cabrias?

Asintió. El estratego ateniense era alto y grueso, con una barba frondosa veteada de blanco. Su nariz estaba colorada, aunque en ese momento no podía saberse si se debía al sofoco del combate o a la afición al vino poco aguado.

—Tu nombre, chico. Quiero saber a quién le debo la vida.

—Prómaco, hijo de Partenopeo.

Górgidas intervino:

—¿Por qué no han atacado nuestros hoplitas?

El mestizo apretó los labios. Menéclidas ya bajaba a la carrera, seguido de cerca por su jadeante criado. Se sacudió el polvo de la ropa al llegar junto a los tres hombres.

—No ha estado mal. Muy rápido. No me habéis dado tiempo a intervenir.

Prómaco lo miró de hito en hito. Lanzó un salivazo polvoriento y se alejó hacia sus hombres. A Cabrias se le escapó una risita socarrona.

—Menéclidas. —Górgidas arrastró las sílabas—. ¿Quién lo iba a decir cuando exigías que nos bañáramos en la sangre de los oligarcas desarmados?

Se dio la vuelta para caminar de vuelta a su caballo.

—¿Qué? —Menéclidas torció el morro. Miró a Cabrias, que seguía con el gesto burlón pintado en la cara rubicunda—. ¿Qué? —Se volvió hacia Prómaco, que estaba felicitando a sus peltastas por su bautismo en batalla—. ¿Qué? —Dio media vuelta y, poseído por la rabia, abofeteó a su sirviente. La lanza y el casco se le cayeron al suelo al muchacho, que tartamudeó una disculpa. Menéclidas se mordió el labio hasta hacerlo sangrar. Desde la colina, sus hoplitas se unieron al resto del ejército bajo la sombra de la vergüenza. Sus escudos inmaculados, las hojas de sus espadas y las puntas de sus lanzas brillantes, limpias. Menéclidas fijó la vista en Prómaco. Vio cómo recibía saludos y felicitaciones de sus peltastas. Cómo le palmeaban los hombros. Observó la forma en que se interesaba por los heridos y les revolvía el pelo apelmazado de sudor. Sus dientes rechinaron cuando farfulló una única palabra—: Tracio.

Agarista se estrujaba los dedos con la vista fija en la puerta. Se levantaba y recorría el salón. Asomaba la cabeza antes de regresar al diván. Esa tarde, respirar se hacía difícil. Pidió más agua a una esclava antes de darse cuenta de que tenía la jarra llena a su diposición. Repasó la lista de los dioses a los que podía pedir ayuda y elevó una silenciosa plegaria a cada uno. Por fin, los pasos rápidos y firmes resonaron en la casona. Se puso en pie de un brinco.

Pelópidas apareció risueño, aunque Agarista detectó una sombra de tensión en sus facciones.

—Cuéntame, por favor.

—Todo ha salido bien. Mejor que bien.

La tebana se dejó caer antes de resoplar de alivio. Se apartó el pelo de la cara.

—¿Górgidas está bien?

—Ni un rasguño, gracias a Zeus.

—¡Bien! Eh... ¿Y Prómaco?

Pelópidas tomó la jarra y bebió directamente. Miró de reojo a su hermana mientras lo hacía.

—Hermanita, si hubieras preguntado primero por Prómaco, que es lo que deseabas, podría creer que realmente te preocupa la salud de Górgidas.

—¿Cómo? No, no... Pues claro que me preocupa...

—Prómaco está bien. Con el cuerpo dolorido y un montón de arañazos, pero entero. No he podido hablar con Górgidas, ahora iré a verlo, pero sí que he estado un rato con el estratego ateniense. Lo que me ha contado no te va a gustar. O al menos no debería gustarte.

Agarista entornó los ojos.

—¿Es sobre Prómaco?

—Ah, Prómaco, Prómaco... Prómaco se ha comportado como un valiente aunque, por lo visto, desobedeció las órdenes de Górgidas. En lugar de retirarse, ocupó una colina y obligó a Meneclidas a subir junto a él. Con esa maniobra ganó tiempo para que todos los nuestros y los atenienses pudieran reunirse. A costa de no muchas vidas, derrotaron a los tespios. Eso sí: el *harmosta* espartano ha muerto.

Ella se encogió de hombros.

—Son noticias excelentes incluso para ti, Pelópidas. Ahora los espartanos dejarán de andarse con remilgos. ¿No es acaso lo que quieres?

—Es lo que quiero. Pero veo que no te preocupa mucho la suerte de tu prometido.

Agarista apretó los labios.

—No es mi prometido... aún.

—Vaya, hermanita, no deseo que caigas enferma de inquietud, así que te lo diré rápido: Menéclidas también está sano y salvo.

—Me alegro. Lo digo con sinceridad. Sin duda, ha hecho honor a su linaje.

Pelópidas gruñó algo por lo bajo. Se volvió.

—¿No hay vino en esta casa?

Se oyó el inmediato trajín de esclavos. Agarista percibió que había hurgado en la llaga.

—¿Ha pasado algo con Menéclidas?

—Nada.

—Si vas a obligarme a compartir su lecho, quiero saberlo todo de él. ¿O también me niegas que conozca al que será el padre de mis hijos?

Pelópidas volvió a gruñir. Tomó asiento y se mantuvo en silencio mientras una esclava depositaba en la mesa las jarras, la hidria y los cuencos. Pelópidas sirvió una medida de vino puro, pero ni hizo la libación ni bebió.

—Menéclidas no ha llegado a luchar. Ni él ni nuestros hoplitas.

—Oh. Entonces no le debemos el triunfo.

—En realidad, hemos vencido a su pesar. O eso parece.

Pelópidas desgranó un relato de la escaramuza construido con fragmentos de aquí y allá. Su principal fuente, Cabrias, había alabado sobre todo la astucia y la decisión de Prómaco aunque, como buen ateniense, había atribuido el mérito del triunfo al coraje de los suyos, que habían cargado sin dilación sobre una fuerza que los superaba. Lo más preocupante era que Menéclidas no aparecía en ningún episodio de esa tragedia, salvo cuando el público ya había aplaudido a los actores y todos abandonaban el teatro.

—Y ese es el noble tebano con el que tengo que casarme, ¿no?

—Tampoco llevemos esto más allá. Puede haber cientos de causas que impidieran a Menéclidas entrar en combate. Además, ya conoces a los atenienses y su manía de convertirlo todo en un cuento. Lo que importa es que hemos ganado.

—Desde luego. ¿Se lo has agradecido ya a Prómaco?

Pelópidas se levantó.

—Por Hera... Agarista, te he contado lo que sabía. Estaría bien que no te anduvieras con medias palabras. Ya sabes lo que quiere Prómaco. Sobre todo, a quién quiere Prómaco. Hizo un juramento, eso también has de recordarlo. Tal vez te estás dejando llevar demasiado por la fantasía, y eso no te cuadra.

—Claro. Seguro que me cuadra más casarme con un hombre que degüella a sus enemigos... solo cuando están desarmados y a su merced. Oh, qué varones engendrará en mi vientre el noble Menéclidas. ¿Qué gloria no darán nuestros hijos a Tebas, la de las siete puertas? ¡Cadmo, Heracles, Yolao, desesperad de vuestra fama!

Pelópidas negó con la cabeza.

—No subestimes a Menéclidas. Necesitas cierto valor para infiltrarte en una ciudad llena de enemigos poderosos, que acabaron con toda tu familia y que te desollarían solo por gusto. Y él se coló en Tebas junto a mí. Por delante de mí, más bien.

»Pero algo reconozco, hermanita, y es que no podría vivir sabiendo que no eres feliz. Si en verdad quieres permanecer soltera, sea. De momento. Pero no puedo consentir que te adentres en un bosque en el que te perderías. Mal hermano sería si permitiera que alguien, sea quien sea, te hiciera sufrir. ¿Estás de acuerdo?

Agarista miró a un lado. Contestó en voz baja.

—Ve ya con tu amante, anda. Que al menos uno de nosotros alcance esa felicidad de la que hablas.

Pelópidas acariciaba los hombros de su amante. Recorrió la piel sudorosa, bajo la que se marcaban los músculos como rocas bajo la capa del rocío. El fresco del anochecer entró como un ramalazo que hizo oscilar los tapices, pero ninguno de los dos se molestó en taparse. Yacían juntos sobre el lecho de Górgidas. Este, que daba la espalda a Pelópidas, cerró los ojos, asaltado por la suave modorra que sucedía al amor satisfecho y que precedía al sueño. Pero el Aquiles tebano lo espabiló con un beso en la nuca.

—Estoy cansado —se quejó Górgidas—. Hoy ha sido un día largo. Sobre todo la mañana.

—Lo sé. Cuánto me habría gustado que Fébidas hubiera atravesado la empalizada en mi turno. Pero no. Tenía que ser en el de Menéclidas.

Górgidas se volvió para encarar a Pelópidas. En la media oscuridad que invadía el aposento, siguió con un dedo su silueta de dios esculpido en marfil.

—Fébidas... Tendrías que haberlo visto. Incluso acribillado a cuchilladas despertaba admiración. Murió sin soltar sus armas. No sé a cuántos se llevó consigo a la morada de Hades.

—Basta, Górgidas. No me hagas sufrir más.

—Ah, tranquilo. Ahora sí que es seguro: tendrás la oportunidad de enfrentarte a los espartanos. A los de verdad.

Pelópidas giró sobre la cama hasta quedar boca arriba. Sus ojos se perdieron en un punto fijo del techo.

—Sé desde hace años que eso ocurrirá. Tal como los dioses decidieron un día. Duerme si quieres, que te lo has ganado. Yo velaré.

Górgidas se apoyó en un codo para incorporarse a medias.

—¿Qué te pasa? No me digas que nada. Hemos estado mucho tiempo lejos el uno del otro, pero nadie te conoce mejor que yo. ¿Ocurre algo con tu mujer?

—No. Aunque espero que pronto se quede preñada. Cada vez me resulta más difícil meterme en su cama. Pobre Corina. No tiene la culpa.

—Claro que no. —Górgidas dejó que sus dedos pasearan sobre el pecho de Pelópidas. Jugueteó con el vello—. ¿Entonces es por lo que te he contado de Menéclidas?

—No. Y sí.

—Ah, ya sé. Se trata de tu hermana. Ahora no consideras a Menéclidas un buen pretendiente.

—Esa es la verdad. Pero ¿qué le digo a él? Lleva desde que nos exiliamos en Atenas pidiéndome que se la entregue. Y yo siempre le he asegurado que se casarían. Creo que si me apoyó tanto para recuperar Tebas, no fue solo por su ansia de venganza.

Górgidas se hizo el sorprendido.

—¿Estoy oyendo hablar a Pelópidas? ¿Al hombre que pretende emular a Aquiles? Menéclidas es uno más entre muchos. Tebas está llena de hombres nobles, y por las venas de no pocos corre la sangre del dragón. Tendremos oportunidad de comprobarlo en los días venideros. Encontrar a uno digno de tu hermana no será tarea difícil. Aunque mucho más fácil es, desde luego, usar a Agarista como pago por la lealtad de Menéclidas.

Pelópidas se revolvió. Puso los pies en el suelo frío.

—Que Menéclidas pretende a mi hermana es algo del dominio público. Lo que no podemos contar en Tebas es que alguien que desciende de los hombres sembrados se comportó como un cobarde mientras un mestizo salvaba el honor de la ciudad.

Górgidas se arrastró sobre la sábana para ponerse tras su amante. Acarició la línea del dorsal, que se ensanchaba desde la cintura hasta conformar una espalda digna de un titán. Por el camino se entretuvo en las viejas cicatrices. ¿Cuántas más cruzarían su cuerpo antes de que aquella aventura quimérica terminara?

—No creo que salvar el prestigio de Menéclidas dependa de nosotros. Había muchos tebanos hoy allí, y vieron cómo se comportó cada cual en el momento de la verdad. Sea como sea, está en tu mano emparejarlo con Agarista o no. Él se avergüenza de su cobardía, eso hay que reconocérselo. No creo que le extrañe si buscas a otro pretendiente. Yo mismo te ayudaré si lo deseas.

—¿Ayudarme? —Pelópidas soltó una risita sardónica—. ¿Haría falta ayuda para enamorarse de Helena de Troya? Más difícil sería conseguir que Helena permaneciera fiel a Menelao.

Górgidas detuvo sus caricias.

—Ahora sí que no te entiendo.

—Agarista quiere a Prómaco.

Y le contó por qué lo sabía. Todos los detalles que incluso quien no conociera a su hermana habría advertido. Pero lo peor era que, a pesar de que Prómaco juraba una y otra vez que su amor era para la tal Veleka, él también se comportaba de un modo raro ante Agarista. Górgidas escuchó con paciencia las cuitas que Pelópidas jamás contaría a su esposa, y también cuando pasó a relatarle lo que pensaba el ateniense Platón sobre el amor. Qué diferencia existía entre Eros y Afrodita. Górgidas preguntó qué tenía que ver el galimatías de dioses y filosofía con lo que ocurría entre Prómaco, Veleka, Agarista y Menéclidas.

—El mismo Platón advirtió a Prómaco de que tal vez su amor por Veleka no estuviera inspirado por Eros. Que él echaba de menos la belleza de esa tracia y los placeres que le había proporcionado. Que la diosa le ha hecho creer que la ama cuando simplemente la desea. No sé, estoy confuso. No es posible que alguien soporte por simple lujuria lo que está soportando Prómaco. Que su determinación sea mayor que la de Menéclidas, que vio morir a toda su familia por culpa de Esparta.

—Lo que quieres decir es que Prómaco jamás aceptará a mujer alguna salvo a su tracia.

—Eso, y que tengo miedo de que a Agarista le pase igual con él. Tendrías que haberla visto hoy, cuando aguardaba noticias de la batalla y de Prómaco. Espero que se preocupe tanto cuando yo me juegue la vida.

—Pero si Agarista se prenda de Prómaco y él la rechaza...

—No consentiré que la hagan sufrir. Hoy mismo he empeñado mi palabra.

—¿Y si te equivocas?

Pelópidas se volvió. Casi no podía distinguir los ojos del amado, pero era como si leyera en su mente.

—Górgidas, Prómaco no puede casarse con Agarista. Ni aunque su amor estuviera por encima de los hombres y los dioses. Para Menéclidas sería aún más infamante que lo de hoy en la colina. Buscar a otro pretendiente entre los nobles tebanos ya es absurdo. Imagina si entregara mi hermana a un extranjero. No. No ocurrirá.

—Ya. Salvo que Prómaco lo desee. ¿Crees que las prohibiciones lo detendrán en ese caso? Tú mismo me lo contaste: raptó a la hija de un príncipe tracio porque la iban a casar con otro, y dejó atrás toda su vida. Y hoy, por su cuenta y riesgo, ha desobedecido a quien dirigía el ejército, que por cierto era yo, y ha decidido la estrategia para defender Tebas. Sí, Pelópidas. —Rio—. Tiene toda la pinta de que aceptará lo que tú resuelvas sobre Agarista.

—Te lo repito, Górgidas: Prómaco está aquí por Veleka.

—No, amor mío. Prómaco está aquí porque tu hermana lo convenció. Yo no conozco a ese maestro ateniense tuyo, pero harías bien en pensar en lo que decía. Difícil es a veces distinguir qué dios guía tus pasos. Los de ese mestizo los dirige Afrodita, piensas. Pero ten cuidado, no sea que Eros esté jugando con todos nosotros.

11

El trigo de Tesalia

Feres. Año 377 a. C.

A casi cuatrocientos estadios al sur de Feres, separados por las aguas del río Esperqueo, había dos lugares que Pelópidas tenía muy presentes. Uno era Ftía, cuna de Aquiles; personaje al que ansiaba emular por encima de todo. El otro era un paso entre las paredes de roca y el mar; un lugar llamado Termópilas donde Esparta, un siglo antes, había recubierto su fama con una coraza difícil de atravesar.

Y ahora él estaba en Feres, la capital tesalia del tirano Jasón. En su acrópolis de colinas gemelas, el Aquiles tebano se alojaba a la espera de conseguir algo con que horadar la coraza espartana. Jasón tenía buena disposición, porque beocios y tesalios compartían ciertas raíces y porque le caían especialmente bien los tebanos. Al principio Pelópidas pensó que la afinidad venía de que Jasón odiaba a los espartanos y, como todo el mundo sabe, el enemigo de mi enemigo es mi amigo. Pero luego descubrió que el tirano había puesto a su única hija el nombre de Teba. Aunque a la muchacha, ahora adolescente, la conocía toda Tesalia como Kalimastia por lo esplendoroso de su busto. Fuera como fuese, Jasón había ofrecido a Pelópidas la posibilidad de tomar como esposa a Kalimastia. Incluso le había hablado de las bondades de sus pechos, como si estuviera vendiendo una vaca en el mercado. Pelópidas, cortés pero firme, se había excusado diciendo a Jasón que ya estaba casado y que su mujer, Corina, llevaba a su heredero en el vientre. Se calló que a él no le impresionaban mucho los pechos femeninos, por muy grandes que fueran y bien puestos que estuvieran.

Ahora Pelópidas observaba la ciudad baja a los pies de la muralla. Se había citado con otro de los componentes de la delegación tebana. Lo vio subir por la escalera tallada en piedra y agitó la mano.

—¡Aquí, Prómaco!

El mestizo localizó el origen del grito y se reunió con Pelópidas. Este lo había mandado a recorrer Feres e impregnarse del aire que se respiraba mientras él negociaba la alianza de Tebas con el tirano Jasón.

—Se dice, Pelópidas, que si los tracios se unieran bajo una sola voluntad, su ejército sería invencible. A partir de hoy creo que también puede decirse eso de los tesalios.

—Todavía no, Prómaco. Hasta que Jasón no someta Farsalia y expulse a la guarnición espartana, no podrá presumir de haber unificado Tesalia.

—Cuestión de tiempo. Lo que he visto y oído impresiona. En verdad sería un logro conseguir una alianza sólida con Jasón. Por cierto, he oído que quiere casar a su hija contigo.

—Sí, bueno... Creo que podremos llegar a ese acuerdo sin necesidad de matrimonios, Prómaco. —Volvió a contemplar la amplitud del llano donde se criaban los mejores caballos de Grecia—. Dejemos a un lado a la joven Kalimastia y centrémonos en lo que nos interesa. Lo que has dicho acerca del poder tesalio me alegra. Por eso te he llamado.

—Lo suponía. ¿Qué toca ahora? ¿Tengo que ir a robar manzanas al jardín de las Hespérides o he de matar un león en Nemea?

La risa de Pelópidas no sonó muy convincente. Desde poco después de la escaramuza en Scolos, el beotarca se las había arreglado para mantener ocupado a Prómaco. Le había felicitado por su osadía, le había confesado que su confianza en él crecía a cada momento; pero precisamente por eso se veía obligado a emplearlo en beneficio de la causa que un día les permitiría adentrarse en el corazón de Esparta. A la menor ocasión, Pelópidas enviaba a Prómaco a los lugares más alejados de Agarista y encadenaba un encargo con otro, de modo que el mestizo no recalara en Tebas. Le había confiado la búsqueda de mercenarios en el Ática y en la propia Tesalia, lo había mandado con cartas diplomáticas a Atenas y a las ciudades de Eubea que simpatizaban con la causa tebana. Lo último había sido incluirlo en la delegación para tratar la alianza con Jasón de Feres.

—El trabajo que ahora te encargo es, como siempre, digno de Heracles. Esta mañana he comido con Jasón y con un enviado ateniense. Lo que te voy a decir ahora no lo sabe mucha gente, así que guardarás el secreto.

—Por supuesto.

—Bien. Eres consciente de que nuestras reservas disminuyen, ¿no? Y más desde que nos vemos obligados a contratar mercenarios.

Prómaco abrió las palmas hacia arriba.

—Hago lo que puedo. Es duro negociar con mercenarios cuando la otra opción que tienen es ponerse a las órdenes de Esparta. Nuestros enemigos disponen de dinero y prestigio. Nosotros nos quedamos sin lo uno y aún no hemos logrado lo otro.

—Muy cierto, Prómaco. Y otra cosa sin la que nos quedamos es el grano. Con esos pelilargos recorriendo Beocia a placer, son ya dos años los que llevamos sin cosechar. Has pasado un tiempo lejos de Tebas y quizá no te has enterado de que la gente padece hambre.

»El hambre es muy mala, Prómaco. Si aprieta demasiado, ahoga las ansias de venganza e incluso las de libertad. Un poco más, y alguien nos venderá a los espartanos. Cualquier noche, dos o tres traidores famélicos abrirán las puertas de la ciudad y nos pasará a nosotros lo que les pasó a los oligarcas aquella noche de nieve en las fiestas Afrodisias.

»Hace un par de semanas, dos naves atenienses cargadas de trigo tesalio salieron de Pagasas con destino a la costa beocia, pero fueron interceptadas por trirremes espartanos. Las apresaron y las remolcaron hasta Óreo, al norte de Eubea. La tripulación y los soldados capturados a bordo eran casi todos tebanos. Trescientos. Están allí también, encerrados en algún agujero si hay suerte. Muertos si no la hay.

»Ese grano es vital. Jasón accedió a vendérnoslo con el pago aplazado porque yo se lo rogué. Y Jasón es amistoso, pero reclama lo que le debemos por el trigo, esté en nuestras manos o no. No puedo negarme, pues como ya has visto, el apoyo de Tesalia podría ser fundamental. En fin: si no recuperamos el grano, habremos de dar por perdida nuestra causa.

Prómaco escuchaba con atención. Ladeó la cabeza.

—¿Y dónde entro yo en esto?

—El delegado ateniense me ha trasladado el compromiso de su asamblea para recuperar las naves, puesto que son propiedad de Atenas. Pero como consideran que su pérdida es asunto nuestro y que hay tebanos cautivos en Óreo, exigen que pongamos de nuestra parte. El caso es que el estratego designado para dirigir la operación es Cabrias, a quien ya conoces. Y Cabrias ha preguntado directamente por ti.

Prómaco apoyó las manos en el reborde pedregoso de la muralla. No tuvo que pensárselo mucho, desde luego. Perder lo que habían ganado hasta ese momento significaba olvidar su objetivo.

—¿Me llevaré a mis peltastas?

—Podrás escoger a tu elección, pero cincuenta como mucho. Los atenienses no pueden llevar a más. Embarcaréis en El Pireo a las órdenes de Cabrias.

Prómaco arrugó la nariz.

—Cincuenta son pocos.

—Lo sé. Así que mejor que estés preparado para lo que te espera. Todas las ciudades y aldeas eubeas apoyan a Atenas y, por lo tanto, a Tebas. Todas menos Óreo. Eso significa que los espartanos concentran allí a sus partidarios de la isla. Aunque, con su costumbre de tratar al resto igual que basura, han colocado como *harmosta* a un tipo medio loco llamado Alcetas que se mantiene alerta en todo momento y reparte varazos entre los campesinos. Ah: los muros de Óreo son los más altos de Eubea.

—Precioso panorama, Pelópidas.

—Eso creo que dijo Heracles cuando vio cómo a la Hidra

le nacían dos cabezas cada vez que cortaba una. Tu ventaja: esa misma población que recibe los varazos estará deseando quitarse el yugo de Alcetas. Usa este conocimiento.

Prómaco se sacudió las manos.

—Bien. Partiré hoy mismo. Reza a los dioses por mí. —Hizo una ligera inclinación de cabeza y se dispuso a bajar de la muralla. Entonces recordó algo—. Pelópidas, habré de pasar por Tebas para recoger a mis cincuenta y seguir camino hacia Atenas. ¿Tienes algo para Górgidas o para tu esposa? ¿Para Agarista, quizá?

El tebano apretó los labios.

—Vas con prisa, Prómaco. No será necesario que visites a nadie. Entra en Tebas, escoge a tus hombres y parte hacia Atenas. Que nuestro patrón Heracles cuide de ti en este trabajo.

El mestizo entrecerró los ojos. Le había parecido detectar algo raro en el tono de Pelópidas. Una especie de contención. Sonrió antes de desechar sus preocupaciones absurdas con un gesto. Para preocuparse iba a tener motivos de peso dentro de muy poco.

Prómaco escogió en Tebas a cincuenta de sus peltastas, todos ellos supervivientes de la escaramuza en Scolos. Los citó para salir juntos en marcha nocturna a Atenas, pues no quería encontrarse con las patrullas espartanas que recorrían Beocia. Eso permitía que cada hombre seleccionado pudiera despedirse de su familia. El propio Prómaco se encontró solo en la ciudad, pues Epaminondas y Górgidas se hallaban fuera, en turno de protección contra las incursiones enemigas, y Pelópidas seguía en Tesalia, negociando con el tirano Jasón de Feres. ¿Cuál era, pues, la familia de la que podía despedirse Prómaco?

Sin saber cómo, había encaminado sus pasos hasta el barrio noble de Tebas, junto al río Ismeno, y se vio parado ante la fachada principal de una mansión. Un esclavo sentado junto a la puerta se entretenía trazando líneas en el suelo con una caña. Se levantó y se puso muy tieso.

—Buenas tardes, señor. El amo Pelópidas no está.

—Lo sé. Vengo a ver a su hermana. Dile que Prómaco la espera.

El sirviente de la puerta entró a toda prisa. Enseguida aparecieron las dos esclavas que, en Atenas, habían acompañado a Agarista y a Prómaco al santuario de Afrodita en el monte Himeto. Le hicieron pasar, lo acomodaron y sirvieron cuatro minúsculos dulces de higo en una bandeja, síntoma de que el hambre amenazaba incluso las casas más pudientes de Tebas. Cuando la hermana de Pelópidas apareció, su aspecto era impecable. Hasta el último pliegue del peplo estaba bien puesto. Las bandas en torno a la cintura cerraban la abertura lateral justo en el lugar en el que se volvía indiscreta, y luego se cruzaban entre los pechos. Ni una sola guedeja inoportuna en el moño trenzado. Como si llevara todo el día preparándose para ese momento.

—Pero si es el protegido de Heracles. Y resulta que aún está vivo.

—Pues claro, señora. ¿Esperabas otra cosa?

—No sé qué esperaba. No he tenido noticias tuyas en un año y, cuando pregunto por ti a mi hermano, cambia de tema.

Prómaco entornó un poco los ojos. Agarista hablaba con una irritación más que notoria.

—Pelópidas está raro, no lo negaré. Disculpa si me meto donde no me llaman, pero creo que sigue enojado porque rechazas al noble Menéclidas.

»Le pregunté si tenía algún mensaje para ti y no quiso hablar de ello. Aun así, aquí estoy para decirte que tu hermano goza de buena salud, y que en Feres lo honran como si perteneciera a la familia del propio Jasón.

—Gracias, Prómaco. Tus palabras me alivian más de lo que crees. No debería preocuparse mucho mi hermano por lo de Menéclidas. ¿Sabes cómo lo llama mucha gente a sus espaldas? Amo de la Colina. Por lo de Scolos, claro. Nadie fue capaz de desalojarlo de allí, ¿no? Ni siquiera los nuestros cuando le pedían ayuda desde el llano. También se niega a empuñar las armas de nuevo. Pagará con gusto los cuatro óbolos por cada día que el ejército pase fuera de Tebas con tal de, como él dice, «no compartir filas con bárbaros y ladrones».

Prómaco contuvo la sonrisa.

—Vaya con Menéclidas. Lo cierto es que cuando cortaba cuellos de oligarcas indefensos, creí que estaba ante Ares encarnado. Pero tras verlo en aquella colina, en la tesitura de enfrentarse a Esparta y a sus aliados con igualdad de armas, no me extraña que rehúya la falange y... —Detuvo sus palabras. Acababa de caer en que estaba burlándose del futuro esposo de Agarista—. Ah. Perdona, señora, no debería hablar así de... Él es tu...

—Déjalo, Prómaco. Y en cuanto a ti, ¿qué te trae por Tebas?

El mestizo calló los detalles, pero contó a Agarista que se disponía a partir a una misión en territorio enemigo con un exiguo número de peltastas. Creyó detectar un creciente sentimiento de angustia en la mujer, así que decidió saltar a otra cuestión:

—¿Y Górgidas? No he podido verlo.

—Ah, Górgidas. Amante de mi hermano, tormento de mi cuñada. ¿No conoces su última idea? En sus conversaciones de alcoba, Pelópidas le habló del ateniense Platón y de sus ideas sobre el amor.

—Platón, el viejo pensador. Sí, algo escuché sobre eso.

—Según me dicen quienes asisten a las asambleas, Górgidas se ha decidido a crear un cuerpo militar de enamorados. Está reclutando a todos los jóvenes aristócratas que, como mi hermano y él, se juraron amor ante la tumba de Yolao. Sostiene la descabellada idea de que un ejército de amantes y amados es imposible de batir.

Eso trajo buenos recuerdos a Prómaco.

—¿De verdad te parece tan descabellado, señora?

Agarista se encogió de hombros.

—¿Qué puedo saber yo de la guerra? Es más: ¿qué puedo saber yo del amor? Por lo visto, tanto una cosa como la otra se reservan al conocimiento de los hombres.

Y se quedó mirando a Prómaco con su fijeza habitual. Él se removió en el diván y fingió que prestaba atención a los pastelillos de higo. Seleccionó uno que no llegó a morder.

—Ifícrates me enseñó que son muy pocos los hombres que

permanecen en la línea cuando toca enfrentarse a Esparta, y todo lo que estamos haciendo quedará en nada si rompemos la falange el día de la gran batalla. Porque esa batalla llegará, señora, puedes estar segura. Platón dice que un hombre enamorado de su compañero de fila no lo dejará solo jamás. Que el valor que Eros puede inspirar en un guerrero es mucho más fuerte que el que procede de Ares.

—Claro. Por eso vas a esa misión peligrosa que te encomienda mi hermano. Por amor a Veleka, ¿no?

—Sí.

—¿Y yo? ¿Por qué he de permanecer en la fila?

Prómaco no entendió lo que quería decir Agarista. Ella era una mujer: no tenía que quedarse en fila alguna. Así se lo dijo. Y aun añadió:

—Ni siquiera las mujeres espartanas luchan, señora, aunque sus esposos se ufanan de que ellas solas podrían hacer frente a cualquier ejército griego.

Agarista reprimió un gesto que a Prómaco se le antojó de ira. Muy sutil, pero ahí estaba. Se puso en pie y lo miró desde la altura.

—Te he mentido. Sé cosas sobre la guerra, y casi todas las aprendí en Atenas. Sé que hace tiempo se respetaba a los heraldos y los santuarios, que los vencedores dejaban que los vencidos retiraran los cadáveres de sus compañeros y que les dieran sepultura, y que, por temor a los dioses, no se atacaba jamás a los que se habían rendido o a quienes no combatían.

»Sé también que todo ha cambiado. El ansia de poder lleva a los hombres a ensuciar las reglas divinas. De ahí que tu amada tracia esté lejos, en poder de un guerrero innoble; y de ahí que te la arrebataran sus esclavos mientras dormíais. El hecho de que no se molestaran ni en matarte es prueba de que ya nada se respeta. Vi más pruebas de esas cuando tuvimos que abandonar Tebas y dejar atrás a hombres, mujeres, ancianos y niños degollados por los oligarcas. Y hubo más cuando Meneclidas y sus partidarios se tomaron la revancha al regresar la democracia.

»Sé más cosas. Sé que los espartanos no inscriben los nombres en las tumbas de sus muertos a menos que hayan caído en combate, lo que supone el mayor honor posible. Tal vez tú no sepas que con las espartanas ocurre algo parecido: sus tumbas carecen de nombre, salvo en el caso de las mujeres muertas durante el parto.

»Yo podría estar muerta ahora. Pude morir cuando los oligarcas tomaron el poder, o cuando mi hermano conspiraba a gritos en Atenas, o cuando volvíamos a Tebas a través de territorio hostil y montañas nevadas. El peligro no se ha disipado: tal vez muera cuando los espartanos nos derroten y decidan darnos un escarmiento definitivo, o cuando ya no quede nada que comer o Febo Apolo nos castigue con la enfermedad por vivir hacinados tras estas murallas. O puede que muera cuando dé a luz al hijo de algún tebano orgulloso que quiera perpetuar su estirpe o engendrar nuevos guerreros para el ejército demócrata.

»Y dime, Prómaco: ¿por qué habría de aguantar mi escudo en la fila? ¿Por qué no arrojarlo y salir corriendo antes de que los espartanos choquen conmigo? Yo no tengo amante. Yo no tengo razones.

El mestizo se levantó para ponerse a la altura de su anfitriona.

—He sido injusto, señora. Perdóname. Tu importancia es vital para todos nosotros.

La tebana avanzó medio paso.

—¿Soy importante para ti, Prómaco?

Él sintió un ligero vértigo. Tal vez por el aroma a aceite de palma que subía desde la piel de Agarista. Por la forma en la que sus pechos descollaban contra las bandas cruzadas entre ellos. O por su mirada rasgada y brillante. Sin darse cuenta, él también se había acercado. Y ahora, la idea de marchar en una misión de improbable supervivencia se le antojaba dura de cumplir.

Escapar del influjo de Agarista resultaba más difícil que sustraerse de la mirada de Medusa. Pero Prómaco se esforzó en sustituir la imagen presente y morena de la tebana por la remota y rubia de la tracia. Consiguió romper el hechizo que lo convertía en piedra.

—Te pido perdón otra vez, señora. He de irme ya. Reza por mí.

Agarista le dedicó una despedida amarga.

—¿A qué dios? ¿A ese Eros que no permite que el amante abandone al amado en la fila? ¿Qué haré si caes, Prómaco?

Era demasiado. Se dio la vuelta y, sin mirar atrás, huyó de la mansión de Pelópidas.

—¿Qué haces aquí, tracio?

Prómaco levantó la vista, que llevaba clavada en tierra desde que había salido de la casona. Menéclidas. Allí estaba, plantado junto a la fuente Edipodia. El lugar donde el viejo Edipo se había purificado de sus crímenes de familia. ¿Servía tal vez ahora para que el noble tebano se curara de su cobardía?

—Cumplo un mandato de la ciudad, Menéclidas.

El tebano levantó la barbilla. Lucía un quitón de lino más blanco que las nieves del Citerón, y lo miraba desde sus ojos hundidos como si pudiera atravesarlo.

—Tú no eres ciudadano. ¿Qué mandato es ese?

—Una orden del beotarca Pelópidas, que cuenta con el respaldo de la asamblea, como bien sabes. No puedo informarte de mi misión.

El noble apretó los dientes.

—Ya. ¿No será como lo de Scolos y te atribuyes poderes que no te competen? Mira que si saliste con bien de aquello fue por Górgidas. Pero no tientes a la suerte.

Prómaco se preguntó si tenía sentido aceptar la discusión.

—Estoy seguro de que el beotarca Pelópidas no tendrá inconveniente en darte las explicaciones que necesites, noble Menéclidas. Y ahora, si me disculpas...

El tebano se movió a un lado para impedir que Prómaco se escabullera.

—Puedes estar seguro de que exigiré esas explicaciones, tracio. Aprovecharé para contarle a Pelópidas que, en su ausencia, visitas a su hermana. Mi prometida.

«Así que es eso», pensó Prómaco. Y lo cierto era que no contaba con excusa alguna.

—¿Tu prometida?

—Así es. Sé que en tu tierra compartís a las mujeres e incluso a vuestras madres. Esto es Tebas, tracio. A las vírgenes no se las acosa cuando las desamparan sus mayores.

Prómaco se vio arrancando dos o tres dientes a Menéclidas de un puñetazo, pero se contuvo.

—En mi tierra somos bastante salvajes, lo reconozco. Pero confundes nuestras costumbres con las vuestras. Déjame recordar: el tebano que se purificó en esa fuente... ¿no fue uno que mató a su padre y jodió con su madre?

Menéclidas se adelantó un paso. Incluso adoptó una pose ligeramente lateral, como un hoplita en medio de la falange.

—No te atrevas a manchar el nombre de Edipo, tracio.

—Nunca lo haría, tebano. Edipo era un tebano valiente capaz de enfrentarse a monstruos. Jamás se habría quedado a descansar en lo alto de una colina mientras sus compañeros sangraban por la ciudad.

Menéclidas iba a acortar la distancia que lo separaba del mestizo, pero este fue más rápido. Antes de darse cuenta, el noble estaba retrocediendo bajo el empuje de Prómaco, que lo había cogido del cuello con la zurda y echaba atrás la diestra, lista para impactar contra su cara. El cuerpo de Menéclidas tropezó con el reborde pétreo de la fuente Edipodia. Los viandantes dejaron sus conversaciones y prestaron atención a los contendientes. Un par de ellos hizo ademán de acercarse, aunque Prómaco los disuadió con una mirada fiera.

—Cuidado..., tracio —fue capaz de balbucear Menéclidas mientras trataba sin éxito de liberar su cuello—. Te buscas enemigos que... no te convienen.

—Mis enemigos visten de rojo, pintan lambdas en sus escudos y no se echan atrás en el combate. Los mataría a todos, uno a uno, pero jamás los insultaría comparándolos contigo.

Menéclidas dio un tirón y consiguió por fin apartarse de la presa. Retrocedió mientras se frotaba la piel enrojecida.

—Algún día, tracio, te arrepentirás de esto. Górgidas y Pelópidas no estarán siempre ahí, detrás de ti... —El tebano consiguió componer media sonrisa irónica—. Vaya, es eso... ¿A cuál de ellos te gusta más tener detrás, bárbaro?

La gente empezaba a arremolinarse. Prómaco los veía de reojo, haciendo comentarios por lo bajo y señalando a Menéclidas. Fueran los que fuesen los méritos del mestizo para con Tebas, estaba claro que él era el extranjero allí. Miró una última vez al noble antes de seguir su camino. Supo que en verdad se había ganado un enemigo. Sin lambda en su escudo, pero tal vez demasiado incómodo.

12

Misión en Eubea

Prómaco y sus cincuenta peltastas habían desembarcado en Edepso, al noroeste de la isla de Eubea. Después, los cuatro trirremes del ateniense Cabrias siguieron hacia el norte para circunnavegar el promontorio Ceneo y acechar su objetivo desde el agua.

En una montaraz marcha de sesenta estadios a través de pinos, castaños y plátanos, Prómaco guio a sus hombres hasta que Óreo quedó a la vista. Al otro lado de la ciudad amurallada se extendía la playa, blanca y hermosa. Las dos naves de carga atenienses se hallaban juntas, con medio casco fuera del agua. La tarde era limpia y podía verse la costa de Tesalia al otro lado del estrecho. Los peltastas se agazaparon tras los arbustos y observaron la actividad en los viñedos que se extendían al sur de Óreo. Era el tiempo de la vendimia, y los hombres de la villa trabajaban junto a carromatos de cuatro ruedas. Acumulaban cestos de uvas mientras, desde lo alto de las murallas, los centinelas vigilaban. El mestizo recordó el consejo de Pelópidas.

—Vamos a hablar con esos vendimiadores.

Sus hombres observaron a los campesinos que acarreaban cestos de mimbre. Uno de los peltastas no las tenía todas consigo.

—¿Y si nos delatan?

Prómaco señaló las murallas de Óreo, ahora a seis o siete

estadios de distancia. En verdad eran tan altas y recias como le había advertido Pelópidas.

—Es imposible tomar eso al asalto y no disponemos de mucho tiempo. Cabrias entrará en la bahía cuando el sol se oculte.

—No esperarás que los vendimiadores se unan a nosotros.

—No es eso. —Se volvió hacia sus hombres, a los que había enseñado a combatir al modo tracio, como incursores que se movían deprisa. Su filosofía no era avanzar en filas compactas a la vista del enemigo, con los escudos relucientes y cantando el peán. El mejor peltasta era el que no se veía. El que surgía de la nada, atacaba y se retiraba para volver a esfumarse. Con poco peso y nada de alarde—. Fijaos en esos campesinos y ahora miraos vosotros. Somos tan parecidos que cualquiera nos confundiría.

Sus hombres obedecieron. Algunos empezaron a asentir. Uno de ellos tomó una jabalina y la hizo saltar en su mano.

—Me temo que tendremos que convencerlos con esto.

—No. —Prómaco dejó en tierra sus dardos y su pelta—. Esos hombres son como tú hace un par de años. Recordad todos cuánto pesaba el yugo espartano. ¿Acaso no recibisteis de buen grado la ayuda ateniense? No han de ver en nosotros a unos extranjeros que vienen a tomar su ciudad y recuperar unos barcos, sino a unos amigos que quieren librarlos de Esparta. Esperad aquí.

Salió de la espesura y caminó ladera abajo como si fuera algo cotidiano. Por el rabillo del ojo vigilaba la muralla. Un par de vendimiadores lo vieron y comentaron algo entre ellos, pero sin dejar su trabajo. Bien.

—Buen día, amigos. ¿Qué tal la cosecha este año?

Lo miraron extrañados, tanto por su aspecto como por el acento con el que hablaba. Uno de ellos, armado con una hoz, señaló el *kopis* que Prómaco llevaba al cinto.

—No sé lo que pretendes, extranjero, pero te advierto: no somos buena presa. Salvo que te conformes con un botín de uvas.

El mestizo reaccionó con una sonrisa amistosa. Había oído decir que el vino del norte de Eubea era nefasto. Aunque prefirió omitir el detalle.

—Sería un estúpido si pretendiera robaros aquí, a la vista de esos soldados. —Hizo un breve gesto hacia la muralla—. Porque supongo que os protegen.

Uno de los campesinos rio.

—No nos protegen. Vigilan que no escatimemos ni una cesta. Aunque para el caso es lo mismo, extranjero. Puedes cortarnos el cuello y no les importará, pero ni se te ocurra llevarte las uvas.

Prómaco deslizó una sonrisa lobuna.

—No parece que les tengáis mucho aprecio.

El de la hoz, cauto, se interpuso entre el recién llegado y los demás campesinos.

—No serás espartano, ¿verdad?

—No, no, no. Mira mi barba. Mira mi cabello. Soy tebano.

Los vendimiadores abrieron mucho los ojos. Era el momento más delicado, y Prómaco lo sabía. El de la hoz lo observó con fijeza y luego se fijó en el monte. En los arbustos que el recién llegado había dejado atrás.

—Nuestras familias viven ahí. —Señaló la ciudad—. Ese es nuestro hogar.

—Es vuestra cárcel; y vuestras mujeres e hijos, compañeros de cautiverio. No he venido a robar uvas, amigos. De hecho creo que os voy a ayudar a llevárselas a esos tipos que os vigilan.

Nicóloco era de Cinuria, un territorio fronterizo de Laconia. Eso lo convertía en perieco. Trenzaba su larga melena, vestía un *exomis* rojo y en el escudo había pintado la lambda espartana. Pero no era espartano.

Aquella tarde le había tocado en suerte un puesto en la muralla sur de Óreo. Llevaba allí desde el mediodía y solo había bajado un par de veces para saciar la sed y aliviar la vejiga. Él no era como algunos de sus paisanos cinurios, que cuando estaban de guardia orinaban desde lo alto y hacían apuestas para ver quién acertaba en la calva de algún villano descuidado. Aquellos desgraciados eubeos, después de todo, no eran tan distintos de él.

Nicóloco observaba con desgana los grupos de vendimiadores que amontonaban las últimas cestas. Los carromatos estaban desperdigados por todo el campo desde Óreo hasta las estribaciones serranas. Ese año habría buena cosecha, aunque no podía decirse que el vino del norte de Eubea fuera mucho mejor que el caldo negro que bebían sus amos espartanos.

Escupió al pensar en ellos. Solo había un espartano auténtico en Óreo. Uno de esos fantoches iguales de barba puntiaguda y bigote afeitado. El *harmosta* Alcetas. Alcetas se aburría a veces, así que recorría las murallas en cada cambio de guardia con su bastón en forma de T y azotaba a los centinelas que sorprendía descuidados. En cierta ocasión pilló a uno dormido. Dejó su vara espartana en el suelo, agarró al guardia por el borde del casco y por el escroto y lo arrojó al vacío. Y las murallas de Óreo eran de las más altas de toda la Hélade. El guardia se rompió el cuello y los centinelas escarmentaron en hueso ajeno.

Nicóloco bostezó. La esfera roja se hundía al otro lado de las montañas, a su derecha. Pronto llegaría el relevo para el primer turno de noche. Pensaba comer poco antes de irse a la cama. Quizá probaría alguna de esas uvas recién vendimiadas. O se dejaría convencer por alguno de sus paisanos cinurios para asar una liebre con miel y tomillo.

Porque toda la guarnición de Óreo era cinuria. Perieca, como él mismo. Los espartanos de verdad vivían en su ciudad sin murallas, y no se rebajaban a hacer servicios de vigilancia en villorrios olvidados; salvo que gobernaran en calidad de *harmostas*, claro. Para el trabajo sucio ya estaban Nicóloco y los demás miles de periecos a lo largo de todas las regiones fronterizas de Laconia, y los griegos sometidos del Peloponeso o de cualquier otra ciudad proespartana.

Nicóloco apoyó la lanza contra el borde de piedra y se restregó los ojos. El sol se había convertido en una fina línea de fuego que teñía el cielo de púrpura. Abajo, los campesinos habían formado una columna con los carros y venían a paso lento, entonando algún cántico tradicional propio de la cosecha. Pobres. El loco de Alcetas les había obligado a preparar una fiesta para celebrar la recogida de la uva. Pero no una fiesta eubea, sino una espartana, dedicada a los Dioscuros.

El último chispazo del día se apagó y Nicóloco oyó un grito lejano. Venía del otro lado de la ciudad. Se volvió. El mar se extendía al norte hasta confundirse con la línea azul e irregular de Tesalia, al otro lado del estrecho. El grito se repitió. Y otra vez. De pronto, toda la parte marítima de Óreo era una voz de alarma que aún llegaba difusa hasta la muralla opuesta. Nicóloco afinó el oído. «Barcos —gritaban—. Desde el sol.»

Óreo era la única ciudad de Eubea en poder de Esparta, el resto de la isla estaba aliada con Atenas. Y al otro lado del estrecho, Tesalia se había inclinado decididamente hacia Tebas. Eso significaba que cualquier barco que surcara aquellas aguas era enemigo. Además, presentarse en pleno atardecer desde el este era muy ateniense. Nicóloco se dio la vuelta y se asomó. Los gritos se extendían por todas partes y los vendimiadores los habían oído. Los más cercanos azotaban con varas a los bueyes y otros empujaban los carromatos en un intento por apresurarse. Cuando las puertas se bloquearan, nadie podría entrar ni salir de la ciudad. Nicóloco se puso ambas manos a los lados de la boca.

—¡Corred! ¡Antes de que Alcetas nos ordene cerrar!

Los de abajo lo oyeron. Algunos ya venían a la carrera, incluso desentendiéndose del producto de toda una jornada de trabajo. En las calles de Óreo, los periecos de la guanición confluían hacia la muralla norte. Nicóloco reconoció a Alcetas, que caminaba sin apresurarse, con el bastón espartano empuñado como una espada. Daba órdenes a diestro y siniestro. Había una que repitió varias veces.

—¡Proteged las naves capturadas! ¡Por Cástor que os cortaré el rabo y os lo haré tragar, perros!

Nicóloco no sabía qué hacer. Su puesto estaba allí hasta que se presentara el relevo pero, visto lo visto, lo más probable era que su sustituto estuviera ahora corriendo hacia las naves cautivas. Tomó el escudo, que había reposado toda la tarde contra la piedra, y adoptó una posición altiva, como hacían los espartanos de verdad en sus paradas y en las pocas ocasiones en las que los había visto formar en la falange para esas batallas que solían ganar sin combatir.

—¿Qué haces ahí?

Con la cabeza rígida como una piedra, Nicóloco miró hacia abajo. El *harmosta* Alcetas lo fulminaba con sus ojos de maniaco.

—¡Señor, yo...!

—¡Baja enseguida, perieco asqueroso!

Nicóloco obedeció, pero antes vio cómo Alcetas se alejaba hacia el norte entre las casas que formaban la ciudad baja. Tuvo que descender los altos escalones con mucho tino para no tropezar con la lanza. El reborde broncíneo del *aspís* chocó un par de veces contra las aristas de piedra. Maldijo al *harmosta* en voz baja. De todos era sabido que los espartanos despreciaban las murallas, salvo las que formaban ellos mismos con sus escudos en la falange. Se imaginó que sería eso lo que quería aquel loco: que toda la guarnición chocara en la playa contra los atenienses desembarcados.

Cuando llegó abajo, los vendimiadores se desparramaban tras atravesar las puertas. Uno de los carromatos volcó y las uvas estallaron contra el suelo. Vio que un campesino rubio rebuscaba entre los cestos tumbados, lo que le pareció absurdo. Entonces reparó en que nadie se ocupaba de cerrar la ciudad. Todo era un caos. Empezó a faltarle el aire. Por la sangre de Hécate... ¿Qué hacía él en esa jodida isla en lugar de estar en Cinuria, con su esposa y sus cinco hijas?

—A la acrópolis. Obedece si no quieres morir.

Nicóloco se congeló al notar el frío punzante en su nuca.

—¿Cómo...?

La punta del *kopis* apretó hasta que un hilillo de sangre resbaló desde el cuello del perieco. Se volvió despacio. Todavía llevaba la lanza aferrada, pero no hizo ademán de usarla. Vio al campesino que hacía un momento rebuscaba entre cestas. Solo ahora se dio cuenta de que no tenía trazas de vendimiador. Los ojos fieros y los hombros anchos. Los tendones y los músculos tensos en el brazo que empuñaba la espada. La típica pose ladeada de soldado veterano. El estómago de Nicóloco se encogió al percibir la decisión en los ojos grises de su enemigo. A su alrededor, otros campesinos que no eran tales empuñaban jabalinas y espadas cortas, y corrían entre los verdaderos villanos de Óreo.

—Arroja eso.

Nicóloco obedeció. El escudo hizo al caer un ruido metálico que se le antojó ensordecedor. La lanza rebotó contra el suelo.

—No me mates, por favor...

—No lo haré si obedeces. A la acrópolis.

No fue necesario que le repitieran la orden. Nicóloco guio al tipo de los ojos grises y a una docena más por las cuestas que zigzagueaban desde la ciudad baja. A su paso, los ruidos en las casas indicaban que las mujeres atrancaban las puertas. Hacia el norte crecía el griterío. Imaginó a Alcetas en la playa, ordenando las filas mientras los atenienses lanzaban sus trirremes contra la orilla para vararlos en la arena.

La acrópolis también estaba abierta de par en par. En su afán por pelear cara a cara contra el enemigo, Alcetas no había dejado ni un solo centinela.

—Los cautivos tebanos. ¿Dónde están?

Nicóloco comprendió. No se hizo de rogar y llevó a los invasores hasta una cisterna a cielo abierto en el extremo este de la ciudad alta. En el fondo del enorme foso rectangular, a una profundidad de diez pies y en un palmo de agua sucia, se apiñaban trescientos hombres macilentos. Supo que la rabia se apoderaba del rubio cuando la punta del *kopis* volvió a presionar sobre su piel.

—Fue idea de Alcetas, lo juro.

Los falsos vendimiadores se tapaban la nariz y la boca para protegerse del hedor. Cientos de brazos se estiraron desde el fondo en gesto de súplica.

—¡Allí! ¡Hay cuerdas!

El rubio de los ojos grises llevaba la voz cantante. Los demás se apresuraron a arrojar los cabos para que los presos pudieran escapar de aquella charca mugrienta. Nicóloco negó despacio y sus ojos se llenaron de lágrimas. Seguro que ahora lo arrojarían a él allí, a pudrirse entre excrementos, humedad y mosquitos, con un mendrugo de pan como ración diaria y expuesto a la insolación. Y suerte tendría si antes no le abrían el vientre para que se desangrara en aquella charca. Cayó de rodillas y se abrazó a los pies de su captor.

—Por Zeus salvador, te ruego piedad. Solo cumplo órdenes.

Cerró los ojos para esperar la estocada.

—Puedes salir con vida de esta.

Separó la cara del polvo. Tras el rubio, los tebanos cautivos trepaban con gran dificultad por las cuerdas que les tendían desde el borde. Al llegar arriba se abrazaban a sus rescatadores, aunque estos no podían reprimir sus gestos de asco.

—Dime qué he de hacer, señor.

—Mis amigos necesitan armas. ¿Dónde las guarda ese *harmosta*?

Nicóloco se atragantó al pensar en Alcetas. El espartiata lo mataría en cuanto supiera lo ocurrido. Claro que eso ya no tenía remedio. Señaló a su izquierda, junto a un pequeño templo con una estatua de Hera entronizada en la entrada.

—Las habitaciones de la guarnición. Tras ellas está el arsenal.

—Vas bien. Contesta a esto: ¿dónde están los espartanos que capturaron las naves de trigo?

—No eran espartanos, señor, sino eginetas. Alcetas fue muy generoso con ellos, así que se hicieron a la mar tras conseguir un buen pago por la presa. Creo que pretendían navegar hacia Skíatos.

El rubio asintió.

—¿Y el trigo?

Nicóloco movió su índice tembloroso hacia la ciudad baja.

—En los graneros, señor. Lo guardábamos para el invierno.

Ante su sorpresa, el rubio retiró la punta de la espada; se volvió hacia los libertadores y los hombres que aún escapaban de su húmeda prisión.

—¡Hermanos, esto no ha acabado! ¡Vayamos a por armas y bajemos a la playa! ¡Nuestros amigos atenienses nos necesitan!

Nicóloco los vio correr entre gritos mientras los últimos presos se arrastraban fuera de la cisterna. Desde la costa llegaban apagados los sonidos de la batalla. Se le pasó por la cabeza salir a toda velocidad ahora que nadie lo vigilaba, alejarse de la acrópolis y unirse a los suyos. Pero los periecos de la guarnición de Óreo no llegaban a cien, así que la derrota estaba asegurada. Y nadie podría protegerle cuando todo acabara. Imaginó que los villanos exigirían revancha, pues no eran pocas las humillaciones que habían soportado durante el gobierno de Alcetas. Cuando vio que el rubio volvía, entrelazó los dedos.

—Señor, deja que me una a vosotros. No quiero morir. Por favor, señor, por favor...

—Está bien, hombre. Deja de lloriquear. Quédate detrás de mí y señálame a ese Alcetas cuando lleguemos a la playa.

Nicóloco asintió entusiasmado mientras el rubio escogía a los más enteros entre los cautivos recién liberados. Unos pocos se habían hecho con lanzas y espadas, y algunos incluso embrazaban escudos. Se emprendió la marcha acrópolis abajo: más de trescientos hombres se presentarían ahora en la retaguardia laconia. Nicóloco, pegado al rubio, se las arreglaba para no callar.

—¡Gracias, señor! ¡Reconocerás enseguida a Alcetas por el bastón y por su barba de espartiata! ¡Pero no me dejes atrás, por favor!

El rubio se detuvo. Se volvió sonriente hacia Nicóloco y le puso una mano en el hombro.

—No me llames señor. Mi nombre es Prómaco.

13

Los amores de Hermes

Mar Egeo. Año 376 a. C.

La misión en Eubea fue un éxito. En la playa de Óreo, el *harmosta* Alcetas y sus periecos se vieron atrapados entre la fuerza de desembarco de Cabrias y los hombres de Prómaco, estos últimos apoyados por los presos tebanos recién redimidos. El espartiata murió, como era de esperar, sin dar su brazo a torcer y cuando la mayor parte de los suyos ya se habían rendido.

De esta forma, toda Eubea quedaba unida a la alianza tebano-ateniense. El grano se recuperó, se cargó en las naves capturadas y Cabrias escoltó la expedición de suministros hasta la costa de Beocia. Prómaco pensó que allí acababa la misión encargada por Pelópidas y se disponía a desembarcar para regresar a Tebas, pero Cabrias le informó de que, en realidad, su servicio con la flota no terminaría hasta que las rutas de navegación quedaran limpias. Rescatar un par de naves de trigo era, según dijo con su discurso repleto de obscenidades, «como toquetear a una chica sin llegar a follársela».

—Pan para hoy y hambre para mañana —explicó. Porque los piratas de Egina campaban a sus anchas por el Egeo y contaban con el apoyo de la flota espartana. Las rutas no eran seguras, y los atenienses no podían organizar una expedición de rescate tras otra solo porque no se atacaba el problema en su raíz.

Prómaco aceptó la lógica de Cabrias. La propia Atenas estaba medio bloqueada por los barcos enemigos, así que era necesario derribar el obstáculo. Eso, o todos sus planes, los de los tebanos y los de él mismo... no servirían para nada. Así que de nuevo se veía envuelto en uno de aquellos trabajos propios de Heracles con los que tanto le gustaba bromear a Pelópidas.

Pasaron la estación fría navegando. Recorriendo las costas a riesgo de destrozarse contra los acantilados. Cabrias envió grupos de cuatro trirremes que, en caso de localizar a los piratas de Egina, los perseguían hasta obligarlos a refugiarse en puertos proespartanos. Los eginetas eran buenos marinos, pero no se atrevían a enfrentarse con los mejores. Eso decía Cabrias.

Sobre cada trirreme viajaban normalmente, aparte de la tripulación, diez hoplitas y cuatro arqueros. Pero para las cuatro naves del grupo de Cabrias, este decidió que los peltastas de Prómaco sustituyeran a los hoplitas.

Cabrias era muy locuaz. Tomaba asiento en su puesto de popa, por detrás del piloto, y reclamaba a Prómaco a su lado. El mestizo tenía claro que contaba con la simpatía del estratego ateniense desde la escaramuza de Scolos. Consumía la jornada hablando en su particular jerga, y solo se detenía para largarse generosos tragos de vino poco aguado. Cuando su nariz adquiría cierto tono rojizo, Cabrias pasaba al tema estrella: los amores de Hermes.

El trirreme de Cabrias se llamaba así: *Hermes*. Todas las demás naves atenienses tenían nombres femeninos. *Antíope*, *Clímene*, *Astidamía*, *Ilíone*... Cuando Prómaco le preguntó la razón de que su barco fuera macho, el estratego se agarró la entrepierna.

—Por esto. En casa de mis padres, junto a la puerta, había una estatua de Hermes. Nada fuera de lo común: un pedazo de madera con cabeza y un enorme falo erecto. Hay figuras así en muchos sitios del Ática. Hasta en algunos cruces de caminos.

Cabrias explicaba que el combate en el mar era como hacer el amor. Y con la cantidad adecuada de vino en el gaznate, la descripción se volvía más gráfica: el trirreme era uno mismo, y su espolón era el miembro viril. Las naves enemigas eran hermosas mujeres que se ponían a su alcance, y la misión era follárselas. Cuantas más fueran penetradas por el falo de bronce a proa del trirreme, mejor. De hecho, a ellas les encantaba. Sus chillidos eran música para los oídos de Afrodita, que recordaba muy bien cuánto la había hecho gozar el falo de Hermes en alguna de sus aventuras.

—Esa es nuestra misión, Prómaco —decía el enorme ateniense mientras se limpiaba el vino que goteaba sobre las vetas blancas de su barba—. Escoger a una muchacha y cortejarla hasta que le metemos nuestro espolón. Bien adentro.

La tripulación de un trirreme, en realidad, vivía para ese único momento. Cada uno de los ciento setenta remeros repartidos en las tres alturas, el cómitre que guiaba su trabajo y el flautista que marcaba su ritmo; los trece marineros, el piloto, el carpintero, los contramaestres...

Cuando la nave simplemente cruzaba el mar, todo era mucho menos lujurioso. Los remeros se relevaban en turnos de boga o, si el viento era favorable, se dedicaban a holgazanear. La gran vela cuadrada se hinchaba con el viento, pero tanto ella como el mástil que la sostenía serían abatidas e incluso desembarcadas si se presentaba la posibilidad de joder con una buena hembra. Es decir, de agujerear el casco de algún pirata egineta o de un trirreme espartano. Los barcos tenían un segundo mástil cercano a la proa. Más pequeño y con una vela menor. Ese se mantenía a bordo durante la jodienda y servía, según Cabrias, para huir si aparecía el esposo de alguna dama.

—Lo llamamos *akateion*. Si una muchacha nos araña y nuestros remeros no pueden sacarnos de su cama, o si el marido y sus amigos se empeñan en horadar nuestro culo, la velita de ese mástil nos lo salva.

Cabrias también hablaba de política, sobre todo antes de achisparse. Contaba que el principal apoyo de los espartanos en el mar eran los eginetas. Medio siglo antes, al comienzo de la guerra del Peloponeso, Atenas se había ganado el odio eterno de Egina al desterrar a sus habitantes. Los espartanos los habían acogido, así que ahora aquellos se sentían en deuda. Por eso se dedicaban al corso para debilitar a Atenas y, además, habían ofrecido su puerto a Esparta como base para el bloqueo.

Aquel invierno, las naves de Cabrias hicieron tres presas. Una de ellas fue una nave de Egina que sorprendieron en solitario en el estrecho de Euripo, pocos estadios al norte de Calcis. Al ver los cuatro trirremes atenienses, los eginetas emprendieron una alocada fuga por la angosta lengua de mar embravecido. Acabaron encallados en los bajíos y pidiendo cuartel. No hubo una sola baja.

Dos meses después, tras una tormenta junto al cabo Sunión, Cabrias y sus cuatro trirremes localizaron un par de naves espartanas que se habían desviado de su ruta. Aunque los laconios presentaron batalla, ambos cascos enemigos resultaron perforados por los espolones atenienses. Se estableció un combate de cubierta a cubierta en el que los peltastas de Prómaco se distinguieron. Los hoplitas de una nave espartana doblaban en número a los de una ateniense porque los peloponesios confiaban más en la fuerza embarcada que en la habilidad de sus navegantes. Pero en este caso eran cuatro trirremes atenienses contra dos laconias, y luchar a bordo de una tablazón móvil no era como hacerlo en falange, en tierra firme y en una línea de cientos de hombres. Los laconios, que no eran sino periecos reclutados a la fuerza, acabaron rindiéndose.

Hacían frecuentes escalas en El Pireo para calafatear y reponer, y así supieron que otros grupos habían corrido suertes diversas en sus patrullas marítimas; aunque el balance era, en general, favorable a Atenas. El equipo que formaban el *Hermes* y las otras tres naves se coordinaba a la perfección. Prómaco sospechaba que aquellos hombres, escogidos muy a propósito por Cabrias, formaban la élite de la flota. Algo que confirmó cuando vio la confianza con la que los trierarcas y pilotos bromeaban con el estratego. Además, no podía ser casualidad que los otros tres trirremes se llamaran como las tres hermanas Gorgonas: *Medusa*, *Esteno* y *Euríale*.

En cierta ocasión, mientras se resguardaban de un temporal en una playa de Esciros, Prómaco expuso sus dudas a Cabrias. No veía claro que aquella actividad pudiera acabar con el peligro en las rutas de suministro. Apresar una o dos naves al mes no serviría de mucho porque, a buen seguro, los espartanos cubrirían las bajas en cualquiera de las ciudades portuarias sometidas a ellos. Por si fuera poco, se sabía que los piratas de Egina seguían interceptando cargueros de grano. Aunque, como ya no disponían de Óreo para dejar las presas a buen recaudo, lo que hacían era agujerear sus cascos, echar a perder la carga y matar a las tripulaciones.

—Tienes mucha razón, tracio. Pero hasta que llegue el buen tiempo, me conformo con hostigar a esos cabrones. Ponerles las cosas difíciles.

—Hasta que llegue el buen tiempo, dices. ¿Qué pasará entonces, señor?

Cabrias se sonrió antes de contestar.

—Este año hay Juegos Olímpicos. Mientras duren, se declarará la Tregua Sagrada y se nos prohibirá combatir. Pero cuando terminen, sacaremos brillo al espolón del *Hermes*, tracio. Y buscaremos un buen lupanar lleno de putas espartanas para follárnoslas a todas.

Corina era muy delgada. Aunque la suya no era una delgadez insana, sino llena de delicadeza. Todo en ella era delicado en realidad: la fina y larga nariz, la barbilla apuntada, los ojos bien maquillados, las largas trenzas negras apretadas en un recogido que subía desde la coronilla, los pasadores metálicos separados a intervalos idénticos... Absorta, giraba el huso para enrollar la lana recién cardada. El gesto, tan altivo como siempre, se veía ahora adornado por un principio de sonrisa. Las esclavas, extrañadas, la observaron en silencio hasta que la rueca se vació. Pero el huso siguió girando.

—Señora.

Corina no respondió. En lugar de eso, su sonrisa se acentuó.

—Señora, la lana.

Ahora sí, la noble despertó a la realidad. Miró a las muchachas, que no sabían cómo reaccionar. Dejó el huso en la cesta y se puso en pie.

—Seguid vosotras.

Salió y anduvo hacia el aposento de Agarista, pero se detuvo en la balaustrada. Apoyó en la barandilla una mano, con la otra se tocó el vientre.

«Por fin», pensó. Y jugó a imaginar al ser que crecía en su vientre. Lo vio abajo, junto a la fuente. Jugando con Pelópidas. Creciendo sano, adiestrado por los mejores preceptores, amado por sus iguales tebanos. Cesarían los rumores de las esclavas, parientes y amigas; y también acabarían las habladurías entre el resto de las damas de la ciudad. Corina sería ahora una mujer completa. Y su hijo —porque sería un niño— heredaría el prestigio del padre. Su puesto como guardián del linaje. Su valor, su apostura. Un vástago del dragón. Corina casi no podía sonreír más.

El paso súbito de una nube oscureció el cielo. Fue como un mal presagio, y hasta llegó acompañado de un quejido que le puso la piel de gallina. Tomó conciencia del frío y se frotó los brazos. Ahora debería cuidarse más, eso aconsejaban siempre las matronas. Pensó en volver para buscar un manto, pero un nuevo quejido la paralizó. Ladeó la cabeza y esperó.

No. Nadie se quejaba. Volvió a sonreír.

Se acercó sigilosa a la habitación de Agarista. La puerta, entreabierta, dejó escapar otro de aquellos sonidos. Aproximó la cara a la rendija y la vio, postrada sobre el lecho, el peplo recogido bajo los pechos, los muslos abiertos. Agarista movía el *ólisbos* despacio, con delicadeza, apenas sujeto con el índice y el pulgar. Inspiraba con profundidad cuando se lo introducía, y se mordía los labios al retirarlo. Se sacudió cuando lo extrajo del todo y se dedicó a trazar círculos, a darse golpecitos, a penetrarse repentinamente, a redoblar el brío para luego ralentizarlo. Corina pensó en dejar que acabara, pero estaba alegre y tenía ganas de divertirse. Así que aguardó solo un poco mientras Agarista, jadeante, se dejaba caer del lecho y se acuclillaba junto a un cuenco. Allí sumergió el falo de madera recubierta de cuero, lo sacó chorreante de un líquido ambarino y esta vez lo empuñó como si fuera una espada. Apoyó su base en el suelo y lo afianzó en vertical. Cuando se disponía a clavarse, Corina abrió con cuidado.

—¿Qué aceite usas, cuñadita?

La muchacha soltó un grito. Se puso en pie de golpe y el

ólisbos quedó en tierra, junto al cuenco y sobre un charquito pringoso.

—Corina...

—Deja eso ahora. Siéntate, por favor, quiero hablar contigo.

Agarista se alisó el peplo.

—¿Ahora, Corina?

—Quiero que sepas algo. Soy tan feliz...

Lo dijo con ambas manos unidas bajo el vientre, como si ya lo acunara.

—Ah. —Agarista tardó un rato en salir de su sofoco. Entonces comprendió—. Por Hera. Estás... Estás... Qué gran noticia. Pero ¿cómo...?

Se interrumpió tarde. Eso enojó a Corina, que entrelazó los dedos y la miró con severidad.

—Desde luego, no ha sido retozando con un... novio de cuero. Tu hermano se ha demorado, pero fíjate: se decidió a cumplir con su deber y me ha sembrado su semilla. ¿Pensabas que no sería capaz tras catar los dulces placeres que le proporciona Górgidas?

Agarista se sentó en la cama. Se encogió de hombros.

—Perdona por mi pregunta. Qué estupidez.

—Estúpido sería Pelópidas si pensara que Górgidas puede darle lo que yo le voy a dar. Estúpida serás tú, cuñadita, si sigues ennoviada con... —señaló el aceitado *ólisbos*— eso. Porque entérate de algo: ahora mi embarazo cerrará muchas bocas, pero otras tantas seguirán soltando veneno a tu cuenta.

Agarista, al fin, abandonó su pose afable.

—Entonces no has venido para que nos alegremos juntas por tu embarazo, sino para hablarme de Menéclidas. ¿Ves? Ha sido nombrarlo y ya echo de menos a mi novio de cuero.

Corina exageró la risa. Estiró una mano hacia el telar de Agarista, en el que la urdimbre apenas despuntaba. Entornó los ojos, como si tratara de recordar algo. Hasta que lo recordó:

—«A los hombres la guerra y a las mujeres los trabajos de la lana.» Eso le decía Héctor a Andrómaca, ¿no?

—Huy, te vas a poner troyana.

—Espero que no. Ya sabemos lo que fue de Troya y de la pobre Andrómaca. —Se tocó el vientre de nuevo—. Y yo no quisiera que mi hijo acabara también como un infeliz crío troyano, estampado desde las murallas. Además, no me gusta esa historia. Me gustó más una de las pocas que vi en Atenas. Tú también venías, seguro que te acuerdas. Era una de esas comedias de Aristófanes, la de las mujeres que se negaban a acostarse con sus esposos hasta que no firmaran la paz.

—*Lisístrata* —aclaró Agarista.

—Esa. Burda historia típica de los atenienses y su teatro. Una ordinariez para sustituir la realidad, parecida a ese falo de cuero. Pero la idea era buena. Al final, en la obra, fueron ellas las que tomaron las decisiones.

—No te sigo. Ni veo qué decisiones podemos tomar nosotras.

—Tú sí, cuñadita. Menéclidas. Por lo que he oído, es un hombre que persigue la paz y te persigue a ti.

—¿Menéclidas persigue la paz? Lo que yo he oído es que le va más que lo persigan. Hasta lo alto de las colinas en concreto.

Corina enarcó las cejas.

—Eres digna hermana de Pelópidas. Pero escucha. Escucha a Lisístrata. Para tus ratos de aburrimiento no habría gran diferencia entre Menéclidas y ese novio de cuero remojado en aceite. Sin embargo, no sería lo mismo para la ciudad. Siendo tu esposo, alcanzaría una posición preeminente. La gente dejaría de recordar el desgraciado asunto de la colina y empezaría a mirarlo bien, a escuchar sus consejos. Imagina. Un familiar del gran Pelópidas, al que este entregó su tesorito mimado: tú.

—Yo no soy...

—No importa que lo seas o no, como no importa si ese falo es de cuero pringoso o de piel tebana. Lo que importa es que con su nueva influencia, Menéclidas podría incluso alcanzar el beotarcado. Estoy al corriente de lo que se rumorea, y sé que él apuesta ahora por buscar la paz con Esparta.

—Normal, Corina. La guerra no es lo suyo, así que...

—No he terminado, cuñadita. Respeto a tu hermano y valoro su afán de gloria, pero aún respeto y valoro más nuestras vidas. —Se palmeó el vientre—. Ahora mismo, solo Menéclidas podría lograr que esta guerra terminara. Así yo no me convertiría en Andrómaca, y podría dedicarme a los trabajos de la lana. A criar a mi hijo y a vivir. Vivir. Hasta tú has de darte cuenta de que eso es lo importante.

Agarista se lo pensó un rato. O al menos lo fingió. Frente a ella, el *ólisbos* seguía recostado junto al cuenco.

—Así que Lisístrata, ¿eh?

—Lisístrata, sí.

—Así que los trabajos de la lana.

—Claro, cuñadita.

—Claro, claro. Me reí mucho con esa obra, sí. Recuerdo la escena en la que Lisístrata reprochaba su estupidez a los hombres. Les decía que si fueran inteligentes, gobernarían la ciudad del mismo modo que las mujeres gobernamos los asuntos de la lana, y así podrían ellos tejer un glorioso manto para el pueblo. Casi me vienen a la mente las palabras, el eco en el teatro... —Agarista cerró los ojos mientras evocaba el texto—. «En primer lugar, como un vellón de lana en la pila, tras haber limpiado las cagarrutas de la ciudad, golpeado con una vara sobre un lecho los de mala calidad y quitado las excrecencias, a los que se aglomeran y apelotonan para obtener magistraturas, cardadlos y arrancadles las cabezas. A continuación, cardad en una canastilla la común buena voluntad mezclando a todos: metecos, y si hay algún extranjero que sea amigo vuestro, y si alguien debe al erario público, también mezcladlos.»

Corina ensombreció el gesto.

—Qué buena memoria tienes, cuñadita. Pero Menéclidas no es ninguna excrecencia. Es de la sangre del dragón, como tú y yo. Y sé a quién te refieres cuando hablas de mezclarte con un extranjero útil. Ni lo pienses. En lugar de honrar esta casa con más sangre del dragón, serías capaz de dejarte mancillar por un bárbaro. Más te valdría desgastar ese *ólisbos* hasta que asome la madera, y tejer un manto que llegue de aquí a Atenas.

La joven se inclinó y recogió el falso miembro. Lo mojó despacio en el cuenco de aceite y recitó:

Madre dulce, mi tela
tejer no puedo.
Afrodita suave me vence,
y de mi amado siento el deseo.

Levantó el *ólisbos* empapado. Despacio y haciéndolo rotar. Grueso y alargado, con una ligera curvatura que se le habría antojado obscena a la propia diosa del amor. Agarista lo inclinó, y un denso goterón se alargó desde la punta para regresar a su recipiente. Corina se moría de asco:

—Nos llevas a la ruina. Tú y tus desenfrenos. Y ese extranjero tuyo.

Agarista separó los muslos. Se relamió mientras su cuñada apretaba los dientes y enrojecía por momentos.

—¿Te quieres quedar, Corina? Tengo otro par de novios de cuero ahí mismo, tras el telar. O podemos compartir este.

Corina huyó. Tras el portazo, mientras corría por la balaustrada, oyó las carcajadas de Agarista resonando en su aposento.

Cabrias aguardó durante casi todo el estío mientras sus informadores le pasaban listas de naves espartanas y eginetas, de puertos enemigos habilitados como arsenal y de avistamientos de escuadras laconias en el Egeo. Durante ese tiempo y a pesar de la tregua por los Juegos Olímpicos, el *Hermes* y las Gorgonas siguieron con sus patrullas de protección, aunque no divisaron nave enemiga alguna. En realidad, desde el principio de la primavera no hubo ataques a los cargueros procedentes del Ponto o de Tesalia. Eso solo podía significar una cosa: los barcos espartanos y eginetas se estaban concentrando en algún lugar.

Un día, poco antes de empezar las fiestas Eleusinas, Cabrias se presentó ante la asamblea ateniense y les expuso su plan, que aceptaron a regañadientes. Después dio la orden de reunir todos los grupos de trirremes en El Pireo y añadir varios más junto a sus tripulaciones. Hubo un gran revuelo en Atenas a pesar de que la ciudad llevaba un año esperando el momento. Cabrias quería que la operación fuera rápida, sin celebraciones religiosas ni las habituales despedidas. Cuando todo estuvo listo, la armada salió del puerto y puso rumbo sur. Cruzaron de noche la ruta del bloqueo enemigo, que unía los puertos de Egina y Andros, y siguieron al sudeste, hacia la isla de Serifos. Lo que se movía en dirección a las islas Cícladas era una flota de combate con casi todo lo que tenía Atenas. Ochenta y cuatro trirremes equipados y una decena de naves con bastimentos. Cabrias había dividido la columna en tres escuadras iguales con veintiocho barcos cada una. Él mandaba directamente sobre una de ellas, y las otras navegaban a las órdenes de dos jóvenes de su confianza: Foción y Kedón. Ambos, según supo después Prómaco, eran alumnos de Platón y destacaban por su fidelidad al estratego Cabrias. Junto al *Hermes*, naturalmente, navegaban las tres Gorgonas, con sus ojos pintados de rojo a cada lado de la proa. Tal como había ocurrido durante la estación fría, Cabrias se dio a las largas charlas con Prómaco sobre la popa de su trirreme. A veces, el piloto del *Hermes* o algún marinero intervenían con un chiste escabroso que los remeros se repetían de banco en banco hasta que toda la nave era una carcajada.

A Cabrias lo adoraban la tripulación del *Hermes* y el resto de los hombres de la flota. Al igual que Ifícrates, su principal objetivo no era la victoria, sino conseguir que el mayor número de hombres sobreviviera. Aunque, por paradójico que pudiera ser, eso mismo implicaba tomar decisiones duras.

—Si tuviera que sacrificar una tripulación entera para salvar al resto de mis hombres —le decía a Prómaco—, lo haría sin dudar.

Había una historia que lo volvía taciturno y de la que jamás hablaba hasta que se hallaba medio ebrio.

—Fue la última victoria naval de Atenas. Hace tanto tiempo de eso que, a pesar de nuestra fama, nadie que sirva a bordo de un trirreme ateniense puede decir que haya saboreado el triunfo en la mar.

Había ocurrido al final de la larguísima guerra del Peloponeso, que enfrentó a Atenas y Esparta. Exactamente treinta años antes, y entre unas islitas llamadas Arginusas, junto a Lesbos. Los atenienses derrotaron al enemigo, pero veinticinco de sus trirremes fueron destrozados y sus tripulaciones quedaron en el mar, flotando a la espera del rescate. El problema vino cuando dicho rescate no llegó. Algunos dijeron que la armada triunfante se había entretenido en perseguir a los laconios a la fuga, y otros echaron la culpa a una tormenta que se desató al poco. Fuera como fuese y a pesar del aplastante triunfo, los estrategos de la flota fueron sometidos a juicio y ejecutados por dejar que sus hombres murieran.

—Eso es peor que una derrota, tracio. No compensa vencer a cualquier precio. Recuérdalo siempre: tus hombres son lo primero.

No eran simples palabras. Cabrias se había servido de su ingenio para guardar las vidas de sus tripulaciones. Había inventado un método para defender a los marineros de cubierta y a los remeros de los bancos superiores, a los que llamaban *tranitas*. Se trataba de dos cables tendidos de proa a popa por encima de ambas bordas, de los que colgaban lienzos de piel sin curtir. Los dejaba caer en la batalla o si el oleaje se encrespaba, y protegían a la tripulación tanto de las flechas enemigas como de los bandazos de la nave o los rociones de agua salada.

Prómaco había aprendido durante el invierno a respetar a Cabrias, al menos en lo referente a la guerra. Aunque no podía olvidar que era el mismo tipo de respeto que sentía por Ifícrates, y que los consejos de este le habían traído la desgracia y alimentaban su obsesión contra Esparta.

—Ifícrates solía decir que los espartanos son invencibles en tierra, pero unos absolutos inútiles en el mar.

Cabrias asentía.

—Es casi cierto, pero los mismos pelilargos lo ignoran. De su memoria se ha borrado que Atenas está llamada a gobernar en el agua por decreto de Poseidón. Lo malo es que muchos atenienses han perdido también la confianza.

»Me costó lo mío persuadir a la asamblea de que pusiera bajo mi mando la mayor parte de nuestra flota. —Cabrias sonreía con media boca, como acordándose del momento en el que se ciñó la corona para hablar ante los ciudadanos atenienses—. Todavía quedan vivos muchos viejos que conservan el miedo a Esparta, y temían que perdiéramos nuestros barcos. Te diré una cosa, Prómaco. Si no vuelvo a casa victorioso, me queda la vida justa para probar la cosecha de este año. Espero que se trate de un buen vino.

—¿Y cómo los convenciste?

—Les dije que nuestra única opción es destruir los barcos de esos cabrones eginetas y los de sus amos espartanos. Si no, el trigo del Ponto no llegará a Atenas y tendremos que comernos unos a otros. También les dije que no será suficiente con hundir un par de trirremes enemigos, como hemos hecho este invierno. Hay que eliminar su flota. No todos estaban de acuerdo, pero me dieron la razón cuando les dije que Atenas necesita una victoria. Una que resuene como el trueno de Zeus. —Miró con seriedad al mestizo—. Les hice ver que jamás conseguiremos ese triunfo en tierra si el enemigo es Esparta.

Al llegar a la isla de Serifos, la bordearon por el sur y viraron a babor, rumbo al este. Con ello se introducían en el laberinto de las más de doscientas islas Cícladas. Un paisaje lleno de promontorios, estrechos, islotes rocosos y bahías. Prómaco señaló la rápida sucesión de acantilados y playas de arena clara. Resultaba casi imposible distinguir a qué isla pertenecía cada costa.

—No parece el sitio adecuado para luchar.

Cabrias asintió. El sol estaba alto y el mar en calma, así que la visibilidad resultaba óptima. En muy poco tiempo vararían en alguna ensenada lo suficientemente larga para acoger a toda la armada. Los trirremes tenían que pernoctar, lo mismo que los hombres, y era mejor para unos y otros hacerlo en seco. Arrastrarían los barcos fuera del agua y empezaría la liturgia de la flota. El olor a brea, a fogata y a pescado. Las conversaciones quedas de más de quince mil hombres libres que se dirigían a la muerte. La propia o la ajena.

—Tienes, razón, tracio. No hay como la mar abierta para una buena ensalada. Puedes desplegar las escuadras en línea, ver qué tiene tu enemigo y mostrarle qué ofreces tú. Examinas a las vírgenes más calientes, escoges a una de tetas grandes y le clavas el espolón en su bonito culo de pino laconio. Pero verás: mis informes dicen que, entre espartanos y eginetas, nos enfrentamos a una flota de ochenta naves. Noventa a lo sumo.

—Más o menos igualados.

—En realidad, no. Los pelilargos han puesto a Pólidas como navarca, el cargo que tienen ellos para quien dirige la flota. Pólidas es un veterano, así que he de suponer que sabe de nuestra armada igual que yo sé de la suya. Por eso me he dado tanta prisa en partir. Aun así, las noticias de nuestra salida ya le habrán llegado, de modo que habrá mandado algunas de sus naves a buscarnos. Yo habría enviado a las más rápidas, así que debe de haber quince o veinte trirremes recorriendo el Egeo. Con un poco de suerte, Pólidas dispondrá ahora mismo de unos setenta barcos. Los tendrá todos juntos, escondidos en la rada de alguna de esas malditas islas aliadas suyas.

—Entonces somos más. Tal vez ese Pólidas se dé cuenta y no quiera combatir.

—Es muy posible. Pero no olvides, tracio, que hablamos de un espartano. Hemos de aprovechar eso.

—¿Cómo?

—Pues ya sabes: si quieres pescar un pez grande, necesitas un buen cebo. Y si ese pez es un pelilargo aficionado a las gestas heroicas, no hay mejor cebo que un ejército que lo supere y un lugar estrecho donde aguantar.

—¿Otra vez las Termópilas?

—Siempre las Termópilas, tracio. Mira a tu alrededor. Islas grandes y pequeñas llenas de lugares donde esconderse y pasos en los que no podrías extender tu línea más de veinte o treinta trirremes. El escenario favorito para un espartano, que no sabe nada de maniobras complejas en la mar y prefiere un abordaje limpio en el que los hoplitas de cada nave se puedan matar cara a cara, como si estuvieran en tierra.

»Precisamente he estado pensando en la pesca y el cebo para atrapar a semejante bicho. —Cabrias se desperezó mientras, a su espalda, el sol caía sobre el horizonte—. Lo primero será encontrar a Pólidas. Tan difícil como atinar con una virgen en un lupanar en plenas Afrodisias. La solución será que venga él a nosotros.

»Mañana llegaremos al estrecho que separa las islas de Naxos y Paros. Naxos es aliada de Esparta, y su capital da justo a ese estrecho. ¿Te gusta el teatro, Prómaco?

—Sí, señor. Vi alguna obra durante el tiempo que viví en Atenas.

—Pues mañana verás otra. Nuestra farsa consistirá en desembarcar y montar un asedio a Naxos. No creo que pase mucho tiempo hasta que a Pólidas le lleguen los ruegos de auxilio.

—Entiendo. Le esperaremos en el estrecho.

—Algunos sí. Tú y yo, a bordo de este muchachote bien dotado, y las otras veintisiete naves de nuestra escuadra. El resto saldrá a mar abierto, a enfrentarse con una flota superior.

Pelópidas se dirigía a casa tras despedirse de sus hombres junto al templo de Apolo Ismenio. Los hoplitas se desparramaban por las calles con sus sirvientes a la zaga, los rostros sonrientes de alivio. Por segunda vez en dos años, los espartanos regresaban a su hogar sin entrar en un combate serio.

El verano anterior había sido por gracia de Febo Apolo. A la altura de Megara, el veterano rey Agesilao había sufrido un achaque que dejó su pierna coja en peores condiciones de las que ya sufría. Él se empeñó en continuar para vengar la muerte del *harmosta* Fébidas en Scolos, pero los éforos que acompañaban al ejército espartano se negaron y, tras alguna escaramuza sin importancia, se suspendió la campaña.

Un año después, la cojera y la vejez de Agesilao obligaron a Esparta a mandar de nuevo a Cleómbroto como jefe del ejército. Este exigió que, además de periecos y aliados, hubiera auténticos espartiatas en sus tropas. Los éforos se negaron porque no consideraban a los tebanos dignos de tal movilización. Cleómbroto, enojado como un adolescente, partió hacia el norte. Nadie confiaba en que lograra nada, así que no hubo sorpresa cuando se detuvo en los puertos de montaña. Tras examinar las alturas y ver fogatas de campamento, concluyó que las fuerzas que llevaba eran demasiado exiguas y de bajo nivel. Ordenó dar media vuelta y regresar a Esparta.

En cuanto supo de la noticia, Pelópidas mandó replegarse a los mercenarios que ahora atestaban las filas de los peltastas. Esos hombres costaban a las arcas tebanas un dinero que no podían gastar en trigo o en carne. Y a pesar de la alianza con Jasón de Feres y del grano tesalio, la fortaleza de tres años atrás se había vuelto flaqueza. Por los rincones, los tebanos murmuraban, y no siempre bien, sobre la necesidad de alcanzar la paz.

No fueron murmullos lo que oyó Pelópidas cuando llegaba a su casa. Más al norte, pasada la fuente Edipodia y el templo de Artemisa Euclea, el gentío aplaudía. Se volvió hacia su sirviente.

—¿Había asamblea hoy?

El muchacho se encogió de hombros. Pelópidas amagó un gesto de fastidio.

Corina llevaba muy avanzado su embarazo, aunque eso no había acercado a marido y mujer. Todo lo contrario: con un poco de suerte y ayuda de los dioses, nacería un varón; así Pelópidas vería cumplida su función de perpetuar el linaje y aportar brazos a Tebas. Sin embargo, hasta que llegara ese momento, consideraba necesario el trago de visitar a Corina e interesarse por su salud, especialmente cuando volvía de sus turnos al frente del ejército. Ordenó al criado que siguiera hasta casa y pusiera en orden el equipo militar, y él continuó camino hacia el origen de la algarabía. Sonó un aplauso cerrado que se diluyó poco a poco. Una voz se impuso, aún lejana. Alguien daba un discurso en el ágora.

Cuando llegó, Pelópidas vio una multitud de tebanos arremolinados. Los de las filas traseras se aupaban sobre las puntas de los pies o pedían que los de delante repitieran las palabras del orador. Afinó el oído y reconoció la voz. Menéclidas.

—¡Claro que es buena noticia, varones de Tebas! ¿No lo iba a ser? Los espartanos se retiran un año más.

»Y si hemos de dar las gracias a alguien por mantenernos a salvo tras empalizadas de madera y armas mercenarias, es a nuestro beotarca Pelópidas, desde luego. Él es quien merecía ese aplauso que me habéis brindado a mí.

Se oyó un palmeo solitario en el centro del ágora que pronto se convirtió en un clamor. Pelópidas se acercó y, gracias a su altura, divisió a Menéclidas en el estrado. Aplaudía con entusiasmo febril, pero cesó de repente y abrió las manos para pedir silencio.

—Pelópidas se merece este y muchos más homenajes, varones tebanos. Aunque él no os los pedirá, ¿y sabéis por qué? Yo mismo os lo diré: porque lo elegís beotarca año tras año, y su deber es salvaguardar la ciudad y vuestras vidas. Justamente, mientras no haga otra cosa que cumplir lo que de él se espera, ¿cómo va a pediros nada?

»Pelópidas, pues, hace lo que vosotros le decís, o, en ausencia de vuestras órdenes, lo que supone que vosotros le diríais. Solo así se explica que haya cerrado una alianza con Jasón, el tirano de Feres. Gracias a sus negociaciones, compramos en Tesalia a precio de oro el trigo que no podemos cosechar en nuestros campos. Claro que, con todos estos mercenarios viviendo en Tebas, a poco trigo tocamos por cabeza, ¿no os parece?

Delante de Pelópidas, un ciudadano se inclinó a un lado y susurró al oído de otro. El beotarca no pudo oír lo que decían, pero los vio negar con la cabeza. Menéclidas siguió hablando:

—Sin embargo, no debéis sentiros decepcionados. El otro día escuché que Górgidas, nuestro noble *hiparco*, se dispone a ayudar a Pelópidas en su cometido. Bueno —estiró la comisura izquierda—, no tengo que explicaros cuánto se deben el uno al otro.

Hubo risas entre el público. Pelópidas apretó los labios.

—La cuestión —continuó Menéclidas— es que Górgidas va a solucionar nuestras carencias militares. Va a crear un cuerpo de guerreros escogidos. Trescientos, según parece. Trescientos, como los valientes espartanos que acompañaron al pelilargo Leónidas a morir entre peñascos hace cien años.

»Y ese cuerpo, varones tebanos, lo formará Górgidas con jóvenes de nuestra ciudad escogidos por él mismo. He sabido, porque no lo oculta a nadie, que estos trescientos se dedicarán en exclusiva a la noble tarea de la guerra. Que a eso ofrecerán sus vidas sin ninguna otra obligación y sin tener que rendir cuentas a nadie. Ah, y que residirán en la Cadmea a costa de la ciudad.

Eso despertó murmullos en el ágora. La gente se miraba extrañada.

—¡Pero veo la sorpresa en vuestros rostros, varones de Tebas! ¿Acaso consideráis raro que esos muchachos caros a Górgidas vivan de vuestro sudor? Pues no sé de dónde ha de salir el trigo para amasar el pan que comerán, sino del que Pelópidas ha comprado en Tesalia con el dinero de vuestros impuestos.

»Aunque no podéis decir que no lo visteis venir, ciudadanos. Nuestro salvador Pelópidas lleva cuatro años alojando a varios extranjeros en Tebas a costa de vuestro trabajo. Es más:

al igual que tiene en gran consideración a los mercenarios que se llevan el oro y a los trescientos jovenzuelos que se comerán el trigo, no menos atenciones han recibido de él los atenienses e incluso los bárbaros que viven entre estas murallas.

»Os diré algo. Algo que quizás hayáis olvidado bajo el gobierno, año tras año, de beotarcas como Pelópidas: los hombres que no controlan sus pasiones, los que no se reprimen ante lo que las buenas constumbres consideran inadmisible, no son guías aconsejables para la ciudad. Aun así vosotros, varones tebanos, votáis una y otra vez a Pelópidas para que os lidere.

»¡Y aquí estáis, amigos míos! Encerrados para que los espartanos y sus aliados no os dañen. Hambrientos porque no tenemos cosechas que recoger. Recordadme cuánto tiempo llevamos así. ¿Uno, dos años? No. Tres ¡Tres años! ¿Recordáis cuando, hace tres años, Pelópidas os habló en este mismo lugar? Era de noche y había nevado. Y os dijo, lo recuerdo como si lo viera ahora mismo, que fuerais a reclamar la libertad. ¡Libertad, gritabais todos! No lo neguéis. —Señaló a uno de los que le escuchaba en primera fila—. No lo niegues tú, tebano, porque estabas aquí. Ni tú, porque recuerdo que también viniste. Pues bien, ahora os pido que miréis a vuestro alrededor y comprobéis si sois libres.

Dejó que lo hicieran. Pelópidas, con las uñas clavadas en las palmas, bajó la cabeza. No podía entender a qué venía ese discurso, y menos de alguien como Menéclidas. Este insistió:

—¿Acaso no lo veis, varones de Tebas? La democracia había de traernos la libertad. La prosperidad, la paz, el bien, la justicia... Yo soy tan demócrata como cualquiera de esta plaza, nadie puede negarlo. Pero a mi alrededor veo pobreza, guerra, pánico e injusticia. Así pues, tebanos, llego a la conclusión de que ¡esta no es la democracia que queríamos!

Pelópidas no pudo más. Apartó a empujones a quienes se interponían y llegó al centro del ágora.

—¡Ah! —Menéclidas señaló a Pelópidas mientras sonreía, como si verle le supusiera una alegría inesperada—. ¡Pero si tenemos aquí a nuestro beotarca, guardián de la democracia, salvador de Tebas! ¿Estabas ahí, amigo mío? Entonces podrás decirles a estos varones por qué seguimos ocultos, muertos de miedo y de hambre en nuestra ciudad, mientras miles de bocas ajenas se quedan con el poco dinero que nos queda y se alimentan del trigo que te vendió tu amigo Jasón.

—¡Habla, Pelópidas! —gritó alguien.

—¡Defiéndete!

—¿Dónde está el trigo, Pelópidas? ¿Dónde está la libertad?

Los ojos del beotarca ardían. Se volvió para mirar a sus conciudadanos, que le habían aupado hasta su cargo año tras año. Subió al estrado, aunque se quedó un escalón por debajo de Menéclidas.

—¡La libertad, amigos, no se gana fácilmente. Vosotros lo sabéis! —Movió el brazo en círculo y acabó por señalar al Amo de la Colina—. ¡Tú lo sabes! ¿Acaso no seguís vivos, cuando lo que toda Grecia esperaba era que a estas alturas nuestra ciudad fuera un montón de cenizas? ¿Acaso habéis visto el rojo de Esparta deambular por las calles de Tebas?

—¡Esparta! —le interrumpió Menéclidas—. Esparta no deambula por nuestras calles porque no quiere. Pero no tiene más que plantarse a las puertas de Tebas y entrará. Muchos confiábamos en que tú los detendrías, pero ahora no sabemos si eso ocurrirá, entre otras cosas porque ningún espartano ha venido todavía a Tebas. Basura perieca, tespios y plateos. Eso es lo que nos han mandado, y ha sido suficiente para que nos encerráramos aterrados y rogáramos la ayuda de extranjeros y bárbaros. El día en que los espartanos de verdad vengan, Pelópidas, ¿qué harás? ¿Mandarás a tu amigo tracio a pararlos con un escudo de mimbre? ¿Lo acompañará tu hermana para arrodillarse y suplicar un año más de paz?

El puñetazo impactó en la mandíbula de Menéclidas, que trastabilló, cayó del estrado y derribó a dos ciudadanos antes de golpear el suelo como un saco de harina. En el ágora se hizo el silencio. Pelópidas se sacudió la mano, dolorida por el golpe. Varios hombres se inclinaron sobre el caído y le sacudieron la cara. Menéclidas boqueó, un hilo de sangre se le escurrió por la mejilla.

—¡Basta! —exigió el beotarca—. Id a casa y consolad a vuestras mujeres. Decidles que este año no tendréis que morir en el campo frente a Esparta. Aunque, si seguís prestando atención a los necios como ese, no tardaréis mucho en dejarlas viudas.

La gente se demoró un poco, pero acabó por obedecer. Nadie miró a Pelópidas a los ojos. Este comprobó que Menéclidas empezaba a reaccionar en brazos de quienes le ayudaban, así que tomó el camino de casa. Repasó en su mente el venenoso discurso de su paisano. Creía saber qué serpiente era la que le había mordido. Aquella doble alusión última a Prómaco y Agarista resultaba inquietante. No porque Menéclidas hubiera descubierto que entre ellos había surgido algo, sino porque se lo confirmaba a él.

«Esto tiene que acabar», se dijo. Y lo arreglaría ahora. Se plantaría en el gineceo y se lo dejaría claro a su hermana. Tenía que casarse con Menéclidas, desde luego. Así acallaría los rumores y lo encadenaría a él a la familia. De esa forma dejaría de malquistar a los tebanos, que era lo que menos necesitaba ahora Pelópidas. En cuanto a Prómaco...

Prómaco se hallaba lejos, a bordo de alguna nave ateniense. Pelópidas se detuvo junto a la fuente Edipodia. Acababa de sorprenderse pensándolo: «Tal vez no vuelva, y así todo se arreglará.» Metió las manos en el agua y se mojó la cara. Miró al cielo limpio de nubes para suplicar en silencio el perdón de Heracles, patrón de la ciudad y de su amigo tracio. No. Prómaco no podía morir lejos de casa. Tenía que volver y cobrarse la deuda que tenía con él. Se restregó la cara antes de llevar su mirada al este, donde más allá de las tierras de Tanagra y de la isla de Eubea se extendía el mar.

—Vuelve, Prómaco.

14

Naxos

Prómaco recorrió las dos crujías de madera que, en paralelo, cubrían el trirreme de popa a proa. Se detenía ante cada uno de sus hombres, comprobaba correas y ajustes, golpeaba la pelta, pasaba el dedo por la punta de las jabalinas. Cuando terminaba su examen, miraba al guerrero a los ojos, lo llamaba por su nombre y repetía el mismo consejo:

—Gánate el aprecio de Ares y conserva la vida. La consigna es Atenea protectora y Poseidón soberano.

Los peltastas repetían las palabras entre dientes para memorizarlas. Prómaco se reunió con Cabrias a popa, tomó aire y contempló el panorama previo a la batalla.

Los veintiocho trirremes bajo órdenes directas del estratego, un tercio de la flota, se hallaban en dos líneas en el centro del estrecho, con la isla de Naxos a la derecha y la de Paros a la izquierda. Los barcos estaban tan apretados que los remeros disponían del espacio justo para no estorbarse, así que los pilotos se las veían y se las deseaban para mantenerse al pairo sin deshacer la formación. Cabrias lo había ordenado así para reducir el frente. En la ciudad de Naxos, los preparativos del falso asedio se habían convertido en columnas de humo negro que el etesio arrastraba hacia el sur. Los habitantes, confusos, observaban desde sus murallas el despliegue naval ateniense, aunque la llegada de la recién llegada armada laconia les había supuesto todo un alivio.

Se habían presentado desde el norte, al igual que el viento. Cabrias no dudó al marcar la isla de Andros como su origen. Como estaba esperando el momento desde el inicio de la farsa, cada trirreme ateniense se apresuró a ocupar su lugar antes de que el navarca espartano Pólidas se aproximara lo suficiente.

A unos pocos estadios por delante de la escuadra de Cabrias, los otros dos tercios de la armada habían formado en una sola línea, también de dos trirremes en fondo, pero al tresbolillo. Su disposición, tan apretada como la de retaguardia, ocultaba a esta de la vista laconia. El joven Foción mandaba sobre el ala derecha y Kedón lo hacía sobre la izquierda. Este era quien peor lo iba a pasar si los planes de Cabrias se cumplían.

—Pólidas está estudiando ahora mismo lo que tiene delante —le dijo a Prómaco mientras se enlazaba el barboquejo—. Lo que ve es una falange. En lugar de remos y espolones, imagina escudos y lanzas. Kedón y Foción mandan una línea de cincuenta y seis guerreros en fila de a dos. Un frente de veintiocho.

Prómaco asintió. En su mente, las palabras de Cabrias dibujaban un plano. Los barcos eran pequeños trazos paralelos que se asomaban al norte del estrecho, más cercanos a la costa de Naxos y, por lo tanto, dejando un amplio espacio acuoso entre su extremo izquierdo y la isla de Paros.

—¿Cómo conocerás el modo en el que Pólidas despliega sus naves?

—Lo sé ya, no me hace falta verlo. —Cabrias cerró la mano izquierda—. Estos somos nosotros. —Abrió la derecha y envolvió el puño—. Y estos son ellos. En tierra, Esparta siempre rodea al enemigo. Tú eres peltasta y nunca lo has experimentado, pero una falange de hoplitas en marcha se desplaza siempre hacia su derecha. Cada hombre se aprieta contra su compañero para acogerse a la defensa de su escudo. Esto abre un espacio a la izquierda de la falange, que los espartanos aprovechan. Entran por ese lado, giran y te atacan por el flanco. Por eso los pelilargos consideran que su extremo derecho es el puesto de honor y colocan allí a los mejores hombres, los que serán capaces de evolucionar en esa maniobra y decidir la batalla.

»No estamos en tierra ni nuestras naves son hoplitas, pero

Pólidas está viendo ahora mismo el hueco entre Kedón y la costa de Paros. Él, como buen espartano, estará en el extremo derecho de su línea. Dispone de entre sesenta y setenta trirremes; es decir, supera a nuestra vanguardia y puede desplegarse en un frente más ancho. Querrá entrar por ahí, Prómaco, y envolver nuestra izquierda mientras el resto de su flota lucha espolón contra espolón.

Prómaco asintió.

—Impecable. ¿Y si Pólidas no lo ve así?

Cabrias lo miró socarrón.

—Pues entonces nos mojaremos, tracio. Espero que sepas nadar.

Era difícil interpretar lo que ocurría desde la retaguardia, así que la imaginación y la veteranía hilaban historias a lo largo del trirreme. El etesio soplaba suave esa mañana, aunque traía desde el norte los ecos de las voces y el sonido de las flautas que marcaban el ritmo de boga. La línea ateniense avanzaba, por supuesto, pero lo único que podía verse eran las popas y el movimiento de los remos, que ahora entraban en el agua sin apenas salpicar, de forma sincronizada, como si los quince mil remeros fueran guiados por una sola voluntad.

Prómaco había caminado hasta la proa del *Hermes*. Con la rodilla apoyada en la tablazón, observaba el espacio que se abría entre ellos y la vanguardia.

—¡Adelante! ¡Despacio!

El mestizo se volvió. Desde su posición pudo ver cómo el cómitre se dejaba caer de un salto en la pasarela central, entre las dos crujías paralelas, y transmitía la orden. La flauta empezó a sonar. Un ritmo cadencioso y lento. Ochenta y cinco remos por cada borda salieron del agua, se movieron al unísono en parábola y volvieron a hundirse. El trirreme se conmovió y las tracas crujieron. Cuando eso ocurría, a Prómaco le daba la impresión de que la nave iba a desarmarse. Los peltastas se acuclillaron y, para mantener el equilibrio, se agarraron a los cables. Arrancar era lo más brusco, desde luego. El barco daba tirones hasta que adquiría cierta velocidad. A los lados del

Hermes, las hermanas Gorgonas y los demás trirremes cumplían su propia liturgia, pero resultaba sorprendente ver cómo, palada a palada, no solo los sonidos de las flautas sino también los movimientos de los remos se coordinaban. Aquello creaba la falsa impresión de que la escuadra no se movía. Solo el breve desplazamiento de las costas a ambos lados servía como referencia. El piloto del *Hermes*, en su puesto a popa justo delante de Cabrias, observaba con el rabillo del ojo el trirreme de estribor, y enseguida el de babor. Movía casi imperceptiblemente las cañas de los timones.

Se pusieron a cantar.

Era una tonadilla obscena que hablaba de una puta del Pireo. Los remeros del trirreme *Medusa*, a estribor, se unieron al canto, y uno tras otro, los veintiséis restantes. Casi cinco mil hombres encerrados entre tablas de madera, respirando sal, sudor y miedo. El auténtico motor que un día, hacía tiempo ya, había llevado a Atenas a convertirse en la dueña del mar. Prómaco miró de nuevo adelante. Ahora se iba a decidir a quién pertenecía realmente ese mar.

—¡Ahí están!

Uno de los peltastas señalaba a la izquierda de la vanguardia ateniense, entre el ala de Kedón y la costa de Paros. Se hacía visible un trirreme que venía de frente. Apareció otro. Y un tercero. Prómaco sonrió. Cabrias había acertado.

Los traquidos de veintiocho naves en movimiento, los cantos de los remeros, la flauta y las órdenes aisladas de los cómitres no dejaban que el sonido de la primera línea llegara hasta allí, pero Prómaco advirtió que el ritmo de remada aumentaba en la delantera. Eso solo podía significar que el choque entre las dos flotas estaba a punto de ocurrir. Casi de forma inconsciente estiró el cuello para contemplar el espolón del *Hermes*, que se clavaba en el agua como una daga afilada. Un ariete de bronce bien trabado a la proa, con tres filos horizontales y paralelos que casi acababan en punta. Ahora, con la delgada nave avanzando a buena marcha, el espolón se escondía bajo la lámina de agua, brotaba y volvía a sumergirse.

Cabrias dio un grito seco que los trierarcas de los demás barcos repitieron. Los pilotos ajustaron caña a estribor, con lo que los trirremes fueron cayendo lentamente hacia la izquierda. Los rugidos de los cómitres aumentaron y la canción se suspendió mientras las naves situadas más al este endurecían el ritmo y las del oeste hacían lo contrario. Lo preciso para mantener la formación. Delante, era ya una docena de barcos enemigos la que maniobraba en el hueco.

—De pequeño, a veces, iba a pescar con Pisón.

Prómaco se volvió sobresaltado. De pronto tenía a su lado a Cabrias, que había abandonado su puesto de trierarca a popa. El tracio había sido testigo durante todo un año de su tranquilidad en pleno combate. Ahora, confiado en la disciplina de sus hombres, se limitaba a estudiar la maniobra espartana hasta que llegaran al combate.

—¿Pisón? —repitió Prómaco.

—Un esclavo de mi padre. Servía de bien poco en tierra firme, pero pescaba como el mismísmo Poseidón. Solía llevarme con él cuando yo era un crío, así que podría decir que fue mi maestro, supongo.

»Pisón se fabricaba la jarcia él mismo. Sus cañas eran estupendas. Ataba crines de caballo que compraba en El Pireo y lastraba los anzuelos con proyectiles de honda rodia. Me montaba en una barca y remaba hasta el islote de Psitalea. Dedicaba un buen rato a pescar bichillos de medio dedo que mantenía vivos en un pozal mediado de agua. Luego los clavaba en el anzuelo y entonces era cuando pescábamos de verdad, Prómaco. —Separó las manos con las palmas enfrentadas—. Bacoretas así de grandes.

»Me pasaba media jornada llorando. Veía a los pececillos nadar desesperados en el pozal y sabía que acabarían devorados por las bacoretas. Mi padre se habría reído de mí, pero Pisón era un buen hombre. Me explicó que a veces era necesaria cierta crueldad. Ofrecer vivos aquellos peces para el sacrificio, decía, era mejor que morirse de hambre.

Prómaco siguió la mirada de Cabrias. Junto a Paros, las naves enemigas viraban a babor para enfilar los costados del ala izquierda ateniense. Los pececillos para el sacrificio. El estratego posó la mano sobre el hombro del mestizo.

—Mantén a tus hombres alerta pero, sobre todo, mantenlos vivos. Aprovechad los pasos rápidos cuando rebasemos las popas o cuando abarloemos. Intentaré que no haya abordajes hasta el final, aunque en la mar puede pasar cualquier cosa.

Volvió atrás sobre la crujía de estribor y ordenó a los marineros que extendieran los lienzos de cuero. Las bordas quedaron protegidas al instante, y los demás trirremes de retaguardia imitaron al *Hermes*.

Prómaco habría tragado saliva si no hubiera tenido la boca seca. Aquello no se parecía mucho a la lucha en tierra, y tampoco era lo mismo que las escaramuzas corsarias del año anterior. Sensación extraña la de saber que bajo sus pies había casi doscientos tipos desarmados. Que cada ataque eficaz no suponía la muerte de uno, sino de decenas de hombres. Sintió el soplo del etesio en la mejilla derecha y vio que las cabrillas se levantaban cerca de Paros. La flauta se aceleró, el *Hermes* saltó una tímida ola. El roción de agua salada se convirtió en una lluvia fina que apenas duró un instante. Prómaco cerró los ojos.

«Todo esto es por ti, Veleka», se dijo. Evocó el color claro de su cabello. La suavidad de su piel. Su rostro... ¿y su rostro?

—No consigo ver su cara.

El peltasta más cercano miró con extrañeza a su jefe. Fue a preguntarle qué quería decir, pero entonces, a proa, sonó la primera embestida.

El grito retumbó en toda la mansión. Pelópidas, que regresaba del gimnasio de Heracles, se hallaba en el vestíbulo cuando sonó. Apartó a un esclavo y dejó caer el casco y el escudo que se había llevado para cubrir la carrera de los dos estadios. El grito se repitió.

—Agarista.

Los sirvientes varones se apelotonaban en el patio, a los pies de la escalera que conducía al gineceo. Pelópidas los despachó a empujones y se plantó en el segundo piso. Corina estaba asomada a su puerta, inmóvil. Las manos entrelazadas bajo su abultado vientre. Como si aquello, simplemente, despertara su curiosidad. Dos esclavas aporreaban la de Agarista.

—¡Señora! ¿Qué te pasa?

Pelópidas también las quitó de enmedio y abrió. Vio a Agarista incorporada en el lecho, con la cara entre las manos. Lloraba. El noble se volvió. Miró a la servidumbre y a la embarazadísima Corina antes de cerrar para quedarse a solas con su hermana.

—Ha sido un sueño, ¿verdad?

—Una pesadilla. —Se restregó los ojos—. Me han oído todos, supongo. Lo siento.

Pelópidas se sentó y dejó que ella resposara la cabeza sobre su hombro. Le acarició el pelo.

—Cuéntamela.

—No tiene importancia, solo...

—Solo es la forma en la que te hablan los dioses. Cuenta.

Agarista quiso sonreír, pero no fue capaz.

—Era Prómaco.

Pelópidas cerró los ojos. Tomó aire.

—Sigue.

—¿Recuerdas cuando fuimos a Eleusis mientras estábamos en Atenas? Era la primera vez que veía el mar.

—Lo recuerdo. Te impresionó mucho.

—En mi sueño estábamos otra vez en la playa. Tú y yo, pero también Prómaco. Detrás, a lo lejos, se veía Atenas. El agua estaba tranquila, como aquel día.

»Entonces aparecieron ellos, con sus velas rojas. Llevaban lambdas bordadas. Remaban con tanta fuerza que el mar se enfureció. Las olas empezaron a llegar hasta nosotros. Yo me echaba atrás porque no quería mojarme, pero vosotros os quedasteis en la orilla.

»Le ordenaste a Prómaco que fuera contra ellos. Él me miró, pero tú estabas muy enfadado y se lo prohibiste. "Cumple con tu deber", le dijiste. Él se metió en el mar.

»Yo fui a rogarte que le hicieras volver. Ya me daba igual el agua. Me arrodillé y te supliqué. Los barcos llegaban. Las olas eran cada vez más fuertes. Había mucho viento, y espuma. Los espartanos vararon sus naves en la playa y saltaron. Corrían con esos escudos grandes, y el pelo largo, las barbas manchadas de sangre. El cadáver de Prómaco también llegó hasta nuestros pies. La arena se le pegaba a las heridas de cien lanzas. Yo chillaba, y tú me decías que no debía hacerlo. Que no lo mirara. Me apartabas de él, y yo te rogaba a gritos que me dejaras lavar su sangre...

Pelópidas le puso la mano en la boca. Agarista lloraba de nuevo.

—Un sueño nada más. Tienes miedo por él, lo mismo que yo. Pero es un buen guerrero.

—¿Y si es verdad, Pelópidas? ¿Y si ha muerto en el mar?

Él carraspeó. Se puso en pie y caminó descuidadamente hasta el telar.

—No pienses en eso, Agarista. Se hará la voluntad de los dioses, como siempre.

—¿Los dioses lo mandaron a navegar junto a los atenienses? Creía que fue idea tuya.

Pelópidas se volvió. La miró con severidad.

—Hay cosas que están por encima de tus deseos y de los míos. —Alargó la mano hasta el telar y acarició los hilos—. ¿Quieres seguir haciendo esto como hasta ahora, o prefieres cardar como esclava para una mujer espartana?

Agarista bajó la mirada.

—Perdón. A veces olvido mi deber.

Pelópidas resopló. ¿Por qué le irritaba tanto esa forma de hablar?

—Y hablando de tu deber... —Se separó del telar y anduvo hacia la puerta. Inclinó la cabeza, como si pretendiera detectar algún ruido al otro lado. Cuando estuvo seguro de que nadie escuchaba, continuó—: Ayer llegué tarde a casa y no quise importunarte, pero ahora he de contártelo. Pasó algo muy molesto en el ágora. Menéclidas estaba allí, soliviantando a la gente. Contra mí.

Agarista levantó la mirada.

—Lo que nos faltaba. El Amo de la Colina.

—No lo llames así, hermana.

—¿Qué? Oh, pobrecito. ¿Te da pena Menéclidas?

—No, no es eso. Yo... lo tumbé de un puñetazo.

Agarista arqueó las cejas. Retiró la manta y se levantó del lecho. Negó con la cabeza.

—Y ahora te sientes culpable, supongo.

Pelópidas se mordió el labio. Estuvo a punto de repetir las palabras de Menéclidas sobre Agarista y Prómaco, pero decidió que había cosas que era mejor ignorar.

—Escúchame bien: Menéclidas merecía ese puñetazo, pero no puedo golpear a todo el que se separe de nuestra causa. Sobre todo si, como él, se trata de alguien peligroso cuando se sube a un estrado. —Cerró la mano y se miró los nudillos—. Lo tenía de mi lado en Atenas. Fue el primero que rogó para unirse al grupo que asaltó el Polemarqueo. Pero lo que más me preocupa es su capacidad para arrastrar a la plebe. Tendrías que haberlo visto cuando incitó a la degollina en la Cadmea... —Volvió a fijar la vista en su hermana—. Alguien capaz de mover así a los tebanos ha de estar de mi lado, ¿no lo comprendes?

Agarista comprendía. Se acercó a Pelópidas y tomó su mano diestra. Acarició los nudillos que habían dejado fuera de sentido a Menéclidas.

—Has venido a socorrerme porque soñaba con Prómaco, y ahora me obligas a lanzarme en brazos de Menéclidas.

Él retiró la mano. Le dio la espalda.

—Fingiré que no lo he oído. Lo que necesito oír, Agarista, es otra cosa. Hazlo por el futuro de tu ciudad. Acepta el matrimonio.

Ella se quedó mirando el hueco que la mano de Pelópidas había dejado entre las suyas. Pareció tardar en darse cuenta de que no había nada allí. Nada.

—Está bien, hermano. Me casaré con Menéclidas.

Entretanto, las naves griegas, con gran pericia, puestas en círculo alrededor, las atacaban. Volcaban los cascos de las naves y ya no se podía ver el mar, repleto como estaba de restos de naufragios y la carnicería de marinos muertos. Las riberas y los escollos se llenaban de cadáveres.

Esas son las palabras que vienen ahora a la mente de Prómaco. Pertenecen a una de las obras que vio representar en Atenas, tal vez durante las fiestas Dionisias. Algo escrito por un tal Esquilo un siglo antes, cuando los helenos luchaban por su libertad contra los bárbaros de Asia.

Ahora son los griegos quienes se matan entre ellos.

El ala derecha enemiga ha girado, sí, y ha tomado el flanco izquierdo ateniense. La primera nave en recibir los espolones laconios ha sido la de Kedón. Sus cuadernas, tronchadas por dos embestidas, han crujido como ramitas a merced del temporal. A su lado, más trirremes de Atenas se han visto atacados de costado. El agua entra en grandes vías, los hombres gritan, atrapados entre bronce y hierro, se mantienen a flote algunos y otros se ahogan.

Todo es muy sucio. El mar se llena de restos. De tablas desgajadas, de ropa, de cordaje. En el centro de la línea ateniense, y más allá, en el ala derecha cercana a la costa de Naxos, algunos trirremes han chocado de frente. Aunque son más los que se han cruzado en paralelo y ahora tratan de girar para encarar las popas enemigas. En eso son mucho mejores los atenienses, desde luego; pero como maniobran al norte de la batalla, reciben el etesio en las amuras cuando intentan el viraje, mientras que los espartanos logran cierto resguardo en la muralla de madera que ahora atraviesa el estrecho.

El *Hermes*, a los gritos de Cabrias y del cómitre, ha tomado un rumbo de colisión contra un trirreme laconio, trabado en el casco de una nave ateniense. Sus remeros cían, pero no son capaces de desclavar el espolón. Prómaco ordena a los peltastas que se agarren a lo que puedan. Él mismo lo hace con la zurda. Su pelta descansa a la espalda todavía, y las jabalinas están depositadas a sus pies, retenidas con la rodilla. La borda enemiga se acerca por proa, y a través de las portillas de la parte alta puede ver los ojos muy abiertos de los tranitas, que se esfuerzan en ciar en los bancos superiores. Los remeros de las naves espartanas no son ciudadanos libres, como los atenienses. Son esclavos o levas reclutadas a la fuerza entre las ciudades periecas. Se nota mucho cuando, a la vista de lo que va a ocurrir, se despreden de los remos y se retiran hacia babor, donde se apelotonan con los remeros del otro lado.

Pero el *Hermes* no embiste. A una orden de Cabrias, el timonel ajusta las cañas para que el trirreme vire a la izquierda. Prómaco ve pasar toda la borda laconia hasta el codaste, que se curva sobre sí mismo en el remate de la popa. Allí hay trabado un astil con el estandarte negro y la lambda roja. Bajo él se sienta el trierarca, al que Prómaco puede observar ahora. Él también los mira. Lleva barba negra, cerrada, unida a un mostacho que le oculta toda la boca, así que no se trata tampoco de un espartano. Se dirige a los arqueros que lo protegen, y estos, obedientes a su mandato, disparan contra la borda del *Hermes*. Las flechas rebotan en el casco o resbalan contra las cortinillas de piel. Ni una sola baja. El *Hermes* discurre por la popa del enemigo, a distancia suficiente para no tener que ocultar los remos. Prómaco mira atrás y ve que el *Medusa*, a estribor, se dirige hacia el costado de la nave laconia. Todos los tripulantes y los soldados corren a proa, y el espolón desaparece por el peso bajo el agua. El golpe es brutal y por debajo de la línea de flotación. Nadie queda en pie sobre cubierta, y el barco entero parece doblarse por el impacto. Prómaco querría ver qué ocurre ahora, pero el *Hermes* sobrepasa la popa espartana y sigue adelante. La batalla continúa.

—¡Cae a estribor!

Prómaco distingue la voz de Cabrias entre el estruendo. El *Hermes* navega ahora por el límite exterior de la matanza. Deja a su izquierda un islote hacia el que nadan algunos náufragos. No más que una roca de unos tres estadios al norte de Paros. La línea se ha deshecho, y solo dos naves acompañan al trirreme capitán ateniense: las otras dos hermanas Gorgonas, *Esteno* y *Euríale*. Ambas ajustan su rumbo para navegar en columna tras el *Hermes*, juntas rodean el flanco de la batalla y viran al este. Prómaco se pregunta qué pretende Cabrias. Solo tres trirremes recorriendo la retaguardia enemiga.

—¡Todos a estribor! ¡Cortinas arriba! —ordena a sus peltastas. A bordo del *Esteno* y el *Euríale*, la infantería embarcada hace lo propio. Retiran las protecciones de piel y se afirman sobre la borda, con la rodilla clavada en la crujía y la pelta por delante. Disparar así resta potencia, pero es difícil mantener el equilibrio en un barco de guerra a plena boga y con el etesio de través. Y, desde luego, un lanzador flotando en el agua es todavía menos eficaz.

Van a sobrepasar la popa de una nave espartana. Está detenida sobre el agua, medio abarloada con un trirreme ateniense.

Su trierarca ladra órdenes y el piloto se inclina sobre la caña izquierda para mantener la posición. La voz de Cabrias resuena fuerte a popa.

—¡Prómaco!

El mestizo se vuelve.

—¿Qué ocurre?

—¡Esa zorra tiene casi doscientos remeros, pero un solo timonel!

Una sonrisa de comprensión ilumina el rostro de Prómaco. Echa el brazo atrás cuando los ojos pintados en la amura del *Hermes* llegan a la altura del codaste enemigo. En un parpadeo calcula el equilibrio del arma y la trayectoria a cubrir.

—¡Matad al piloto!

Los peltastas lanzan consecutivamente. La primera jabalina se clava en la madera curvada; la segunda lo hace en cubierta, a los pies del piloto. El trierarca se da cuenta de que tiene el peligro a la espalda y se vuelve a tiempo de recibir el dardo de Prómaco en el pecho. El cuarto y el quinto lanzamientos alcanzan casi al mismo tiempo al timonel. Un rugido de triunfo brota del *Hermes*. Cabrias lo celebra con una carcajada y señala hacia delante.

—¡A por la próxima puta!

Se reanudan los cánticos bajo cubierta. El *Hermes*, el *Esteno* y el *Euríale* navegan en una sola estela. El piloto del siguiente trirreme espartano muere de la misma forma que el primero. El tercero se salva porque se agazapa en la pasarela central. Entonces aparece un barco ateniense que, tras colarse en la línea enemiga, la ha atravesado. Cabrias lanza un grito y el piloto se tumba a la izquierda para esquivar a la nave amiga.

—¡Cómitre, dentro a estribor!

La orden se transmite a los remeros de la borda derecha, que sacan las palas del agua para esconderlas a toda prisa en el casco y evitar que se rompan contra las popas enemigas. Bajo cubierta se oyen quejidos de protesta. El espacio es exiguo y más de uno habrá recibido un golpe de remo. El *Hermes* casi roza la popa del siguiente trirreme espartano, y la lluvia de jabalinas se repite.

—¡A proa!

Prómaco mira frente a él. Hacia el centro de la contienda, un barco laconio cía para librarse de la melé de madera. Cuando se ve libre, los remeros invierten el movimiento.

«Le va a dar tiempo de virar», piensa Prómaco. Nota cómo el *Hermes* corrige su rumbo y el toque de la flauta se detiene un momento. En cuanto los remeros de estribor tienen un hueco, sacan las palas y las hunden en el agua. La boga se reanuda. Delante, el trirreme espartano también avanza. Su silueta se reduce contra el fondo del mar en calma y la costa de Naxos. Ambos barcos navegan frente a frente, el uno contra el otro. El sol arranca un reflejo rojizo del espolón enemigo cuando este asoma entre dos olas.

—¡*Diekplous* por babor! ¡Prómaco, mantente en esa borda!

La voz de Cabrias activa la maniobra. El cómitre se acuclilla entre las crujías y grita a sus remeros. Los marineros se agazapan en la pasarela. Delante, los remos laconios golpean el agua, cada vez más cerca. Sus hoplitas se apelotonan en proa y el espolón desaparece de la vista.

—¡Ahora!

El piloto tira de la caña izquierda y empuja la derecha. No mucho. Lo justo para que el *Hermes* caiga a babor. En el trirreme enemigo, los escudos negros llevan pintadas enormes lambdas rojas. Su timonel no puede reaccionar ante el súbito cambio de rumbo ateniense. El cómitre golpea con ambas manos la cubierta.

—¡Dentro a estribor!

Se repite la maniobra de hace un momento, los remos del costado derecho desaparecen. Para equilibrar la falta de potencia, los del izquierdo salen del agua y permanecen paralelos a la superficie. Se oyen gritos sobre la cubierta enemiga. Prómaco observa a sus hombres, agazapados tras la frágil defensa de sus peltas.

—¡Ignorad a los hoplitas! ¡Nuestro objetivo está a popa!

La proa del *Hermes* se cruza con la del enemigo. Sus amuras se aproximan y parece que van a chocar, pero el piloto es hábil. A Prómaco se le antojan dos bestias marinas que, por un instante, unieran sus miradas desde los ojos pintados. Los trirremes ven, pero no hablan. Rugen con el sonido de los remos quebrados cuando la proa del *Hermes* se lleva por delante ochenta y cinco palas enemigas. Ochenta y cinco hombres que, con suerte, ven cómo sus remos se parten; o bien reciben el latigazo de madera en la cara o en el esternón. Un chillido colectivo surge de las bancadas laconias. Prómaco siente cómo, a resultas de la cadena de impactos, el *Hermes* se frena. Las dos naves están casi abarloadas, pero no hay intención de abordaje. En cuanto el piloto se pone a tiro, los peltastas largan sus andanadas. El pobre desgraciado recibe al menos cuatro impactos, y el trierarca se tira al agua por la borda de babor. Otra nave inutilizada.

En cuanto el *Hermes* rebasa al enemigo, los remos asoman por estribor y el cómitre brama. Detrás, el *Esteno* y el *Euríale* se adaptan a los cambios de velocidad. Todo sucede como cuando varios músicos tocan la misma pieza, lo que admira a Prómaco. «Siempre es eso lo que marca la diferencia», piensa. El absoluto equilibrio en una falange espartana que avanza sin que cada hombre se adelante o se atrase un dedo. La eficacia de los peltastas de Ifícrates, cuando a sus órdenes se alternaban en atacar y retirarse para crear una nube permanente de muerte. El baile de los trirremes atenienses, que convierte el mar en su casa y hace que el enemigo sea un intruso. La guerra no es el choque entre hierros y fuerza bruta, sino la perfección de las dulces musas que, bajo la dirección de Febo Apolo, ajustan sus cantos y su danza para derrotar a las horribles sirenas y llenar el mar y la tierra con su armonía.

Esa armonía reina en la parte de la batalla cerca de Naxos, donde la armada espartana no ha podido rodear a la ateniense. Los trirremes de Foción vencen en su sector, por lo que Cabrias no ve necesario estirar su singladura más allá. Ordena dar media vuelta.

Prómaco aprovecha para revisar el estado de sus hombres. Les ordena suplir las jabalinas usadas con la provisión que llevan en la bodega. Les dedica breves comentarios de ánimo. Se muestran alegres. Solo uno de ellos está herido, y se trata de un rasguño en el hombro a causa de una flecha perdida. Llega hasta popa, donde Cabrias contempla el panorama con ojos expertos. El mestizo pregunta:

—¿Vencemos?

El ateniense gruñe. Señala al lugar por donde viraron para tomar la retaguardia espartana.

—No allí. Nuestra llegada equilibró la situación pero, antes, el cabrón de Pólidas le había dado fuerte a Kedón. Hemos de encontrar la nave de ese pelilargo y echarle un buen polvo. A ese no bastará con romperle los remos, tracio. —Mira con fijeza a Prómaco—. ¿Comprendes?

La sonrisa fiera del mestizo responde la pregunta de Cabrias. ¿Será posible que, por fin, Prómaco pueda enfrentarse a un auténtico espartiata? No un perieco, sino un auténtico igual. Un engreído de bigote rasurado como Antícrates.

El recuerdo de quien le arrebató a su amor le renueva el ansia. Recorre la cubierta hacia proa mientras el *Hermes* enfila a poniente, con el *Esteno* y el *Euríale* a ambos costados.

Allí está.

Cabrias insiste en que tanto el barco como la tripulación son eginetas, aunque el gallardete que flamea a popa es espartano y el tipo enorme que se sienta en el trono del trierarca lleva una larga barba rizada que destaca con su labio superior rasurado.

Se acaban de cruzar junto al islote cercano a Paros. El piloto enemigo se las ha arreglado para pasar entre el islote y los trirremes atenienses en oblicuo. Así ha logrado evitar el afeitado de los remos, y ahora gira tras ellos. La estela blanca dibuja medio círculo junto a la playa del islote, abarrotada de náufragos extenuados y fustes rotos.

—Esos hijos de puta son de Egina, seguro —insiste Cabrias—. Los espartanos no saben navegar así.

El *Hermes* vira a babor junto al *Euríale*, mientras que el *Esteno* lo hace a estribor para recoger a los marinos atenienses del islote. Cabrias ríe entre dientes antes de continuar.

—Aunque se nota que quien manda en esa nave es un pelilargo. Solo Pólidas puede tenerlos tan bien plantados como para hacernos frente.

Pero el navarca espartano no está solo. En su ayuda acuden

desde el estrecho otras dos naves, estas con tortugas en sus gallardetes. Eginetas. Cabrias se asoma a la borda y grita algo al trierarca del *Euríale*. Este asiente antes de transmitir las órdenes a su piloto. Los ojos rojos de la Gorgona se alejan cuando se dispone a hacer frente a los barcos de Egina.

—¿Lo mandas solo contra dos?

—Lo único que quiero es que los entretenga. Pólidas es mío. —Vuelve a mirar fijamente a Prómaco—. O mejor dicho: tuyo.

El *Hermes* toma un rumbo de colisión contra el trirreme egineta bajo el mando espartano. Esta vez, Cabrias no sueña con jugársela al piloto enemigo con un *diekplous* para afeitarle una bancada. Los eginetas son casi tan buenos marinos como los atenienses.

—¡Mi escudo y mi lanza! —grita—. ¡Preparad los garfios! ¡Listos para el abordaje!

El movimiento se vuelve frenético a bordo del *Hermes*. Los marineros se hacen con hachuelas y preparan los rollos de cuerda. Bajo cubierta, algunos reparten puñales entre los remeros de los bancos superiores. Prómaco calcula las posibilidades. Es probable que los hoplitas enemigos doblen a sus diez peltastas; y además no se trata de periecos laconios, sino de eginetas, siempre rabiosos contra Atenas. Abarloar las dos naves, dejar las cubiertas en paralelo y enfrentarse como si estuvieran en tierra no es buen negocio.

—Cabrias, necesito que le perfores el casco.

El estratego frunce el ceño.

—No será fácil, chico. Esa puta no se va a dejar.

—Lo sé. Pero como tú dijiste, siempre son las Termópilas. Necesito que sean ellos quienes nos aborden y que nosotros los recibamos en un espacio estrecho.

Cabrias entiende. El piloto pone cara de haberse tragado un erizo de mar cuando recibe la orden de usar el espolón. El cómitre, por su parte, maldice a todas las deidades marinas. Prómaco se dirige a sus peltastas:

—¡Atentos a mis órdenes! ¡Tras el choque, echaos atrás y dejad que nos aborden!

El *Hermes* mantiene su rumbo de colisión. Sus ojos miran fijamente a la proa enemiga. Desde el islote cercano se oyen vítores atenienses. Ambas naves cobran velocidad. La de Pólidas más, puesto que recibe el etesio por la popa. Cabrias calcula la distancia y la velocidad. Se restriega la nariz enrojecida. Sabe que solo tendrá una oportunidad. Las dos naves se hallan a tres esloras.

—¡Caemos a babooor... Ya!

El piloto se inclina a la derecha mientras mueve las cañas. El cómitre grita y las bancadas de la izquierda sacan los remos del agua. El *Hermes* se queja con un chirrido de madera al límite de torsión. La cubierta se inclina y la tripulación se agarra donde puede. El islote aparece a proa. De repente, un nuevo grito de Cabrias y otro del cómitre. Los remeros de estribor son quienes ahora dejan de bogar, y el piloto invierte el giro. Suena a roto en las tripas del *Hermes*. El agua salpica cuando la popa resbala sobre las olas, y varios peltastas caen en cubierta. La nave de Egina ve la brusca maniobra y reacciona con celeridad. Imita los dos cambios de rumbo atenienses, aunque ha perdido la iniciativa y no consigue el ángulo óptimo. El *Hermes* ha girado en dos esloras y ahora se encuentra a un lado del trirreme espartano, con el espolón dirigido a su amura derecha. No va a ser una embestida limpia.

—¡A popa! —grita Prómaco.

Sus peltastas obedecen. Lo normal es lo contrario. Apelotonarse a proa hunde el espolón y consigue que este se clave bajo la línea de flotación. Así la vía de agua es inevitable y el barco alcanzado se inunda con rapidez. Pero no es eso lo que quiere ahora Prómaco. En lugar de hundirse, el espolón del *Hermes* sobresale del mar y se clava bajo el ojo egineta. El resultado de invertir el peso es que la cubierta ateniense queda elevada sobre la enemiga.

El impacto, no obstante, es tan monstruoso como de costumbre. Alcanzar al objetivo en diagonal, además, supone un choque casi tan brutal para el que clava como para el clavado. El propio Cabrias, que se ha sujetado a su sillón de madera, sale despedido y cae sobre su escudo. Las maldiciones y los quejidos se redoblan entre los remeros. Los peltastas tebanos se rehacen y forman línea a medio trirreme, en el lugar que suele ocupar el palo mayor. Los marineros arrojan sus garfios y corren a cubierto para asegurar los cabos, pero los eginetas ayudan en eso. Varias garrochas se clavan en las bordas del *Hermes*, los dos barcos quedan trabados. Cabrias se levanta. Mira atrás y se asegura de que el *Euríale* juega al gato y al ratón con las dos naves eginetas que venían en socorro de Pólidas. El baile de las musas ha acabado. Que empiece el ruido.

El primer hoplita enemigo se encarama desde su cubierta. Él solo no puede subir, así que sus compañeros le ayudan. Pero se desprotege mientras trepa al *Hermes*. La primera jabalina se clava en su hombro y, casi a la vez, la segunda le entra por un ojo. Cae como un fardo, rebota en la borda y se hunde junto al espolón egineta. Los peltastas rubrican el primer triunfo con un rugido.

—¡Subid, perros! ¡Subid!

El acento laconio de esas órdenes es inconfundible. Pólidas anima a sus aliados eginetas. Dos de ellos intentan pasar al mismo tiempo, pero solo uno consigue ponerse en pie sobre el *Hermes*. Su compañero cae al agua con un dardo clavado en el abdomen. El superviviente se dispone a aguantar mientras llegan sus conciudadanos. Afirma los pies y planta el escudo. Su cabeza apenas asoma por detrás, y mantiene la lanza apoyada en el reborde superior del *aspís*.

Prómaco da un grito y dos peltastas se adelantan. Es como subir por una cuesta resbaladiza. Avanzan por las crujías paralelas, obligando al hoplita enemigo a dividir su atención. Los tebanos cuentan hasta tres y arrojan sus jabalinas. Una a la cabeza y otra a los pies. No es difícil escoger, así que el hoplita enemigo alza su escudo. El resultado es que un dardo le atraviesa la espinilla. Lanza un alarido y cae en la pasarela central, donde varios remeros asoman desde las bancadas y lo acuchillan a placer.

Se sucede una pausa. Los eginetas no se atreven a pasar, y los peltastas tebanos se limitan a aguardar en su posición fuerte, donde pueden rechazar a los intrusos uno a uno o, como mucho, de dos en dos.

«Siempre las Termópilas.»

Prómaco sonríe. Por la izquierda, el trirreme *Esteno* ha recogido una remesa de náufragos del islote y se hace a la mar.

Pólidas se da cuenta de que sus opciones disminuyen. Ordena a sus hoplitas que ataquen, pero estos vacilan. Se abre paso entre ellos. Incluso arroja a uno al mar al empujarlo junto al codaste. Eso es valor espartano. Prómaco se estremece. Se pone en pie y alza la jabalina.

—¡Dejadlo subir!

Falta saber si habrían podido evitarlo. Pólidas salva la diferencia de alturas como si fuera lo más natural del mundo, con un salto desde su borda que lo lleva a plantarse sobre la proa del *Hermes*, justo detrás de la roda. Observa desafiante a los peltastas y más allá, a Cabrias. Tal vez se trate de una ilusión, pues la cubierta desciende desde donde se halla ahora el espartiata, pero parece un héroe antiguo de los que cantan los poetas. Alto como una torre, sólido como una montaña. Prómaco se adelanta, el espartano lo mira burlón. Casi con indiferencia.

—¡Lucha como un hombre!

Eso le habría gustado a Prómaco que le dijeran en Olinto, cuando los perros a las órdenes de otro espartiata aprovecharon que dormía.

—¡Es mío! —advierte a sus peltastas—. ¡Que nadie se inmiscuya!

Se adelanta dos pasos, con una jabalina en la diestra y la otra cogida en la mano de la pelta; flexiona las piernas y lanza. Una tirada buena, impulsando el dardo con todo el cuerpo. Vuela hacia el cuello de Pólidas, pero este lo desvía con un latigazo de su *aspís* y el dardo se hunde en la superficie del Egeo. Prómaco no se demora. Aprovecha el momento en el que el enemigo sube su escudo para tomar la otra jabalina y lanzarla a sus piernas. Pero Pólidas no es torpe. Por algo los espartanos lo escogen como navarca un año tras otro. Nada que ver con esos tipos rígidos que le describía Ifícrates, los que solo saben luchar en falange y consideran una locura lidiar en solitario. Pólidas salta de una crujía a otra con agilidad y esquiva la segunda jabalina. Aprieta los dientes, corre.

Prómaco desenfunda el *kopis* a sabiendas de que ahora se encuentra en inferioridad. Pólidas, que casi ha llegado hasta él, estira el cuerpo en una lanzada perfecta, capaz de atravesar un caballo. El mestizo opone su pelta no para detener la punta, sino para golpear el astil y desviar el ataque. Los demás peltastas tienen ahora a Pólidas a su merced, pero siguen la orden que les acaba de dar su jefe. Prómaco siente la tentación de arrepentirse. Una segunda lanzada pasa a dos dedos de su cara, y solo se libra de ella porque se retuerce hacia atrás y hurta el cuerpo. Salta a la otra crujía y trastabilla mientras avanza hacia la proa, donde la pendiente le otorgará la ventaja de la altura. Pasa junto al *akateion*, Pólidas lo sigue, orgullosamente descuidado de los guerreros enemigos que deja tras su espalda descubierta. Su gesto de seguridad congela la sangre en las venas de Prómaco. Ahora entiende todo lo que se cuenta de Esparta. Comprende cómo es posible que muchos hayan soñado con destronarlos pero ninguno lo haya conseguido.

—Vas a morir, perro.

No es una amenaza. Es el anuncio de una certeza. Prómaco siente que su estómago se encoge. Nunca hasta ahora le había ocurrido algo así. A pesar de haberse medido a otros tracios capaces de sacar las tripas a un enemigo y ahorcarlo con ellas. A su mente viene su madre, a la que ve tejiendo eternamente, a la espera de que regrese su esposo muerto en el campo de batalla. Pólidas finta un pique, engaña a Prómaco y arremete con el *aspís*. El golpe resuena en los oídos del mestizo, que se ve impulsado hacia atrás y choca contra la roda. Cae de rodillas. Todo se nubla ante él. Sabe que va a morir. El terror, hijo de Ares, sigue jugando malas pasadas en la mente de Prómaco. La ve a ella, la causa de todo. Nunca volverá a gozar de su belleza ni a escuchar su voz. Pero lo peor de todo es que ahora, cuando Prómaco muera, quedará indefensa. Desamparada ante quienes pretendan esclavizarla o algo peor. Quiere llamarla. Aprieta los dientes. Desea gritar aunque, ahogado por la rabia, solo puede gemir su nombre:

—Agarista.

Pólidas parece extrañarse. Vacila un momento antes de descargar el lanzazo definitivo. Prómaco se da cuenta. Tal vez su única ventaja en todo el duelo es que jamás asumió su supremacía, o quizá lo que le da fuerzas es ese afán por que ella no sufra. Aprovecha el momento. Se lanza como un gato hacia el espartano y golpea con la pelta en el bronce del *aspís*. Consigue desequilibrarlo lo suficiente para que dé un paso atrás. Su pierna derecha se descubre bajo el escudo, el *kopis* desciende en un tajo oblicuo.

El grito de Pólidas devuelve a Prómaco al mundo, donde los crujidos de la madera y el sonido de las olas contra los cascos lo dominan todo. El tracio se pone en pie y se abandona a la rabia. Su *kopis* sube y baja a ambos lados. Golpea el yelmo cónico del espartano, y a continuación lo hace sobre el hombro descubierto. Patea el escudo y Pólidas cae. Una nueva estocada en el cuello, la sangre chorrea sobre la cubierta del *Hermes*. Varias manos lo detienen.

—Ya está, Prómaco.

—Lo has matado, tracio. Bien hecho.

Los latidos le repican en las sienes y nota un sabor metálico en la garganta. Se lo llevan en volandas hacia popa. Ve el cadáver de Pólidas como algo lejano, y a los eginetas que se rinden más allá entre la bruma. Un recuerdo borroso o incluso un sueño. Se oyen las consignas de quienes se acercan a bordo de trirremes enemigos capturados.

—¡Atenea protectora!

—¡Poseidón soberano! —les contestan desde el *Hermes*.

La cara de Cabrias se materializa satisfecha ante los ojos de Prómaco. El estratego está contento.

—Hemos vencido, tracio. Has vencido.

15

Batallón Sagrado

Atenas. Año 375 a. C.

El triunfo junto a Naxos era el revulsivo que Atenas necesitaba para creer en sí misma. Como consecuencia, se erigía en dominadora del mar y recibía en el seno de una nueva liga a las ciudades isleñas, que una tras otra se sacudían la sumisón espartana. Cambiaban las tornas. Si hasta ese momento los atenienses y los tebanos sufrían a causa del corte en las rutas marítimas, ahora era Esparta la que se veía aislada. Su poder terrestre continuaba imbatido y monstruoso en la península del Peloponeso, pero el mar le quedaba prohibido. En la batalla de Naxos había caído su navarca más competente y se habían perdido, hundidos o capturados, más de la mitad de sus trirremes y buena parte de la flota egineta. Atenas sufrió la muerte del prometedor Kedón en combate, pero solo dieciocho de sus naves resultaron alcanzadas por los espolones enemigos. El estratego Cabrias disfrutó de la oportunidad de perseguir a la flota vencida para rematar su victoria, pero renunció a ella. El recuerdo de las Arginusas pudo más, así que decidió quedarse para rescatar a los náufragos y recuperar los cadáveres. Regresó a Atenas con las cenizas de los caídos, un botín de más de cien talentos, tres mil prisioneros y la adición de diecisiete islas del Egeo. Tanto él como su subalterno Foción fueron honrados como héroes.

Prómaco aprovechó el descanso guerrero para acudir al teatro, donde presenció algunos ensayos. También paseó por Atenas y, finalmente, visitó a Platón. El filósofo lo agasajó de nuevo con anguilas del Copais. Como siempre, la charla comenzó por asuntos triviales. O eso le pareció al tracio, que complació a su anfitrión contándole la batalla en el mar.

—La ciudad ha adquirido una gran deuda con Cabrias —reconoció Platón—. Me alegro, porque es inteligente. Y atesora conocimientos. No hay mejores cualidades para un estratego.

—Bueno, el valor también es importante.

—Desde luego, desde luego.

Prómaco sonrió.

—Me temo que vas a contarme algo sobre eso, maestro.

Platón asintió con lentitud.

—La verdad es que, ahora que lo pienso, tal vez lo más valioso en una batalla naval sea la pericia de los pilotos. ¿Te fijaste en ellos durante la lucha?

—Lo hice. Y te doy la razón.

—Claro. Los pilotos atenienses siempre han sido piezas clave porque no se da ese puesto al más rico, al más apuesto o al que le toca por sorteo. Para ser piloto, un hombre ha de demostrar que conoce su oficio. ¿Sabes, Prómaco, cómo se llega a conocer bien un oficio?

El tracio se recostó, contento de recibir una de las lecciones de Platón.

—Supongo que con la práctica. Ifícrates nos obligaba a practicar con la jabalina, y nos hacía correr por turnos para emular el ataque y el repliegue.

—Bien explicado, Prómaco. Así que tan importante era atacar con valor como retirarse con prudencia, ¿eh?

—De ello depende la vida del peltasta, y también el triunfo.

—Valor y prudencia. Virtudes que puedes hallar en el buen peltasta y en el buen piloto. Incluso parece que se trata de una sola virtud, ¿verdad? Porque el exceso de valor no casa con la prudencia. Y el exceso de prudencia no lo hace con el valor. Siempre es bueno evitar a los temerarios y a los cobardes. Tanto luchando en la batalla, como pilotando en el mar o dirigiendo una ciudad. Y hablando de eso, ¿qué me cuentas de Tebas? Me dicen que Pelópidas es un buen piloto de la nave. ¿Es cierto?

—Bueno, los tebanos son libres al fin. No ha sido solo gracias a Pelópidas, pero tampoco creo que lo hubieran logrado sin él.

—También he oído hablar de Epaminondas. ¿Te refieres a él?

—Así es, maestro. Los dos son buenos pilotos.

Platón se mostró satisfecho con la respuesta.

—Es más de lo que muchos pueden decir. Pero cuidado: no basta con conseguir la libertad. Además debemos conservarla. Y hay poderosos enemigos de Tebas dispuestos a arrebatarle esa libertad recién estrenada.

—Para evitarlo luchamos, maestro.

—Con valor y prudencia, por tierra y por mar, ya sé. Aunque ahora no estoy hablando de Esparta. Los enemigos a los que me refiero no vienen de fuera, sino que crecen dentro. Injusticia, Prómaco. Desorden.

Enemigos interiores. El mestizo no pudo evitar lo que se le vino a la cabeza. Pero no dijo el nombre de Menéclidas.

—¿Cómo podemos reconocer a esos enemigos, maestro?

—Oh. —Platón se palmeó las rodillas—. Buena pregunta. Los peores, los más peligrosos, se harán notar. Por ejemplo, desconfía de quien anhele el poder.

Eso extrañó a Prómaco.

—Pero, maestro, Pelópidas ha obtenido el poder del pueblo porque se presentó al beotarcado. Y lo mismo los demás beotarcas. ¿Debemos desconfiar de ellos?

—Bueno, una cosa es cumplir un deber, y otra es la ambición personal. Conozco bien a Pelópidas, tú también. Ambos sabemos que su ambición es la gloria. Si Tebas no sufriera la amenaza de Esparta, ¿acaso habría pretendido el poder?

—Creo que no.

—¿Y qué me dices de Epaminondas?

—Ni siquiera se presenta al beotarcado. Es humilde incluso en el vestir, maestro. Mi impresión es que encuentra gozo en conversaciones como esta más que con largos discursos en el ágora.

—Ahí lo tienes, Prómaco. Ocurre demasiadas veces que un

gobernante ambiciona el poder para su propio enriquecimiento, y el de sus parientes y amigos. Eso provoca la injusticia. Y la injusticia lleva al desorden. Por lo tanto, es mejor que gobiernen aquellos que se preocupan por el bien común. Más te diré: el gobernante ideal sería aquel que no quiera gobernar de ningún modo.

El mestizo reflexionó.

—¿Quieres decir, maestro, que la mejor forma de amar algo es no codiciarlo?

—Tú lo has dicho.

—Maestro..., ¿me estás hablando de nuevo de Veleka y de mi amor por ella?

Platón se puso en pie. La sonrisa no se había borrado de sus labios.

—El amor, Prómaco, se parece al gobierno de una ciudad, sí. O al pilotaje de una nave. Incluso a la forma en que las mujeres tejen en el telar, cruzando en su justa medida los hilos para completar un trenzado uniforme. Conocimiento y técnica. Valor y prudencia. Sin defecto ni exceso. Así se consigue un tejido de calidad, o una ciudad libre, justa y ordenada. Así se gana una batalla y así se ama.

Cabrias volvió al mar. Junto con las tres Gorgonas, el trirreme *Hermes* navegó para terminar la labor de limpieza. Prómaco y sus peltastas siguieron a bordo, copartícipes de la gloria de Naxos. Cuando el tracio se mostró convencido de que por fin había llegado la hora de Esparta y de que muy pronto podría adentrarse en Laconia, Cabrias le hizo bajar de las nubes.

—Un dios escribió hace mucho tiempo la tragedia que vivimos junto a Naxos, tracio. Tal vez fue el mismo dios que, por capricho, hizo que atenienses y espartanos nos enfrentáramos en esa larga guerra de hace años. ¿Sabes cuántas veces nos impusimos entonces en la mar? No, no respondas, porque da igual. La pregunta que cuenta es esta: ¿sabes cuántas veces vencimos en tierra, en batalla abierta? Tú y yo estuvimos en Scolos, tracio. Pero ni aquel era el ejército espartano ni eso era más que una escaramuza. Tú y yo hemos estado en Naxos, pero matar a un espartiata en la mar y hundir treinta naves tripuladas por periecos no es lo que todos necesitamos. Lo que nunca tendremos, tracio, porque ese jodido dios escribió también que Esparta jamás será vencida en tierra.

Y si eso lo decía alguien que, aparte de por el vino, pasaba la mayor parte del día borracho de gloria, era por algo.

En una de las escalas en Eubea, a Cabrias le llegaron noticias de que Pelópidas se hallaba al norte del lago Copais. Libres de la presión espartana, los tebanos se habían dedicado a recuperar las pequeñas ciudades de Beocia: Acrafilia, Lebadea, Coronea, Haliarto... Y ahora se disponían a marchar sobre una de las grandes: Orcómeno. Cabrias decidió que dos años de servicio eran suficientes, así que pasó a Prómaco y a sus hombres hasta la costa beocia y los desembarcó en Larimna. El estratego lo abrazó e incluso soltó un par de lágrimas al despedirse, aunque el tracio lo achacó a los efluvios del vino. Aun así, el ateniense se había ganado un lugar en el corazón de Prómaco, y sus enseñanzas lo habían hecho en su mente.

Los peltastas llegaron a la orilla oriental del lago Copais tras una corta marcha y fueron recibidos en el campamento tebano como héroes. Cabrias había mandado emisarios por delante, así que la bienvenida incluía un banquete de carne asada digna de un pasaje de Homero, con vino de Lesbos como acompañamiento y sesión de poesía en la tienda del beotarca. El abrazo que Pelópidas dio a Prómaco no tenía nada que envidiar al de Cabrias, y la tristeza de la anterior despedida se vio atemperada con el reencuentro de los dos amigos. Prómaco, recién informado de la paternidad del Aquiles tebano, lo felicitó, a lo que este respondió con una sonrisa de circunstancias y algún comentario vago sobre el deber cumplido. Al parecer, lo más importante era que todo había salido bien a la primera.

—Doy gracias al Olimpo entero porque ha sido un varón. Se llama Neoptólemo.

Junto a Pelópidas se hallaba su amante Górgidas, que ejercía como *hiparco* en la expedición, y también Pamenes, que formaba en las filas de la caballería. Los tres pidieron a Prómaco que les contara con detalle sus aventuras náuticas y, sobre todo, la batalla de Naxos. Tras el apasionado relato, el tracio bebió un largo trago y sintió el alivio de saberse en el hogar. Lo que resultaba curioso, pues las paredes de aquella casa eran de tela y, bajo las alfombras, se hallaba el suelo beocio. Pamenes pidió permiso para ausentarse, pues entraba de guardia y quería supervisar los puestos. En cuanto se fue, Prómaco mostró su curiosidad:

—Al llegar me ha llamado la atención la juventud de los hoplitas. Y, no sé, los veo raros. Como salidos de una de esas tragedias que representan en los teatros.

—Has pasado mucho tiempo fuera, Prómaco —intervino Górgidas—. Esos hombres son lo mejor de Tebas. El Batallón Sagrado.

Ante la expresión de extrañeza del tracio, fue Pelópidas quien continuó.

—Una idea de Górgidas que se ha hecho realidad.

Prómaco asintió despacio. La última vez que había estado con Agarista, le había hablado de ello.

—Un cuerpo militar de enamorados.

—Algo más que eso —remató Górgidas—. Son hombres que se han jurado amor perpetuo ante la tumba de Yolao. Ciento cincuenta parejas de guerreros dispuestos a todo con tal de alcanzar la gloria ante el amado. Y dispuestos a más todavía para vengarlo si este cae.

—Sí, recuerdo lo que decía Platón. El valor de Eros sobre el de Ares.

Pelópidas movió la cabeza en señal de reconocimiento.

—Esas fueron las palabras del viejo filósofo. Por cierto, supongo que lo visitarías durante tus estancias en Atenas, entre embarque y embarque.

Prómaco se removió en la silla.

—Por supuesto. Aunque hablar con él me deja siempre una especie de... ¿inquietud? Platón, ya lo sabes, tiene ideas muy especiales acerca del amor. Ideas que no sé si me gustan.

—Ya. —Pelópidas rellenó las tres copas—. Recuerdo lo que te dijo sobre tu amada tracia. Que Veleka no es tu verdadero amor, ¿no?

—Eso dijo.

El beotarca miró a los ojos a Prómaco mientras bebía. Se preguntó si realmente había existido algo, siquiera diminuto, entre el mestizo y su hermana.

—Pero Veleka sí es tu verdadero amor, ¿verdad? —Extendió la mano a un lado, y Górgidas la tomó—. Has pasado dos años en el mar, expuesto a las tempestades, a las bestias de las profundidades y a los barcos espartanos. Cumpliendo el trabajo que te encomendé, igual que has cumplido los demás, como si de verdad Heracles guiara tus pasos. Y al igual que los trescientos hombres del Batallón Sagrado se juegan la vida por el amor de sus compañeros, tú lo has hecho por el amor de Veleka.

—Los dioses son testigos —aseguró Prómaco.

Y eso era lo que quería creer. Casi se había convencido de ello. ¿Por qué, si no, había evocado el recuerdo de Veleka antes de que la matanza se desatara en Naxos? Cierto era que, cuando el espartano Pólidas estaba a punto de ensartarlo con su lanza, el nombre que había brotado de los labios de Prómaco era otro. Pero ¿acaso demostraba algo esa minucia? ¿Daba aquello la razón al filósofo de Atenas?

Górgidas, extrañado por el repentino silencio del tracio, llamó su atención:

—¿En qué piensas, Prómaco?

—Ah... En nada. Pero soy un desconsiderado. Vosotros me honráis con vuestra hospitalidad y yo me dedico a hablar de mí mismo. Dime, Pelópidas, ¿qué tal está Agarista?

El beotarca mudó su sonrisa por un gesto tenso.

—Contenta con el nacimiento de su sobrino. Por lo demás, bella y rebelde, como de costumbre. Aunque por fin ha accedido a casarse con Meneclidas.

Prómaco se apresuró a beber más vino, como si algo se le hubiera atragantado y necesitara pasarlo. Dejó la copa en la mesa de campaña.

—Estupendo.

—Desde luego. Me costó mucho convencerla. Aunque sé que es un paso duro para ella, y por eso prefiero no presionarla. Intenta retrasar el momento, ya sabes. Lo que cuenta es que Meneclidas está de mi lado. Y que es el hombre adecuado para mi hermana.

Pelópidas calló a la espera de la reacción de Prómaco. Este asintió.

—Sin duda será feliz con él. ¿Y qué me cuentas de Epaminondas?

Pelópidas se relajó. Todo había sido un espejismo.

—Discreto, ya lo conoces. Huye de los baños de multitudes, a pesar de que no deja de maquinar para que nuestra causa triunfe. Por cierto que durante tu ausencia se ha hecho cargo de equipar y adiestrar a tus peltastas, siempre según lo que le contaste de Ifícrates y sus fantasías. ¿Sabes eso que le dijiste sobre las lanzas larguísimas que usan algunos tracios?

—Los cicones, sí.

—La idea le pareció estupenda a Epaminondas. No tengo muy claro qué pretenderá con eso, pero lo cierto es que ha hecho fabricar cientos de esas lanzas. El doble de largas que las nuestras.

Górgidas tocó el brazo de Pelópidas.

—Cuéntale lo de la caballería. O ya se lo cuento yo. Verás: es Epaminondas quien instruye a mis hombres también. Dice que tenemos que olvidarnos de que un guerrero a caballo solo sirve para perseguir a los vencidos que huyen. A veces se queda en silencio mucho rato y, como si hablara con un dios, dice que algún día será la caballería la que reine en los campos de batalla.

Los tres rieron la ocurrencia. Pelópidas se puso en pie.

—Bueno, la verdad es que mi corazón se alegra de tu presencia, Prómaco. Tus cincuenta peltastas nos vienen de maravilla. Con los otros cincuenta que ya nos acompañan, tienes un centenar a tu cargo. Mañana seguimos marcha hacia el oeste.

»Hemos recibido informes. La guarnición laconia de Orcómeno salió hace unos días hacia Locris en una expedición de castigo. Y con ella marcharon los dos espartiatas que había en la ciudad. Eso quiere decir que Orcómeno está indefensa o casi, así que intentaremos tomarla. Esos pelilargos podrán refugiarse en Fócide, donde los tienen por buenos amos, aunque nosotros habremos sumado una gran ciudad a nuestra confederación. Beocia crece día a día, Prómaco. Pero ya está bien de bocados pequeños. Orcómeno, Platea, Tespias, Tanagra... Necesitamos ciudades grandes, con buenos contingentes de hoplitas.

El tracio también se levantó.

—Ya sabes que te acompañaré adonde indiques, Pelópidas. Pero, aparte de mis cien peltastas, solo contamos con tus trescientos enamorados y... ¿Cuántos jinetes, Górgidas?

—Cincuenta.

—Vaya. ¿Os parece suficiente para reducir una ciudad como Orcómeno?

El beotarca sonrió.

—Ya verás de lo que es capaz el Batallón Sagrado, Prómaco.

No era común que Corina abandonara su pequeño reino en el gineceo. Ella, al contrario que Agarista, no se prodigaba en las excursiones a los santuarios para honrar a los dioses. Y aún era menos habitual que las dos cuñadas anduvieran juntas por Tebas.

Pero el heredero de Pelópidas había nacido poco antes; y, sobre todo, para acallar rumores, se había celebrado un banquete de presentación. Los más nobles tebanos y sus esposas, así como las doncellas casaderas de buena familia, habían acudido para ver cómo Pelópidas pasaba al recién nacido sobre el fuego de Hestia. El pequeño tenía que recibir entonces su nombre, y todos esperaban que fuera el de su abuelo: Hipoclo. Sin embargo, Pelópidas había decidido llamarlo Neoptólemo, igual que el hijo de Aquiles. A algunos les resultó gracioso, otros lo vieron natural. A Corina y a Agarista les pareció un mal presagio.

Y ahora, con Pelópidas fuera de Tebas, la esposa y la hermana cruzaban la ciudad para devolver el favor y acudir a la ceremonia de la imposición del nombre para un nuevo retoño del dragón. La pequeña escolta de esclavos se apartó cuando, cerca de la casa del antiguo poeta Píndaro, la pareja de mujeres se topó con Menéclidas.

—Señoras, mis saludos. Supongo que todos vamos al mismo sitio.

Agarista no ocultó su desagrado. Fue Corina la que se vio

obligada a contestar. Se alzó el velo con grácil elegancia y le dedicó una sonrisa.

—Noble Menéclidas, nos alegramos de verte. Sí, vamos a conocer al hijo de Carón. Tebas agradece la sangre nueva.

—Desde luego, señora. Y tú has predicado con el ejemplo. Espero que el joven Neoptólemo se encuentre bien. Todas las tebanas deberían hacer lo mismo que tú y la esposa de Carón: contribuir al futuro de nuestra ciudad. —Se volvió hacia Agarista—. ¿Podemos caminar juntos?

Ella continuó callada. Fue Corina quien dio la aprobación, y no de cualquier forma:

—¿Cómo no? Te agradecemos la compañía. Nunca está de más la protección de un noble tebano. Además, eres el prometido de Agarista.

Esta, visiblemente turbada, siguió sin hablar. Reanudaron la marcha y Menéclidas decidió aprovechar el momento.

—A propósito de nuestro matrimonio... ¿No deberíamos concretar algo ya?

—¿En ausencia de mi hermano? —intervino por fin Agarista—. Por supuesto que no.

Corina, siempre sonriente, espantó el obstáculo con un manotazo desdeñoso.

—Pelópidas estará de acuerdo con lo que resolváis. Además, no sabemos cuánto durará la campaña y podría tardar en volver. Los tiempos excepcionales se prestan a decisiones excepcionales. Cuanto antes arreglemos esto, antes podréis dar un hijo del dragón a Tebas. Agarista, propongo que Menéclidas te lleve a su casa durante las Afrodisias. Es un buen aniversario.

—Inmejorable —convino el Amo de la Colina.

Agarista apretó los puños.

—He dicho que no se decidirá nada sin Pelópidas.

—Cuñadita —siseó Corina—, sé más prudente.

Menéclidas se mostró conciliador:

—Oh, no te preocupes, señora. Sé esperar. Llevo mucho tiempo haciéndolo.

Recorrieron un trecho en silencio, pero Corina no se resignaba.

—Podríamos esperar al cambio de beotarcas. Pelópidas tendrá que estar en Tebas, la ley le obliga. Por cierto, noble Meneclidas, ¿te presentarás al próximo beotarcado?

—Claro, señora. Tengo grandes planes. —Volvió la cara hacia Agarista—. Planes para nosotros.

Ella intervino.

—Seguramente quieres decir que tus grandes planes son para Beocia entera.

Corina la habría abofeteado. Menéclidas, en cambio, mantuvo la compostura. Incluso el gesto feliz.

—Si me convierto en beotarca, todos en Tebas se verán beneficiados, sin duda. El primero, Pelópidas. Espero que se encuentre bien y que vuelva sano y salvo del norte. Si fuera por mí, no habría campañas. Nadie correría peligro.

—Bien dicho —apuntaló Corina.

—Cuando sea beotarca —siguió Menéclidas—, impondré una solución pactada con Esparta. —Volvió a mirar a Agarista—. Imagina cuando vayas a algún templo y la gente te vea. «Mira, es la esposa del gran Menéclidas, el que nos trajo la paz.» Eso dirán.

Ella le dedicó una sonrisa fiera y le señaló la barbilla.

—¿Cómo tienes la cara? Sé que mi hermano te pegó. Espero que no te hiciera mucho daño.

Corina humeaba.

—¿A qué viene hablar de eso? Pelópidas es impulsivo. Va con su espíritu guerrero.

Menéclidas soltó una risa nerviosa.

—Ha pasado tiempo, ya lo he perdonado. Aunque ese espíritu guerrero no es lo que Tebas necesita. Hasta ahora nos hemos dejado arrastrar por impulsos, sí. Pero los tiempos cambian. Hay líderes para la guerra y líderes como yo: para la paz y la prosperidad. Muchos deberían aprender que los puñetazos no arreglan los problemas reales.

Agarista se detuvo, con lo que su cuñada y Menéclidas se vieron obligados a imitarla.

—¿Y qué pasa con tus impulsos? Tu espíritu guerrero. ¿No eres de la estirpe del dragón, como Pelópidas? ¿O acaso no pringaste bien de sangre tu puñal aquella noche en el Polemarqueo? Poca paz llevabas contigo. ¿Limpiaste ya la otra sangre, la que los oligarcas habían derramado antes? ¿Qué hay de nuestros parientes muertos? ¿Y de nuestro exilio en Atenas? ¿Qué hay de esos proespartanos que degollaste cuando Tebas quedó libre, Menéclidas? ¿Y de la soberbia espartana y su costumbre de avasallar a los demás griegos?

El Amo de la Colina se dirigió a ella como a una niña pequeña.

—Complejo asunto la política, no todos pueden comprenderla. Te lo repetiré y quédate con lo importante: los tiempos han cambiado. ¿Seguimos?

—Sigue tú. Corina y yo iremos un poco más tarde. No es decoroso que se te vea con tu prometida en público, ni tampoco con la mujer de un tebano que está fuera, arriesgando su vida por la ciudad en un momento de peligro. Tu carrera política podría sufrir, y no me perdonaría tal cosa.

Menéclidas mantuvo el tipo. Miró a Agarista durante más tiempo del que esta habría deseado. Hizo una inclinación respetuosa hacia Corina y continuó solo. La esposa de Pelópidas, con un gesto autoritario, ordenó a los esclavos que se alejaran un poco más.

—Cuñadita, eres una estúpida. Una niña malcriada. O a lo mejor tienen razón los que dicen que estás loca.

—He hecho algunas estupideces, lo reconozco. ¿Locuras? Sin duda. Pero no creo que me criaran mal.

—No te vas a casar con un don nadie. Menéclidas es la única oportunidad de Tebas para salvarse de la destrucción y alcanzar la prosperidad. La ciudad le deberá mucho y durante largo tiempo.

—Menéclidas quiere salvar a Menéclidas. Y es la prosperidad de Menéclidas la que busca Menéclidas. Si Tebas se deja engañar por sus palabras, que Tebas se case con él.

Corina se acercaba cada vez más. Su aliento movía el velo y lo impulsaba hacia Agarista.

—La gente habla de ti. De toda la familia. Se preguntan por qué tardas tanto en unirte a Menéclidas. Murmuran otras cosas. Si no quieres hacerlo por Tebas, hazlo por tu hermano, por mí, por Neoptólemo. Por la memoria de tus padres.

—Oh, Corina... Déjame en paz. Acepté casarme con él, pero lo haré cuando esté preparada. Para ti es fácil: tu esposo no es un cobarde egoísta. Y aunque lo fuera y te diera tanto asco como Menéclidas me da a mí, Pelópidas jamás visita tu lecho.

Corina echó atrás la mano abierta. Agarista cerró los ojos. Pero el bofetón no llegó.

—Cuñadita, cuñadita... Es por el bárbaro, ¿verdad?

—No te incumbe.

—Ya te he dicho que tu decisión nos afecta a todos. Que los dioses no lo consientan: serías capaz de pisotear nuestro honor. ¿Qué puede darte un tracio apestoso...?

—Basta, Corina. El hijo de Carón nos espera.

—Sí, basta. Pero no consentiré que nos perjudiques, tenlo claro. Te vigilo. Te aconsejo que te tragues las ganas o que compres un *ólisbos* nuevo. O dos, o tres. Y si Afrodita te pierde y se te ocurre caer en la peor bajeza, procúrate antes un poco de ruda o de sabina. Quedar preñada de un bárbaro sería la ruina. La mayor desgracia. En ese caso, más te valdría abortar con discreción. Aunque lo mejor sería que ese puerco muriera lejos, atravesado por una lanza espartana. O de una cuchillada en la espalda. Eso es: que muera, que...

El bofetón llegó, pero fue Agarista quien se lo propinó a Corina. El súbito golpe le arrancó el velo, desarmó su moño y le cortó la voz. Un par de pasadores rebotaron en el suelo y la mejilla enrojeció a toda velocidad. Los esclavos vinieron a la carrera. Agarista, con la respiración entrecortada, se sacudió las manos y echó a andar hacia la casa de Carón.

En la campaña por la ribera del Copais, Prómaco descubrió qué era lo que le parecía tan raro en el Batallón Sagrado, y por qué los había comparado, casi inconscientemente, con semidioses. Casi todos eran apuestos, bien formados, y cuidaban su aspecto casi tanto como sus armas. Estas relucían como el carro de oro de Artemisa, y la de peor calidad habría servido para pagar el armamento entero de cualquier otro hoplita. Los guerreros de Tebas llevaban la maza de Heracles pintada en negro sobre el *aspís* blanco, pero los hombres del Batallón Sagrado habían adoptado como distintivo al león, símbolo de la ciudad desde tiempos de Polinices, hijo de Edipo. Górgidas decía que los jóvenes aristócratas tebanos, ansiosos por formar parte de la nueva unidad, competían como nunca por mejorar su habilidad, correr más rápido y ganar en fuerza. Y en cuanto tenían ocasión, buscaban pareja masculina para comprobar si Eros bendecía su amistad con la ambrosía del amor verdadero. Si tal era el caso, acudían a jurarse fidelidad ante la tumba de Yolao y solicitaban su ingreso en el Batallón Sagrado. Pero Górgidas insistía en que solo trescientos hombres lo integraran. Así contaría siempre con los mejores y, cuando dos cayeran (pues era impensable que uno de los amantes sobreviviera al otro), una nueva pareja estaría presta para el reemplazo. Después, los jóvenes pasarían los días compitiendo en el estadio, manejando la lanza y la espada, maniobrando en falange y guardando la Cadmea.

Los hombres del Batallón Sagrado, al igual que Pelópidas y Górgidas, exhibían en público una camaradería repleta de bromas sobre la lucha y la muerte. Por lo visto, reservaban sus muestras de cariño para la intimidad. Como si al dios de la guerra debiera adorársele a gritos, y con recato al del amor. Cuanto más complacieran a Eros, mejor lucharían cuando llegara el momento. Eso creían, ya que la causa de su valentía y su habilidad en el combate no era el afán de gloria, ni la defensa de Tebas, ni el deseo de agradar a un dios, sino todo ello en conjunto y además, o sobre todo, el amor.

Prómaco se convenció de ello cuando, tras una acampada para pernoctar, inspeccionaba los puestos de guardia de sus peltastas. Atisbó a dos de aquellos amantes retirados del campamento, entre dos luces. Las hogueras se encendían y se escuchaba a los centinelas de primer turno pasándose la consigna. Cerca de la pequeña aldea de Hieto, a orillas del lago, había un templete dedicado a Heracles al que acudían los enfermos en busca de una cura milagrosa. Los dos guerreros se hallaban a su abrigo, sentados en las gradas.

Apenas se distinguían las siluetas. Si acaso algún reflejo en la piel sudorosa. Aliento entrecortado. Movimiento suave de quienes ahora, desnudos, se entregaban al deleite por la vida, tanto la propia como la ajena. Habría que ver si mañana, enfundados en sus corazas y empuñando sus lanzas, aspirarían con igual ímpetu a procurar la muerte. Prómaco desvió la mirada y, temeroso de vulnerar la sagrada intimidad de los amantes, se alejó en silencio. No pudo evitar la punzada de envidia.

«Luchar junto a quien amas —pensó—. Que sea su rostro lo último que ves.»

Se le antojaba difícil poder cumplirlo por su parte. Ser capaz de mirar a los ojos de su amor como último tributo antes de morir. En todo caso, él no deseaba hacerlo entre gritos de dolor y muerte, sino un día muy lejano, en algún lugar tranquilo, con la piel surcada de arrugas. Con todas las cuentas cumplidas y las alforjas de la vida bien cargadas.

Poco después de aquella noche, cuando la ciudad de Orcómeno quedaba casi a la vista, Pelópidas sacó el tema de la nueva unidad militar de amantes y su pretendida utilidad. Marchaban en columna por un terreno ondulado. El camino había girado hacia el sur siguiendo la costa del lago Copais, que se abría a su izquierda precedido de cañaverales.

—No todos en Tebas ven el Batallón Sagrado con buenos ojos. Menéclidas, aunque no puedas creerlo, se ha aficionado a los discursos y habla a la gente. Ahora está más calmado, pero no ha hecho más que quejarse del dinero que gastamos en mercenarios y en lo que nos cuestan trescientos hombres dedicados solo a prepararse para la guerra. Aunque añade otras cosas menos gloriosas, la verdad.

A Prómaco no le extrañó. No quiso dar pie a que siguieran hablando de Menéclidas. Y no por el enfrentamiento que había tenido con él antes de irse a Atenas, sino porque le causaba un incómodo vacío en el estómago pensar que el irritable aristócrata sería dentro de poco el esposo de Agarista.

—Supongo que yo también soy un gasto inútil para la ciudad.

—¿Inútil? Amigo mío, si todos mis conciudadanos fueran tan inútiles como tú, Tebas sería capaz de aplastar a Esparta, a Atenas y a Persia unidas. Pero sí es cierto que, para demostrar a los descontentos que el Batallón Sagrado es algo más que un capricho, he tenido que organizar esta expedición. Y con los tebanos dedicados a sus menesteres ahora que no sufrimos invasiones espartanas, los mercenarios son quienes han quedado como guarnición en la ciudad.

»Aun así gastamos mucho en ellos, debemos dinero a Jasón de Feres y Esparta continúa extendiendo su sombra como una amenaza. Por eso necesitaba que Menéclidas dejara de solivian-tar a los tebanos.

Prómaco se detuvo. Marchaban en cabeza de columna, seguidos de los guerreros del Batallón Sagrado, de los sirvientes de la tropa y de los peltastas. Los jinetes se habían adelantado para explorar las inmediaciones de Orcómeno o patrullaban los flancos y la retaguardia de la expedición.

—¿Me estás diciendo que vas a casar a Agarista con el Amo de la Colina para que no hable contra ti?

Pelópidas entrecerró los ojos.

—¿Por qué te importa tanto?

Eso mismo se preguntaba Prómaco. Por qué le importaba tanto. Por qué había pensado en ella cuando las puertas del Tártaro se abrieron para él. Por qué había dicho su nombre, y no el de Veleka, cuando tenía que escoger un recuerdo que llevarse a la eternidad.

Pero esas preguntas quedarían sin respuesta por el momento. Górgidas llegaba al galope. Tiró de las riendas y, antes de que el caballo se detuviera, se había plantado de un salto junto a Pelópidas.

—Hemos encontrado a labriegos antes de llegar a Orcómeno. Gente harta de la tiranía proespartana. Nos piden que nos marchemos si no queremos morir y traerles la desgracia.

—¿Y dices que no son proespartanos?

—Desde luego. Nos han dicho que ayer mismo llegaron dos *moras* al completo desde Esparta. Por lo visto desembarcaron en la costa de Fócide y entraron en Beocia por el curso del Céfiso.

Pelópidas dio un grito para detener la columna. La orden se repitió a lo largo del camino.

—¿Y si te han engañado?

—Son varios los campesinos que hemos interrogado en los campos. Todos coinciden en los detalles. No podemos enfrentarnos a dos *moras*, Pelópidas. Son más de mil hombres. Y se les podrían unir los que regresan de Locris.

El beotarca maldijo entre dientes.

—Pero ¿por qué ahora?

Prómaco se adelantó.

—Cabrias me advirtió. No de esto exactamente, pero de algo parecido. No se derrota a Esparta si no es por tierra. Él habría añadido que eso es imposible, así que jamás se derrota a Esparta del todo. Supongo que ahora, con el mar en poder de los atenienses, los espartanos han de dedicar todas sus atenciones a las operaciones terrestres.

—Es lógico —convino Górgidas.

Pelópidas cerró los puños.

—Claro que lo es. De hecho los espartanos necesitan un acicate después de lo de Naxos. —Miró a Górgidas, y luego a Prómaco—. ¿Creéis que se están preparando para un ataque a gran escala contra Tebas?

—¡A las armas!

Los tres se volvieron. Pamenes, con una docena de jinetes, llegaba desde la retaguardia. Señalaba atrás con aspavientos. Los tres comprendieron qué ocurría antes de que los exploradores lo confirmaran.

—¡Los laconios que se fueron a Locris regresan! ¡Una *mora* al completo y unos cien de caballería! ¡Nos han visto!

Volvieron atrás a toda prisa. Quedarse encerrado entre la expedición que regresaba y la fuerza espartana estacionada en Orcómeno era un suicidio, así que había que salir de allí. En el extremo norte del lago se bifurcaba el camino. La rama de la derecha seguía bordeando el Copais rumbo al este, de donde venían. La rama de la izquierda era el camino de Locris. Allí, junto a unos muelles de pescadores de anguilas, se erguían algunas casuchas a medio desvencijar que habían crecido alrededor de un templo dedicado a Apolo. La aldea se llamaba Tegira.

Mientras los tebanos se preparaban con ayuda de sus sirvientes, Pelópidas, Górgidas y Prómaco se reunieron en consejo de guerra. El terreno al norte de Tegira era abierto, con suaves colinas que cedían al llano. Un río llamado Melas, plagado de cañizo, discurría al encuentro del lago. El cauce era ancho, aunque se veía vadeable por la sequedad estival.

—Ojalá estuviera aquí Epaminondas —dijo Pelópidas.

Górgidas resopló. A un par de estadios de Tegira, la *mora* laconia empezaba a desplegarse. Los escudos negros se sumaban unos a otros en una línea que se alargaba cada vez más hasta una disposición tradicional: cuarenta de frente por quince de fondo. Como era costumbre entre todos los griegos, la caballería enemiga se dividió en dos mitades que acudieron a cubrir las alas. Su misión sería aguardar en aquella posición para evitar el flanqueo e intervenir al final, cuando ocurriera lo más lógico: que la falange tebana se quebrara y diera paso a la persecución.

—¿Qué haría Epaminondas?

—No lo sé. —Pelópidas miró hacia el oeste con aprensión—. Solo sé que hay que salir de esta ratonera. Si los de Orcómeno se enteran, estaremos rodeados por casi dos mil hombres. ¿Habéis visto si esos de delante han mandado jinetes a la ciudad?

—No —respondió Górgidas.

—Ni lo harán —completó Prómaco—. Según tus informes, hay dos espartiatas al frente de esa *mora*, ¿no es cierto?

—Así es.

—Nos doblan en número, tanto en infantería como en caballería. Un espartiata no pediría ayuda ni siquiera si la proporción fuera la inversa.

Pelópidas se dio un par de golpes en el yelmo para comprobar su sujeción.

—Entonces nuestro único problema radica en vencer a una fuerza que nos supera en dos a uno, pasar a través de ella y escapar de aquí. Tengo que pedir a cada uno de mis hombres que mate a dos enemigos. Los dioses nos lo han puesto fácil. Voy a ordenar al Batallón Sagrado que se despliegue, pero les diré que formen de siete en fondo para igualar la línea enemiga.

Prómaco entornó los ojos.

—Espera, Pelópidas. Cabrias me enseñó un par de cosas sobre los espartanos. Atiende.

El beotarca escuchó al mestizo. La propuesta fue sencilla y no había tiempo que perder, así que los tebanos entraron en acción enseguida.

Górgidas, como *hiparco*, ordenó a su caballería que cruzara el río y se acercara al enemigo. Lo que estos tomaron por un hostigamiento previo al choque se convirtió en una extraña danza. Los jinetes tebanos deambulaban por el campo en aparente desorden. Se lanzaban al galope a poca distancia de las líneas laconias, recorrían su frente y, ocasionalmente, lanzaban alguna jabalina. La caballería laconia no se movió. De todos era sabido que los jinetes espartanos eran todo lo contrario que sus hoplitas: los más débiles, los menos sedientos de gloria. Un espartiata había afirmado en cierta ocasión que la guerra tenía necesidad de hombres que permanecieran en la línea, no de los que huyeran. Y la caballería, en el ideario de Esparta, solo servía para perseguir a los cobardes en fuga.

Tras la nube de jinetes tebanos, Pelópidas vadeó el Melas y colocó al Batallón Sagrado en un ancho de quince escudos. Eso significaba que su frente ni siquiera llegaba a la mitad del espartano, pero era cinco hombres más profundo. Los situó a la izquierda, enfrentados al lugar donde, según la costumbre, estarían los dos polemarcas espartiatas. El resto de la línea tebana se rellenó por una delgada fila de peltastas con amplios intervalos. Los hombres de las peltas y las jabalinas, fogueados en Scolos y durante dos años de combate naval, aguantaron el tipo, pero ninguno se hizo ilusiones. Sin embargo, Prómaco se adelantó mientras la caballería seguía distrayendo a los espartanos ante él.

—¡Hijos de Tebas, escuchadme! ¡No quiero que os acerquéis a esos cabrones! Habéis oído bien. Vuestra misión será simplemente mantenerlos a raya. Que no envuelvan a estos vecinos vuestros tan guapos.

Se oyeron algunas risas nerviosas. Los hoplitas del Batallón Sagrado más cercanos también sonrieron.

Cuando Pelópidas dio la orden de avanzar, Górgidas dio otra a su caballería para salir del frente por la derecha.

Entonces se confirmó la conjetura de Prómaco. Los laconios, sorprendidos por la inusual formación tebana, permanecieron en su posición, escudo contra escudo y con las lanzas verticales. ¿Qué era aquello? ¿Cómo iba Esparta a enfrentarse a un ejército que no mantenía las líneas? ¿Dividiéndose para avanzar por separado hacia cada unidad enemiga? Impensable. ¿Retrocediendo? Jamás. Esparta no luchaba así. Cabrias lo había intuido en el mar, y Prómaco lo había comprendido. Ahora, Pelópidas también lo comprendió. No sonaron flautas ni trompetas; no hubo sacrificios previos ni largas arengas. Los tebanos no tenían tiempo que perder, ni podían dejar que los laconios pensaran. Ni siquiera se había decidido una consigna, ya que no se esperaba un combate largo. Hubo un breve peán apenas entonado, porque los guerreros del Batallón Sagrado avanzaban a pasos rápidos antes de enfrentarse a la muerte. Los peltastas de Prómaco, a instancias de este, fueron retrasándose, de modo que la línea tebana era, en realidad, un gran escalón. Cuando faltaba medio estadio para el choque, la línea laconia vibró. Se acababa de erizar de lanzas que apuntaban al frente desde la primera a la tercera fila. Los periecos cumplían bien aquella parte del trabajo. Las lambdas alineadas, los yelmos relucientes, los huecos cubiertos. Acababa el momento del estupor. Había que reaccionar a la inusual formación beocia. Rugió una orden en la derecha laconia y los hoplitas empezaron a avanzar a pasos iguales, siempre con el *aspís* por delante. En una formación densa, sin fisuras, de rectitud perfecta. Enfrente, los tebanos aceleraron. Los restos del peán y los murmullos se convirtieron en un grito unánime. Pelópidas, en el extremo izquierdo de la formación, fue el primero en desgarrar el aire con su voz.

—¡Por Tebas!

Desde antiguo se había enseñado a los hoplitas a mantener la línea. La línea lo era todo. Cada uno de ellos sabía que las historias de Homero acerca de duelos individuales eran cuentos para las noches de fogata y para educar a los efebos. Tan malo era, pues, adelantarse como quedarse atrás. Separarse del hombre de la derecha descubre tu costado de la lanza. Separarse del hombre de la izquierda descubre el costado de tu hermano. En ambos casos, además, se abre un hueco que el enemigo astuto aprovechará. La línea, pues, solo se rompe en una ocasión:

cuando el mal hoplita se da por vencido, arroja el escudo, ofrece la espalda al enemigo y huye.

Por eso la fila laconia frenó en seco al producirse el encuentro. Un choque reducido y localizado en el extremo más alejado del lago. Los leones del Batallón Sagrado, acuciados por las prisas, renunciaron a intercambiar pinchazos de forma previa al impacto. En lugar de eso rugieron al lanzarse en busca de los escudos enemigos. Se apretaron contra las lambdas laconias mientras los peltastas tebanos hostigaban al resto de la *mora* con sus jabalinas, a una distancia segura. La caballería de Górgidas reapareció por la derecha para unirse a la jugarreta, pero tampoco cargó. En realidad, la única lucha real ocurría en un ancho de quince escudos. Los trescientos setenta y cinco laconios restantes se tenían que conformar con protegerse de la lluvia de dardos. Quietos. Sin romper la línea. Sin pelear. Ni siquiera los jinetes del ala derecha se movieron, incapaces de cargar contra una fuerza de infantería que no estuviera huyendo.

Pelópidas destacaba en el batallón de enamorados. Su lanza relampagueaba sobre los escudos negros. Se hundía en gargantas y en caras. Se había colocado en el extremo a propósito. Sabedor de que allí se encontraría con alguno de los polemarcas. Al primero lo localizó en la tercera fila, ladrando órdenes e insultos contra los periecos. Se las arregló para matar a hombre tras hombre hasta que se vio de frente con él. Por fin, tras años de espera, tenía la oportunidad de luchar cara a cara con un verdadero hijo de Esparta. Apretó los dientes y arremetió, bronce contra bronce.

El empuje de diecinueve compañeros tras cada tebano de vanguardia convertía al Batallón Sagrado en un monstruo imparable. Una masa compacta que se clavaba en la fuerza laconia. Los periecos de vanguardia empezaron a retroceder, aplastados entre los leones de delante y las lambdas de detrás. Los hubo que murieron y permanecieron en pie solo porque era imposible caer. Y entonces la lanza de Pelópidas atravesó el cuello del polemarca espartiata. El grito de rabia de su igual tronó unas filas más atrás, donde se esforzaba para que sus hombres mantuvieran la línea. Pero era imposible. El Batallón Sagrado los barrió, y Pelópidas se cobró su segunda víctima espartiata.

Entonces ocurrió lo que Prómaco había previsto. En Naxos, la muerte del navarca Pólidas había inclinado la balanza. La noticia había volado sobre las olas, los trirremes a medio hundir y los náufragos a flote, hasta que la armada laconia viró para huir. Ahora, en Tegira, la caída de los dos polemarcas espartiatas provocó el terror. ¿Cómo era posible? ¿Por qué la lucha se había decidido en un reducido cuadro, al extremo del campo, mientras en el resto de la escena apenas se derramaba sangre?

—¡Los polemarcas han muerto!

Ese fue el grito unánime. Esa era la consigna que los tebanos necesitaban. La caballería laconia, que no había entrado en acción, volvió riendas para refugiarse en las colinas. Los escudos negros se soltaron de los brazos periecos, las lambdas rojas fueron pisoteadas por los pies tebanos. Las filas de la retaguardia espartana se desgajaron de la *mora*, como un muro de débil argamasa que se deshiciera poco a poco hasta el derrumbe total. Los peltastas de Prómaco y los jinetes de Górgidas se encargaron de fingir la persecución del enemigo a la fuga para cumplir su auténtica tarea: limpiar la ruta de regreso a casa.

Apenas conscientes de lo que habían logrado, los amantes tebanos se abrazaron. Donde unos momentos antes los hombres habían matado a los hombres, ahora los hombres besaban a los hombres. Había bajas en el Batallón Sagrado, sí, pero tal y como había augurado Platón, ningún amado había sobrevivido al amante. Allí donde uno había caído, se había dado el mayor episodio de heroísmo y entrega, y aquel que acababa de perder a su amor se convertía en una Erinia vengadora que multiplicaba los muertos con la punta de su lanza, en una alocada masacre que solo terminaba con él mismo muerto, ensartado en varias puntas, cuyos dueños igualmente caían bajo la furia ciega del mejor guerrero posible en el mundo: el que lucha por amor.

16

El enemigo a batir

Tebas. Año 375 a. C.

Pelópidas se encargó de que las noticias precedieran a la columna triunfante. Tal como había previsto, los ciudadanos salieron a recibirlos, y lo primero que estos vieron fue al vistoso Batallón Sagrado. Los guerreros, con toda la panoplia y desfilando en parejas, recibieron los vítores tebanos. A los lados del camino los escoltaban los jinetes de Górgidas, y los peltastas de Prómaco cerraban el desfile junto al tren de suministros.

Había ocurrido algo gracioso en Tegira. Pamenes, que gozaba del prestigio de ser el mejor jinete de la caballería tebana, era también el que más se acercaba a los hoplitas enemigos para hostigarlos. En medio del combate, en una de sus aproximaciones, se desequilibró al lanzar una jabalina y dio con sus huesos en tierra, justo delante de la falange laconia y al alcance de sus armas. Su reacción fue tan rápida que pareció rebotar contra el suelo y, de un salto digno de un gato, ya estaba de nuevo sobre su montura y retrocediendo para ponerse a salvo. Él fue el primero en tomárselo a risa después, cuando la batalla había terminado. Dijo de sí mismo que era duro como una roca, y sus compañeros añadieron que también tenía el mismo cerebro que un pedrusco, y que así lo había demostrado al jugarse la vida ante los hoplitas enemigos. En un par de días todos lo llamaban por su nuevo apodo: la Roca.

Al llegar a Tebas, y en lugar de dirigirse a la Cadmea, Pelópidas hizo desfilar a sus hombres hacia el ágora de la ciudad baja y pasar junto a la tumba de Yolao. En todo momento, cada gesto estuvo destinado a remarcar el protagonismo del Batallón Sagrado en la victoria. A desmentir las insinuaciones de Menéclidas acerca de lo inútil de aquella unidad de amantes. La comitiva se dirigió a la fuente Edipodia, donde algunos hombres, tocados con coronas de olivo, depositaron como ofrenda varias armas capturadas al enemigo. Todo el mundo quedó impresionado ante el gesto de ver cómo los escudos con los leones se elevaban sobre las lambdas laconias.

Tras el baño de multitudes, Pelópidas invitó a Górgidas y a Prómaco a acompañarlo a su casa. Una vez allí, los esclavos los acomodaron. Lo primero fue libar el vino a los dioses.

—Celebraremos un banquete aquí mismo. Será mañana, e invitaré a los más notables. Os quiero a mi lado en todo momento, ¿habéis oído?

Górgidas asintió. Prómaco se encogió de hombros.

—¿Estás seguro de eso? Quiero decir: yo soy extranjero. Tal vez sea mejor que esto quede entre tebanos.

—Tu padre era tebano y tú has servido a Tebas como nadie. Ah, Prómaco, ya hemos discutido mucho sobre eso. No aceptaré una negativa.

—Aquí soy más tracio que tebano, lo sabes. Pero haré lo que ordenas, desde luego. Supongo que Epaminondas vendrá.

—Por supuesto. Estoy deseando contárselo. En fin, lo que ocurrió en Tegira nos ha enseñado muchas cosas, pero no podemos dejar que el orgullo nos ciegue. Zeus nos concedió la victoria y también nos la puede arrebatar. Bebamos por Tebas, amigos míos.

—Y por el Batallón Sagrado —añadió Górgidas antes de vaciar la copa de un trago.

Prómaco sacó una sonrisa forzada. No podía evitar las continuas miradas a los rincones, a las puertas y al pasillo que comunicaba la sala principal con el jardín. Saber que Agarista se encontraba entre aquellas mismas paredes, tal vez escuchando desde sus aposentos en el gineceo o incluso más cerca, le provocó una desazón que intentó disimular. Los esclavos sirvieron carne de cabrito y pan de trigo.

—El día se acerca, Prómaco —dijo Pelópidas mientras mojaba la salsa humeante—. Nuestra alianza con Atenas da buenos frutos, las rutas están abiertas y la gente gana confianza con cada pequeña victoria. Voy a pedir a los atenienses que se dediquen a navegar alrededor del Peloponeso. Que sean ahora los espartanos quienes padezcan problemas de provisión.

—A los espartanos no les faltará de nada —apuntó Górgidas—. Para eso tienen esclavizada a toda Mesenia y a medio Peloponeso.

—Esos serán nuestros mejores aliados —sentenció Prómaco. Los dos aristócratas lo miraron interrogantes. Górgidas arrugó la nariz.

—¿Los griegos sometidos? Tienen demasiado miedo.

—Cierto —convino el mestizo—. Pero el miedo es caprichoso. En Óreo perdoné la vida a un perieco llamado Nicóloco que llevaba una lambda en el *aspís*. Nos guio a la acrópolis, donde tenían encerrados a nuestros hombres, y se pasó a nuestro bando en cuanto vio que íbamos a derrotar al *harmosta* Alcetas. Y tras la batalla de Naxos, cuando la flota espartana no era más que tablones flotando en el mar, las islas se apresuraron a unirse a Atenas. Ya veis: los que sirven a Esparta lo hacen por temor. Cuando dejen de temerla, dejarán también de servirla.

—Todo es maravilloso. —Pelópidas se puso en pie y alzó la copa—. Estoy contento, amigos. No solo he conseguido probar por fin la sangre espartana. Es que dentro de muy poco, si todo sigue así, podremos llevar nuestro ejército hacia el istmo y entrar en el Peloponeso.

A Prómaco le pareció un pronóstico demasiado optimista, pero lo dio por bueno porque, a fin de cuentas, ¿para qué estaba haciendo todo aquello? Bebió por el deseo de Pelópidas y dejó la copa vacía sobre la mesa. Al levantar la mirada, los dos aristócratas se habían unido en un largo beso. Tan largo que el tracio carraspeó incómodo.

—Creo que os dejaré solos.

Górgidas se incorporó.

—Yo también debo irme. Además, nuestro beotarca tendrá que saludar a su esposa y a su hijo. Es lo adecuado.

Pelópidas apretó los labios.

—Eso puede esperar. —Alargó la mano para tomar la de Górgidas y tiró de él—. Prómaco, termina de comer y quédate aquí todo lo que quieras. Te espero mañana.

El mestizo se sentó de nuevo mientras los dos amantes se dirigían a las habitaciones del beotarca. Observó el cabrito asado flotando en salsa y solo entonces se dio cuenta de que era la mejor comida de la que disfrutaba en mucho tiempo. Primero había sido la falta de suministros, y luego las misiones de Pelópidas. Los trabajos de Heracles, como él los llamaba.

—Así que Heracles ha vuelto.

Levantó la cabeza y allí estaba, dos años después. El mismo trenzado recogido en lo alto; un peplo ateniense, largo hasta los pies pero ceñido justo bajo los pechos; el manto abierto y los brazos en jarras, como dispuesta a reprocharle que todos sus males fueran culpa suya. La última vez la había dejado atrás con una pregunta en los labios: «¿Qué haré si caes, Prómaco?» Bien, ahora que la respuesta no era precisa, cabía saber qué se disponía a hacer Agarista con el mestizo vivo y ante ella.

—Sé que vas a casarte con Menéclidas. Mis felicitaciones.

Los ojos grandes y déspotas de la tebana se convirtieron en dos líneas negras.

—Sí, todo el mundo se alegra. Sobre todo Pelópidas, porque así la gente dejará de hablar de su hermana soltera de veintisiete años, porque así Menéclidas se callará y porque así me perderás de vista.

Prómaco dejó el pan hundido en la salsa.

—¿Qué puede importarle a Pelópidas que yo no te vea más?

—Ah, pues de momento no tendrá que inventarse nuevas misiones para alejarte de Tebas.

Se puso en pie. Fue a contestarle que era él quien quería irse de Tebas cuanto antes, pues su destino tiraba de él desde el corazón del Peloponeso. Y que Pelópidas no hacía sino ayudarle a recorrer ese camino. Pero Agarista le sostuvo la mirada retadora y Prómaco recordó que no mucho antes, a bordo de un trirreme ateniense, otra persona se había plantado de forma parecida ante él, no con reproches y gestos amargos, sino con un escudo espartano y una lanza. Y que a la vista de la muerte, fue el nombre de Agarista el que un dios caprichoso le sopló al oído. Se obligó a no verla aunque la tenía allí delante. A que otra mujer, más menuda y de cabello rubio, pusiera las cosas en su sitio. Pero Veleka no aparecía. Solo estaba Agarista, indomable como Atalanta y fascinante como Helena. Y ahora iba a ser de Menéclidas. Él disfrutaría de esos labios y besaría ese cuello. ¿Por qué era todo tan injusto? Rodeó la mesa y alargó las manos hacia la tebana. Esta no se movió. Seguía altiva, aunque el rictus furioso de su boca parecía cambiar. La cogió por los hombros. Acercó su boca. ¿Era sorpresa lo que se leía en los ojos de Agarista, o el deseo contenido a punto de escapar?

Desde algún rincón de la casa llegó un gemido masculino. Pelópidas desataba la pasión aguijoneada por las emociones de Tegira. Se desfogaba con Górgidas; le entregaba a él el amor que era incapaz de dar a su esposa. ¿Eros o Afrodita?

Prómaco se separó de Agarista. Balbuceó una torpe disculpa y, evitando pasar cerca de ella, huyó.

El colegio de beotarcas y los demás magistrados disfrutaron de la celebración. Pelópidas también invitó a aquellos aristócratas que, aun sin desempeñar ningún cargo en la joven democracia tebana, le habían acompañado al destierro en Atenas o habían participado en el golpe antiespartano de cuatro años antes. Los esclavos entraban en la sala de banquetes con bandejas repletas de cordero y cabra, y se cruzaban con otros que las retiraban vacías. El vino de Quíos, recién llegado gracias al dominio ateniense del mar, se distribuyó en gran cantidad. Muy aguado y meloso al principio, luego no tanto. Había músicos, pero les resultaba difícil atraer la atención de los comensales porque las conversaciones, varias y repartidas, se extendían al jardincillo central y plagaban el aire de risas. Pamenes repetía hasta la extenuación cómo se había ganado su nuevo apodo, y los jinetes más jóvenes le servían más vino y pedían que volviera a contar su historia, que escenificaba con gusto. Hasta Menéclidas reunía en torno a sí a unos cuantos invitados que escuchaban sus monsergas a media voz. Pero como no era momento para trifulcas, Pelópidas trataba de evitarlo y simplemente le dedicaba, desde lejos, sonrisas de cortesía.

Prómaco tampoco quería acercarse al Amo de la Colina. Animado por el licor quiota aunque no ebrio, llevaba un buen rato explicando a Epaminondas sus avatares durante la ausencia. El tebano solo bebía agua, y atendía con el ánimo de retener hasta el último detalle. Interrumpía solo para pedirle aclaraciones acerca de alguna táctica innovadora. Cuando Prómaco terminó su relato de lo ocurrido en Tegira, el tebano redujo su entusiasmo a términos matemáticos.

—Es tan simple que resulta genial. Esa *mora* laconia os doblaba en número, pero vosotros os las arreglasteis para ser más numerosos que ellos.

—¿Cómo dices?

—Claro. ¿No lo ves, Prómaco? Al acumular al Batallón Sagrado a vuestra izquierda, los enemigos de enfrente se vieron superados por columnas más profundas, por mayor presión. El resto de su fila no pudo pelear porque Górgidas con su caballería y tú con tus peltastas los manteníais ocupados. ¿Cuánta gente murió en el lugar donde tú peleabas?

—A decir verdad, casi no peleamos. Cuando los dos polemarcas espartanos cayeron y su derecha se rompió, todos los enemigos se dieron a la fuga. Hubo muchos muertos entre los que se enfrentaron al Batallón Sagrado. Pocos entre el resto.

—Ahí lo tienes. ¿Y dices que se te ocurrió porque se lo viste hacer a Cabrias en el mar?

—Algo parecido. Aunque él usó su táctica para evitar el flanqueo. Dice que es el truco favorito de los pelilargos. También dijo que solo podía hacerse en el mar. Vencer a Esparta en tierra...

—... es imposible. Lo sé. Y, sin embargo, vosotros lo habéis conseguido en Tegira.

Prómaco, que sostenía la copa de vino quiota, negó con la cabeza.

—Había solo dos auténticos espartiatas en Tegira. El resto, como siempre, era relleno con lambdas en los escudos. ¿Sabes qué, Epaminondas? Estoy empezando a cansarme de todos estos falsos ánimos que nos estamos dando. Primero fue la mala bestia de Fébidas, luego el chiflado de Alcetas y después el navarca Pólidas. Ahora dos polemarcas, solo dos en una *mora* de seiscientos hombres. No estamos venciendo a Esparta, y tú has de ser consciente de ello.

—Ah, Prómaco. Pasaste mucho tiempo con Ifícrates y ahora has pasado mucho tiempo con Cabrias. Hombres ingeniosos, aunque atenienses, no tebanos. Te metieron en la cabeza esa idea de que Esparta es invencible, pero yo te digo que no lo es. —Lo tomó del brazo y se lo llevó a un rincón del jardín, donde las voces y los cantos molestaban menos y sus palabras no llegaban a oídos ajenos—. Y aún te diré más: no tardaremos mucho en comprobarlo.

»Como sabes, vamos a pedir a Atenas que acose por mar a Esparta. Vivir en una península deja solo una opción a los pelilargos, y es movilizar sus fuerzas terrestres para atravesar el istmo. Pero no como hacían estos años atrás, con dos o tres espartiatas y un montón de chusma perieca. En algún momento, los éforos espartanos tomarán la determinación de enviar a un verdadero ejército de iguales. Si no lo han hecho hasta ahora es porque no nos tienen en consideración. En el fondo esperan que pidamos la paz para imponernos sus condiciones y, sinceramente, puede que no se equivoquen. ¿Ves a toda esta gente? La mayor parte no desea enfrentarse a Esparta. Lo que quieren, al menos los más nobles, es vivir tranquilos durante unos años. Gozar de la democracia y, a ser posible, conseguir que Tebas sea una ciudad rica. Si pudieran, levantarían un muro en el istmo para que los laconios no salieran del Peloponeso.

Prómaco terminó con el vino de su copa. Uno de los esclavos, atento, se acercó con la jarra y la volvió a llenar. El mestizo aguardó hasta que se hubo apartado para servir a otros invitados.

—Yo puedo entender a estos hombres, Epaminondas. Tienen aquí a sus mujeres, a sus hijos, a sus amantes. ¿Por qué iban a desear otra cosa que tranquilidad?

—Porque nadie podrá vivir tranquilo más de unos instantes mientras Esparta sea Esparta. La tranquilidad, la Confederación Beocia o la democracia no son los objetivos. Solo hay un objetivo y, si no lo cumplimos, nada de lo demás será posible.

—Derrotar a Esparta.

—Derrotar a Esparta. No a un *harmosta* o a dos polemarcas, no. A cientos de espartanos auténticos en falange, en una batalla en campo abierto. En su terreno a ser posible. A las puertas de Esparta, si los dioses lo tienen a bien.

Prómaco rio. Epaminondas lo imitó con moderación y le preguntó qué le hacía tanta gracia.

—Creo que es este vino. Muy bueno, por Zeus. Gracias a él lo veo todo claro.

—¿Qué ves?

—Veo que estoy loco, porque te creo. Creo que un día tú y yo atravesaremos el istmo, entraremos en el Peloponeso y llegaremos hasta las puertas de Esparta. Para eso estoy aquí, ¿no? Para derrotar a Esparta.

Epaminondas contempló a Prómaco mientras este se terminaba la copa. Le puso una mano en el hombro.

—Mírame, amigo mío. Y escúchame. Tú vives por una mujer, ¿no es cierto? Igual que Pelópidas vive para la gloria o estos nobles varones viven para la paz. Pues bien: yo vivo con el solo objetivo de conseguir una guerra definitiva y librar a Grecia de Esparta. Y esta gente tendrá paz un día, sí. Pero antes yo tendré mi guerra, Pelópidas tendrá su gloria y tú tendrás a tu tracia. Y Esparta tendrá su derrota. Eso te lo juro por los dioses.

«Tú vives por una mujer.»

Eso había dicho Epaminondas. La dulce languidez que proporcionaba el vino de Quíos no tenía nada que ver con la modorra del licor tracio. Para Prómaco aparecía nítida la causa de todo. La razón por la que había dejado atrás su tierra natal, la que le había llevado a Atenas primero y a Tebas después, la que le había movido a luchar por mar y tierra. Antes de todo eso, el único motivo por el que se habría jugado la vida era el dinero. En matar y morir consistía su profesión, el oro y la plata eran su pago. Ahora el único salario era la esperanza de recuperar a Veleka.

Epaminondas se había marchado. Sin duda, había visto que su presencia no era apropiada en un momento en el que los vapores etílicos habían sustituido a todo lo demás. Aunque no era el único. Algunos aristócratas tebanos yacían con hetairas en los divanes, pero otros regresaban a sus hogares o se retiraban a alguno de los lupanares que ahora, con la bonanza, empezaban a abarrotar Tebas. Pelópidas y Górgidas, cómo no, habían desaparecido. La noche se sometía por momentos al reinado de una luna casi llena, y los esclavos se apresuraban a limpiar los restos del banquete sin tropezar con los comensales borrachos o las parejas enlazadas. En el salón principal, dos nobles achispados competían por encestar los posos del vino en un cuenco. Las flautas sonaban desde algún lugar y todo le recordaba a Prómaco otro momento. Entonces también acababa de regresar del combate, aunque había sido lejos, en Tracia. Los jóvenes subían la colina para conocer a la diosa Bendis. Prómaco miró arriba. La balaustrada de madera rodeaba el patio desde el piso superior, y allí estaba ella, la diosa. Lo miraba desde sus alturas olímpicas, tal como aquel día lo miró Veleka entre los vapores del licor.

«¿Es bella la diosa?», le había preguntado él.

«Mucho. Tanto que duele», contestó su amada. Y era cierto. Bendis flotaba sobre Tebas, con los ojos grandes y negros clavados en Prómaco y dominando el cosmos.

Después, el mestizo no habría sido capaz de explicar en qué momento subió los escalones de madera y recorrió la galería superior para acercarse a la diosa. Ni cómo se hundió en el mundo de misterio que era el gineceo. Dejó atrás las cámaras de las esclavas y el aposento de Corina. Se vio en medio de una habitación en penumbras, con un gran telar ocupado por un tapiz púrpura a medio tejer. La diosa tomó las manos de Prómaco y lo arrastró con lentitud hacia uno de los divanes.

—No sabes cuánto he deseado pasar la noche aquí, acostada a tu lado.

La imaginó en aquel lugar, día tras día en la silla de respaldo alto, con los pies descansando sobre el escabel y las manos ocupadas en el telar; las esclavas de la casa a su alrededor, única compañía que podía consolarla en los momentos de debilidad. Solo ellas y la luna que asomaba desde los altos ventanucos como confidentes. Testigos de los deseos ocultos que Agarista tejía en aquella cámara. Pero no era momento para imaginar. Agarista manipuló la fíbula a un lado del cuello para liberar el peplo, blanco y delicado. La prenda flotó hasta la cintura, dejando libres el busto y los brazos. Ahora la mata de cabello negro caía sedosa sobre los hombros. La blancura de su piel contrastaba con la penumbra solo aligerada por la indiscreta luna. Se besaron. Fue un beso largo, que pasó del breve contacto de los labios a una espiral de lenguas fundidas, de libar todo lo que uno y otra podían ofrecerse, de anticipar las caricias soñadas. Creyeron hundirse y, al separar sus bocas, ignoraban si todo había ocurrido en un instante o el sol estaba ya a punto de asomar. Y si un solo beso proporcionaba tanto placer, ¿de qué otros goces no podrían disfrutar? Agarista desató la banda que aún mantenía el peplo cerrado, y este cayó sobre sus pies. Empezó a despojar de sus ropas a Prómaco. Él la contemplaba extasiado. Las gracias de la lozanía y de la madurez en un solo cuerpo; la fugacidad de su cintura, la serpenteante línea de las caderas, las columnas pulidas e inacabables que eran sus piernas. Se abrazaron de nuevo. El pecho latía con fuerza contra el pecho, el vientre de él pegado al de ella. La voz de Agarista susurró en la oscuridad:

—No puedo entregarle esto a Menéclidas. No puedo.

Prómaco quería que Menéclidas no existiera. Ni él, ni Pelópidas, ni Veleka, ni todo lo que le atormentaba y le retenía con aquel aguijón de culpa. Habría querido decir muchas cosas a Agarista. Llenarla de alabanzas. Jurarle amor perpetuo. Derramar sobre ella la admiración por cada curva y cada rincón, señalar una a una todas sus bellezas, llevársela lejos de Tebas. Pero ¿quién quiere atormentarse con futuros inciertos cuando el deleite del presente acude tan real? ¿No es preferible la mentira más placentera a la odiosa verdad? Volvió a besarla en los labios, en la barbilla, en los ojos, en el cuello; sin tregua, para hacerle olvidar las promesas que no podía hacerle. Y dejó que sus manos deambularan por los flancos de la tebana. Que rodearan su talle y se llenaran con sus pechos. Llegó el punto en el que Prómaco había consumido cualquier forma de recrear sus ojos, sus dedos, su lengua con cada contorno de Agarista. De buscar los límites de su belleza sin encontrarlos. Ella, impaciente por años de amargura y por escondidos anhelos, tampoco quería esperar más. Le dio la espalda y descansó la cara sobre el diván. Se mordió los labios al recibirlo pulgada a pulgada. Despacio y en silencio.

En Tracia decían que no existía nada tan seductor como una virgen. Entre los aristócratas griegos, esa delicia se buscaba en los efebos más inexpertos. Ahora Prómaco descubría que lo que Agarista guardaba era como el mar. Pero no ese en el que había navegado durante dos años, entre salitre, sudor de remeros y gritos de cómitre. El mar de Agarista era de un azul pulcro, envolvente y suave. Ligeramente salado y azotado por olas que rompían contra su cuerpo. A veces se dejaba llevar, y otras nadaba contra su fuerza.

Para Agarista tampoco fue como le habían advertido las viejas matronas. Aquello no casaba con los secreteos de las esclavas jóvenes ni respondía a los torpes ensayos con el *ólisbos* en el gineceo. No eran la razón o la experiencia las que guiaban sus movimientos, ni encontraba en su memoria nada que recordara a esa experiencia nueva. Tan pronto sintió que Prómaco arreciaba sus embates, levantó la cabeza y la volvió contra él. Sus mejillas se encendían, su lengua escapaba entre los labios. Incapaz de reprimirse más, soltó un gemido que resonó en la noche como un peán en la batalla. Volvió a esconder la cara y el sofoco entre las manos y se aplicó en ayudar a los repetidos empujes de Prómaco. El diván temblaba con cada sacudida. El mar se agitaba. Olas cada vez mayores que se estrellaban contra el acantilado de Agarista. La marea suspiraba y se estremecía, hasta que llegó la cresta más espumosa y ardiente, tan prolongada en su asalto final que el amante de Agarista quedó sin aliento, palpitante aún dentro de ella. Los jadeos cedieron paso al silencio del gineceo. La oscuridad se volvió más negra, el rayo de luna que bajaba oblicuo desde el ventanuco, más radiante. Apenas sin fuerzas, Agarista se deslizó por el diván y se dio la vuelta. Sus pechos subían y bajaban al compás del hálito entrecortado. Él se tumbó a su lado, con la vista fija en un techo que no podía ver. Abajo resonaban carcajadas y grotescos gemidos.

El fastidioso ruido de un caos ajeno. Hetairas de púrpura y rojo, embadurnadas de polvos y pringosas de sudor que complacían los caprichos de hombres vacíos. Agarista casi sintió pena por aquellas mujeres. Por todas las mujeres. Pero luego regresó a sí misma. A su piel aún estremecida, a su vientre colmado y al plácido dolor que le hacía temblar los muslos. Sonrió. Una sonrisa de amor satisfecho, pero también de alivio. Como de eterna tranquilidad. Buscó la mano de Prómaco en el diván y entrelazó sus dedos con los del mestizo. Observó la porción de luna que asomaba por el ventanuco. La vida había dejado de contener misterios.

—Artemisa irradia su luz sobre nosotros. Se ha cumplido lo que había de ser. Ya no tengo miedo.

Prómaco contempló la silueta de Agarista, plateada por la luz. Pensó en el marino que, agarrado a la jarcia, observa el oleaje bravío y las nubes negras con temor, y echa de menos su hogar mientras ignora si su cuerpo no será pasto de los peces; pero al aclararse el cielo y fondear el trirreme, por fin desembarca, besa la tierra y jura que jamás la abandonará. Y a pesar de ese juramento, vuelve a subir a bordo y a afrontar la travesía, porque sabe que es su deber y sobre todo porque para llegar, hay que ir. Del mismo modo Agarista podría ser el puerto seguro para él. La cala resguardada del Bóreas en la que el fuego ardía acogedor, el vino era fresco y las noches, largas.

—¿No dices nada, Prómaco? ¿Sientes lo mismo que yo?

No contestó. Aunque supo que, con designios de una diosa o sin ellos, la mujer cuya mano apretaba no era aquella por la que cruzaba el mar. Y con todo, pensó, qué fácil sería enamorarse de aquella tebana bañada por la luz divina.

«Tal vez ya estés enamorado de ella», se dijo. Eso lo explicaría todo tan bien en el pasado como en el futuro.

Pero Agarista era una playa de arena suave que guardaba el calor del sol. Y frente a ella se abría el vinoso ponto, bajo cuyo horizonte se hallaba la meta. Un lugar lejano. Un acantilado tracio esclavizado en el corazón de Esparta por su culpa.

17

Palabras o hechos

Tebas. Año 374 a. C.

El ágora de la ciudad baja se encontraba al pie de la colina sobre la que se emplazaba el Anfión. Allí, la ladera formaba una concavidad que multiplicaba el volumen de las palabras. Y si el orador era Menéclidas, las palabras multiplicaban también su fuerza.

Prómaco reconoció la voz del aristócrata de camino hacia el estadio, donde tenía previsto reunirse con sus peltastas. Torció el rumbo y se acercó a la plaza, abarrotada como siempre que Menéclidas se arrancaba con uno de sus espontáneos discursos. Le produjo un extraño regocijo verlo allí, subido en el pedestal en medio del ágora, con el extremo del manto recogido sobre el brazo.

«El bocado más dulce fue mío —pensó—. No tuyo.»

La experiencia tras la fiesta por lo de Tegira había llevado a Agarista a empecinarse aún más en retrasar la boda. Las Afrodisias habían pasado y la noble tebana seguía soltera para desesperación de Pelópidas. Y para hartazgo del propio Menéclidas, que había suspendido sus sermones públicos al aproximarse el casamiento, pero ahora, frustrada su ambición, se aplicaba de nuevo a la soflama.

Ah, Agarista. La misma tarde anterior, Prómaco había estado con ella. Aprovechaban sobre todo cuando la tebana salía del gineceo para orar en cualquier templo extramuros aunque, fuera quien fuese la divinidad destinataria de su piedad, era siempre Afrodita la que recibía el sacrificio. La última vez se habían visto durante una visita al santuario de Atenea Onca, al sur de la ciudad. Otras veces se citaban, con el silencio cómplice de las esclavas, en el bosque sagrado de Deméter y Coré, como cuando Agarista ofreció a las Potníadas el cochinillo ritual. Prómaco incluso había hecho un par de entradas furtivas en casa de Pelópidas mientras este se hallaba en Feres, en alguna de sus misiones diplomáticas.

—¡Pero dejad que continúe, varones de Tebas! —decía Menéclidas en ese momento—. Pues estoy pensando ahora en nuestro admirado paisano Pelópidas, en sus amigos y en su Batallón Sagrado. En verdad creo que quienes consiguen los mayores bienes, los hombres que merecen los aplausos más encendidos, son los que se juegan la vida por una causa noble. ¿Estáis de acuerdo?

Una afirmación general se extendió por el ágora. Menéclidas pidió silencio con las manos extendidas.

—Todos conocéis a Pelópidas. Oh, qué hombre tan notable. Si tuviera que buscar a otro igual entre los antiguos, me sería difícil decidir. Ayudadme pues. ¿A qué héroe lo comparamos?

—¡A Aquiles! —respondieron enseguida varias voces.

—¡A nuestro patrón Heracles! —dijo otro. Menéclidas asintió sonriente. Varios se mostraron de acuerdo. Alguien levantó la mano entre la multitud.

—¡A Paris!

Hubo algunas risas, pero Menéclidas señaló con vehemencia el lugar del gentío del que había salido la ocurrencia.

—¿A Paris has dicho, ciudadano? ¡Pues claro! ¡El más bello de los bellos hijos de Príamo, capaz de seducir a la más hermosa de las mujeres, Helena de Esparta!

»Me parece muy oportuno, pues en verdad Pelópidas es un hombre apuesto y además se rodea siempre de otros hombres apuestos. Miradlo si lo veis pasar y os daréis cuenta de que los tebanos más hermosos andan siempre a los lados, delante y, sobre todo, detrás de Pelópidas.

Se oyeron risas sardónicas en varios puntos del ágora. Prómaco, en los límites de la plaza, apretó los puños.

—No digo ninguna mentira, hijos de Tebas —siguió Meneclidas—. Hace muy poco, nuestro beotarca peleó como un valiente en Tegira, y trescientos hombres de lo más guapo andaban detrás de él. Lo cierto es que esa gesta no tiene nada que envidiar a las de los antiguos héroes, como Aquiles, Heracles o el bello Paris de Troya.

»Os contaré algo que ya sabéis sobre Paris. Porque todos conocéis cómo ese precioso troyano fue a Esparta, donde raptó a la no menos preciosa Helena, y por eso se desató la mayor guerra que han visto los dioses. Que el rapto de Helena ofendiera a los espartanos me parece una anécdota de lo más delicioso, pues ved cómo los pelilargos son nuestros peores enemigos y, lo que es más importante, a todos nos gustaría raptar a unas cuantas muchachas espartanas, traerlas a nuestros hogares y ponerlas mirando hacia Corinto.

Hubo carcajadas que se contagiaron por toda la plaza. Hasta Prómaco levantó la comisura derecha. En ese momento, el gesto burlón de Menéclidas cambió como si la sombra de una tempestad acabara de abatirse sobre el centro del ágora. Aguardó a que se acallaran las chanzas obscenas sobre las mujeres espartanas.

—Mi corazón se alegra cuando oigo vuestras risas, ciudadanos de Tebas. Pero acabo de recordar qué pasó cuando Esparta pidió ayuda a los demás griegos y, todos unidos, acudieron a cerrar en asedio la ciudad de Troya.

El tipo que antes había nombrado a Paris volvió a levantar la mano.

—¡Nosotros no estamos solos! ¡Atenas nos ayuda!

Muchos se mostraron de acuerdo. El propio Menéclidas movió la cabeza con firmeza en un gesto de asentimiento.

—Naturalmente, ciudadano. También hemos escuchado lo que ocurrió el año pasado en el mar, donde nuestros amigos atenienses dieron una soberana paliza a una flota enemiga y mataron a miles de hombres entre los que había un espartano.

Prómaco se sonrió. Era de dominio público que había sido él quien mató al navarca Pólidas en combate singular a bordo de un trirreme, aunque Menéclidas, además de minimizar el mérito de la victoria, evitaba reconocerle el triunfo personal.

—Pero os contaré algo sobre Atenas —continuó el aristócrata—: se está pensando sus alianzas.

Menéclidas dejó que sus palabras hicieran efecto. Cuando le pareció oportuno, calmó la ola de murmullos con un gesto afable.

—Os digo esto porque los atenienses se han dado cuenta de lo cara que les resulta esta guerra, de lo poco rentable que es y de lo mucho que arriesgan en ella.

»Desde luego, no seré yo quien reproche nada a los atenienses, pues bien sabéis que durante cuatro años me acogieron entre ellos. Yo soy tebano por nacimiento, por linaje y de corazón, pero si fuera ateniense... Si vosotros fuerais atenienses, ¿acaso no buscaríais el bien de Atenas igual que lo buscáis ahora para Tebas?

»Pues bien, en Atenas hay hombres juiciosos, y algunos de ellos afirman así, reunidos en el ágora o en la asamblea, que vencer en el mar es un antecedente nefasto. No una, sino varias veces superaron los atenienses a los espartanos a bordo de sus barcos en la larga guerra del Peloponeso, y esas victorias no evitaron que Atenas padeciera la mayor derrota de su historia, y que no haya ateniense que no cuente entre sus difuntos con unos cuantos caídos a manos de los espartanos. ¿Creéis que los hijos de quienes murieron en esa guerra quieren ver cómo Esparta sitia de nuevo Atenas durante treinta años? ¿Creéis que están dispuestos a soportar una peste como la que provocó su encierro, y que acabó sola con más hombres de los que mató la propia guerra? ¿Creéis que van a sufrir todos esos infortunios para que nosotros podamos tener bajo nuestro mando las ciudades de Beocia?

»Porque esa es otra, amigos míos. Durante años nos hemos quejado de que Esparta domine a sus vecinos y establezca ligas, y que hable por las ciudades del Peloponeso cuando los griegos nos reunimos para concertar la paz o defendernos de enemigos comunes. De sobra sabemos que los hombres contra los que hemos luchado hasta ahora, aunque lleven en sus escudos la lambda, son en realidad laconios de segunda, periecos o aliados peloponesios de Esparta. Y los atenienses, que tan conscientes son de ese detalle como nosotros, ven ahora cómo Tebas aspira a la hegemonía de toda Beocia. Yo me pongo en el lugar de esos oradores de Atenas y veo la posibilidad de que, además de tener a su eterno y hegemónico rival al sur, en Esparta, pueda surgir otro más al norte, en Tebas. Los atenienses, que se han enterado del loable triunfo de nuestro beotarca Pelópidas y su hermoso Batallón Sagrado, no ven lo de Tegira como una simple escaramuza victoriosa contra una *mora* laconia, sino como una expedición para conquistar Orcómeno y ponerla de nuestro lado, del mismo modo que antes habíamos puesto a otras ciudades beocias como Lebadea, Haliarto o Coronea. Pensadlo bien, ciudadanos de Tebas.

Algunos arquearon las cejas. Muy cerca de Prómaco, varios dieron la razón a Menéclidas. Este remató el argumento:

—Sé de muy buena fuente que Atenas es ya favorable a buscar la paz con Esparta.

El pasmo fue general esta vez. El propio Prómaco se sorprendió. Sabía que la asamblea ateniense tendía a la prudencia, porque así se lo había confesado el estratego Cabrias; pero suponía que, tras la victoria de Naxos y el establecimiento de una nueva liga marítima, la moral de Atenas se habría alzado a la altura del Olimpo. Aunque en realidad, mucho de lo que decía Menéclidas tenía sentido. Una vez alcanzados todos esos beneficios, ¿de qué servía a Atenas seguir enemistada con una potencia como Esparta y favorecer la creación de otra potencia en Tebas?

—A muchos os decepciona esta noticia —reconoció Menéclidas—. Y, sin embargo, yo veo esa decisión de lo más prudente.

»Afirmo que nadie como yo odia a los espartanos. Esos pelilargos y sus perros oligarcas mataron a mi familia y me obligaron a exiliarme. Nada calmaría tanto mi justa furia como seguir en guerra eterna con Esparta, aguardar a que su ejército se presente ante las murallas de Tebas y dejar que nuestro hermoso beotarca Pelópidas salga a combatir al frente de su Batallón Sagrado. Ah, qué bella sería esa estampa; y de nuevo me diríais: «Menéclidas, he ahí a Pelópidas, un verdadero Paris de Troya luchando por su Helena.»

»Pero Troya ardió, hijos de Tebas. Sus murallas cayeron, sus hombres fueron degollados, sus niños despeñados y sus mujeres esclavizadas. Os reto a cruzar el mar y buscar el esplendor de Troya. Y cuando perdáis este reto, pensad si no es más prudente obrar como Atenas y prevalecer. O bien seguid convencidos de que hacemos lo correcto. Continuad con este... lamentable remedo de democracia. Y elegid de nuevo al bello Pelópidas como beotarca, alimentad a su hermoso Batallón Sagrado y marchad, orgullosos y en solitario, contra esas *moras* de periecos entre las que podréis encontrar, con mucha suerte, a uno o dos auténticos espartanos. Y esperad a que los restantes miles de auténticos espartanos tomen sus escudos y vengan por sí mismos a recobrar a la bella Helena.

No hubo aplausos para el discurso, que Menéclidas dio por terminado al bajar del pequeño estrado y meterse entre los ciudadanos. Se hizo un gran silencio y cientos de ojos se clavaron en el suelo mientras sus dueños reflexionaban.

«El veneno hace su efecto», pensó Prómaco. Se dirigió hacia la senda que, al sur del ágora, llevaba hacia el barrio noble de Tebas. Menéclidas no tardó mucho en pasar entre palmadas y felicitaciones por lo acertado de su alegato. El noble las recibía con calladas inclinaciones de cabeza, como si él fuera a quien más dolieran sus propias palabras. Sus pequeños ojos repararon en el mestizo.

—¿Te ha mandado Pelópidas, tracio? Casi lo prefiero. La última vez que vino en persona a oír mis palabras, me agredió. Normal si piensas que la fuerza es la única forma de rebatir la razón.

—¿La razón? —Prómaco se acercó al noble, que dio un paso instintivo hacia atrás—. Me parece que hace falta algo más que tus razones para poner al pueblo en contra de su salvador. Dime, Menéclidas, ¿cuánto le vas a pagar al tipo que se confundió entre el público y comparó a Pelópidas con Paris, o que oportunamente sacó el tema de la alianza con Atenas? Pelópidas está fuera de Tebas, Menéclidas. Aunque no tardará mucho en regresar. Lo digo por si quieres contarle a él toda esa historia de Paris y Helena. Lo conozco y no creo que te agreda por ello, ni creo que en el pasado te agrediera simplemente porque manejas la lengua como una serpiente. De seguro usaste algún truco de alimaña rastrera para despertar su furia, igual que hoy te has servido de uno para meter el miedo en el cuerpo de los tebanos. Fue así, ¿verdad?

La sonrisa ladina de Menéclidas lo confirmaba, pero se guardó de reconocerlo. Miró alrededor para asegurarse de que el gentío seguía allí. Eso le dio valor.

—Escucha, tracio: si Pelópidas quiere algo de mí, la persona a la que ha de enviarme no eres tú. Y hablando de Agarista: me resulta muy llamativo que por fin estuviera decidida a casarse conmigo y ahora, tras dos años de ausencia, llegues tú y esa boda se retrase. Aunque no debería extrañarme. —Se volvió para consultar con un gesto teatral a sus oyentes—. ¿Os extraña a vosotros, amigos, que Pelópidas frecuente las palestras para seducir a jovencitos? ¿Os parece raro que permita a su hermana guiar su vida, cuando todos sabemos que las mujeres son, por naturaleza, lascivas, destempladas e incapaces de conducirse por el camino recto? Según tengo entendido, hay un zapatero que trabaja por aquí cerca, junto al templo de Artemisa Euclea. Dicen que vive de los honorarios que le pagan Agarista y Corina solo por fabricarles *ólisbos*. —Simuló medir un falo descomunal—. Los hace tan grandes que terminará agotando el cuero de Beocia.

Hubo carcajadas, pero también miradas de desconcierto entre el público. Un ciudadano se adelantó.

—Basta, Menéclidas. Pelópidas no está y...

—¡Por supuesto que no está, amigo mío! ¡Nunca está cuando se le necesita! ¿Dónde podríamos encontrarle? ¿Tal vez en la cama de Górgidas o de alguno de los otros muchachos de ese Batallón Sagrado? Claro que, ¿qué otra cosa cabría esperar de quien pone sus apetitos por encima de las necesidades de Tebas? Ay. —Señaló a Prómaco—. Estamos en manos de depravados y de bárbaros.

El mestizo, que no podía enrojecer más, llevaba un rato luchando consigo mismo.

—No escupes sino basura, Amo de la Colina. Pelópidas no frecuenta palestras. Y Agarista...

—¡Calla, tracio! Sobre todo no interrumpas a un hijo del

dragón cuando se dirija a sus conciudadanos. Oh, por Zeus, olvida tus costumbres salvajes y haz el favor de comunicar a Pelópidas que me siento irritado por el aplazamiento de mi boda con su hermana. ¿Serás capaz de dejarle el mensaje, o solo sirves para llevar los fardos a los marineros atenienses y para desahogo de solteronas?

Prómaco calculó cuántos huesos podría romperle al noble antes de que la chusma se abatiera sobre él. Menéclidas lo leyó en sus ojos y retrocedió otro paso, así que el mestizo apuntó con su índice a la cara del noble.

—Se te da bien ofender a los ausentes, sobre todo cuando estás rodeado por tus amigos. Te encanta subirte a estrados y colinas y hablar en lugar de actuar. No digo que eso sea siempre malo, pero no desprecies a quienes preferimos los hechos a las palabras. Mientras tú insultas a Agarista, yo podría meterte un palmo de hierro en las tripas. Calcula, tú que tienes la mente rápida, quién saldría más perjudicado.

Menéclidas soltó una risa nerviosa. Abrió los brazos y se dirigió a la gente que pasaba por el lugar o asistía de lejos a la conversación.

—¿Habéis oído, ciudadanos? ¡Un bárbaro amenaza a un tebano en plena ágora!

Algunos hicieron ademán de acercarse un poco más, pero conocían a Prómaco igual de bien que a Menéclidas, y sabían que era aconsejable guardarse tanto de las palabras de uno como de la furia del otro.

—Buen intento, Menéclidas. Tal vez deberías tener en cuenta que esta gente que nos rodea tiene ahora una apariencia pacífica, pero muchos de ellos son peltastas a mis órdenes u hoplitas junto a los que he luchado en batalla. Batalla, Amo de la Colina. ¿Te suena la palabra? —Ahora Prómaco también elevó la voz—. Batalla es eso que ansiabas en Atenas, cuando afirmabas que tú solo exterminarías a todos los espartanos. Batalla es cuando empuñas las armas hombro con hombro con tu compañero, y el enemigo que hay enfrente tiene, como tú, armas y compañeros. Nada de degollar a oligarcas indefensos mientras te disfrazas de puta, cosa para lo que por cierto valemos todos. Esta gente a la que pretendes envenenar sabe lo que es la batalla, y me conocen porque nos hemos visto en ella y hemos sangrado juntos. A ti solo te conocen porque subes a ese estrado de ahí y dices muchas cosas. Sí, yo soy un bárbaro y tú un tebano. Un hijo del dragón. Pero hay más tebanos aquí, y no solo de palabra. —Prómaco, encorajinado, señaló a uno entre la multitud—. Tú, te reconozco. ¿Acaso no estabas aquel día en Scolos, cuando vencimos a Fébidas para salvar el culo a Menéclidas y su colina? —Se oyeron algunas risas ahogadas—. Y es posible que alguno de vosotros me acompañara a Eubea para rescatar a los hombres y el trigo de Tebas. Y después, cuando recorrimos el mar y luchamos en Naxos. ¿Estáis ahí, amigos? —Se alzaron un par de manos y sonó una respuesta afirmativa—. Oye, tú. Sí, tú. ¿Acaso no montabas un caballo a las órdenes de Górgidas en Tegira? Les dimos una buena paliza a esos tipos, ¿eh?

—¡Ya lo creo! ¡Allí había pocas colinas para esconderse!

Más risas. Menéclidas enrojeció. Su vista se congeló en la de Prómaco hasta que la gente pareció aburrirse. De pronto su gesto se relajó y, como si fuera un gran amigo del mestizo, se acercó a él y le habló en voz baja y afable.

—Hasta ahora te tenía por un estorbo, tracio, pero veo que eres algo más. —Sonrió y movió la cabeza a los lados. Cualquiera habría dicho que, a pesar de todo, existía gran confianza entre ambos—. Me has convencido, no obstante. Los hechos son mucho mejores que las palabras. Parece que con hechos me robas lo que me pertenece, que es el mérito por mis sacrificios, el respeto de mis conciudadanos y el amor de mi prometida. Ya vale de palabras, tracio. Llegó el momento de actuar.

Menéclidas levantó la barbilla, dio media vuelta y se fue del ágora.

Pelópidas torció el gesto ante los espantosos ronquidos del esclavo encargado de guardar la puerta. Iba a zarandearlo y a echarle una buena bronca, pero decidió dejarlo para el día siguiente. Estaba cansado del viaje, porque las negociaciones en Tesalia no habían ido todo lo bien que deseaba. El tirano Jasón insistía en que Pelópidas tomara por esposa a su hija Kalimastia, la de los pechos grandes; porque si no, decía, se la tendría que entregar a un pariente llamado Alejandro que no le caía muy bien. Por lo visto, Jasón de Feres se volvía caprichoso y huraño conforme envejecía, y negociar con él se convertía en un tira y afloja algo infantil. Después de tanto rompimiento de cabeza en tierras tesalias, lo que Pelópidas quería ahora era abrazar a su hermana, acostarse con Górgidas, tal vez también visitar a su hijo y hasta saludar a su esposa. Pero lo primero que necesitaba era echar un sueño, a ser posible tan profundo como el del portero. Tras él, los demás sirvientes que le habían acompañado en su último viaje aguantaban la risa por los ronquidos del esclavo. El beotarca les ordenó retirarse a sus habitaciones en silencio, y él mismo cruzó la casa hacia su aposento. Pero se topó con Corina en el salón principal. Brazos en jarras, barbilla alta. Exquisita con su alto recogido y el peplo aderezado.

—Llegas antes de lo previsto, esposo. Doy gracias a los dioses.

Él le dedicó una sonrisa amable. Nada más.

—Yo también. Necesito descansar. Después pasaré a ver a Neoptólemo.

—A quien debes ver es a tu hermana.

Pelópidas, que ya había reanudado la marcha, miró interrogante a su mujer.

—¿Le ha pasado algo?

Corina señaló con el pulgar a su espalda, hacia el patio y la escalera que subía al gineceo.

—Descúbrelo por ti mismo y ponle remedio.

No le gustó el gesto sombrío de su mujer al decirlo. Pasó junto a ella y salió al patio. Subió por la escalera de tablas y supuso cuál podría ser el problema

«Menéclidas», pensó.

Con un poco de suerte, Agarista aún estaría en pie, retocando su labor a la luz del aceite. Y si no, de todos modos la despertaría. Llevaba semanas inquieto porque, a su marcha, la había dejado ceñuda tras una discusión mal rematada por el sempiterno tema que los enfrentaba: el matrimonio con Menéclidas. Esta vez no discutirían, se dijo. Haría las paces con ella y trataría de convencerla de que lo mejor era no retrasar más esa boda. La gente murmuraba ya sin reservas, e incluso había quien le hacía ver lo inoportuno de que una noble tebana de su edad permaneciera soltera. Precisamente ella, la hermana de un beotarca. Si en casa de Pelópidas se descuidaban las buenas costumbres, ¿con qué autoridad administraría los asuntos públicos? Ese sería su argumento de cara a Agarista.

Cerró el puño y se dispuso a tocar en la puerta, pero lo que oyó dentro lo detuvo. Su gesto cambió de la reflexión fatigada a la ira. Lenta, pero inexorablemente. Abrió con sigilo y los vio a la luz de una lámpara.

La llama creaba un juego de sombras sobre la espalda de un hombre que subía y bajaba sobre Agarista. Entre las piernas desnudas de ella, enlazadas alrededor de la cintura de aquel desconocido. El diván crujía con las embestidas y ambos se acompasaban en sus jadeos. De pronto Agarista volvió la cara, como si acabara de percibir la presencia de Pelópidas. Lo vio recortado contra el hueco de la puerta, iluminado por la tenue llamita testigo de su indecencia. Soltó un grito y apartó a empujones a su amante, que protestó. El señor de la casa reconoció la voz enseguida.

—¿Prómaco? ¡Prómaco!

El mestizo se incorporó de un salto. Dudó un momento antes de interponerse entre los hermanos.

—Pelópidas... Yo...

No pudo seguir. No ante la inmensa decepción que mostraba el rostro del Aquiles tebano.

—¿Qué? ¿Qué, Prómaco? ¿Qué excusa tienes para esto?

El mestizo abrió la boca, pero la cerró sin soltar palabra. Se mordió el labio, volvió la cabeza. Consultó a Agarista con la mirada, pero ella se había puesto roja como la arcilla de Samos, aunque conservaba su altivez intacta. La tebana se incorporó y se movió a un lado para mostrar que no necesitaba escudo alguno. Y allí estaba. En pie, desnuda. Los brazos en jarras y la barbilla erguida. Contempló a su hermano con gesto desafiante:

—¿Por qué le preguntas a él? Pregúntame a mí. Su excusa soy yo. ¿Quieres saber la mía? ¿Quieres saber mi excusa?

Pelópidas no le hizo caso. El mestizo, sin saber muy bien qué decir, volvió a meterse entre los dos hermanos.

—Por favor —balbuceó—, calmémonos...

—Prómaco, no es esto lo que yo quería para mi hermana.

Pero Agarista no se resignó. Apartó a su amante y dio dos pasos al frente.

—¡Lo que tú quieres! Eso es lo que en realidad importa, ¿no? Lo que quieres para mí. O para Prómaco. ¡O para Tebas!

Pelópidas apretó los labios. Señaló la puerta.

—Fuera, Prómaco.

El mestizo recogió sus ropas y se vistió sin hurtar la mirada de Pelópidas. Pero los dos hermanos lo ignoraban ahora. Ambos se observaban de cerca, retadores y en silencio. El mestizo fue a decir algo, pero tuvo miedo de empeorar la situación de Agarista. Salió. Pelópidas, gesto grave, se asomó para comprobar que Prómaco recorría la balaustrada del gineceo y bajaba las escaleras. También vio que Corina seguía abajo. Y cómo miraba con infinito desprecio a Prómaco al pasar junto a ella sin decir una palabra. Pelópidas cerró de golpe y se volvió hacia su hermana.

—¿Sabes que tengo derecho a acusarlo por esto?

—Lo sé. También sé que no lo harás. No ha venido aquí a robarme la virtud. Se la regalé yo.

—Agarista, no me provoques. Puedo castigarte a ti igualmente.

—No serías capaz.

Pelópidas caminó de un lado a otro hasta que tomó asiento junto al telar. Señaló el peplo de su hermana, arrojado con descuido en un rincón.

—Vístete, por favor.

Ella obedeció.

—Pelópidas, me conoces bien. Sabes cómo soy. ¿Pensabas que me iba a mantener casta para ese trepador de colinas?

—Claro que te conozco. En realidad, estoy más decepcionado con Prómaco que contigo.

—Ya lo he visto. Pero él no tiene la culpa. Fui yo quien le hizo el regalo, ya te lo he dicho.

—Ya, pobrecillo. Lo he visto sufriendo encima de ti. Por no

hablar de los sacrificios que habrá tenido que hacer mientras yo no estaba. Tenía que haberlo alejado de ti de nuevo.

—¿De nuevo? —Agarista se acercó a su hermano y lo miró como si fuera la propia Medusa convirtiendo en piedra a su enemigo. Solo ella podía comportarse así siendo una mujer soltera y sorprendida en pleno fornicio.

—Ah, vamos, Agarista. Lo hice por el bien de ambos, pero sobre todo por el tuyo. Todos tenemos nuestras responsabilidades y nos debemos a ellas.

—¡Sí! ¡Siempre igual! Y yo me debo a mi familia y a mi ciudad, eso quieres decir. O, para no ser hipócritas, me debo a ti. Tú, que sabes lo que es pasar años lejos de tu verdadero amor y, sin embargo, te importa bien poco lo que yo pueda sufrir. Tú, que dejas a tu esposa sola, a dos puertas de aquí, y te solazas en el lecho de Górgidas noche tras noche.

Pelópidas negó despacio.

—Afrodita te nubla el entendimiento. No estoy hablando de tus deberes, sino de los de Prómaco. Él jamás se casará contigo. Ni aunque por sus venas corriera la sangre de Cadmo y fuera el único varón de Tebas. —Se puso en pie y aferró los hombros de su hermana con una firmeza no exenta de cariño—. Él se irá, Agarista. Tiene un juramento que cumplir, no es la primera vez que te lo digo. Su destino está lejos y tú no entras en él. Vas a sufrir mucho si no me escuchas.

—Ya sufro, Pelópidas. —Su voz se quebró—. ¿Y crees que me gusta?

La abrazó.

—Está en tu mano matar ese sufrimiento. Costará, pero será peor si te dejas llevar. Piensa en tu deber, Agarista. Concéntrate en eso. En el bien de tu ciudad, en el tipo de casa en el que crecerán tus hijos. Ni siquiera tiene por qué ser desagradable para ti. Yo mismo me ocuparé de mantener ocupado a Menéclidas. Pasará tan poco tiempo en Tebas que te olvidarás de su rostro. Y hasta podemos encontrar la forma de que Prómaco y tú sigáis...

—Calla. —Se separó de él bruscamente y se dirigió al rincón más oscuro del aposento. Se restregó las lágrimas—. Eres el amo de mi destino y tienes derecho a castigarme por lo que he hecho. Incluso puedes obligarme a caer en el lecho de Meneclidas. En verdad tienes poder sobre mí y sobre muchas otras cosas, como la propia Tebas. Considera si, por el bien de nuestro futuro, será mejor hacernos sufrir. A Tebas y a mí. —Señaló la puerta—. Y ahora déjame sola.

18

La embajada de Esparta

Tebas. Año 374 a.C.

La suspensión de la actividad militar, contra todo pronóstico, había enrarecido el ambiente en Tebas.

Grupos de mercenarios ociosos recorrían las calles y, a pesar de que dilapidaban sus salarios en las tabernas y lupanares tebanos, era habitual que se desatara pendencia cuando el dinero se agotaba. O incluso antes. No era bueno tener a gente de guerra en un lugar de paz. Por eso la asamblea decidió licenciar a un buen número de extranjeros y mantener solo la cantidad justa para reaccionar en caso de que Esparta reanudara sus invasiones. Eso no satisfizo a Epaminondas, que quería un ejército tebano en constante crecimiento; pero no se podía luchar contra las cifras. Por otra parte, la adhesión de las ciudades beocias a la nueva confederación seguía a buen ritmo, y hasta las aldeas pequeñas aportaban nuevos hoplitas y peltastas, más comprometidos y baratos de mantener. Aun así, algunos arqueros escitas y rodios permanecían en Tebas en labores de guarnición, pues, a excepción del Batallón Sagrado, los beocios no dedicaban sus días a vestir la panoplia de hoplita o embrazar el escudo de mimbre de los peltastas. Era tiempo de bonanza, y había campos que sembrar, negocios que atender y casas que organizar.

Prómaco había distanciado sus reuniones con los peltastas a sus órdenes, que ahora funcionaban a la perfección bajo los mandos intermedios. Se limitaba a organizar adiestramientos conjuntos un par de veces al mes, pero aquello eran más ocasiones lúdicas que bélicas. Al simulacro del combate le seguían pingües comidas campestres más propias de las escenas homéricas que de una unidad militar en proceso de instrucción. El resto del tiempo, Prómaco buscaba los consejos de Epaminondas, que seguía empeñado en aplicar lo conocido e innovar sobre lo desconocido. Todo para conseguir un ejército digno del enfrentamiento definitivo con Esparta. Algo que muchos pensaban que ya jamás llegaría. Entre charla y charla sobre táctica, el mestizo tomaba a un par de peltastas veteranos de Naxos y Tegira y hacía pequeños viajes para no quedarse demasiado en Tebas. Ausentarse no apaciguaba su ánimo, pero al menos lograba evitar a Pelópidas, a quien no se atrevía a mirar a la cara. Así, viajaba a las pequeñas ciudades adheridas a la confederación y se ocupaba de reclutar nuevos peltastas que, en lugar de vivir del tesoro tebano como mercenarios, seguirían sus vidas normales en las aldeas beocias y entrarían en acción solo en caso de necesidad. Además, la asamblea tebana preparaba movimientos para el caso de que el armisticio entre Atenas y Esparta se consolidara. De ocurrir así, la atención de Tebas se dirigiría a las grandes ciudades beocias que todavía se resistían a confederarse e incluso mantenían guarniciones espartanas: Tespias, Platea y Orcómeno.

Al regreso de uno de aquellos cortos viajes, Prómaco había entrado en Tebas cuando el sol acababa de ponerse. Se despidió de sus acompañantes cerca del santuario de Temis y se internó en el laberinto de callejuelas que llevaban al norte de la ciudad, donde aún residía. El barrio más humilde y, en los últimos tiempos, desaconsejable en horas nocturnas. Varios prostíbulos se habían instalado en la parte opuesta al Anfión, pegados a la muralla, y no era raro ver riñas a cuchillo entre mercenarios borrachos y comerciantes extranjeros. Prómaco esquivó un par de tabernas ruidosas y, cuando estaba a punto de llegar a su casa, percibió un movimiento extraño por el rabillo del ojo.

Se volvió justo a tiempo de ver la sombra que se abalanzaba sobre él. Dejó caer el fardo con la pelta, las jabalinas se desparramaron y el casco resonó con un deje metálico. No había tiempo de desenvainar el *kopis*. Ni siquiera para esquivar la muerte. Prómaco maldijo en silencio y, durante un instante que se le antojó eterno, se preparó para recibir la cuchillada.

En lugar de eso, una sensación de repentino frescor le inundó la cara. El líquido le entró en los ojos y en la boca. Vino. Vino puro.

Retrocedió hasta chocar de espaldas contra la pared más cercana. A la memoria le llegó como una ráfaga una historia que le habían contado en Tracia. Hablaba de los salvajes escitas que adoraban a Ares. En su honor elevaban altares con montículos de arena en los que clavaban una espada, y sobre ellos hacían sacrificios humanos. Antes del degüello, la víctima siempre era rociada con vino. Abrió los ojos y, a través del escozor, vio la figura borrosa que crecía delante. Vislumbró el relámpago metálico justo a tiempo para hurtar su cuerpo a un lado. La puñalada pasó a medio palmo de su cuello, impactó contra el murete y arrancó migas de argamasa. El movimiento brusco le hizo perder el equilibrio, así que rodó sobre sí mismo para alejarse de su atacante. Se puso en pie de un salto, restregándose los ojos. Una voz bárbara gritó algo, y otra le respondió un poco más allá.

«No es uno solo», pensó.

Desenfundó la espada casi a ciegas. Sus ojos irritados lagrimeaban, así que el sabor salado se mezclaba ahora en sus labios con el del vino. Se puso en guardia.

—¡Vamos! —rugió.

Oyó rechinar a su derecha. Un sonido familiar que le recordaba al norte de Tracia. Madera y hueso que se combaban y tendones que se tensaban. Sabía lo que venía después. Se agachó a tiempo de que el silbido de abedul y plumas pasara sobre su cabeza. Ahora estaba claro. Aquellos tipos eran escitas.

No había tiempo que perder. Nadie como un escita para matar a flechazos. Sus arcos recurvos eran letales, más contra enemigos ciegos. Corrió hacia el origen del ruido y entrevió al enemigo en el quicio de una puerta, resguardado por la penumbra. Acababa de extraer otra flecha de su carcaj y la encajaba en la cuerda. Movimientos rápidos y certeros. En Escitia, hasta las mujeres eran arqueras. Se decía que el propio Heracles les había enseñado a tirar.

Pero este escita no tiraría más. El *kopis* de Prómaco penetró en su pecho con un crujido siniestro; el aire dejó de entrar en el arquero y su alma se abrió paso a burbujeos.

El mestizo tiró de la espada, pero la hoja se había trabado con el esternón del escita. Por un momento, a través del vino y las lágrimas, vio que aquel tipo había clavado su mirada vidriosa y moribunda en él. Aún tenía la flecha enganchada en la cuerda, obstinado en pasar al otro mundo con su arma empuñada. El grito de guerra bárbaro sonó a la espalda de Prómaco y este supo que no habría más que una oportunidad.

Soltó el puño del *kopis*, agarró la flecha del escita y, con una sacudida, se lanzó hacia atrás. La punta de bronce entró en la boca abierta del segundo enemigo y le cortó el bramido de golpe, pero su puñal, llevado por la inercia, rajó el aire antes de rasgar el brazo izquierdo de Prómaco. El dolor le flageló y ambos cayeron al suelo. Dieron un par de vueltas antes de que el escita quedara inmóvil.

El mestizo se levantó. Apretó los dientes para aguantar el relámpago que subía desde el codo hasta el hombro. Oyó el estertor apagado y se volvió hacia el arquero.

Seguía en pie, obstinado ante el designio de la Moira, con el arco en la mano y el *kopis* clavado en el pecho. Era como si se resistiera a irse. Prómaco se le acercó. Aquello distaba mucho de ser una trifulca tabernaria, y tampoco tenía pinta de ser un vulgar asalto para conseguir dinero.

—¿Por qué?

El escita le salpicó de sangre al toser. El mestizo tomó el puño de la espada y la retorció un ápice. La mueca de dolor deformó el rostro del arquero.

—Basta... —dijo apenas—. Mátame...

—Sin duda, perro. Pero de ti depende que sea ahora o más tarde.

Una risa gutural brotó de la garganta encharcada. Prómaco vio la determinación en aquel tipo. No era de extrañar. Un arquero escita que se ofrecía como mercenario, y que además oficiaba de asesino nocturno, habría visto y causado tanta muerte que la suya propia no era más que un trámite necesario. Aquel tipo se iría a la morada de Hades sin soltar palabra, salvo para retar al mestizo:

—Vamos, hijo de mil padres... Acaba ya.

Prómaco se dispuso a hacerlo. Tomó el *kopis* y se preparó para tirar con todas sus fuerzas. Pero no lo hizo.

—Un momento. Sé que vosotros, los escitas, odiáis a los cerdos.

El moribundo se permitió un gesto de extrañeza. El hilo de sangre que caía de su boca se agrandó. Tosió un par de veces.

—Claro... Por eso queríamos acabar contigo.

—Ya. Haremos una cosa. Iré a visitar a mi amigo Timandro, que vive aquí al lado y tiene hermosas piaras. Escogeré algún puerco enorme, le arrancaré la piel y te envolveré en ella. ¿Qué te parece, escita? Te pudrirás ahí dentro con mucha alegría, y yo mismo me ocuparé de enterrar tus huesos cubiertos con grasa de cerdo.

El arquero abrió mucho los ojos. Aquello le dolía más que el metal que atravesaba su esternón.

—No... Espera... Fue Menéclidas. Lo juro.

El escita lo miró suplicante. Con las tinieblas de la muerte acechando su alma, ni siquiera un mercenario traicionero mentiría. Prómaco olvidó incluso el dolor de su brazo.

—Menéclidas, claro. Hechos, y no palabras.

No preguntó el precio. Al desclavar el *kopis*, la carne del arquero se desgarró y una cascada escarlata regó el suelo tebano. El escita se desplomó sobre su arco. Un enemigo muerto más, solo que este no era como los otros. Prómaco observó la sangre que goteaba de la espada y sintió el irrefrenable deseo de buscar a Menéclidas y cortarle el cuello. Miró alrededor.

«Piensa.»

Tenía que salir de allí. No había testigos, y serían necesarias muchas explicaciones para resolver por qué había dos mercenarios escitas muertos en algo que no parecía una riña de callejón. Limpió la hoja en las ropas del arquero muerto y la enfundó. Se apretó el brazo, los músculos de la mandíbula se marcaron bajo la barba. Examinó su herida y descubrió que no era más que un tajo superficial. Nada que no pudiera arreglarse con un poco de vino y mirra. Tomó aire despacio. Más difícil sería acusar a Menéclidas. Si lo hacía, la causa de su odio saldría a la luz, y era algo que no interesaba a Prómaco y mucho menos a Agarista. En realidad, de aquello solo podían nacer perjuicios.

—Me tomaré mi tiempo, Amo de la Colina. Pero pagarás por esto. Lo juro.

La paz llegó.

Atenas y Esparta renovaron las cláusulas arbitradas años atrás por el Gran Rey de Persia. La más importante de ellas: ninguna ciudad griega podía mantener una presencia militar en otra. Todas y cada una se mantendrían independientes.

De esta forma, Atenas se retiraba del conflicto con la cabeza muy alta. Había recuperado la supremacía naval y su machada se detenía justo en el punto en que empezaba a volverse ruinosa y arriesgada. Esparta, por su lado, conseguía frenar el incordio marítimo para concentrar sus desvelos en tierra, donde se sentía más segura. Entonces todos se dieron cuenta de un detalle: a causa del acuerdo, los *harmostas* y guarniciones espartanos en las grandes ciudades beocias tendrían que irse.

Y se fueron. Pelópidas lo aprovechó para avanzar en la confederación. Platea, por fin, se dio por vencida. Obligada por la asamblea beocia, derribó sus murallas, aportó magistrados al nuevo colegio de beotarcas, y hoplitas a su ejército. Muchos de sus ciudadanos, resentidos por la rivalidad de años y por las ofensas recientes, prefirieron el destierro y huyeron al Peloponeso. En Tanagra, la plebe no aguardó a que el *harmosta* se marchara y lo linchó. Tespias, ante tal panorama, también se unió de propia iniciativa a la confederación. Orcómeno quedó como la única ciudad beocia que insistía en su proespartanismo, pero Tebas se alzaba ya como el centro indiscutible del poder confederado.

La embajada espartana no tardó en presentarse. Dos auténticos iguales, desarmados y con el recado de su ciudad, exigieron entrevistarse con una delegación tebana —no beocia— para que depusieran su actitud desafiante y acataran los términos que, según ellos, convenían a todos los griegos.

Cuando Pelópidas pidió a Epaminondas que lo acompañara a la reunión con los iguales, este se negó. Insistió en que prefería guardar el anonimato, cosa que le beneficiaba a la hora de organizar el ejército porque mantenía alejados a los espías espartanos. Pelópidas porfió: necesitaba su consejo no solo político, sino estratégico. La reunión se había fijado como de dos contra dos, y no confiaba en nadie tanto como en él. Ni siquiera Górgidas estaba a la altura del moderado y astuto Epaminondas. A Pelópidas se le ocurrió que, ya que no destacaba por el lujo de su porte, siempre podía hacerse pasar por un sirviente.

Epaminondas consintió por fin, pero tuvo una idea mejor para justificar su presencia en la entrevista y pasar desapercibido.

—No sería lógico que dos iguales se entrevistaran con un beotarca y un esclavo. Además, necesito que Prómaco esté presente también.

A Pelópidas no le agradó la ocurrencia. No le había dirigido la palabra al mestizo desde que lo sorprendiera en el aposento de Agarista y, aunque el asunto no había trascendido, su decepción era un puñal que no lograba arrancarse de la espalda. No obstante, Epaminondas se obstinó en ello.

—El muchacho es un poco impulsivo, pero sus ideas siempre han dado resultado, lo sabes. Además, bien mirado, es el que más experiencia militar tiene de todos nosotros.

—Demasiada, de hecho. Esta es una entrevista para discutir sobre la paz.

—Paz con Esparta, ¿eh? —Epaminondas sonrió—. Ni tú ni yo la deseamos. Pero por si las razones de los pelilargos son buenas, no nos vendrá mal tener con nosotros a la persona que, según sé, más odia a Esparta.

Pelópidas accedió, aunque faltaba un fleco:

—La reunión será mañana, al amanecer, en el templo de Heracles. Tebanos y espartanos lo tenemos por patrón, así que lo hemos considerado espacio neutral. El problema, como te he dicho, es que no aceptarán a tres tebanos en nuestra delegación. Hemos de ser dos.

Epaminondas chascó los dedos.

—Los seréis: tú, como beotarca y líder del Batallón Sagrado, y Prómaco como consejero tracio. Diremos a los pelilargos que Prómaco no habla nuestra lengua, así que hace falta un intérprete: yo.

Quedaron de acuerdo, y con las primeras luces del alba salieron por la puerta Electra y caminaron en silencio hasta el Heracleo. Prómaco, con la cabeza gacha y en silencio, miraba a Pelópidas. En aquel momento le preocupaba más la irritación de su amigo que la entrevista con los espartanos.

Los dos embajadores aguardaban junto a la entrada del templo, a cuya sombra parecían espectros sin rasgos ni emociones. El apelativo de «iguales» les cuadraba mejor que nunca. La misma pose, la misma melena trenzada, la misma barba puntiaguda, el mismo labio superior afeitado. Hombros derechos desnudos para desembarazar las manos, que sostenían los típicos bastones espartanos. Hasta los pliegues del quitón de lana roja parecían los mismos. En un alarde típico, esperaban sin manto y descalzos, como si el frío de la madrugada beocia no fuera con ellos.

Hubo un breve saludo tan protocolario como falso. Uno de los espartanos avanzó un paso, con lo que los rasgos de su rostro se hicieron del todo visibles. El primer punto de la reunión fue una queja:

—El acuerdo era que acudiríamos dos delegados por cada parte. Aunque entendemos que sean necesarios tres tebanos para hacer el trabajo de dos espartanos.

—Bien dicho, embajador —contestó Pelópidas con furia reprimida—. Vengo como beotarca designado por la asamblea beocia, y este es mi consejero tracio. Un hombre de mi total confianza, aunque solo domina su lengua bárbara. Su esclavo —señaló a Epaminondas, que se había quedado algo atrás y mantenía la mirada fija en sus pies— le sirve como intérprete.

—¿Un bárbaro? En verdad sois extraños, tebanos. Dejáis el futuro de vuestra ciudad en manos de extranjeros.

Pelópidas sonrió.

—El futuro de dos ciudades, espartano.

El otro embajador, que hasta el momento se había mantenido en silencio y con la cara difuminada por la penumbra, intervino:

—Bien, poco importa si sois dos, tres o ciento. Hablemos.

Algo saltó como un resorte en la mente de Prómaco. Una sensación de angustia subió desde el estómago y se trabó en su garganta. Esa voz... Epaminondas, en su papel de esclavo traductor, le hablaba por lo bajo y desde muy cerca para escenificar la mentira. Pero el mestizo solo oía un zumbido y el eco de aquella voz espartana.

—Estamos dispuestos a escuchar vuestra oferta —dijo Pelópidas—. Que Heracles sea testigo y árbitro de lo que aquí se diga y vigile su cumplimiento. Sea lo que sea.

El espartano cuya voz había conmovido a Prómaco se adelantó, con lo que salió de la media luz. Los primeros rayos de sol, que llegaban en sesgo, le dieron de lleno en la cara. Era él. Antícrates.

Prómaco se quedó sin respiración. Sintió que Epaminondas lo agarraba con fuerza del brazo y solo entonces descubrió que se había acercado dos pasos al espartano. Todas las miradas convergieron en el mestizo. Pelópidas le reconvino en silencio. Aquello ocurría como en una pesadilla poblada de bestias y prodigios, con los pies pesados y a medio hundir en un cenagal del que no se pudiera huir hasta el despertar. Antícrates casi no había cambiado desde Olinto. Como si se hubieran reducido a siete días los siete años que mediaban entre ambos encuentros. Siete años sin ella. Prómaco apretó los puños, y los rostros de los dos tebanos se iluminaron de comprensión. Epaminondas se apresuró a interponerse.

—Aquí no —susurró—. Allí, en su tierra. Donde puedas encontrarla.

—¿Qué ocurre? —preguntó el otro espartano.

—No lo sé —respondió Antícrates—. El bárbaro está obnubilado. Suele pasar cuando nos ven por primera vez.

Los dos iguales se permitieron una risa sardónica, pero Antícrates la empalmó casi sin respirar con su discurso cortante y breve, como siempre que hablaba un espartano:

—Nuestra exigencia no es solo nuestra: cumplid lo acordado por todos los griegos. Acatad la paz del Gran Rey y apartaos de las ciudades de Beocia.

Epaminondas interpretó su farsa. A Prómaco le costaba reaccionar. Titubeaba, incapaz de apartar la mirada de Antícrates. Este lo ignoraba, o eso parecía.

—Tebas no se ha entrometido jamás en los asuntos espartanos —dijo con tranquilidad Pelópidas—. Nunca hemos ido a exigiros que liberéis las ciudades de Mesenia, o que no obliguéis a los demás peloponesios a militar en vuestra liga.

Era evidente que Antícrates esperaba esa respuesta. En realidad, parecía que el guion de las negociaciones estuviera ya escrito y poco importaba el resultado con tal de cumplir el trámite.

—El Gran Rey jamás impuso tal condición.

Prómaco habló en su lengua tracia para soltar una retahíla de insultos que nadie salvo él mismo entendió. Epaminondas fingió traducir para meter baza:

—Tu consejero, beotarca, dice que el Gran Rey gobierna en Persia y, por lo visto, también en Esparta. Pero Tebas es libre y son sus ciudadanos quienes deciden.

Antícrates dio un golpecito en el suelo con su bastón.

—Si los espartanos seguimos los consejos de algún bárbaro, mejor que sean los de un gran rey a los de un andrajoso como este.

—No es tal el asunto —le cortó Pelópidas—. Los tebanos escogemos a nuestros amigos y decidimos nuestro futuro. El deseo de Tebas fue cambiar el gobierno de los oligarcas por la democracia, y te recuerdo que se respetó la vida de los espartanos cuando tomamos la Cadmea. En nada os hemos ofendido, aunque vosotros no podéis decir lo mismo.

—Te equivocas, tebano. Matasteis a Fébidas, que era amigo mío desde que levantábamos un palmo del suelo. Y después a Alcetas, a Pólidas... Hasta cinco iguales han caído bajo vuestras armas aliadas con las de Atenas. Una ofensa que los dioses nos obligan a castigar. Pero somos benevolentes y, al igual que perdonamos a los atenienses, estamos dispuestos a perdonaros a vosotros. Disolved esta confederación vuestra y dejad que Platea, Tespias y las demás ciudades beocias sean autónomas, como manda el tratado. De otra forma no solo nos afrentáis a nosotros, sino también a Atenas, a Corinto, a Argos, a Megara... El compromiso de todo griego es tomar las armas contra vosotros hasta que se restaure la paz del Gran Rey.

Prómaco volvió a hablar, pero esta vez lo hizo en griego y al oído de Epaminondas. Este asintió despacio y se dirigió a Pelópidas:

—Tu consejero, beotarca, dice que solo los espartanos están aquí para exigir a Tebas lo que ellos no son capaces de cumplir. ¿Dónde están Argos, Megara, Corinto...? Y, sobre todo, ¿dónde está Atenas? Bajo ha caído Esparta, que siempre ha dicho su última palabra en el campo de batalla pero ahora, tras haber mordido el polvo, apela al auxilio de otras ciudades para amenazar a Tebas.

Antícrates endureció un gesto que ya antes era rocoso. Consultó al otro espartano con la mirada y señaló a Prómaco con el bastón.

—Sé lo que os hace pensar así, tebanos. Confiáis en que los atenienses no se volverán contra vosotros. Sabed que Atenas ha perdido el interés en comprometerse con Tebas porque ve cómo crecéis y sojuzgáis Beocia. Sabed también que ha enviado embajadas a Tesalia, Tracia y el Quersoneso para buscar aliados. Asi que al norte de vuestras fronteras no encontraréis apoyo, pues tambien conocéis que la Fócide y Esparta son, como Cástor y Pólux, uña y carne. En otras palabras: estáis solos frente a muchos.

Pelópidas tenía claro cómo había de acabar aquella reunión.

—En verdad son innumerables los pueblos que nos acosan, espartano. Esto me recuerda una era más gloriosa, sobre todo para tu patria. Tal vez tus mayores te hayan hablado de ella. Es una historia sobre una potencia compuesta por incontables naciones que se abatió sobre un territorio insignificante en lo más recóndito de sus fronteras. Resulta delicioso pensar que vuestro idolatrado Leónidas, pocos contra muchos, defendiera entonces lo mismo que defendemos ahora nosotros: la libertad frente a la tiranía.

Antícrates masticaba su propia rabia tanto como se exasperaba por el descaro tebano.

—Me cansa la palabrería. Soy espartano, así que exijo una respuesta clara: ¿disolvéis vuestra confederación o insistís en desafiar a Grecia?

—La Confederación Beocia continúa. Tómatelo como quieras. Mientras tanto, te aconsejo que vuelvas a tu casa en Esparta y la limpies de polvo y suciedad antes de venir a barrer a casa ajena.

—Sea, tebano. Deseáis la guerra. Confírmalo si te atreves.

Pelópidas abrió los brazos.

—Que Heracles sea testigo: la próxima vez que nos veamos, ven con algo más que ese bastón, porque el mejor matará al peor y se llevará sus despojos.

Antícrates asintió. Miró a Prómaco.

—¿Y tú, bárbaro?

El mestizo soltó una retahíla de juramentos tracios acerca de la madre y la abuela del espartiata.

—El consejero apoya al beotarca —resumió Epaminondas—. Y añade que no iniciamos ahora ninguna guerra, pues estamos en ella desde hace años. Lo único que hacemos es rechazar las súplicas de Esparta para alcanzar la paz. También os ofrece la misma oportunidad de recapacitar que os brinda Pelópidas: retiraos de Mesenia y del resto del Peloponeso y encerraos en Laconia, liberad a quienes retenéis contra las leyes de los hombres y la voluntad de los dioses. Solo así os salvaréis de sufrir la ira de Beocia. En todo caso, podéis contar con nuestra magnanimidad: cuando os hayamos vencido, respetaremos las vidas de vuestras mujeres, hijos y ancianos, y no los convertiremos en ilotas para que trabajen la tierra mientras nosotros holgazaneamos y nos paseamos por Grecia suplicando la paz.

No se sirvieron de palabras los embajadores espartanos para dar por concluida su misión. Dieron media vuelta y empezaron a caminar hacia el sur. Aunque antes de dar tres pasos, Antícrates se volvió.

—Conozco a ese bárbaro.

Se congelaron. Prómaco sostuvo la mirada del igual a la espera de saldar la revelación. ¿Qué sería lo siguiente? ¿Zaherirlo describiéndole las humillaciones a las que sometía a Veleka cada día? ¿Y si ahora, despechado por los términos de la negociación, Antícrates se ensañaba con la tracia para vengarse de la desvergüenza de Prómaco? Tal vez fuera lo mejor que no regresara a Esparta. El mestizo avanzó con los puños cerrados, pero Pelópidas adivinó qué locura lo poseía y lo detuvo.

—Alto ahí —deslizó en voz muy baja para que los espartanos no lo oyeran—. Sería impío. Y más ante la mirada de Heracles. Lo haremos, pero lo haremos bien.

—¿Qué decís? ¿Ya no necesitáis traducción? —preguntó Antícrates burlón, aunque no esperaba respuesta. Señaló a Prómaco—. ¿Dónde hemos coincidido, bárbaro? ¿En el mismo bando o en bandos contrarios? En el mismo, claro, dado que estás vivo.

La farsa ya no tenía sentido, sobre todo porque el objetivo de la reunión, acordar la paz, era algo ya imposible. Prómaco habló entre dientes:

—¿De verdad no sabes quién soy?

—Pues... permíteme pensar. He matado a tantos harapientos que debería recordar bien a los pocos que dejé con vida. —El otro embajador soltó una carcajada corta. Antícrates se tomó unos instantes en remover su memoria, pero pareció rendirse—. Bah. De todos modos, ¿qué importa un bárbaro más o menos?

—Deja que lo mate, Pelópidas —suplicó Prómaco entre susurros—. Yo cargaré con la ira de los dioses. Y si lo que ansiamos es la guerra abierta con Esparta, no hay mejor causa que masacrar a sus embajadores.

Esta vez Pelópidas se interpuso ante el mestizo con todo el cuerpo. Lo miró con una severidad que ni siquiera había alcanzado en la cámara de Agarista.

—Tendremos esa guerra, lo sabes, y ahí gozarás de tu oportunidad. Pero con la razón de tu parte y sin ocultarnos ni manchar nuestro honor a ojos de los dioses. En el campo de batalla, Prómaco.

—No. —Sus ojos centellearon. Las arterias palpitantes en el cuello, los puños cada vez más apretados—. Ahora.

—Prómaco, si atacas al espartano, me atacas a mí.

Observó el gesto duro de Pelópidas. Después se fijó en Antícrates, que seguía allí plantado, desafiante. El otro espartano aguardaba algo más apartado. Prómaco aflojó la tensión de sus dedos, que se clavaban en las palmas como si lo que apretaran fuera el cuello de su enemigo. Sin decir una palabra más, se dio la vuelta y se alejó a grandes pasos.

19

Las lanzas de los pobres

Cerca de Tebas. Año 372 a. C.

El bosque había invadido las ruinas de la vieja Potnias, a diez estadios de Tebas. Y aunque el único edificio en pie era el de un templo y estaba dedicado a Dioniso, Agarista acudía solo a rendir adoración a Deméter.

Existían allí umbrales de enramada donde casi no llegaba el sol. Cuevas hechas de muros a medio derruir, estatuas mutiladas y agujas de pino. Hacía frío en esos recovecos oscuros, aunque el viento parecía reacio a entrar en ellos. O tal vez no se atrevía a hacerlo para no molestar a los amantes.

Habían llegado allí a media tarde, tras apresurarse en silencio para no atraer las miradas de los dioses. Agarista ni siquiera hablaba cuando ordenaba a sus esclavas que se apostaran para vigilar. Ni mientras se despojaba de sus vestiduras.

Agarista, borracha de deseo. Los ojos marcados por la sombra del ansia desde la primera vez que había yacido con Prómaco. La virginidad estancada había roto su presa y la lujuria se desbordaba por sus venas. Sus manos temblaban cuando ayudaba a su amante a desnudarse. Pasaba algo entonces, al abrazarse los dos amantes: todo el calor convergía en ellos al mismo tiempo que alrededor se extendía el frío. Hasta las esclavas lo notaban y se arrebujaban en sus mantos. Las torcaces abandonaban entre zureos las copas de los árboles y las nubes ocultaban el sol. Agarista, que sentía los labios del tracio perdiéndose entre sus muslos, pensaba que aquel portento se debía al asombro de la diosa Deméter. Y Deméter no sabía si reír o llorar, y se debatía entre el malestar por la traición y el encanto de lo prohibido.

Él, Prómaco, tampoco sabía por qué lo bueno se convertía en malo, pero ocurría. Obedecía los ruegos a media voz de Agarista y le separaba más las piernas para beber de ella. Aunque por muy dulce que fuera la ambrosía, alargar cada beso no sofocaba la sed, sino que avivaba el ansia de nuevos besos. Levantaba la cabeza y veía el rostro perfecto de Agarista. Sus párpados entrecerrados y los labios moviéndose mientras hablaba sin emitir palabras. Todo el afán de Prómaco se resumía entonces en hacerla feliz, y por eso volvía a hundir su lengua en la carne húmeda y tibia. Pero ¿no era eso el amor auténtico?, se preguntaba. Ese del que hablaba Platón.

«No hay amor, sino deseo.» De esta forma se corregía Prómaco mientras dejaba de libar los jugos de Agarista, la alzaba en el aire y le daba la vuelta. Porque así, sin mirarla a la cara, tal vez esas absurdas ideas de Eros y el amor verdadero huirían, como el frío había huido de aquel nido de hierba y lascivia. Así que prendía la cintura de Agarista y se hundía en ella.

Pero la tebana se empeñaba en que sus miradas se encontraran. Y peor aún: la dicha inocente asomaba a su rostro. Por un instante, mientras a su espalda embestía el amante, Agarista era feliz y sonreía. Eso atraía más calor aún. Tanto que ambos parecían brillar. Engañoso el placer que Cronos reduce a una chispa mientras el fuego del futuro arde doloroso. Todo era un juego de dioses al fin y al cabo.

«No se trata de Eros. Eres tú, ¿verdad, Afrodita? Afrodita, serpiente engañosa. Me someto a ti porque el veneno de tu deseo es más fuerte que mi voluntad. Pero no poseerás mi mente.» Esa era la oración de Prómaco esta vez, como siempre que se dejaba llevar por el inoportuno amor de Agarista.

Ardían. Prómaco acariciaba la nuca de Agarista. Enredaba los dedos en las ondas de su cabello. Se inclinaba sobre ella y le mordía los hombros. Tiraba de su pelo para obligarla a mirar hacia delante, y conseguía que se cimbreara y entraba más profundamente en ella. Los pechos de Agarista se mecían sobre la tierra de Deméter, sus pezones rozaban las agujas de pino. Tenía algo violento el modo en que ella se mordía los labios y ahogaba sus gritos. La manera en que sus dedos se hundían en la tierra. Y en la forma de liberarse del agarre de su amante, de volver la cabeza y mirarlo una vez más. Y de dejar los ojos negros fijos en él cuando notaba que el estallido se acercaba y Prómaco la penetraba más deprisa. Era violenta esa mirada de Agarista, sí. Como un reproche. Lo culpaba de que la tristeza que se avecinaba sería más fuerte por haberla hecho gozar tanto. Se lo decía con voz ronca un poco antes de llegar al clímax:

—Para el tiempo, tracio. Más allá está la agonía.

A veces él obedecía, pero otras no era capaz. Daba igual, porque todo se consumía cuando Agarista enterraba la frente entre las hojas y Prómaco derramaba en su seno la espuma de Afrodita. Entonces el mundo se volvía vulgar. El sordo dolor en las rodillas, la gota de sudor que resbalaba desde la sien, el temblor de las manos, el hastío del contacto con la piel recién amada... El calor desaparecía. Prómaco salía de ella y se ponía en pie. Dejaba que el frío despejara su juicio, siempre más claro después de yacer con Agarista. El viento aún se negaba a entrar en el refugio, pero su caricia sobre las copas de los árboles y el murmullo de la cercana corriente erizaban el vello en los brazos de Prómaco. Contempló a Agarista.

Había mucho de maligno y bello en esa forma de temblar. En que sus pezones se empeñaran en permanecer duros y sus ojos siguieran fijos en la nada. Ahora parecía una estatua más. Blanca contra la alfombra de hierba y matorral, con su propio cabello destrenzado y sus vestiduras por lecho, fundida con el bosque sagrado. El aura de divinidad, que también formaba parte de su extraña locura, era siempre la misma aunque el lecho cambiara. Porque Agarista demostraba una pertinaz querencia a entregarse al amor en el templo, o medio sumergida en algún remanso del cercano arroyo, o, como esta vez, en aquel cobijo vedado para el sol, con el sonido del agua a sus espaldas y el de la brisa en las hojas. A veces, mientras Prómaco besaba los pechos de Agarista o ella acariciaba su miembro enhiesto, se oían susurros. Pisadas sobre la hojarasca y ramas que se apartaban. Quizás eran las esclavas, que no podían sustraerse al secreto gozo de espiar a su ama mientras vigilaban que nadie los sorprendiera. Tal vez era la propia Deméter, envidiosa del placer humano o enojada por el uso que se hacía de su bosque. Aunque Agarista no creía que sus escarceos la molestaran, sino todo lo contrario.

—Yo sé que la diosa nos mira. Se solaza y me invita a gozar lo que su hija no puede, porque Hades es un amante roñoso.

Prómaco sonrió. Se sentó a su lado y acarició la rodilla doblada. Recorrió el muslo, trepó la curva de la cadera y resbaló por el valle de la cintura.

—¿Cómo lo sabes?

—Lo sé porque cuando Perséfone baja al lecho de Hades, la tierra se enfría. ¿No has notado lo caliente que es todo cuando estamos juntos?

—Ah. Me parece lógico. Así que a Deméter le gusta lo que hacemos, ¿eh? Por eso me traes aquí.

—También vengo sola, y cada vez le hablo más. Espero que la diosa me escuche.

Pero él no la había oído rezar. Lo que decía mientras hacían el amor era otra cosa, estaba seguro. Tal vez se dirigiera a la diosa solo cuando él no estaba.

—¿Qué le pides? ¿Buenas cosechas?

—Algo así, pero para mi vientre. Ruego a Deméter que me haga reverdecer. Tengo treinta años, ¿sabes?

Dejó de acariciarla y se incorporó.

—Supongo que hay que culpar a alguien.

—¿De que llegue el otoño? No. De dejar que el trigo se agoste.

Prómaco se levantó de nuevo y anduvo por la umbría. ¿Por qué a cada goce le seguía el sufrimiento? Fijó su vista en la corriente que se remansaba al otro lado de la fronda. Como aquella agua, se empecinaba en arremolinarse en lugar de avanzar hacia su destino. Eso no estaba bien, porque los dioses habían creado los ríos para que hicieran su viaje perpetuo. Daba igual que desembocaran en el mar o se secaran en algún campo torturado por el sol: el agua debía fluir. Y ahora, además, no era él solo quien aguardaba algo que no terminaba de llegar. Se volvió para encontrarse con la mirada de Agarista. Ella adivinó su desazón y quiso consolarlo:

—No digo que la culpa sea tuya. Nadie me obliga a quererte.

Eso dolía más aún a Prómaco. ¿Seguro que lo quería? No. Era la misma treta de siempre. Afrodita y los ardides que tejía entre la espuma.

—Pronto te dejaré en paz, Agarista.

—Eso dijiste cuando volvimos de Atenas. O al menos lo pensabas. Pero no te irás nunca. Estarás siempre aquí, conmigo; y tu tracia estará siempre allí. Entre ella y nosotros, Deméter, Afrodita, Ares y todo el resto del Olimpo. Tu maldito juramento, pensado para hacer que los tres malgastemos nuestras vidas.

—Eso no puede ser.

—No tiene por qué, Prómaco. ¿Recuerdas la primera vez que hablamos?

—Nunca lo olvidaré. Fue en el monte Himeto. Te conté mi sueño, el de los perros y la maza. Tú me convenciste para quedarme con vosotros.

—Y lo haría mil veces más aunque tuviera que mentir, como entonces. Yo no sé nada de sueños, de perros ni de mazas. Pero sé que aquel día Afrodita oyó mis ruegos y despertó mi deseo. No se ignora a Afrodita, Prómaco.

—Desde luego. Así que, si hemos de culpar a alguien, que sea a ella.

—No seré yo quien lo haga. No quiero ganarme su enemistad por si acaso. ¿Recuerdas también a las mujeres que vendían su cuerpo en su honor aquel día?

Las prostitutas sagradas, claro. Prómaco contemplaba a una de ellas mientras se bañaba desnuda en el estanque de la diosa, y Agarista lo había sorprendido en pleno acecho.

—¿Qué pasa con ellas?

Agarista se sentó. Se pasó la mano por el pelo para retirar las agujas amarillas.

—Voy a hablar con Pelópidas. Esta vez le complaceré y tomaré esposo. A ti.

De no ser por lo amargo de la situación, Prómaco se habría echado a reír.

—Nunca lo permitirá.

—Lo hará, o entraré al servicio de Afrodita y venderé mi cuerpo para ella. Si es cierto que el amor que me atormenta es impuro, será la mejor forma de lavar mi corazón.

—¿Qué?

—No temas, que no me prostituiré en Tebas. Regresaré a Atenas y me bañaré desnuda en el estanque del Himeto. Quizás algún joven meteco me espíe y pague bien por esto. —Se agarró los pechos—. La diosa estará contenta, Pelópidas descansará y tú no te verás obligado a retrasar tu viaje.

—No harás tal cosa. Pelópidas no lo aceptará. Yo tampoco.

—Claro que no. ¿Y qué? Cuantas más capas de ilusión os ponéis encima, más desnudos quedaréis por la decepción. Yo no. Yo voy a escapar de esto, y preferiría que fuera contigo. Pero si no puede ser, me iré sin ti.

Las alturas del Parnaso los observaban desde poniente. Su silueta se recortaba contra el brillo del atardecer y atrapaba algunas nubes perezosas para mantenerlas agarradas a su cima.

La fuerza tebana había acampado a mediodía, justo antes de que Prómaco alcanzara con sus peltastas a los hoplitas de Pelópidas. Górgidas, por su parte, enviaba continuas avanzadas de caballería para explorar la llanura de Elatea. Prómaco no había encontrado obstáculos en la frontera entre Beocia y Fócide, lo cual resultaba lógico, pues la pequeña tropa expedicionaria de Pelópidas se había adueñado del sur focidio.

Esparta no daba señales de vida. Los rumores hablaban de una movilización general, pero no dejaban de ser eso: rumores. Además, aquel era año olímpico y, aunque la Tregua Sagrada ya había cesado, los espartanos habían carecido de tiempo material para marchar desde el Peloponeso, cruzar el istmo e internarse en la Grecia Central. Lo que quedaba de verano se prestaba solo a operaciones rápidas. Entrar y salir desde cerca. En cuanto a Atenas, se mantenía en una fría distancia, como si observara los movimientos de unos y otros, sin declarar su enemistad con Tebas por no atenerse a la nueva paz, aunque también sin ofrecer su ayuda como en los años anteriores.

Pero Tebas sí se había movido.

El destacamento de caballería mandado por Pamenes regresó cuando el sol tocaba las cumbres del Parnaso. Entregaron su informe al beotarca, y este citó a los líderes del ejército a su pabellón.

Prómaco alargó el saludo a Górgidas para retrasar el momento de hablar con el hermano de Agarista, pero nada dura eternamente.

—Pelópidas, es un placer verte de nuevo.

—Lo mismo digo, Prómaco. ¿Todo bien en Tebas?

—Todo estaba bien cuando salimos de allí, sí. Epaminondas te manda saludos e insiste en que reclames el Batallón Sagrado si te encuentras con los focidios. Siguen de guarnición en la Cadmea, pero prestos para acudir a marchas forzadas si lo ordenas.

—Ya. —Pelópidas sirvió agua en tres copas. No era momento para el vino—. Que se queden allí. Creo que no serán necesarios.

Górgidas entornó los ojos.

—¿Qué te ha dicho la Roca?

—Que los focidios han acampado cerca de Elatea. No se acogen a los muros de la ciudad.

—O sea, que lucharemos.

Pelópidas asintió. Era lo que llevaba buscando semanas. Había paseado a su fuerza expedicionaria por el sur de la Fócide precisamente para eso. Había desalojado aldeas, quemado cosechas y cegado pozos solo para provocar a los aliados de los espartanos. Los que les prestaban su territorio para usarlo como base norteña y acosar Beocia. Precisamente ahora que Esparta permanecía inactiva en el Peloponeso, era el momento de dar un escarmiento a los focidios. Dejar arreglado el problema del norte les permitiría dirigir la mirada hacia el sur. En cuanto le llegaron informes de que se había decretado una movilización urgente en toda Fócide, Pelópidas había mandado llamar a Prómaco y a sus peltastas. Eso le recordó algo:

—¿Cómo va ese asunto de las lanzas largas?

—Pues tendremos ocasión de comprobarlo —respondió el mestizo—. Mientras estabas fuera de Tebas he dividido a mis hombres en dos secciones. Los más rápidos lucharán a la manera tradicional, con las jabalinas. Los demás se han adiestrado con las nuevas lanzas, tal como queríamos. Recias armas de fresno, más largas incluso que las ciconas. Han costado un buen dinero, por cierto, pero el gasto ha corrido a cargo de la ciudad. Los ciudadanos las llaman «las lanzas de los pobres».

Pelópidas observó un rato a Prómaco. Lo hizo en silencio y fijamente, de modo que tanto el mestizo como Górgidas llegaron a sentirse incómodos.

—Mientras yo estaba fuera de Tebas... —repitió las palabras de Prómaco—. Sí. Veo que has aprovechado el tiempo. Pero vayamos a lo de mañana, porque está claro que será mañana.

»Pamenes dice que los focidios nos aventajan en número. Calcula la fuerza enemiga en dos *moras*: mil doscientos hombres, todos hoplitas. Muy al modo de sus amos espartanos. Tienen una veintena a caballo, pero supongo que serán solo exploradores. No entrarán en combate.

Górgidas carraspeó.

—¿Y estás seguro de que no conviene llamar al Batallón Sagrado? No estamos tan lejos. Seguro que podemos fortificarnos y esperar. Si nos superan en número...

—No debemos basar todos nuestros éxitos en el Batallón Sagrado, Górgidas. Son solo trescientos. Una pequeña parte de los hoplitas de Tebas. Necesitamos un triunfo del que los demás se sientan orgullosos porque, cuando llegue el momento de la verdad, no podemos poner a trescientos muchachos confiados frente al ejército de Esparta.

Prómaco levantó la mano.

—Me gustaría advertir algo, Pelópidas: tienes a tus órdenes a seiscientos hoplitas, los cien jinetes de Górgidas y mis doscientos peltastas. Los focidios nos aventajan en cuatrocientos hombres. ¿Qué pasará si las cosas se tuercen? Aún no sabemos cómo funcionará la idea de Epaminondas.

Pelópidas miró a Prómaco de arriba abajo.

—Esos de ahí enfrente no son espartanos, ¿sabes? Ni siquiera periecos con lambdas. Son focidios. Los barreremos y regresaremos a Tebas henchidos de triunfo. Será un estupendo ensayo para la prueba final, esa que tanto has esperado estos años. ¿O acaso ya no la esperas, Prómaco? Dime: ¿has abandonado tu idea de llegar hasta el corazón de Esparta?

Górgidas, que se hallaba al corriente de todo, quiso interrumpir la tensa mirada que ahora intercambiaban Pelópidas y Prómaco:

—Bien, pues solo falta saber cómo ordenaremos la tropa. Pelópidas, ¿me oyes?

—Sí. —El beotarca apartó la mirada del mestizo—. Formaremos como en Tegira. En lugar de quince, nuestra falange tendrá veinte filas de profundidad. Nos colocaremos a la izquierda. Prómaco, estirarás tus líneas a la derecha y atrasadas con respecto a las mías. Todo lo que puedas, hasta abarcar el resto del frente. Górgidas, tu caballería apoyará a Prómaco desde el extremo del ala.

El mestizo calculó con rapidez.

—Si las dos *moras* focidias siguen la costumbre, desplegarán un frente de ochenta escudos. Tus hoplitas presentarán treinta. ¿Tengo que cubrir quince filas de cincuenta escudos con mis doscientos peltastas?

—Solo has de mantener quietos a los focidios que te toquen en suerte, para eso dispones de tus lanzas ciconas y de jabalineros; y Górgidas te ayudará acosando el ala enemiga. Ellos casi no tienen caballería, así que incluso podrá envolverlos para atacar por la retaguardia. Será rápido, como en Tegira. Aguantad hasta que yo rompa la línea y listo.

El mestizo negó despacio.

—No lo veo, Pelópidas. En Tegira no había opción, aquí sí la hay. Además, allí podías confiar en el Batallón Sagrado, que solo vive para combatir, pero estos hoplitas son guerreros de verano que llevan años sin probar la lucha.

Pelópidas ensombreció el gesto.

—¿No te ves capaz de cumplir tu parte, Prómaco?

Górgidas volvió a cortar la tensión.

—Pelópidas, nuestro amigo tiene razón. No hay necesidad de arriesgarse. Esperemos un poco, reunamos más tropas y aseguremos el triunfo. Pamenes es un jinete rápido. Puedo mandarlo ahora con un mensaje de auxilio y contaremos con refuerzos en pocos días. Si lo que quieres es levantar la moral de Tebas...

—He dicho que lucharemos ya —lo interrumpió—. Górgidas, por favor, sal e informa a los hombres de nuestro plan. Que coman algo y que se acuesten. Mañana hay trabajo —se lo dijo sin apartar la vista del mestizo—. Prómaco, quédate un momento.

El *hiparco*, sorprendido por el tono autoritario de su amante, frunció los labios y abandonó el pabellón. Pelópidas respiró hondo, vació su copa de agua. Rodeó la mesa para ponerse frente a Prómaco. Fue cortante:

—¿Y mi hermana? ¿Cómo está?

—Pues... Yo no...

—Ah, vamos, Prómaco. Nos conocemos. Hemos vivido juntos momentos duros, y también dulces. Estamos muy cerca de lograr lo que ambos ansiamos y necesito saber que lo conseguiremos. No quiero a un Prómaco que vacile en colocarse en primera línea. Quiero al que defendió la colina de Scolos. Al que recuperó las naves de trigo en Eubea, al que luchó en el mar junto a los atenienses y al que me ayudó a vencer en Tegira. Al que odiaba tanto a Esparta que habría sido capaz de cualquier cosa.

Eso pareció ofender al mestizo:

—Mañana me batiré igual que siempre, Pelópidas. Puedes estar seguro. Y mi odio a Esparta sigue tan vivo como el primer día.

—Lo sé. Pero tengo miedo de que olvides. De que ese odio tuyo pierda brillo y se apague porque nadie lo alimenta. No soy tonto, Prómaco. Te he observado y he observado a mi hermana. Ya os observaba incluso antes de que... Te diré algo que quizá sospeches: no te envié tres años fuera de Tebas por nada.

Prómaco resopló. Se frotó las sienes con el índice y el pulgar.

—Pelópidas, no puedes controlarlo todo. Esa estrategia tuya para mañana podría fallar. El deseo de Agarista no obedece tampoco a tu voluntad. No eres un dios, a veces creo que lo olvidas.

—¡Basta! No permitiré que mi hermana sufra más. ¿Sabes qué pretende? Ah, vaya pregunta. Por supuesto que lo sabes. Quiere convertirse en una de esas putas de Afrodita.

El mestizo se mordió el labio.

—No lo hará. No sería capaz de...

—¡Nadie sabe de qué es capaz mi hermana! ¡Ni siquiera ella misma! —Pelópidas había cerrado los puños y miraba a Prómaco como si fuera su peor enemigo. Tomó aire y se esforzó por recuperar la compostura—. Escucha bien. Lo he meditado. Es absurdo que insista en mi idea de casarla con Menéclidas, eso acabaría con ella. Pero también acabará con ella vuestra relación enfermiza. Un día te irás, lo sabes. Te marcharás en busca de tu tracia y mi hermana quedará atrás, sola y amargada. Eso terminará de sumirla en la locura.

»Puede que no sea demasiado tarde.

Prómaco se estrujó los dedos. En algún rincón profundo de su mente, convenientemente disimulado para engañar a la culpa, se agazapaba el conocimiento de que llegaría ese día. Lo peor de todo era que Pelópidas tenía razón. ¿La tenía?

—¿Qué quieres que haga?

—Soy beotarca y el pueblo me escucha. Propondré en la asamblea que se te conceda la ciudadanía. Ya: tu madre no era tebana; pero los servicios que has prestado a Tebas son tan extraordinarios que nadie se podrá negar. Bueno, tal vez Menéclidas... Aunque sus partidarios son pocos. En cuanto estés inscrito en el registro, te daré a mi hermana en matrimonio.

Prómaco dejó caer la mandíbula. El celo por la ciudadanía era en Tebas más correoso que en Atenas, lo que era mucho decir. Y, además, los nobles tebanos seguían enorgulleciéndose de la sangre del dragón, aunque hubieran aceptado la democracia y derramaran esa misma sangre por ella. Casar a una hija de la aristocracia con un plebeyo era algo impensable, incluso entre tebanos de pura cepa. Tomó conciencia del tremendo sacrificio que representaba aquella decisión para Pelópidas.

Y, sin embargo, ¿dónde quedaba Veleka en todo eso?

—Pelópidas, yo... sé que esto no es fácil. El amor por tu hermana te honra...

—No es momento de vacilar, Prómaco. Olvidarás a tu tracia y tendrás otra razón para luchar por Tebas. Eso, o nunca más volverás a ver a Agarista.

Con las primeras luces del día, la fuerza tebana formó según lo planeado por Pelópidas. Los dos pequeños ejércitos frente a frente, en la diáfana llanura de Elatea. Sin desfiladeros ni colinas, ni ríos que estorbaran el avance o el flanqueo. Se anunciaba una batalla según los antiguos cánones. Nada de subterfugios, ni hablar de concesiones a la astucia.

Los peltastas de Prómaco se miraban unos a otros, sus rostros mezclaban la sorpresa con el miedo. Estaban dispuestos en una delgadísima falange de cuatro filas de profundidad. Las dos primeras con las largas lanzas ciconas; la tercera y la cuarta con las jabalinas prestas. El contraste con los hoplitas tebanos apelotonados a la izquierda era bestial. Los cien jinetes de Górgidas se alejaron por la derecha, prestos para embestir de flanco a los focidios o a rodearlos para hostigar su retaguardia.

Los focidios se alinearon como de costumbre: ochenta escudos por quince filas de profundidad. Una falange compacta compuesta por hoplitas que se disponían a defender su tierra.

Las consignas volaron por ambas vanguardias. La de Tebas, ideada por Pelópidas en el momento, le pareció a Prómaco un nefasto augurio: Ares victorioso, Fobos ejecutor. Fobos, el indeseable hijo del dios de la guerra. El miedo.

El movimiento fue simultáneo por ambas partes. Desde el principio de la marcha, Prómaco fue retrasando la línea de peltastas para conseguir la formación escalonada que les había dado el triunfo en Tegira. Las trompetas sonaron en las dos retaguardias. Los hombres progresaron al ritmo del peán. Gritos de ánimo y últimos pensamientos antes de hundirse en la masacre.

Cuando faltaba poco para el choque, Pelópidas lanzó un grito agudo. Con tan solo treinta escudos de frente, no eran necesarios los toques de trompeta para dar la orden. La falange tebana puso sus lanzas en horizontal y se lanzó a la carrera. El chillido colectivo se extendió por la llanura. Ares victorioso.

Faltaba saber a quién ejecutaría Fobos.

La fuerza focidia recibió la embestida tebana en su extremo derecho. Más de la mitad de aquella se limitó a mirar, con la delgada fila de peltastas a buena distancia y sin intención aparente de trabar combate. Fobos ponía a prueba a los guerreros que no podían concentrarse en matar y sobrevivir, sino que debían escuchar cómo sus compañeros se batían. Los escudos chocaban contra los escudos, los hoplitas de las filas traseras empujaban a los que tenían delante. En esos momentos previos al derramamiento de sangre, la batalla era un trabajo de fuerza. Resoplidos. Pies que se hundían en el suelo. Los hombros encajados en la concavidad del *aspís*, y cada guerrero empujando al de delante con toda su energía. Gemidos de angustia cuando faltaba el aire, maldiciones si el esfuerzo se igualaba y la tensión se concentraba en la primera fila de cada tropa. A Prómaco ese momento le recordaba el que precedía al derribo de un gran árbol. El leñador se hace atrás con las manos sudorosas y el hacha mellada, y contempla cómo vibra la copa. Un crujido recorre el alma del tronco y, durante unos instantes, parece que el gigante puede vencerse hacia cualquier lado. Se conmueve entero y el tiempo se ralentiza. La estridencia crece, las ramas se quejan y llega la fractura. Desde antiguo, ese era el rito de la batalla. El *othismos*.

El ala derecha focidia empezó a retroceder. Ese fue el momento en el que Pelópidas cedió a la impaciencia:

—¡¡Mataaad!!

Los hoplitas tebanos de vanguardia dejaron de empujar con los escudos. Sus lanzas se movieron con rapidez hacia cuellos y muslos enemigos. Los primeros gritos de angustia indicaron que el árbol caía.

La izquierda focidia, dado que no podía avanzar para romper la línea, decidió girar. Sus hombres comenzaron una variación que tenía por objeto atacar de lado a los hoplitas tebanos. Para evitarlo, Prómaco ordenó a sus jabalineros que dispararan, y Górgidas mandó cargar a sus jinetes.

Las lanzas se rompían en lo más duro del combate. Las espadas salieron a relucir. El momento de la fuerza había pasado, llegaba el dominio de la pericia. Prómaco hizo avanzar a sus lanceros. Sus armas, mucho más largas que las focidias, mantenían a raya a la falange enemiga, que no se atrevía a romper la formación. Pero entonces ocurrió algo que Pelópidas no había previsto.

Fobos, el miedo, se apoderó del corazón de un tebano. Un ciudadano normal, con los fondos justos para pagarse el equipo de hoplita y no verse obligado a formar entre los desarrapados. Con escudo de bronce, no con pelta de mimbre. Con una familia que le aguardaba en casa. Ese tebano, que formaba en la cuarta fila, había visto cómo su vecino, luchador en vanguardia, caía con la garganta atravesada por una lanza focidia. Otro hombre como él, con un oficio, una casa, una esposa, hijos, amigos, sueños, virtudes, vicios... Lo volvió a ver abajo, con los ojos vidriosos mientras sus propios compañeros lo pisaban y abrían nuevas heridas en su carne. Incapaz de soportar la estampa del compatriota muerto, miró a su lado, casi en el extremo derecho de su formación, y observó que los focidios intentaban flanquearlos. Ni siquiera fue consciente de que las lanzas de los pobres los mantenían inmóviles, y mucho menos de que la caballería de Górgidas los hostigaba desde atrás y los obligaba a formar en cuadro, con lo que quedaban detenidos en la llanura. Aquel hombre sintió que Fobos entraba por sus ojos y se filtraba por su boca. Saboreó su deje amargo y tragó. Su pecho se resistió a respirarlo, pero el hijo del dios bajó y se apoderó de sus entrañas, que empezaron a temblar como si el mismo Poseidón quebrara la tierra. Sintió la tibia humedad que resbalaba por sus muslos.

—¡Nos rodean! —gritó.

La falange vaciló. Alguien repitió la advertencia cuatro filas de distancia y tres hombres más lo hicieron cerca de la retaguardia. Con tanta profundidad, los hoplitas más rezagados eran incapaces de ver cómo se desarrollaba el combate. Dos de ellos dejaron de empujar y se retrasaron. Alguien se lo reprochó, pero el grito dominante era otro que se oía más y calaba con profundidad:

—¡¡Nos rodean!!

Cayeron varios escudos y sus dueños salieron corriendo. A esos siguieron algunos más. Pelópidas, con la espada ensangrentada, ni siquiera fue consciente de que su densa falange se deshacía desde atrás. Como una voraz llamarada que prende en la falda del monte, y las hierbas arden en un instante y el fuego trepa ladera arriba. Y mientras los arbustos mueren abajo, en la cima los orgullosos árboles se deleitan con el sol y el aire puro, y no sospechan que la ruina se acerca. Que pronto serán ceniza y humo.

Así se deshizo la falange tebana, y solo cuando el empuje dejó de llegar a las filas delanteras, pudo ver Pelópidas lo que ocurría. Pero ya era tarde. De nada sirvieron sus bramidos y sus insultos. Apeló al honor de su ciudad y a los compañeros que quedaban tendidos en el campo, aunque su voz no llegaba a nadie porque ahora los focidios, fanfarrones, gritaban más alto. Avanzaron para arrollar a los pocos valientes que permanecían en las filas, hasta que el propio Pelópidas ordenó retroceder en orden, sin ofrecer la espalda para no atraer la desgracia.

Prómaco lo vio y corrió hacia la derecha en busca de Górgidas. No para revertir la derrota, sino para evitar la persecución y la matanza. Lo vio montado en su caballo, ignorante de que Fobos dominaba el campo de batalla.

—¡Pelópidas se retira!

La expresión del *hiparco* lo dijo todo. ¿Podría ocurrir tal cosa? Se quedó clavado, incapaz de reaccionar.

—Es... imposible.

—¡Manda a todos tus jinetes a hostigar la retaguardia o los focidios los perseguirán!

Górgidas reaccionó. Solo eso salvó a los hoplitas tebanos, derrengados y casi paralizados por el miedo.

Por Fobos.

20

La decisión de Agarista

Tebas. Año 371 a. C.

La sesión había sido más larga de lo normal. Los delegados de las ciudades beocias sabían, además, que podía ser la última. Por eso las deliberaciones se habían extendido toda la mañana. Prómaco oyó los aplausos y los abucheos en la distancia, imposibilitado de asistir porque no era ciudadano. Y ahora, tras la caída en desgracia de Pelópidas, tal vez no llegara a serlo nunca.

Los vio acercarse por entre las casas pobres. Epaminondas locuaz y con gesto alegre. Pelópidas taciturno, limitándose a asentir a las frases vehementes de su mentor. La derrota de Elatea proyectaba su sombra sobre él, de modo que apagaba su jovialidad. Este de ahora era el Pelópidas de casi cuarenta años que veía pasar su vida sin conseguir el objetivo final. Fue Epaminondas quien saludó al mestizo:

—Prómaco, hay noticias, y creo que te interesan.

—¿Me darán la ciudadanía?

Pelópidas negó despacio.

—No es el momento. Lo siento, pero ahora no puedo cumplir lo que te prometí.

—Lo que ha ocurrido era de esperar —siguió Epaminondas—. Menéclidas ha tomado la palabra ante los delegados de todas las ciudades y ha acusado a Pelópidas de precipitarse en Elatea. Por primera vez desde que recuperamos la democracia, la asamblea no ha elegido a nuestro amigo como beotarca.

—Lo siento —dijo Prómaco. Y lo hizo con sinceridad a pesar de que aún guardaba cierta prevención hacia Pelópidas. No hacía falta pensarlo mucho para ver que la acusación de Menéclidas era cierta. La innovación de concentrar la falange y hacerla más densa resultaba inútil si no se aprovechaba su capacidad de empuje. Pelópidas no lo había hecho. Había roto el *othismos* demasiado pronto para medirse a lanzazos con el enemigo. Él mismo lo asumía:

—Reconozco que me lo he merecido. Además, ha sido la decisión del pueblo. Democracia.

—Menéclidas quería que se juzgara a Pelópidas —continuó Epaminondas—. Se ha referido una y otra vez a las urnas con las cenizas de los tebanos muertos en Elatea. No reclamaba venganza, eso es curioso. Hablaba de castigo. Como si los que acabaron con ellos no hubieran sido los focidios, sino el propio Pelópidas. Pero han pesado sus muchos servicios a Tebas y hemos evitado el proceso. También ha propuesto que nos juzgaran por separado a los tres.

Prómaco sonrió con media boca. De Menéclidas se podía esperar mucho más que una simple acusación procesal.

—¿Por qué esta vez?

—Por nuestras palabras contra la delegación espartana que vino hace dos años. Los pelilargos se quejaron de nuestra agresividad y, de alguna forma, Menéclidas está enterado. Nos acusa de evitar la paz y de buscar el enfrentamiento con Esparta. Afortunadamente quedan muchos hijos de los muertos durante el régimen oligárquico, así que la iniciativa no ha cuajado. Creo que ha sido un error de Menéclidas y que no ha sabido reaccionar, porque a continuación se ha propuesto a sí mismo como beotarca. El pueblo lo ha rechazado.

—Menos mal. —Prómaco miró a Pelópidas para compartir su alivio, pero este seguía con la cabeza gacha. Lo más extraño era que Epaminondas parecía contento. Fue este el que habló de nuevo:

—Menos mal, sí, ya que se ha convocado una nueva reunión en Esparta y los beotarcas tendrán que acudir. ¿Imaginas qué habría sucedido si Menéclidas se presenta allí?

Claro que lo imaginaba. El Menéclidas de ahora no era el degollador de ocho años atrás. Su odio hacia los oligarcas y hacia Esparta se había consumido entre frustraciones, y ahora parecía justo aquello contra lo que luchaba antes. Resultaba difícil, pues, anticipar la espalda en la que podía clavarse el puñal de Menéclidas. Aunque el puñal no era la única arma que sabía usar el Amo de la Colina.

—¿Y cómo evitaremos que los beotarcas hablen por él? —preguntó Prómaco—. Ya conoces su facilidad para soltar veneno. Si ha convencido a los votantes para que no escojan a Pelópidas...

—En realidad, no los ha convencido él —intervino ahora el Aquiles tebano—. Los supervivientes de Elatea lo hicieron en cada casa, en la taberna y en el mercado. Aquello fue culpa mía y no hay más que hablar. Y a pesar de ese rencor, sí que se ha aceptado la propuesta de Menéclidas de que los beotarcas acudan al congreso de paz en Esparta. La gente no quiere pactar con nuestros enemigos, pero entre mis fallos y el veneno de Menéclidas, les ha entrado el miedo en el cuerpo. La delegación tebana tendrá que aceptar la paz.

—¿Qué?

Epaminondas mantenía su enigmática sonrisa.

—No temas, Prómaco, porque uno de los nuevos beotarcas ideará un plan para cumplir el dictado del pueblo y, al mismo tiempo, seguir en guerra.

—Ahora es cuando no lo entiendo.

—Lo entenderás, porque ese beotarca soy yo. No es de mi gusto, lo sabes. Con Pelópidas anulado, Górgidas se ha postulado como beotarca, y entonces Menéclidas ha aducido que la relación amorosa de Pelópidas y Górgidas es de todos conocida. Que escoger a uno sería como hacerlo con el otro. Los tebanos han aceptado ese argumento y han rechazado a Górgidas. No me ha quedado más remedio que presentarme, y Menéclidas no ha podido evitar que me voten. La gente me tiene por una persona que no ansía la gloria, todos saben que permanecí en Tebas durante la tiranía de los oligarcas, que no me signifiqué y que nunca me consideraron una amenaza. Confían en mi moderación, así que iré a Esparta y jugaré mi papel de tebano apocado.

Prómaco se dejó llevar por la ensoñación. Ir a Esparta. Qué suerte. Pensó por un momento que la confianza de Epaminondas en sí mismo era exagerada. ¿Y si se firmaba la paz? ¿Para qué habrían servido todos esos años de trabajos y espera? La idea se le pasó por la mente y la soltó sin más:

—Quiero ir a Esparta contigo.

Cuando a la mañana siguiente Prómaco se presentó en casa de Pelópidas, este se había ido. Según el esclavo portero, todos los días desde Elatea acudía a visitar una familia. Una por cada muerto en la batalla. Consolaba a la viuda, daba regalos a los hijos. Encajaba sus miradas de reproche y tomaba por buena la agonía de soportar las pérdidas ajenas como propias. Porque en realidad lo eran: propias. Prómaco miró incómodo hacia el interior, que no pisaba desde que Pelópidas lo sorprendiera en el gineceo. Pensó en volver más tarde, pero tal vez fuera mejor así. Fijó los ojos en el esclavo, que de seguro era partícipe de los rumores que se deslizaban por la mansión.

—Entonces llama a tu señora Agarista. Dile que salga, tengo algo importante que decirle.

El esclavo obedeció pero, a diferencia de las ocasiones anteriores, no le invitó a pasar. Por lo visto Pelópidas había aleccionado a la servidumbre sobre la hospitalidad debida al mestizo.

Agarista no tardó en aparecer. Despidió al esclavo con un gesto y se quedó plantada bajo el quicio. Sin acicalar, con el cabello revuelto, el gesto cansado.

—No puedo dejar que entres. Mi hermano lo prohibió aquel día y todavía no ha dicho nada en contra. Y mi cuñada me vigila.

—Lo comprendo. Da igual.

—Sí, ahora ya lo sé. Creo que en realidad lo supe siempre. Desde que volví a casa, observo la fuente y también el cielo. ¿Cuánto vive un pinzón, lo sabes? Supongo que no dura mucho. Eso pasa con las cosas bonitas. Yo creo que los dioses envidian a los pinzones, y por eso los dejan volar y bajar a la fuente para engañarlos. Creerán los pobres pájaros que pueden vivir así para siempre. Nosotros, como preferimos la desdicha a la felicidad, nos alegramos de que mueran pronto y llevamos víctimas a los altares para eso. Para que los dioses acaben pronto con las cosas bonitas. No podríamos tolerar que los pinzones volvieran a enseñarnos que basta con volar, cantar y beber agua en mi fuente. ¿Por qué soportar semejante desvergüenza si podemos ir a la guerra y quemar casas y campos, degollar a los soldados, esclavizar a los niños y forzar a las mujeres? ¿Por qué deleitarnos en la altanera realidad si tenemos nuestros sueños? Tú ahora vas a cumplir tu sueño. Es eso, Prómaco. ¿Verdad?

Los desvaríos de Agarista poseían la virtud del encanto, salvo cuando se volvían irritantes. Entonces eran peores que navegar en medio de una tempestad, con el casco acribillado de boquetes y con Escila y Caribdis a cada borda.

—Así que Pelópidas te lo ha contado.

Ella asintió.

—Te vas a Esparta con Epaminondas. Tu presencia no es necesaria allí, pero quieres ir. Canta, pinzón. Y no mientas, porque sería peor que si me arrancaras el corazón. ¿Acaso no vas en busca de tu tracia, tal como juraste en Cinosargo?

Prómaco se miró las sandalias. Aquello era mucho más difícil de lo que había calculado. Pero hay veces en las que se impone regatear con el destino, y la moneda de cambio resulta ser el pasado. La compra no tiene por qué ser ventajosa para ambas partes. ¿Quién no ha gastado en un capricho inútil el salario de toda una estación? ¿Quién no ha vendido a buen precio lo que encontró sin esfuerzo?

—Sí. Voy en busca de mi tracia. No te engañé jamás, Agarista. Tú sabías...

—Yo sabía, sí. Y es verdad que no me engañaste, aunque tampoco me dijiste toda la verdad. No creas que te echo la culpa de que los pinzones se mueran pronto, eso es voluntad de las Moiras. Al final no se puede luchar contra ellas.

Agarista le contó sus planes. Al principio había pensado en seguir el dictado de su corazón y en cumplir la amenaza que le había hecho en Potnias. En Corinto había un templo de Afrodita donde más de mil mujeres ejercían su sacerdocio en honor de la diosa nacida de la espuma. El lugar era famoso por la belleza de las sacerdotisas y por la piedad con la que se entregaban al amor, así que hombres de toda Grecia acudían a presentar sus exvotos. Agarista se uniría a las putas sagradas. Pasaría el resto de su vida en Corinto, ofreciendo su carne en honor de Afrodita.

Pero cambió de idea. ¿O acaso no tenía Afrodita nada que ver con sus penas? Había conocido a Prómaco precisamente por su causa, al ofrecerle sacrificios en el Himeto. Y por su culpa había sentido el fuego bajo la piel y se le había entregado una y otra vez, contra la ley y las buenas costumbres. Afrodita era quien le había mostrado el pinzón y quien se lo arrebataba ahora, porque la añoranza de una tracia de cabello rubio podía más que la realidad morena de Agarista. Afrodita no la merecía.

—En realidad, Prómaco, Afrodita no nos ha traído más que dolor. A ti y a tu tracia rubia también. Afrodita es la tejedora de engaños, así que le doy la espalda.

»Hay un santuario en Coronea, en la orilla del lago Copais. Unas pocas vírgenes rinden culto a Atenea Itonia. Yo no soy virgen, pero me aceptarán porque sí soy célibe y lo seré siempre. Lo he hablado con mi hermano y está de acuerdo, aunque anoche, cuando se lo dije, estuvo a punto de echarse a llorar. Yo sabía que de sus ojos no saldría una lágrima porque no soy Górgidas, y para él reserva Pelópidas su dicha y su tristeza. En realidad creo que te culpa a ti de todo, Prómaco. Eso no me gusta porque os quiero a ambos, pero los dioses mandan.

»Pelópidas dice que vendrá a visitarme a menudo, y que hará muchos regalos al templo para que no me falte de nada. Quiere que se celebren fiestas anuales y que acudan todos los beocios. Yo rezaré a Atenea, que sabe de la guerra y es mujer, para que os alargue la vida.

»Así que ya ves, Prómaco. Podrás olvidarme y buscar a tu tracia por toda Laconia sin temor a que Menéclidas o cualquier otro me convierta en su esposa o en su puta. Eso era lo que más te preocupaba, ¿no? A mi hermano sí. Por eso, por ahorraros dolor a los dos, renuncio a Afrodita y me hago sacerdotisa de Atenea. Y ahora vete.

Prómaco, aún cabizbajo, se sentía como si hubiera recibido una paliza. Jamás pensó que aquel momento fuera a doler tanto. Por su mente pasaron decenas de respuestas, y todas menos una incluían la renuncia a viajar a Esparta y la negativa a que Agarista se hiciera olvidar por el mundo en un santuario. Sin embargo, la única posibilidad que ahora no deseaba era precisamente la que le obligaba. Seguro que Agarista tenía razón, y eran los dioses los que lanzaban a los pinzones al mundo para que los hombres se solazaran con ellos; y luego los mataban, y así recordaban a los mortales que no tenían derecho a la felicidad. Prómaco menos que nadie, porque era culpa suya que Veleka llevara años languideciendo en Esparta. Agarista era un pinzón. ¿Qué podía hacer él?

—Agarista, yo...

—He dicho que te vayas.

Levantó la cabeza y la miró a los ojos. Ella lloraba. Su tono no había variado un ápice durante todo su discurso, y su voz ni siquiera había temblado, pero lloraba. Gruesas lágrimas que habían mojado su peplo.

Se cerró la puerta y Prómaco permaneció allí un rato, con los ojos cerrados mientras sus sentimientos chocaban como dos falanges enloquecidas. Anduvo despacio hacia el ágora, con el ruido ensordecedor de la batalla como compañero. Pelópidas apareció de repente. Ambos se detuvieron y se aguantaron las miradas.

—Prómaco. Tú otra vez. El hombre a quien tanto debo y a quien nada me gustaría deber.

El mestizo resopló. Estaba cansado de reproches, así que hizo ademán de evitar al tebano para seguir su camino.

—Ahora no, Pelópidas. Te lo ruego.

—Ahora sí, Prómaco. Los ruegos no sirven de nada. ¿O crees que yo no ruego a los dioses? Les pido que volvamos atrás, antes de Elatea. Que estemos otra vez en mi tienda la tarde antes de la lucha, y que yo os escuche a Górgidas y a ti.

—Claro. Aunque el tiempo se mueve solo hacia delante. Y ahora, si me disculpas...

Pelópidas estiró el brazo para detenerlo.

—Aguarda un poco antes de irte. —El rostro apenado de Pelópidas amagó una sonrisa más pesarosa que cualquier llanto—. Eso es lo que también les ruego a los dioses. Que te quedes lo justo en Tebas, y que luego tu sombra se desvanezca en Laconia para siempre. ¿Lo harás? Dime que cuando marchemos contra Esparta, te quedarás allí. Ojalá encuentres a tu tracia, pero dime que no volverás con ella a Tebas.

—Si eso es lo que quieres...

—Eso quiero, sí. De ese modo no tendré que maldecirme cada vez que te veo y deseo envainarte mi espada en el pecho. Por Zeus que lo único que me detiene es que te has entregado a mi causa como ningún otro hombre. Y también, ahora lo sé, respetaré tu vida por amor a mi hermana.

»Mi hermana, a la que ninguno de nosotros merece. —Agarró a Prómaco de la pechera y lo atrajo hacia sí—. Ella, que tenía en su mano hacernos daño al convertirse en una puta de Afrodita. Porque ¿quién más que tú y yo hemos hecho de ella una desgraciada? ¿Quién se empeñó en reservarla para ese hijo de perra de Menéclidas, sino yo? ¿Y quién la cegó con su falso amor mientras planeaba su futuro con otra mujer, sino tú? Ambos decimos que la amamos, pero su amor es más puro que el que tú y yo podamos sentir jamás. ¿No te das cuenta, Prómaco? Recuerda las palabras del viejo Platón. Agarista renuncia a sí misma por nuestro bien.

»¿Sabes qué me dijo anoche? Que deseaba tu felicidad. Quiere que encuentres a tu tracia rubia y que juntos viváis dichosos y tengáis muchos hijos. Al final resulta que mi hermana te ama mucho más incluso de lo que tú amas a Veleka, ¿te das cuenta?

Prómaco asintió con lentitud.

—Veleka no tiene la culpa de nada. No puedo sacrificarla a ella en el altar de ningún dios porque ya la sacrifiqué en mi propio altar. Te lo he dicho: el tiempo no se mueve hacia atrás. Así que iré hacia delante, cumpliré mi juramento y arreglaré el daño que hice. Lo siento por ti y, aunque no lo creas, lo siento por mí mismo. Y lo siento sobre todo por Agarista. —Se libró de un tirón del agarre de Pelópidas—. Y ahora déjame. He de prepararme para viajar a Esparta.

21

Agesilao

Esparta. Año 371 a. C.

Por fin Prómaco estaba allí.

Esparta, el lugar del que procedían todos los males.

El propio viaje había sido un descenso a la morada de Hades porque, a pesar de su condición de embajadores, los delegados beocios habían tenido que atravesar el Ática y su indiferencia, que dolía más porque los atenienses habían sido los aliados de los peores momentos; y se habían visto obligados a cruzar el estrecho istmo ante las miradas hostiles de quienes inclinaban la cerviz frente a la todopoderosa Esparta. Ah, y para qué hablar del Peloponeso. A Prómaco se le antojaba oscura toda esa península. Avanzar entre sus bosques y desfiladeros era adentrarse en la boca de una bestia sin piedad, armada de afilados colmillos y presa de un hambre que solo se saciaría cuando Tebas fuera destruida y Beocia retornara a la sumisión. Y la negrura aumentaba hasta que entraban en Laconia y atravesaban las aldeas periecas. Un silencio avieso los recibía y les metía prisa para seguir hasta la próxima escala del viaje. Cuando divisaron las alturas del Taigeto, el corazón se les encogió.

Y al fin habían alcanzado el objetivo. La ciudad sin murallas, sin lujos ni alharacas. El inmenso cuartel que era Esparta.

Bajo un techo de ominosos nubarrones que parecía oprimirles contra el duro suelo enemigo.

Los beotarcas comparecieron ante la expectante asamblea espartana la misma tarde de su llegada. Allí estaban ya reunidos todos los iguales mayores de treinta años, los cinco éforos y los ancianos de la Gerusía. Los tebanos fueron conducidos entre el gentío hasta el pórtico Pérsico, al norte del ágora, y les hicieron subir los escalones para que pudieran contemplar la inmensidad de la explanada y la enorme marea humana vestida de rojo. Entre el público se hallaban también los demás delegados de las ciudades griegas, los embajadores persas enviados por el Gran Rey Artajerjes e incluso sendas comisiones de Siracusa y Macedonia. Los más estrambóticos, desde luego, eran los asiáticos, aunque los siracusanos tampoco reparaban en gastos. Pese a todo, las vestiduras de seda y las joyas parecían cómicas entre tanta austeridad laconia. Pero lo peor era que los griegos no espartanos resultaban aparatosamente débiles a la vista. Pequeños y enclenques entre aquellos portentos físicos que eran los iguales. Parecía imposible para los tebanos mantener el tipo. Los espartanos de primera fila se sonrieron al advertir el temblor en las manos de los embajadores beocios, o sus miradas desencajadas, las lenguas que humedecían los labios secos o las nueces que subían y bajaban en los cuellos.

Los siete beotarcas se habían distribuido en fila ante el pórtico. Tres, incluido Epaminondas, en representación de Tebas, la mayor ciudad de la Confederación Beocia; uno por Platea; otro por Tanagra; uno más por Copais, Acrafilia y Queronea; y el último por Haliarto, Coronea y Lebadea. Entretanto el secretario Filidas, que haría de portavoz, se había adelantado y ocupaba un escalón más bajo. Prómaco, oficialmente asesor militar del beotarcado, estaba entre las columnas, tras un Epaminondas que se había calado el pétaso de tal forma que no se distinguían sus rasgos. Mientras los más rezagados de los espartanos desembocaban en el ágora, el mestizo miró a su alrededor.

Sonrió. Estaba claro que todos los detalles habían sido minuciosamente calculados. Los delegados griegos, persas y macedonios rodeados por los espartanos y reducidos a un grupo de débiles burócratas, como si todo el mundo no fuese en realidad más que lo que Esparta permitía que fuera. El mismo pórtico Pérsico constituía toda una declaración. Una advertencia para los tebanos. Las columnas de mármol eran, en realidad, estatuas ganadas a los persas en la heroica guerra de un siglo antes. A la derecha de Prómaco se erguía una efigie de Mardonio, el general que había dirigido las tropas de Jerjes en la batalla de Platea. A su izquierda se elevaba la imagen marmórea de una mujer de gran belleza, cubierta con coraza y armada como un hoplita: Artemisia de Halicarnaso, la reina de sangre doria que había luchado junto a los persas en la gloriosa jornada de Salamina. Y el resto del edificio se sustentaba sobre pilastras similares. Prómaco tomó aire y recorrió el ágora con la vista. No la había tan grande en toda Grecia, o eso se decía. En realidad no era extraño, puesto que Esparta, más que una ciudad, era la reunión de cinco aldeas, y la plaza era el espacio que se abría entre dos de ellas, Cinosura y Limnas, y la pequeña elevación que llamaban Acrópolis. A la izquierda se encontraban las viviendas de los éforos y el lugar donde se reunía el consejo de ancianos. Y más allá las humildes casas de Esparta. Austeros santuarios en lugar de ostentosos templos al estilo ateniense. Sin mansiones como las del barrio noble en Tebas, sino piezas pequeñas, barracones militares y otros edificios de uso común. Prómaco sabía que las verdaderas casas de los iguales se hallaban en el campo, algunas de ellas bastante lejos de Esparta. Se elevó sobre las puntas de los pies, pero no resultaba fácil ver más allá del mar escarlata. ¿Estaría Veleka por allí? ¿O serviría en la casona de Antícrates, en algún lugar remoto de la sombría Laconia?

Hubo un súbito cambio entre los espartanos. Un silencioso revuelo a la derecha y algunas lanzas que irrumpían en el ágora. Cimeras que avanzaban, abrían paso y reclamaban la atención. Todos los iguales era altos y fuertes, pero los que ahora hacían su entrada los aventajaban. Espectaculares guerreros aun entre guerreros espectaculares. Atravesaron la plaza y llegaron hasta la cabecera, justo frente al pórtico Pérsico. Dos hombres como cualquier otro de los que poblaban Esparta se destacaron, uno de ellos cojeando ligeramente. Ni un lujo de más. Ni un anuncio, ni un símbolo especial de autoridad aparte de la escolta armada. Pero Prómaco supo enseguida quiénes eran.

A un lado, Cleómbroto, más o menos de su edad. Expresión no muy inteligente y cierta tendencia a mirar hacia el otro rey de Esparta: Agesilao.

«El Cojo», pensó el mestizo.

Y muchas cosas más. Una larga cicatriz cruzaba su cara desde la sien derecha hasta la mandíbula, justo bajo la barba cana. Su brazo diestro, desnudo según la costumbre espartana, también mostraba las huellas de varios cortes, y un lanzazo de impresión había dejado su marca en el hombro. A pesar de que sobrepasaba los setenta, Agesilao lucía miembros fuertes, pocas arrugas y una mirada que congelaba. La guardia de los reyes tomó posiciones a su alrededor. Era solo una muestra de la mejor unidad militar espartana: los Caballeros. Trescientos hombres escogidos, herederos de aquellos que murieron junto a Leónidas en el paso de las Termópilas. La élite entre los guerreros de Esparta. Los que marchaban a la batalla si uno de los dos reyes lo hacía, y ocupaban el lugar de honor en la falange, aquel que inevitablemente decidía el triunfo: el ala derecha. Prómaco no pudo evitarlo y se los imaginó frente a frente con el Batallón Sagrado. Pero algo lo devolvió rápidamente a la realidad.

Era uno de los Caballeros. Acababa de posar la contera en tierra y dejaba colgar el escudo a un lado con indolencia.

«Antícrates.»

Allí estaba otra vez. Miraba a Prómaco fijamente, a medias para hacerle notar que lo había reconocido de su anterior reunión en Tebas; a medias escamado, con ese aire de que había algo más que la entrevista junto al Heracleo. ¿Acaso recordaba ya lo ocurrido en Olinto?

—Aquí estáis, beocios —se arrancó Agesilao a modo de adusta bienvenida. Su voz era rasgada, como la de los marineros viejos que Prómaco había escuchado en El Pireo, más dados a beber y fanfarronear que a comer y escuchar—. Los demás delegados llevan dos días entre nosotros, pero vosotros teníais que haceros notar, ¿eh? En fin, no os obligaremos a esperar mucho porque sabemos que echáis de menos vuestras comodidades. Y porque esto es Esparta, y no decimos sino lo necesario. Os diré, pues, lo que necesitáis saber: aceptad la paz ahora o despedíos para siempre de ella.

Había ido directo al asunto, eso no podía negarse. Casi resultaba decepcionante. Hacer un viaje tan largo y con sensaciones tan negras para que todo se saldara con una frase espartana. El laconismo convenía de vez en cuando, pero ahora resultaba irritante.

—Noble señor —empezó el secretario Filidas inclinando la cabeza con toda la humildad que pudo reunir, que no era poca—, te ruego que, antes de exigir una respuesta a tu justo ofrecimiento, escuches lo que han decidido estos varones. Aquí tienes a sus representantes. —Extendió la mano hacia atrás—. Ellos hablan por todos los beocios.

—Oh, no. Palabrería —bufó Agesilao sin ocultar el desprecio. Cleómbroto imitó su resoplido, aunque en él quedó bastante ridículo. A pesar de todo, Filidas se aclaró la voz antes de continuar:

—¡Espartanos! ¡Nobles hijos de Heracles, cuya sangre también nosotros nos gloriamos compartir! Con semejante parentesco, ¿no pensáis que está en nuestro ánimo procurar la salvación de todos?

Hubo risas entre la asamblea espartana.

—La salvación de todos —repitió Agesilao—. ¿Nos vais a salvar, tebanos? ¿Vosotros? ¿A nosotros? —Se volvió hacia sus súbditos, que eran a la vez sus compañeros de batalla, de instrucción y de petate—. ¡Cualquiera diría, amigos míos, que corremos algún riesgo!

Las risas se redoblaron, incluso entre los delegados persas, atenienses, corintios, focidios, megarenses, macedonios, eleos, siracusanos... Filidas enrojeció. Miró atrás y consultó en silencio a los beotarcas, pero no vio más que gestos descompuestos y palidez. Solo bajo las anchas alas de un pétaso bien calado adivinó lo que parecía una sonrisa. Epaminondas asintió de forma casi imperceptible. Filidas tragó saliva.

—Lo que quería decir, noble señor, es que sería absurdo que unos y otros... Bien, que unos más que otros derramáramos esa sangre que compartimos y que...

—Hablas mucho y no dices nada, tebano —le cortó Agesilao—. Yo no comparto mi sangre contigo ni con esos que te acompañan. Tampoco con esos otros griegos que han venido al congreso de paz, y mucho menos con los bárbaros. Solo comparto sangre con mis iguales, y esos son los que ves tras de mí, vestidos de rojo. No estás en Atenas y, desde luego, no estás en Tebas. Así que ahorra saliva y di qué proponéis. Sin revueltas ni doblez. ¡Vamos!

Filidas apretó los labios. Observó a los otros delegados griegos, pero ninguno se atrevía a pestañear. Estaba claro que la reunión con ellos había tenido lugar antes de que llegaran los tebanos, y estaban convenientemente aleccionados. En suma: no eran más que monigotes que asistían como público a la humillación pública de Tebas. Epaminondas dio medio paso y dijo algo al oído del secretario. Este asintió.

—Noble señor, los varones de Tebas se consideran agraviados. Ellos no pretendieron nunca adquirir fama en la guerra ni subyugar a otros pueblos. Lo único que querían era gobernarse por sí mismos y según los deseos de la mayoría. Bien sabes que se derramó sangre cuando se dio el levantamiento de las Afrodisias, pero ni una sola gota era espartana. A todos tus paisanos se les invitó a abandonar la Cadmea; sin el menor daño atravesaron las murallas de Tebas y no se les molestó hasta que salieron de Beocia. Entonces tampoco fueron los tebanos los que decidieron tomar las armas los primeros, ya que la guerra no es nunca fácil ni trae buenas consecuencias. Lo hicieron solo para defenderse y como odiosa respuesta, obligados por los espartanos, pues abristeis el combate y animasteis a vuestros aliados a venir contra Tebas.

Agesilao volvió a bufar. Se frotó el puente de la nariz con dos dedos.

—Te he pedido que ahorraras saliva, tebano. Y no suelo pedir, créeme. Ahora te lo exijo, y te conviene obedecer. Deja de contarme lo que yo sé y vosotros creéis saber, y di cuál es la propuesta de Tebas.

—Sí, claro... Perdona, noble señor. He aquí lo que decidieron los varones beocios, lo que encomendaron a sus magistrados presentes y lo que por su encargo yo te transmito:

»Deseamos acogernos a la paz general que tanto los espartanos como los demás griegos —lanzó una mirada de respeto hacia los delegados de las otras ciudades— han aceptado. Los beotarcas, aquí presentes, firmarán el tratado en nombre de toda Beocia y, en cuanto regresemos a nuestra tierra, licenciaremos el ejército.

Los cinco éforos, que eran quienes en realidad detentaban el poder en Esparta, respingaron al unísono. Uno de ellos se acercó a Agesilao y empezó a hablarle en voz baja. El Cojo escuchó con la cabeza ladeada, asintiendo cada poco y con media sonrisa de suficiencia. Un murmullo se extendió por el ágora. Las palabras de Filidas representaban la paz total, así que no había razón para no aceptarlas de inmediato. El Cojo ensanchó su sonrisa cuando el éforo regresó entre los suyos.

—Has dicho que Beocia firmará el tratado. No os reconocemos como representantes de Beocia, tebanos.

Filidas se encogió de hombros. ¿Qué pasaba? Volvió la cabeza y vio el mismo estupor entre los beotarcas. El único de ellos que permanecía impasible e incluso apuntaba una sonrisa era Epaminondas. Tras él, Prómaco no sabía dónde mirar. Aparte de ese pequeño detalle que acababa de apuntar Agesilao, estaba sucediendo justo lo que temía. Que la paz llegara y sus esperanzas de venganza se diluyeran en ella. Que su oportunidad de buscar a Veleka quedara en nada. Sintió que los años de lucha y de impaciencia se diluían de igual modo que la sangre que había derramado se filtraba en la tierra. La sonrisa en sombras de Epaminondas adquirió un tinte burlón. Se adelantó un paso y habló al oído de Filidas, con el ala del pétaso rozando los mechones grises del secretario. Este, con los ojos entornados, memorizaba cada palabra y daba pequeñas sacudidas de cabeza. Volvió a encarar al rey Agesilao.

—Noble señor, esta delegación representa a Tebas y al resto de las ciudades beocias reunidas en asamblea y unidas en confederación. Hablamos como uno solo.

La cara del espartano sufrió una pequeña sacudida. Las cicatrices y las arrugas se curvaron. La piel tostada pareció crujir cuando las comisuras de los labios dibujaron una sonrisa.

—La condición principal para la paz es la autonomía de todas las ciudades griegas, tebanos. La misma que ya decretó el Gran Rey hace años. De nada sirve aquí esa idiotez que llamáis confederación. Tenéis que apartaros de las demás ciudades beocias y firmar solo por Tebas. Después, que cada ciudad de Beocia lo haga por sí misma. Esto fue lo que acordamos y firmamos todos ayer, y dispusimos que aquel que quisiera, podría ir en ayuda de quien se viera oprimido.

Filidas asentía con el labio inferior adelantado, como si conociera las palabras de Agesilao antes de que abandonaran su boca.

—Los beotarcas se preguntan, noble señor, cómo es que Esparta ha firmado pues por toda la liga del Peloponeso, y te aseguran que firmarán solo por Tebas, y los tespios lo harán por Tespias, y los plateos por Platea, y así sucesivamente, si ahora mismo Esparta libera Mesenia y deja de hablar por las ciudades sin voz que llamáis periecas.

Agesilao gruñó algo, y los Caballeros más cercanos respondieron subiendo sus escudos. Ese solo gesto, presentar las lambdas hacia los delegados beocios, les erizó el vello de los brazos. Filidas incluso retrocedió un paso. Prómaco se fijó en la pose firme de Antícrates, con el *aspís* bien plantado y la mirada clavada en la suya. Ningún discurso podía expresar mejor las consecuencias que acarrearía la obstinación de Tebas. Aun así, el rey espartano levantó un dedo acusador y señaló, uno a uno, a los siete beotarcas:

—Desafiáis no solo a Esparta, tebanos. Desafiáis a toda Grecia, e incluso a los ilustres reinos, cuyos delegados han venido para arbitrar y ser testigos de nuestro amor por la paz.

—¿Amor por la paz? ¿Esparta? —se le escapó a Prómaco. Los beotarcas lo miraron al unísono. Todos pálidos como si llevaran varios días muertos. Salvo Epaminondas, que irradiaba contento. El mestizo comprendió cuál había sido su intención desde el principio. Se lo agradeció con un gesto imperceptible.

—Oíd bien, tebanos —continuó Agesilao—: si no firmáis esta paz por separado, Esparta no retendrá su ejército. Antes bien lo reforzará, y marchará bajo mi guía o bajo la de mi colega Cleómbroto. Irá sobre vosotros para mantener la ley que todos los griegos, menos vosotros, hemos aceptado. —El Cojo se volvió hacia los demás delegados y elevó un vozarrón impensable en un anciano de cualquier otro lugar—: ¡Y aceptaremos en nuestras filas a todo aquel que quiera acompañarnos para restablecer la justicia! ¡Griegos! ¡Persas! ¡Macedonios! —Volvió a señalar a los beotarcas, empequeñecidos en el pórtico—. ¡Tebas es nuestra enemiga! ¡Destruyámosla!

El griterío se extendió con pasmosa rapidez por el ágora. Los beocios, acongojados, buscaron el refugio de las enormes cariátides del pórtico Pérsico. Hasta Prómaco dobló las rodillas y, por instinto, buscó en su cintura algo que empuñar. Pero eran embajadores en misión de paz, y por lo tanto desarmados. Si pretendían matarlos, no durarían ni un respiro ante semejante masa. El secretario Filidas pasó a su lado como una exhalación y se hizo una bola tras la estatua de Artemisia. Solo Epaminondas aguantaba impasible, con la mirada baja, anónimo bajo el ala protectora del pétaso. Su murmullo, curiosamente, pudo oírlo Prómaco a pesar del escándalo que ahora atronaba Esparta:

—No temáis. Jamás quebrarán la hospitalidad.

Antícrates reía. A grandes carcajadas. Prómaco lo vio doblado, apoyándose en la lanza para no caer de rodillas. Los demás miembros de la guardia real espartana también se carcajeaban a gusto, y hasta los reyes Agesilao y Cleómbroto se agarraban las tripas ante la temerosa reacción beocia.

Algo llamó la atención de Prómaco entonces. Un balanceo en el escudo de Antícrates, que se convulsionaba por las risotadas. En el reverso, justo sobre el hueco en el que el guerrero apoyaba su hombro cuando empujaba en falange. Como todos los demás hoplitas, Antícrates usaba amuletos. Pequeñas figuritas afianzadas en los ojales, junto a las cuerdas que ejercían de asideros durante el combate. Uno de ellos oscilaba ahora al ritmo de las carcajadas de su dueño. Una bolsita de cuero cruzada por un trazo rojo que reconoció enseguida. Su corazón, que tamborileaba como nunca, se aceleró hasta que pareció quebrar el pecho. Los oídos le empezaron a zumbar. De repente estaba otra vez en Olinto, impotente mientras recibía una paliza y alguien arrancaba a su amante tracia de su vida.

«Veleka.»

El nombre reemplazó toda la algarabía sin significado que hacía temblar la tierra. Ella estaba allí, en aquel amuleto que le había entregado en el monte de Bendis. Cerca, tal vez a medio estadio. Quizás incluso estuviera oyendo las oleadas de gritos que prometían la guerra sin cuartel entre Esparta y Tebas.

La fortuna no se roba. Tal vez ese fue el error de Prómaco: arrancarla de las manos ensangrentadas y aún calientes de un enemigo muerto. Cuando le dio el amuleto a Veleka, cumplía con un acto de amor y con el beneplácito de los dioses. Pero su deseo estaba impuro de raíz. ¿Era eso?

Lo que tenía claro es que un guerrero espartano jamás luciría en su escudo un talismán saqueado de un cadáver. Ellos recibían sus amuletos como regalos previos a la batalla, de parte de sus esposas, madres y hermanas, como muestra y recipiente de todas las oraciones que ellas elevaban a Zeus y a Ares, y porque el favor de los dioses se gana con piedad.

Y eso llevaba a lo más duro: ¿qué hacía el talismán de Veleka colgando del escudo de Antícrates? ¿Acaso ella era feliz con su captor? Sabía de esclavos que acababan amando a sus señores del mismo modo que el perro se mantiene fiel al pastor. La imaginó sonriente, accediendo a cada petición de Antícrates o incluso participando gustosa. Vio en su mente el momento en el que él partía para alguna de las campañas de Esparta y, tras recibir la despedida de sus familiares, Veleka se le acercaba y, con una mirada de amor y sumisión, le entregaba la bolsita parda y roja.

Tras el amenazador escándalo en el ágora, se habían cumplido las previsiones de Epaminondas. Los espartanos no quebraron la hospitalidad. No faltaron descripciones al detalle de cómo iban a arrasar la falange tebana en su próximo encuentro, de cómo derribarían las murallas de Tebas y esclavizarían a sus mujeres e hijos. La de los ilotas mesenios iba a ser una vida muelle comparada con la que los tebanos del futuro iban a tener como siervos de Esparta. Pero ahora podían retirarse a descansar porque estaban protegidos por las leyes de Zeus. Al día siguiente, antes del alba, debían dejar atrás Esparta y tomar el camino del norte con salvoconductos que les permitirían atravesar el Peloponeso, encerrarse en Tebas y prepararse para morir.

Les habían preparado un alojamiento en la aldea de Pitana, al oeste del ágora. Un barracón medio destartalado que los beotarcas compartirían con sus propios sirvientes.

—En eso consiste la democracia, ¿no? —se había burlado Agesilao—. Pues que no os falte de nada.

De igual modo que la puesta en escena no había sido casual ni el pórtico Pérsico un estrado cualquiera, la ruta desde el ágora a Pitana estaba calculada al detalle. La cabizbaja delegación beocia pasó junto a una de las pocas tumbas destacadas de Esparta. Aquella a la que, cuarenta años después de su muerte, habían trasladado los restos del rey Leónidas. Junto a ella habían erigido una columna, y en ella se podían leer, trazados austeramente pero con claridad, los nombres de los trescientos espartanos caídos en las Termópilas.

La presión pudo con el beotarca de Tanagra, que se acuclilló con la cabeza oculta entre unas manos que no dejaban de temblar. Empezó a sollozar, y eso abrió la caja de los reproches. ¿Por qué ese empecinamiento en firmar por toda Beocia? Un solo detalle, apenas sin importancia, iba a dar al traste con la paz. Y todo por el ansia de protagonismo de Epaminondas. Este miró a su alrededor para asegurarse de que no había ojos indiscretos más allá de los ilotas que iban y venían con capazos y de los críos más jóvenes, los que aún no habían iniciado su instrucción militar, que correteaban profiriendo ya gritos de guerra.

—Nadie aquí sabe quién soy —dijo, y se quitó el pétaso. Llevaba el pelo aplastado y sudoroso, muestra de que la tensión no era patrimonio de los más apocados—. No me he presentado ante ellos. Es más, he procurado que mi nombre quede oculto en todo momento, y que fuera el de Beocia el que figurara en las palabras de Filidas. No es pues el ansia de protagonismo lo que me mueve. —Hizo un gesto para que todos, incluidos los esclavos, se apretaran en un corro—. La paz que los demás griegos han firmado es, como siempre, la que Persia ha arbitrado a petición de Esparta. Una que deja a los espartanos como hegemónicos de nuevo, dueños de toda Laconia y de Mesenia, con poder sobre las ciudades periecas y sobre la Liga del Peloponeso, que usará según sus intereses. Ya era así tras la guerra de Corinto, y parece que todos habéis olvidado cómo los espartanos ayudaron a nuestros oligarcas a hacerse con el gobierno de Tebas. ¿Tampoco recordáis que durante años tuvimos una guarnición extranjera alojada en la Cadmea? No voy a hablar de las muertes de demócratas que eso supuso porque os estaría insultando, ya que todos tenéis memoria y familiares que padecieron aquellos días aciagos.

»La única posibilidad de conservar la libertad beocia es la unión; del mismo modo que Esparta no renunciará a sus dominios, a sus influencias y a su liga porque es esa unión la que sostiene su superioridad; y así los espartanos exigen a los demás lo que ellos mismos no están dispuestos a cumplir. De modo tal que divididos nos quieren los bárbaros, como los persas o los macedonios. Y divididos quieren los espartanos que sigan los demás griegos. Si ahora la han tomado contra nuestra confederación es por una única razón: podemos plantarles cara. Ya lo hemos hecho con buenos resultados y lo volveremos a hacer.

»Y os diré algo que he visto en los ojos de Agesilao: él sabía que no renunciaríamos a la confederación, y por eso ha insistido en ese punto. Así, delante de las demás ciudades griegas y de los delegados bárbaros, somos nosotros quienes se empecinan en la guerra. Hábil maniobra del Cojo, que desea esta guerra tanto como yo, porque sabe que Esparta no es nada sin la guerra.

—Tú lo has dicho, Epaminondas —balbuceó el beotarca de Tanagra—. Tampoco deseas la paz.

—No he dicho eso. Existe una gran diferencia entre mis deseos y los del rey Agesilao. Él pretende un estado de guerra perpetuo, que es donde se han movido y prosperado los espartanos durante siglos. Yo quiero una sola guerra que acabe con Esparta porque, precisamente por lo que te acabo de decir, mientras Esparta prevalezca no podremos vivir en paz.

El secretario Filidas asintió. Ayudó al tanagreo a ponerse en pie:

—Epaminondas tiene razón. Recordad que tomamos una decisión hace ocho años, aquellas Afrodisias llenas de nieve. Y que la hemos mantenido durante todo este tiempo. ¿Cuándo ha sido más próspera Beocia? ¿Cuándo hemos disfrutado de mayor libertad?

Prómaco vio cómo los rostros de los demás beotarcas, crispados por la preocupación, se relajaban. Él mismo se había mantenido en tensión durante toda la farsa del ágora, aunque por razones bien distintas. Ahora podía respirar tranquilo. Retomaron el camino hacia la aldea de Pitana. Lo hicieron en silencio, porque, pese a los buenos deseos de democracia y libertad, sabían que Esparta no había desatado todo su poder en los últimos ocho años. Y sabían también que eso iba a ocurrir en breve; y que nunca, en los siglos precedentes, un ejército espartano había saboreado la derrota en batalla campal. ¿Lo iba a hacer ahora contra una Beocia aislada, dubitativa y rodeada de enemigos?

Una sensación extraña embargó a Prómaco. Dejó de pensar en agüeros de fracaso y observó el paso de una ilota, vestida con la usual túnica corta y con el cabello rubio medio oculto por una gorra de piel de perro. La mujer, no muy grande, cargaba con una cesta de cebollas que ocultaba su rostro de la vista. Prómaco corrió. Nadie intentó detenerle, pero tampoco habrían podido. Llegó hasta la ilota, que había desaparecido entre dos casas de Pitana, y tocó su hombro. Ella se encogió instintivamente, de modo que la cesta se balanceó. Una cebolla se estrelló contra el suelo y dejó un rastro de pellejos ocres.

—Veleka.

La ilota se volvió con los ojos a medio cerrar y la cabeza ladeada, como si esperase una bofetada por alguna falta. Le costó un rato darse cuenta de que el hombre que la retenía no era espartano.

—¿Qué?

Prómaco apretó los labios. No era ella. Aunque, en lugar de decepción, fue lástima lo que sintió ante aquella criatura, que parecía más un perro apaleado que una esclava.

—Veleka. ¿Conoces a alguien que se llame así?

La ilota miró a los lados asustada. Bajó la cabeza hasta que la barbilla se hundió en el pecho.

—No puedo hablar contigo. Tengo que irme.

Prómaco no lo permitió. Le agarró la túnica ajada y parda, llena de remiendos. El pellejo crujió bajo sus dedos.

—Solo dime si conoces a una tracia llamada Veleka. Es rubia, como tú. Y de tu altura. Tendrá unos... treinta años y...

—Déjala, Prómaco —sonó la voz de Epaminondas a su espalda—. Si alguien la ve hablando contigo, podría costarle caro. Además, los ilotas son muchísimos. Más que los periecos y los espartanos juntos. No creo que conozca a Veleka.

El mestizo obedeció. La muchacha dobló las rodillas sin descargar la cesta, cogió la cebolla caída y se marchó a pasos rápidos. Prómaco resopló.

—Tal vez podría buscarla, o preguntar a otros ilotas...

—Olvídalo. Nos han ordenado quedarnos en nuestro alojamiento, y no creas que dormiremos sin vigilancia. Además, suponiendo que por una remotísima casualidad encontraras a tu tracia, ¿qué crees? ¿Que podrías llevártela así, sin más?

Prómaco miró fijamente a Epaminondas.

—Tú me prometiste...

—Te prometí que te traería al corazón de Laconia, sí. Y que podrías recuperar a Veleka. Pero no así. Vendremos no como embajadores ni como suplicantes. Vendremos como vencedores. Entonces podremos recorrer Laconia, y yo te prometo que no solo para salvar a Veleka. —Señaló el lugar por el que se había ido la ilota—. Para salvarla a ella y a su pueblo. A todos los pueblos sojuzgados por Esparta. Y ahora vamos.

Se reunieron con el grupo beocio y continuaron camino hacia su alojamiento. A Prómaco no se le iba de la cabeza la mirada de miedo y sumisión de la ilota. Alrededor, muchas como ella iban y venían, y también hombres. Todos con aquellas vestiduras ajadas y esos humillantes gorritos de piel de perro. En silencio, sin mirar más que un par de pasos por delante de su camino. Se dijo que la promesa de Epaminondas tenía un difícil cumplimiento. Debía encontrar a Veleka, sí. Recorrería toda Laconia si era preciso, pero lo lograría. Y si no lo lograba, tendría que preguntar a la única persona que, a juzgar por el amuleto que colgaba de su escudo, conocía su paradero.

Aunque la próxima vez que viera a Antícrates, las que hablarían serían las armas.

22

El ataque de Fobos

Tebas. Año 371 a. C.

—Cuatro mil quinientos espartanos, setecientos de ellos auténticos espartiatas. Eso incluye a su rey Cleómbroto y a los trescientos Caballeros de la guardia real. Además traen trescientos jinetes laconios, y peltastas mercenarios, hoplitas y caballería de Heraclea, Fócide y Filasia. En total, diez mil hombres.

Diez mil hombres. Las palabras de Epaminondas habían escapado lentas de su boca, así que la asamblea beocia tuvo tiempo de digerirlas. Un tímido murmullo se extendió por el ágora. «¿Cuántos iguales dice que vienen?» «¿Incluidos uno de sus reyes y su guardia personal?» «¿Diez mil hombres?» «¡Diez mil!»

Epaminondas aguardaba sobre el estrado. Los informes acababan de llegar desde la frontera oeste con Fócide, donde se mantenían guarniciones destacadas. Los espías tebanos no habían encontrado dificultades para localizar a los enemigos, que no se escondían a la hora de requisar embarcaciones para atravesar el golfo, ni para establecer sus campamentos ni para reclamar levas en Fócide.

—Tenemos tiempo para movilizarnos —siguió Epaminondas—. Las dudas de Cleómbroto, que no se decide a cruzar los pasos de montaña, nos favorecen. Y también nos favorece que sea él el rey que han mandado los espartanos. Agesilao puede ser un viejo tullido, pero no ha perdido furia guerrera ni astucia. Aunque, de haberse presentado él, actuaríamos igual: reuniremos a nuestro ejército al completo y esperaremos al enemigo. Llevamos años. Confiad en vosotros mismos.

Las palabras del beotarca pretendían tranquilizar a la asamblea beocia, pero los rostros seguían crispados y los comentarios en voz baja cruzaban el ágora. Sobre todo, los beocios eran conscientes de que no podrían igualar el número de tropas enemigas.

—¿Has terminado de hablar, Epaminondas?

Era Menéclidas. Aguardaba su turno al pie del estrado, con los labios tan apretados que parecían una sola línea pálida bajo la barba rubia. Epaminondas suspiró y, con gesto indiferente, descendió. Aunque se volvió a medias mientras su rival político se disponía a tomar la palabra:

—Ahí tienes tu colina, Menéclidas.

Se oyeron algunas risas que, al menos, sirvieron para destensar el ambiente. Epaminondas ni siquiera se fijó en la reacción de Menéclidas. En lugar de ello, el beotarca que había provocado la guerra total observó los densos nubarrones que cubrían Tebas con un techo color pizarra.

«Fobos, maldito hijo de puta —pensó—, he aquí tu momento.»

—¡Varones de Tebas, de Tespias, de Platea, de Tanagra...! ¡Beocios todos! —empezó Menéclidas, con las palmas vueltas hacia el gentío y la cara marcada por una histriónica amargura—. ¡Yo reniego de mí mismo!

Gestos de estupor entre el público. Epaminondas, que se había reunido con Pelópidas y Górgidas no lejos del estrado, movió la cabeza a los lados:

—Iba en serio —les dijo en voz baja—: me da igual que sea Agesilao o Cleómbroto el que venga contra nosotros. Prefiero al enemigo que viene de frente que al amigo que te apuñala por la espalda.

—¿Sabéis por qué reniego de mis actos, amigos? —continuó Menéclidas—. Porque hace ocho años, estas manos que os muestro se mancharon de sangre. Bien saben Zeus, Apolo y

Atenea que lo hice con buena intención, pues buscaba vuestra libertad. ¡Y los dioses son testigos de que lo conseguí!

—Lo conseguimos, saco de estiércol —corrigió en un murmullo Pelópidas. Menéclidas, que no podía oírle, tomó aire para seguir con su discurso:

—Los dioses también saben cuánto me esforcé por atajar el derramamiento de sangre, aunque a causa de ello he padecido el escarnio de quienes no ven cuándo hay que parar. Ahora mismo habéis oído cómo nuestro noble beotarca Epaminondas, después de ocultar las horribles desgracias que se ciernen sobre Beocia, me insultaba. «Aquí tienes tu colina», me ha dicho. ¿No lo habéis oído? Sí, varones de Beocia. Amo de la Colina es como me llaman Epaminondas, Pelópidas y ese bárbaro al que han otorgado prebendas de las que vosotros carecéis. Amo de la Colina. ¿Y sabéis por qué? Porque en la colina de Scolos fui partidario de detener la lucha y de negociar con nuestros enemigos en lugar de darles carnaza, pinchar sus ancas y provocar una tras otra escaramuza hasta llegar a las batallas donde muchos de los vuestros ya han perecido. Ahora nos amenaza la mayor de todas ellas.

»Varones de Beocia, no se moviliza a esos diez mil hombres de los que habla Epaminondas para que se den un paseo. Yo os diré lo que va a ocurrir; y poco a poco, conforme comprobéis la verdad de mis palabras, os persuadiréis de lo inevitable de nuestro destino. Primero los espartanos se dirigirán hacia los pasos montañosos del oeste, en la frontera con Fócide. Pero no pasarán, porque no son escaramuzas entre rocas lo que buscan. Bordearán las sierras por poniente, al otro lado del Helicón, hasta encontrar al sur las llanuras que se abren al mar. El campo abierto que los espartanos necesitan para desplegar su monstruoso e invencible ejército. Entonces ese loco de ahí —señaló a Epaminondas— os enfrentará a ellos. ¿Es necesario que os adelante el resultado? Inevitable derrota. Destrucción total. Y lo peor no será el exterminio de trescientos niños ricos acostumbrados a las carantoñas; ni la de quienes, haciendo honor a vuestro linaje, empuñaréis las armas para defender inútilmente casas y familias. Lo peor vendrá después, y no lo veréis porque ya estaréis muertos. No podréis ver las gargantas que se abrirán bajo las hojas espartanas en cada ciudad beocia, en Tebas más que en ninguna otra. Ni veréis nuestra ágora inundada de sangre, nuestras murallas y casas derruidas, nuestros templos execrados, nuestras mujeres violadas, nuestros hijos cargados de cadenas...

El viento picó desde los nubarrones y silbó sobre las cabezas de los tebanos y sus confederados. El pelo rubio de Menéclidas se agitó sobre el estrado. Más que nunca parecía a punto de echarse a llorar. Cruzó ambas manos sobre el pecho y bajó la cabeza.

—Alguien debió acabar con él hace tiempo —mascullló Pelópidas—. ¿Cómo pude estar tan ciego? Y yo quería casar a Agarista con ese cobarde...

Fobos se posaba en medio del ágora. Sus garras apretaban los cuellos de los beocios. Algunos de ellos se mesaban los cabellos, y otros se tapaban los ojos. En las filas traseras, varios abandonaron la asamblea. Menéclidas, tomado el pulso de sus oyentes, consideró que debía rematar la jugada:

—Os he dicho que reniego de mis actos, y lo repito, varones de Beocia. Porque no fui lo bastante duro con quienes nos han abocado a este momento. No os culparé a vosotros de no haberme elegido como beotarca. Esa culpa es mía, porque no os hablé con claridad de lo que se os venía encima. Tampoco insistí con la obstinación adecuada para que Epaminondas no acudiera a esa embajada en Esparta, mucho menos sabiendo cómo manipula las voluntades ajenas y sobre todo la del anciano Filidas. Cada vez que os he hablado aquí contra las imprudencias de Pelópidas y de sus amigos bárbaros, no he mostrado suficiente entusiasmo. Es así, no puede negarse, porque lo cierto es que jamás os convencí. Por eso reniego de mis actos. De mi tibieza, de mis palabras poco consistentes, de mi exagerado respeto por quienes no respetan a Beocia.

»Pero no más, amigos míos. Esta vez me escucharéis. Y si no seguís mis consejos, la culpa no será de Menéclidas, sino de Beocia.

»Retirad vuestra confianza al beotarcado. En el pasado ya derrocamos a quienes eran injustos con el pueblo y nos llevaban a la ruina, así que podemos hacerlo otra vez. Exigid nuevas votaciones y elegidme a mí. Acabad, sí, con esto que ellos llaman democracia, e instauremos una verdadera. Yo, convertido en servidor de Tebas con vuestros votos, me dirigiré a Fócide antes de que el ejército espartano comience su marcha, y solicitaré una entrevista con el rey Cleómbroto. Le explicaré con humildad que hemos caído en manos equivocadas, pero que nuestra verdadera intención es vivir en paz. Firmaremos ese acuerdo por separado. Tebas por su lado, Platea, Tespias, Lebadea, Coronea... Todos los demás por el suyo.

»Y viviremos.

Bajó del estrado en silencio, mientras Fobos seguía repartiendo picotazos por toda el ágora. Las miradas de los ciudadanos beocios se posaron en Epaminondas. El beotarca retomó su puesto en lo alto de la tarima de oradores. Se echó atrás el pétaso para mostrar su sonrisa franca.

—¿Sabéis lo que nos hicieron los espartanos cuando fuimos al congreso de paz? Nos obligaron a comparecer ante ellos en un lugar que llaman pórtico Pérsico. Está lleno de despojos ganados a los persas hace un siglo. Y después nos pasearon ante el sepulcro de Leónidas y el monumento a sus trescientos Caballeros. En su ágora, mucho mayor que esta, pude ver las miradas de los espartiatas. Auténticos iguales acostumbrados a regir Grecia a golpe de lanza. Menéclidas ha dicho varias verdades, y una de ellas es que jamás nadie ha vencido a Esparta en campo abierto. ¿Y sabéis cómo interpreté yo todos los esfuerzos de Esparta por recordarnos las pasadas glorias de Leónidas? ¿Sabéis qué vi yo en los ojos de los espartanos ese día?

»Miedo.

»Los espartanos nos temen.

»He sentido cómo Fobos, el despreciable hijo de Ares, batía sus alas en el cielo de Tebas y descendía hace un momento sobre vuestros corazones. Ha sido por las palabras de Menéclidas, que también contienen muchas mentiras. Aquel día, en el ágora de Esparta, de igual modo sentí que Fobos bajaba y apretaba fuerte con sus garras, pero lo hacía sobre nuestros enemigos.

»Menéclidas acierta en su vaticinio: Cleómbroto y sus diez mil hombres intentarán atravesar los pasos del oeste. No lo conseguirán porque nos encontrarán allí, y porque ahora nos conocen y saben que, de pasar, les ocurrirá como en Scolos o en Tegira. Menéclidas dice que, entonces, bordearán las sierras por poniente para encontrar las llanuras del sur. Y es verdad, porque su única oportunidad es jugar al juego que les ha dado siempre el triunfo. Saben que no deben correr riesgos con nosotros, así que van a lo seguro. Ya os lo he dicho: nos temen.

»Diez mil hombres. Esparta se gloria de enfrentarse siempre a sus enemigos en inferioridad, sobre todo porque saben que la victoria es suya sin importar los números. Sin embargo, ahora se han cerciorado de que sus tropas superen a las nuestras. ¿Os lo repito? Nos tienen miedo.

Cleómbroto acampó al oeste de Beocia, junto al río Falaris, en el paso entre montañas que llevaba desde Fócide a Coronea. Eso significaba que, tal como habían previsto Menéclidas y Epaminondas, el ejército espartano buscaba el lugar por el que entrar en Beocia sin verse sorprendido en desfiladeros.

En un esfuerzo agónico, los beocios habían logrado reunir a seis mil hoplitas, incluido el Batallón Sagrado. Prómaco se hallaba al mando de medio millar de peltastas tebanos y mercenarios, y las demás ciudades beocias habían aportado el resto de la infantería ligera hasta un total de mil quinientos hombres. En cuanto al contingente de caballería comandado por el *hiparco* Górgidas, ascendía a seiscientos jinetes. Ocho mil guerreros en total para enfrentarse a los diez mil de Cleómbroto. Cuando este supo que la Confederación Beocia había movilizado todo lo que tenía, mandó mensajeros para exigir el cumplimiento del tratado. Sus condiciones eran claras: el ejército beocio debía disolverse inmediatamente, y delegados de cada ciudad, por separado, tenían que acudir a Esparta para acogerse a la paz del Gran Rey.

Epaminondas, que por votación había sido elegido como estratego del ejército beocio, rechazó el ultimátum y mandó fuerzas ligeras a ocupar los pasos. No solo en las orillas del Falaris, sino en el resto de las rutas de montaña. Tuvo la precaución de destacar a naturales de cada lugar, de modo que el conocimiento del terreno fuera siempre una ventaja. En cualquier caso, Cleómbroto no comandaba un ejército de diez mil hombres para hacerlos maniobrar en desfiladeros donde, como mucho, se podían desplegar filas de veinte o treinta hoplitas. Así pues, recorrió la frontera hacia el sur, sabedor de que el terreno montañoso cedería tras rebasar Tisbe. Confiaba en que la cordillera del Helicón retrasaría a los beocios, pues estos deberían rodearla, así que ordenó a sus hombres que se movieran a marchas forzadas. Había que entrar en la planicie. En un lugar donde la falange no se viera comprimida. Para rematar su jugada, mandó a sus *esquiritas*, las tropas de montaña espartanas, a simular que pretendían forzar el paso al norte del Helicón. Cleómbroto esperaba que Epaminondas picara, se entretuviera allí con su ejército y, una vez que se diera cuenta del engaño, arrastrara a sus ocho mil hombres hacia el sur a toda prisa. Así, dado que la ruta oriental era más larga y accidentada que la occidental, los beocios no solo llegarían más fatigados: es que no tendrían más remedio que interponerse entre los espartanos y Tebas. Y presentar batalla en campo abierto.

Lejos estaba Cleómbroto de imaginar que eso era precisamente lo que Epaminondas quería. Un escenario en el que el choque fuera inevitable, tanto para unos como para otros. En realidad, el rey confiaba en que ocurriera lo que era normal: a la vista del gigantesco ejército espartano, los tebanos empezarían a temblar. Tal vez fueran capaces de reunir valor y de formar en línea ante ellos; y era posible, pues a los dioses les gustaban los caprichos, que incluso iniciaran la marcha previa al choque. Pero cuando vieran de cerca las lambdas, la impecable y ordenada falange de auténticos iguales, y entre ellos a los trescientos guerreros más capaces de toda Esparta —lo que era lo mismo que decir de toda Grecia— avanzando junto a uno de sus reyes, los beocios arrojarían sus escudos, darían la vuelta y no dejarían de correr hasta refugiarse tras las murallas de sus ciudades. Y si unos pocos vencían su terror y permanecían en el campo, serían arrollados por la bestia espartana.

—Hemos encontrado a varias familias de Platea. Huían camino de Tebas con lo más necesario. Dicen que muchos de los suyos han corrido a entregarse a los espartanos.

Górgidas asintió ante el informe de Pamenes. La Roca se había adelantado con un destacamento de rastreadores a caballo para asegurarse de que el ejército espartano estaba donde Epaminondas esperaba.

—¿Sabían algo de Cleómbroto esos plateos?

—Solo que se lo está tomando con calma desde que llegó a Leuctra —contestó Pamenes—. Acamparon hace dos días, algunos jinetes retrocedieron hasta el puerto de Creusis y lo quemaron todo. Eso incluye doce naves fondeadas.

Górgidas torció la boca y regresó al pabellón de Epaminondas, donde se había reunido con urgencia el consejo de guerra. Habían llegado a mediodía, tras el último tramo de marcha desde Haliarto. Tal vez pudieran haber viajado más deprisa, atravesando las estribaciones del Helicón para cortar el paso a los espartanos junto al mar. Pero Epaminondas quería encontrárselos allí. Acabar de una vez por todas. Cuando entró en la tienda, Pelópidas estaba hablando para el colegio de beotarcas. Aunque por primera vez desde la instauración de la democracia él no ostentaba el cargo, se le había encomendado el mando directo del Batallón Sagrado, y todos seguían respetando su veteranía militar.

—Anoche tuve un sueño. O no sé si estaba despierto, porque tardaba en dormirme mientras pensaba en las grandes gestas a las que nos enfrentan los dioses.

»Oí aleteos fuera de la tienda. Pensé que algún pobre ratón iba a acabar sus días entre las garras de una lechuza, pero me equivocaba.

»Las alas eran las de Tisífone, la cruel Erinia. Entró en mi tienda con la antorcha en la mano; y os juro, hermanos, que las serpientes de su cabello silbaban como el viento en las montañas.

»—Pelópidas, hijo de Hipoclo —me dijo—, he venido para recordarte tu deber como beocio. Ha llegado el momento de que las antiguas ofensas sean castigadas. Limpia el nombre del buen Escédaso y desagravia a sus inocentes hijas. Sacrifica una virgen rubia por la dulce Hipona y por la bella Molpia. Hazlo sobre el pozo que hallarás a medio estadio de Tespias, a la vista de tus enemigos. Caiga la ira de nuestro padre Zeus sobre todo aquel que rehúse cobrar con sangre la deuda que los espartanos contrajeron con Leuctra.

Los beotarcas se miraron unos a otros. Epaminondas asentía despacio, como encontrando todo el sentido al profético sueño de Pelópidas:

—Es evidente, amigos míos, que la Erinia busca la ruina de Esparta y pretende una revancha que ya lleva generaciones de retraso. Pues hace muchos, muchos años, Escédaso, como bien habríais de saber, era un poblador de Leuctra. Según las leyes de Zeus, este beocio de noble corazón acogió en su casa a dos embajadores espartanos, y ambos se prendaron de las hermosas hijas de su bienhechor, Hipona y Molpia. Como las muchachas no quisieron entregarse a sus obscenos propósitos ni Escédaso permitía otra cosa que piadosas bodas, los embajadores siguieron camino para cumplir su misión. Pero al regresar camino del Peloponeso, hallaron que Escédaso se había ausentado de Leuctra y sus dos hijas estaban solas. Traicionaron las leyes de la hospitalidad y forzaron a las muchachas sin que nadie pudiera evitarlo. O mejor dicho, sin que nadie se atreviera, porque eran espartanos y su sola mirada infundía el miedo en los corazones. Cuando los felones se marcharon, Hipona y Molpia fueron incapaces de soportar la vergüenza y, antes de que su padre regresara, salieron de Leuctra y se ahorcaron en las ramas de una cercana encina, sobre un pozo seco que puede verse desde Tespias.

»Cuando Escédaso supo lo ocurrido, corrió bajo la encina y cayó de rodillas. Lloró durante semanas. Tanto que, según dicen —aunque a mí me parece una exageración—, el pozo dejó de estar seco. Una vez que pudo ponerse en pie, se dirigió a Esparta y, ante su consejo y los dos reyes, pidió que los sacrílegos embajadores fueran castigados.

»Pero no es necesario que os explique cómo aplican la ley nuestros enemigos. Escédaso fue despedido de malos modos, y aun se burlaron de él por tener unas hijas tan melindrosas. ¿No las habían honrado dos nobles espartiatas con sus semillas? Pues en lugar de matarse, que hubieran elevado sus plegarias a Hera, a ver si en sus vientres crecían dos buenos bastardos de sangre espartana. Escédaso, desesperado, arrastró los pies hacia el norte, llegó de nuevo hasta la encina donde habían muerto sus hijas y se arrojó al pozo. Algunos dicen que se ahogó en sus propias lágrimas, mas yo creo que se reventó la cabeza contra el fondo.

»Casi no recordaba la historia —intervino de nuevo Pelópidas—, pero ahora tengo claro que hemos de buscar esa encina. Y sobre el pozo, ya esté seco, ya lleno de lágrimas, sacrificar a la virgen rubia. A Zeus pertenecerá la venganza y a nosotros la victoria.

Los beotarcas se miraron entre sí. Si a alguno le pareció absurdo el sueño de Pelópidas, se guardó de decirlo. Traía mala suerte burlarse de los dioses y de sus enviados, y más en vísperas de una batalla.

—Hay algo más que debéis saber, amigos míos —continuó Epaminondas—. Estos días, mientras cubríamos los pasos de las montañas y vigilábamos los movimientos de Cleómbroto, los mensajeros han ido y venido de Tebas para mandar cumplida información.

»Ayer, un corredor que había cubierto los cien estadios desde Tebas a Haliarto pidió verme a solas en mi tienda. No quise deciros nada, lo confieso, porque su mensaje me causó desazón:

»El Heracleo apareció abierto hace unos días, y las armas de nuestro divino patrón no están en su lugar. Nadie sabe, de hecho, qué ha ocurrido con ellas.

—Sacrilegio —murmuró uno de los beotarcas, y empezó una retahíla de chasquidos y aspavientos contra las maldiciones.

—Eso mismo pensé yo al principio —siguió Epaminondas—, y por eso obligué al mensajero a guardar silencio, ya que no quería turbaros con lo que podía ser el vulgar saqueo de un ladrón, o incluso una maniobra de los espías espartanos para desgastar nuestra moral. Pero ahora lo veo claro. ¿Y vosotros? ¿No comprendéis qué ha pasado con las armas de Heracles?

Todos se miraron. Algunos se encogieron de hombros. Górgidas se adelantó medio paso, metido de pleno en el papel de figurante:

—Dinos ya, Epaminondas, qué significa ese portento.

—Significa que el propio Heracles ha tomado la piel del león de Nemea y ha empuñado sus armas. Cuando formemos las filas ante nuestros enemigos, no estaremos solos. Nuestro patrón nos acompañará, infundirá el miedo en el corazón de los espartanos y romperá sus filas con su maza. No tendremos más que entrar por la brecha y completar la matanza.

»Y lo veréis, amigos míos. Veréis cómo nuestros escudos, decorados con la maza de Heracles, quiebran las lambdas enemigas. Voy a dar orden de que la visión de Pelópidas y la noticia del Heracleo se difundan por todas las tiendas. Que los beocios sepan que Zeus y Heracles están a su lado, y que las Erinias planean una venganza que nos favorece.

Nadie se atrevió a negarse. Hacerlo podía tener funestas consecuencias en el caso de que el ejército beocio fuera derrotado, porque ocultar unos augurios como esos era negar el agua al sediento. Prómaco, que torcía la comisura derecha hacia arriba por la escena teatrera que acababa de presenciar, pidió la palabra:

—Bien, pues vistos los presagios y decididos los sacrificios, falta por saber qué estrategia seguiremos. Algo de ayuda tendremos que prestar a los dioses, ¿no?

Epaminondas asintió con entusiasmo. Apoyó las manos sobre la mesa de campaña, en cuya superficie de madera habían pintado un somero mapa de la zona. Señaló uno de los bordes.

—Estamos aquí, tras esta cadena de lomas que nos ocultan de nuestros enemigos. —Levantó la cabeza y sonrió—. Aunque ellos saben perfectamente que hemos acampado junto a Tespias.

»Cleómbroto se halla en este lugar —golpeó con el índice en el borde opuesto de la mesa, donde alguien había escrito la palabra "Leuctra"—. A treinta estadios de nosotros. Entre ambos, la inmensa llanura. Con algunas ondulaciones, pero no tantas como para que las falanges no puedan avanzar sin romperse. Es un terreno apto también para la caballería, sin obstáculos a los lados que eviten el flanqueo. No hay lugar para trampas, emboscadas ni subterfugios. Salvo quizás el polvo. Lleva muchos días sin llover, la tierra está suelta y mañana, si todo sigue igual, lucirá el sol.

»Mal conozco a los espartanos si no siguen su tradición, que tantos triunfos les ha dado. Formarán a su ejército alternando los batallones laconios con los de sus aliados de Fócide, Filasia y Heraclea. En su ala derecha, el lugar de honor, se colocarán los iguales, y justo en el extremo formarán los trescientos Caballeros, entre los que estará el rey Cleómbroto. Lucharán como siempre: mandarán a su caballería y a sus peltastas para neutralizar a los nuestros y conseguir que la batalla la decidan los hoplitas; luego buscarán el choque total a lo largo de toda la línea. Saben que nos superan, aunque actuarían igual si estuvieran en inferioridad: con su poderosa derecha intentarán arrollar nuestra ala izquierda. Si lo consiguen, girarán para atacarnos de través desde ese flanco.

—Así ocurre a veces —concordó Pelópidas—, aunque lo normal sería que muchos de los nuestros dieran la vuelta y huyeran antes de entrar en contacto. Nada más lejos de mi intención que ofender al resto de los beocios, pero yo respondo solo del Batallón Sagrado y de los tebanos. ¿Qué garantiza que los demás aguanten en sus puestos ante las lambdas? No dudo de su valor, aunque todos sabéis que un solo hoplita acobardado puede arrastrar a cien tras de sí. Y pensad en que veremos frente a nosotros a un ejército que nos supera en dos mil hombres.

Los beotarcas guardaron silencio. En realidad, todos temían que Fobos se adueñara de quienes menos tenían que ganar y más que perder. Lo que los tanagreos, lebadeos, coroneos... Lo que los beocios habían dejado atrás era a sus seres queridos, sus casas, sus tierras. En lugares como Ascra, Copais o Haliarto resultaba fácil sentirse tentado por la traición. Era tan sencillo como renunciar a la Confederación Beocia y anunciar la sumisión a Esparta. Sí: Tebas sería destruida, pero ¿no salvarían los demás su vida?

—Eso no pasará. —Epaminondas los miró uno a uno—. No pasará porque la mayor parte de nuestros hombres no llegará a enfrentarse a los enemigos. Hermanos beocios, hablad con vuestros conciudadanos y tranquilizadlos. Decidles que saquen brillo a sus armas y que mañana permanezcan en las filas. Pedidles solo eso. Para reforzar su valor, decidles que he mandado mensajes de socorro a Jasón de Feres. Estoy seguro de que el viejo tirano acudirá a nuestra llamada con olas de caballería tesalia, aunque no creo que llegue a tiempo. Pero de esto último no tienen por qué enterarse los hombres. Si son capaces de aguantar, la batalla está ganada. Mañana, tras los sacrificios, recorreré la falange y os diré hasta dónde tiene que avanzar cada batallón. Pongo a nuestro patrón Heracles por testigo: el único esfuerzo que tendrán que hacer será saquear al enemigo derrotado.

»Id ahora, por favor. Yo ultimaré un par de detalles con la caballería y los peltastas.

Los beotarcas abandonaron el pabellón. Cuando el último se había alejado, Prómaco enarcó las cejas. Se dirigió a Pelópidas:

—¿Sacrificar a una virgen rubia?

—No sufras. No ocurrirá. Lo tengo todo preparado. Una bonita yegua blanca se escapará del cercado al amanecer y, como carecemos de vírgenes rubias, lo consideraremos una señal de las Erinias. Se me ha ocurrido antes de la reunión, al ver un pozo seco junto a una encina al otro lado de las lomas. Górgidas ya tiene las cuerdas roídas que atará esta noche a una de sus ramas. Mañana todos reconocerán el lugar donde se suicidaron Escédaso y sus hijas. Allí degollaremos a la yegua.

Prómaco sonrió.

—Pero el tal Escédaso existió, espero. Y la ofensa de los espartanos también.

Pelópidas no le devolvió la sonrisa.

—Escédaso es un joven ateniense con el que coincidí un par de veces en la Academia, jamás le oí hablar de Esparta. Le gusta cazar y tiene dos perras estupendas: Hipona y Molpia. Aunque no sé nada de él desde que me fui de Atenas. Tampoco de las perras. Se lo conté a Epaminondas y le pareció bien. Ah, lo de la virgen rubia se me ocurrió al pensar en ti. Aunque creo que tú no tienes escrúpulos en sacrificar también a las morenas, ¿Eh, Prómaco?

El mestizo cerró los ojos un instante. Decidió que no había oído eso último, así que se volvió hacia Epaminondas.

—La historia es buena, tal vez guste en Leuctra. Lo de las armas de Heracles también es fantasía, supongo.

Epaminondas se encogió de hombros.

—Dejé el encargo a un par de hombres de confianza antes de salir de Tebas. Las armas reaparecerán en el Heracleo tras la batalla, tan milagrosamente como han desaparecido. Todo esto es necesario, Prómaco. Los beocios necesitan creer para expulsar a Fobos del campo.

—¿Y qué hay de esa promesa de que no llegarán a luchar?

—La cumpliré. Si distribuimos nuestro ejército como una falange normal, no tenemos posibilidades. Sí: Górgidas vencería a la caballería espartana porque nuestros jinetes son más y mejores; pero cuando llegara la hora de la verdad, la de las lanzas y los escudos, nos molerían como a grano. Por no rematar con lo que tememos: los demás beocios dudan, y no todos están inclinados a acompañar a Tebas en su suerte. Lamento decir esto, pero no confío en ellos, ni aun animados por los portentos de Heracles y la yegua blanca. Por eso esta batalla será diferente de todas las anteriores. Entre unos y otros me habéis enseñado cómo unos pocos pueden ser más que muchos, y mañana nos someteremos al juicio de Ares en una prueba final. De valor y de fuerza, pero sobre todo de ingenio. Ahora, Prómaco, has de escuchar cuál será tu misión y la de tus peltastas, pues en ellos confío más que en los hoplitas beocios.

23

Leuctra

Sur de Beocia, junto al río Asopo. Año 371 a. C.

Los rumores sobre la virgen rubia se extendieron con tal rapidez que en la vecina Tespias no quedó ni una muchacha que no tuviera el cabello tan negro como la noche. Todas escaparon en la oscuridad hacia el cercano valle de las Musas o se encaramaron a las alturas del Helicón. Hasta las hijas pequeñas de las vivanderas que acompañaban al ejército desaparecieron.

Los beocios que habían podido conciliar el sueño se despertaron antes de que saliera el sol. Los demás simularon que se desperezaban, que habían dormido como lirones y que nada podía turbar su tranquilidad. Se reunieron en silencio y con la vista puesta en el suelo. No se atrevían a mirar a sus compañeros para no ver el miedo que, sin duda, reflejaban sus ojos. Porque Fobos estaba allí también, codo con codo con los hoplitas, en los corros donde cada *enomotarca* explicaba a sus hombres cómo formarían, hasta dónde avanzarían, qué fuerzas quedarían a su izquierda y a su derecha, y les aconsejaba mantener la falange intacta, proteger al compañero de la izquierda, buscar el cuello y los muslos del enemigo con las puntas de las lanzas. Fobos reía nervioso, como los hombres al darse cuenta de que ahora no se trataba solo de una posibilidad incierta. En muy poco tiempo se hallarían frente al ejército enemigo. Miles de guerreros que intentarían matarlos y a los que debían matar. Fobos ayudó a cada sirviente a ajustar el peto de lino prensado, a apretar el barboquejo y a escoger la mejor lanza.

El brillo púrpura que amenazaba por levante se aclaraba en tonos dorados cuando un esclavo abrió el cercado de los caballos. Mientras los sirvientes embridaban a los animales, una preciosa yegua blanca se alzó de manos y salió a un galope enloquecido. El animal caracoleó por entre las hogueras e intentó escapar hacia el alba. Górgidas se desgañitó a gritos para que algunos de sus jinetes recuperaran a la fugitiva, pero esta, tozuda, trepó a largos trancos hasta la línea de colinas y su crin brilló con los primeros rayos de sol. Fue Pamenes quien la capturó al otro lado del campamento, cuando todo el ejército la había visto lucirse. Enseguida corrió la noticia de que, a falta de vírgenes rubias, aquella yegua sería la víctima del sacrificio. ¿O no estaba claro que su corta fuga era toda una señal divina?

Los beocios salieron del campamento sin orden. Al rebasar la ristra de colinas pudieron ver que al sur, a veinte estadios, el enemigo también avanzaba desde Leuctra. Aún no era más que una masa informe, diminutos puntos que relucían y que, en la engañosa distancia, parecían inmóviles. Pero la brisa que soplaba desde el golfo Corintio y las montañas del Citerón traía ecos dorios. Órdenes y cantos de guerra.

La encina, retorcida y plagada de nudos, se erguía solitaria al pie de la ladera. Su copa era enorme y se abría muy cerca del suelo. Un círculo irregular de piedras rodeaba una pequeña depresión, poco más que un hoyo ciego. Epaminondas se dirigió al árbol y acarició las hojas con solo extender la mano. De una de las ramas pendían dos pedazos de cuerda deshilachada, que el beotarca observó con reverencia.

—Ahí murieron las hermanas —se oía en bisbiseos entre las filas beocias. Las palabras recorrían lo que en poco tiempo se convertiría en una falange; describían los restos del suicidio a los compañeros más alejados y, en los extremos del ejército, la gente juraba que aún se apreciaban los extremos negruzcos por los que Escédaso había cortado las cuerdas para llevarse a sus hijas muertas. De repente, toda la llanura se había convertido en el escenario de un crimen ancestral. Un símbolo del abuso espartano y de la indefensión beocia.

Górgidas traía la yegua rebelde por las riendas, ayudado por Pamenes y cuatro sirvientes. El animal ni siquiera sospechaba cuál era su destino, así que el ritual adquirió un tinte triste. Incluso la planicie, pelada a excepción de la encina, recibía indiferente la luz del amanecer.

—¡Divinales Erinias, aceptad esta ofrenda joven y sin mancha; los beocios reclamamos que se cumpla la venganza!

La Roca obligó a la yegua a bajar la cabeza hasta que su hocico rozó el círculo de piedras. Epaminondas empuñó el cuchillo y cortó algunos pelos de la crin, larga y clara. Los dejó caer y, movidos por un soplo disimulado, flotaron en dirección al enemigo para caer a los pies de Górgidas. Todos lo consideraron un buen presagio.

La yegua recibió el tajo con un resoplido. Intentó revolverse, pero la sangre brotó en cascada y empapó el hoyo. Se venció de manos.

—¡Beocios! —Epaminondas se apartó de la encina mientras la yegua agonizaba. Levantó el cuchillo para que todos pudieran ver cómo chorreaba—. ¡Somos los primeros en herir y también seremos los últimos!

»¡La justicia, pues, está en nuestras manos! ¡Hoy limpiaremos los agravios que los espartanos han cometido durante generaciones y cuyas pruebas —apuntó a los muñones de las cuerdas— están ante vosotros! ¡Mirad a lo lejos, a esos hombres que vienen contra Beocia! ¡Incluso ellos han padecido las ofensas de la cruel Esparta! ¡En esas filas languidecen periecos afligidos y filasios humillados! ¡Los ilotas que sirven la comida de nuestros enemigos, los que hoy curarán sus heridas y lavarán sus cadáveres, son esclavos, hijos de esclavos, nietos de esclavos! ¡Y no hablo de bárbaros, sino de griegos tan griegos como los espartanos, tan griegos como nosotros! ¡Esparta ofende a los dioses, y por eso los dioses mancharán de sangre vuestras lanzas y vuestras espadas igual que han manchado este cuchillo!

Las palabras volaron por las líneas aún sin ordenar de los beocios. Epaminondas hizo una pausa para dejar que el mensaje calara a lo largo de los tres estadios de hombres en armas. Tomó aire y señaló al sur con el arma del sacrificio:

—¡No os dejéis impresionar por el número de vuestros enemigos, varones beocios, pues las guerras las ganan el valor y el ingenio! Y si no lo creéis, pensad en Aquiles, de pies alados, o en Odiseo, fecundo en recursos, y ved cómo en solitario eran capaces de enfrentarse a muchos, ya con su coraje, ya con su ingenio. Pero sobre todo recordad que Heracles viste la piel del león y que formará hoy a vuestro lado en la falange. Es la de Aquiles, Odiseo o Heracles la memoria que conservamos, y no porque junto a ellos lucharan miles. ¿Qué son miles, comparados con los hombres que se impusieron a la adversidad en Scolos o Tegira? Pues a esos los tenéis aquí, y nada han de envidiar a los vanidosos que vendrán hoy contra nosotros, y que se han esforzado en buscar aliados incluso bajo las piedras, porque ante ellos forma el ejército beocio. ¿O dejaríais que alguien cantara las glorias de Cleómbroto, el jovenzuelo medio idiota que manda a los espartanos, y silenciara las nuestras, que los expulsamos de nuestro hogar y los hemos mantenido lejos de él?

»Pero si titubeáis, beocios, pensad en las mayores recompensas que podáis imaginar. La primera de ellas la libertad, que es lo que nos quiere arrebatar Esparta. De esa disfrutáis ahora y disfrutaréis a partir de hoy y hasta el día que Hades os reclame. Y no dejéis de lado la gloria, que os sobrevivirá y será la herencia de vuestros hijos. Ellos podrán decir que sus padres lucharon hoy aquí, frente a Leuctra; que derrotaron a unos soberbios que se decían invencibles y que libraron a Grecia de la tiranía.

»Y si alguno de vosotros decide que no desea el honor sin final, o piensa que su libertad no vale tanto la pena, o supone que el castigo de los impíos espartanos no es asunto suyo, o acepta que la deshonra caiga sobre su nombre durante generaciones..., que recuerde que estamos a las puertas de Beocia y que tras nosotros no hay nada, salvo nuestras ciudades, nuestros templos, nuestras familias. Somos la última muralla entre el enemigo y la patria. Si flaqueamos hoy aquí, los muertos seremos afortunados, porque no tendremos que soportar el yugo del esclavo, ni seremos obligados a ver cautivos a nuestros hijos, a nuestros hermanos degollados por las espadas espartanas o a nuestras mujeres violadas por la chusma perieca.

Epaminondas calló y observó la reacción de los beocios. No hubo vítores ni los esperaba, porque lo que pretendía era la reflexión. Los prefería convencidos de la necesidad de no abandonar el campo de batalla que enardecidos y dispuestos a cargar hasta clavarse en las lanzas enemigas. Tras él, la yegua se agitaba con los últimos estertores. El murmullo que transportaba la arenga a los más alejados se fue debilitando, y desde el sur, ahogado por el viento, llegó el sonido de las flautas laconias. El beotarca se volvió hacia Górgidas.

—La consigna: Ares vengador y libertad. Ordena a tus hombres que la pasen por las líneas. Ocúltanos, amigo mío. Que Cleómbroto no vea lo que se le viene encima.

La mente de Prómaco se había convertido en una bóveda donde resonaban las palabras de Epaminondas. Porque él ya padecía las humillaciones que se reservaban para quienes preferían la vida al honor. Frente a él, al otro lado del llano, el ejército espartano era la barrera que debía derribar para acercarse a Veleka y lavar la afrenta. Pero había un eco que apagaba ese reproche. Porque, al igual que los miles de beocios que se habían reunido allí, él era parte de otra barrera. Y si caía ante el empuje espartano, el sufrimiento se extendería desde el Citerón hasta las tierras de los lagos y de un mar a otro. Aquellos guerreros de rojo se presentarían con sus lambdas en el templo de Atenea Itonia, forzarían las puertas y llegarían hasta Agarista.

—Prómaco, que tus dioses tracios te protejan.

El mestizo abandonó los ecos de su remordimiento y de sus temores y miró arriba. Górgidas lucía esplendoroso sobre su semental negro, con el casco reluciente y la sonrisa amable. Los jinetes no usaban escudo, sino un largo brazal de cuero endurecido que cubría desde la muñeca hasta el codo izquierdo. Se inclinó a un lado para estrechar su mano zurda

—Que nos protejan a todos, Górgidas. Y aunque no lo hagan me doy por satisfecho con ellos, porque me permitieron conocerte y luchar a tu lado.

—La consigna es Ares vengador y libertad. Recuerda: no forméis hasta que ceguemos a esos pelilargos.

Prómaco asintió. Górgidas levantó la mano para transmitir la orden de marcha. Pamenes, que actuaba como su lugarteniente, vio la señal desde lo alto de una loma, tras los hoplitas beocios. Colocó ambas manos a los lados de la boca.

—¡Caballería adelante!

Seiscientos jinetes rebasaron la cadena y aparecieron en el campo con sus mantos blancos. Los hoplitas y los peltastas crearon pasillos y, en voz baja, les desearon suerte. Górgidas, *hiparco* de la Confederación Beocia, contempló cómo sus hombres salían a primera fila. Su cara se iluminó con el orgullo de los antiguos aristócratas, los que combatían por encima de los demás guerreros.

Con la siguiente orden, la caballería avanzó al paso, abriéndose para ocupar lo ancho de la llanura. Los caballos, escrupulosos, esquivaron el cadáver de la yegua blanca. Cabecearon al oler el miedo y levantaron las orejas hacia el sonido lejano de las flautas laconias.

Prómaco miró en aquella dirección. A través de los caballos distinguió que alguien salía de las filas espartanas. Adivinó más que vio al rey Cleómbroto, que se ponía a la vista de espartanos, periecos, heracleotas, focidios y filasios. Alguien le llevó una cabra que, casi como un trámite, degolló mientras invocaba a Artemisa Agrótera. Las flautas entonaron el himno a Cástor, que fue apagado por el ruido de los cascos beocios. Poco a poco, conforme la caballería de Górgidas se alejaba, el aire se volvía turbio. Una tímida nube de polvo que ascendía y que, con gran lentitud, era arrastrada por la brisa. Prómaco vislumbró que el rey enemigo trotaba hacia el este. A ocupar su puesto de máximo honor, junto a su guardia de los trescientos Caballeros y en el extremo derecho del ejército invencible. Recorrió con la vista la formación espartana. Todas las lambdas, iguales unas a otras como copos de nieve en una tempestad tracia, se alineaban a su izquierda y ocupaban más de la mitad de la falange. El resto era una amalgama de colores y símbolos. Casi setecientos escudos de frente. Antes de que la nube de polvo se volviera densa y opaca, incluso pudo ver cómo la caballería y los peltastas enemigos aparecían entre los huecos dejados por las *moras* enemigas. Después el sol se volvió una esfera pálida. Los caballos beocios habían pasado del paso al trote y recorrían el campo. Aquello formaba parte de la estrategia de Epaminondas para ocultar los movimientos propios al enemigo. Llegaba el turno de Prómaco. Se volvió hacia sus hombres.

—¡Lanceros delante, fila de a uno! ¡Jabalinas detrás, de a dos!

Lo había explicado la noche anterior a sus subordinados, y estos a los hombres que formaban cada *enomotía*. Corrieron para cubrir un amplio frente de quinientos hombres. Prómaco revisó la maniobra corrigiendo a quienes se adelantaban demasiado. Repitió la consigna del día, recibió los últimos saludos y estrechó las manos de quienes habían luchado junto a él en Scolos, Naxos, Tegira o Elatea.

—¡Sed valientes, hermanos! ¡No rompáis la formación ni luchéis solos! ¡La victoria depende de no abandonar a los nuestros!

Pronto se formó una fila erizada con las largas astas ciconas. Las lanzas de los pobres, tan largas que los guerreros tenían que apoyarlas en la media luna cóncava de su pelta. Jamás al sur de Tracia se había visto una formación semejante. Prómaco se admiró de la belleza acerada. Medio millar de puntas que se extendían ante cada hombre el doble que una lanza de hoplita. Tras los lanceros, los jabalineros formaron sus filas, tan apretadas como una falange. Y a espaldas de la infantería ligera, los dos mil hoplitas reclutados en Tespias, Platea, Tanagra, Copais, Acrafilia, Queronea, Lebadea, Haliarto, Coronea... Se dispusieron en un rectángulo desproporcionado, de solo cuatro hombres de profundidad por quinientos escudos de ancho. Aquellos no eran guerreros especialmente preparados, como el Batallón Sagrado, ni tan motivados como los hoplitas tebanos. Ni siquiera eran veteranos, como los peltastas de Prómaco. Y sin la profundidad de ocho o doce escudos, la tradicional en toda Grecia, cualquier choque resultaría fatal. Los hoplitas peloponesios no tenían más que llegar hasta allí y los barrerían como el noto limpia la campiña de hojarasca. El mestizo miró a su izquierda, al enorme cuadro tebano a cuyo frente se hallaría Epaminondas.

«Ojalá no te equivoques, amigo», pensó.

En el extremo izquierdo del ejército tebano, Pelópidas ajustaba las posiciones del Batallón Sagrado, a cuyo mando estaba. Los trescientos amantes ocupaban las cuatro filas exteriores de un cuadro que poco a poco iba tomando forma. Una multiplicación magnífica de la experiencia de Tegira. Ochenta escudos de frente por cincuenta de fondo. Cincuenta.

—¿Estás seguro, Epaminondas?

El beotarca observaba la cortina de humo que la caballería había formado entre ambos ejércitos. Se oían multitud de relinchos y de gritos, pero no el sonido de la lucha. Todavía. Miró a Pelópidas.

—Tan seguro como puede estar quien tiene en sus manos el futuro de Beocia.

Pelópidas observó el denso rectángulo tebano. Movió la cabeza a los lados.

—Los espartanos formarán con menos profundidad. Los griegos llevamos siglos haciéndolo así. Sobre la mesa podía comprender lo que pretendías, pero ahora veo demasiado espacio vacío. Fíjate. —Señaló a la derecha de la falange—. Si el enemigo carga por ahí, nos rodeará.

Epaminondas se acercó a Pelópidas.

—Has dicho bien, amigo: los griegos hemos luchado igual durante siglos. Por eso llevamos tanto tiempo bajo el dominio de Esparta.

Pelópidas no replicó. Él había visto cómo ese principio se rompía en Tegira, donde su Batallón Sagrado, mejor adiestrado y más denso, rompía y ponía en fuga una falange que lo doblaba en número. Pero en Elatea había salido mal. Un triunfo y una derrota, sonados pero no decisivos. Ahora, el llano de Leuctra no era una campiña donde luchaban mil hombres, sino casi veinte mil. Se volvió para examinar los rostros decididos de sus hombres. De dos en dos, amado y amante. Se abrazaban y se prometían seguir juntos siempre, ya vivos, ya muertos. Recorrió el resto de las filas tebanas. Cada hoplita de vanguardia, con otros cuarenta y nueve detrás que lo empujarían hacia delante en el momento del choque, le devolvió la mirada con una mezcla de miedo y estupor. Anticipaban lo que iba a ocurrir. Sabían que cuando esa nube blanca se disipara, frente a ellos aparecerían las lambdas espartanas, con los iguales tras cada escudo. Y con los trescientos más capaces delante. Epaminondas había puesto a los tebanos en el lugar más peligroso de la batalla. Por un momento, Pelópidas se sintió como una yegua blanca conducida bajo la encina del sacrificio. Incluso él, artífice de la farsa, se había dejado llevar por la solemnidad de aquel rito. Eso significaba que podían convencerse de cualquier cosa. De vencer también. Y de sobrevivir y regresar para gozar en paz del amor de Górgidas.

Górgidas.

Dos de los hoplitas de vanguardia, jóvenes del Batallón Sagrado, sellaban en ese instante su compromiso de morir juntos con un largo beso en los labios. Pelópidas se dio la vuelta. Apoyó la contera en tierra y entornó los ojos en un inútil intento de penetrar la densidad polvorienta. Las carreras de los caballos pasaban cerca, se los oía resbalar sobre el terreno seco y hasta allí llegaban rodando los pequeños cantos arrancados del suelo por los cascos. Se oyeron órdenes de carga. Estaba a punto de empezar todo.

«Sobrevive, Górgidas», deseó en silencio. Porque de entre todos los miembros del Batallón Sagrado, él, su líder, era el único que no lucharía junto al amor de su vida.

Prómaco miraba a su derecha. Tanto sus peltastas como la delgada falange beocia seguían inmóviles, casi al pie de las colinas donde habían escuchado la arenga de Epaminondas.

Pero a la izquierda, el enorme cuadro tebano se movía. Cuatro mil hombres reunidos en una sola masa avanzaban al unísono, cantando cada paso y alternando los pisotones con las órdenes de apretar la formación. La cabecera se hundía en la nube de polvo levantada por la caballería. Miró atrás. Sus hombres se humedecían los labios en un instintivo gesto. Dejaban reposar la lanza, se secaban el sudor o restregaban las palmas contra el paño arrollado en el astil. El sol se elevaba muy, muy despacio. Se fijó en el enjambre de moscas que, tras las líneas tebanas, se arremolinaba sobre la yegua muerta. Sonrió a medias.

«Una farsa. Confiamos nuestras vidas a una farsa.»

Uno de los peltastas le avisó. Un par de caballos regresaba en loco galope desde la nube. Sin jinete. Torcieron su rumbo a un estadio y escaparon hacia el extremo occidental del llano. Prómaco se esforzó en identificarlos, pero no pudo. ¿Laconios o beocios?

—¡Nuestra caballería es mejor, no temáis! —intentó tranquilizar a los suyos.

Varios animales más brotaron a trechos, algunos sin dueño y otros montados. Grupos de tres y cuatro hombres se reunían, cruzaban unas palabras y galopaban para volver a perderse tras aquella cortina impenetrable para la vista. Un par de heridos salieron cojeando y pidieron ayuda. Prómaco percibió movimiento tras de sí.

—¡Quietos! ¡No rompáis la formación!

Podía parecer cruel no auxiliarlos. Podía incluso serlo. Pero todos conocían los riesgos, tanto de ir como de quedarse.

Se quedaron.

Una nota larga brotó de las gargantas tebanas a la izquierda. Un himno entonado al unísono por cuatro mil hombres:

Te canto a ti,
Heracles, hijo de Zeus,
poderoso entre los hombres,
a quien parió Alcmena en Tebas,
de altas regiones,
de bellas danzas:
concédeme suerte,
concédeme fuerza.

Prómaco observó la retaguardia del enorme cuadro rebasando la delgada fila de peltastas. A su espalda, el resto de los hoplitas beocios también miraba. La mayor parte de ellos, ciudadanos pacíficos que embrazaban sus escudos dos o tres días al año, estarían evocando todo lo que en un momento u otro de su vida habían oído sobre Esparta. De seguro que entonces, cuando nadie imaginaba que hoy se hallarían allí, les había parecido absurda la sola idea de enfrentarse al mejor ejército que Zeus había puesto sobre la tierra. Prómaco recordó las historias que su padre le contaba en las pocas ocasiones en que podía disfrutar de su presencia. Cuentos sobre la increíble aventura de los Diez Mil en Asia, o relatos de batallas legendarias en las que siempre aparecían aquellos hombres casi divinos vestidos de rojo, con largas melenas y lambdas en los escudos.

«Nadie aguanta la mirada de un espartano antes del choque, Prómaco —le decía—. Tal es su fama, que los enemigos llegan a llorar de miedo, se dan la vuelta y se retiran.»

Pero él no recordaba así la mirada del navarca Pólidas junto a Naxos. Él no lloró ni se retiró.

—Podemos vencer —se dijo—. Podemos vencer.

Epaminondas no es un héroe ávido de gloria. No siente deseos de emular a Aquiles porque se sabe una pieza más de la enorme máquina ideada por los dioses. Su meta es no desentonar en el canto colectivo para que la melodía suene afinada, bella, equilibrada, perfecta. Contribuye con su pequeño esfuerzo en el esfuerzo mayor de sus compañeros de línea, igual que estos lo hacen con el resto de su falange; y la falange es un miembro de un cuerpo mayor que es el ejército, como este lo es de la propia Beocia y más allá, de Grecia, de Europa y de toda la creación divina.

Avanza por eso a la par que sus hombres. Pasos coordinados. Pie derecho, pie izquierdo. El *aspís* firme delante, sin descuidar al compañero de la izquierda. La lanza por encima del hombro, con el astil apoyado en el reborde superior del escudo. El cuello encogido entre los hombros y los ojos atentos al frente. Induce seguridad el desfile atronador de cuatro mil hombres, y uno sabe que no está solo mientras transita por la nube de polvo. Figuras oscuras se materializan de la nada. Caballos malheridos que se agitan en el suelo. Uno de ellos patalea como si trotara sobre el aire. No hay espacio para desviarse, así que el ejército pasa por encima. Los hombres inmóviles en el camino de la falange, incluso los que todavía se arrastran, corren la misma suerte, sean amigos o enemigos. Un relámpago fugaz cruza por delante de derecha a izquierda. Suenan relinchos. Hay gritos aislados, pues combatir a caballo no es lo mismo que hacerlo a pie. Los hombres no pueden apoyarse en el jinete de al lado porque su compañero es el propio animal. De vez en cuando, dentro de la nube, algún beocio desorientado grita la consigna.

—¡Ares vengador!

Y en ocasiones se oye la respuesta correcta.

—¡Libertad!

Pero otras veces no, y entonces el jinete beocio lanza su jabalina hacia la sombra que cabalga cerca. Es curioso, pero los laconios montados no intentan localizar a sus enemigos probándolos con la consigna. Epaminondas supone que la razón es la típica soberbia espartana. Para ellos no hay honor en combatir a caballo. Los jinetes son desechos de su sociedad, su única misión es anular las fuerzas de caballería enemigas y dejar el terreno limpio para los verdaderos luchadores: los hoplitas. Por eso no comparten su consigna de combate con ellos.

—Idiotas —dice Epaminondas, y escupe un salivazo terroso.

Ya están sumergidos en la bruma. Se ha perdido la conciencia del espacio, así que no saben con qué se van a encontrar, o si la formación enemiga está diez pasos o a dos estadios. Da igual. La falange avanza al ritmo que marca el cántico.

Se oye un chasquido a la izquierda. Otro más. Repiquetean como las primeras gotas de lluvia en una tormenta estival. Epaminondas siente el golpe en el escudo y una bola rueda a sus pies.

—¡Honderos!

Los tebanos hunden la cabeza tras el escudo. Los proyectiles de plomo golpean cada vez con más fuerza, pero los tiradores disparan a ciegas. En otras circunstancias, los peltastas habrían limpiado el campo ante la falange, pero hoy es día de novedades. Epaminondas ve la sombra encogida delante. No es una. Dos. No... Tres, cuatro... Un hombre cae seis filas a la derecha. Nadie intenta ayudarlo para que no perezca bajo la piedra de moler andante. La falange no se detiene. Los honderos se disuelven en la niebla y aparecen los jabalineros. Lanzan a muy corta distancia. Algunos dardos rebotan, otros atraviesan la placa de bronce y se hunden en la madera del *aspís*. Hay más bajas, que desaparecen tras quejidos cortos y secos bajo la masa en constante avance.

—¡Guardad la formación!

Es necesario recordarlo porque ha llegado el momento de la impotencia. Los peltastas matan fuera del alcance de la lanza y retroceden. La tentación del hoplita es la de abandonar la línea, correr adelante y espetar a ese felón que mata de lejos.

—¡¡Guardad la formación!! —insiste Epaminondas, ya que salir de la falange es renunciar a la protección de los compañeros. Es picar el anzuelo y resultar acribillado.

Las flautas se oyen cercanas. Los espartanos son únicos incluso en eso. Todos los demás ejércitos griegos usan trompetas. Ellos no.

—¡Falta poco!

Epaminondas lo sabe porque las flautas solo suenan si el ejército espartano avanza. Además, ve cómo los peltastas enemigos corren hacia los lados para no caer entre los dos muros humanos. El momento se aproxima. Por debajo del cántico tebano suena otro. El himno a Cástor. La niebla se disipa con rapidez, fugaces pinceladas rojas al frente. Epaminondas vislumbra una lambda. Y otra más. Los escudos enemigos negros con la inicial de su patria pintada en rojo. Las estrofas de los dos himnos ya se confunden. Se afirma el *aspís*, los nudillos se tornan blancos. El corazón se acelera y la visión se encoge. La vanguardia espartana aparece como surgida del abismo. Ojos feroces, barbas largas y trenzadas. Los mejores soldados de Grecia parecen calcos unos de otros. Su visión ahora será la de las mazas negras sobre los blancos escudos tebanos. Es el momento de que Heracles entre en acción.

Llegan a una lanza de distancia y, por puro instinto, los hombres de la primera línea se detienen. Entonces, mientras las demás filas ajustan su avance, da comienzo el caótico baile de pinchazos entre las vanguardias. Tímidas intentonas de alcanzar al de enfrente por encima o por debajo del *aspís*. Epaminondas no puede permitirlo. No quiere una lucha de relevos, goteo de bajas, con la vista de los muertos en la tierra de nadie, Fobos adueñándose de cada mente. Los espartanos son guerreros desde la cuna y siempre superarán en habilidad a los hoplitas de temporada. Por eso, antes de que se derrame la primera sangre, hay que olvidarse de esos duelos delanteros y aprovechar enseguida la auténtica fuerza del cuadro tebano.

—¡A ellos!

Hay un momento, justo antes del verdadero choque, en el que cualquier hombre pierde el control. Golpear el escudo contra el escudo del enemigo se convierte en una obsesión. Por eso hay un salto colectivo entre las dos falanges. Epaminondas mete el hombro contra la concavidad de su *aspís*, dobla la rodilla izquierda e inclina el cuerpo hacia delante. El encontronazo metálico es simultáneo. Ochenta placas de bronce impactan contra otras ochenta. Los cánticos se interrumpen y los hombres impelen energía a su cuerpo con gritos. Ruge el *othismos*. Ese momento en el que miles de guerreros presionan unos contra otros tras la colisión. Aprietan los dientes, afirman los pies en el suelo. El compañero de la segunda fila apoya su propio escudo contra la espalda del de delante y aplica todo su peso. Y el de la tercera hace lo mismo con el de la segunda. Así sucesivamente hasta que cada hoplita de la vanguardia tebana siente tras de sí el empujón sobrehumano de cuarenta y nueve almas. Lo malo es que el espartano de delante también empuja, y a él lo comprimen sus propios compañeros. Es como ahogarse fuera del agua. Pensar en herir con la lanza se convierte en algo descabellado. Los huesos se prensan. Incluso algunos hombres dejan de pisar y se alzan atrapados entre unos y otros. Los gritos se acallan pronto, cuando aún no ha caído ni un solo guerrero cuerpo a cuerpo. Entonces llegan los resoplidos y el desagradable rechinar de las suelas contra el terreno.

—¡¡Empujaaad!!

Delante no se oye la misma orden con acento dorio. A los espartanos no hace falta que les expliquen su trabajo. Epaminondas traga aire. Gruñe, resbala. El polvo vuelve a subir y se mete en las narices. El tufo a sudor se extiende. Alguien insulta por detrás. «Hijos de puta pelilargos», dice. Otros juran por Ares o por Zeus, o llaman a sus madres o mastican plegarias en susurros. Los espartanos siguen callados. Cumplen su deber en silencio, tal como en los cientos de batallas anteriores. Pero esta no es igual. Epaminondas casi puede percibir la ola de desconcierto frente a él. A cada columna espartana de doce hombres se opone otra tebana de cincuenta, y ni los dioses, ni las leyes de Licurgo ni los años de prestigio anulan las matemáticas. Los tebanos ganan terreno. Es muy poco a poco, pero de forma inexorable. Epaminondas ya no resbala. Apoya el pie derecho y mueve el izquierdo hacia delante. La presión se afloja un minúsculo instante tras él para reanudarse con mayor fuerza. Un pasito más.

—¡¡Sííí!! ¡¡Empujaaad!!

Empujan, desde luego. Es lo que todos hacen, desde el guerrero de vanguardia hasta el último de cada fila. El error de Pelópidas en Elatea fue precisamente no aprovechar esa potencia de empuje única. Esta vez no ocurrirá. Los jadeos aumentan, el sudor sube en vaharadas, la tierra se ablanda. Un paso más.

Al fondo, entre los espartanos, alguien decide que el *othismos* no da el resultado habitual, y decide pasar a la siguiente fase:

—¡Lanzas!

Epaminondas oye que la orden se repite por la falange espartana. Nota el desconcierto en las voces, pero no hay tiempo para alegrías, porque en ese momento se afloja la presión. La sensación es la misma que si el suelo desapareciera y uno se precipitara abismo abajo. Visto desde el frente espartano, parece más bien un alud de rocas. Muchos tebanos caen de bruces o sobre sus escudos, y son inmediatamente arrollados por sus propios compañeros. Otros reaccionan a tiempo y aguantan el tipo. Epaminondas es uno de ellos. Ahora se inclina hacia atrás, luchando contra el empuje de sus propios hombres. Cobra conciencia de que ha descuidado el verdadero peligro, y se encoge tras el escudo. Entonces llega la segunda parte de la maniobra espartana. Asoma una punta junto a su *aspís* y se clava en el ojo del tebano que tiene a su izquierda. Revienta la pupila, destroza la órbita, penetra un palmo. La cabeza sufre una sacudida hacia atrás, y la lanza retrocede. El tebano cae.

A lo largo de toda la línea se repite ese ataque perfecto. Sincrónico, fulgurante y certero. Los chillidos de dolor y el crujido de la carne desgarrada han coincidido en un espantoso instante. Y mientras los muertos se derrumban, más lanzas surgen por entre los escudos. Encima y debajo. Caen otros tebanos de vanguardia sin saber qué ocurre. Epaminondas sube el *aspís* justo para detener un lanzazo a su boca, y acto seguido suelta una orden seca:

—¡Cubrid la línea!

Los hoplitas de segunda fila pisan a sus compañeros caídos para reponer las bajas de vanguardia y, a costa de algunos muertos más, se recupera la densidad de la falange. El avance tebano recorre el interminable paso que han retrocedido los espartanos y recupera el contacto. Nuevo impacto metálico y la presión vuelve, pero esa corta maniobra, seguramente repetida hasta la saciedad en las maratónicas sesiones de entrenamiento en Esparta, ha servido para diezmar la vanguardia tebana.

«Qué buenos son», le dice una voz interior a Epaminondas.

La masa sigue compacta y recupera su empuje, con las mazas negras de Heracles pegadas a las lambdas rojas. Epaminondas, que ocupa el centro del cuadro, intenta ver qué ocurre más a la derecha, pero solo ve cabezas apretando contra los escudos. Penachos y polvo. Sigue presionando, y atento a que los de delante no repitan la súbita maniobra del paso atrás y la lanzada.

—¡Adelante! —grita casi sin aliento—. ¡Un poco más!

Nuevo vacío ante su escudo, aunque esta vez sin orden alguna para no avisar. Semejante coordinación solo es posible tras siglos de experiencia colectiva y tras años de adiestramiento individual. El impulso propio, como antes, casi hace caer a Epaminondas. Las lanzas enemigas vuelven a moverse fulminantes, clavándose a ambos lados de nuevo para a continuación picar abajo, y a la cara después. El beotarca ve asomar una punta por la espalda del hoplita que forma a su derecha. Le ha entrado por la ingle y el desgraciado salta de dolor. El astil se parte. Parece que se va a repetir la matanza del primer intento, pero los tebanos aprenden a fuerza de necesidad y ahora son menos los que, presionados desde atrás, caen de bruces ante los espartanos o descuidan su defensa. Epaminondas también tiene tiempo esta vez. Echa el brazo derecho hacia atrás, avanza el paso largo que ahora es tierra de nadie e impele su arma con un latigazo. El espartano de enfrente sube su *aspís* demasiado tarde. El golpe, que iba destinado a su cuello, acaba penetrando bajo su nariz. Rompe el hueso y hay un estallido de sangre. El beotarca brama como un león. Como él, otros tebanos superan el momento y pican al enemigo. Esta vez es un intercambio de lanzazos. Muchos espartanos caen a lo largo de la fila, pero aún caen más tebanos. Durante un corto lapso, la superioridad en el arte de matar marca la diferencia. Cuando Epaminondas quiere darse cuenta, a su derecha no hay nadie. Le llega una lanzada en oblicuo que consigue detener, y un compañero de la segunda fila contraataca. El espartano que ha intentado picar al beotarca se derrumba con el cuello atravesado. Alguien salta a su lado y pincha desde arriba, pero antes de caer tiene dos puntas metidas en el vientre. Sus entrañas se desparraman. Entonces Epaminondas es consciente de que los escudos ya no están trabados, pero también de que sigue avanzando mientras retroceden los hombres vestidos de rojo. Algunos saltan hacia delante para frenar la ola imparable de mazas negras, aunque esta vez los espartanos no consiguen recobrar el contacto en condiciones, y mucho menos repetir la treta del retroceso sorpresa. Muchos son arrollados y pisoteados. Los tebanos resbalan sobre ellos. Algunos tropiezan y desaparecen engullidos por la falange. La fila espartana adelgaza por momentos. Los orgullosos iguales dan pasos cortos hacia atrás y tropiezan con sus compañeros de las filas postreras. Los que pierden las lanzas desenfundan sus *xyphos*, las cortas espadas espartanas diseñadas para pinchar muy de cerca. Con ellas asestan estocadas salvajes, fulgurantes. Son tan buenos que incluso desde el suelo matan antes de morir; pero los tebanos son más y rellenan las filas sin fin. No se acaban, y su avance se convierte en avalancha. Se escuchan órdenes dorias:

—¡Aguantad!

—¡No rompáis la línea!

—¡Recuperad la formación!

Demasiado tarde, porque las líneas se han quebrado por la

pura fuerza del número, y el que se resiste es tragado por la masa interminable de la falange tebana. Se acabó el momento de las maniobras de combate. Llega el dominio de la masa. Lo animal, esa es la paradoja, se ha convertido en el núcleo de la genialidad. Darse cuenta es lo que causa el terror a los espartanos. Epaminondas también lo percibe. Cada vez son más los que empuñan sus *xyphos* porque han roto las lanzas de tanto matar. Y los escudos que su ley les prohíbe arrojar yacen ahora pisoteados, o bien les sirven de mortaja. Ahora caen ellos nada más. Cada uno recibe dos o tres lanzadas, y cuando el de detrás viene a sustituirlo, muere enseguida. Epaminondas se ve asaltado por la euforia cuando vislumbra el terreno desnudo tras la deshecha falange espartana, a través de los últimos hombres que, con la sorpresa pintada en el rostro, se disponen a ofrecer su muerte a la patria. Una especie de zumbido sordo se extiende desde el cuadro tebano en el momento en el que los hombres de la retaguardia son conscientes de que están arrollando al enemigo.

Si hay algo peor que luchar, es esperar la lucha. Contrariamente a lo que muchos piensan, no es durante el combate cuando el miedo suele robar el honor a un hombre, desbaratar una falange o condenar a una ciudad. Es antes. En esos momentos que se alargan sin fin y en los que el guerrero se ve a sí mismo muerto o, peor aún, en el doloroso trance de morir. Y sobre todo cuando otros compañeros sufren y mueren ante los ojos del que aguarda.

Prómaco acaba de descubrirlo a pesar de su larga experiencia, porque hasta ese día, los peltastas eran siempre de los primeros en entrar en combate. Hoy, por el contrario, son meros espectadores. Al menos de momento. Y durante esa larga espera, el miedo ha anidado en los corazones beocios.

«No es el miedo a la muerte lo que diferencia a un guerrero cualquiera de un guerrero espartano —le contaba su padre cuando era pequeño—, sino el miedo al miedo: lo que nosotros conocemos por cobardía. Porque los espartanos, créeme, también sienten miedo durante la lucha. Pero no temen a ese miedo, porque lo consideran natural e incluso necesario. Sentir miedo durante la lucha, pues, implica que la lucha ha comenzado. Sentir miedo antes es cobardía, y puede llevar a que la lucha no empiece. El miedoso lucha y a veces muere; el cobarde arroja su escudo, da la vuelta y huye. Esa es en realidad la esencia del valor. Lo que hace que Esparta sea invencible.»

La estrategia de Epaminondas adolece de ese fallo. Los hombres que no entran en acción ven cómo sus compañeros se baten, cómo se aterrorizan y cómo mueren; y mientras miran, tienen demasiado tiempo para pensar en el miedo que les espera. Algunos temen a ese miedo y, en consecuencia, se convierten en cobardes.

Hace tiempo que la enorme nube de polvo se disipó. Cuando el campo se aclaró, todos han podido ver que la caballería tebana ha derrotado a la laconia. Solo unos pocos jinetes focidios, más hábiles que sus demás aliados, han sobrevivido, y ahora se alejan rumbo a Creusis. El espacio entre los dos ejércitos, salvo aquel donde lucha el masivo cuadro tebano, se encuentra lleno de cadáveres de hombres y animales. Algunos de ellos tebanos. El resto de la caballería de Górgidas, una vez resuelta su misión, ha salido por el flanco derecho y lanza cargas aisladas para mantener ocupada a la izquierda espartana.

Lo que ve Prómaco, pues, es un campo de muerte. El centro e izquierda espartanos están inmóviles, pues no pueden adelantarse a su derecha, que sigue trabada con el cuadro tebano. Hacerlo implica romper la disciplina de ataque, y eso no entra en las cuadriculadas mentes espartanas. En cuanto a los peltastas enemigos, vacilan. No quieren alejarse de sus hoplitas, a los que suelen preceder a corta distancia, pero se les ve inquietos. Prómaco teme que, tarde o temprano, uno de ellos se dé cuenta de su error y ataque de flanco el cuadro de hoplitas tebanos.

En lugar de ello, alguien toma una iniciativa más conservadora. Los peltastas, según la tradición, deben eliminar a los peltastas enemigos. Solo en su ausencia pueden atreverse contra la infantería pesada, como hizo Ifícrates en Lequeo. Así que, de pronto, el millar corto de peltastas laconios se lanza con gran griterío y aspaviento contra los mil quinientos peltastas beocios.

«Por fin.»

Prómaco llena sus pulmones de aire y aguarda lo suficiente para comprobar que la carga es caótica. Un típico avance de infantería ligera previo al choque de hoplitas. Cuando lleguen a distancia de tiro, los peltastas enemigos lanzarán sus jabalinas y esperarán que los hombres de Prómaco hagan lo propio. Después echarán mano de sus espadas y habrá lucha cuerpo a cuerpo, al menos hasta que los hoplitas empiecen a moverse y los peltastas no pinten nada.

—¡Lanzas largas, rodilla en tierra! ¡El resto adelante!

Los quinientos hombres armados con armas ciconas obedecen. Los otros mil pasan por entre sus huecos con las jabalinas prestas. Prómaco camina con tranquilidad, ladeando la cabeza para calcular la distancia. Sus hombres lo observan y se tranquilizan. Los gritos de la lucha en la izquierda llegan lejanos, y en cambio se acercan los de los peltastas laconios. Prómaco levanta la pelta en cuanto llega a una distancia segura para los lanceros. Los jabalineros forman una línea compacta, con sus escudos de mimbre y cuero trabados como si fueran hoplitas.

—¡Aguantamos hasta mi orden, y luego retrocedemos!

La instrucción se repite a lo largo de la fila. El propio Prómaco retrocede para unirse a sus peltastas. Aguanta la pelta a media altura, con dos de sus jabalinas cogidas junto al asa y la tercera empuñada con la derecha. La sopesa sin pensar y mira de reojo a la izquierda. La matanza continúa de forma limitada, implicando a una porción de la falange enemiga, precisamente aquella donde están el rey Cleómbroto y sus trescientos Caballeros. Lo esperanzador es que el cuadro tebano avanza. Puede ser porque desaparece en el pozo sin fondo espartano, que todo lo traga. O puede ser porque Epaminondas es un genio y arrolla a Cleómbroto.

—¡Listos!

Los peltastas enemigos miran a los lados. El típico gesto del guerrero que no quiere adelantarse demasiado para no quedar aislado, ni retrasarse tanto que luego le acusen de melindroso. Reducen su velocidad y dan esos últimos tres pasitos de lado previos al lanzamiento.

—¡¡Ahora!!

En cualquier unidad de peltastas, tirar primero es sacar ventaja. A la orden de Prómaco, uno de cada dos hombres avanza un paso y lanza. Eso sirve para estorbar el disparo enemigo antes de que se produzca, porque el instinto de conservación es mayor que el de destrucción. Y cuando los peltastas laconios aún no se han recuperado, los beocios que no han tirado lo hacen. La maniobra ha sido entrenada durante meses en los campos, usando como blancos balas de paja. Cada tirador sobrepasa a los compañeros de sus lados, lanza su jabalina y reduce su silueta tras la pelta. En ese momento, los demás peltastas hacen lo mismo. Tres disparos por hombre, seis andanadas en total. Tras la sexta descarga, los laconios se encuentran desconcertados. Algunos se retuercen con las astas asomando de sus cuerpos. Otros no han conseguido tirar más que una vez y los demás se han limitado a cubrirse para recibir lo mejor posible el ataque coordinado. Porque en manos de Prómaco los peltastas no son un grupo de salvajes indolentes, sino una unidad de combate preparada y orgullosa. Lanzan un rugido de triunfo.

—¡¡Atrás!! ¡¡Con los lanceros!!

Al retirarse a la carrera, Prómaco comprueba que ha tenido bajas. Naturalmente. Muchos de los peltastas enemigos son mercenarios y tienen puntería. Quisiera quedarse y ayudar a los heridos, pero es más importante vencer para garantizar la supervivencia de todos. Eso le hace pensar en Cabrias mientras corre hacia sus lanceros. Detrás oye gritos de dolor mezclados con insultos en varias lenguas, incluida la tracia.

Cuando se refugia tras uno de sus hombres armados con pica cicona, se vuelve y ve que la mitad de los peltastas enemigos han empezado una tímida persecución. Pero ahora se detienen y dudan. Miran con una mezcla de miedo y asombro la línea de quinientos tipos que sujetan largas varas de fresno, más pesadas incluso que las que llevan los hoplitas. ¿En qué cabeza cabe tal despropósito?

Algunos tiran lo que les queda. Una andanada pobre, con resultados ridículos. Varios desenfudan espadas de todos los tamaños y curvaturas. Hay *kopis*, como el de Prómaco, pero también se ven *akinakes* escitas, más largos; muchos *xyphos* de tipo espartano y dagas con hoja curva. Se dan valor unos a otros y cargan con un aullido colectivo.

Es la primera vez que las lanzas ciconas actúan al sur de Tracia. Los peltastas beocios, adiestrados para ese instante, las empuñan con fuerza, sabedores de que sus enemigos no llegarán a tocarlos. Las mantienen horizontales, aunque algunos las elevan o las bajan ligeramente para erizar la fila. Los enemigos más vivos se dan cuenta de que se dirigen a una muralla de puntas impenetrables, pero otros se clavan solos en ella. Algunos consiguen evitarlo con su pelta o se detienen justo antes del final, e incluso hay varios que tratan de agarrar los astiles cicones. Entonces los lanceros dan paso a una agitación convulsa. Mueven los brazos atrás y adelante, pinchando el aire. La línea de picas se convierte en una sucesión de puntas móviles.

—¡Adelante!

Los peltastas beocios avanzan al unísono y sin dejar de pinchar. Varios laconios pierden el equilibrio y son sobrepasados, pero los jabalineros los rematan en cuanto sus compañeros los dejan atrás. Prómaco sonríe satisfecho. Ifícrates estaría orgulloso, piensa. Y Cabrias. Y su padre. Mira a la derecha y ve un escuadrón de caballería beocia que acude desde la distancia y carga de lado contra los peltastas enemigos supervivientes. Detrás, los hoplitas los jalean. Veleka está cada vez más cerca.

Pelópidas ocupa el extremo izquierdo del Batallón Sagrado, en el extremo izquierdo del cuadro tebano, en el extremo izquierdo del ejército beocio.

Desde hace siglos, ese ha sido el punto más débil de cualquier ejército que se enfrentara a Esparta. Todo el mundo sabe que el hoplita, casi sin quererlo, tiende a apretarse contra su derecha para quedar protegido por el escudo del compañero. Esto se repite a lo largo de líneas enteras, así que las falanges jamás avanzan rectas, sino que se desplazan poco a poco hacia el lado de la lanza. Los espartanos, que dominan el arte de aprovechar este fallo, colocan siempre en su ala derecha a lo mejor de sus tropas. Así, cuando llegan al choque con un enemigo normal, se encuentran con que frente a ellos no hay nadie. Toman el flanco, giran y atacan a la temerosa ala izquierda enemiga de través. Cientos de victorias espartanas se deben a esta maniobra basada en la psicología humana. En el miedo. Simple, pero eficaz.

Hoy, en el llano de Leuctra, no ha sido así.

Los espartanos que aún sobreviven en su ala derecha siguen pasmados. Pelópidas lee ese estupor en sus rostros, incluso cuando ya han caído y el Batallón Sagrado les pasa por encima.

Las doce filas de profundidad de la falange espartana se han consumido una a una. A alto precio, desde luego, pero lo que importa es que sus restos son una masa desordenada de iguales, muchos de ellos heridos; pese a todo, Pelópidas es consciente de que el trabajo está solo medio hecho: el masivo cuadro tebano de cuatro mil hombres ha barrido a apenas mil laconios. En sí es un triunfo sin precedentes, pero la mayor parte del ejército invasor sigue intacta.

—¡Por Heracles y Yolao, seguidme!

Hasta ese momento, el Batallón Sagrado ha formado en columna de a cuatro, luchando de forma solidaria con el cuadro tebano y sin sufrir una sola baja gracias a su entrenamiento, su ferocidad y su disciplina. Ahora se separan de sus conciudadanos con rapidez. Se deslizan hacia delante a la carrera, proyectándose desde el cuadro para encerrar el flanco derecho enemigo. Los escudos de los ciento cincuenta pares de amantes, decorados con leones negros, se alargan en una conversión perfecta y giran un cuarto de vuelta a la derecha; forman una línea tradicional, de veinticinco escudos de ancho por doce filas de profundidad, sin fuerza alguna que se lo impida. Pelópidas se adelanta. Jadea por el cansancio de empujar y alancear, pero para este momento ha cultivado su cuerpo y su mente. Nadie antes que él, en los siglos que preceden a ese momento, ha conseguido tomar el flanco a Esparta.

—¡La victoria está al alcance de la mano! ¡Un último esfuerzo, hermanos!

Avanzan sin oposición, barriendo las últimas filas de la derecha espartana. Ahora los tebanos atacan desde dos direcciones convergentes y el desplome es inmediato. Los enemigos supervivientes se reúnen en un círculo informe para rodear a un hombre cuyo casco luce una cimera transversal. Pelópidas sabe que esos valientes son los restos de la guardia real. La legendaria unidad de los trescientos Caballeros, cuyos antecesores cayeron en las Termópilas haciendo lo mismo que hoy: proteger a su rey y cumplir las leyes de Esparta.

—¡Ese es Cleómbroto! —Pelópidas lo señala con la lanza—. ¡El corazón de nuestro enemigo!

El Batallón Sagrado sigue avanzando al mismo tiempo que el cuadro tebano. Más allá, la parte del ejército peloponesio que no ha entrado en acción sigue inmóvil, incapaz de progresar porque jamás se han enfrentado a nada igual, y porque Esparta castiga severamente a sus aliados si rompen la línea o actúan por su cuenta. Sus órdenes desde por la mañana son avanzar a la par que los iguales, guardando la formación, sin adelantarse un paso ni quedarse atrás. Ese es el método victorioso desde hace generaciones, así que valdrá para siempre.

Pero ese siempre acaba hoy.

Pelópidas y su Batallón Sagrado chocan contra los Caballeros. Los escudos de los amantes, león junto a león, en un nuevo *othismos* desigual. Empujan durante un momento, el necesario para fijar a los espartanos en el sitio. Pero estos se dan cuenta de que no hay tiempo para entretenerse, así que su rey, Cleómbroto, da una orden desesperada:

—¡Atrás!

Tardan en reaccionar. «Atrás» es una palabra poco usada en Esparta. Aun así, la instrucción grabada a fuego da sus frutos, y la retirada se lleva a cabo con bastante decencia. Pero Pelópidas no está dispuesto a renunciar al triunfo total.

—¡Alto!

El Batallón Sagrado se clava en el sitio. Hay movimiento tras los restos de los Caballeros. Las fuerzas espartanas repartidas entre los periecos se han dado cuenta de que el rey Cleómbroto sufre dificultades, y corren para unirse a los demás iguales. No hay tiempo que perder, así que en cuanto la retirada espartana abre una franja de media docena de pasos, Pelópidas alarga la lanza hacia el enemigo.

—¡Cargaaad!

Corren con el peso de la panoplia, hombro con hombro, como si los trescientos leones pintados se convirtieran en uno real, y el monstruo con cuya piel se vistió Heracles se materializara desde esa furia guerrera. La bestia ruge y arrolla a los Caballeros. Pelópidas derriba a uno, dos, tres iguales, detiene con el *aspís* el pinchazo de Cleómbroto y sacude su brazo con un latigazo rabioso. Su lanza se clava en el muslo del rey y abre un surtidor escarlata. El grito de dolor surge a la vez de las gargantas de todos los espartanos. Pelópidas desclava y Cleómbroto hinca la rodilla en el suelo. En un suspiro, los Caballeros supervivientes rodean a su rey. Hombres malheridos, con tanta sangre chorreando de sus cabezas que apenas pueden ver, protegen a Cleómbroto con sus últimas fuerzas, con los cuerpos exhaustos, mientras él se desangra en el centro de un círculo rojo. El Batallón Sagrado se detiene un solo momento. Los jóvenes guerreros que lo componen se conmueven ante el valor supremo de sus enemigos. Es un último homenaje a Ares antes de rubricar su misión.

—¡Por Tebas! —ruge el león.

Arrollan a los Caballeros y rematan al rey Cleómbroto.

Prómaco da el alto a sus hombres. Los peltastas están acostumbrados a luchar sin guardar la formación porque su método consiste en moverse rápido: presentarse de repente, atacar desde una distancia segura y retirarse. Pero ahora los necesita unidos en línea y, sobre todo, quiere que los últimos peltastas enemigos, que ahora huyen hacia su centro e izquierda intactos, se alejen un poco más. Ha de ver qué está sucediendo donde existe la auténtica batalla.

El cuadro tebano se adelanta con rapidez ahora, como el agua represada que se ha acumulado lentamente y, cuando los obstáculos ceden, se derrama en cascada y provoca la inundación. Eso solo puede significar una cosa:

«Han vencido a los Caballeros.»

Está seguro de que ha tenido que ser a un alto precio, pero ha ocurrido. Vuelve atrás por entre sus peltastas y asoma a la vista de los hoplitas beocios, que siguen formados en su larga falange de quinientos escudos y cuatro filas. Se ha alejado de ellos, así que grita con fuerza:

—¡Avanzad! ¡Estamos ganando!

El momento de quietud entre los beocios se debe más a la incredulidad que a que no hayan oído las palabras del mestizo. La noticia recorre la línea, pero todos piden confirmación. «¿Estamos venciendo a Esparta?» «No es posible.» «Tiene que ser un error.»

Prómaco se da cuenta y, para convencerlos, ordena que sus hombres reanuden el avance. A paso ligero, pero sin romper la formación. Mira atrás un par de veces, y a la tercera comprueba que los hoplitas se deciden a moverse. Con timidez. Muy preocupados por mantener trabados los escudos, como si el enemigo estuviera a diez pasos y se avecinara el choque.

—¡Más deprisa! —les pide. Aunque sabe que todo tiene un límite. Da igual, no puede hacer más. Ha de llegar pronto hasta el enemigo porque este momento es quizás el más delicado de la lucha. Frente a ellos quedan incólumes siete mil peloponesios en una fila de casi seiscientos escudos. Son demasiados, así que no pretende vencerlos, sino evitar que se muevan. Retenerlos en el sitio para que no se les ocurra atacar de flanco al exhausto cuadro tebano y, al mismo tiempo, estén ahí cuando el Batallón Sagrado los barra desde la izquierda. Porque ese era el plan de Epaminondas. La idea que ha rumiado, a la que ha dado forma como un alfarero haría con un cuenco. Acariciando la arcilla húmeda hasta que toma la forma adecuada. Hacer que unos pocos sean más que muchos.

Ya están cerca. Los aterrados peltastas laconios llegan en su fuga hasta sus propios hoplitas e intentan meterse entre sus filas. Otros caen rendidos frente a ellos y suplican que abran la falange. Los hoplitas no lo hacen. Las órdenes espartanas son sagradas, y hay iguales repartidos por toda la línea peloponesia. Prómaco ve que en el extremo derecho está la caballería de Górgidas. Se mueven en una especie de círculo y, cada vez que un jinete pasa cerca de la izquierda peloponesia, lanza una jabalina. Los tienen muy entretenidos allí y colaboran en fijar al enemigo.

Prómaco sigue corriendo hasta plantarse a veinte pasos de

la falange enemiga. Ve las lambdas en los escudos como una muralla indestructible. Levanta la pelta y sus lanceros se detienen. Desde la izquierda llegan gritos de agonía y una especie de zumbido. Una melodía siniestra, de metal contra carne. Delante ve muchos periecos de ojos desorbitados, boquiabiertos ante el desarrollo de la batalla. A estas alturas deberían estar saqueando el campamento beocio, pero ahí siguen, sin haber entrado en combate. Prómaco se fija en que casi todos llevan su barba completa. Solo entre los *enomotarcas*, con sus penachos negros en los cascos, ve esas barbas de bigote rasurado que únicamente pueden lucir los auténticos espartanos.

—¡Mantened la línea!

Las lanzas ciconas forman de nuevo esa barrera erizada. Los enemigos la miran con cierta prevención, aunque los tranquiliza el hecho de que lo que tienen delante sean peltastas. El síndrome del hoplita, que piensa que solo otro hoplita puede vencerlo. Prómaco se vuelve. Los beocios se acercan.

«Vamos, vamos.»

Oye órdenes dorias delante. Desenfunda el *kopis*.

—¡Atentos!

Sus peltastas tragan saliva. No se hacen ilusiones porque saben que no podrán resistir mucho tiempo una carga hoplítica. Pero entonces ven sorprendidos cómo los peloponesios del centro intentan maniobrar por *moras*. Los iguales repartidos entre la larga falange dan órdenes aquí y allá para que haya una conversión hacia el cuadro tebano.

No. No hacia el cuadro tebano.

Prómaco entorna los ojos y percibe la ola. Llega desde el este, y a su paso se conmueve toda la falange enemiga.

El Batallón Sagrado.

Cortan de lado el ejército peloponesio, como un cuchillo que rajara una anguila del lago Copais desde la cabeza hasta la cola. El cuadro tebano, de pronto, se encuentra con que no tiene enemigo de frente. Prómaco ve a Epaminondas, que se destaca a un lado y se hace ver. Se desgañita para que los hoplitas de Tebas giren a la derecha y acompañen al Batallón Sagrado en su avance lateral.

La batalla está rota. Los peloponesios no son capaces de girar adecuadamente; y muchos miran delante, a los peltastas de Prómaco, y luego a su derecha, al ingente cuadro tebano. Y detrás, donde algunos hombres empiezan a retroceder tímidamente desde las últimas filas. Los espartanos repartidos por el ejército amenazan con desollar a latigazos a quien se vaya, pero comienzan las deserciones. La conversión para hacer frente al Batallón Sagrado no tiene éxito porque es una maniobra inédita. ¿Defenderse? ¿Esparta defendiéndose? El aire se llena de un hálito caliente y denso. Se extiende un zumbido de abejas encerradas en la colmena. Hasta los dioses parecen asomarse desde las pocas nubes que cubren el cielo de Leuctra. Se han llamado unos a otros y observan expectantes la insólita batalla. ¿Cómo es posible?, se dirán con sus voces tonantes. El ejército invasor es ahora mismo una delgada rama azotada por el vendaval, curvada hasta el máximo de su resistencia. Hasta su punto de ruptura. Un solo toque y se quebrará. Prómaco duda. Atacar para que todo acabe de una vez a costa de morir, o aguantar y correr el riesgo de que el momento de debilidad pase. Mira a sus hombres y ve la misma duda en sus rostros. Los hoplitas beocios ya llegan y recomponen sus filas tras los peltastas. El rugido del Batallón Sagrado se oye cada vez más cerca. Epaminondas sigue gritando para conseguir la conversión.

—¡Prómaco, ordena el ataque! —le pide uno de sus peltastas

—¡No! —le dice otro—. ¡Aguantemos!

El mestizo mira hacia delante. Levanta el *kopis*, no muy seguro de lo que va a hacer. Se arrepiente a tiempo. Pero se lo piensa mejor. Recuerda a Cabrias. Sacrificar a unos pocos para que muchos vivan. ¿Y si no sirve de nada? Ve cimeras que se mueven entre las filas enemigas. Entrevé a los espartiatas que las llevan. Hombres más altos que los demás, que se abren paso a empujones entre los hoplitas peloponesios. Se dirigen al extremo en el que tiene lugar la matanza. Las filas se desordenan. Hay periecos que abandonan su lugar y desaparecen hacia la retaguardia. Donde se acaban las lambdas, los escudos rojos llevan cabezas de toro que, pintadas de negro y con cuernos retorcidos, miran hacia delante. Los focidios. También dudan. Se cruzan miradas angustiadas, como diciéndose que ellos no pintan nada allí. Que su tierra está al otro lado de las montañas y que no tienen nada que ganar con esta batalla. Y sí mucho que perder. Más a la derecha de Prómaco deben estar los filasios y los heracleotas, y sin duda asaltan sus mentes las mismas tentaciones.

—¡Ataca, Prómaco! —le anima una voz desde atrás—. ¡Ahora o nunca!

Los oídos le zumban a Pelópidas dentro de su viejo casco corintio. Hace tiempo que dejó de pensar en lo que hace. Simplemente lo hace. Avanza junto a sus hombres, empuja contra una masa que no es capaz de organizarse y pasa sobre ella. Un dolor sordo le martillea el hombro derecho cada vez que alancea a un espartano. La coraza pesa como un trirreme. El brazo del escudo, simplemente, dejó de sentirlo diez muertos atrás. Ya ni siquiera se preocupa de matar. Es tarea que deja a quienes lo siguen. Es consciente de que Cleómbroto cayó, y esa idea flota por todas partes como niebla. Difusa y cambiante. Suya y de todos los que ahora arrollan o son arrollados. El murmullo se extiende por encima del fragor metálico. Cleómbroto ha muerto. Como ocupa el extremo izquierdo del Batallón Sagrado, Pelópidas tiene delante lo que antes fue la retaguardia peloponesia, y por eso ve con claridad los miles de hombres que huyen. Se dirigen a su campamento en Leuctra y tal vez más allá, al humeante puerto de Creusis, para rogar que alguna barcaza los separe de la costa beocia e incluso los cruce al otro lado del golfo. Al Peloponeso. Pelópidas sonríe mientras atraviesa la garganta de un igual. En el Peloponeso es donde ahora tendrán que recluirse los espartanos. Beocia se está convirtiendo, aun antes del triunfo oficial, en tierra prohibida para tiranos.

Pero no se puede cantar victoria sin quedar dueños del campo. La fatiga de Pelópidas no es solo suya. A su lado, los amantes del Batallón Sagrado han sufrido pocas bajas, pero están igualmente agotados. Algunos de la vanguardia se entretienen mucho en desclavar sus lanzas, o las rompieron hace rato y matan a espadazos, lo que siempre es más lento y sucio. Otros acumulan demasiado cansancio. Resbalan sobre el suelo reblandecido y se detienen para boquear en busca de aire. El propio desorden espartano los obliga a combarse. A adelantarse por tramos para cubrir espacios ante el enemigo. Allá donde resisten dos o tres iguales juntos, con los escudos aún trabados, cuesta más avanzar. La llegada del cuadro tebano no hace sino empeorar la situación, pues las mazas negras de Heracles entran en completo desorden y estorban al Batallón Sagrado. Finalmente, las falanges desaparecen.

Pelópidas se ve solo, empujado a su izquierda por el movimiento caótico de sus propios hombres. Siente un sabor metálico en la garganta. Casi no puede sostener el escudo. Gime con cada aliento, y el sudor le chorrea bajo el casco, se le mete en los ojos y le nubla la vista. De pronto se ve frente a dos espartanos. Uno de ellos, sin lanza ni espada, arremete contra él con el *aspís* por delante. La lambda golpea sobre el león con un crujido de bronce y madera. Ambos guerreros se tambalean, aunque el golpe los separa lo suficiente y Pelópidas queda a la distancia exacta para picar. Las rodillas le tiemblan, no consigue aire; pero impulsa su lanza con un último esfuerzo. La punta roza el borde del escudo espartano y se clava con un crujido de costillas rotas. El enemigo abre mucho los ojos y se deja caer de rodillas.

El segundo igual ni siquiera conserva el escudo, solo lleva al cinto su *xyphos*. Aunque nada más que con su presencia podría vencer una batalla. Se trata de un guerrero de altura excepcional incluso comparada con la del Aquiles tebano. Este aún retuerce el astil para desclavarlo del primer espartano, pero el segundo se le viene encima. Pelópidas suelta su lanza, retrocede un paso y empieza a desenvainar la espada. El gigante espartano no lo permite. Saca fuerzas de flaqueza y propina una patada en el león negro. El golpe no es muy potente porque el igual está agotado, pero la debilidad se ha apoderado también de Pelópidas, así que trastabilla, tropieza con un cadáver y cae de espaldas. El espartano desenfunda el *xyphos* con lentitud. Aprieta los dientes, de los que se escurre la sangre. Avanza a grandes pasos y coloca un pie a cada lado del tebano. Se dispone a rematarlo.

—Eres Pelópidas. Tienes que serlo.

No hay odio en la voz del espartano. Tras él, la rueda de molino que es el Batallón Sagrado sigue convirtiendo el ejército peloponesio en harina, aunque él no los odia. Solo quiere cumplir su misión hasta el final. Matar por su ley, y luego tal vez morir por ella. Pelópidas intenta incorporarse, pero las fuerzas lo abandonan. Necesita un momento, uno corto para recuperarse.

—¡Responde! ¿Eres Pelópidas?

La languidez se cierne sobre el tebano. Se da cuenta de que casi podría dar la bienvenida a la muerte. Y no debe guardar silencio ante la pregunta del espartano; ni mentir a un hombre así, ni siquiera para salvarse. Lo reconoce a través de las hendiduras de su yelmo, porque ha visto antes a ese guerrero. En una embajada espartana junto al templo de Heracles. Recuerda que en aquella ocasión se citaron en el campo de batalla, armados con metal en lugar de con palabras. Y aquí están. A su mente acuden los cuentos de sus mayores. Las historias sobre combates singulares entre héroes de otra época. Áyax, Héctor, Diomedes. Quizás ha llegado el momento de que, como ellos, Pelópidas se convierta en un mito. Si ha de morir, morir joven y a manos de un campeón como ese no se le antoja tan malo.

—Soy... yo. Soy... Pelópidas.

El espartano parece Atlas en un agónico intento para levantar el orbe, pero solo alza el *xyphos* por encima de su cabeza.

—Entonces muere..., Pelópidas.

Un borrón oscuro atraviesa el cielo de lado a lado, o eso es lo que puede ver Pelópidas desde las rendijas de su casco. El gigante espartano desaparece de su vista. El griterío aumenta. Eso solo es posible si tropas más frescas han entrado en acción. Alguien se arrodilla junto a él. El Aquiles tebano aprieta los dientes a la espera del metal que ensarte su cuello, pero lo que siente son manos que lo levantan del suelo. Le desenlazan el barboquejo y le quitan el yelmo. El aire caliente y denso se le antoja brisa de las montañas. Los que le ayudan son peltastas. No sabe cómo han llegado hasta allí, ni puede articular palabra para preguntar. Los hombres señalan al oeste. Gritan algo que Pelópidas oye como lejano, bajo los tambores en que se han convertido los latidos de su corazón. Mira y ve cerca de él a Prómaco, con su pelta destrozada y el *kopis* chorreante de sangre. Tiene la vista fija en el gigante espartano, al que varios de los suyos arrastran hacia el sur. El tipo se revuelve, pero apenas tiene fuerzas. Lo sacan del combate. Más allá, todo es desbandada. Las filas aún intactas de periecos, focidios, heracleotas y filasios se rompen. La caballería tebana los azuza como pastores a las ovejas. El sonido se va aclarando en la mente de Pelópidas mientras Prómaco se vuelve y lo mira. Mueve los labios, pero no se oyen sus palabras. En su lugar, un sonido inmenso crece; una melodía que brota de miles de bocas y sustituye al horrísono chirrido de la batalla. ¿Qué es lo que dicen los beocios?

Cantan, eso es lo que hacen. Rematan el himno a la victoria:

Niké,
feliz, deseada,
ven y adorna esta inmortal empresa con un noble fin.

Prómaco había llegado justo en el momento en el que el gigantesco espartano se disponía a rematar a Pelópidas. Se lanzó sobre él y lo derribó. En ese instante vinieron los iguales supervivientes, empujados por la última carga de los hoplitas beocios. Muchos de esos espartiatas, contraviniendo la ley sagrada de su patria, habían arrojado los escudos y cargaban con camaradas heridos. Alguien gritó el nombre del que había estado a punto de acabar con la vida del Aquiles tebano.

Antícrates.

Se lo habían llevado a regañadientes, porque Antícrates no quería abandonar el campo de batalla. Pero era inútil quedarse. Resultaba mucho mejor idea salvar lo que se pudiera del desastre, porque ahora serían necesarios todos los brazos para defender Esparta. Nadie intentó impedir que se fueran, ni que recuperaran el cuerpo de su rey muerto. Al contrario: tuvieron que sujetar a Prómaco, que quería continuar su lucha con aquel titán llamado Antícrates. Ambos parecieron durante un momento dos mocosos callejeros, de esos a los que los amigos separan mientras ellos se revuelven y pretenden soltarse para seguir con su trifulca.

Epaminondas se reunió con Prómaco y Pelópidas mientras este vaciaba un odre. A su alrededor, los hombres del Batallón Sagrado se dejaban caer con brazos y piernas extendidos. Bañados en sangre, la mayor parte ajena. Derrengados. Algunos se habían descoyuntado los hombros solo por el esfuerzo de alancear. La unidad de amantes era la que mayor ahínco había demostrado, y la que se había enfrentado a la última resistencia de los Caballeros.

—La carga de Prómaco los ha terminado de decidir —explicaba Epaminondas, que también acusaba el cansancio—. En realidad, solo una parte del ejército enemigo ha entrado en combate.

Pelópidas asentía con un gesto de permanente dolor en la cara. Miró a Prómaco y, con un hilo de voz, se lo dijo:

—Gracias. Por salvarme la vida también.

El mestizo hizo una silenciosa inclinación de cabeza. Contemplaba el espacio donde había tenido lugar el choque entre el cuadro tebano y la derecha espartana. La carnicería era espantosa. Sin embargo, más hacia el oeste solo se veían cuerpos diseminados, casi todos de peltastas y jinetes.

—Había tantas cosas que podían salir mal... —Epaminondas se frotó los riñones y miró al cielo, como agradeciendo a Zeus su ayuda. Había dejado caer las armas y todo él estaba embadurnado de sangre y barro—. Pero hemos tenido suerte. He ordenado que la caballería vuelva. Han sobrevivido muchos peloponesios y no quiero emboscadas en la persecución.

—No ha sido suerte. —Prómaco se despojó de las correas de la pelta, que había resultado triturada de un lanzazo espartano en la última parte del combate. Se tocó la sien con el índice y señaló a Epaminondas—. No ha sido suerte.

El beotarca se resistía a aceptarlo. Tal vez porque hacerlo suponía también cargar con aquellas muertes. Vio a unos cuantos hoplitas recorriendo lo que habían sido las filas enemigas. Escogieron el lugar donde había caído el rey Cleómbroto y llamaron a voces a los demás. Tomaban escudos espartanos, lanzas, cascos y *xyphos*. Alguien había arrancado un tocón y lo traían entre dos. Erigieron el trofeo para tomar posesión del campo de forma oficial. Un monumento en el que hicieron destacar las lambdas. Ningún griego se atrevería jamás a tocar aquel símbolo de la victoria beocia, al menos mientras el tiempo lo respetara. Allí habían ganado su futuro, pero lo que era aún más sonoro: allí habían sido derrotados los espartanos. Auténticos iguales dirigidos por uno de sus reyes, que además había muerto; algo que no ocurría desde la caída de Leónidas en las Termópilas. Además, la machada beocia había tenido lugar en campo abierto. Nada de *moras* sueltas, nada de pequeñas unidades en desfiladeros angostos. Nada de flechas y tiros de honda.

Pelópidas alargó las manos y, entre Prómaco y Epaminondas, lo pusieron en pie. Todos sus huesos crujieron. Muy cerca, los hombres del Batallón Sagrado se abrazaban en parejas. Siguiendo los pronósticos de Platón, ningún amado había sobrevivido al amante. Diez bajas en toda la unidad: cinco parejas. Aquellos que habían visto morir a su amor se habían lanzado con furia sobrehumana contra las filas enemigas, y todos ellos habían liquidado espartanos incluso cuando ya estaban atravesados desde todos los ángulos. Pelópidas anduvo con dificultad y miró los cadáveres de los caídos. Los habían tendido en parejas y yacían cubiertos por los leones negros de sus escudos.

—Los enterraremos junto a la tumba de Yolao —decretó Epaminondas—. Allí descansará todo aquel que, como ellos, muera por amor. Tebas les rendirá tributo, igual que ellos se lo han rendido a Tebas.

Seis jinetes llegaban desde el sur. Se detuvieron a medio estadio para no pasar por entre la siembra de cadáveres. Uno de ellos era Pamenes. Se dirigió hacia Epaminondas.

—Los enemigos huyen en grandes grupos hacia Creusis. Me da la impresión de que, pese a su derrota, todavía nos superan en número. Han dejado en Leuctra un campamento intacto. No hemos querido entablar combate porque son demasiados, pero parece que los focidios se separan para ganar la frontera al oeste. Si nos das la orden, reuniré a la caballería y los acosaremos.

Epaminondas negó. Tenía claro que la mayor parte del ejército peloponesio estaba no solo sana, sino fresca. Su huida se debía simplemente a que los espartanos habían sido derrotados. Era posible que tuviera que enfrentarse de nuevo a ellos en el futuro. Pero los focidios no eran peloponesios.

—La Fócide se ha quedado sola. Es muy posible que el próximo otoño sea aliada de Tebas. Manda destacamentos para que los sigan y asegúrate de que se dejan ver, pero que no les hagan ningún daño. ¿Qué pasa con los espartanos?

—Media *mora* más o menos. Llevan varios heridos... Se dice que Cleómbroto es uno de los caídos. ¿Es verdad?

Fue Pelópidas quien se adelantó.

—Es cierto. El rey espartano ha muerto. Pero vuelve con tus jinetes, Pamenes, y haz como te ha dicho Epaminondas. Di a Górgidas que detenga la persecución. Los enemigos vivos son muchos y podrían emboscaros. Piensa que aquí no nos quedan fuerzas para ir a apoyaros.

Pamenes apretó los labios hasta que perdieron el color. Ahora más que nunca parecía una roca. Carraspeó dos veces y bajó la mirada.

—Pelópidas, yo... no sé cómo decirte... Górgidas...

El Aquiles tebano echó la cabeza hacia atrás y cerró los ojos.

—Ah... —Se dejó caer y quedó sentado en la tierra enlodada. Miró a su lado, donde los amantes del Batallón Sagrado muertos en combate seguían juntos, igual que habían estado en vida—. Górgidas.

—Lo derribaron casi al principio, cuando el campo se nublaba —dijo la Roca—. Cabalgaba cerca de mí y le alcanzó una jabalina. No sé si fue un laconio o un focidio quien lo mató.

Pelópidas hundió la cabeza entre las manos. Tomó tierra y se la dejó caer sobre el pelo apelmazado de sudor. Cuando levantó la cara, sus lágrimas habían abierto surcos en la capa de polvo y sangre.

—Pamenes..., dime que recuerdas el lugar donde murió. Dime que su cadáver está intacto.

—Sí, Pelópidas. Yo mismo iré a buscarlo.

—Tráemelo para que pueda lavarlo. Dejad que lo honre. —Miró a Epaminondas. Los ojos enrojecidos destacaban en la costra de suciedad que era su rostro. En ese momento parecía un loco. Como aquellos de quienes se decía que su razón se hundía tras la batalla, y para siempre se grababa en su memoria la visión de los muertos; y habían de ser recluidos para que no acabaran por sí mismos con su vida, o la pasaban hasta la vejez huyendo de amenazas invisibles. De los espíritus de los guerreros caídos a su lado. Elevó las manos como en una plegaria—. ¡Padre Zeus! ¿En qué te ofendí? ¿Por qué permites que estos —señaló a los diez cadáveres del Batallón Sagrado— abandonen el mundo en compañía de sus amados mientras me dejas a mí solo? ¿No podías haber decretado también mi muerte? —Clavó su mirada extraviada en Prómaco—. ¿Tú lo sabes? ¿Sabes por qué un dios te puso en el sitio donde yo había de encontrar mi destino y ordenó que me salvaras la vida?

Sonó como puro reproche. Pelópidas se derrumbó y el silencio se extendió por el campo de batalla. Acalló los vítores y solo quedó el gemido incesante de los heridos. Prómaco no quiso contestar. Tendría que decirle que la muerte de unos era el tributo que los dioses se cobraban para alargar la vida de los otros. Y que era mejor eso que dejar la elección en manos de los hombres, porque las decisiones que conllevaban amargura y muerte eran mucho más pesadas de cargar para los mortales que para los dioses, a quienes no importaban gran cosa el resentimiento y la decepción. Epaminondas se acercó a Prómaco y le habló en voz baja:

—Se recuperará. Somos hombres, y nuestra felicidad es siempre efímera. Tal vez esto —abarcó el campo de batalla con un movimiento de su brazo— tampoco dure mucho. Pero nuestro deber es luchar. Hemos derrotado a Esparta, aunque no hemos acabado con ella. —Se separó de Prómaco y alzó la voz para que todos pudieran oírle—. ¡Hermanos, recojamos los cadáveres y lloremos a nuestros muertos! ¡Demos las gracias a Zeus, Ares y Heracles, que nos han procurado la victoria! Descansad todos, limpiad de sangre vuestras armas y afiladlas de nuevo, porque el año que viene seremos nosotros quienes vayamos en busca del enemigo!

»¡¡El año que viene marcharemos sobre Esparta!!

24

Esclavos de Esparta

Cerca de Coronea, Beocia. Año 370 a. C.

El templo de Atenea Itonia se hallaba en el camino que iba de la aldea de Alalcómenas a la ciudad de Coronea, en la ladera de un saliente rocoso desde el que podía verse gran parte del lago Copais. En el interior, presidido por un enorme bronce de la diosa Atenea, había un altar sobre el que ardía el fuego eterno de Yodama, la novicia que reveló los misterios de la diosa y fue convertida en piedra como castigo.

Nada más llegar con su séquito de sirvientes y escolta, Corina dejó que las sacerdotisas la agasajaran. Era nada menos que la esposa del noble beotarca Pelópidas, que había alcanzado la gloria en la reciente batalla contra los espartanos. Corina mandó descargar del carruaje los exvotos que, como agradecimiento por la victoria, había traído consigo. Una vez se hubieron llevado los trípodes, los calderos de bronce y las estatuillas, Agarista hizo acto de presencia. Túnica de novicia y velo para cubrir el ahora cortísimo cabello. Saludó a su cuñada con un beso en la mejilla y le preguntó por Neoptólemo. Pero Corina no le contestó.

—¿Podéis dejarnos solas? —pidió a su escolta y a las sacerdotisas de Atenea. No tardaron en obedecer. Agarista palideció. Se mordió el labio mientras se frotaba los brazos, como si un súbito frío hubiera trepado desde la orilla del lago.

—¿Tienes algo grave que decirme?

La boca de Corina se curvó en una sonrisa burlona.

—¿Temes que alguien muy querido para ti haya muerto en la batalla?

—Sí. Las noticias que llegan aquí son parcas. Sé que Pelópidas sobrevivió, pero no si... Por favor, no me digas que... Que él...

—Ah, cuñadita. Debería darte vergüenza. Cientos. Miles han dejado la vida en Leuctra. Bandadas de huérfanos y viudas lloran, se arañan la cara, rasgan sus túnicas. Y tú aquí, preocupada por un solo hombre. —La miró con desprecio—. Deja de torturarte. Tu bárbaro no cayó, ya puedes descansar.

Agarista soltó un hondo suspiro. Buscó las gradas del templo para sentarse y posó las palmas sobre la piedra. Cerró los ojos.

—Gracias, madre Atenea.

Corina siguió de pie. Solemne. Inflexible. Inexorable.

—El amante de mi esposo no tuvo tanta suerte.

—¡Górgidas! ¡Oh, no, no, no! —La novicia enterró la cara entre las manos—. Pobre Górgidas. Y pobre... —Se interrumpió y levantó la vista. Corina negó despacio.

—Sí. Pobre Pelópidas también. Se ha quedado sin amante al mismo tiempo que alcanzaba el éxito. ¿Qué crees que habría preferido, cuñadita? ¿Morir con él y no disfrutar de la victoria? Yo pienso que sí.

Agarista entornó los ojos.

—¿Y tú, Corina? ¿Qué habrías preferido tú?

—No importa. Tu hermano buscará ahora la muerte, lo sé. Aquiles no puede durar mucho más que Patroclo. Pero no he venido a hablar de eso, sino a cumplir un ruego que Pelópidas me hizo antes de partir para la batalla. Supongo que me lo pidió temiendo que no regresaría y que la situación se volvería muy difícil para Tebas. Aunque ahora da igual porque, si sigues empecinada en esta tontería, la desgracia llegará tarde o temprano.

»Verás, cuñadita. —Corina se sentó junto a Agarista, aunque habló sin mirarla a la cara—. Esta vez, tu hermano y tu tracio se han salvado. Pero Esparta es Esparta y aún no ha sido derrotada del todo. Por eso has de olvidar esta sandez del templo, regresar a Tebas, dejar que tu pelo crezca de nuevo y cumplir con tu deber. Menéclidas alcanzará el beotarcado y negociará con los espartanos, que ahora saben que su enemigo no es tan fácil de doblegar. Solo él podrá alcanzar un tratado justo, que nos asegure el futuro que necesitamos: pacífico y sin injerencias.

Agarista pareció pensárselo.

—Se me antoja que eres Penélope, Corina. Ya se me antojaba en Tebas, cuando te veía tejer, tejer y tejer, tan digna entre las esclavas, negra negrísima tu sombra como plumas de cuervo. Penélope. Dando largas a tu pretendiente mientras, doliente, guardabas la ausencia a tu Odiseo. Y ahora aquí, de nuevo sola y digna, agotando tu vida mientras mi hermano se entretiene por ahí, cegando cíclopes. Siempre me ha hecho gracia esa historia de Penélope esperando al amado. Y yo de esperar al amado sé un rato, Corina. Diez años de viaje. ¿Diez años? No tarda uno diez años en ir de Troya a Ítaca. Salvo que te encuentres veinte Górgidas por el camino, claro.

—No dices más que bobadas, cuñadita.

Agarista señaló con el pulgar hacia atrás, al templo.

—¿Sabes que fue Atenea la que inventó el arte de tejer? Y parece que por eso solo tejemos las mujeres, como tú y yo. O como Penélope. Pero ellos también tejen, Corina. Peor, claro. Pelópidas ha tejido una trama que a ti te ha hecho una desgraciada, ha llevado a su amante a la muerte y a él le ha dado la gloria más amarga. No es una obra perfecta: Pelópidas no sería buena tejedora. Esta otra trama mía con Menéclidas tampoco merecerá la aprobación de la diosa. El tejido quedará feo o se deshilachará. Si es una túnica, a Menéclidas le vendrá grande, o a mí muy pequeña. Tú eres mujer. Seguro que ves lo chapucero que quedará aun antes de salir del telar.

Corina se puso en pie. Gesto de hastío, mirada de reojo.

—Yo no soy Penélope, cuñadita. Tú lo eres. O a lo mejor tu diosa está tejiendo esta tela para engañarnos a todos, y contigo ya lo ha conseguido. Y tú, incauta e irresponsable, tejes un sudario para dar largas a un buen pretendiente mientras tu Odiseo tracio sigue por ahí, aparejando lechos de circes y calipsos.

»Sabía que era inútil venir, pero yo he cumplido. —Se sacudió las manos—. Ahora sabes lo que le ocurrió a Górgidas. No creas que tu tracio está libre de ese destino. Languidece aquí, cuñadita, y prepárate para cargar con la culpa. La próxima vez que nos veamos, tal vez sea en un funeral.

Península del Peloponeso

La de Leuctra no había sido una batalla más. Para buscar un precedente, los griegos acababan recurriendo a la destrucción de Troya, e incluso había algunos que la comparaban con el choque entre dioses olímpicos y titanes. De pronto, el panorama había dado un vuelco. Todos nadaban en aguas desconocidas, con corrientes que nadie esperaba y que tan pronto podían salvar a un náufrago como echar a pique la nave más robusta.

Cuatrocientos de los setecientos iguales que habían luchado yacían muertos. Hasta ese momento, Esparta había convivido con sus crecientes problemas demográficos, consecuencia sobre todo de la idea de que la raza espartana era superior y única, y no admitía cruces con seres más débiles. Ahora, un tercio de los ciudadanos en edad de combatir había caído en Leuctra. Entre ellos, uno de los reyes de la diarquía espartana. La conmoción fue brutal para una ciudad que vivía de la guerra. De repente, los aliados forzosos se veían tentados de volverse contra Esparta; y los ilotas, que se contaban por miríadas, se convertían en rebeldes en potencia. Además, aparte de los cuatrocientos iguales, seiscientos periecos habían muerto en Leuctra. Y un gran número de jinetes y peltastas también. Las bajas beocias habían tenido lugar sobre todo entre los hoplitas tebanos, pero Tebas no sufría las restricciones raciales de Esparta.

El tirano de Feres, Jasón, llegó con una poderosa hueste de caballería tesalia al día siguiente de la batalla. Si aquello hubiera sucedido diez años antes, Jasón habría intentado rematarla persiguiendo a los vencidos y aniquilándolos en las llanuras beocias, en los pasos de montaña del Citerón e incluso más allá. Pero el tirano estaba viejo y cansado. Dio gracias a los dioses por no tener que empeñarse más de lo necesario y regresó a Tesalia. Unos días después, cuando se dirigía a Delfos para presidir los Juegos Píticos, sus propios guardias acabaron con su vida a cuchilladas. Nadie estuvo seguro de quién había urdido la conspiración, pero todos aseguraban que su blandura con los espartanos vencidos le había granjeado el desprecio de sus rivales políticos. Especialmente el de su yerno Alejandro.

No solo Tesalia, al norte de Beocia, se convulsionaba. Nada más conocerse la derrota espartana, el Peloponeso se sacudió como azotado por Poseidón. Hubo *harmostas* acuchillados en las ciudades de la liga peloponesia. Los demócratas de Tegea, que hasta ese momento vivían en la clandestinidad, expulsaron a los oligarcas proespartanos, como habían hecho los tebanos ocho años antes. Y por el resto de Arcadia, que cerraba la frontera norte de Laconia, las ciudades expresaron su intención de formar una confederación similar a la beocia. La levantisca Mantinea, desmantelada por Esparta catorce años atrás, fue recompuesta y se aplicó a preparar la venganza. Los argivos, enemigos seculares de Esparta y retenidos durante siglos por la superioridad militar de esta, se levantaron en armas, apalearon a más de mil nobles condescendientes con los espartanos e hicieron público su deseo de unirse a los arcadios en la lucha.

El rey Agesilao de Esparta tomó a los hombres disponibles y se acercó a Mantinea, donde aguardó dispuesto a sofocar la rebelión peloponesia.

Epaminondas, todavía beotarca, se encontraba asediando Orcómeno, la única ciudad beocia que todavía no había entrado en la confederación, cuando estas noticias llegaron hasta él. Las prisas le obligaron a pactar la adhesión de la ciudad con los proespartanos, que ahora se veían privados de apoyo. Finalmente, Orcómeno aceptaba compartir destino con el resto de Beocia, pero un importante germen oligárquico quedaba en plena forma, aceptando a regañadientes la democracia. Además, Orcómeno mantenía sus murallas intactas. Epaminondas regresó a Tebas y convenció a la asamblea de que tenían que enviar dinero a los eleos para que se unieran a arcadios y argivos, y también de que Tebas debía impulsar la constitución de una liga arcadia. Al mismo tiempo ordenó volver a movilizar las tropas licenciadas tras Leuctra. En lugar de aguardar al verano siguiente, los beocios entrarían en el Peloponeso ahora para defender a las nuevas democracias y obligar a Agesilao a encerrarse en su ciudad sin murallas. Cuando se planteó la cuestión de solicitar permiso a Atenas para atravesar su territorio, se optó por la ambigua solución de no hacerlo. Así no se obligaba a los atenienses a denegarlo, y tampoco a concederlo. Sencillamente se cruzó el Ática, se recorrió el istmo de Corinto y se acudió a la cita con los nuevos y fervorosos aliados.

Un ejército gigantesco acampó cerca de Mantinea, el punto de partida para penetrar en territorio laconio. A los beocios, con Epaminondas a la cabeza, se habían unido miles de hoplitas arcadios, argivos y eleos. Los focidios y los heracleotas se habían pensado mejor su alianza con Esparta, habían solicitado el perdón de Tebas y ahora formaban bajo su dirección. Había ciudadanos de las dos lócrides, la opuntia y la ozolia; y también acarnanios, melieos, y jinetes tesalios que no sabían muy bien si su tierra seguiría aliada con Beocia. La primera reacción de Agesilao fue retirarse a Esparta y atrincherarse, tanto para evitar la toma de la ciudad como para prevenir rebeliones ilotas. Era posible que ahora se viera si realmente los guerreros espartanos eran capaces de sustituir con sus cuerpos a las murallas que nunca habían tenido.

Tras el consejo de guerra aliado, Epaminondas se reunió con su estado mayor. Poco había cambiado tras Leuctra, pues sería estúpido hacerlo si todo había funcionado a la perfección. A la muerte de Górgidas, el compacto Pamenes, *la Roca*, había obtenido el cargo de *hiparco*. Pelópidas, que seguía sumido en una profunda melancolía, ostentaba el mando del Batallón Sagrado. Prómaco tenía a sus órdenes a los peltastas beocios.

—Hemos de ser prudentes —decía Epaminondas. Servía vino aguado en cuatro copas, pues había ordenado que los esclavos salieran. La Roca y Prómaco bebieron, pero Pelópidas ni se movió de donde estaba, sentado sobre un arcón y con la mirada perdida en el suelo—. Esparta puede convertirse en un jabalí herido y apretado contra un rincón del roquedal. Es cuando más peligrosos se vuelven esos bichos.

—Pero hay que aprovechar la ocasión —repuso la Roca—. Puede que pasen siglos hasta que un ejército como este vuelva a verse junto y dispuesto.

—Eso dicen los arcadios y los argivos. Y seguramente tienes razón, Pamenes. Pero por muy grande que sea ahora el ejército aliado, hay una ciudad que todavía no se ha decantado y cuya decisión podría hacernos mucho daño.

—Atenas —completó Prómaco.

Epaminondas asintió.

—Atenas no ayudó a Esparta en Leuctra, pero tampoco hizo lo contrario. Firmó ese tratado, ya lo sabéis; y sus oradores hablan contra nosotros un día sí, otro también. Ahora mismo, os lo aseguro, Atenas teme más el surgimiento de Tebas que una recuperación espartana. ¿Un rival como nosotros a sus puertas? ¿Reforzado si además destruimos Esparta? No creo que encajen a gusto la posibilidad. Si Atenas decidiera defender Esparta, muchas ciudades se unirían a ella. Incluso algunas de las que ahora se dicen nuestras sinceras aliadas. Y también tendríamos a los persas en contra, claro.

»No creo que sea el momento de enfangarnos en una lucha a cara de perro contra Esparta. Ellos resistiendo en su ciudad y nosotros intentando tomarla. Costaría miles de vidas, avances y retiradas, la gente tendría tiempo de pensar, de mandar dinero y mercenarios... Esto se convertiría en otra guerra del Peloponeso. ¿Treinta años de incendios, peste e invasiones? No es lo que tengo pensado precisamente.

Pelópidas, que a pesar de todo escuchaba con atención, levantó la vista. Su vino seguía sin tocar:

—¿Qué tiene de malo morir? Ataquemos Esparta ya. Todos a la vez. Morirán muchos, sí. Más gloria para ellos. Muramos todos asaltando sus templos. Y si puede ser, manda a esa asquerosa caballería focidia como fuerza de choque.

Epaminondas y Prómaco cruzaron una mirada silenciosa. La Roca, aquejado de cierto sentimiento de culpabilidad por haber sustituido a Górgidas, puso una mano sobre el hombro de Pelópidas:

—Ese momento llegará, seguro. ¿Ves a Esparta negociando una rendición? Les hemos dado un golpe mortal, pero queda terminar lo que empezamos en Leuctra. Tendremos oportunidades para morir.

Prómaco se terminó el vino y dejó la copa sobre la mesita de campaña.

—¿Qué propones entonces, Epaminondas?

—Precisamente forzar a Esparta a salir de su nido y repetir Leuctra. Acabemos con sus recursos. Obliguémosles a tomar la única decisión posible.

»Sí, nos acercaremos a Esparta. Quiero que sus mujeres vean lo que ni sus madres ni abuelas, en muchas generaciones, han visto: un ejército enemigo a las puertas de su ciudad. Quiero que mastiquen el miedo que han masticado las atenienses, las mantineas, las filasias, las mesenias..., las tebanas. Arrasaremos las aldeas laconias. Nos dividiremos y atacaremos sus fuentes de suministro. Incitaremos a sus ilotas a rebelarse, con lo que perderán su mano de obra. Los espartanos no siembran, no mercadean, no pican en las minas, no cortan leña... Al final solo saben hacer una cosa: luchar.

»Me ha costado contentar a los arcadios y a los argivos. Ellos avanzarán desde Tegea en línea recta, por el camino de Esparta. Tienen que cruzar el paso de Eo, en la Esquirítide. Allí monta guardia un *harmosta* espartano, un tal Iscolao, con una guarnición perieca. Nuestros aliados son tantos que no tendrán problemas en superarlo. Nosotros nos dirigiremos también hacia el sur, pero rodeando Esparta por el este. Iremos por Carias hasta Selasia, y giraremos hacia el oeste para dejarnos ver por Agesilao. La verdad es que no creo que salga, pero por el camino extenderemos la discordia: invitaremos a unirse a nosotros a todo perieco y a todo ilota. La noticia volará como Pegaso, podéis estar seguros. Y llegará hasta las tierras ocupadas de Mesenia, a poniente de Esparta, donde decenas de miles de esclavos verán su oportunidad.

Prómaco sonrió. Le gustaba mucho el plan:

—Así que argivos y arcadios hostigarán a Esparta por el norte. Nosotros lo haremos por el este y, al oeste, los ilotas mesenios tal vez reaccionen. ¿Y por el sur? ¿No acosaremos a nuestros enemigos?

—Lo harás tú, Prómaco. Desde Carias tomarás a todos los

peltastas y, ligero como ninguno de nosotros, avanzarás hasta Gitión, el puerto más importante para Esparta. Has de arrasarlo. Que no pueda llegarles ayuda por mar. Amigos míos, seremos como esas olas que chocan una y otra vez contra el acantilado. La pared de roca resiste durante mucho tiempo, de modo que todo el mundo diría que es invencible. Pero llega un momento en el que el agua, débil en apariencia, resquebraja la base del acantilado y termina por romperlo. Su mole, tan impresionante que se contaban leyendas sobre ella, se convierte en piedrecitas, sumergidas en la costa y arrastradas por la marea más tranquila.

»¿Estáis de acuerdo?

La Roca asintió. Pelópidas se puso en pie.

—Me parece muy acertado. Pero tal vez no has calculado el tiempo. No creo que sirva de nada este esfuerzo si tenemos que desmontar el campamento, volver a casa y esperar a la campaña del año que viene. Así que no hay más remedio que guardar posiciones y dejar que Esparta vea sus despensas vacías. Eso nos llevará todo el invierno y seguramente la primavera. Agesilao no se decidirá a luchar hasta al menos el verano. Tu beotarcado, Epaminondas, termina en unas semanas, y has de estar en Tebas para que se convoque la asamblea beocia, se renueven los cargos o nombren otros magistrados. Incurrirás en un delito si alargas tu mandato sin ser votado. ¿Sabes quién está allí, a resguardo y esperando que cometas un error?

—Menéclidas —contestó Prómaco.

—Menéclidas —confirmó Pelópidas—. No subestimes al enemigo interior. Muere mucha más gente de enfermedad que en la guerra.

—He tenido en cuenta ese riesgo —dijo Epaminondas—. Y lo asumo. Lo que vamos a hacer reportará un beneficio definitivo para Tebas, tanto si Esparta cae en un año como si solo pierde sus recursos y se niega a salir. Y si Atenas tomara partido contra nosotros, tendremos al ejército presto para volver y defender Beocia.

—Eso es juicioso —intervino la Roca—, pero no muy demócrata.

—La democracia, amigo mío, no es perfecta. Ya os lo he dicho: asumo el riesgo. Temo mucho menos a Menéclidas que a Agesilao. Y ahora, si me disculpáis, quisiera hablar con Prómaco en privado.

La Roca sujetó las solapas del pabellón. Pelópidas se levantó como si le costara un mundo y miró a Prómaco con un gesto que podía tomarse como respetuoso. Desde que este le había salvado la vida en Leuctra, no se sabía si Pelópidas le guardaba agradecimiento o si lo culpaba por privarlo de acompañar a Górgidas al Hades. Epaminondas rellenó las copas mientras los dos nobles tebanos se alejaban. Tendió la suya a Prómaco. Ofreció un brindis.

—Por tu misión.

—Ah. Pues por mi misión. —El mestizo bebió. Luego frunció el entrecejo—. Aunque para brindar por esto no era necesario que se fueran los demás.

Epaminondas rio por lo bajo.

—No se trata de tu marcha hacia el sur con los peltastas, ni de destruir Gitión. Se trata de ti, Prómaco. De lo que debes hacer y de lo que haces. De tu misión real. Sé que te lo preguntas mucho. Continuamente miras atrás y dudas. ¿Has hecho lo correcto? ¿No habría sido mejor obrar de otra forma?

»Desde Leuctra he hablado mucho con Pelópidas. Su corazón está roto y vive para desear la muerte. En cierto modo te culpa a ti, pero todos los demás te agradecemos que lo salvaras. Así pues, lo que para muchos resultó correcto, fue un error para Pelópidas. Ya ves que tus dudas no son tan raras. ¿Lo correcto? ¿Lo incorrecto? Bah. Vives y obras. Y conforme ocurre eso, transformas el mundo. Dejas una huella en las vidas por las que pasas. Los hombres que mataste en combate tenían hijos, y ellos no serán los mismos ni harán las mismas cosas que si su padre te hubiera matado a ti. Pelópidas me ha contado también lo de su hermana. Cree que obró mal al insistir en casarla con Menéclidas. Dice que no es justo haberlo pretendido, porque buscaba su propio provecho. Pero añade que también habría sido un error dártela a ti, pues la habrías despreciado para venir a por tu tracia. En este caso son dos opciones casi contrarias, y por lo visto ambas igualmente erróneas. No se para a pensar en las huellas que ha dejado en el mundo vuestro comportamiento, sino en lo que podría haber sido y no es.

El mestizo, un poco apabullado, se restregó la boca.

—No entiendo muy bien a qué viene todo esto.

—Es por tu misión, ya te lo he dicho. ¿Cuál era cuando conociste a Pelópidas? ¿Qué pretendías?

—Cumplir mi juramento. Rescatar a Veleka y vengarme de Esparta.

—Bien, Prómaco. Supongo que el camino es el correcto, porque liberaste Tebas, luchaste junto a nosotros, navegaste con los atenienses, dormiste con Agarista y, el día en que Górgidas murió, salvaste la vida de Pelópidas. Ahora estás aquí, a punto de ahogar a Esparta. Si tu vida hubiera acabado en cualquiera de esos momentos, ¿habrías fracasado?

—Desde luego.

—Oh, no para mí. No es necesario que enumere de nuevo tus méritos. Si tu vida hubiera acabado en el complot de las Afrodisias o en la colina de Scolos, quizá nosotros no estaríamos aquí ahora. Quizás el trigo tesalio seguiría en Óreo y el hambre habría provocado una revuelta en Tebas. O quizá nadie habría aconsejado a Pelópidas que repitiera en Tegira la maniobra de Cabrias junto a Naxos. O quizá tus peltastas no habrían impedido que los periecos nos flanquearan y nos estaríamos pudriendo en Leuctra. O quizás el *xyphos* de ese espartano se habría clavado en la garganta de Pelópidas.

—O quizás, Epaminondas, Veleka seguiría libre en Kypsela, y sería feliz y viviría en un palacio. En Atenas, Platón me habló de las cosas que se hacen por los demás y de las que se hacen por uno mismo. Todos esos méritos que me atribuyes no son sino marcas de mi egoísmo. Necesito ese trigo de Óreo, y Tegira y Leuctra y a Pelópidas. Los necesito para cumplir esa misión por la que me preguntas: rescatar a Veleka.

—¿Dices que esas marcas de tu egoísmo sirven para hacer algo por Veleka? Entonces no son tan egoístas.

Prómaco fue a responder algo, pero calló. Dejó la copa, se dio la vuelta. Miró de nuevo a Epaminondas. Al final habló:

—Me confundes, amigo. No sé qué pensar. Ignoro si lo correcto es lo que he hecho hoy o lo que pretendo para mañana, pero sé que no estoy satisfecho con lo que hice ayer.

—Vaya, por fin dices algo juicioso. Ya ves: cuanto más confuso, más razonable. Mi maestro Lisis nos sometía a razonamientos tan ambiguos como ese y, cuando conseguíamos una solución clara, decía que Cerbero, el perro que guarda las puertas del inframundo, había abandonado la oscuridad para salir a la luz.

»En realidad es por eso por lo que te envío hacia el sur de Laconia, donde se extienden los tres largos promontorios que rematan el Peloponeso. Se clavan en el mar como el tridente de Poseidón. En la raíz del promontorio central está Gitión. Dejarás allí a tus hombres con la misión de arrasar el puerto, y tú continuarás camino. Solo. La lengua de tierra se estrechará ante ti a lo largo de doscientos cincuenta estadios y, en la punta, encontrarás Ténaro. Hay un santuario del dios del mar, o eso creen los periecos que llevan sus exvotos. Lo cierto es que se trata de una de las bocas del Hades; quien se atreve, acude porque la oscuridad revela algo a los que no saben. Entran ignorantes y salen sabios. Por allí escapó Heracles cuando le mandaron raptar al perro Cerbero, así que ya ves: no se trata más que de uno de tus trabajos. Saca al perro a la luz y acaba con la confusión. Descubre cuál es tu destino.

Prómaco sonreía a medias.

—Un oráculo. Casi no puedo creerlo. ¿Otra farsa como la de las vírgenes de Leuctra violadas por los espartanos? ¿O más bien como la de las armas desaparecidas del templo en Tebas?

Epaminondas tomó al mestizo por los hombros.

—Los dioses tienen muchas formas de hablarnos, Prómaco, y siempre exigen un esfuerzo a los mortales. Puede consistir en un engaño colectivo, en trepar una montaña o en hacer un viaje en solitario. Por esto último creo que ir al promontorio de Ténaro es algo que debes hacer solo y hasta el final.

Los peltastas aliados se separaron del resto del ejército beocio en Carias. Marcharon con rapidez y sin oposición hasta Helos, donde se enfrentaron a tropas ligeras laconias a las que derrotaron sin apenas esfuerzo. Hicieron muchos prisioneros que se identificaron como periecos e incluso ilotas a los que se había prometido la libertad si luchaban por Esparta. Prómaco comprendió por qué había resultado tan fácil vencerles. Algunos de ellos habían llegado a pasarse de bando antes de empezar el combate. En definitiva, la columna que continuó marcha hacia Gitión fue recrecida por el camino. Los esclavos fugitivos se unían cada noche a los peltastas beocios. Les contaban que las noticias se extendían por toda Laconia, y los ilotas más jóvenes abandonaban sus hogares para revolverse contra sus amos, esta vez sin miedo a las represalias porque, según decían, todos los iguales se habían concentrado en Esparta para defenderla. Laconia entera quedaba, pues, a merced de los invasores.

Gitión aguantó tres días los asaltos beocios. Al cuarto ardía por los cuatro costados, lo mismo que las naves fondeadas y los sencillos arsenales laconios. La flota espartana, diezmada tras la batalla de Naxos, se quedaba así sin su puerto principal y a merced de que alguna ciudad aliada quisiera acoger las naves que aún le quedaban.

Mientras las columnas de humo se demoraban y el botín se acumulaba en grandes montones, Prómaco dejó instrucciones para fortificar la posición y alojar una guarnición permanente. Quedaban a la espera de que Epaminondas les hiciese llegar nuevas órdenes. Él tomó unas pocas provisiones, se despojó de sus armas a excepción de un puñal y, vestido como un campesino de los que abundaban entre los periecos, partió en solitario hacia el promontorio del Ténaro.

El viaje fue tranquilo. De hecho, nada parecía haber cambiado. Solo durante el primer día, los restos lejanos de los incendios que quedaban a la espalda de Prómaco indicaban que aquella era una tierra azotada por la guerra. Pero a la mañana siguiente ya no se veía el humo. Por primera vez en mucho tiempo, Prómaco fue consciente de que no iba hacia el combate, sino que venía de él. Las olas rompían mansas y una fría brisa traía el olor salado del mar. Los rebaños pacían guiados por sus pastores, las embarcaciones pesqueras recorrían las accidentadas costas del cabo a ambos lados y en las granjas se veían familias de ilotas que miraban a Prómaco sin apenas curiosidad.

Alguno le preguntó por la invasión, pero él se hizo el ignorante. Dijo ser un peregrino que quería consultar el futuro en el templo de Poseidón, y que la guerra ni le iba ni le venía.

Llegó al promontorio al atardecer del segundo día. El brazo de tierra se adentraba en el mar, un pálido sol se colaba entre las nubes negruzcas e iluminaba las casuchas que daban a occidente. Había barcas varadas en la playa, un par de pescadores remendaban una red. Observaron a Prómaco, que caminaba despacio, pendiente del lugar. El promontorio del Ténaro no parecía muy mítico. Pedregales, viento molesto, monte bajo reseco. Esperaba algo más del sitio por el que el gran Heracles había escapado del inframundo con el perro Cerbero a la espalda.

El templo era casi una cueva. Desde el arco de la entrada, descendía en forma de tubo hasta que las piedras se confundían con el terreno. Prómaco había visitado las minas de Laurion durante su estancia en Atenas: en aquel entonces le parecieron un lugar sórdido, y el templo de Poseidón en Ténaro no se quedaba muy atrás. Era tan pequeño que los exvotos estaban fuera, pudriéndose con el salitre y la humedad. Había una estatua de un delfín a cuyos lomos cabalgaba un citaredo. Y varios trípodes que parecían llevar allí desde la guerra de Troya. Ante la puerta, un pequeño Poseidón de bronce oxidado miraba a Prómaco con ojos de un azul vidrioso mientras se disponía a lanzar su tridente en una imagen congelada por el paso de las décadas. Los ladrones, que también los había en Laconia a pesar de la severidad espartana, no se atrevían a robar en aquel lugar, y era por algo.

El mestizo preparó una antorcha con el trapo embreado que traía para ese momento. Miró alrededor antes de penetrar en la angostura del templete. Nadie. Solo aquel viento que arreciaba y la luz agonizante.

—Adelante —se dijo cuando la llama prendió y su calor le bañó el rostro—. Acabemos con la confusión.

Dentro, solo las piedras apiladas apenas indicaban que aquello era una construcción humana. Prómaco avanzó con la antorcha por delante, y a pesar de todo, la oscuridad del descenso parecía inmune al fuego. Un olor a rancio se fue imponiendo al del agua salada y al de la brea ardiente. Al fondo del templo, el suelo se curvaba. No había escalones, sino una rampa acusada al principio, más suave después. Bajó la antorcha para iluminarlo. En cualquier otro lugar frecuentado como oráculo, la piedra estaría desgastada por las pisadas de los peregrinos. Allí, el polvo había borrado las huellas, si es que alguna vez habían existido. Un escalofrío recorrió la espalda de Prómaco cuando la llama vaciló. Oyó un ruido de fondo. Como un rugido lejano. Miró atrás, pero no era de allí de donde llegaba el rumor.

«Tal vez la gruta se comunique con el mar.»

Eso pensó. Que quizá fueran olas rompientes contra un acantilado. Siguió bajando. La antorcha, más débil de lo que parecía fuera, solo iluminaba un corto trecho, de modo que podía ver dónde ponía el pie, pero no qué había más allá. Entonces se apagó.

Fue como si el aliento de un gigante hubiera brotado de la profundidad. Un titán que, molesto por la lucecita que traía aquel imprudente mortal, soplara para continuar con su sueño. Prómaco se paralizó. Tanteó en la oscuridad, pero su mano no llegaba a la pared. Se movió de lado, despacio, con el brazo extendido. Esperaba que sus yemas chocaran con la roca en cualquier momento, pero ese momento no llegaba. De pronto pensó que quizás estaba junto a un abismo. ¿Y si daba un paso más y caía al vacío? Había oído hablar de grutas subterráneas en las que los hombres se perdían. Auténticos laberintos como el del feroz Minotauro, llenos de pozos, revueltas y trampas. Y él no había traído madeja para retroceder hasta la salida.

La salida.

Se volvió. Una tenue claridad llegaba desde arriba. El día se extinguía. Su paciencia también, a medida que un temor infantil se adueñaba de él.

—Esto es absurdo.

El misterioso rumor del oleaje creció de golpe para apagarse súbitamente. Solo que esta vez había sonado diferente. Como si en realidad fuera el gruñido prolongado de una fiera que aprieta los dientes y, esperando intimidar a su víctima, le lanza un ladrido repentino. Eso hizo recordar a Prómaco que no había visto animales fuera del templo. Aves tampoco. Ni siquiera una gaviota, a pesar del mar, del pescado y de las chozas de los pescadores. El ladrido se repitió.

—Cerbero.

«Pero no puede ser Cerbero —le reprendió enseguida su mente—. Recuerda que Heracles se lo llevó del Hades.»

Tal vez fuera su alma. El recuerdo furioso del perro guardián del inframundo, ante cuyas fauces chorreantes habían desfilado miríadas de muertos que bajaban en busca del descanso eterno.

Fue consciente de que tenía miedo. Y una sensación creciente de familiaridad. Como si ya hubiera pasado por allí. La oscuridad afinaba el resto de sus sentidos. Oía aquel bramido dilatado, incluso olía la carne en descomposición, todavía pegada en jirones a los huesos destrozados de los que molestaron al habitante de la gruta.

—Esto es absurdo —se repitió.

Arrastró los pies y dio un paso más. Y otro. No había llegado hasta allí para salir corriendo por un ruido desconocido. Y la negrura no le haría retroceder. Ni aquel olor cada vez más nauseabundo, que se colaba por sus fosas nasales y se quedaba dentro, a la altura de sus cejas. Empezó a lloriquear. Le escocían los ojos y la lengua. Se restregó la nariz y notó humedad en la mano. Entonces se dio cuenta de que aún sostenía la antorcha como si alumbrara, así que la dejó caer.

El suelo se movió. Buscó un asidero por instinto, pero sus manos se cerraron en el vacío. El mareo crecía. Era como navegar en un trirreme a ritmo de embestida, y en cualquier momento el espolón se hundiría en la borda enemiga. Dobló las rodillas y se apoyó en el suelo. El mundo daba vueltas enteras. Tosió.

—¿Qué buscas, Prómaco?

No era una voz. Era el crujir de las rocas, unas contra otras. O tal vez alguna criatura que se arrastraba. El viento silbando por aquel caño enorme que era la cueva. ¿O sería Poseidón? ¿Un coloso encadenado a las profundidades ardientes? ¿El can Cerbero, que había regresado con el don del habla? No sabía de dónde venía, pero tampoco importaba mucho porque su propio cuerpo estaba aquí en un momento, allá arriba al otro. Cabeza abajo ahora y de lado después.

—¿Qué buscas, Prómaco?

No, no era el viento; ni las rocas, ni ningún ser ancestral. Eran perros. Ladrando a su alrededor. Recordó el paisaje extraño, de árboles desnudos y rocas esculpidas a dentelladas. Las bestias negras lo rodeaban y él no podía matarlas. Desenfundó el puñal y lo esgrimió ante él a pesar de que no veía nada. Aquel aire enrarecido casi quemaba. La garganta raspaba como si acabara de tragar tierra. Lanzó una cuchillada horizontal a ciegas. Se volvió e hizo lo mismo a su espalda. Esfuerzo inútil, porque sus armas no servirían contra la jauría. Solo la maza de Heracles. Eso sería su salvación.

—¿Qué buscas, Prómaco?

Se ahogaba. Y si no respondía pronto, moriría y jamás sabría cómo era esa luz que Epaminondas le había enviado a buscar.

—Busco... —Se obligó a recordar. ¿Qué buscaba? ¿Cómo podía vacilar al contestar esa pregunta? Buscaba lo que había perdido, naturalmente. Lo que la jauría le había arrebatado. Se obligó a recordar su rostro, pero descubrió que no podía—. Busco... a mi amor.

Ya estaba. Se dejó caer. Los ladridos seguían a su alrededor. Se deslizaban de un lado a otro. En cualquier momento, unos colmillos amarillentos se hundirían en su carne y desgarrarían sus miembros. Se dio cuenta de que ya no tenía el puñal. Quizá lo había tirado, tal vez se lo hubieran quitado. El aliento de la bestia azotó su rostro.

—Lo que buscas es inalcanzable, Prómaco. A pesar de que está al alcance de tu mano.

—¿Qué?

Rodó hasta tenderse de espaldas. Diminutas rocas afiladas se clavaron en su piel. Se arrastró, cayó de nuevo. Anduvo a cuatro patas. Respirar era imposible. Logró avanzar hasta que el suelo empezó a inclinarse hacia arriba. Entonces se aferró a cada hendidura. Sus rodillas se despellejaron. Volvió a toser. La claridad difusa delante. Los ladridos detrás. Un eco se reía de él. Su memoria se nublaba. Se repitió aquel estruendo que era el sonido del mar y un alud de rocas y un bramido de titán, todo al mismo tiempo.

—Inalcanzable... pero al alcance de mi mano. Inalcanzable... Inalcan...

Puede que se desmayara. Más de una vez incluso. Pero cuando recuperaba la conciencia estaba más cerca de la luz. El último tramo fue agónico, y solo se supo salvado cuando vio el tridente de Poseidón recortado contra el cielo del anochecer. Boqueó como un pez arrancado del mar. Se alejó de la caverna ominosa y derribó un viejo trípode al tropezar con él. Se desplomó.

—Inalcanzable... —Volvió la cabeza a un lado, de forma que su mejilla descansó sobre la tierra desnuda—. Inalcanzable, pero al alcance de mi mano.

Sus ojos estaban fijos al norte, a través del perfil oscuro del promontorio que se ensanchaba hacia el Peloponeso. Hacia Esparta.

—Está allí —se dijo con un hilo de voz—. En Esparta. Tan cerca que podría tocarla, pero no... No puedo hacerlo.

¿Y qué? ¿Qué era lo que la voz le indicaba con eso? ¿Debía hacer un último esfuerzo ahora que estaba tan próximo? ¿Acaso era mejor rendirse, puesto que nunca la alcanzaría? ¿Y de qué servía todo lo hecho hasta ese momento? ¿Era lo correcto, o simplemente era? ¿Para qué lo había mandado allí Epaminondas?

Más allá de las nubes, el último resquicio del sol se escondió tras la cortina infinita en la que habitaba el dios Poseidón, y la oscuridad nubló los ojos del mestizo.

Prómaco regresó a Gitión acosado por el estupor. Era posible que ahora supiera la verdad, pero ignoraba cómo interpretarla. Las palabras de Epaminondas acerca de sacar a Cerbero a la luz y eliminar así la confusión se volvían casi tan enigmáticas como la curiosa revelación que había oído, o había creído oír, en lo profundo de la gruta.

En Gitión, sus hombres le informaron de que habían llegado las instrucciones de Epaminondas desde Amiclas, una aldea muy cercana a Esparta. El mestizo tenía órdenes de dejar una guarnición en el puerto, a ser posible compuesta a medias por beocios y peloponesios. Estos últimos tenían que ser periecos laconios o ilotas fugitivos, que eran quienes más interés podían tener en que Esparta no recuperara su enclave naval más importante. En cuanto al grueso de sus peltastas, debían marchar hacia occidente, cruzar a Mesenia y reunirse con el resto del ejército invasor al pie del monte Itome. La decisión tenía su misterio. ¿Por qué tras asediar la propia Esparta, los invasores se retiraban a la tierra de los esclavos?

El viaje no registró incidentes. La columna de peltastas se vio aumentada por más periecos e ilotas que suspiraban de alivio al ver que los soldados que atravesaban las tierras de labor no eran espartanos. Era como si durante todo aquel tiempo, el Peloponeso se liberara de una gran argolla que llevaba más de dos siglos aprisionándolo.

Lo que Prómaco vio en las laderas del Itome lo dejó con la boca abierta. El campamento militar ocupaba una extensión interminable al este del monte, pero había otra concentración de tiendas casi de la misma anchura a poniente. Se trataba sobre todo de ilotas. Se les reconocía por el pelo rapado, signo de vileza que sus amos espartanos les habían obligado a adoptar, pero sobre todo porque aún les costaba mirar a los ojos. Caminaban con la cabeza gacha y hablaban solo entre sí, siempre en voz baja y con ese dialecto dórico que usaban los esclavos de Esparta. Prómaco preguntó por Epaminondas a mantineos, tegeatas, eleos y focidios. Cuando reconoció el acento beocio, supo que estaba cerca, y para entonces había cruzado varios mercadillos, una tienda convertida en templo y dos lupanares de campaña.

Epaminondas interrumpió una reunión con ilotas liberados para recibir al mestizo. Lo agarró por los hombros y sonrió.

—¿Qué has encontrado, Prómaco?

La pregunta le produjo un escalofrío. Casi era la misma voz. El mismo tono. El mismo bramido impreciso. «¿Qué buscas, Prómaco?»

—Parece que lo que buscaba está cerca. Aunque no puedo alcanzarlo.

Epaminondas entornó los ojos.

—Supongo que es cosa tuya dar significado a esas palabras.

Sé que tomaste Gitión. Bien hecho. ¿Algún problema para llegar hasta aquí?

—Las provisiones —contestó Prómaco—. Se nos han unido muchos esclavos y bastantes periecos. Creo que son buenos labradores, pero no sirven para forrajear. Y toda esta gente... ¿Cuánto durarán nuestras reservas?

—No mucho, es cierto. Espero que lo justo para dejar clavada una espina en el pie de Esparta.

Prómaco pidió a Epaminondas que se explicara. Y este lo hizo.

Asediar Esparta había llenado de temor el corazón de quienes se creían invencibles, pero no era suficiente para derrotarlos. Los iguales, atrincherados en torno a sus familias y a la larga tradición de sus antepasados, conformaban un ejército pequeño, pero tan poderoso como una reunión de dioses olímpicos. Hacía falta un golpe de gracia. Algo que, como Leuctra, hiciera añicos los restos de la moral espartana. Epaminondas había visto clara la solución cuando contempló las largas filas de periecos y de ilotas rebeldes que pretendían unirse al ejército invasor.

—Los espartanos llevan más de dos siglos viviendo de ellos. La mayor parte de Laconia y toda Mesenia no son más que un campo de labranza al servicio de Esparta, trabajado por quienes hace tiempo fueron libres pero ahora son esclavos o, en el mejor de los casos, ciudadanos de tercera. De ellos sale lo que los espartanos comen, las ropas que visten, las cabras que sacrifican... Sin ellos, Esparta es un templo al que le partieran las columnas. No podría sostenerse. Se hundiría.

»Llevamos mucho tiempo aquí. Los focidios y los heracleotas han sido los primeros en avisar de que tienen que regresar a casa. Los siguientes, en uno o dos meses, serán los acarnanios, o quizá los locrios. Hasta los argivos diferirán el odio por Esparta para labrar sus campos y apacentar sus ganados. Nosotros tampoco podremos quedarnos aquí para siempre. Nos iremos, pero contamos con todos estos hombres que ya no aceptarán la esclavitud. Es el momento de que Mesenia vuelva a ser la patria de ciudadanos libres y orgullosos.

»Estamos planificando el trabajo. Disponemos de mano de

obra y el material está aquí mismo, entre las ruinas del último reducto de los mesenios antes de que, hace ya siglos, cayera bajo el yugo espartano. Mesene.

Tiempo atrás, un oráculo había advertido de que las tornas cambiarían. De que algún día los espartanos serían humillados y Mesenia renacería orgullosa. Ese día, según Epaminondas, había llegado. Allí precisamente, en el monte Itome, donde se decía que había nacido Zeus. Las murallas de Mesene serían las más altas y robustas de Grecia. Todos los periecos laconios serían aceptados como ciudadanos junto a los mesenios, a los que nadie más volvería a llamar ilotas. Epaminondas había librado correos también a tierras lejanas, donde muchos descendientes de mesenios exiliados habían fijado sus hogares. Sicilia, Italia, Evespérides...

—Pero Mesene —siguió Epaminondas— no será solo una excelente base desde la que acosar Esparta. Será el lugar al que los espartanos mirarán, y dirán: «allí están quienes nos daban de comer». Y se verán obligados a dejar las armas y a hacer lo que ningún igual ha hecho en generaciones: trabajar.

»Si los espartanos han sido invencibles durante siglos es porque solo vivían para la guerra. Ahora tendrán que arañar la tierra, cortar la leña para el invierno, sacar las cabras a pastar, construir sus casas, cavar en busca de agua... Cada igual será como cualquier otro griego. Solo que en una ciudad sin murallas y aislada, merecedora del odio de todos los enemigos que se ha creado durante cientos de años de soberbia y humillación.

Prómaco asintió. Y lo vio claro. Así que el fin de Esparta estaría causado por su propio modo de vida. Especializarse en la guerra había vuelto unos inútiles a los espartanos. Era hasta gracioso.

—Pero aún quedan bastantes para darnos una sorpresa, Epaminondas. Los ilot... Los mesenios no saben combatir. Los iguales les han prohibido durante siglos tener armas. Y Esparta no se ha quedado sola del todo, según creo. ¿O acaso no cuenta con la alianza de filasios, corintios, epidaurios...?

—Todos esos «fieles aliados» permanecen ahora a la espera, dispuestos a actuar solo cuando se adivine cuál será el bando ganador. Aguardarán prudentemente a que Esparta conjure el peligro de esta nueva ciudad. Pero cuando los espartanos vengan, no encontrarán solo a ilotas atemorizados. Para defender Mesene contamos con los periecos. Muchos han venido con sus escudos rascados porque han borrado sus lambdas con ganas. Y dentro de poco empezarán a llegar los exiliados de Sicilia e Italia, hombres libres que desean recuperar la patria de sus ancestros. Ellos serán el embrión del ejército mesenio. Además, todas las ciudades aliadas hemos acordado separar parte del botín y usarlo para reclutar mercenarios. Y si no es suficiente, pediremos más en nuestras asambleas. Yo mismo me dirigiré a los tebanos en el ágora.

Prómaco alzó la mano.

—Y hablando de eso... Se acercan las Afrodisias y tú no estarás allí. Espero que te lo hayas pensado mejor. ¿Vas a volver a Tebas para que te renueven el cargo? Porque lo harán. Tú nos has llevado al triunfo y nadie dejará de reconocerlo. Vamos, Epaminondas: no tiene sentido renunciar a la gloria que te has ganado y arriesgarte a que te procesen por alargar ilegalmente el beotarcado.

—Bah. No tengo interés alguno en retener mi posición ni en que me reconozcan méritos. Conoces mi modo de pensar: son los bienes del alma los que me acercan a la divinidad. Esos me interesan en verdad, y no la gloria humana. Pero no volveré a Tebas. Y sí: cometeré un delito si no entrego mi cargo a otro o lo someto a renovación. Ya ves: soy víctima de las contradicciones de la democracia. Porque los beotarcas dirigen al ejército en campaña y solo pueden nombrarse en la asamblea, en Tebas; pero los beocios me escogieron y me encomendaron una misión, y mi obligación es cumplirla. Carezco de potestad para encumbrar a un sustituto e irme. Y si me voy como beotarca, tendría que llevarme las tropas, y todo lo que hemos conseguido hasta ahora se perdería. Así pues, decepcionaré a Tebas si vuelvo y decepcionaré a la ley si me quedo. La solución es sencilla, Prómaco. Ha de prevalecer el bien no solo de Tebas, sino de toda Grecia.

Pelópidas llegó en ese momento. Se plantó en la entrada de la tienda con los labios apretados. Acabó por sonreír.

—Prómaco, me alegro de que hayas vuelto.

—Yo también me alegro.

Se hizo un silencio que, antes de llegar a incómodo, rompió Epaminondas:

—Debo regresar con los notables mesenios. Hay mucho que organizar.

Los dejó solos. Las bolsas violáceas seguían bajo los ojos de Pelópidas. Cuando habló, su tono era de compromiso.

—Ya te ha contado su gran idea, ¿eh? Al final no tendremos esa batalla definitiva contra los espartanos. Todavía. En realidad, el plan no me parece malo, pero harán falta años para que Esparta acabe exhausta y decida jugárselo el todo por el todo. A mí me retrasa el momento de la venganza, pero a ti puede venirte bien.

Prómaco ladeó la cabeza.

—¿Por qué?

—Has tenido que verlo. Están llegando ilotas de todos los rincones de Laconia y de Mesenia. Al principio solo se nos unían hombres, pero luego empezaron a venir también mujeres. He dado orden de que inscriban a todo el que llega. Muchos son reacios porque no las tienen todas consigo. Temen que Esparta se rehaga, nos expulse y quiera tomar represalias contra los esclavos rebeldes. Si sus nombres constan en listas, solo tendrán que repasarlas y empezar a ejecutar mesenios.

»Aun así, me las he arreglado para conocer a toda mujer ilota que llega. Pensé que te gustaría saberlo.

Prómaco avanzó un paso.

—¿Veleka?

—Ninguna fugitiva con ese nombre se ha presentado. He preguntado por ella. Incluso he hablado con un par de tracios que los espartanos usaban como pastores en el Taigeto. Nadie ha oído hablar de ella. Lo siento.

El mestizo esperó a que el sentimiento de decepción lo asaltara, pero no lo hizo. Se encontró extraño. ¿Qué le pasaba? Tal vez fuera que el oráculo del Ténaro empezaba a aclararse dentro de su oscuridad.

—Gracias, Pelópidas.

El Aquiles tebano se dejó caer en una silla. Resopló como si hubiera luchado durante una semana seguida.

—Así que Epaminondas te mandó a preguntar por tu destino a los dioses, ¿eh?

—Así es. Aunque los dioses resultan algo... juguetones con sus respuestas.

—Como siempre. ¿Y qué ha sido de Veleka según ellos?

—Sigue viva, creo. Y cerca. Pero no podré llegar hasta ella. Al alcance de mi mano, pero inalcanzable.

A Prómaco le sonó rara la frase que había tarareado durante días enteros hasta que perdió su significado, en el viaje desde el promontorio del Ténaro hasta Gitión, y luego desde allí hasta el monte Itome.

—Si Veleka es inalcanzable —razonó Pelópidas—, es porque sigue en Esparta. El único sitio del que no pueden escapar los ilotas. Pero yo no creería a pies juntillas esa sentencia. Los dioses, tú lo has dicho, son juguetones.

—Cierto. Supongo que debería quedarme aquí cuando vosotros volváis a Tebas. Tal vez Veleka se presente mañana, o dentro de un mes, o el año que viene...

—Yo preferiría que regresaras con nosotros.

Aquello extrañó a Prómaco.

—Pensaba que no me querías a tu lado. No te he traído más que problemas.

—Mis problemas me los busco yo. Supongo que estoy un poco loco, como mi hermana, y a veces me hago ilusiones raras.

»¿Sabes? —Se acomodó en la silla—. Durante un tiempo llegué a pensar que tú y Agarista podríais ser felices juntos. Hasta empezó a gustarme la idea. Heracles y su Deyanira. La muerte de Górgidas ha terminado por aclarar mi mente. Todo es vano, Prómaco. La felicidad no existe sino en sueños. Darnos cuenta resulta un duro golpe, pero tiene su lado bueno.

»Sabemos por ese oráculo que Veleka sigue viva, y sabemos que, con la nueva Mesene en pie, los espartanos terminarán por caer. Así pues, puedes estar seguro de que acabarás reuniéndote con ella. Solo queda un fleco por cortar: Atenas.

»Epaminondas cree que Persia volverá a tomar partido, y esta vez Atenas se pondrá del lado de Esparta. Han dejado de desear nuestro triunfo y ahora nos temen, es casi natural. Pero hemos sido capaces de derrotar a los espartanos y de encerrarlos en su ciudad, así que también podremos derrotar a los atenienses si es preciso. Y te necesitaremos si llega el momento. Después podrás venir, establecerte en Mesene y esperar a que Veleka deje atrás su esclavitud, por sí misma o porque nosotros la liberemos.

»Hay otra razón por la que quiero que vuelvas. Irás al templo de Atenea Itonia para hablar con Agarista. Antes de Leuctra le encargué a Corina que viajara hasta allí y la disuadiera de su absurda decisión. He recibido un mensaje suyo desde Tebas: no consiguió sacarla del templo. Ellas dos nunca se han llevado bien, pero contigo es distinto. Busca la ocasión y ve tú, Prómaco. Le contarás lo de tu oráculo y la convencerás de que el plan de los dioses fue establecido mucho antes de que os conocierais. Ha de abandonar el sacerdocio y regresar a casa. Dile que no la obligaré a casarse con nadie, sino que podrá escoger esposo. O permanecer soltera, si así lo desea. Dile que he perdido a Górgidas y que no puedo perderla a ella también.

Prómaco se lo pensó un momento. Cuando Pelópidas le había propuesto reunirse con Agarista, el estómago le había cosquilleado como si mil sirenas cantaran a su alrededor. ¿Qué era esto? ¿De qué había servido bajar hasta las puertas del Hades si apenas le dolía que Veleka no apareciera y, en cambio, deseaba ver a Agarista de nuevo? Tal vez el oráculo lo había vuelto loco. Quizás el aliento de Cerbero fuera venenoso.

«O... espera.»

Pudiera ser que ahí estuviera la razón de que Veleka fuera inalcanzable.

Que él no deseara alcanzarla.

25

Un príncipe macedonio

Tebas. Año 369 a. C.

A mediados de primavera, Epaminondas decidió que era el momento de volver a casa. Lo mismo pensaron los aliados de Beocia: arcadios, argivos, eleos, locrios... Atrás dejaban Mesene, defendida por una guarnición heterogénea y numerosa; y con las obras tan avanzadas que ya se adivinaba la enorme muralla que rodearía la nueva ciudad de los mesenios.

Los espartanos no se habían atrevido a salir. En lugar de eso, habían enviado embajadores a Atenas para pedir auxilio con arreglo al tratado de paz. Evocaron las antiguas glorias en las que ambas ciudades unidas habían plantado cara a los persas, y aún retrocedieron más, hasta la época de Troya. Los atenienses, reunidos en asamblea, se dividieron. Unos querían contentar a los espartanos con una farsa: sacar un ejército y estorbar a los beocios cuando, de vuelta del Peloponeso, tuvieran que atravesar el Ática; pero sin trabar combate. Otros abogaban por coordinarse con los espartanos, entrar en el Peloponeso y coger a Epaminondas entre dos fuerzas. Ganó la primera opción, que era más barata y menos peligrosa.

Así pues, la columna beocia se enteró de que una fuerza ateniense había tomado posiciones en el istmo, muy cerca de Corinto. Un lugareño con ganas de hablar les avisó de que las tropas de Atenas no eran numerosas. Pero debían tener cuidado, porque las dirigía un hombre que tiempo atrás, en aquellas mismas tierras, había llevado a cabo una acción de renombre al derrotar una *mora* espartana con sus peltastas. Ifícrates.

Prómaco se ofreció voluntario para entrevistarse con el estratego de Atenas. Epaminondas se lo concedió, y la reunión tuvo lugar a medio camino, con las murallas de Corinto a la vista.

Ifícrates estaba envejecido. Las cicatrices y las hebras canosas de su barba se habían multiplicado, aunque su calva relucía al sol como bronce recién bruñido. Los dos hombres se encontraron a solas y desarmados, y el estratego reconoció enseguida a Prómaco. Su gesto grave se tornó en una ancha sonrisa y ambos se fundieron en un abrazo.

—No puedo creerlo. Tú.

—Ifícrates... ¿Qué haces aquí? ¿Acaso tus paisanos te harán luchar hasta que se te caigan todos los dientes y necesites un bastón para caminar?

—Eh, muchacho, que apenas llego a los cuarenta y cinco. Deberías mostrar más respeto hacia tus mayores. Te veo haciendo las guardias nocturnas enteras hasta que me vuelva a salir el pelo.

La risa de Prómaco salió un poco forzada. No podía olvidar que, pese a todo, en ese momento podía estar hablando con un enemigo. Eso le trajo algo a la memoria:

—Hace más de diez años, en Tracia, me contaste cómo fue lo del Lequeo, cerca de aquí. Y aun así me sugeriste que luchara por Esparta. Tiene gracia, porque ahora lucho contra ella. Ese día me dijiste que un día tú también sufrirías la derrota, y que tal vez sería yo quien te venciera. ¿Te acuerdas?

Ifícrates se rascó la calva.

—La verdad es que no. Pero da igual, porque se te adelantaron. Hace cinco años, los egipcios quisieron sacudirse el yugo persa, como hacen de vez en cuando. Cabrias y yo entramos al servicio de un súbdito del Gran Rey llamado Farnabazo, y navegamos hasta Egipto con una buena tropa. Pero esos egipcios rebeldes nos dieron una hermosa tunda, ¿te lo puedes creer?

—¿Que os vencieron a Cabrias y a ti juntos? No sabía nada.

A Cabrias sí lo suponía metido en líos a los que solo se pueda llegar en barco, pero pensaba que tú seguirías con Cotys.

—Verás, el tal Farnabazo pagaba muy bien. Tú eres mercenario, así que sabes mejor que nadie qué hacer en estos casos. Es posible que algún día vuelva con Cotys. Al fin y al cabo, aún es mi suegro. En cuanto a Cabrias, fue un placer cuando le oí hablar de ti. Eso de Naxos tuvo que ser grande, ¿eh?

—Lo fue. Ya ves, Ifícrates: derrotar a Esparta se está convirtiendo en una costumbre. No quisiera tener que verme en el brete de vencer o perder contra Cabrias y contra ti.

El estratego borró la sonrisa. Regresó a él ese gesto del que Prómaco casi ni se acordaba. La mirada penetrante que solo dedicaba a sus hombres antes de ordenarles que se dirigieran a la muerte.

—Me han encargado que os intercepte aquí, en el istmo. No debo presentar batalla, pero al menos tendría que emboscar un destacamento de caballería o intentar una escaramuza con vuestras avanzadillas. Algo que presentar a los espartanos cuando nos reclamen el cumplimiento de la alianza.

—¿Y qué piensas hacer, Ifícrates?

El ateniense miró a lo lejos, hacia la columna beocia detenida y más allá, a las tierras que se ensanchaban para convertirse en la península del Peloponeso.

—Dime, Prómaco, ¿qué fue de aquella chica, la hija de Bryzos? ¿Cómo se llamaba?

—Veleka.

—Eso es. Veleka. Se lio una buena cuando desapareció, y Cotys ató cabos. Adivinaron que la habías raptado, así que lo siguiente fue acusarme. Juró que me despellejaría si ella no volvía, y lo habría cumplido si ese mismo día no se hubiera emborrachado hasta caer inconsciente. A la mañana siguiente se le había olvidado. A Bryzos no. Desde ese momento no dejó de mirarme como un lobo a una liebre. Bah, esos odrisios son unos puercos hijos de puta. En fin, espero que la chica te haya dado muchos hijos.

—Si tiene hijos, no son míos. Hice lo que dijiste y la llevé conmigo a Olinto. Me presenté a los espartiatas. Ellos mismos me dejaron molido a palos y se la llevaron. No he vuelto a verla desde entonces, aunque no pierdo la esperanza. Por cierto, aún te debo el dinero que me prestaste para que pudiéramos irnos de Tracia.

Los dientes de Ifícrates chirriaron.

—Ahora lo entiendo todo. —Se volvió hacia los humos que subían del campamento espartano, al norte del lugar donde el istmo se estrechaba en un paso de apenas veinte estadios—. Olvida la deuda, ese dinero hizo más mal que bien. Y ahora resolvamos este pequeño encontronazo. Mandaré a mis hombres que retrocedan hacia Megara. Tienes que asegurarme que bordearéis la orilla occidental del istmo y no pisaréis el suelo del Ática. Entrad en Beocia directamente, os garantizo que no habrá ataques. Cuando vuelva a Atenas, aseguraré que nos esquivasteis para evitar la lucha, y que nosotros os presionamos hasta que os retirasteis a casa. Todos contentos.

—Bueno, tal vez los espartanos no.

—Que se jodan esos melenudos. Y ahora largo de aquí, Prómaco. Espero que la próxima vez que nos veamos, la hija de Bryzos esté contigo.

Prómaco asintió. Se abrazaron de nuevo y, tras mirarse unos instantes para mantener el recuerdo durante otros diez años, se volvió cada uno hacia los suyos.

Lo primero con lo que se topó Epaminondas al llegar a Tebas fue que estaba acusado de alta traición por Menéclidas. El cargo encontraba causa en que había desobedecido las leyes beocias y, una vez cumplido su año como beotarca, no había regresado a Tebas para someterse a la reelección o dar el relevo a otro ciudadano. La acusación literal del Amo de la Colina era que Epaminondas pretendía perpetuar el cargo y erigirse en líder indiscutible de Beocia. El crimen, en realidad, lo habían cometido los siete beotarcas, pues todos acompañaron a Epaminondas en la invasión del Peloponeso, pero Menéclidas había recibido información sobre que los demás habían delegado el mando total del ejército en Epaminondas, y de este había sido la decisión que el resto acató. Así pues, él tenía que responder en juicio. Y la pena que solicitaba la acusación era la muerte.

Se escogió un jurado de setecientos hombres que, al igual que el colegio de beotarcas, salió de las principales ciudades confederadas. Dado lo multitudinario del evento, se preparó el ágora para los dos discursos que, por obligación, tenían que dirigir el acusador y el acusado de forma previa a la práctica de la prueba y el fallo. Era la primera vez que un magistrado de la Tebas democrática era sometido a juicio, pero sobre todo llamaba la atención que el acusado fuera el hombre que acababa de dirigir la campaña más victoriosa de la historia tebana. Por la mente de Prómaco pasó la historia que le había contado Cabrias sobre la batalla de las islas Arginusas, y cómo los estrategos atenienses que habían conseguido el triunfo fueron juzgados y arrojados a un pozo tras regresar a su ciudad.

—Estas cosas trae la democracia y yo me esforcé en conseguirla, así que toca apechugar.

Epaminondas lo dijo antes de penetrar entre la multitud. Pelópidas y Prómaco, cariacontecidos y dispuestos a declarar como testigos de las razones del beotarca, no contestaron. El murmullo que flotaba en el aire mezclaba palabras a media voz. Un nuevo vecino se había instalado en la Tebas democrática: el miedo. Porque ahora se veía que no todo era concordia y que las diferencias no se solventaban con oratoria en el ágora. Miedo porque la democracia aportaba herramientas con múltiples usos, y no todos servían para hacer el bien. Miedo porque Epaminondas había contado con muchas simpatías y, si ahora caía, sus rivales podían buscar represalias sobre otras personas. Miedo porque si faltaba el hombre que había dirigido a Beocia hasta la gloria, todo lo que se había ganado podía perderse en un abrir y cerrar de ojos. Prómaco, sin dejar de observar cómo la multitud abría pasillo ante Epaminondas, se lo dijo a Pelópidas.

—Lo que aquí se va a juzgar no es a un hombre. Es el futuro de esta tierra.

Ahora comprendía mejor al ateniense Platón. Sus reticencias hacia la democracia o, mejor dicho, hacia la capacidad de los ciudadanos para aplicarla. Él había visto cómo Menéclidas embaucaba a la masa con sus palabras y con el tono de su voz; con sus medias verdades bien hiladas, entre cuya urdimbre deslizaba el veneno de la falsedad. Él había sido testigo de cómo un solo hombre podría encantar a miles, conducirlos como a un gran rebaño, llevarlos a la convicción de que lo real era ficticio y lo ficticio, real. Crear en ellos necesidades y miedos que antes no existían, solo para después presentarse a sí mismo como el remedio de todos esos males. El camino hacia un futuro mejor. Sin amenazas espartanas. Sin hambre. Sin miedo.

—No comprendo a Menéclidas. —El Aquiles tebano negó con la cabeza—. Ya es vergonzoso que rehúya el servicio militar a su patria, pero que además destruya lo que los demás construimos...

—El Amo de la Colina no entiende de vergüenzas, y su patria es él mismo. Solo que durante cierto tiempo fue capaz de disimular sus propias ambiciones, o sus odios o sus anhelos. Lo disfrazó todo con una palabra: Tebas. Y ahora la vida de Epaminondas depende de que sus juzgadores se den cuenta. De que no confundan lo que beneficia a Tebas con lo que beneficia a Menéclidas. De que vean que ese gusano es capaz de todo por envidia. O por rencor. Da lo mismo si lo que desea es a una mujer o el reconocimiento de sus conciudadanos. Y eso te lo digo por experiencia.

Pelópidas miró a Prómaco.

—Que yo sepa, la única mujer a la que Menéclidas desea es mi hermana. ¿De qué hablas?

El mestizo apretó los labios. Bajó la cabeza y suspiró.

«Está bien —se dijo—. Supongo que tenía que saberse tarde o temprano.»

Le contó que se había enfrentado a Menéclidas por Agarista. Le dijo lo de sus advertencias de cambiar las palabras por hechos, y de cómo lo había cumplido. Cuando le contó lo de los dos escitas a sueldo muertos en un callejón, a Pelópidas le relucieron los ojos.

—¿Por qué no me lo dijiste entonces?

—Digamos que en aquel momento tú y yo no estábamos muy... avenidos, ya me entiendes. Y de todas formas, ¿qué podía hacer? Menéclidas es un noble importante. Un hijo del dragón. Y yo carezco de testigos. Es peor aún, porque en cierta ocasión lo amenacé aquí, en el ágora y delante de todos. Además, estaba en juego el honor de... —levantó la vista— ella. Pero no te preocupes, yo no soy tebano. Soy tracio. Arreglaré ese asuntillo algún día, aunque lo haré a mi manera.

Pelópidas señaló a Epaminondas, que subía al estrado erigido para la ocasión.

—Es él quien tiene la oportunidad de arreglarlo, aunque no a nuestro gusto. Esta mañana le he dicho que lo mejor sería deshacernos de Menéclidas. Está claro que, aunque los espartanos no lo sepan, trabaja para ellos. Pero Epaminondas odia que un ciudadano derrame la sangre de otro. Eso es digno, dice, solo en el campo de batalla y contra potencias enemigas. Él vivió aquí durante el tiempo en el que los oligarcas reprimían a los nuestros, y por eso le asquean las represalias civiles. No, Menéclidas no morirá aunque lo merezca. Pero al menos Epaminondas intentará expulsarlo. Que viva en el exilio, donde no pueda hacernos daño.

—Para eso, primero hay que vencer este juicio.

La cabeza de Menéclidas surgió de la multitud. Ocupó el extremo opuesto del estrado y, entre él y Epaminondas, se colocó el *hiparco* Pamenes. La Roca había sido el elegido para ordenar los turnos de palabra, interrogar a los testigos y escribir la sentencia. Los murmullos se aplacaron poco a poco.

—¡Varones de Beocia! —rugió la Roca—. El asunto que nos reúne aquí no es de poca talla. El noble Menéclidas, hijo de Eudaimónidas, acusa públicamente a Epaminondas, hijo de Polimnio, de traicionar las leyes de Beocia y de conspirar para convertirse en tirano. De erigirse con el mando del ejército cuando no le correspondía y de mantenerlo en tierra extranjera sin contar con la decisión de la asamblea. La sentencia que exige es la muerte.

Muerte. La palabra flotó desde los labios de la Roca y sobrevoló el ágora. Menéclidas se alisó el lujoso quitón de lino y se echó el extremo del manto al hombro. Carraspeó un par de veces. El contraste con el pobre aspecto de Epaminondas era casi escandaloso. Este vestía un simple *exomis* con los bordes raídos. Tras la Roca, el encargado de la clepsidra la llenó de agua hasta el borde. Se inició el goteo desde el tubo de bronce, con lo que el turno de Menéclidas para desgranar su acusación empezó a correr. Durante unos instantes, el único sonido que se escuchó en la plaza fue el gotear del tiempo. El Amo de la Colina observó a la multitud y tomó aire.

—¡Varones de Tebas y de toda Beocia! Desde que el mundo es mundo, los dioses ven con malos ojos que se quebranten sus leyes. Nosotros, humildes mortales que los adoramos y cumplimos con los sacrificios, no podemos hacer otra cosa que imitarlos.

»Así, en efecto, la ley es el fundamento de la convivencia, pues sin ella no seríamos muy diferentes de los bárbaros o de los montaraces lobos que pasan su vida en la espesura. ¿Dejaréis que os recuerde una historia que todos hemos oído cuando niños? Es la del tebano Edipo, y cómo tuvo que pagar las culpas de su padre, Layo. Porque Layo, corrompido por las pasiones humanas, quebró las leyes de la hospitalidad y, acogido en el Peloponeso, traicionó a su benefactor y raptó a su hijo Crisipo, que era también su tesoro más preciado. Como sabéis, a semejante impiedad la sucedió toda una serie de tragedias lanzadas por la divina Diké, que esparce la justicia. Si Layo pensaba que estaba por encima de la ley, se equivocaba; porque al volver a Tebas trajo consigo, como una enfermedad, el castigo a sus males perpetrados en el Peloponeso. Así también Epaminondas, aquí presente, ha acudido al Peloponeso y ha privado a los temibles espartanos de su preciado tesoro: la fidelidad de los ilotas. Tal vez Layo se creyera con derecho a cometer su nefanda acción porque iba a ser rey de Tebas. ¿Acaso es eso con lo que sueña Epaminondas? ¿Convertirse en rey?

»Conocéis todos, varones beocios, que el delito de Layo no quedó sin la culminación del castigo. Por designio de los dioses, su hijo Edipo cargó con la culpa, y acabó matando a su padre y acostándose con su propia madre, Yocasta. ¿Cabe algo más repugnante? Aunque nada de eso es comparable con las desgracias que sufrió Tebas por efecto de esta impiedad. Devastada por la guerra entre hermanos, y después por la invasión de otros griegos que, fijaos en la casualidad, llegaron desde el Peloponeso. ¿Acaso no veis las semejanzas?

»Cierto es que los inocentes pagaron en ese caso las culpas de un solo hombre. Pero está en la naturaleza divina que el mal que comete un hombre recaiga sobre todos los que lo rodean, y así estos no tienen más remedio, para evitarlo, que convertirse en garantes de la ley por propia necesidad. De no hacerlo, desamparan a la diosa Diké, que se sienta a la vera del padre Zeus y que nos observa y vigila a todos. Es una diosa eficaz, y ya veis que quien la traiciona se causa la ruina a sí mismo, a su familia y a su ciudad. Y si Tebas y Beocia toda quieren tener de su parte a Diké y al resto de los dioses, no pueden permitir la injusticia.

Menéclidas se tomó un respiro. Se volvió para observar el goteo del agua desde la clepsidra y dejó que sus palabras calaran en los jurados. Retomó el discurso:

—La ley, varones beocios, nos aclara qué es justo y qué injusto. Nuestra ley dice que el beotarca no es un rey, y por eso no se le permite cambiar esa ley ni contravenirla. Un beotarca, pues, no puede alargar su mandato, porque si lo hace se convierte en algo todavía peor que un rey: un tirano. Como los tiranos que desde la época de Layo y Edipo, en varias ocasiones, trajeron la desgracia a muchas ciudades griegas, entre ellas Tebas. Por eso, por la misma necesidad que nos impulsa a honrar a Diké, la ley de Tebas exige que los beotarcas retengan su mandato durante un año justo, ni un día más. Tal precaución evita que se embriaguen de poder y se conviertan en tiranos. Y como sanción al incumplimiento de esta ley, Tebas castiga la tiranía con la muerte. —En ese momento señaló a Epaminondas y, sin mirarlo, subió la voz—: ¡La ley está por encima de todos! ¡No es manejable por Epaminondas para su provecho! ¡Epaminondas ha escupido sobre la ley al no comparecer ante la asamblea beocia para entregar su cargo ya caduco! ¡Epaminondas convenció a los demás beotarcas para dejar el ejército beocio en sus manos más allá de la extinción de su cargo! ¡Epaminondas retuvo la condición de beotarca para llevar adelante sus propios planes sin conocimiento ni permiso de la asamblea! ¡Podéis llamar democracia a esto, pero no lo es!

Una voz anónima surgió de entre los espectadores, situados detrás de los jurados.

—¡Lo llaman democracia y no lo es!

Desde varios puntos del ágora, otras voces corearon la consigna.

—¡¡Lo llaman democracia y no lo es!! ¡¡Lo llaman democracia y no lo es!!

La Roca se adelantó al borde del estrado y, con gesto firme, levantó las manos para pedir silencio. A la cantinela siguió un murmullo que se fue apagando. Menéclidas echó un último vistazo a la clepsidra, ya casi vacía, y se dispuso a rematar la acusación:

—Hace diez años, el pueblo de Tebas se alzó para acabar con una época de injusticias. Hombres como Epaminondas consiguieron nuestra confianza en que el bien sustituiría al mal. Ahora vemos que el régimen que impusieron está manchado. Corrupto. No es más que la continuación de otro régimen manchado y corrupto. Os han obligado a tragar con esta democracia que, ciertamente, no lo es. Lo que yo os ofrezco ahora, con este gesto que tanto me desagrada, es lo que en realidad anheláis por encima de todo, varones de Tebas.

»No es por mí, podéis estar seguros, por lo que me hallo aquí, cumpliendo este ingrato papel de señalar a quien se convierte en un peligro para Tebas, para Beocia, para la democracia y para todos nosotros. Es por ella. —Señaló al cielo—. Por la diosa Diké. Justicia, beocios. ¡Reclamo justicia! ¡Reclamo una condena por traicionar la democracia! ¡Reclamo la muerte para Epaminondas, y que en su sepultura se grabe el motivo de su condena!

Una ovación limitada acompañó las últimas palabras de Menéclidas. Entre quienes callaban, algunos asentían. Otros murmuraban al oído del vecino. Prómaco y Pelópidas se miraron. En el centro de todo ese envoltorio de palabrería, los hechos expuestos eran ciertos. La Roca volvió a pedir silencio y el encargado de la clepsidra la llenó de nuevo. Era el turno de Epaminondas.

—Queridos amigos... —Bajó la mirada y alargó el momento—. Soy culpable.

Nuevo murmullo. Prómaco dio un paso adelante, pero Pelópidas lo retuvo. La Roca frunció tanto el ceño que sus ojos desaparecieron de la cara. Epaminondas continuó:

—Soy culpable de alargar mi cargo de beotarca en contra de la ley y sin permiso de la asamblea. No me oiréis negarlo, y si alguien lo hace para defenderme, yo mismo lo tacharé de mentiroso. Es más: cuando decidí retener el beotarcado, era consciente de que quebrantaba la ley y asumía que, al regresar a Tebas, me enfrentaría a un juicio como este y que me condenaríais a muerte. Por eso renuncio a testimonios. No son necesarios, reconozco mi delito.

»Pero aún queda agua en la clepsidra, así que, si me lo permitís, yo también os hablaré antes de escuchar vuestra condena.

»Menéclidas ha dicho que la ley aclara qué es justo y qué injusto, y os ha mostrado la identidad entre la justicia divina que esparce Diké y las leyes de los hombres, que buscan imitar la justicia en la medida de lo posible.

»Pero justicia solo hay una, como solo hay una Diké sentada junto al padre Zeus. Leyes hay muchas, como hay muchos hombres. Y fijaos qué curioso: las leyes de Esparta no son justas a nuestros ojos. Y las leyes de los atenienses no son justas a ojos de los espartanos. ¿Pensáis que nuestra victoria en Leuctra fue justa y respetuosa con la ley beocia? Pues sabed que si los espartanos pudieran juzgarme por ella, me condenarían con toda seguridad. Incluso dentro de una misma ciudad pueden sucederse leyes contradictorias. ¿Acaso los oligarcas y los demócratas no éramos todos tebanos? ¿Y acaso las leyes de unos no consideraban reos a los otros y viceversa?

»Pero no quiero distraeros del hecho cierto: yo he quebrantado las leyes de los beocios. Os preguntaréis cómo he podido hacerlo a propósito, y os lo voy a decir: porque sabía que incumplir esas leyes traería justicia para mis conciudadanos de Tebas y de toda Beocia; y más aún: para muchos miles de griegos de otros lugares. Ha sido tan justo lo que he hecho que, si la propia diosa Diké dictara las leyes de Beocia, yo sería absuelto en este mismo instante. Por el contrario, si las leyes de Beocia las dicta Menéclidas, es claro que yo voy a morir. ¿Acaso os ocurre como a mí y veis en esto una discrepancia, amigos míos, como la había entre las leyes de los oligarcas y las nuestras?

»Existe esa discrepancia. Las leyes de los oligarcas estaban hechas para permitir que continuaran con el poder y pudieran sojuzgar al pueblo. Las leyes de los demócratas persiguen lo contrario. En efecto, dentro de los estados existen rivalidades, por eso la democracia trata de evitar a los dirigentes que pretendan su propio provecho en lugar del provecho común. Esto no quiere decir que las pretensiones humanas sean todas antidemocráticas, incluso aunque persigan la gloria personal.

»Mirad allí, amigos míos. ¿Veis a Pelópidas? Todos lo conocéis. Él ansía la gloria humana, y por Ares que la ha conseguido de sobra. Sin embargo, obtenerla le ha permitido engrandecer su patria y ha revertido en el beneficio de todos los que hoy nos encontramos aquí, hasta tal punto que todavía es más glorioso Pelópidas por la gloria que ha proporcionado a su ciudad. Ah, qué loable fin: pretender la gloria individual a través de la gloria colectiva.

»En cuanto a mí, confieso que no busco la gloria particular, pues, como ya os he dicho, acepto que me condenéis por traidor y que en mi sepultura se grabe mi delito para ejemplo de generaciones venideras. Mi pretensión, amigos míos, ha sido siempre la gloria de la patria y la de toda Grecia, porque considero que es lo justo. Ah, he aquí de nuevo la discrepancia: me ofrezco a la muerte por los dictados de la ley si con ello he conseguido que prevalezca la justicia.

»Y ahora que lo pienso... —se pellizcó la barbilla y miró a su acusador—, ¿qué pretende en realidad Menéclidas?

El aludido se volvió hacia Epaminondas, pero no estaba en el turno de la palabra. Se mordió el labio.

—Habría que preguntar a este noble tebano —siguió el acusado con la mirada puesta en Menéclidas— qué busca al conseguir que se me juzgue por procurar la desgracia a los enemigos de Tebas. Reconozco que no lo entiendo del todo. Porque acusa a nuestra democracia de no serlo. De haberse convertido en un régimen execrable, continuación del anterior. Y al mismo tiempo me acusa a mí de no cumplir con las leyes de este régimen execrable. De esta democracia que no lo es. Según las palabras de Menéclidas, yo debería ser un héroe en lugar de un traidor, ya que me rebelo contra la injusticia.

Se oyeron risas aisladas. Epaminondas aguantó hasta que se acallaron y continuó:

—Creo que lo que busca Menéclidas no es la gloria personal, no... Eso ya lo comprobamos en Scolos. Tampoco pretende la gloria de Tebas, pues todos escuchasteis aquí mismo cómo aconsejaba no luchar contra Esparta, y vencerla ha sido la corona más dulce y reluciente que Tebas se ha ceñido y se ceñirá por siglos. ¿En verdad buscará Menéclidas esa justicia divina de la que habla? ¿Una que, a diferencia de las leyes de los hombres, sea la misma aquí, en Atenas o en Esparta?

»Si es así, entonces yo le digo: noble Menéclidas, lucha por conseguir que la justicia se extienda por toda Grecia. Lucha por que todos estemos obligados por la misma ley, justa para unos y otros sin importar si somos tebanos, tespios, mesenios o corintios. Somos griegos, y Grecia no puede estar dividida. ¡No debe! Ni Esparta ni Atenas pueden ser quienes impongan sus leyes, porque hemos visto a lo largo de años y de siglos que son leyes injustas, si no para unos, sí para otros griegos. ¿Leyes atenienses para hombres de Atenas? ¿Leyes espartanas para hombres de Esparta? Creo firmemente que la ley debe servir a los hombres, nunca los hombres deben servir a la ley. Por eso solo alcanzaremos la justicia y nos pareceremos a la diosa cuando hallemos una ley que pueda servir a todos los griegos.

»Yo no sé si Tebas está destinada a traer esa justicia y a guiar a Grecia hasta la gloria. Sé que ni Esparta ni Atenas lo están, porque sus hegemonías no han dado lugar más que a mezquindades y desgracias. Habrá que ver si, por voluntad de los dioses, algún hombre será capaz de guiar a los griegos para establecer una sola ley y para llevarla incluso a los bárbaros. Imaginad esa ley justa, tan justa como pudiera crearla la propia Diké, llegando hasta Iliria y Tracia y Escitia, y cruzando el mar y entrando en Babilonia y en Susa, y derramándose para prosperidad de los mortales hasta los límites de Persia y más allá.

»No soy ese hombre. Pero gracias a mi delito, el futuro queda hoy más cerca. Porque hoy estamos libres del yugo de Esparta, y Atenas tampoco puede imponernos su poder. Hoy es Beocia la que ofrece a toda Grecia la justicia y la libertad.

»Condenadme pues, amigos míos. —Miró a los jurados, y luego se volvió hacia la Roca—. Y tú, Pamenes, recoge los votos y dicta mi sentencia. Y recuerda grabar sobre mi lápida la causa de mi muerte. Escribe esto con mano firme: aquí yace

Epaminondas, condenado por haber obligado a los tebanos a que vencieran en Leuctra; por haber salvado Tebas y liberado Grecia, y por no haber dejado las armas sino después de haber bloqueado Esparta y reedificado los muros de Mesene.

El ágora entera prorrumpió en carcajadas. El propio Epaminondas sonrió primero y rompió a reír después. La Roca apretaba los labios para evitar el contagio, y el encargado de la clepsidra la derribó al agarrarse las tripas. Solo Meneclidas permanecía serio, con un fuerte color rojo subiendo hasta sus mejillas y sus orejas. Se apretujó los dedos sin saber qué hacer. La Roca no tardó mucho en acercarse a él para hacerse oír. Le preguntó si deseaba turno de réplica, lo que suponía ceder el mismo derecho al acusado. El Amo de la Colina lo negó. La Roca asintió y reclamó los votos de los jurados, que estos depositaron sin dudar conforme se les pasaban las jarras de acusación y defensa. Cuando esta última rebosó y las fichas rodaron por el suelo, se repitieron las risas. La Roca decidió que todo estaba dicho:

—¡Varones de Beocia, la sentencia es de absolución!

La algarabía atronó Tebas. Un par de verduras impactaron en la cara y el pecho de Meneclidas, que se apresuró a desaparecer del ágora. Pelópidas y Prómaco se abrieron paso hasta Epaminondas, rodeado en ese momento por ciudadanos que lo lisonjeaban e imitaban el estilo engolado de Meneclidas. Los chistes se repetían hasta que perdían su gracia y hubo quien reclamó que el acusador se convirtiera ahora en acusado. Se oyó decir a alguien que el Amo de la Colina era un colaborador de Esparta, y otros hablaron de traición a Tebas. Epaminondas se sacudió las manos como si acabara de arreglar la pata de una silla.

El público, aún impresionado y sonriente por el extraño juicio, abandonaba el ágora despacio. Nadie, a excepción de Meneclidas y sus partidarios, quiso irse sin felicitar a Epaminondas, así que este soportó con elegancia los palmeos de espalda y los halagos. Los ciudadanos que no podían acercarse por causa de la multitud, lo llamaban desde lejos y lo animaban a continuar por la misma senda. Pasó un buen rato hasta que pudo apartarse del gentío, momento en el que se dirigió a Pelópidas y a Prómaco.

—¿Qué toca ahora, amigos?

—Increíble —respondió Prómaco—. Pero si has estado a punto de morir.

—Ya. Como en Leuctra. Pero si los trescientos Caballeros de Cleómbroto no pudieron conmigo, ¿creías que lo iba a conseguir ese tipo?

Pelópidas soltó una corta risa.

—Hay que renovar los cargos. Con retraso, pero hay que hacerlo. Para eso hemos vuelto, ¿no? Y después, sin tiempo que perder, de vuelta al Peloponeso.

Epaminondas se puso serio. Volvía el hombre de Estado.

—Se abre de nuevo la temporada de guerra. Por supuesto, cruzaremos el istmo antes de que los atenienses puedan reaccionar. Los espartanos necesitan algo de distracción mientras nuestros amigos mesenios terminan su flamante ciudad. Prómaco, te quiero a mi lado en el Peloponeso.

—Eh, ¿qué pasa conmigo? —preguntó Pelópidas.

—El norte, amigo. Esa ha sido siempre tu especialidad. Desde que murió tu amigo, Jasón de Feres, las cosas andan turbias por allí. Se han sucedido dos gobernantes que han acabado igual que el viejo Jasón: asesinados. Al último lo mató un noble llamado Alejandro, que está casado con la hija pequeña de Jasón.

—La conozco —apuntó Pelópidas—. La llaman Kalimastia porque tiene el pecho muy hermoso. Jasón estuvo empeñado en casarla conmigo durante un tiempo.

—Ah. Pues la tal Kalimastia le ha servido a Alejandro como excusa para reclamar su puesto en la tiranía. Pero se ve que no tiene ni una pizca del carisma de su difunto suegro, porque no ha podido evitar que los tesalios se vayan cada uno por su lado. Hemos de tener especial cuidado con Tesalia, amigos. Su trigo nos sacó de graves dificultades en el pasado y su ejército no es nada despreciable. Sobre todo la caballería.

»Debemos estar ahí. Influir en Tesalia y evitar que caiga del lado equivocado. La excusa para intervenir será auxiliar Larisa. La familia gobernante nos ha pedido ayuda porque los macedonios han aprovechado el vacío de poder después del último tiranicidio y se han instalado allí. Los macedonios se llevan muy bien con los atenienses, y eso no interesa. ¿Me explico?

Pelópidas gruñó.

—Los macedonios. ¿Por qué se inmiscuyen en Tesalia?

—Porque en Macedonia también ha habido cambios. Acaba de subir al trono un nuevo rey y supongo que necesitaba algún triunfo fácil. No te costará mucho darle una azotaina a ese jovencito. Sus hombres son poco menos que pastores montados a caballo. Deberías asegurarte de firmar un buen tratado. No dudes en tomar rehenes para garantizar su cumplimiento.

Epaminondas se vio reclamado por los ciudadanos, que seguían deseosos de felicitarle por su intervención. La chusma se lo tragó entre abrazos. Pelópidas suspiró.

—Bueno, pues parece que lo de mi hermana tendrá que esperar.

Prómaco respingó.

—¿Qué?

—¿No lo recuerdas? Has de visitarla en el templo y contarle lo de tu oráculo. Ella no estaba destinada a ti, así que no tiene sentido toda esa tontería del sacerdocio.

—Ah. Sí, claro.

—Dejemos eso por ahora. Te lo volveré a pedir más adelante.

Y aunque la expectativa de ver a Agarista acababa de erizar el vello en la nuca de Prómaco, agradeció a la suerte que no tuviera que plantarse frente a ella.

La campaña peloponesia salió tal como había planeado Epaminondas. Y aunque esta vez él rechazó el cargo de beotarca y acudió como simple hoplita, no hubo orden que no se sometiera a su consideración.

Con la llegada del otoño, el ejército beocio regresó a Tebas. Atrás dejaban a los enemigos un poco más desgastados, a sus aliados con la moral reforzada y las ciudades de Pelene y Sición añadidas a la gran alianza antiespartana. En cuanto a Atenas, de nuevo se había limitado a mirar y esperar. Esta vez, ni siquiera Ifícrates se dejó ver por el istmo.

Pelópidas tardó más en volver del norte. Lo hizo bien entrado el invierno, cuando los caminos casi se habían vuelto impracticables, y trajo con él a un jovencito de mirada viva. Convocó una reunión en su casa a la que invitó a Prómaco, a Epaminondas y a la Roca.

—Amigos míos, os presento a Filipo, príncipe de Macedonia.

El crío, de catorce años recién cumplidos, adoptó una pose solemne. Filipo tenía el pelo negro y abundante. Entornaba los ojos como si lo estuviera analizando todo. En unos instantes, los tres adultos sintieron que de observadores habían pasado a observados.

—Bienvenido a Tebas —dijo Epaminondas—. Pelópidas... ¿Qué significa esto?

—Oh, no temas, amigo. Filipo es uno de los... invitados que pasarán un tiempo con nosotros. Su hermano, el rey de Macedonia, considera que recibirá una buena educación a nuestro lado. Se nos ocurrió tras firmar el tratado de alianza.

—Invitados, ¿eh? —repitió Prómaco. Aquello quería decir que Filipo era un rehén entregado por Macedonia para garantizar el cumplimiento de su parte. Le extrañó que el rey hubiera dejado marchar a su propio hermano, pero entonces recordó que las dinastías macedonias estaban repletas de parientes que se asesinaban unos a otros para disputarse el trono.

Pelópidas contó que la campaña del norte había ido bastante bien. Tras presentarse en Larisa con siete mil hombres, el tebano había derrotado completamente a la guarnición macedonia. De hecho, la lucha apenas tuvo lugar y se saldó con muy pocas bajas. Pelópidas había repuesto a la familia dirigente en el poder y ahora podían contar con su amistad en el corazón de Tesalia. Las conversaciones subsiguientes habían sido duras por parte del tebano. Macedonia renunciaba a la alianza con Atenas y se obligaba a ayudar a Beocia si era necesario. De este modo, el nuevo tirano tesalio, Alejandro de Feres, se encontraba presionado por el norte y por el sur.

—Filipo es un enamorado del arte militar —siguió explicando Pelópidas—. Hemos hablado largo y tendido de nuestras campañas y de Leuctra. Dice que le gustaría adiestrarse con nosotros.

Prómaco sonrió.

—¿Un príncipe macedonio? ¿Y tan joven? ¿Qué pasa si se hace daño?

—No pasará nada —respondió el propio Filipo en un griego con fuerte acento norteño—. Mi futuro está en dirigir alguna unidad militar de mi hermano, así que no me vendrá mal caerme del caballo dos o tres veces.

Los tres quedaron sorprendidos por el desparpajo del joven, y a continuación rieron.

—No será fácil que eso ocurra —añadió Pelópidas—. Filipo es un consumado jinete.

Los criados aparecieron en ese momento con la bebida y los manjares. Mientras los repartían, Prómaco dirigió la vista a la puerta que, ahora cerrada, comunicaba con el patio. Un poco más allá estaba la escalera que conducía al gineceo, y allí... De pronto notó la mirada de Pelópidas fija en él.

—¿Has sabido algo de Veleka?

El mestizo carraspeó.

—No. Sigo convencido de que está en Esparta. Hemos llegado cerca otra vez, pero ya sabes: es inalcanzable.

—No temas. Tarde o temprano venceremos la última resistencia. Pondremos la ciudad patas arriba y la encontraremos.

El momento de tensión pasó. Filipo había empezado a hablar de la caballería macedonia y contó que era su unidad favorita. Con una desvergüenza notable, acusó a su difunto padre y a su hermano mayor de no prestar la debida atención a los hombres que luchaban a caballo. Precisamente lo mejor que tenía Macedonia.

—Se me ocurre algo. —Pelópidas se dirigió al joven príncipe—. Esta casa está bastante vacía desde que Agarista se fue, así que te aburrirías mucho en ella. Además, yo prefiero luchar a pie a hacerlo a caballo... —Su vista se perdió por un momento. Todos percibieron que estaba recordando a Górgidas—. Pero nuestro amigo aquí presente, Pamenes, es el *hiparco* de nuestra caballería. Dinos, Pamenes, ¿aceptarías acoger al príncipe Filipo en tu casa y dejarle montar tus fieras?

—Por supuesto. Será un placer.

Filipo lo agradeció con una suave inclinación de cabeza.

—A Pamenes tampoco le importa caerse del caballo —bromeó Pelópidas—. Es tan duro que rebota en el suelo y vuelve a montar. Por eso le llamamos la Roca.

Rieron. Filipo se relajaba y adquiría confianza por momentos. Mientras él y la Roca hablaban de la agilidad de los caballos macedonios, Epaminondas se dirigió a Pelópidas.

—¿Cómo está el asunto de Alejandro de Feres? ¿Lo ves capaz de reponerse y causar problemas?

—Nunca se sabe. Jasón disponía de un gran ejército, pero Alejandro no. Creo que las pocas fidelidades que concita le vienen por su esposa, Kalimastia. Si intenta algo, creo que podré solucionarlo por las buenas. ¿Qué tal si me contáis más cosas sobre el Peloponeso? ¿Alguna novedad?

—En realidad sí. Venid.

Epaminondas se puso en pie y se retiró a un lado de la sala. Prómaco y Pelópidas se reunieron con él mientras Filipo explicaba a la Roca cómo eran de rebeldes los sementales norteños.

—Se trata de Atenas, ¿verdad? —preguntó el mestizo.

—Sí. Han propuesto un nuevo congreso de paz para el verano, esta vez en Delfos. El año que viene hay Juegos, así que no podemos luchar. Tanto nosotros como nuestros aliados iremos a Delfos. Hemos de hacer fuerza, porque también estarán los persas. Sabéis que los espartanos intentarán meterlos en la guerra, ¿no? Y si ellos entran, los atenienses perderán miedo. Esto se complica.

Pelópidas cambió el peso de un pie a otro.

—¿Qué haremos?

—Tengo que pensarlo. Por lo visto, la libertad no es algo que se gane solo en el campo de batalla. Sin darnos cuenta, hemos pasado de las soluciones sencillas a las complicadas. —Señaló al joven príncipe macedonio—. Estamos metidos hasta el cuello, así que toca jugar a un juego al que no estamos acostumbrados. Un juego de sobornos, conspiraciones, espías y lo que más me preocupa: traiciones.

26

El oro persa

Cerca de Coronea, Beocia. Año 368 a. C.

El templo de Atenea Itonia se había convertido en la sede de reunión informal de la confederación. Se hacía política en la asamblea de Tebas, pero se celebraban las fiestas Pambeocias a los pies del templo. La reunión tenía lugar una vez al año y había ofrendas colectivas, procesiones, concursos de poesía y música y, sobre todo, certámenes deportivos. Pero no todos los que acudían lo hacían atraídos por las Pambeocias.

Con la Tregua Sagrada en marcha, Prómaco no estaría ocupado guiando peltastas; por eso Pelópidas le había vuelto a pedir que fuera a visitar a Agarista. Él quería acompañarlo, pero había surgido un problema de última hora: la nobleza tesalia había vuelto a reclamar la ayuda tebana, esta vez contra Alejandro de Feres. Además, los aristócratas de Larisa afirmaban que el tirano andaba en tratos con Atenas. Pelópidas, que de nuevo ocupaba el cargo de beotarca, no tuvo más remedio que preparar un viaje, pues si la estrategia beocia consideraba imprescindible derrotar a Esparta en el sur, no era menos vital limitar la influencia ateniense en el norte. Claro que, siendo año de Juegos Olímpicos y estando prohibida la lucha, Pelópidas optó por una pequeña delegación para entrevistarse con el tirano de Feres. Había que seguir con el cada vez más complicado juego de la política, y alternar amenazas y guerra con pactos y diplomacia.

En cuanto a Epaminondas, la asamblea lo había designado como delegado para acudir al congreso de paz en Delfos, aunque de nuevo se haría pasar por criado de los embajadores oficiales beocios. Su objetivo era sobre todo observar, porque la postura tebana sería no firmar paz alguna. Una reunión de ese calado podía muy bien servir para comprobar quiénes eran aliados sinceros y quiénes estarían dispuestos a cambiar de bando. Y fuera como fuese, solo existía un final posible para la guerra: la derrota de Esparta.

—Así que este es tu nuevo hogar —dijo Prómaco.

Agarista, que en ese momento rellenaba el aceite para la lucerna de Yodama, se volvió despacio. La diosa Atenea, al fondo, lucía enorme. Temible y hermosa a la vez. Pero no podía sustraer un ápice de belleza a la tebana. La túnica ceremonial, blanca y repleta de dibujos relativos a la diosa, le daba un aspecto desconocido, y la corona de mirto mantenía apretada su melena, que de nuevo había crecido tras concluir el noviciado. Aquello le recordó a Prómaco otra reunión con una sacerdotisa en plenas fiestas. Aunque hacía tanto tiempo de aquello...

—Prómaco. —La barbilla de Agarista tembló. La voz sonó débil. Tomó aire un par de veces y cerró los ojos. Cuando los abrió, evitó mirarlo de frente—. No deberías estar aquí.

—Ni tú. Por eso he venido.

Fuera, a un par de estadios, los participantes en las Pambeocias asistían al certamen musical. Como aquella tarde lejana en Tracia, las filigranas de las flautas servían de fondo para la conversación entre hombre y mujer. Agarista dejó el recipiente con aceite al pie del altar y, por fin, sostuvo la mirada de Prómaco. Señaló el lateral del templo.

—Salgamos. Si te sorprenden dentro mientras cuido del fuego, ambos tendremos problemas.

La siguió al jardín adyacente. Los muros de piedra cerraban un entramado caótico de arrayanes, laureles y granados. Había una pequeña fuente a ras de suelo. De ella brotaba un reguero que se perdía entre los arbustos, pasaba bajo la tapia y discurría colina abajo, seguramente en busca del Copais o de alguna de las corrientes que desembocaban en el gran lago de Beocia. Aquel rincón se parecía a otros en los que ambos habían estado juntos. Un parecido peligroso. Prómaco decidió marcar distancias:

—Veleka está en Esparta.

Ella se quitó la corona. A la luz del sol, Prómaco advirtió que había perdido peso, y tal vez por eso sus ojos parecían aún más grandes. También conservaba aquellas sombras violáceas, y algunos surcos se habían aposentado en las comisuras de sus labios y marcaban la línea de la barbilla. Prómaco se dio cuenta de que Agarista no era la muchacha de hermosura insultante que había conocido en Atenas, sino una mujer cuya madurez imponía tanto respeto como la Atenea del templo.

—Ay, Prómaco. Los pájaros no me hablan aquí, de modo que hemos de esperar a que los peregrinos nos cuenten cómo las noches suceden a los días. Yo antes pasaba el tiempo aguardando el crepúsculo y la dicha que me traía. Ahora no. Ahora prefiero ver cómo amanece porque la oscuridad lo alarga todo. Alarga los recuerdos, alarga la añoranza, alarga el dolor... Así que tú también marchaste contra Esparta, claro. Y allí estaba tu tracia. Bien, por la diosa. ¿Vives con ella? ¿Sois felices por fin?

—No la he visto.

¿Era un chispazo de alivio lo que iluminaba los ojos de Agarista?

—Si no la has visto, ¿cómo sabes que está en Esparta?

Le contó lo del Ténaro. Desde la llegada hasta la salida de la gruta. Agarista escuchó y, cuando el relato llegó a su fin, se sentó sobre una roca al borde de la fuente. Sus dedos dibujaron rizos en la superficie. Prómaco pudo ver que las lágrimas se detenían sobre sus pestañas antes de caer.

—Agarista, no tiene sentido que sigas aquí. Sigues siendo muy bella y eres la hermana de Pelópidas. Has de regresar a Tebas. Ya verás: está más esplendorosa que nunca. Ha dejado de ser esa ciudad por la que nadie daba un óbolo. Ahora todo el mundo nos mira con reverencia, cuando no con miedo. Olvídate de la gloria de Esparta o de la de Atenas. Tebas es la nueva luz de Grecia. Ve allí, Agarista. Haz feliz a tu hermano y hazte feliz a ti misma. Busca un esposo a tu gusto, pare hijos, envejece en tu casa.

Ella sonreía, aunque seguía llorando.

—Hijos. Cuánto me gustaría tenerlos. Los llevaría al Bosque de las Musas. Y les tejería quitones rojos y verdes. No, verdes no. Pelópidas tenía un quitón verde cuando era pequeño y, cuando se lo ponía, yo me burlaba de él. Le decía que parecía un pepino. Ya era alto de pequeño, ¿sabes? Mucho más que los otros chicos de su edad y también sobrepasaba a los mayores. ¿Qué tal está Pelópidas?

Prómaco suspiró. Estaba claro que el influjo de la sabia Atenea no servía para curar a Agarista de sus rarezas.

—Pelópidas está bien. Sabrás que Górgidas cayó en Leuctra, ¿no?

—Corina me lo contó. Pero me habría enterado igual. Era el *hiparco* de Tebas nada menos, así que la noticia de su muerte recorrió Beocia. Además, su familia mandó ofrendas para ganar el favor de la diosa. Yo misma las puse a sus pies y aquella tarde entró un rayo de sol que las iluminó. No fue cosa mía. Las iluminó de veras y yo creo que Atenea se sintió satisfecha. ¿Ha tomado Pelópidas nuevo amante?

—No, Agarista. Ni lo hará. Quería demasiado a Górgidas.

—Ah. Bueno, así tal vez se acerque más a su esposa. No sabes lo amargo que es que te ignore el hombre al que amas.

Con la última frase, la voz se le quebró. Se cubrió la cara y su pecho se estremeció. Prómaco acudió enseguida. Se arrodilló junto a ella y acercó las manos. ¿Podía tocarla? ¿Podía tocarse a una sacerdotisa de Atenea, la diosa virgen?

—Agarista, por favor... No me lo pongas más difícil.

Ella levantó la vista y la mantuvo fija sobre Prómaco. Todo se oscureció sobre el jardín. Como tantas veces en el pasado, el mundo había dejado de existir porque solo estaban los ojos rasgados, enormes, negros. La mirada tirana de Agarista. Nunca había sido sencillo soportar esa tiranía sin besarla.

Así que la besó.

—No. —Ella echó la cabeza atrás—. Antes nacerán árboles en el mar y algas en las cimas de los montes.

Prómaco la veía mover los labios, pero no oía sus palabras. Solo estaban sus ojos. Y el calor que irradiaba el cercano cuerpo de Agarista. El suave olor del aceite, aún prendido de sus dedos. Y un zumbido creciente, como si mil sirenas unieran su canto lejos, más allá del mar, y la melodía llegara arrastrada por el euro. Acarició su cuello con ambas manos.

—Agarista...

—No —repitió ella, pero los dedos de él ya se habían deslizado bajo la túnica y descubrían sus hombros. El canto traído por el viento se volvió más intenso, y entonces Prómaco descubrió que no se trataba de sirenas, sino de la piel de Agarista, que lo llamaba a gritos. Volvió a besarla, y esta vez ella tardó un poco más en retirarse. La voz de ella sonó lejana.

—He dicho... que no. Ahora pertenezco a la diosa.

Y en verdad Agarista notaba cómo Atenea la retenía desde el hogar de los dioses olímpicos. Tiraba de ella, pero algo que anhelaba se retorcía en su interior, y le gritaba que era una vasija vacía. Agarista miró atrás. «No me culpes, madre», le dijo a Atenea, y notó los labios de su amante recorriendo el cuello. Al cerrar los ojos vio que la diosa la miraba con severidad. Y no porque ella, Atenea, fuera la humillada por aquella profanación. Atenea, que podía desatar la furia de naciones enteras, ordenaba ahora a Agarista que fuera su único soldado. Que mantuviera su lugar en la falange.

Apartó las manos de Prómaco cuando ya desnudaban sus pechos.

—Basta.

Él se congeló. Aquel zumbido, fuera canto de sirena, furia del vendaval o grito de la piel, cesó. Agarista tomó aire. Dejó que su corazón se sosegara. Que el fuego que ardía en su vientre se volviera débil. Se incorporó y tiró de la túnica ceremonial para cubrirse de nuevo los hombros. Prómaco acertó a hablar.

—Pero ¿por qué?

—Por ella, claro. Como si no lo supieras.

—Es que no sé nada, Agarista. Y conforme intento aprender, la confusión crece.

—Sabes lo que hay que saber tan bien como yo, y no importa que tu corazón te lo diga aquí, en Tebas o en una gruta de Laconia. Solo es que te niegas a aceptarlo. No lo harás hasta que la encuentres, y eso te da miedo.

—Sí, es verdad. Tengo miedo. Porque ¿qué pasa si la encuentro y no regreso?

Agarista caminó hasta la fuente y recogió la corona de mirto del borde. Se entretuvo en recomponer las ramitas.

—¿Y si no la buscas, Prómaco, cómo sabrás la respuesta a esa pregunta?

Fue hacia ella y la agarró de los brazos. Agarista parecía cargar con todo el peso del mundo. Prómaco no fue consciente del tono de desesperación de su pregunta:

—¿Qué quieres tú, dime? ¿Quieres que me vaya o que me quede? Habla ahora. Haré lo que te plazca, pero que esto pare ya, por favor.

—No parará. —Se zafó y caminó hacia el postigo del templo. Se volvió antes de entrar—. No vuelvas aquí, Prómaco, porque ningún misterio puede desvelarse en un lugar donde no existen misterios.

Desapareció en la oscuridad cubierta de piedra. Prómaco pensó en seguirla, pero sonaron voces cerca. Los participantes de los certámenes volvían para pasar la noche junto al templo. Aun así la llamó:

—¡Agarista! ¡No puedes hacerme esto! ¿Qué será de mí? —Un dolor agudo como las garras de una rapaz se le instaló en el pecho. Había algo sucio en la pregunta que acababa de hacer. Algo que iba más allá del puro egoísmo. Una mezquindad semejante a la de Menéclidas al acusar de traición a Epaminondas. Dejó caer los hombros.

«No. No importa qué será de mí. —Levantó la vista hacia el templo y la imaginó dentro, mucho más quebrantada que él. Víctima de todos, culpable de nada—. Lo que en verdad importa es qué será de ella.»

Cuando Prómaco llegó a Tebas, se enteró de que Pelópidas no había regresado de Tesalia, pero los delegados que habían comparecido en Delfos sí estaban de vuelta. El mestizo acudió a casa de Epaminondas aun antes de dejar su bagaje en la suya.

—Algo grave te ha ocurrido —adivinó el tebano—. Ibas a ver a la hermana de Pelópidas, ¿verdad?

—Prefiero no hablar de eso. Perdóname.

—Por supuesto.

—¿Qué tal en Delfos?

—Una farsa, como todo. —Epaminondas invitó a Prómaco a sentarse y pidió agua. Nada de vino—. Pero ha sido interesante. Además, en mi papel de criado, he visto y oído cosas que los demás preferían callar ante los embajadores oficiales.

»Tenemos dos nuevos personajes a los que atender, Prómaco. El primero es el tirano de Siracusa, Dioniso. Parece empeñado en ayudar a los espartanos y, según parece, ya ha enviado mercenarios a Agesilao.

»El segundo es el sátrapa persa de Frigia, Ariobarzanes. El hombre que el rey Artajerjes ha escogido para encargarse de este asunto. Según he oído, el tal Ariobarzanes es la ambición personificada y dispone de ingentes cantidades de oro persa. Ariobarzanes ha mandado en su nombre a un tipo llamado Filisco. Un griego propersa, ya conoces a esa gente. Lo tendrías que haber visto repartiendo regalos a los demás delegados. Cuando sonreía, toda su cara era dientes. Me hizo mucha gracia ver a los enviados espartanos rechazando los presentes de Filisco. Se apartaban con gesto de repugnancia. —Epaminondas ahogó la risa—. Sé de buena tinta que Persia está mandando oro a Esparta en secreto, no sería de extrañar que para pagar las soldadas de los mercenarios siracusanos. Sea como sea, ese Filisco me pareció un tipo del que será mejor cuidarnos.

»Los espartanos abrieron la negociación. Como se esperaba, exigieron la demolición de Mesene y la devolución de todos los trabajadores que los tebanos habíamos raptado de los campos de Laconia. Así los llamaron: "trabajadores". Y no se referían a Beocia, sino solo a Tebas. En suma: siguen en sus trece. Lo cual me sorprendió al principio, pues los problemas que les hemos causado deberían haber rebajado sus pretensiones. También apelaron al último tratado de paz, y dijeron que nuestra confederación era ilegal y que teníamos que disolverla.

Hubo un momento gracioso cuando los espartanos reclamaron la presencia de Epaminondas, el beotarca de un único año que, según sabían, había dirigido el ejército en Leuctra. Nuestros delegados reaccionaron bien. Dijeron que soy un hombre muy tímido y que prefería no darme a conocer. Que se me podía encontrar en cualquier camino de Beocia, pero no en reuniones de asamblea ni en magistraturas políticas.

»No se llegó a acuerdo alguno. Cuando estábamos a punto de terminar, parecía claro que el año próximo volveríamos a la guerra. Entonces Filisco pidió la palabra. Como sabes, los persas no tienen voz ni voto en el Consejo de Delfos, pero ese tipo dijo que tenía autorización del Gran Rey para convocar un nuevo congreso, esta vez en la propia Persia. En Susa. El mismísimo Artajerjes lo presidirá.

—¿Un congreso griego en Persia? Padre Zeus, si nuestros abuelos levantaran la cabeza...

—Eso pensé yo. Los espartanos aceptaron, y los atenienses, que se habían mostrado muy ambiguos todo el tiempo, también. Hemos de ir, Prómaco. No podemos permitir que Esparta, Atenas y Persia decidan nada de común acuerdo, y menos a nuestras espaldas.

—Lo comprendo.

—Hay algo que percibí al moverme entre la delegación ateniense, por cierto, y que nos puede ser de gran ayuda. Timágoras, uno de sus embajadores, podría ser escogido para viajar a Susa. Su posición será contraria a nuestros intereses. Sin embargo, Timágoras me pareció la clase de persona susceptible de ser... convencida por alguien como Pelópidas. ¿Entiendes lo que quiero decir?

—Vaya, Epaminondas. Veo que hiciste tu trabajo en Delfos.

—Es más juicioso quien se esfuerza por conocer a sus enemigos, Prómaco, que quien se contenta con despreciarlos. Si Pelópidas consigue poner de nuestra parte a Timágoras, todavía nos quedarán como rivales Persia y Esparta, pero al menos habremos evitado ese trío fatal que tantos problemas nos causaría.

Prómaco se recostó en el diván. Tal como Epaminondas había apuntado no hacía mucho, la política era un juego complejo y, sobre todo, sucio. El mestizo se dijo que resultaba mucho más sencillo encarar a tu enemigo en el campo de batalla, con las armas por delante y con el peán como únicas palabras a cruzar.

—Así pues, consideras que Pelópidas ha de ir a Persia el año que viene.

—Es esencial para nuestros planes. Nadie como él para moverse en ese terreno. Además, yo he de volver al Peloponeso porque se me ha ocurrido repetir lo de Mesene.

Prómaco se incorporó.

—¿Fundarás otra ciudad en Mesenia?

—No. En Arcadia, justo ante la frontera con Laconia. De este modo, los espartanos tendrán cerrada la salida tanto a occidente como al norte. De acuerdo, disponen del mar para escapar del Peloponeso; pero ya sabes lo nefastos que han sido siempre como marinos.

»Verás: mientras estábamos en Delfos, todo el mundo se interesaba por los resultados de los Juegos. Cada día llegaban noticias y los delegados las comentaban como si estuvieran en Olimpia. Que si el pugilato lo ha ganado Aristón de Epidauro, que si el ateniense Fitóstatro se ha impuesto en el estadio... Entonces nos enteramos de que un crío de doce años llamado Damiskos había vencido en la carrera del estadio para jóvenes, y que le había sacado una ventaja humillante al segundo clasificado, que era un muchacho espartano.

»Damiskos es de Mesene. Por primera vez en cientos de años, los mesenios mandan a un atleta a los Juegos Olímpicos. Solo a él, porque entre los mayores no hay costumbre de ejercitar el cuerpo sino en las labores de servidumbre que han prestado a los espartanos. Y ese chico gana. Para colmo llegó otra noticia: la única disciplina en la que Esparta ha conseguido el triunfo es en la carrera de carros, y la vencedora es una mujer llamada Euryleonis. Tendrías que haber oído las burlas en Delfos. Los correos nos contaban que en Olimpia, en las gradas, los espectadores se reían y decían que, ya que en Esparta no quedaban hombres, podían esperar a que crecieran los mesenios como Damiskos, que parecían buenos ejemplares para joder con las muchachas espartanas.

»El triunfo de Damiskos en Olimpia se ha convertido en motivo de orgullo para los mesenios y de humillación para los espartanos, Prómaco. Lo añaden a nuestra victoria en Leuctra y a la fundación de Mesene.

—Vencer en una carrera significa bien poco, Epaminondas. No es más que... un símbolo. Puedes dibujar una piedra en un pergamino, pero no podrás aplastar a nadie con ella. Para eso necesitas una piedra de verdad.

—No subestimes los símbolos, Prómaco. Las lambdas que los periecos pintaban en sus escudos eran símbolos, pero vencían batallas. Mesenia ya tiene sus símbolos, y ahora dibujaremos otro para Arcadia. Una ciudad que sumará nuevas humillaciones a Esparta.

Prómaco asintió.

—Así que el año que viene volveremos a cruzar el istmo. —Recordó su amargo diálogo con Agarista—. ¿Crees que podré pasar a Laconia y acercarme a Esparta? Si me muevo solo o en un grupo pequeño, seguro que consigo esquivar a los espartanos. Quisiera preguntar por Veleka en las aldeas cercanas y...

—Aguarda, Prómaco. Sé lo mucho que anhelas encontrarla, pero no me tienta nada la idea de mandar a Pelópidas a Persia en solitario. Sí, sé que pueden acompañarlo guardias, aunque nadie como el hombre que ya le salvó la vida en el pasado.

El mestizo apretó los labios. Viajar a Persia. Y diferir un año más la ocasión de reunirse con Veleka.

—Epaminondas, necesito ir a Esparta. Otro puede cuidar de Pelópidas. Tenemos gente muy capaz que...

—No confío en nadie más que en ti. Creo que Pelópidas tampoco. Y precisamente es por tu determinación. Algún día nos lo perdonarás, lo sé.

Prómaco resopló. Tal vez no fuera cosa suya, como pensaba Agarista, el dejar que el tiempo pasara sin aclarar la incertidumbre. Quizás era la mano de un dios la que se interponía entre él y su destino. Asintió despacio.

—Iré con Pelópidas.

—Estupendo, Prómaco. —Epaminondas se levantó—. Una vez más te sacrificas por Tebas. Tenemos tanto que...

El criado lo interrumpió.

—Amo, un extranjero desea verte.

—¿Un extranjero?

—Un noble caballero —aclaró el sirviente, y mostró la palma abierta con una gruesa moneda de oro—. Insiste en hablar con el hombre que venció a Esparta.

Epaminondas miró a Prómaco con gesto preocupado. Nadie fuera de Tebas sabía quién era en realidad. Se trataba de un detalle que se había preocupado de cuidar. Suspiró con resignación.

—Está bien. Que pase.

Un hombre de oronda panza hizo su aparición. Llevaba el cabello largo y trenzado, al igual que la barba. Ambos tersos y brillantes, como si llevaran medio siglo sumergidos en aceite. Su sonrisa descubrió una hilera de dientes grandes y blanquísimos. Epaminondas puso cara de haber sido descubierto robando manzanas en el huerto de las Hespérides. El criado, feliz con su pago, señaló al amo de la casa, lo que el extranjero recompensó con una nueva moneda.

—Así que aquí tenemos al gran Epaminondas. —El extraño hizo una teatral reverencia. Al alzar la vista, arrugó el entrecejo—. Vaya, juraría que nos conocemos. ¿Será posible que nos hayamos visto antes?

—Lo dudo mucho. Pero pasa y acomódate. Que las leyes de Zeus se cumplan como es menester.

—Bien dicho. Me llamo Filisco de Abidos. —El visitante hablaba muy deprisa, sin dejar resquicios entre las palabras—. No confundas mi aspecto con el de un asiático, pues mi sangre es griega desde la suela de las sandalias hasta el último rizo.

Epaminondas cruzó una mirada de inteligencia con Prómaco. Filisco era el enviado de Ariobarzanes que había acudido a Delfos y repartido regalos entre los delegados. Un hombre del que era mejor cuidarse, había dicho el tebano. El mestizo dio un paso al frente.

—Espero que Tebas te sea grata. Mi nombre es Prómaco, hijo de Partenopeo; y como tú, soy de origen griego. Aunque nací no lejos de tu patria. Dime, Filisco, ¿qué amable tebano te ha indicado la casa de Epaminondas? Mal se lo pagaría si no lo invito a una jarra de vino tasio por tan fervoroso servicio.

—Ah, Prómaco, hijo de Partenopeo, permite que lo guarde en secreto. Se trata de un hombre ilustre y bien educado que huye del reconocimiento público y que actúa de forma altruista, tanto por Tebas como por los extranjeros que, como yo, venimos como suplicantes para solicitar la célebre hospitalidad beocia.

—Entiendo —se conformó Prómaco. Aunque sospechó de qué discreto tebano se trataba. Filisco, que no dejaba de sonreír ni cuando hablaba, se dirigió de nuevo a Epaminondas:

—Si no es molestia, me gustaría hablar contigo de un delicado asunto. —Cabeceó hacia Prómaco—. A solas.

—Será un placer compartir esa charla contigo, Filisco. Pero no temas: Prómaco es un gran amigo para el que no tengo secretos. Y tan reservado que te parecerá que no está. Siéntate y deja que te agasaje como mereces. —Epaminondas llamó a la servidumbre y ordenó que trajeran recado para el vino—. Espero que me disculpes si mi hogar es humilde y no puedo ofrecerte manjares. Yo mismo prefiero la frugalidad.

Filisco se lo pensó un momento. Observó a Prómaco con un deje de irritación que no fue suficiente para borrar su sonrisa. Desparramó su humanidad sobre el modesto diván del salón y se oyó un sonoro tintineo.

—Bien... Supongo que no importa. —Miró a su alrededor—. En verdad tu morada es sencilla. Esperaba que el vencedor de Leuctra fuera un hombre más...

—¿Rico? No me juzgues por lo que ves, Filisco. Soy rico en verdad, pero mis riquezas no se cuentan con monedas.

El sirviente llegó con el vino, la hidria y la crátera. Epaminondas llevó a cabo la libación tras la mezcla, y los tres hombres bebieron. Filisco aguardó hasta que el criado hubo salido.

—En cierto modo me alegra saber que andas corto de dinero, Epaminondas. He aquí que tu amigo Filisco de Abidos ha llegado para solucionar esas carencias. —Se llevó la mano a la cintura y desató una bolsa que depositó sobre la mesa. Con el lazo flojo, la boca se abrió y un par de daricos persas rodaron junto a la hidria—. Esto va de parte de mi señor, el muy noble Ariobarzanes, hijo de Farnabazo, amigo personal de Artajerjes y sátrapa de Frigia. Consideramos que su palabra vale tanto como la del Gran Rey de Persia.

Prómaco percibió la indiferencia de Epaminondas en el modo en el que cogió las monedas, las introdujo de nuevo en la bolsa y la cerró apretando el cordel.

—Esto es mucho dinero, Filisco.

—Bah, depende de lo que consideres mucho. Para el noble Ariobarzanes, nunca es mucho. Te digo esto porque... —volvió a mirar a Prómaco igual que a un mosquito que incordia al durmiente— hay más si es que lo deseas.

—Si es que lo deseo... —repitió en voz baja Epaminondas—. Y dime, Filisco de Abidos, ¿por qué motivo debería yo aceptar este oro persa?

El tipo se inclinó con cierta dificultad sobre la mesa, como si quisiera aproximarse para soltar una confidencia.

—Epaminondas, tú eres tebano. Cuando ofrezco dinero persa a los espartanos, se muestran ofendidos. Los atenienses también. Son muy poco originales, y unos y otros acaban hablando de aquel desgraciado malentendido de hace un siglo. Ya sabes: Jerjes, Leónidas, Temístocles... Ah, qué tormento. Siempre la misma canción. ¿Sabes qué es lo que más me gusta de Tebas? Pues que cuando el rey Jerjes, al que Ahura Mazda preserve hasta la resurrección de los muertos, quiso venir a Grecia hace cien años para pedir la tierra y el agua, fue muy mal recibido por atenienses y espartanos. Pero los tebanos acabaron por unirse a él. Sí, sí, lo sé: los demás griegos os lo recuerdan de vez en cuando para insultaros. —Movió la mano con desdén—. Ni caso. Persia es la civilización, te lo digo yo. Estoy seguro de que lo entiendes, ya que no hay griego más parecido a un persa que un tebano. Vuestra buena fe, vuestra visión de futuro, vuestras mujeres, vuestros muchachos... —Aquí se permitió ensanchar otra vez la sonrisa—. ¿Sabes qué es lo más gracioso? Que pese a todas las excusas gloriosas de atenienses y espartanos para no tomar el oro persa en público, lo aceptan a carretadas cuando nadie los ve. Esa es la diferencia entre ellos y nosotros, ¿eh, Epaminondas? No nos escondemos porque no tenemos nada que ocultar. En fin, considera este dinero un regalo de parte de Ariobarzanes. Piensa que, como tu hospitalidad, esto no es más que un detalle entre seres civilizados.

Epaminondas sopesó la bolsa. Su mirada de satisfacción sorprendió a Prómaco. Sin embargo, la volvió a dejar en la mesa.

—Somos seres civilizados, es verdad. Qué bien que por fin alguien se fije en algo más que en la hegemonía militar, en el dominio del mar o en controlar las rutas del trigo desde el Ponto. Los detalles como este, Filisco —palmeó la bolsa de dinero—, marcan la diferencia. Así pues, dime qué podría hacer yo por el noble sátrapa Ariobarzanes o por el Gran Rey para corresponder a tanta generosidad.

Filisco se pasó el dorso de la mano por la barba. A Prómaco le dio la impresión de que si la estrujaba podría escurrir suficiente aceite para un año de guisos.

—Pues verás, Epaminondas: estoy seguro de que conoces las noticias que, como yo, acaban de llegar de Delfos. El año próximo habrá un nuevo congreso, esta vez en Susa.

—Estoy al corriente.

—Artajerjes, Gran Rey de Persia, rey de reyes y una enorme ristra de títulos más, estará allí presente. Artajerjes es, como nosotros, un hombre civilizado. Odia la guerra y detesta ver cómo personas razonables malgastan sus vidas y se precipitan hacia la muerte. Tú lo has dicho, Epaminondas: ¿de qué sirven hegemonías, dominios y controles? Ah, no hay nada como admirar la belleza de un efebo cuando el bozo apenas le asoma al rostro. O acariciar una pileta de mármol frío en lo más caliente del estío. ¿Has visto las maravillas de Persépolis y de Babilonia, Epaminondas?

—No. Y con gran lamento por mi parte, tampoco las veré el año que viene. Será otro el que vaya a Susa para hablar por Beocia.

—Qué contrariedad. Pero tú eres el gran Epaminondas. ¿Sabes lo que se dice de ti en todas partes? Que nadie te conoce. Nadie te ha visto jamás hacer ostentación de tu nombre, como ocurriría si fuera un ateniense quien hubiera derrotado a los espartanos en noble lid. Sí, en Esparta, en Atenas y hasta en Persia se te tiene por el genio en la sombra, pero son otros los que dan la cara, ¿verdad? Así pues, no resulta un obstáculo insalvable que tú en persona no vengas a Susa, ya que mandarás a alguien de tu confianza... Porque lo mandarás tú, no esa ridícula asamblea beocia. ¿Me equivoco? Bien. Y ese alguien, sabiamente aleccionado por un Epaminondas que es ahora más rico que antes de conocerme, representará a Tebas y a toda Beocia con gran lealtad, pero aún guardará más lealtad al gran Epaminondas. Y su voto en el congreso será por la paz que anhelamos Artajerjes, Ariobarzanes, tú y yo. Tebas permitirá que Esparta recobre Mesenia y a sus leales siervos, y se decretará que las ciudades griegas, incluidas las beocias, recuperen su autonomía en los términos que ya aconsejó el Gran Rey hace unos años. Eso te granjeará la amistad del propio Artajerjes y la de mi señor Ariobarzanes, y créeme si te digo que no hay amigo suyo que no goce de júbilo. —Señaló la bolsa—. De mucho júbilo hoy, pero más todavía mañana, y pasado, y al otro... Bolsas enteras de júbilo, Epaminondas.

Ya estaba. Filisco de Abidos tomó la copa de vino y la apuró entera, lo que no extrañó ni a Prómaco ni a Epaminondas tras ver lo dilatado y veloz de su parlamento. Prómaco observó a su anfitrión. Sabía que por su mente pasaba la posibilidad de arrojar la bolsa de oro a Filisco en toda la cara. Con un poco de suerte, el aceite de su barba la haría resbalar y no le rompería esos dientes que parecían las murallas de Corinto. Aunque nunca se sabía qué pensaba realmente Epaminondas. Tal vez calculaba cómo sacar rédito a la situación.

—Filisco de Abidos... —Estiró el índice y empujó la bolsa hacia el invitado—. Me has conmovido. Solo pensar en compartir la amistad del rey Artajerjes es todo un honor. Pero soy un hombre de principios y no puedo aceptar sin más este oro persa. Por favor, no me malinterpretes, porque en lo esencial estoy de acuerdo con el Gran Rey y con tu señor, Ariobarzanes. Busco la paz definitiva. Y esa será la opción que el delegado tebano defenderá en Susa. Solo cuando esa paz se haya impuesto, aceptaré el júbilo que reportan la amistad del Gran Rey y la de su sátrapa en Frigia.

Filisco no supo qué decir. Iba a pedir aclaración a la respuesta cuando el sirviente irrumpió en la estancia.

—Señor, el noble Pamenes está aquí. Pide verte enseguida por motivos urgentes.

—Dile que pase. —Epaminondas se puso en pie y sonrió a

Filisco de Abidos—. Amigo mío, he de pedirte que nos dejes. No olvides tu oro persa, por favor. ¿Sabrás salir de Tebas o necesitarás de nuevo la ayuda de Menéclidas?

Filisco balbuceó:

—¿Eh? No... Bueno... Sí. ¿Cómo sabes que ha sido Menéclidas el que...? En fin. Que Ahura Mazda te proteja. —Hizo brillar su hilera de dientes hacia Prómaco—. Que os proteja a ambos.

A su marcha siguió la llegada de la Roca. Pálido, como si acabara de ver a la esfinge resucitada y estrangulando a media ciudad. Junto a él venía el príncipe Filipo.

—¿Qué ocurre, Pamenes? —Los recibió Epaminondas—. ¿Tan grave es?

—Se trata de Pelópidas.

Hubo un momento de silencio premonitorio. Prómaco se acercó a la Roca con los ojos muy abiertos.

—¿Qué le ha pasado? —Lo agarró del quitón y lo zarandeó como si en lugar de una roca fuera un junco—. ¡Habla!

Pero Pamenes no hallaba las palabras. Fue el joven Filipo quien intervino:

—Lo podéis dar por muerto. O algo peor.

Lo primero que vino a la mente de Prómaco fue Agarista. Las consecuencias de que Pelópidas muriera la hundirían definitivamente en la locura, si es que no la impulsaban a reunirse con su hermano en el Hades.

—Decidnos ya qué ha ocurrido, por los dioses.

—Estaba en Feres, había pedido audiencia con el tirano Alejandro —dijo Filipo de Macedonia con su fuerte acento del norte—. Por lo visto ese tipo le hizo esperar semanas hasta que se decidió a recibirlo. No se sabe de qué hablaron pero, cuando la entrevista terminó, Alejandro mandó capturar a toda la delegación.

—El hijo de puta... —escupió Epaminondas. El príncipe continuó:

—Los torturaron. Se sabe porque tras un par de días en las mazmorras de Feres, se llevaron a todos menos a Pelópidas hasta el puerto de Pagasas, y allí los engancharon al casco de un trirreme que salía a mar abierto. Ese malnacido, Alejandro, obligó a los lugareños a mirar para escarmiento de quien se atreva a amenazarlo, por eso se ha difundido la noticia. Algunos presos nadaron tras la nave hasta que les faltaron las fuerzas.

Fuera, una nube solitaria se interpuso entre el sol y Tebas, con lo que oscureció repentinamente. Epaminondas cerró los ojos. Prómaco soltó a la Roca y se frotó las sienes. De pronto todo el edificio construido con paciencia y sudor parecía tambalearse. Sin Pelópidas, el congreso en Susa podría resultar en una triple alianza que Beocia sería incapaz de contrarrestar. La sola desaparición del Aquiles tebano se convertía en un golpe tan fuerte como si Leuctra hubiera acabado en derrota. Pero lo peor sería la tristeza infinita que invadiría a Agarista. Prómaco ni siquiera fue consciente de que no había pensado en Veleka cuando oyó la pregunta de Epaminondas.

—Dices que Pelópidas sigue vivo, ¿no?

Filipo se encogió de hombros.

—El trirreme al que ataron a los cautivos tenía como destino la costa de Laconia y llevaba un mensaje: Alejandro vende a Pelópidas como un triunfo de su gobierno, va a negociar con Esparta su entrega, aunque dice que no le importará matarlo él mismo si se lo pide Agesilao.

—Tenemos que hacer algo —balbuceó la Roca.

—Vayamos a Feres y que arda por los cuatro costados —propuso Prómaco.

—Eso. —El joven Filipo afiló la mirada—. Pedid ayuda a mi hermano. Los macedonios atacaremos desde el norte, y vosotros...

—Esperad. —Epaminondas levantó las manos. Seguía con los ojos cerrados, intentando dar con una solución rápida—. Si hacemos lo que decís, el tirano podría matar directamente a Pelópidas.

—¡Pero hemos de reaccionar! —se quejó la Roca—. Hay que recuperarlo a cualquier precio.

La fatalidad había desplegado sus negras alas sobre el grupo. Todos callaron menos el joven Filipo:

—En Macedonia, cuando algún noble se vuelve demasiado problemático, suele acabar atravesado por una lanza. Los problemas desaparecen y se pasa al siguiente asunto.

Epaminondas miró al muchacho. Si no fuera por lo desesperado de la situación, le habría hecho gracia. Era una pena que Filipo fuera el hermano menor, porque todo indicaba que podría convertirse en un buen rey.

—Tal vez debamos aprovechar el consejo de nuestro joven príncipe. —Epaminondas se levantó. Respiró hondo—. Hay que actuar con rapidez. Pamenes, tú acudirás al Consejo de Delfos. Cuando Alejandro de Feres tomó cautiva a nuestra delegación, estaba vigente la Tregua Sagrada. Denúncialo y exige que una embajada délfica hable con ese tirano para que libere a Pelópidas.

—¿Así? —se quejó Prómaco—. ¿Sin más? ¿Tú crees que ese hijo de perra cederá cuando cuatro sacerdotes de Apolo le riñan por haber sido malo?

—Por supuesto que no. —Epaminondas levantó la mano para que le dejara continuar—. Esa será nuestra postura oficial, ya que el asunto es de dominio público. Mientras la Roca acude a Delfos, yo movilizaré un ejército. Tardaré, porque esto nos ha pillado desprevenidos, pero marcharé sobre Tesalia en cuanto esté listo. Sin embargo, lo importante será la avanzadilla. Tú, Prómaco, saldrás enseguida hacia Feres. Fuiste muy competente cuando Pelópidas te pidió que asaltaras Óreo, liberaras a los tebanos presos y recuperaras el trigo de las naves capturadas. ¿Te ves capaz de hacer algo parecido?

Prómaco afirmó con entusiasmo.

—Haré lo necesario. Déjame escoger un cuerpo de peltastas y todo será muy rápido. Antes de que ese tirano se haya dado cuenta, habré liberado a Pelópidas y estaremos de vuelta.

Epaminondas se acercó al mestizo. Movió la cabeza negativamente.

—No es eso, amigo mío, lo que te pido. Asaltar la capital del tirano será cosa mía. Yo avanzaré sobre Tesalia con el ejército beocio, y si es preciso forzaré las murallas de Feres y rescataré a Pelópidas. Pero para hacerlo sin que nuestro amigo sea ejecutado, necesitamos eliminar la principal amenaza. O como dice el joven príncipe Filipo: el problema tiene que desaparecer.

»Tu misión, Prómaco, es matar a Alejandro.

27

La esposa del tirano

Cerca de Feres, Tesalia. Año 368 a. C.

El cielo estaba tan negro como las esperanzas que había dejado atrás. La lluvia, fina y persistente, le chorreaba por la cara y acallaba sus pisadas. Un relámpago resquebrajó el cielo a oriente y, durante un parpadeo, dibujó la silueta de la acrópolis de Scotussa. El trueno retumbó lejos. Demasiado como para apagar los gritos de angustia y de súplica. Prómaco avanzó por el campamento del tirano. En el suelo embarrado se mezclaban las huellas de los hombres con las de los caballos. A su derecha, los incendios que consumían Scotussa se obstinaban en reducirlo todo a cenizas a pesar del aguacero.

El tirano había tomado la ciudad esa misma tarde. Antes había pedido entrevistarse con el estratego escogido democráticamente para defenderla, un tal Polidamas. Alejandro de Feres le prometió respetar la vida y la hacienda de los ciudadanos si se rendían y se acogían a su liderazgo. Polidamas no tenía gran cosa que hacer, porque dirigía un grupo de hoplitas pasados de peso y con más miedo que ganas de luchar, mientras que el tirano de Feres contaba con tropas mercenarias, principalmente tracias y escitas, y con un par de centenares de la reputada caballería tesalia. Scotussa claudicó y, cuando abrió sus puertas, el ejército de Alejandro entró a saco.

La matanza todavía no había terminado. Los últimos ciudadanos vivos, atados y de rodillas bajo la lluvia, esperaban su turno mientras un grupo de mercenarios escitas se emborrachaba y apostaba para ver quién degollaba al siguiente desgraciado. Los cadáveres se desangraban a los pies de la muralla, con lo que se formaba un caldo repugnante sobre el que salpicaban las gotas del chubasco con un sonido siniestro.

No había resultado difícil para Prómaco infiltrarse en el campamento. En ese momento era un tracio más, con el *kopis* al cinto y la pelta a la espalda. Al pasar junto a una tienda, entrevió a dos hombres violando a una chiquilla. No debían de ser los primeros, porque la pobre apenas se quejaba. Apretó los puños y se detuvo durante un latido de corazón, pero su misión no era dejarse matar para detener la barbarie. Siguió adelante. Se cruzó con soldados que correteaban para ponerse a cubierto, cargados con trípodes, platos y lamparillas. El reparto del botín era un caos del que, por lo visto, Alejandro de Feres no se preocupaba. Seguramente porque él ya había apartado la porción reservada al tirano.

El campamento estaba lleno de establos, no podía ser de otra forma tratándose de Tesalia. Los caballos, nerviosos por la tormenta que se acercaba, pateaban el suelo y las fajas de madera. Los gritos de las mujeres no ayudaban a calmarlos. Un nuevo rayo iluminó la noche. Al otro lado de la ciudad se elevaba una cadena de colinas que los lugareños llamaban Cabeza de perro. Un sitio ideal para acabar con otro perro.

Distinguió el pabellón de Alejandro sin problemas: el único tan grande como para acoger a cincuenta hombres. Había una estacada alrededor, pero algunas de las varas se torcían sobre el suelo encharcado y otras ya habían caído. Los centinelas se repartían a trechos, y una nutrida escolta aguardaba junto a la entrada. Prómaco calculó las posibilidades, y el resultado que obtuvo no fue muy halagüeño. Como solía hacer en los últimos días, pensó en Agarista. Haría cuanto pudiera para ahorrarle el dolor de llorar a su hermano muerto. Y tendría que ser esa noche, porque nadie sabía qué rumbo llevaban las negociaciones entre Alejandro de Feres y el rey Agesilao de Esparta. ¿Habrían llegado hasta este los mensajeros tesalios? ¿Tendría ya decidido Agesilao qué debía hacer el tirano con su ilustre prisionero? Él había visto el rostro del rey espartano cuando se dirigía a los tebanos, y dudaba de que hubiera alguien en el mundo a quien Agesilao odiara más.

Hubo un arranque de movimiento. La escolta del tirano se aprestaba. Un tipo escuálido, con manto forrado de piel gruesa, salió del pabellón. Miró al cielo e hizo un mohín de desagrado. Ese tenía que ser él. Prómaco se apretó contra uno de los establos y observó. Los guardias, con las lanzas terciadas, permanecían atentos al entorno mientras formaban un círculo alrededor de su protegido.

—Mi juguete se ha roto —anunció el tirano con una voz anormalmente aguda—. Vamos a la ciudad. Y rezad por que no hayáis matado a todas las mujeres.

Se pusieron en marcha. Los escoltas apartaban de mala manera a quien se cruzaba en su camino, y el hecho de que nadie protestara indicaba cómo solía actuar Alejandro de Feres con aquellos que le contrariaban.

«Habrá que esperar», se dijo Prómaco.

Pero no iba a ser fácil matarlo cuando volviera. La escolta era muy numerosa y las precauciones se extremaban hasta el ridículo. El mestizo supuso que era lo normal en el caso de los déspotas odiados por el pueblo. Alejandro de Feres no tenía nada que ver con su difunto suegro Jasón, un tirano que siempre se había comportado afablemente con los tesalios, que no los oprimía sino cuando era necesario, y nunca tanto como para que desearan otro gobernante.

Entonces Prómaco se dio cuenta de algo. Una vez se había alejado el nutrido grupo de hombres armados, el pabellón de Alejandro quedaba casi sin vigilancia. Apenas un par de lanceros que pugnaban por meterse bajo los aleros para cubrirse del chaparrón. Anduvo alrededor, esquivando tiendas tesalias y un corral en cuyo interior balaban las reses mejor alimentadas de Scotussa. Botín del tirano.

Había un punto débil en el perímetro allí donde el corral casi se unía a un establo. Este tenía vigilancia, tal vez porque los caballos que guardaba eran los del propio Alejandro, pero entre las dos construcciones de madera se formaba un callejón. Prómaco observó al centinela, que se movía despacio a lo largo del hueco. Cargaba con su lanza aburrido por la rutina, tal vez resentido porque no podía unirse al saqueo de Scotussa.

El mestizo comprobó que no había miradas indiscretas, desenfundó el *kopis* y se deslizó con cautela. El centinela se volvió con los ojos entornados, chorreando agua. La hoja cortó su garganta antes de que pudiera emitir un solo gemido.

Lo arrastró hasta el pabellón. El rastro de sangre tiñó de rojo el barro un instante, antes de fundirse con el inmenso charco turbio que era todo el campamento. Prómaco apoyó el cuerpo contra la enorme tienda del tirano. Rajar la tela y colarse por el desgarrón fue todo uno.

Resultó un alivio escapar de la lluvia. Aquella parte del pabellón se hallaba a media luz, y jirones de humo azulado se pegaban al techo de lona. Prómaco avanzó como un gato dispuesto para el salto, con la espada lista y la mirada atenta. Fuera seguían sonando relinchos, gritos apagados y, de cuando en cuando, un trueno que retumbaba más allá de la Cabeza de perro. Apartó un bastidor de tela y pasó a otra estancia donde se acumulaban cofres y tapices. Dejó huellas de barro en alfombras que costaban tanto como un caballo. La parte del botín más delicada, supuso el mestizo. Ahora se oía algo más. Una especie de borboteo. Recordó las palabras del tirano al salir del pabellón: «Mi juguete se ha roto.» No le dieron buena espina.

De pronto se topó con la carnicería.

Fue al pasar a una nueva pieza del pabellón que, sin duda, era la alcoba del tirano. Un gran lecho ocupaba la mayor parte, y sobre él había una mujer. Sentada. Desnuda. Cubierta de sangre. Prómaco se preguntó cómo podía mantener el torso erguido. Un torso dotado con unos pechos grandes, los mayores que Prómaco había visto jamás, de amplias aureolas y pezones rígidos.

El borboteo lo sobresaltó. No venía de la mujer del pecho generoso, sino de otra que yacía en el suelo, al otro lado de la cama. Estaba boca arriba, con las piernas abiertas y un negruzco charco sanguinolento entre ellas. Su piel, también desnuda, estaba cruzada de latigazos; e incluso en los costados, los codos y las rodillas, la carne se había abierto como labios a punto de besar. Su cuerpo se agitó con un alargado estertor y quedó inmóvil.

—Por Zeus, Apolo y Atenea... —Prómaco se acercó.

Sin saber por qué, aún llevaba el *kopis* presto para herir. Había algo en aquella escena más perverso que la simple violación de las derrotadas. Una larga tira de cuero trenzado reposaba junto a la mujer del suelo como una serpiente que se dispusiera a morderla e inyectar su veneno. Acercó la zurda al cuerpo.

—Está muerta.

Tras la afirmación llegó un trueno que rebotó contra las colinas. Prómaco encaró a la mujer de la cama, que ahora lo miraba con ojos encendidos de miedo. La apuntó con el *kopis*.

—¿Quién eres? ¿Qué pasa aquí?

—Soy Teba, la mujer de Alejandro. Me llaman Kalimastia.

Kalimastia. La de los pechos hermosos. Prómaco se acercó al lecho con la misma prevención que si lo hiciera a una *mora* espartana. Ella no se molestó en cubrir su desnudez.

—Estás herida. ¿Te lo ha hecho él?

—No estoy herida. La sangre es de ella. —Señaló a la mujer del suelo—. No sé cómo se llamaba. Era la mujer de Polidamas, el estratego de Scotussa. Y sí: lo ha hecho Alejandro. Suele divertirse así con el botín de guerra, y a veces me obliga a participar. —Se restregó la sangre de la cara—. Esta noche he participado.

Las arcadas que asaltaron a Prómaco estuvieron a punto de hacerle soltar su arma. La sensación siniestra de antes se multiplicaba. Se le pasó por la cabeza que quizá Pelópidas había recibido las sangrientas atenciones de Alejandro.

—Tu esposo está loco, Kalimastia.

—No lo dudes. Y tú también por haber entrado aquí. Te hará cortar a pedazos y te sacará los ojos, aunque esto lo hará solo al final para que puedas ver tus miembros desparramados.

Prómaco tomó aire, pero un hedor indefinido le hizo toser. Comprendió con horror que ahora tendría que matar a Kalimastia. De hecho le pareció extraño que no hubiera gritado ya para llamar a los guardias. ¿Por qué no pedía auxilio?

—Lo siento, señora.

Ella adivinó sus intenciones. Echó la cabeza hacia atrás, y Prómaco habría jurado que su gesto era de agradecimiento.

—Hazlo rápido. Y luego mátate tú, porque no querrás que Alejandro te coja con vida.

Prómaco se detuvo. Apretó los dientes mientras calculaba las nuevas condiciones de su irreflexivo plan. Alejandro de Feres había ido a buscar otro «juguete» y, cuando volviera, lo haría acompañado de su desmesurada escolta. Su intención primera era esconderse y aguardar a que el tirano durmiera, pero ahora, con el obstáculo de Kalimastia y sus grandes pechos, todo se iba al traste. Había que improvisar. Miró alrededor. Desde fuera llegó el relumbrón de un nuevo rayo y, casi enseguida, el mazazo del padre Zeus. Escupió una maldición por lo bajo. Intentó recordar lo que sabía. Analizar el momento, tal como hacía Epaminondas. Kalimastia, la de los pechos hermosos. La hija de Jasón de Feres, el tirano que había sido buen amigo del hombre al que ahora pretendía salvar. Observó a la chica. Joven, muy menuda. Quizá por eso sus pechos parecían tan grandes. No era bella. Sus ojos estaban demasiado juntos y eran pequeños. Pero su fragilidad la dotaba de un extraño atractivo. El cabello apelmazado de sangre era castaño. Localizó un moretón en la frente. Y un poco más abajo, en la garganta, la marca inconfundible de unos dedos. Era difícil distinguir los demás signos de la violencia entre la sangre reseca de la muerta, pero allí estaban.

—Escucha, Kalimastia. Estoy aquí para matar a tu esposo, pero parece evidente que no lo conseguiré. ¿Conoces a Pelópidas, el tebano?

—Claro que lo conozco. Desde hace mucho, cuando todo era más agradable. Mi padre me quería casar con él.

—Y sabes que tu marido lo tiene cautivo, supongo.

—Lo sé. Lo arrojó a un agujero en Feres y lo mantiene con mendrugos de pan duro y agua sucia. Alejandro me lo echa en cara y se burla porque sabe cuáles eran las intenciones de mi padre.

Una luz se encendió en la mente de Prómaco. Recordó que Alejandro se había apoyado en su parentesco político para reclamar el derecho a la tiranía. Y que sus pocos partidarios lo eran precisamente gracias a aquella chica pequeña y de pecho pródigo, hija de un hombre al que habían respetado.

—Kalimastia, ahora te contaré lo que vamos a hacer. Tú y yo nos vamos de aquí. Si colaboras, conservarás la vida. Y te juro por Zeus y Hera que no sufrirás daño alguno después. Rápido, ponte algo. Pero no te limpies la sangre.

Ella vaciló antes de deslizarse hasta el borde del lecho.

—No lo conseguiremos. Nos pillarán los hombres de Alejandro.

La forma en la que lo había dicho gustó a Prómaco. No lo iban a pillar a él, sino a ellos. A los dos.

—El campamento está lleno de tracios que arrastran a las mujeres de Scotussa por el barro. En medio de la noche y la lluvia no llamaremos la atención. Apresúrate.

Kalimastia pareció cobrar vida. Saltó sobre el cadáver desangrado, y sacó un quitón y un manto de uno de los cofres. Se vistió deprisa, como si no estuviera actuando bajo la intimidación de un *kopis*, sino ansiosa por alejarse de su esposo.

Tesalia. Año 367 a. C.

El rapto de Kalimastia causó un efecto decisivo en el tirano Alejandro. Una vez en Tebas, se despacharon mensajes a Feres para indicarle que, si quería recuperar sana y salva a su esposa, más le valía que Pelópidas no sufriera daño alguno. Lo único que contestó fue que mantendría vivo y de una pieza a tan ilustre rehén, pero no se avino a negociar.

Nadie supo si Agesilao había pedido a Alejandro que matara a su cautivo tebano o que se lo enviara a Esparta. De hecho se hizo un súbito silencio que duró toda la estación fría. Si aquello seguía así, Pelópidas no podría acudir a Susa y habría que dejar la negociación en manos de otro. Por no hablar del contundente golpe moral que supondría prescindir de él en caso de otra campaña contra Esparta. El futuro de Tebas no se escribía sin Pelópidas.

La única explicación para el titubeo de Alejandro era que ponía a su gente a prueba. Sin Kalimastia, su sola persona había de bastar para legitimarlo como tirano de Tesalia. El experimento le salió mal: los pocos que guardaban fidelidad al tirano le exigieron el rescate de la mujer. Varias familias nobles se le rebelaron y hubo de duplicar sus expediciones de castigo, tan crueles como de costumbre.

A Beocia le venía bien este goteo de súbditos tesalios que se le escapaban a Alejandro, pero no había ni un día que perder. El congreso en Persia se acercaba y el viaje hasta Susa era largo, así que en cuanto Epaminondas vio indicios de buen tiempo, se decidió a acabar de una vez por todas con aquel asunto. Sacó de Tebas a su recién movilizado ejército y lo condujo a marchas forzadas hacia el norte. A la cabeza, Epaminondas llevaba consigo a una apenada Kalimastia, a la que habían tratado como una reina en Tebas y que de ninguna manera quería regresar a Tesalia. También marchaba en la columna el joven Filipo, excitado ante la idea de verse envuelto en una batalla contra el aterrador Alejandro de Feres. Con el permiso concedido por sus ahora aliados focidios, Epaminondas recorrió su territorio, pasó por las Termópilas y se presentó en la frontera sur de Tesalia. En la llanura costera de Lamía, algunos escuadrones de caballería les salieron al paso. Los jinetes tesalios tenían fama de ser los mejores de toda Grecia, pero la Roca se enfrentó a ellos hasta dejar el encuentro en empate y con pocas bajas por ambos bandos. Durante el combate, Filipo había cabalgado en todo momento junto al que se había convertido en su tutor, y había tenido oportunidad de ver cómo los jinetes beocios maniobraban en cuña para cargar contra los escuadrones tesalios, que formaban en su habitual rombo. El príncipe macedonio observaba todo con sus ojos vivos y parecía anotar mentalmente cada pequeño detalle. Incluso se permitió aconsejar a la Roca que no se alejara demasiado de los peltastas de Prómaco para que caballería e infantería colaboraran y se dieran mutua protección.

Continuaron la marcha en territorio a medio controlar por Alejandro. En uno de los pasos del Otris, a cuyo norte quedaba Feres, los estaba esperando el propio tirano. En aquellas alturas habían hecho frente los titanes al padre Zeus en la lucha que, eones atrás, había decidido el devenir de dioses y mortales.

Esta vez Epaminondas prescindió de la habitual farsa para no darse a conocer. Lo que estaba en juego podía parecer poco, pero era mucho.

—No hay gran cosa que hablar —dijo en cuanto se hubo presentado—: Pelópidas a cambio de tu esposa.

Se habían encontrado a medio camino de los dos ejércitos. Epaminondas con Prómaco por un lado, Alejandro con uno de sus hombres de confianza, un jefe mercenario escita, por otro. Los cuatro desarmados pero con la desconfianza pintada en el rostro. El tirano, tan delgado que se le marcaban todos los huesos, intentó estirar la negociación con su voz chillona:

—Sé que algunos de mis súbditos se te han unido desde que entraste en Tesalia. Los quiero a ellos también.

Epaminondas se mostraba inflexible. Prómaco le había contado lo de la masacre en Scotussa, y también la escena del pabellón en el que se había topado con Kalimastia.

—Eres un monstruo. No concibo que los dioses te permitan vivir, salvo porque reserven la venganza para cuando se hagan con tu alma. No te entregaré a nadie más que a Kalimastia. Con que tortures a una persona basta.

—Cuidado, tebano. Yo no soy Jasón.

—Lo sé. Por eso no quiero tratos contigo, salvo los justos. ¿Has traído a Pelópidas?

—Está ahí detrás. ¿Y Kalimastia? ¿Viene contigo?

Epaminondas asintió. Quería ahorrarse cuantas más arcadas mejor, así que pidió a Prómaco que trajera a la mujer. El mestizo volvió atrás mientras el jefe escita regresaba a sus líneas para sacar de ellas a Pelópidas.

—No deseamos más problemas de momento, Alejandro. Cuando hayamos hecho el cambio, vuelve a Feres. Tienes mi palabra de que nosotros también saldremos de Tesalia. Treinta días de tregua serán suficientes, ¿te parece?

—¿De momento dices, tebano? Entonces no descartas que tengamos esos problemas en el futuro.

—Estoy seguro de que los tendremos. He oído la clase de criminal que eres, y ningún griego decente debería descansar tranquilo mientras haya gente como tú.

En lugar de ofenderle, aquello hizo gracia a Alejandro.

—Te veo muy seguro de ti mismo. Supongo que es por haber vencido a Esparta. Tremenda prueba del poder beocio, sin duda.

A Epaminondas le desagradaba no solo la voz chillona del tesalio, sino también el simple hecho de hablar con él. Pero había algo tras sus palabras.

—¿Qué insinúas?

—Nada, tebano. Solo te digo que los hombres son mezquinos. ¿Me llamas monstruo y dices que todo el mundo debería estar contra mí? Eres un necio. Seguro que te crees mejor que yo. Tú y esos invertidos que traes contigo. Los vencedores de Esparta, libertadores de Mesenia, adalides de la democracia... Sin embargo, oh, buenísimo Epaminondas, entérate de que hay más gente dispuesta a unirse para luchar contra ti que para hacerlo contra mí.

—Explícate mejor.

Alejandro de Feres se mordió la lengua.

—Ya te enterarás. Por de pronto, te concedo que podáis retiraros de Tesalia con vuestro amigo, y tienes esos treinta días de gracia. Pero no os hagáis ilusiones, porque volveremos a vernos.

Epaminondas estuvo a punto de reír. Las bravatas siempre le hacían gracia, pero con esa voz resultaban hasta ridículas.

—Que Zeus te oiga, Alejandro. Volveremos a vernos.

El escita ya venía con Pelópidas. Este, con las manos atadas a la espalda, había adelgazado y vestía una túnica mugrienta. Aunque arrastraba los pies, caminaba con la cabeza alta y el gesto indiferente.

Desde las líneas tebanas, Prómaco también andaba junto a Kalimastia.

—Lo siento, señora. No sabes cuánto. Si estuviera en mi mano, te quedarías en Tebas.

La mujer del hermoso pecho lloraba en silencio.

—Lo sé. Gracias por tu gentileza. Me enorgullece haberos ayudado.

A Prómaco le sonó a reproche. Durante el trecho hasta donde se hallaban Epaminondas y Alejandro, el mestizo sintió la tentación de darse la vuelta con la mujer y alejarse. Devolvérsela al tirano se le antojaba un crimen que no podría olvidar. Apretaba los puños y sentía la bilis de la rabia subirle al paladar.

—Líbrate de él, Kalimastia.

—Imposible. Soy una mujer, y él es el tirano de Feres.

—Por eso precisamente. Los fuertes se sienten seguros porque no temen a los débiles. Aprende de lo que nosotros le hemos hecho a Esparta. No lo hagas esta noche ni mañana. No lo hagas este año, ni al siguiente. Pero un día, cuando duerma plácido tras alguna de sus crueldades, toma su espada y atraviésale la garganta.

Llegaron al lugar del intercambio. Kalimastia miró fijamente a Prómaco y asintió de forma casi imperceptible.

Mientras Alejandro se alejaba a paso rápido con su esposa y el escita, los tebanos desataron a Pelópidas. Hubo abrazos de reencuentro.

—Ese hijo de perra... —murmuraba el preso recién liberado entre gemidos de dolor. Se movía despacio, como si sus miembros fueran de hierro oxidado. Dejó caer la cuerda y se frotó las señales rojizas—. Pagará por todo lo que nos ha hecho. Forma a las tropas y vayamos a por él. Le haré morder su tierra. Comerá piedras hasta que reviente y le cortaré la...

Tuvieron que sujetarlo de nuevo porque se tambaleaba. Lo ayudaron a sentarse en el suelo y le dieron de beber.

—Sin duda es una amenaza que hemos de eliminar —convino Epaminondas—. Pero no ahora. Hemos pactado treinta días de tregua. Hay que volver a Tebas, Pelópidas. Y necesitas descansar. Recuperarte rápido. Tenemos cosas que hacer.

Le explicó lo del viaje a Susa con Prómaco.

—A Persia... —Pelópidas resopló. Hasta eso parecía dolerle—. Bueno, seguro que me atenderán mejor que ese tirano asqueroso. He vivido todo este tiempo en una mazmorra, comiendo porquerías y aguantando los golpes de los guardias cada vez que se emborrachaban. En realidad, no soportaría quedarme encerrado en casa. Y tú vienes conmigo, ¿no, Prómaco?

El mestizo, que todavía pensaba en Kalimastia y en su funesto destino, asintió sin palabras. En ese momento recordaba las enseñanzas del ateniense Cabrias acerca de los sacrificios que debían asumirse para bien de la mayoría. Una indeseable situación la de verse en el brete de decidir. Y se presentaba más a menudo de lo que quisiera. Supo que el sacrificio de aquella mujer le iba a pesar toda la vida.

—Nuestro amigo se ha quedado mudo —dijo Epaminondas—. Pero sí: irá contigo. Parece evidente que tu vida está más segura cuando él anda cerca. Este intercambio ha sido posible gracias a su audacia, ya te contaré. Ahora volvamos con las tropas, Pelópidas. La gente está deseando abrazarte.

Lo llevaron casi en volandas hacia las líneas beocias, en las que ya se oían los vítores. Aprovechó para hablar en voz baja con Prómaco:

—Gracias otra vez. Mis deudas contigo crecen. Por cierto, ¿hablaste con mi hermana?

El mestizo ahogó un bufido de hastío. Se obligó a sonreír.

—Sí, amigo mío. Estuve en el templo. —Pensó en decírselo. En contarle que no solo no había logrado convencer a Agarista de que abandonara el sacerdocio y buscara esposo, sino que tal vez la había hundido todavía más en su locura. Pero ¿era necesario que Pelópidas supiera todo eso? ¿Eran necesarios más sufrimientos?—. Puedes estar tranquilo. Es cuestión de tiempo que Agarista encuentre la felicidad.

28

En la corte del rey de Persia

Susa, capital de la satrapía de Susiana,
Imperio persa. Año 367 a. C.

Ningún griego llegaba a percibir la grandeza del Imperio persa hasta que no era tragado por él. Cuando Prómaco y Pelópidas protestaron porque llevaban tanto camino recorrido como si hubieran viajado desde Tebas hasta Esparta, les informaron de que apenas habían hecho una pequeña parte del trayecto y que restaban más de tres meses de marcha. Su pasmo se convirtió en arrepentimiento por no haber escogido la ruta marítima, y de ahí tornó a admiración cuando, en Sardes, tomaron la calzada real.

Al llegar a Susa les informaron de que las delegaciones ateniense y espartana se encontraban allí desde varias semanas antes, y que los embajadores y sus asistentes se habían prodigado en contactos entre ellos y con los funcionarios persas. A Pelópidas esto no solo no le importó, sino que pareció que lo había planeado tal cual. Prómaco halló la explicación cuando anunciaron la llegada de la delegación beocia: le quedó claro que los tebanos habían sido el principal motivo de conversación, y entre los persas se había despertado una curiosidad expectante.

El barrio noble de Susa se alzaba al norte, y ni allí ni en el resto de la ciudad se veía un alma desde media mañana hasta que el sol se acercaba a la raya de poniente. Tal era el calor. Además, un viento que venía del desierto convertía el aire en una lengua ardiente que dejaba la boca seca. Pelópidas no comprendía por qué Artajerjes había decidido que la reunión se llevara a cabo en su capital de invierno. Sospechaba que así pretendía impacientar a los griegos y volverlos más proclives a sus planes. O tal vez era porque el Gran Rey, que ya entraba en años, no tenía ganas de emprender un nuevo viaje cuando terminara el congreso de paz. En realidad, el soberano más poderoso de la tierra pasaba los días en el enorme río que corría a poniente de Susa, con todo su séquito y sus mil guardias personales. Allí habían desplegado una pequeña flota de lujo, y en la orilla crecía un mercado donde los atenienses venidos con la embajada adquirían presentes para llevarse a casa. De todas formas, aquel asueto terminó en cuanto llegaron los tebanos. Al rey Artajerjes le entró prisa y convocó la primera audiencia para la mañana siguiente, de modo que Pelópidas y Prómaco apenas pudieron descansar. Otro detalle que parecía pactado para presionarlos. Se les permitía alojarse en el viejo palacio de Darío, mientras que Artajerjes lo hacía en uno nuevo y algo menor, construido fuera de Susa para su exclusivo solaz. Aunque los embajadores griegos gozaban de libertad total de movimiento, un eunuco debía acompañarlos en todo momento.

El primer día de conversaciones empezó con gran agitación. Una legión de esclavos, eunucos y nobles persas recorrían el barrio noble y confluían en la Apadana, el edificio anexo al palacio de Darío. Se trataba de una construcción espectacular, plagada de altas columnas sobre cuyos capiteles, en forma de toros unidos por los lomos, descansaba el techo.

Los nobles persas, acicalados y apuestos, lucían sus mejores galas. Ningún griego se extrañaba ya ante los calzones anchos y las túnicas cortas, pero el brillo de las joyas llamaba la atención. Los encajes de una sola tiara habrían bastado para pagar la soldada de un trirreme, y los motivos de los bordados servirían para rellenar frisos desde Laconia hasta Tesalia. Había soldados repartidos por toda la sala. Los miembros de la guardia personal de Artajerjes, con sus arcos recurvos y sus lanzas rematadas por manzanas de oro, no quitaban ojo a los griegos.

—Mira, Prómaco. —Pelópidas señaló al único espartiata de la Apadana, un anciano bien visible gracias al contraste de su *exomis* descolorido con el resto del lujo reinante—. Es Antálcidas. Ha negociado todos los tratos entre Esparta y Persia en los últimos veinte años.

El trono de Artajerjes, elevado sobre una tarima y rodeado de titánicos guardias, dominaba el bosque de pilastras. El Gran Rey era en realidad un hombre pequeño, de ojillos oscuros bajo las cejas hirsutas y la alta tiara. De su barba rizada y larga pendían diminutos brillantes que se movían al aleteo constante de dos grandes abanicos. A los lados colgaban las enormes mangas fruncidas de su túnica escarlata y blanca. La parafernalia persa, que parecía dedicada a acoger una civilización de gigantes, apocaba a los griegos. Y como si vencer la timidez fuera una muestra de valor, Antálcidas, el embajador espartano, fue el primero en pedir la palabra, incluso adelantándose al momento previsto. Tras el enrevesado protocolo de escribas e intérpretes, la Apadana se silenció para escucharlo. Antálcidas se adelantó y llevó a cabo el saludo inexcusable de la *proskynesis*: dobló la rodilla hasta que tocó el suelo y lanzó un beso con la mano hacia el Gran Rey. Aquello resultó grotesco a ojos de los demás griegos, acostumbrados como estaban a la soberbia de los espartanos. El mismo Antálcidas enrojeció como una manzana antes de lanzar su declaración:

—En el lugar del que vengo jamás se habla más de lo necesario. Lo que queremos puede resumirse en una sola palabra: paz. La misma paz que tú, oh, Gran Rey, decretaste en tu magnificencia. Los espartanos reclamamos que todo vuelva a ser como antes de que Tebas tomara el camino de la guerra.

Y dio un paso atrás para enfatizar lo lacónico de su laconia intervención. Recibió muchos aplausos, incluidos los de la nobleza persa que asistía desde las cercanías privilegiadas a Artajerjes. Uno de esos nobles, casi tan viejo como el Gran Rey y no muy alejado en suntuosidad, se hizo escoltar frente al trono por varios eunucos. Pelópidas se inclinó hacia el oído de Prómaco.

—Ariobarzanes, el sátrapa de Frigia. Quien más influye en el rey Artajerjes.

Prómaco arrugó el ceño.

—¿Cómo sabes que es él?

—Anoche me informé. Al eunuco que han puesto a nuestro servicio le gusta hablar. Creo que es costumbre muy extendida por aquí, sobre todo entre esos tipos castrados. Mientras tú dormías, nos dimos un paseo. Ariobarzanes será la voz del rey en los debates.

—Epaminondas me habló de él. Ariobarzanes fue quien envió a Filisco de Abidos para sobornarlo. Espera, va a decir algo.

El sátrapa se volvió hacia Artajerjes, ejecutó la *proskynesis* con parsimonia y levantó los brazos a los lados. Su griego era casi perfecto:

—El embajador Antálcidas es impaciente, como buen espartano, tanto para empezar a hablar como para terminar de hacerlo. —El aspecto de su sonrisa era bonachón—. Pero ha dicho con pocas palabras lo que los demás llevamos meses escribiendo en largas cartas y repitiendo en interminables discursos. Paz. A nadie interesa la paz más que a Persia, y mucho nos extraña que los griegos no la deseéis también. ¿Hablo en nombre del Gran Rey si digo que la posición de Persia es la misma que la de Esparta? —Se volvió hacia Artajerjes, que hizo una brevísima y única afirmación—. Pues bien, a partir de aquí oiremos a cuantos se opongan o apoyen esta propuesta, y cada cual defenderá sus razones. Mañana, cuando hayamos deliberado y establecido las condiciones, volveré a consultar al soberano del mundo por si alguien lo ha convencido de lo contrario. Por nuestra parte, esperamos que los renuentes sepan ver que nada glorioso hay en esta guerra griega que ya se alarga demasiado y no beneficia a nadie. Y ahora pido que se adelante el embajador de Atenas.

Pelópidas cruzó una mirada cómplice con Prómaco y observó el gentío. Cuando vio que un hombre se destacaba, entornó los ojos para estudiarlo a fondo. El ateniense dudó antes de llevar a cabo la *proskynesis*, pero le salió tan bien como si llevara toda la vida en la corte persa.

—Mi nombre es Timágoras y traslado el saludo de Atenas al Gran Rey. Larga vida, Artajerjes. Saludo también a espartanos y tebanos, y a los nobles señores que nos han recibido de forma tan hospitalaria. —Carraspeó—. La postura de partida de Atenas es apoyar la paz, venga esta de donde venga.

Pelópidas seguía con la vista puesta en el ateniense. Más joven que él. Un atleta a juzgar por la forma felina de moverse y la anchura de sus hombros. Mientras recibía los vítores de los presentes, Timágoras miró atrás, a uno de los miembros de la delegación ateniense.

—Ese otro debe de ser Leonte —volvió a cuchichear Pelópidas—. Los atenienses llevan años confiando en los dos para sus embajadas fuera de Grecia, pero solo uno puede ostentar el cargo. Se turnan, y esta vez le ha tocado a Timágoras.

—Entre esos dos hay algo.

—Así es. Nuestro eunuco está informado también de eso.

El sátrapa Ariobarzanes volvió a hacerse notar.

—Bien, nobles señores. Solo nos falta por oír la propuesta inicial de Tebas.

Pelópidas se alisó el quitón y levantó la barbilla. Prómaco le propinó un disimulado codazo.

—¿Vas a postrarte ante ese persa?

El tebano, que ya se disponía a salir al centro de la Apadana, lo miró con fijeza.

—Hasta el espartano lo ha hecho.

—Ya.

Pelópidas apretó los labios y echó a andar. Lo hizo despacio, acaparando la atención de la nobleza persa. Se oyeron bisbiseos en lenguas extrañas. Prómaco no entendía lo que decían, pero el nombre de Pelópidas sonaba claro en sus bocas. Y también distinguió otra palabra conocida: Aquiles.

Pelópidas se plantó ante el montón de guardias y eunucos que rodeaban al Gran Rey. Ariobarzanes, a un lado, lo observó. Se hizo el silencio. Aunque nadie lo hubiera dicho, en las mentes de todos estaba claro que aquel momento había sido el más difícil para el espartano Antálcidas y el ateniense Timágoras. A ver qué hacía ahora el tebano. Este, nervioso, empezó a dar vueltas al anillo que llevaba en el anular izquierdo. Ariobarzanes llamó su atención con un carraspeo y, cuando Pelópidas se volvió hacia él, levantó las cejas y luego miró al suelo.

La silenciosa orden estaba más que clara. Pero el tebano siguió firme, jugueteando con la sortija. El sátrapa no se rindió.

—Embajador, como sabes, es obligación saludar al Gran Rey según la costumbre persa. De otra forma no podríamos aceptar tu misión aquí.

Eso desarmó a Pelópidas. Sin quererlo, su breve porfía lo había colocado en una situación difícil. Miró a un lado para ver al espartano Antálcidas, que sonreía aviesamente. También se fijó en Timágoras, que lo observaba muy atento, sin una pizca de burla en su gesto. De pronto, el anillo resbaló desde el dedo y cayó a los pies del tebano.

Pelópidas sonrió. Dobló la rodilla y, como si fuera un gesto nada premeditado, se inclinó para recoger el anillo. Lo subió a la altura de la boca y sopló. Un soplido que parecía más bien un beso al aire. Se puso en pie y devolvió el anillo al anular.

Artajerjes prorrumpió en carcajadas. Sus nobles, con las bocas abiertas, no supieron cómo reaccionar al principio, aunque el protocolo cortesano era claro y enseguida se unieron a las risas. El embajador ateniense también lo hizo. No así su compañero Leonte. En cuanto al espartano, había reducido sus labios a una línea delgada y blanca que cortaba su cara en horizontal. Se oyó la voz del Gran Rey. Habló despacio, con vocales alargadas, eses sibilantes y remates guturales. Parecía de buen humor, pero ni Prómaco ni Pelópidas se fiaban. Habían oído historias sobre la crueldad persa para con los rebeldes, y sabían que los griegos no gozaban de simpatías en aquel lugar. Eran muchos, muchos años de enemistad contenida o desbordada. Innumerables golpes por devolver. Ariobarzanes, tan hierático como uno de aquellos leones pétreos, tradujo las palabras de Artajerjes:

—El Gran Rey queda satisfecho con tu saludo, tebano. Pero te advierte que tengas cuidado. Todos hemos de humillarnos alguna vez, nadie podrá conservar su soberbia para siempre. Hasta el propio Artajerjes es rey por la gracia de Ahura Mazda y a Él se debe, de modo que ante Él se humilla. Y así los espartanos humillaron a los atenienses en la larga guerra del Peloponeso, y los tebanos habéis humillado a los espartanos en esta otra que ahora tenéis entre manos. ¿Faltáis vosotros? Acláranos si nunca los tebanos habéis sido humillados.

—En más de una ocasión, noble Ariobarzanes. Díselo así al Gran Rey, a quien profeso el mayor respeto. Pero no hemos venido aquí a hablar de humillaciones, ¿no? Soy Pelópidas, beotarca y embajador escogido por mis conciudadanos, y abro el debate con la propuesta beocia. No es otra que la que hemos mantenido desde hace años: nosotros también deseamos la paz. Y si somos iguales a los espartanos en esto, ¿por qué no serlo en todo? No disolveremos la Confederación Beocia hasta que Esparta no jure que dejará en paz a los mesenios. Es más: liberará a esos que llama ilotas y al resto de los griegos que aún somete a esclavitud. Mesenia tiene tanto derecho a existir como Laconia, el Ática o Beocia. Y en cuanto a Atenas, tampoco pensamos que Tebas deba hallarse por debajo de ella. Sin embargo, reconozcamos que la flota ateniense es única, y con ella puede alzarse sobre los demás. Poca igualdad veo yo ahí. Mucha amenaza para esa paz que todos deseamos. Así pues, pedimos que Atenas desmantele su flota o, al menos, jure que no se aliará militarmente con Esparta.

Las voces de protesta llenaron la Apadana. Tanto el espartano Antálcidas como el ateniense Timágoras alzaron las manos para pedir la palabra. Pelópidas volvió la cabeza y guiñó un ojo a Prómaco. Comenzaba el debate.

La discusión se alargó durante toda la mañana. Las posiciones permanecieron casi inamovibles ante la mirada aparentemente neutra del Gran Rey. El sátrapa Ariobarzanes, menos comedido, apretaba los puños cada vez que Pelópidas replicaba a Antálcidas. Las preferencias del persa por el espartano estaban tan claras que, antes de acabar las sesiones, ambos se consultaban en voz baja las respuestas que daban a las ásperas preguntas y a las ironías de Pelópidas. En cuanto al ateniense Timágoras, su opinión se mantuvo férrea sobre la defensa de la flota, pero no contribuyó a machacar al tebano con la exigencia de disolver la Confederación Beocia. Más aún: se atrevió a reír algunas de las bromas pesadas de Pelópidas acerca de la ayuda que Tebas había prestado a Persia un siglo atrás, cuando Jerjes había invadido Grecia mientras espartanos y atenienses formaban un frente común para oponérsele. También rio cuando el tebano reprochó a Ariobarzanes que Persia no adoptara una posición más favorable a Tebas, y le recordó que Esparta había apoyado varias causas rebeldes contra el propio Artajerjes. Una de ellas, sin ir más lejos, la de los Diez Mil, el ejército mercenario que se había unido al hermano del Gran Rey, Ciro el Joven, en su desdichado intento de destronarlo. En este punto, incluso Artajerjes miró interrogante a su sátrapa más destacado y entre la nobleza persa se oyeron comentarios en una lengua que ni Prómaco ni Pelópidas entendieron, pero que encendían la vergüenza en la cara de Ariobarzanes. Este, enfurecido, declaró que se estaba cometiendo un gran error: eran los griegos quienes se jugaban allí su futuro, no los persas su pasado. Y llegó a advertir sin tapujos que una triple alianza entre Persia, Atenas y Esparta sería invencible incluso para la orgullosa Tebas. Al final se propuso dedicar la tarde a la reflexión previa a la nueva reunión del día siguiente. Las cuatro partes votarían los términos de la paz y todos tendrían que aceptarla. Si alguien en minoría se negaba, los demás se obligaban a unirse militarmente para hacerle entrar en razón. Sin demoras ni excusas.

Prómaco se mantuvo a la expectativa. Su misión era acompañar a Pelópidas, pero no podía participar en el debate. Durante la comida, este le aseguró que podría reconducir la situación. El mestizo no lo creyó:

—Tres contra uno, Pelópidas. Mañana no hay debate, sino votación. ¿Has percibido trazas de cambiar de opinión en alguno de los embajadores? Yo no. No veo a Ariobarzanes convencido por tus argumentos. Aunque, a decir verdad, creo que ese sátrapa tenía su decisión tomada antes incluso de convocar este congreso. Persia cuida de sus intereses, Epaminondas me lo explicó bien. Prefiere una Grecia dividida. Sabe que las uniones entre Atenas y Esparta no son duraderas y, desde luego, se revelan como poco peligrosas para ella. Lo nuestro es diferente. O nuevo por lo menos. No: Persia no se arriesgará a concedernos la hegemonía.

—Bah. Persia, Atenas... Los que hemos discutido esta mañana, los que tenemos que reflexionar esta tarde... somos hombres. No ciudades ni imperios. ¿Has visto cómo Artajerjes miraba a Antálcidas?

—Sí. Como al resto. Ese hombre parece tallado en mármol.

—No, no. Artajerjes no ha llegado a esa edad por hacer de estatua de mármol. Antes de Leuctra admiraba a los espartanos, me lo dijo anoche el eunuco. Pero ahora el Gran Rey no hace más que preguntar por los tebanos. No se explica cómo pudimos vencer. En las mentes de estos asiáticos, Esparta era aún más invencible que en las nuestras. Incluso ha oído hablar del Batallón Sagrado y se interesa por él. —Pelópidas miró sin ver el plato que tenía delante, colmado de carne de buey—. Tal vez podría contárselo.

—¿Al Gran Rey? Claro. Vas a verlo y hablas con él. De amigo a amigo.

El eunuco destinado a su servicio entró en la cámara e hizo una larga reverencia.

—Solicito vuestro perdón por interrumpiros. Noble Pelópidas, el Gran Rey te invita a una reunión privada en los jardines de su nuevo palacio. Esta tarde.

El tebano miró divertido a Prómaco.

—¿Decías?

—Si lo deseas, tu amigo puede acompañarte. ¿Puedo preguntaros, nobles señores, si preferís hombres o mujeres?

Pelópidas soltó una risita.

—Ya veo de qué tipo de reunión se trata. —Se acercó al eunuco y, aunque no era necesario, bajó la voz y adoptó un tono confidencial—. Amigo mío, ruega al Gran Rey de mi parte que provea los jardines de bellas mujeres, pero que no olvide a los hermosos efebos persas. Ah, y suplícale que invite también al ateniense Timágoras. Solo a él, no a su paisano Leonte. ¿Lo recordarás?

—Recordaré lo que dices e incluso lo que no dices, noble Pelópidas.

El eunuco volvió a dejarlos solos. Prómaco elevó una débil protesta.

—Preferiría no ir. No necesito...

—Ah, vamos, amigo mío. No te vendrá mal distraerte.

¿Cuánto hace que no...? Bah, déjalo. Pase lo que pase esta tarde en los jardines, puede que se decida nuestro destino, y mucho más que en el debate de esta mañana y en esa absurda votación que nos queda por soportar. Además, tu misión es protegerme y no me fío ni de las sombras en este palacio. No querrás que me apuñalen un puñado de hetairas persas, ¿eh?

Artajerjes estaba casado con varias mujeres, incluidas dos de sus propias hijas, Atosa y Amestris; y contaba con un harén de más de doscientas concubinas. Como todos los nobles persas, se había aficionado a disfrutar de ellas, y también de algunos muchachos y hasta de varios de los eunucos de palacio. Pero a sus sesenta y nueve años, los apetitos se habían calmado hasta casi desaparecer, y lo único que aún le proporcionaba cierto deleite era contemplar la belleza. Precisamente por eso se había hecho construir un nuevo palacio con los materiales más preciados, traídos desde los alejados rincones del inmenso Imperio persa. La madera de yaca procedía de Gandara; la de cedro, de Líbano. La piedra se extraía de las canteras de Uja y era trabajada por expertos de Sardes. Los ladrillos se esmaltaban y se cubrían con relieves por parte de artistas babilonios. Y cada sala aparecía repleta de los típicos motivos persas: leones, toros, cabezas de hombre con largas barbas... Pero como el objeto del nuevo palacio era el retiro del Gran Rey y a este le encantaban los jardines, había construido uno enorme que lo circunvalaba por completo. Allí, frente a divanes dispuestos entre las adelfas silvestres, Artajerjes ocupaba un pequeño trono, mucho más modesto que el de la Apadana. Había mesitas con bandejas de fruta y vino de palmera. Las filas de cipreses se alineaban contra el muro, y el propio jardín se dividía en compartimentos por parterres repletos de mirto, naranjos y rosales de Damasco.

El séquito también era reducido. La guardia que rodeaba el palacio, no. Pelópidas y Prómaco llegaron los primeros, y Artajerjes los recibió con familiaridad. De hecho les advirtió de que no era necesario ejecutar la *proskynesis.*

—No te haré pasar por el trago de esta mañana, Pelópidas

—dijo el Gran Rey en aceptable griego—. Salúdame como a un amigo.

—Habla nuestro idioma —murmuró Prómaco—. Sorpresa tras sorpresa.

Artajerjes lo oyó. Hizo un gesto de desdén.

—Ah, los egipcios con sus rebeliones y los griegos con su manía de perjudicarme. Habéis sido las principales preocupaciones de mi reinado. Tiempo he tenido de aprender vuestras lenguas. Además, hay algo en Grecia que me fascina, y me temo que sois vosotros, los griegos. Creo que, como sabéis, a mis antepasados les ocurría algo parecido.

Pelópidas y Prómaco optaron por mostrar su agradecimiento con sendas inclinaciones. Después tomaron asiento.

—¿Se presentará el embajador Timágoras, majestad?

—Lo hará, Pelópidas. También he hecho venir a algunos muchachos según tu deseo. ¿Y tu amigo? ¿Alguna preferencia?

—Oh, gracias, majestad —contestó azorado Prómaco—. Yo...

—Le gustan las mujeres. ¿Te lo puedes creer, majestad?

Artajerjes asintió divertido.

—Y a mí. Aunque no solo. No sufras... ¿Prómaco era tu nombre? Sí. Bien, Prómaco, pues he mandado que me trajeran algunas beldades. Hetairas compradas en Jonia, Cilicia y Egipto. Y las hijas de algún que otro noble levantisco. Las tengo como rehenes para asegurar que sus padres no caerán en más... veleidades. Ah, no sabéis lo difícil que es regir un imperio como este. —Se volvió a un lado y palmeó dos veces—. ¡Las cantoras!

Los parterres temblaron. A pesar de la aparente intimidad, Prómaco adivinó que los jardines estaban llenos de ojos y oídos atentos al menor capricho de Artajerjes. Dos muchachas se acercaron y tomaron asiento junto a la cercana alberca. Llevaban túnicas finísimas, casi transparentes. Una se puso a tañer una lira mientras la otra, dueña de una voz angelical, desgranaba una melodía lánguida en un idioma tan extraño como agradable.

—Duro debate el de esta mañana —dijo Pelópidas como

algo casual y mientras estiraba el brazo para tomar un dátil de la mesa—. Antálcidas es obstinado. Y tu fiel sátrapa Ariobarzanes, aún más.

—Así debe ser. Ariobarzanes es amigo mío desde hace muchos años, pero no se parece a mí. Le puede su... ambición. Siempre quiere más.

Prómaco tomó un trago de aquel extraño vino.

—Como todo el mundo, ¿no? ¿O tú no quieres más, majestad?

—Ah, estos griegos, siempre tan desvergonzados... Pero mira a tu alrededor. Y piensa en el largo camino que has recorrido para llegar hasta Susa. Ya has visto que toda Grecia no es sino una diminuta fracción de un mundo cuya mayor parte ya poseo. ¿Por qué iba a querer más? En realidad, mi deseo es cuidar lo que tengo. Ahura Mazda me ha impuesto el deber de legar a mis descendientes un imperio íntegro. Y de eso precisamente quería hablaros... Pero ¿os agrada el vino de palma? Esperad. ¡Cerveza! ¡Traed la mejor que haya para mis huéspedes! Y tú, niña, canta algo más alegre.

La chica entendió que el Gran Rey le ordenaba algo, pero se encogió de hombros. Artajerjes resopló y dijo algo en aquella lengua melosa. Sonó un ritmo más rápido y un canto acorde. Pelópidas se recostó en el diván.

—Decías, majestad, que querías hablarnos de cómo conservar tu imperio.

—Ah, sí. —Artajerjes se levantó. Por primera vez, Pelópidas y Prómaco lo vieron en pie. Indecisos, ambos lo imitaron—. No, no, amigos míos. Sois mis invitados, dejemos el protocolo para fuera. Este es mi palacio y aquí se hace lo que me apetece, no lo que dictan las viejas leyes. Sentaos, bebed, comed... Pero sí, os decía que me gustaría mantener intacto mi imperio. Vosotros, los griegos, ¿creéis que los sueños son mensajes de vuestros dioses?

Prómaco respingó.

—Algunos sí, majestad. Aunque resultan difíciles de interpretar.

—Ah, parece que tú sueñas. Entonces entenderás lo que digo. Nosotros sabemos que Ahura Mazda es el señor del sueño, y yo tengo uno... Es más bien una pesadilla que me visita de noche en noche. Se trata de un conquistador.

Tanto Pelópidas como Prómaco enfatizaron su interés. Artajerjes, que seguía en pie, sonrió satisfecho.

—Es un gran guerrero que viene de Europa. Lo veo desembarcar en Asia con su ejército y tomar por las armas mi imperio. A veces el sueño es tan real que mis propios gritos de terror me despiertan. Ciudades enteras ardiendo, miríadas de muertos, tesoros saqueados...

—Ningún ejército hay tan grande como para conquistar todo tu imperio, majestad —repuso Pelópidas.

—Lo sé. Pero como tu amigo ha dicho, los sueños que nos envía el dios resultan difíciles de interpretar. Hay algo cierto, y es que esos espartanos a los que tanto admira Ariobarzanes ya intentaron conquistar parte de mi imperio. Su propio rey Agesilao comandó fuerzas que hollaron Asia hace años, cuando ambos éramos jóvenes; y aun antes, había espartanos entre esos Diez Mil desalmados que ayudaron a mi hermano Ciro en su intento por derrocarme. Ah, pero no temo a los espartanos. Antes de Leuctra, su cortedad les impedía alejarse mucho de su amada Laconia, y sus estúpidas ideas sobre la limpieza de su sangre no casan bien con el dominio de cientos de razas distintas, cada una con su lengua y sus costumbres. Poco podían hacer cuando eran los guerreros más temidos del mundo. Ahora, derrotados por vosotros, no son nada.

»Por otro lado tenemos a los atenienses. Vacilaron ante la última rebelión de Egipto, aunque al final me mandaron tropas a las órdenes de un tal... Ifícrates. Sí, ese era su nombre. Y con él iba uno de sus mejores estrategos, Cabrias. ¿Los conocéis?

Prómaco no pudo evitar la sonrisa.

—Algo hemos oído de ellos.

—Pues bien, los atenienses son más arrojados que los espartanos. Oh, no en el combate. Aquí —se tocó la sien—. Por eso son buenos navegantes. Por eso extienden su legado. Pero, ah, tampoco temo a los atenienses. Su forma de gobierno los vuelve débiles. Nadie entre ellos puede destacar lo suficiente como para convertirse en un gran conquistador y liderar ese ejército invasor de mis pesadillas. Si alguien así existiera en Atenas, sus propios conciudadanos lo derribarían. Allí un hombre no puede mostrar su excelencia, porque ser mejor es ser diferente, de modo que los mismos atenienses se afanan en igualarse con los peores. Además, en un lugar donde cualquiera puede gobernar, todos quieren hacerlo. Si surgiera un conquistador en Atenas, no tardarían en acusarlo de pretender el poder absoluto; o lo envidiarían tanto más cuanto mayores fueran sus triunfos y, dado que la democracia otorga los mismos derechos a todos, muchos reclamarían para sí ese honor o exigirían que se repartiera entre el pueblo. Oh, sé que vosotros, tebanos, también sois demócratas. Y que en vuestra ciudad se intentó condenar a muerte a quien había destacado de entre el pueblo. ¿Me recordáis su nombre?

—Epaminondas.

—Ese. El hombre que liberó a miles y miles de mesenios, ¿no? Mis informadores, por cierto, me dijeron que mi fiel Ariobarzanes intentó... convencerlo para que Tebas apoyara el tratado de paz. Y que hubo oro persa de por medio. Nada he tenido que ver yo. Ariobarzanes defiende mis intereses según su recto entender, pero dudo de que en sus sueños oiga los avisos de Ahura Mazda.

Pelópidas, impresionado por los conocimientos del rey persa pero un poco cansado de las revueltas de la política, decidió ser directo:

—Majestad, ¿acaso crees que Epaminondas es ese gran conquistador de tus pesadillas?

Artajerjes calló un momento. Miró al cielo a través de las frondosas copas y movió los labios, como si hablara consigo mismo. O con su dios.

—Tebas llamada a conquistar el mundo... ¿Podría ser? Lo ignoro, y te aseguro que un buen persa no miente jamás. Lo único que sé de cierto es que los espartanos y los atenienses os temen, o no estarían aquí para evitar que sigáis adelante con vuestra... aventura. Pero a mí me llama la atención esa aventura. Me gusta que Esparta y Atenas os teman. Y, además, si realmente es Epaminondas el gran guerrero de mis sueños, ¿acaso no me conviene cultivar su amistad?

»Me he sincerado con vosotros, y no es algo de lo que cualquiera puede presumir. Ahora es el Gran Rey quien os exige sinceridad. Respondedme a una sola pregunta.

Pelópidas entornó los ojos.

—Adelante, majestad.

—Si mañana triunfa el tratado de paz por tres contra uno, ¿lo acataréis?

Prómaco miró a Pelópidas y movió la cabeza a los lados de una forma casi imperceptible. «Cuidado —parecía decirle—. Esto no es el campo de batalla, sino ese repulsivo juego de la política, lleno de conspiraciones, medias verdades, mentiras llenas, trampas y traiciones.» Pero Pelópidas sonrió. Después de todo, ni mentir ni decir la verdad eran garantía para sobrevivir en aquel juego.

—Majestad, Beocia no confía su destino a la decisión de otros. Ni aunque sean poderosos y estén unidos. Si Persia, Atenas y Esparta se alían para luchar contra nosotros, mi corazón se romperá de dolor, pero luego la herida se curará, cicatrizará y nos veremos en el campo de batalla.

La comisura izquierda de Artajerjes subió. Sus ojos estaban fijos en los de Pelópidas, y Prómaco habría jurado que sí: lo admiraba. Tal vez el Gran Rey, en verdad, se sentía fascinado por Grecia. O a lo mejor era solo que añoraba otra época. Ahora, tan cerca ya de la tumba y con toda la tarea hecha, quizá soñaba con permitirse una concesión a esa parcela de locura reservada a los seres normales. Algo llamó su atención a la espalda de Prómaco.

—Ah, pero aquí tenemos al embajador ateniense. ¡Timágoras, acércate y comparte estos manjares! ¡No, no dobles la rodilla! Estamos entre amigos. Ven, disfruta de nuestra charla.

Pelópidas cedió su sitio a Timágoras, que se mostró indeciso.

—No te preocupes, amigo. —El tebano señaló la bandeja de fruta—. Sé eso que dicen de que desayuno espartanos y ceno atenienses; pero como ves, aquí hay comida de sobra.

Artajerjes mandó a los eunucos que salieran a traer a los acompañantes y retrocedió para ocupar su pequeño trono.

—Es un gran honor, majestad —dijo Timágoras, a quien todavía le temblaba un poco la voz—. Una reunión privada con el mismísimo rey de Persia... Y en presencia del gran Pelópidas.

El tebano sonrió. Sentado junto al ateniense, no podía evitar que sus brazos y sus piernas estuvieran en contacto.

—Dime, Timágoras, ¿frecuentas los jardines de la Academia? ¿Qué es del viejo Platón?

—Oh, Platón crece en prestigio. Hace unos años solía acudir a sus charlas, pero mis obligaciones con la ciudad me mantienen alejado de la Academia. He oído decir que viviste en Atenas, Pelópidas. Espero que guardes un buen recuerdo.

—El recuerdo es inmejorable. Mira, este es mi amigo Prómaco. A él también lo acogió Atenas. Pero era una ciudad distinta entonces. Aquella Atenas odiaba a los espartanos y estaba dispuesta a todo para que prevaleciera la libertad.

Artajerjes levantó las manos.

—Ah, amigos míos, no es momento de reproches, sino de gozar de mi hospitalidad. —Gritó una orden en su lengua asiática para luego volver a hablar en griego—. He hecho venir, para vuestro deleite, a jóvenes llegados de los rincones más alejados de mi imperio.

Los efebos llegaron primero, y la citarista los recibió acelerando aún más su melodía. Mientras la cantora la acompañaba, el Gran Rey ordenó a los muchachos que se sirvieran y llenaran las copas de sus invitados. A continuación aparecieron las muchachas. Entre unos y otras había un joven bactriano de piel tostada y ojos claros, una armenia de labios carnosos, un sogdiano de ojos rasgados... Un esclavo negro de músculos relucientes se acercó a Prómaco, pero este lo rechazó con una sonrisa de disculpa. Artajerjes, satisfecho y ahora silencioso, se retrepó en su trono y observó cómo se cumplían sus órdenes por el personal de palacio. La chica de Armenia se hizo sitio entre Pelópidas y Timágoras y pidió de beber. Compartir la copa y pasar a los besos fue cuestión para la que no necesitaron trámites. La armenia besó primero a Pelópidas, y mientras a continuación hacía lo propio con Timágoras, el tebano se metió por medio y se afanó en compartir la lengua de él y la de ella. Prómaco carraspeó incómodo pero, al levantarse, se encontró con una chica de ojos casi tan grandes como los de Agarista.

—No la desprecies, amigo mío —advirtió Artajerjes sin separarse de su respaldo—. Me ofenderías. Y lo que es peor: la ofenderías a ella. Es de un pueblo muy rebelde y violento más allá del río Indo. Ni siquiera mi poder llega hasta allí. Tuvimos que sumergir a esa criatura en aceite de mirra durante medio año para que se sometiera, y el medio año siguiente lo pasó por propia voluntad nadando en perfume.

Prómaco se vio atrapado. Miró a Pelópidas, pero este ya desvestía a Timágoras mientras la muchacha armenia los acariciaba a ambos. El esclavo de piel negra parecía reflexionar sobre qué grupo le atraía más. A los pies del Gran Rey, el sogdiano y el bactriano se entregaban igualmente al amor. El mestizo volvió a contemplar a la extranjera de tierras rebeldes. Mirada sombría y penetrante. Cejas marcadas con un punteado negro. Llevaba la túnica extrañamente ceñida pero, con un solo movimiento, la hizo caer al suelo. No había nada debajo. La atención de Prómaco se centró en los pezones, amplios y muy oscuros. Los gemidos de los demás se impusieron a la música.

—Adelante... Prómaco. Adelante.

Era Pelópidas. Su miembro crecía en la boca de Timágoras mientras la armenia le mordía el cuello. Así que en eso consistía proteger a su amigo en la embajada. Así que de ese modo se decidía la política en Persia.

La oscura muchacha de más allá del Indo se colgó de Prómaco y acercó sus labios mansos y húmedos. Él se adelantó para aspirar con fuerza el delicado bálsamo que impregnaba su piel. Poco a poco se dejó atrapar por el exotismo arrancado del confín del mundo. Algo nuevo que no había encontrado ni en Tracia ni en Grecia. Ella empezó a besarle la garganta, a acariciarle el pecho y el vientre. Se arrodilló y, sin necesidad de desvestirlo, se las arregló para hacerle lo mismo que Timágoras le estaba haciendo a Pelópidas. Artajerjes rio sobre su trono. Prómaco sintió que el calor aumentaba. Los labios de la muchacha se movían con una maestría que solo superaba su lengua. El aroma que subía desde la melena negra le embriagaba, se dio cuenta de que la marea que corría por debajo de su piel se iba a desbordar en cualquier momento. Intentó pensar en Veleka, pero a la mente le vino el recuerdo de Agarista. Eso le desconcertó tanto que decidió moverse. Se desnudó rápido mientras la chica se concentraba en lamer y morder. Luego la tomó por los hombros y la obligó a ponerse en pie. Besó vorazmente sus labios, la barbilla, el cuello y los pechos de oscuros pezones. A su lado, Pelópidas pidió a la armenia que se retirara. La muchacha, con gesto teatralmente dolido, se separó mientras el tebano se ponía a la espalda de Timágoras y, tras doblarlo sobre el diván, lo poseía con todas sus fuerzas. Junto a uno de los parterres, el sogdiano y el negro se turnaban en hacerse empalar por el bactriano, que lucía un falo enorme y adornado por anillas que se clavaban en su piel tensa.

La armenia acabó por unirse a Prómaco y a su oscura acompañante. El mestizo rugió de placer mientras ambas se repartían los besos, le arañaban la espalda y satisfacían su gozo de formas que ni siquiera había imaginado. Las tomó una tras otra, o más bien lo tomaron ellas a él. Cuando el sol ya descendía sobre Susa, se dejó caer, rendido y con el miembro congestionado. Miró a un lado y vio a Pelópidas igualmente abatido, jadeante y cubierto de sudor. Timágoras, tendido sobre su pecho, le besaba con una devoción total. Los demás participantes en la orgía también yacían derrengados unos sobre otros, las copas y algunos platos estaban repartidos por el suelo, había fruta pisada y prendas por todo el jardín. Hasta la citarista y la cantora se habían satisfecho mutuamente junto al trono. Solo Artajerjes permanecía en su sitio, con un gesto melancólico.

29

Conspiración

Tebas. Año 366 a. C.

La mañana de la votación en Susa, el embajador ateniense Timágoras votó a favor de Tebas: Esparta debía renunciar a Mesenia y la Confederación Beocia continuaba existiendo. Solo puntualizó que Atenas no desmantelaría su flota, pero tranquilizó a Pelópidas al garantizarle que tampoco formaría alianza con los espartanos. El otro ateniense, Leonte, se puso tan rojo que pareció a punto de estallar. Una vez terminado el congreso, la discusión que mantuvo con su colega pudo oírse en media satrapía de Susiana. Pero antes, cuando llegó el turno a Ariobarzanes y se dispuso a dejar la votación en empate, el Gran Rey le ordenó que se le acercara y, al oído, le dio nuevas instrucciones. Todos pudieron ver cómo el sátrapa apretaba los puños y hacía chirriar los dientes. Con una ira tan evidente como reprimida, anunció que la posición de Persia también favorecía a Tebas. Así, lo que parecía una derrota se había convertido en victoria. Esparta estaba sola frente a Beocia.

El viaje de vuelta fue por mar, en una nave fenicia con escolta de varios trirremes y con todas las comodidades a bordo por orden de Artajerjes. Al pasar cerca de Chipre, Pelópidas le confesó a Prómaco que habían evitado una alianza mortal para Tebas, pero de ninguna manera se librarían de la guerra.

Sabía que Timágoras había votado en contra de lo ordenado por Atenas, y que su palabra quedaría en nada. De todas formas, Persia quedaba fuera del juego y no había condiciones que imponer a Tebas, así que las cosas estaban como antes del congreso. Eso sí: conjurar el peligro de la flota ateniense solo podía lograrse de una forma, y esta era que Beocia tuviera su propia armada. En Chipre, además, se enteraron de que Epaminondas había penetrado con éxito una vez más en el Peloponeso y, siguiendo su plan, había fundado otra nueva ciudad, esta vez al sur de Arcadia, junto a la frontera con Laconia. Su nombre era Megalópolis, y estaba acogiendo a esclavos liberados, arcadios con ánimo de aventura y mercenarios que deseaban echar raíces.

Prómaco reflexionó durante el resto del viaje. Aunque no acerca de la presión militar a Esparta o de la política a cuatro bandas, sino de los medios que habían usado en Susa para conseguir sus fines. Pelópidas le había confesado que lo ocurrido con Timágoras no había sido otra cosa que un sacrificio por Tebas. Un sacrificio placentero, desde luego, pero nada más. Su corazón seguía herido de muerte desde Leuctra, y ningún hombre ni mujer en el mundo podían reemplazar a Górgidas. En cuanto a Prómaco, las caricias de las exóticas esclavas de Artajerjes habían obrado la maravilla de hacerle olvidar. Al menos mientras se desfogaba con ellas. Lo peor era que, una vez pasado el éxtasis, el recuerdo de Veleka y Agarista regresaba con más fuerza y lo atormentaba como si las propias Erinias se ensañaran con él. Al hacer escala en Rodas, buscó el prostíbulo más cercano y se pagó un par de asaltos de paz.

Pelópidas acertó en sus predicciones. Un par de meses después de llegar a Tebas, Prómaco se enteró de que Timágoras había sido acusado por Leonte en Atenas. Tras un juicio en asamblea similar al sufrido por Epaminondas cuatro años antes, el embajador ateniense fue condenado a muerte. La noticia no afectó en demasía al Aquiles tebano, aunque esto confirmaba la verdadera posición de Atenas. Epaminondas se mostró de acuerdo con la construcción de una flota beocia, y escogió Larimna como puerto. Por otra parte, la actitud de Atenas obligaba a la Confederación Beocia a tomar precauciones, así que Epaminondas decidió que se conquistara la ciudad fronteriza de Oropo, reivindicada por unos y por otros y de importancia para dominar el único camino llano entre el Ática y Beocia.

Pero antes de esa campaña, un día en el que el remordimiento clavaba sus garras con especial violencia, Prómaco decidió visitar el lupanar más reputado de Tebas. Se hallaba junto al templo de Zeus Hipsistio, y las prostitutas resultaban más agradables que las de los burdeles cercanos al ágora, donde cualquier *porné* desdentada aliviaba las urgencias de quince o veinte desesperados diarios. Prómaco pagó por los favores de Cleónice, una viuda de curvas generosas que decía haber sido sacerdotisa de Afrodita en Corinto. Cleónice no conocía los misterios orientales que Prómaco había degustado en Susa, pero era servicial y hasta ponía de su parte si el cliente le gustaba, como era el caso de Prómaco. Este le llevó esa tarde al príncipe Filipo con la intención de que el muchacho se estrenara.

Y después de que el propio Prómaco tomara su ración, el joven macedonio descubrió los placeres de la carne. Mientras Cleónice fingía un orgasmo salvaje, Prómaco esperaba a la puerta de su cámara, sentado en un taburete y con la espalda apoyada en la pared de un largo corredor en el que también aguardaban otros clientes. En el extremo opuesto, una meretriz de pelo rojo salió de su cuarto llorando y tapándose un ojo con la mano. A Prómaco no le extrañó en demasía, pues sabía de hombres con gustos retorcidos en el lecho. Pero sí le asaltó la curiosidad cuando reconoció al tipo que abandonó la habitación tras la puta gimoteante y le pidió que regresara.

«Menéclidas.»

—Vuelve, Eurídama. Perdona a mi amigo. Escucha, te pagaré el doble.

La tal Eurídama no obedeció. Incluso se quejó con voz chillona.

—Ni hablar. Hay límites para todo, y tu amigo los ha superado con creces.

La puta se fue. Menéclidas golpeó la pared y dijo algo hacia el interior del cuarto. Como no había reparado en Prómaco, este siguió observando. Salió otro sujeto y cambió algunas palabras con el noble tebano. Después, ambos se fueron escaleras abajo, quizás a reclamar la devolución del pago al proxeneta. Prómaco se levantó y salió en pos de Eurídama, a la que encontró enseguida. Todavía se frotaba el ojo izquierdo.

—Mujer, ese que te ha pegado... ¿Quién era?

La prostituta guardó las distancias.

—Nadie que a ti te interese.

—Te equivocas. —Hizo tintinear la bolsa que llevaba atada al cinto—. Nos interesa a ambos.

Eurídama se destapó el ojo enrojecido.

—Bah. Total, es un hijo de perra... —Extendió la mano, sobre la que se posaron un par de monedas—. El que me ha pegado es un orcomenio. De los más ricos de su ciudad, según alardea. Se llama Araco. Al otro ya lo conoces, seguro.

—Menéclidas, sí. Raro que esos dos vayan juntos, ¿no?

—De eso nada. —Eurídama se señaló el ojo castigado—. A ambos les gusta lo mismo. Solo que los dos se comprometen a no tocarme la cara. Hoy es la primera vez que incumplen. Araco se ha emocionado y... Ya ves.

Prómaco asintió. Se volvió para observar a la clientela que esperaba su turno en el corredor. Si había una norma no escrita, era la obligación de callar lo que ocurría allí. Salvo que mediara pago, como ahora. El mestizo sacó otras cinco monedas. Las hizo brillar sobre la palma de su mano. La puta se relamió. Aquello era lo que ganaba en una semana.

—¿Siempre reclaman tus servicios, Eurídama? ¿No hay otra que se deje pegar?

—Las hay, pero ninguna de ellas es pelirroja. A Araco le gusta el color de mi pelo. Suele venir un par de veces al mes, y Menéclidas aparece antes para reservarme.

—¿Y qué te dicen?

Eurídama arrugó la nariz.

—Puta. Zorra. Fulana...

—No, no... Quiero decir que si hablan de sus cosas delante de ti.

—Ah... Ya entiendo. —Señaló las cinco monedas—. Pero una es discreta y no escucha. Lo pide el oficio, ya sabes.

Prómaco le entregó el dinero.

—Esto es para que los veas otra vez, mujer. Y para que se te olvide un poco la discreción. Si pones de tu parte y les sacas algo interesante, esas cinco monedas se doblarán.

Eurídama sonrió satisfecha. Besó las siete monedas que había ganado en un suspiro y dio por bueno el puñetazo que se había llevado en el ojo.

—¿Qué debo hacer cuando tenga algo que contarte?

—Nada. Yo vengo por aquí de vez en cuando. Ya te buscaré.

La prostituta se fue, y el príncipe Filipo apareció en ese momento. Traía el pelo alborotado y el color subido a las mejillas. Su sonrisa bobalicona lo decía todo. Prómaco rio a carcajadas, palmeó el hombro del príncipe y anduvieron hacia la salida. Pero los pensamientos del mestizo no tardaron en volver sobre Menéclidas y el noble de Orcómeno. Orcómeno, la única ciudad beocia de la que no se había expulsado a los oligarcas proespartanos. La última en unirse a la confederación. También pensó en las oscuras aficiones de Menéclidas. Si se hubiera casado con Agarista, ¿la habría sometido a las mismas «caricias» que a Eurídama?

—¿Qué pasa, Prómaco? ¿No lo has pasado bien?

El mestizo miró al joven Filipo como si acabara de despertar. Sonrió.

—Perdona, príncipe. Hoy ha sido tu primera vez y querrás contarme algo, ¿eh?

El macedonio asintió y, sin más, empezó a explicarle qué le había hecho Cleónice, cómo había respondido él y cuánto le había gustado todo. Prómaco escuchaba con falsa atención, porque había otros asuntos que mantenían ocupada su mente. Asuntos que algún día habría que arreglar.

Epaminondas revisaba personalmente las obras en el puerto de Larimna. Si algo había aprendido, era a imitar los éxitos ajenos y a evitar los fallos propios. Y el gran éxito de Atenas era también el gran fallo de Esparta: la flota. Esa tarde se hallaba en una dársena, contemplando cómo se edificaban los abrigos y se amontonaban las vigas de abeto macedonio.

—Son como los arsenales del Pireo, pero en pequeño.

Epaminondas se volvió.

—¡Prómaco! —Estrechó su mano—. ¿Qué haces aquí? Supuse que habrías acompañado a Pelópidas a Oropo.

—Lo hice. Pero ha sido una expedición rápida y triunfante. Oropo ya es nuestra, así que la frontera con el Ática está asegurada. Como tú vaticinaste, los atenienses han enviado delegados para quejarse.

—Claro. Es su deber. Aunque saben que no servirá de nada. —Señaló a su espalda, al montón ingente de operarios que levantaba las estructuras para alojar la futura armada beocia—. Esto les preocupa más. Y con razón. Ya contamos con la amistad de Rodas, Quíos y Bizancio; y en cuanto pueda, me haré a la mar para ir a tu tierra.

—¿A Tracia?

—Sí. Mi idea es entrevistarme con Cotys. Necesitamos algo más que Macedonia para tener a ese maldito Alejandro de Feres bien pillado al norte. Pero no me has contestado, Prómaco. ¿Por qué no has descansado en Tebas tras la toma de Oropo?

—Bah, no fue tan cansado. Y además quería comprobar algo. No vengo de Tebas, sino de Orcómeno.

La mención de la ciudad hizo que Epaminondas chasqueara la lengua. Él también sabía que Orcómeno traería problemas más temprano que tarde.

—Cuéntame.

Prómaco le explicó lo sucedido con la meretriz Eurídama antes de la campaña. Después, nada más regresar de Oropo, se había vuelto a entrevistar con ella. Así supo que Menéclidas, que llevaba un tiempo sin prodigarse por el ágora de Tebas, se había convertido en visitante habitual de Orcómeno, y que su *próxenos* allí era el tal Araco, un noble que poseía media campiña al noroeste del lago Copais. Prómaco no había podido resistir la tentación, así que tomó un zurrón, se caló el pétaso y viajó hasta Orcómeno. Allí aflojó la bolsa hasta que se enteró de lo que necesitaba saber. Araco había sido uno de los proespartanos más fervientes antes de que Orcómeno entrara en la confederación. De hecho, él jamás había estado de acuerdo con unirse a Tebas, a la que acusaba de sangrar Beocia con los impuestos necesarios para mantener lo que él llamaba «estúpida confederación de muertos de hambre». Prómaco había sabido, además, que Araco solía reunirse en su caserón con un buen número de proespartanos de la ciudad. Lo que se trataba en aquellas citas era secreto, desde luego, pero a media población de Orcómeno le había llamado la atención la presencia de un tipo singular, muy grueso y vestido como si fuera persa, que se había instalado en la ciudad, repartía dinero a manos llenas y hablaba por los codos. Filisco de Abidos.

—Filisco de Abidos, el agente de Ariobarzanes. —Epaminondas arrastraba las palabras—. Tiene lógica. Es evidente que no hicimos bien cuando aceptamos que esos proespartanos se fueran de rositas. Pero teníamos prisa por invadir el Peloponeso y dejamos atrás la casa a medio barrer.

—¿Y si instalamos una guarnición en la acrópolis de Orcómeno?

Epaminondas negó tajante.

—Así actuaría Esparta. Nosotros no podemos llenarnos la boca hablando de democracia y de igualdad para luego coaccionar a los miembros de la confederación. No. Lo siento, pero tendremos que dejar que Araco dé el primer paso. Si es que nuestras sospechas son ciertas. ¿Vas a ver de nuevo a esa mujer, Eurídama?

—Sí. Le he dejado orden de sacar más información. A cambio de un buen pago, por cierto... Lo que no entiendo es qué tienen que ver Filisco de Abidos o Ariobarzanes con Orcómeno. Y con Menéclidas.

—Yo sí lo entiendo, aunque debemos ser cautos y no acusar sin pruebas. Pero enseguida entenderás por qué el agente de Ariobarzanes está en Orcómeno. ¿Conoces lo ocurrido en Persia?

Prómaco no sabía nada, así que Epaminondas le explicó la noticia que los navegantes habían traído de Asia: Ariobarzanes, el sátrapa de Frigia, principal consejero de Artajerjes y su amigo personal, se había rebelado contra él. Al parecer sus diferencias habían nacido en el congreso de Susa. Ariobarzanes no perdonaba al Gran Rey su cambio de opinión y el apoyo expreso a Tebas. Que la causa de aquel motín era esa lo demostraba el hecho de que Esparta y Atenas se hubieran apresurado a ofrecer su ayuda al sátrapa rebelde.

—Claro... —Prómaco se rascó la barbilla—. Atenas y Esparta del lado de Ariobarzanes; y Filisco de Abidos, su agente, en Orcómeno. Tenías razón al decir que la política huele mal. Menudo juego sucio.

—Me canso de que estas cosas nos sorprendan, Prómaco. Estamos habituados a actuar de frente y por eso nos llevamos siempre el primer palo. Tendremos que asumir lo que nos ocurra en Orcómeno, pero no permitiré que la manzana podrida extienda su ponzoña por todo el cesto.

—¿Qué quieres decir?

—Menéclidas. Voy a arrancarlo de Tebas como si fuera mala hierba. Has hecho bien en venir, Prómaco, pero ahora regresarás a Orcómeno. Tienes una nueva misión, parecida a la que te llevó a Tesalia para raptar a Kalimastia. Esta vez también tienes que traer a Tebas a una persona, y no va a ser precisamente una mujer de bonito pecho.

El ágora de Tebas no había vivido una asamblea tan tensa desde el juicio de Epaminondas.

Esta vez fue también un juicio, pero con otro acusado. Menéclidas. Sus cargos: intentar por todos los medios debilitar Tebas y aprovechar la democracia para su interés personal. El propio Epaminondas abrió la sesión con su discurso, en el que recordó a todos el papel de Menéclidas en la colina de Scolos. Porque cosa grave y vergonzosa era rehuir la lucha contra el enemigo a las puertas de la ciudad, pero hacerlo cuando dirigía a la falange era aún peor. Si entonces no se había actuado contra él fue por su anterior pertenencia al grupo de conjurados que habían acuchillado a los polemarcas proespartanos en las famosas Afrodisias. Epaminondas hizo ver a todos que tomar las armas para defender Tebas era no solo un derecho, sino un privilegio que habían reclamado miles de tebanos. Sin embargo, Menéclidas, que por su fortuna poseía una envidiable panoplia, se había negado a asistir a campaña alguna desde Scolos, aunque sí había presentado su candidatura al beotarcado año tras año. Así pues, ¿qué servicios había prestado Meneclidas a la ciudad?

Aunque no se trataba solo de la pasividad. Otros ciudadanos preferían quedarse en casa y atender sus negocios, necesarios para la buena marcha de Beocia. Sin embargo, lo mínimo que se podía pedir a esos beocios renuentes a la lucha era que no estorbaran a quienes ponían en riesgo su vida por los demás. Menéclidas se había dedicado a ello desde su vergonzoso comportamiento en Scolos. Había llegado a defender públicamente las exigencias espartanas de que la Confederación Beocia aceptara la paz y se disolviera, y había intentado que se condenara a Pelópidas y al mismo Epaminondas por hacer aquello a lo que él no se atrevía: luchar.

La defensa del acusado fue rabiosa. Menéclidas clamó por su inocencia y usó el siguiente argumento: él había abogado por la paz, sí, pero lo había hecho subido en aquel estrado, en público y sin ocultarse. ¿Qué era entonces la democracia? Si querían limitarse a seguir los dictados de Epaminondas o Pelópidas, ¿por qué no los nombraban tiranos? Y si iban a condenar a todo el que expresara una opinión opuesta, ¿por qué no renegaban de la libertad?

Con el ágora en silencio por lo razonable de aquellas palabras, llegó el turno de réplica para Epaminondas. Recordó a los jurados y al gentío que en el último congreso en Persia se había puesto en el filo la supervivencia de la confederación y, sin embargo, todo había salido bien. Tebas había vuelto de Susa reforzada, mientras que Atenas y Esparta estaban tan dolidas que se habían lanzado a apoyar una rebelión interna contra el Gran Rey. Por cierto que el ahora rebelde Ariobarzanes había intentado sobornar a Epaminondas antes del congreso para que Tebas se acogiera a la paz pretendida por Esparta, dejara de ayudar a los mesenios y desmantelara la Confederación Beocia. ¿Y quién había colaborado con el enviado de Ariobarzanes en Tebas?

Menéclidas. Y eso no lo había hecho en público, a la vista de todos, sino a la espalda. Epaminondas, en ese momento, se dirigió a Menéclidas y le preguntó si comprar con oro persa la fidelidad de Epaminondas a la confederación era muy democrático. Y que si amaba tanto la libertad, por qué pretendía hacer el juego a la prepotente Esparta; y si consideraba que expresar la opinión era un derecho tan sagrado, por qué conspiraba con el agente de un sátrapa persa rebelde y amigo de los espartanos, a espaldas de los beocios y en voz baja.

Menéclidas lo negó todo y desafió a Epaminondas a demostrarlo. Y entonces llegó el turno de los testigos.

Prómaco apareció escoltando a un hombre grueso que llevaba las manos atadas a la espalda. Tenía un moratón en un ojo y miraba a su alrededor como un cervatillo en medio de los lobos. Menéclidas palideció tanto al verlo que su quitón blanco se volvió oscuro en contraste con su piel. Epaminondas observó a su adversario durante largo rato. Esperó a que el agua de la clepsidra estuviera a punto de agotarse. Solo entonces habló:

—¡Varones beocios, este de aquí es Filisco de Abidos, agente del sátrapa rebelde Ariobarzanes, aliado de Esparta y Atenas! Menéclidas, no sé a qué se deben tus muchas infamias y cuál es la razón de que desees mi muerte. Yo no deseo la tuya. A pesar de todo, como acusador tengo derecho a escoger la pena que pido para ti si resultas condenado. Bien, reconoce ahora que has trabajado contra tu ciudad por tu propio interés, y lo que exigiré será que se te confisquen los bienes y se te destierre de Beocia. Si sigues proclamando tu inocencia, interrogaré ahora mismo, aquí, ante todos, a ese hombre —señaló a Filisco de Abidos—, y te acusaré de traidor y de colaborador de Esparta. Y la pena que pediré para ti será la de muerte.

Menéclidas no era un hombre que soportara la presión cuando lo que se jugaba era la vida. No la había soportado en Scolos, así que allí se había limitado a esconderse en lo alto de una colina, y había aceptado la pérdida del honor para no mirar a la muerte a los ojos. Ahora, sobre el estrado, levantó las manos al cielo.

—¡Yo, Menéclidas, reconozco que he trabajado contra Tebas!

Se desató un tumulto. Los que habían perdido a amigos y parientes en la guerra pretendieron linchar a Menéclidas. El propio Epaminondas tuvo que interponerse y defender la vida de quien había intentado llevarlo al patíbulo. El que no pudo evitar que le partieran la nariz y le rompieran los dientes fue Filisco de Abidos, que recibió varios puñetazos antes de que Prómaco consiguiera sacarlo del ágora. Pelópidas acudió con varios miembros del Batallón Sagrado, de guardia en la cercana Cadmea; se las arreglaron para contener a la plebe enfurecida mientras Epaminondas y Prómaco arrastraban a un ensangrentado Filisco y a Meneclidas. Este caminaba con los ojos cerrados, hablando consigo mismo y blandiendo los puños.

—Esto no se acaba aquí. Esto no se acaba aquí.

Prómaco lo habría atravesado sin más. Lo empujó sin miramientos rumbo a la cercana puerta norte.

—Ganas me dan de devolverte al ágora, perro. Entonces sí acabaría todo.

—Tú, tracio... —Meneclidas escupió a sus pies—. Tú tienes la culpa de todo. Si tú no existieras... Pero lo arreglaremos, no temas. Algún día nos veremos a solas y no te valdrán de nada tus amigos.

Prómaco se detuvo y tiró del puñal que llevaba al cinto.

—¿Algún día? ¿Qué tal ahora? Te busco un arma enseguida.

Epaminondas se interpuso.

—Basta. El trato es que se va de Tebas para no volver y sus pertenencias pasan al Tesoro. —Miró al condenado de forma aviesa—. Aunque sospecho que tendrás quien te acoja, ¿eh, Amo de la Colina?

—Tú también lo pagarás. ¿Crees que tu suerte durará siempre?

—Claro que no, Meneclidas. —Epaminondas hizo una seña a un peltasta que montaba guardia en la puerta. Mientras el soldado se acercaba, tomó a su oponente por la pechera—. Pero yo siempre estoy dispuesto a pagar por mis actos. ¿Y tú? ¿Qué pasará cuando tengas que rendir cuentas de veras?

Prómaco insistió:

—Cometes otro error, Epaminondas. Si lo dejas vivo ahora, te arrepentirás. Recuerda cómo masacró a los proespartanos de la Cadmea aquella noche.

Meneclidas se revolvió. Habló con tanta furia que salpicó de saliva a Prómaco.

—Aquellos hijos de puta me quitaron a mis padres y me obligaron a vivir lejos de mi ciudad. Tú me quitaste a Agarista y tú —apuntó con la barbilla hacia Epaminondas— usurpaste mi futuro y me vuelves a desterrar. Los degollé, sí. Y a vosotros también os degollaré.

—Te digo que es mejor matarlo —repitió Prómaco—. Déjame a mí.

—No. No quise derramar la sangre de los proespartanos cuando nos alzamos aquella noche. ¿Recuerdas, Menéclidas? Y he aquí otro proespartano. Tú. Pero me opuse entonces y me opongo ahora. —Se dirigió al peltasta—. Escóltalos hasta que dejen de verse las murallas y no permitas que vuelvan a entrar.

El príncipe Filipo se había aficionado tanto a Cleónice como a las innovaciones militares de Epaminondas. Y conforme llegaba el tiempo frío, sus visitas al lupanar se hacían más frecuentes. Siempre pedía a Prómaco que lo acompañara, aunque el mestizo prefería esperar a que el macedonio aplacara sus ansias. Solo de vez en cuando, cuando el remordimiento se hacía insoportable y necesitaba calor, él también se permitía sumergirse entre los pechos de la prostituta corintia. Aquella noche no. Aquella noche no tenía ganas de nada. Pelópidas se había reunido con él antes de que el sol cayera y le había vuelto a preguntar por Agarista. Se suponía que la sacerdotisa de Atenea Itonia iba a abandonar el templo, pero el tiempo pasaba y ella seguía allí, aislada del mundo. ¿Le había contado Prómaco toda la verdad?

No le supo responder. Se excusó diciendo que el príncipe Filipo lo había reclamado para acompañarlo al burdel, y se escabulló.

«Otra vez.»

Mientras Cleónice gritaba teatralmente en su cámara, Prómaco se dio cuenta de que la pelirroja Eurídama llamaba su atención con disimulo. Se reunió con ella en el hueco de la escalera. Lo primero que hizo la muchacha fue extender la mano, y no habló hasta que la cerró en torno a dos monedas.

—Es la última vez que nos vemos. Me pagas bien, pero esto me da mucho miedo.

Prómaco enarcó las cejas.

—¿Por qué?

—Araco estuvo aquí hace dos días. Él solo.

—Claro —contestó el mestizo—. Sabes lo que sucedió con Menéclidas, ¿no?

—Todo el mundo lo sabe. Lo que no sabe casi nadie es que no se ha ido de Beocia. Araco me ha dicho que lo aloja en su casa, en Orcómeno.

Prómaco asintió. Incumplir la condena de destierro implicaba la muerte. Se dijo que no sería muy difícil llegar hasta Orcómeno y repetir con Menéclidas lo que había hecho con Filisco de Abidos. Aunque, bien pensado, a Filisco solo lo había arrancado de la cama en plena noche para darle el mayor susto de su vida.

«A Menéclidas será más seguro matarlo allí mismo.»

—¿Ya está? ¿Para eso te he pagado?

—Claro que no. —La prostituta se asomó al corredor para asegurarse de que no había oídos indiscretos—. Conseguí que Araco bebiera, y yo me ocupé de... ablandarlo de otras formas. Habló, y mucho. Pero te lo repito: no volveré a soportar los cintarazos de esa serpiente. Ni deseo saber nada de todo este lío.

—Entendido, mujer. En cuanto me digas de qué te habló, te dejaré en paz.

La prostituta suspiró. Bajó aún más la voz.

—El dinero fluye en ríos hacia Orcómeno. Dinero persa. Lo está ganando en Asia uno de los reyes de Esparta. El que está cojo...

—Agesilao —completó Prómaco.

—Ese. Agesilao lucha como mercenario para un rebelde persa, Arbaza... Arzaba...

—Ariobarzanes.

—Eso mismo. Ese hombre quiere ser rey de Frigia o algo así, y tiene espartanos en su ejército. Les paga muy bien y se guardan el dinero porque lo van a necesitar pronto. ¿A que no sabes para qué?

—Para un nuevo ejército, claro.

Eurídama desplegó una sonrisa enigmática y petulante, orgullosa de saber algo crucial que todos los demás desconocían.

—No. No para un ejército. Para tres ejércitos —enfatizó sus palabras extendiendo el pulgar, el índice y el medio de la mano derecha—. Uno, el que nos atacará desde el norte el verano que viene. Todos los proespartanos expulsados de Beocia se están reuniendo en Orcómeno. Menéclidas es su líder.

La revelación no pilló por sorpresa a Prómaco. Menos aún después de la promesa de Menéclidas el día de su juicio.

—El círculo se cierra entonces. El que antes masacraba oligarcas los usará ahora para masacrar demócratas.

—¿Cómo?

—Nada, mujer. Pero los proespartanos de Orcómeno no son tantos. ¿Ese era el primer ejército?

—Pues no. Cuando los proespartanos estén listos en Orcómeno, avisarán a Alejandro, el tirano de Feres. Vendrá desde Tesalia con sus hombres y se unirá a los rebeldes. Orcómeno se declarará independiente, y el ejército de Alejandro y los orcomenios avanzarán hacia aquí.

Prómaco apretó los labios.

—Has tenido que hacerlo muy bien para que Araco te haya contado todo eso.

La meretriz se frotó los riñones.

—Ayer pasé el día en cama, pero no como tú imaginas. Los palos que me dio Araco me dejaron baldada. No me gusta nada ese hombre, así que espero que esto sirva de algo.

Prómaco se sintió culpable. Desató la bolsa y soltó otras dos monedas.

—Te aseguro que tu información es muy útil. ¿Qué hay del segundo ejército?

—Ah, sí. El rey cojo está mandando dinero a Orcómeno, pero la mayor parte va a parar a Esparta para matar el hambre y preparar su ataque. Cuando estén listos, cruzarán el istmo y allí se les unirán los atenienses. Ahí tienes al segundo ejército, atravesando el Citerón para atacar Tebas desde el sur.

Prómaco sintió que el desayuno le subía a la garganta.

—¿Y el tercer ejército?

—El propio espartano cojo. Agesilao también regresará desde Asia, desembarcará en el este y avanzará hacia aquí al mismo tiempo que los otros dos ejércitos. Tebas será arrasada.

30

Cabeza de perro

Orcómeno. Año 364 a. C.

Prómaco avanzaba por entre los restos humeantes de la mansión. El piso superior se había venido abajo y las vigas, ennegrecidas, formaban una maraña de madera quemada junto a telares desmadejados, piedras, pedazos de argamasa y cofres vacíos. Un peltasta se acercó a la carrera.

—No lo encontramos. Hemos hablado con los que juran ser demócratas y nos dicen que hace un par de días que no lo ven.

Prómaco gruñó una maldición tracia.

—No os fiéis de ellos. No os fiéis de nadie. Registrad todas las casas, incluso las de esos demócratas jurados. No los ofendáis más de lo necesario, pero hacédselo comprender: tenemos que encontrar a Menéclidas.

El peltasta se fue y Prómaco salió a la calle, en la ladera que bajaba desde la acrópolis de Orcómeno. A sus pies, la ciudad se abría en triángulo hacia el lago Copais, que ahora podía ver sobre las murallas de levante. Descendió hacia el teatro, en el extremo de Orcómeno más cercano al lago. Desde quicios y esquinas, pobladores aterrorizados observaban a los ocupantes. Prómaco apenas los miraba, pero entendía su incertidumbre y, sobre todo, su pánico. Y lo malo era que no solo en Orcómeno se desataba la locura.

El mundo se había vuelto loco, sí. Era como si todos hubieran aguardado su libertad durante siglos y, una vez alcanzada, también se hubiera liberado de sus corazones un *daimon* obsesionado por la autodestrucción. El año anterior, arcadios y eleos se habían lanzado a reivindicar territorios fronterizos y a desterrar viejas deudas. La situación había traspasado los límites de la blasfemia cuando algunos arcadios habían tomado Olimpia y se habían hecho con el tesoro reservado para los Juegos. Incluso se decía que estaban usando el dinero para preparar su dominio sobre todo el Peloponeso. Los mantineos se mostraron en desacuerdo con tal sacrilegio, y eso dividió a la recién creada Confederación Arcadia.

Prómaco llegó al teatro. Sus hombres vigilaban a trescientos cautivos desde las gradas. Los tenían de rodillas y mirando al suelo. Descendió hacia el escenario con la sensación de que era un actor más en una farsa. Sacó el *kopis* y se paseó por delante de los proespartanos. Muchos de ellos gimoteaban cuando subían la vista y veían el humo que flotaba desde sus casas, en el barrio alto de la ciudad. El mestizo se acercó a uno de los que no abría la boca. Le apoyó la punta de la espada en el pecho.

—Eres Araco, ¿no?

El orcomenio levantó la mirada enrojecida de llanto y humo. Movió la cabeza en gesto afirmativo.

—Por última vez. ¿Dónde está Menéclidas? ¿Y los demás exiliados?

Araco abrió la boca, pero le temblaban tanto los labios que casi no podía articular palabra.

—Te juro... De verdad, señor... No lo sé.

—Mientes. —Presionó el *kopis* y, aunque el oligarca intentó hurtar el cuerpo, el hierro perforó su quitón y se clavó una pulgada en el pecho. Gritó, lo que hizo llorar a un puñado más de prisioneros.

—¡Aaaah! ¡No! Por favor, señor... Se fue. Menéclidas se fue hace unos días.

Prómaco retorció la punta. La sangre manchó el quitón, y Araco se mordió el labio para no chillar.

—Bien. ¿Adónde?

—Al sur... Por favor, deja de hacer eso... Se fue al sur.

—Mientes de nuevo. Se ha ido al norte. A Tesalia.

Araco abrió mucho los ojos. Negó deprisa y muchas veces.

—De verdad que no, señor. Lo juro por el padre Zeus, por Atenea. No te miento. Espera, espera... Te lo diré todo. Es verdad que Menéclidas se ha ido, señor. A Esparta. Yo tengo que esperarle aquí y, cuando vuelva y me diga que los espartanos están listos, partiré a Tesalia para avisar a Alejandro de Feres. Has de creerme, señor.

—¿Y los demás exiliados? Sé que los proespartanos de toda Beocia habían vuelto para reunirse en Orcómeno. Me dirás dónde están o te cortaré en pedazos pequeños.

—Algunos están aquí, señor —apuntó con la barbilla a los demás prisioneros—. Pero muchos pudieron huir cuando se supo que habíais entrado. Escucha... Yo te acompañaré. Conozco estas tierras y sé dónde pueden haberse escondido.

—¿Traicionando a tus compañeros de traición? Araco, creo que te cortaré de todas formas.

—¡No! Por favor... Piedad. Te lo he dicho todo.

—Casi todo, Araco. ¿Qué hay de Alejandro de Feres? ¿Dónde está y con qué fuerzas cuenta?

—Caballería tesalia, señor. Por favor, aparta la espada... Caballería tesalia, sí. Y mercenarios escitas y tracios. Unos cinco mil. Espera en un gran campamento cerca de Feres, en el lugar que llaman Cabeza de perro... Lo que te he dicho es cierto. ¿Acaso no merezco vivir por haberte ayudado?

Prómaco limpió el *kopis* en el quitón de Araco y lo enfundó. Cabeza de perro. Aquellas colinas las conocía. Las había visto una noche de tormenta, cuando se infiltró en el campamento de Alejandro de Feres para matarlo y, en lugar de eso, salió de allí con Kalimastia. Miró al sudeste, hacia el camino que bordeaba el lago Copais y se dirigía a Tebas. El plan de Menéclidas estaba bien pensado, desde luego. Como un trípode fabricado por el mejor herrero. Solo que si a un trípode le rompías una pata, acababa derribado; por muy perfectas que fueran las otras dos patas. Aunque habían estado muy cerca de que todo se viniera abajo, desde luego.

«Aún hay tanto que puede ir mal... —pensó—. Pero al menos esto nos ha salido bien.»

El momento previsto para que estallara la tormenta era la llegada del verano, así que los tebanos se habían adelantado. Los rebeldes no habían llegado a sospechar nada, porque incluso Epaminondas se había hecho a la mar desde Larimna con algunos de los trirremes ya acabados en los nuevos arsenales. La partida se había anunciado con grandes alharacas, y todos habían visto cómo, en cuanto se abría la temporada de navegación, la flota se alejaba rumbo a la costa tracia. Epaminondas había fijado una reunión con el rey de los odrisios y, según se decía, llevaba con él a un buen número de hoplitas tebanos.

Mientras eso ocurría en la costa, Prómaco y sus peltastas, mucho más rápidos y silenciosos que una fuerza hoplítica, habían llegado hasta Orcómeno a marchas forzadas. El príncipe Filipo, que se había hecho muy amigo de Prómaco y se mostraba agradecido por haberle presentado a la corintia Cleónice, insistió en viajar con él. El mestizo se negó al principio porque no le parecía bien arriesgar la vida de un rehén de sangre real, pero el macedonio insistió e insistió. Al fin y al cabo, decía, él era hermano de rey y no estaba destinado a ocupar trono alguno. Incluso, conociendo los resquemores macedonios y su manía de destronarse unos a otros, era muy posible que nadie lo echara de menos si caía en una escaramuza entre marjales.

Al final, la Roca estuvo de acuerdo y Prómaco se resignó. Filipo de Macedonia demostró estar a la altura a pesar de su juventud. Se adaptó a la marcha sin quejas y se presentó voluntario para cada pequeña misión, desde hacer descubiertas hasta cortar leña.

En cuanto la expedición llegó a las cercanías de Orcómeno, los peltastas se escondieron en las orillas del lago y aguardaron al atardecer. Con la media luz, Prómaco, Filipo y cuatro más se acercaron a la ciudad como si nada, haciéndose pasar por pescadores de anguilas que regresaban de la faena. En dos tajos y un jabalinazo habían tomado la puerta del lago, que mantuvieron abierta mientras el resto de los peltastas abandonaba los cañaverales de la orilla e invadía la ciudad. Se dio la alarma y hubo desbandada, pero la conspiración había sido cortada de raíz.

Prómaco dejó atrás a Araco y se acercó adonde estaba Filipo de Macedonia.

—Te has portado bien, príncipe. Cuando esto se acabe, tienes una tarde entera pagada en el burdel. Con Cleónice, por supuesto.

Filipo se relamió.

—Estupendo. Pero ha sido un placer. Y ahora deberíamos recorrer las orillas del lago y aquellas lomas al norte. Cazaremos a esos exiliados uno a uno.

—Ni hablar. No perderé días buscando entre cañaverales, sobre todo porque hay algo más urgente que hacer en Tesalia. Ahora tengo otra misión para ti. Eres el único de por aquí que sabe montar. Aunque sea torpemente, como todos los macedonios.

El príncipe rio.

—¿Qué he de hacer?

—Escoge el mejor caballo de los que hemos tomado a estos traidores. Cabalga sin descanso hasta Tebas y avisa a Pelópidas. Dile que Alejandro de Feres aguarda con un ejército en sus dominios. Yo conozco el lugar.

A Filipo se le iluminaron los ojos.

—¿Vamos a luchar contra ese asqueroso? Este año hay Juegos. Se decretará la Tregua Sagrada.

—Esa es otra razón por la que hemos de actuar sin dilación. Aunque tal vez dé igual, porque ni Olimpia se libra de la locura que nos invade a todos... En fin, lo importante ahora es neutralizar a ese tirano. Y no será fácil. Es su terreno y está la caballería tesalia. Y cinco mil mercenarios bien entrenados. Di a Pelópidas que os esperaremos derruyendo las murallas de Orcómeno para que esto no vuelva a ocurrir. Pero no tardéis en pasar a recogernos. ¿Lo recordarás todo?

—Claro.

—Ligero, Filipo. Y que Pelópidas también se dé prisa.

El príncipe macedonio, encantado con su misión y con la confianza que depositaban en él, se alejó corriendo. Prómaco se dirigió al peltasta más cercano.

—Tenemos órdenes con respecto a estos traidores. Ya sabes cuáles son.

El hombre asintió con gesto de resignación. Desenfundó el puñal y pasó la orden en voz baja a sus compañeros. Antes de empezar la matanza, Prómaco volvió a la fila de cautivos y sacó a Araco a rastras. Se lo llevó del lugar mientras se oían súplicas, insultos y gritos de angustia. El orcomenio cayó de rodillas.

—No, por favor... Por favor, señor. No me mates.

Prómaco lo agarró del pelo y tiró hasta ponerlo en pie. Sacó a relucir el *kopis*.

—No te voy a matar, traidor. Aunque lo mereces. Pero me vas a servir para algo. Date la vuelta.

Araco obedeció y Prómaco le cortó las ligaduras.

—Oh, gracias, señor. Gracias, gracias, gracias. Que Zeus te conserve la salud...

—Cállate y toma esto. —El mestizo envainó el arma y entregó al orcomenio una bolsita—. Ahí tienes suficiente para viajar a Esparta. Hazlo rápido y alcanza a Menéclidas, o espera a que vuelva hacia el norte y date de narices con él. Como tú quieras, pero encuéntralo y dile lo que ha pasado aquí. Avísale de que lo sabemos todo y que vuestro plan se queda en nada. Que Beocia está lista para luchar contra quien sea y donde sea. Y si se te ocurre desobedecerme, yo mismo te buscaré y te rebanaré el cuello como estamos haciendo con tus paisanos amigos de los espartanos.

Araco retrocedió alternando las reverencias con las palabras de gratitud. Se colgó la bolsa con dinero y, encogido, se alejó hacia la puerta del lago. Antes de perderlo de vista, Prómaco lo volvió a llamar.

—¡Y dile a Menéclidas que no se preocupe! ¡Que el tracio y él no tardarán mucho en verse!

El Aquiles tebano se sintió feliz al saber que podía tomar venganza por el tiempo pasado en las mazmorras de Feres. De nada sirvió que el sol se volviera oscuro en pleno día y que los adivinos de Tebas entraran en pánico. Pelópidas reunió al Batallón Sagrado, a la caballería de la Roca y a los hoplitas tebanos que habían vencido en Leuctra. No había tiempo para convocar al resto de las ciudades de la confederación, y tampoco convenía desguarnecer Beocia ahora, cuando los enemigos podían venir desde cualquier dirección.

Tras recoger a Prómaco en una Orcómeno desnuda de murallas, el ejército tebano cruzó la Fócide en línea recta, sin detenerse ante nada. En Farsalia les llegaron noticias del enemigo.

—Alejandro se ha desplegado en un frente muy ancho. Ha puesto a la caballería tesalia en su ala izquierda, en el llano. Después el terreno asciende en el centro hasta las colinas Cabeza de perro. Él estará en lo más alto, en su extremo derecho. Un nombre muy adecuado, Cabeza de perro.

Prómaco asintió.

—Cuando estuve por aquí hace un tiempo, vi el ejército mercenario de ese tirano. Escitas y tracios los más. En cuanto a él, se hace proteger por una escolta desmesurada. Si se ha reservado la altura, ha sido porque intentará que la lucha no lo alcance.

Pelópidas observó el paisaje. La coraza reluciente, el antiguo casco corintio bajo el brazo. Frente a ellos, la polvareda lejana indicaba el lugar donde la célebre caballería tesalia evolucionaba. Las colinas Cabeza de perro no eran muy empinadas, pero otorgaban una buena posición para los arqueros escitas.

—Jugaremos al juego que nos suele dar el triunfo. Batallón Sagrado a la izquierda, junto a los demás hoplitas. Prómaco, tú en el centro. —Miró a la Roca—. Tendrás que desplegar a la derecha, frente a su caballería.

El príncipe Filipo, excitado por la inminente acción, señaló adonde se adivinaba la formación enemiga.

—¿Vas a cargar de frente? ¿Cuesta arriba? Valiente decisión.

Pelópidas sonrió.

—Valiente y estúpida, príncipe. Aprende esto para el futuro. Cargar de frente sería muy espartano, ¿verdad? Pero hemos cambiado las normas. Escuchad con atención.

El consejo de guerra tuvo lugar al aire libre, sin mapas. Ni triquiñuelas para levantar el ánimo de la tropa. Cuando el sol estaba en lo más alto, el ejército tebano se dividió en tres para adelantarse hasta el punto de arranque. Los hoplitas, incluido el Batallón Sagrado, a la izquierda, en una falange compacta, como siempre. En el centro, los peltastas de Prómaco encabezados por los lanceros. A la derecha, la caballería de la Roca. El príncipe Filipo de Macedonia cabalgaría a su lado, con el encargo de hacer de enlace con la infantería y la prohibición de entrar en combate directo con el enemigo. Pelópidas esperó a que el sol hubiera caído a su espalda. Ya que Alejandro de Feres había escogido el lugar, no le quedaría más remedio que pelear deslumbrado.

La primera en atacar fue la caballería. Los jinetes tebanos surgieron de un bosquecillo de castaños a cinco estadios de los tesalios. En la extensión al pie de las colinas Cabeza de perro, entre los dos ejércitos, aguardaban varios peltastas tracios armados con jabalinas. Cuando Prómaco los vio, no pudo evitar una sonrisa nostálgica. Sus paisanos seguían peleando como antaño.

«Como antaño», se repitió. Pero si solo habían pasado... ¿Cuánto? ¿Veinte años?

Aparecieron los perros. Los animales vivían allí en enormes manadas salvajes desde que Alejandro de Feres había devastado la zona. En una afrenta brutal a los dioses, el tirano había prohibido que se diera sepultura a quienes no habían acatado su gobierno, así que gran parte de Tesalia, desde los montes Otris hasta Magnesia, era un inmenso pudridero. Las jaurías, asustadas, ladraron a los jinetes tebanos, pero luego se dieron a la fuga entre aullidos lastimeros.

—¡Prómaco, ahora! —ordenó Pelópidas.

La línea de lanceros avanzó con el orden de una falange, aunque mucho más ligera. Los peltastas caminaban con las picas apuntando al cielo, lo que causó cierto estupor a los mercenarios enemigos. Los rayos del sol se colaban entre los largos astiles y arrancaban destellos a las puntas metálicas. Los mercenarios tracios de Alejandro decidieron no correr riesgos y retrocedieron hasta sus líneas.

La caballería tesalia arrancó. Era la única que se encontraba en el llano y estaba claro que no recibirían la carga tebana sobre el sitio. En cuanto la Roca vio que los caballos enemigos se movían, ordenó desviarse a la derecha, como si huyera del campo de batalla hacia el este. Los tesalios picaron.

Cuando las líneas de escitas y tracios se encontraban a un par de estadios, Prómaco dio la voz de alto. Los primeros proyectiles empezaron a levantar nubecillas de polvo. Plomos de honda y algunas flechas perdidas. Para corregir el alcance, los escitas a sueldo de Alejandro se adelantaron ladera abajo e hicieron otra intentona. Algunas bolas repiquetearon a los pies de los peltastas tebanos.

—¡Aguantad! —ordenó Prómaco—. ¡Que se acerquen ellos!

Los hoplitas pasaron a medio estadio, por el flanco izquierdo. El Batallón Sagrado, flamante con los leones de sus escudos, marcaba el paso en el extremo, fuera del alcance de las flechas.

Los arqueros escitas se movían de un lado para otro sobre las lomas de Cabeza de perro. Buscaban un punto desde el que tirar, comprobaban la trayectoria de sus flechas y volvían a moverse. Detrás, los peltastas tracios seguían a la espera, demasiado lejos para dar uso a sus jabalinas.

—¡Cubríos! —aconsejó Prómaco cuando una flecha se clavó en el hombro de un lancero. Sus hombres pusieron rodilla en tierra y levantaron las peltas.

Por la izquierda, la llanura tesalia temblaba. Los hoplitas de Tebas, con las mazas de Heracles bien visibles, entonaron el himno que les había dado la victoria en Leuctra. Pronto dejaron de caminar sobre plano y tomaron la ladera. Arriba, Alejandro de Feres no se movía. Sus hombres habían formado una línea que seguía las irregularidades del terreno, y los caballos pintados sobre sus escudos recibían los rayos del sol de frente.

A mitad del campo, entre los peltastas de Prómaco y los hoplitas tebanos, corría un arroyo de poco caudal que bajaba de las colinas. Algunos mercenarios tracios bajaron hasta allí a la carrera, impacientes por entrar en batalla, y hostigaron la derecha del cuadro tebano desde la otra orilla. Eso los retuvo un poco, pero no evitó que el resto continuara con la ascensión. Prómaco, concentrado en que sus hombres aguantaran la lluvia de proyectiles desde lejos, observó las posiciones de los hoplitas enemigos. Arriba, un hombre delgado que montaba a caballo empezó a ponerse nervioso. Miraba a uno y a otro lado y gesticulaba con amplios ademanes.

—Alejandro.

Pensó en Kalimastia. Ojalá ese día pudieran dejarla viuda.

—¡Cuidado! —gritó uno de sus peltastas.

Prómaco miró delante. Los mercenarios enemigos se habían cansado de esperar y se les venían encima.

—¡Abatid lanzas!

Las largas picas descendieron despacio, en un movimiento estudiado para encoger los corazones enemigos. El efecto fue que los tracios que bajaban a la carrera refrenaron su marcha. Desde Leuctra, Prómaco había aumentado el número de lanceros en detrimento de los jabalineros, así que ahora la línea tenía tres hombres de profundidad. Al tumbar todos ellos sus armas, el resultado era un erizo temible, con las puntas a doble distancia de una lanza de hoplita.

Y hacia allí avanzaban los mercenarios enemigos, un caos de tracios, cuya experiencia reciente se basaba en saquear aldeas y rapiñar los campos de los tesalios insumisos. Tras ellos, aún en lo alto, los honderos y los arqueros escitas dejaron de disparar para no herir a sus propios compañeros. Por la derecha, más allá de una línea de viñedos, apareció un único jinete. Prómaco lo reconoció enseguida.

—Filipo.

El aire se llenó de los aullidos tracios. Los mercenarios al servicio del tirano llegaron hasta las lanzas y arrojaron sus jabalinas. Hubo algunas bajas, pero los huecos se rellenaron enseguida. Los jabalineros de Tebas contraatacaron desde la retaguardia y también lograron blancos. Prómaco sintió una punzada de orgullo. Sus hombres no se parecían a los que tenía enfrente, desordenados y prestos para retirarse en cuanto se deshicieran de sus armas. Los peltastas lanceros guardaban la línea como auténticos hoplitas. Algunos enemigos intentaron apartar las puntas para colarse entre los astiles, pero las lanzas de la segunda y tercera fila punzaban con golpes repentinos y siempre acertaban. Los imprudentes quedaron tendidos al pie de las colinas.

—¡Prómaco! ¡Aguanta ahí! ¡Los rodeamos!

Lo había dicho el príncipe Filipo conforme pasaba al galope tras las líneas de peltastas. El mestizo comprendió. Eso significaba que los jinetes de la Roca habían vencido en el choque contra los tesalios y ahora, libres, trazarían una parábola para aparecer por la espalda enemiga. Que la caballería tebana hubiera vencido a la tesalia significaba un hito más. Otro que añadir. Prómaco sonrió con fiereza. Aquello pintaba muy muy bien.

A media ladera, el Batallón Sagrado se adelantó. Los tesalios que los esperaban arriba se encontraban en un notorio estado de excitación. Habían reconocido los leones de los escudos y sabían a quiénes tenían delante. El miedo les hizo golpear las lanzas contra los escudos, como solían hacer todas las milicias ciudadanas para darse ánimos. Un par de ellos abandonó la línea y se dio a la fuga. Poco después, otros cuatro los siguieron. La formación de hoplitas tesalios tembló como un árbol tras el último hachazo, cuando parece que se va a mantener en pie pero, finalmente, cruje y empieza a inclinarse. Alejandro de Feres prometía tormentos sin fin a quien abandonara la falange, pero aún hubo más deserciones. El propio tirano se vio dominado por el terror. Tiró de las riendas a la derecha, como si él mismo fuera a huir, pero luego se lo pensó mejor. Entonces dio la orden de cargar.

A medio estadio de los tebanos, los hoplitas tesalios abatieron las lanzas y se precipitaron ladera abajo. Prómaco oyó cómo Pelópidas daba la orden de parar, y luego todo fue estruendo. Los hombres de Alejandro de Feres aprovecharon el empuje de la bajada y arrollaron a la vanguardia tebana. Incluso los amantes del Batallón Sagrado que se encontraban en primera fila desaparecieron bajo la ola tesalia. La ventaja de luchar desde arriba consiguió que el tirano riera en lo alto. Su carcajada no se oía, pero Prómaco lo veía retorcerse.

Aunque era un espejismo. La izquierda tebana terminó de encajar la carga enemiga a costa de su vanguardia, pero su profundidad era capaz de aguantarlo todo. Se trataba de las mismas filas densas y compactas que habían arrollado a los trescientos Caballeros de Esparta. ¿Y no iban a poder con aquel ataque a tumba abierta? Los tebanos, poco a poco, frenaron a los hombres que aún venían desde arriba. Hombro con hombro, con los escudos trabados, como una montaña ante el alud descarnado del *othismos*.

La caballería de la Roca apareció entonces por la retaguardia tesalia. Prómaco lo supo porque los arqueros escitas, sorprendidos, se dieron la vuelta y soltaron algunos flechazos hacia el otro lado. Pero pronto dejaron de disparar e intentaron huir. Lo hicieron hacia los peltastas tebanos.

Fue como el hierro candente atrapado entre el martillo del herrero y el yunque de su fragua. Los lanceros de Prómaco recibieron a los mercenarios enemigos sin arredrarse, y muchos de aquellos desgraciados vociferantes se clavaron solos en las largas picas. Algunos tebanos incluso pinchaban sobre los hombros de sus compañeros, y perforaban rostros, cuellos y pechos. Las peltas enemigas, adecuadas para la lucha a distancia, resultaban inútiles tan de cerca. Los jinetes de la Roca surgieron en lo alto. Cuando Alejandro de Feres se dio cuenta, salió al galope acompañado de sus escoltas y de algunos de sus hoplitas, que arrojaron los escudos. Filipo de Macedonia apareció en la loma como un héroe antiguo sobre su caballo negro. La Roca le ordenó retirarse, pero él no hizo caso. Aguijaba a su montura y, aunque había perdido la jabalina, penetraba entre los arqueros escitas espada en mano. Repartía tajos a tal velocidad que un enemigo moría antes de que el anterior se desplomara. Los mercenarios más rezagados intentaban evitar que los atropellara la caballería, y los de delante reculaban para evitar las picas. Al final se amontonaron tanto que la batalla se convirtió en una carnicería. Imposible fallar.

Se rindieron en masa. Con Alejandro de Feres a la fuga, no valía la pena luchar por una paga que ya no iban a recibir. Los escitas soltaron sus arcos y los tracios supervivientes tiraron sus espadas y puñales. La Roca tuvo que sujetar a Filipo para que dejara de matar enemigos. El príncipe tenía la cara salpicada de sangre y su espada se había roto por la mitad. Sonreía con la misma cara que cuando acababa de holgar con Cleónice.

No hubo persecución. El esfuerzo invertido por el ala izquierda para trepar la colina impidió que los hoplitas se lanzaran en pos de Alejandro de Feres, y la Roca prefirió quedarse por si volvían los restos de la caballería tesalia. Se alzaron loas a Niké mientras Prómaco inspeccionaba sus líneas para comprobar las bajas y repartía órdenes para custodiar a los prisioneros. Después fue a interesarse por los hoplitas. La visión de las primeras filas tebanas, allí donde habían recibido la avalancha tesalia, no era halagüeña. El mestizo tuvo un mal presentimiento. Había muchos cuerpos en la ladera de la Cabeza de perro. Escudos decorados con mazas de Heracles y con caballos tesalios, y también leones del Batallón Sagrado. La carga desesperada colina abajo había sido un suicidio, pero se había llevado por delante a toda la vanguardia tebana. Prómaco sintió un escalofrío.

—¡Pelópidas! ¡Pelópidas!

Se oían llantos de amantes que acababan de perder a los amados. Los agonizantes pedían agua o un último beso. Prómaco esquivó cuerpos que aún se agitaban, y otros que asomaban bajo los enemigos a los que habían matado antes de caer. Algunos, como solía ocurrir, llamaban a sus madres, a sus esposas y a sus hijos. En el extremo izquierdo, los miembros del Batallón Sagrado trataban de apartar a sus propios caídos.

—¿Dónde está Pelópidas?

Prómaco se lo había preguntado a uno de aquellos jóvenes aristócratas. El chico suspiraba aliviado mientras tomaba la mano de su amante herido. Nada grave al parecer. Señaló a lo alto de la colina.

—Marchaba en cabeza, en la esquina del cuadro.

El mestizo resbaló al trepar. Allí no había más que muertos. Volteó a uno y a otro, se irguió. Miró abajo con la esperanza de verlo entre las filas traseras, atendiendo a los heridos que ya se sacaban hacia la retaguardia. Nada. Rodeó la boca con las manos.

—¡Pelópidas! ¡Pelópidas!

—¡Aquí! ¡Aquí está!

Corrió hacia el lugar, un poco más hacia el centro y a media ladera. Un hoplita de pelo gris se había arrodillado y, muy despacio, le quitaba el casco corintio a Pelópidas, que yacía boca arriba. Se agitaba débilmente. Un muchacho del Batallón Sagrado se acercó con su cantimplora. Le levantaron la cabeza con cuidado y le dieron de beber.

—¡Pelópidas!

El Aquiles tebano llevó la vista hacia Prómaco. En ese momento le quitaban la coraza perforada, y lo que quedó a la vista ensombreció todos los rostros.

Pelópidas había recibido dos heridas en el pecho, y una de ellas sangraba mucho. Todos los que llegaban ponían sus manos para taponar la brecha, pero la vida se le escapaba entre decenas de dedos.

—Prómaco... —dijo con media voz.

El mestizo se arrodilló. Le acarició el rostro, tan hermoso como cuando lo había conocido quince años atrás, en Atenas.

—Pelópidas, no te preocupes. Te vamos a curar.

—El tirano... ¿Ha caído?

Prómaco levantó la vista. Un hoplita cercano negó en silencio.

—Hemos vencido otra vez, Pelópidas. Una gran victoria.

El tebano apenas tuvo fuerzas para sonreír. Alargó la mano y Prómaco se la cogió.

—Agarista... se queda sola.

Eso dolió el doble. Al mestizo se le agolpaban las lágrimas.

—Hasta que te curemos, Pelópidas. Luego podrás abrazarla. Ahora tienes que descansar.

—Descansar... Descansar. —Cerró los ojos. Decenas de hoplitas seguían acercándose y formaban un círculo silencioso. Tras ellos, los quejidos de agonía se mezclaban con los vítores por el triunfo—. Descansar... junto a Górgidas. Prómaco...

—Sí, Pelópidas.

Puso sus ojos oscuros en él. No había dolor en ellos. Ni miedo a pasar al otro lado. Estaba donde debía y con quien debía. Para eso había vivido.

—Cuida de Agarista... ¿Lo harás? Pase lo que pase..., no dejes que ella sufra.

Prómaco no pudo aguantar más. Sus lágrimas cayeron sobre el pelo negro de quien se había batido como el auténtico Aquiles, como Héctor, como Áyax. Casi lo envidió. Pelópidas se iba sobre una nube de gloria, directo a reunirse con aquel al que había amado de verdad. Sin más artificios que los que la inevitable hipocresía humana le había impuesto. Ahora, acogido por las estancias de los inmortales, él y Górgidas podrían compartir la eternidad. Qué distinto el infierno que le quedaba a Prómaco. Apretó la mano de Pelópidas.

—Cuidaré de tu hermana, amigo. Ahora descansa. Descansa.

El Aquiles tebano asintió y cerró los ojos. Realmente fue como si se durmiera.

31

La segunda oportunidad

Tebas. Año 364 a. C.

El velatorio de Pelópidas tuvo lugar en su casa de Tebas, y duró tres días y tres noches. Filas interminables de beocios pasaban a despedirse del cadáver ungido y envuelto en un sudario. El cortejo fúnebre arrancó la madrugada del cuarto día. La comitiva era tan larga que la cabecera inició la marcha en la oscuridad y la cola lo hizo de día. Pelópidas descansaba sobre un carro tirado por dos caballos blancos, con el único sonido de las flautas y los trinos de los mirlos. Y si los tebanos se mantenían en silencio, no era solo porque la tradición lo exigía. Era porque todos percibían que la esperanza se tambaleaba. Pelópidas era su baluarte. Un sólido Héctor capaz de defender las murallas de Troya, un invulnerable Aquiles imposible de batir.

Pero lo habían batido. Y el golpe era tan fuerte que la victoria en la Cabeza de perro se tomaba como una derrota. Y eso que Alejandro de Feres había perdido su ejército y ya no constituía un peligro. El norte quedaba asegurado y al enemigo se le esfumaba una importante baza. Cuando el carro se detuvo, varios miembros del Batallón Sagrado depositaron el cuerpo junto al hoyo en el que Pelópidas reposaría. Todos se vieron a sí mismos reflejados en aquel cadáver. Los orgullosos vencedores de Leuctra sentían el peso de la realidad. Fobos volvía a sobrevolar Tebas.

Los asistentes vestían de gris. Incluso las dos únicas mujeres cubiertas con velos: Agarista, que excepcionalmente había podido abandonar el templo de Atenea Itonia para el sepelio, y Corina. El joven Neoptólemo, que acababa de cumplir doce años y era la viva imagen de su padre, asistía a la ceremonia con gesto ausente. Prómaco se dio cuenta de que era la primera vez que veía a Corina. Allí estaba, delgada y digna, con las trenzas recogidas en su sempiterno moño alto y el velo envolviendo el rostro. Tan inexpresiva como su hijo, en el papel de viuda tebana que había pasado su vida en el gineceo. Fue ella la que, una vez en el cementerio, hizo la libación con vino sobre Pelópidas. Agarista depositó junto a su cabeza el casco corintio que siempre había llevado en combate, y cubrió el cuerpo con el escudo blanco con el león del Batallón Sagrado. Mientras el ritual se cumplía y Epaminondas se preparaba para el discurso fúnebre, el joven Filipo se acercó a Prómaco. Le habló en voz muy baja:

—Vuelvo a Macedonia.

El mestizo, que no podía apartar los ojos de Agarista, se apenó por la noticia. Hasta había olvidado la condición de rehén del príncipe.

—¿Tiene que ver con la muerte de Pelópidas?

—No. Es por otra muerte. Mi hermano Pérdicas ha matado a Ptolomeo, el regente que gobernaba por él. No me extraña que Ptolomeo haya acabado así, porque era un rufián; pero sí es raro que mi frágil hermano haya tenido arrestos para hacerlo. En fin: ha escrito para pedir mi regreso, y Epaminondas y la Roca no tienen inconveniente.

—Entiendo. Sé que ayudarás a Pérdicas a ser un buen rey. —Le frotó el pelo, pero no pudo sonreír—. Lo harás, ¿verdad?

—Pues claro. Aunque no sé si me prestará oídos. De todas formas quería agradecerte... —El macedonio, que aun con todo su valor en la batalla y su arrojo en el burdel no había perdido la timidez, bajó la cabeza—. Quería agradecer tu amistad, Prómaco. Y todo lo que me habéis enseñado.

—Lo mejor que has aprendido te lo enseñó Cleónice, hombre.

Habrían reído, pero ninguno de los dos tenía ganas. En ese momento, Agarista y Corina entonaban un rezo simultáneo:

—Caronte, conductor de la barca, lleva el alma de Pelópidas a través de la Estigia. —Neoptólemo se adelantó y depositó la moneda sobre la boca del muerto—. Y tú, Hermes, mensajero infernal, oye nuestras palabras y haz que lleguen a oídos de Hades y Perséfone, que custodian a los que nos precedieron. Haz grata para Pelópidas la tierra que lo vio nacer y a la que ha de regresar.

Tras la respetuosa pausa para escuchar la oración, el príncipe Filipo volvió a hablar.

—Yo también rezaré a los dioses por vosotros, y les doy las gracias por estos años aquí. Es tradición en Macedonia que los parientes del rey dirijan tropas, aunque nuestro ejército es pequeño y no ha conocido muchas victorias. Arreglaré eso, porque pienso aplicar todo lo que he visto en Tebas. Pero lo más importante es la voluntad. —Esta vez alzó la vista y miró fijamente a Prómaco—. La voluntad para levantarte cuando has caído. Como vosotros levantasteis Tebas hasta que toda Grecia se vio obligada a mirar hacia arriba si quería verla. De nuevo tenéis que levantaros ahora, aunque Pelópidas no esté. Así haré yo también por levantar Macedonia. Tal vez un día consiga que todo el mundo nos respete. ¿Crees que lo lograré?

El mestizo estrechó la mano del muchacho.

—Sé que así será.

Filipo asintió. Epaminondas se abría paso hacia un lugar central desde el que dirigirse al público. Prómaco aprovechó para acercarse a Agarista. Ella no lo vio venir ni reaccionó cuando oyó su voz a la espalda.

—Tu hermano me confió varias misiones y las cumplí todas. Antes de morir, me encomendó la última.

Epaminondas, ajeno al reencuentro, empezó con su discurso. Agradeció a todos su presencia y dijo algo sobre la prosperidad que Tebas había alcanzado en los últimos años. Agarista volvió un ápice la cabeza. A través del velo oscuro no podía adivinarse sino la silueta.

—Supongo que has de cuidar de mí. ¿Es eso?

—Eso es.

—Leal Prómaco, qué presto estás a cumplir las órdenes de un muerto. ¿Y los vivos? ¿Acaso no tienes oídos para ellos?

Epaminondas hablaba de los que habían hecho posible que Tebas iluminara al resto de Grecia. De quienes, como Pelópidas, sabían apreciar los placeres mundanos y disfrutaban de ellos como nadie. Y a pesar de eso, con qué premura tomaba las armas para arriesgar la vida por los demás.

—Lo que dice Epaminondas es cierto —susurró Prómaco—. Tu hermano ha encontrado la gloria que buscó toda su vida, pero no ha muerto solo por eso. Lo ha hecho por ti y por mí también. Él no quería que envejecieras en un templo perdido, ni le gustaría que yo malgastara mi vida buscando lo que ni siquiera sé si existe todavía.

—De modo que aún dudas. Pero Pelópidas no lo hacía. Mira, ahí tienes a su esposa. Mi hermano no dudó en ignorarla para amar en público a Górgidas. Y ahí está Neoptólemo, sangre de su sangre. Apenas lo conocía porque Pelópidas siempre estaba ocupado con el beotarcado, o preparando una campaña, o viajando para una embajada... Buscando esa gloria de la que hablas. Si a él no le importaban su mujer y su hijo, ¿por qué he de importarte yo a ti?

—Pero me importas.

—Entonces ve a Esparta. —La respuesta salió entre los dientes—. Haz lo que te pedí. Encuentra a Veleka. Enfréntate a ella y a ti mismo. Solo entonces serás libre.

Epaminondas subió la voz. Cerraba el puño derecho mientras miraba al cielo con ojos anegados en lágrimas. Su voz no se había revestido de tanta gravedad ni cuando defendía su vida en juicio ante la asamblea:

—No hay causa más digna para morir que Tebas. No hay virtud más elevada que entregar la vida por la ciudad. Ese es el amor más puro, el que Pelópidas guardaba en su corazón. —Movió la mano en parábola—. Porque vosotros sois Tebas. No esas piedras de ahí. Hombres, mujeres, niños... A todos nos amaba, y por nosotros murió Pelópidas.

Prómaco acercó más la boca al oído de Agarista.

—No necesito hacer nada para conseguir mi libertad porque ya soy libre. Si decido quedarme, nadie me lo reprochará. Cásate conmigo. Mañana, en la asamblea, Epaminondas propondrá que se me otorgue la ciudadanía. Y lo conseguirá. He ganado suficiente dinero en este tiempo para que gocemos de una vida digna. Mereces una segunda oportunidad, y yo también. Jamás me oirás hablar de Veleka.

Ella tomó el velo y, desafiante, se lo retiró del rostro.

—Prómaco, tienes razón: merezco una segunda oportunidad.

Fue como un golpe repentino. ¿Acababa de acceder? ¿Después de toda su obstinación?

—Nos casaremos, Agarista. Tras el luto, Epaminondas...

—Espera. Mi segunda oportunidad será vivir una vida mía, sin Pelópidas, sin Tebas, sin dioses... No pretendo servir de agua para aplacar tu sed, Prómaco. Yo merezco ser la sed misma. No quiero volver a oír el nombre de Veleka, pero ¿qué? Aunque no lo digas nunca, tú y yo sabremos siempre que puede estar ahí, en algún lugar de tu mente, en alguna casa de Esparta, en mis dudas, en tus sueños. En tu juramento. Tu segunda oportunidad será buscarla. Si sigue viva, te reunirás con ella; y solo entonces, si lo deseas, volverás y nos casaremos.

Dejó caer el velo, Prómaco retrocedió. Las palabras de Epaminondas se oían extrañamente lejanas al rematar el discurso fúnebre:

—... porque la gloria es mayor para aquellos que alcanzan la muerte con nobleza. Por eso Pelópidas será siempre recordado. Por eso seguirá siempre vivo.

Mar Egeo. Año 363 a.C.

El trirreme *Esfinge* se aproximaba al puerto de Larimna. Tras él, en formación de rombo, lo hacían el *Antígona*, el *Yocasta* y el *Ismene*. Al otro lado de los rompeolas, en el estuario del río Céfiso, más trirremes, naves de transporte y embarcaciones ligeras aguardaban mientras se descargaba trigo, se embarcaban remeros o se calafateaban cascos.

Las operaciones navales habían empezado en primavera. Con Tesalia pacificada y aseguradas las alianzas con Fócide, Macedonia y el reino odrisio de Cotys, el norte era terreno seguro para Beocia. Y ahora, además, las naves de la nueva flota recorrían el Egeo desde Eubea hasta los estrechos. La estrategia consistía en acumular bases y amistades, y en obligar a los atenienses a fijar su atención en el mar. Epaminondas no los había provocado, pero tampoco los evitaba. Incluso se había atrevido a navegar al sur del Ática y a promover la desafección de la isla de Ceos, que ahora renegaba de Atenas. Los trirremes beocios llevaban peltastas como dotación, y por eso Prómaco, ahora ciudadano de Tebas a todos los efectos, navegaba en el *Esfinge* junto a Epaminondas. Señaló a los espigones de Larimna, tras los que se alineaban los arsenales.

—¿Cuántos tenemos ya?

—Ochenta, ochenta y cinco. Si todo ha ido bien, noventa. Al final del verano, nuestra armada contará con cien trirremes. Fue el límite que me fijé para no agotar el Tesoro.

Prómaco asintió. Con esos números, Beocia también aventajaba a Esparta en el mar y se colocaba en igualdad con Atenas. Pero no se engañaba: él había compartido cubierta con los marinos de Cabrias y sabía que superarlos no era cuestión de cifras. Los remeros beocios no estaban ni con mucho tan entrenados y coordinados como los atenienses, y para los puestos de responsabilidad habían tenido que recurrir a extranjeros.

—No lo veo claro —dijo al fin el mestizo—. Epaminondas, no te enfrentes a Atenas en el mar.

—No pienso hacerlo. Esto es otro truco más del sucio juego de la política. Una vez me pasó algo parecido cuando niño. Me enfadé con un amigo mío llamado Diomedonte. No recuerdo la causa, pero sí recuerdo que Diomedonte cogió una piedra del suelo y amenazó con tirármela. Era un canto del tamaño de un puño y Diomedonte tenía puntería, así que me entró miedo. Yo no quería pelear con él, pero tampoco podía salir corriendo, así que busqué una piedra mayor que la suya. Le prometí que le partiría la cabeza si me atacaba. Se le abrieron mucho los ojos y miró su piedra. «Bien, Epaminondas», me dije. Había conseguido parar la pelea. Lo malo fue que Diomedonte dejó caer su piedra y también se puso a buscar hasta que encontró una todavía mayor que la mía. Me la mostró muy satisfecho e incluso me retó a que yo lanzara primero. ¿Sabes qué hice?

—Supongo que conseguir otra piedra, la más grande hasta ese momento.

—Exacto. Entonces Diomedonte se fue, pero volvió al cabo de un rato con una roca que casi no podía levantar. Y yo hice lo mismo. Y él. Y yo. Y él. Cuando el sol se puso y llegó el momento de volver a casa, los dos estábamos seguros de que, si peleábamos, nos aplastaríamos los cráneos el uno al otro. «Mañana nos veremos aquí y arreglaremos esto», me dijo. Yo estuve de acuerdo. Al día siguiente nos reímos mucho, nos dimos la mano y fuimos a cazar lagartijas.

Prómaco se rascó la cabeza.

—¿Y si tu amigo Diomedonte hubiera decidido apedrearte en algún momento, mientras ibais y veníais? ¿Y si Atenas decide enfrentarse a nosotros en el mar?

—No. Si Diomedonte hubiera querido herirme, lo habría hecho con la piedra más pequeña. La primera que cogió. Y si Atenas hubiera querido atacarnos, lo habría hecho mientras aún construíamos la flota. El verano pasado, por ejemplo. Esto es más bien como las peleas de gatos. Seguro que has visto a esos bichos mirándose de cerca, con el lomo arqueado y los pelos enhiestos. Se lanzan maullidos largos y amenazadores, pero raramente llegan a morderse porque saben que no vale la pena el riesgo. Con Esparta es diferente. Esparta está acorralada, herida de muerte. ¿Has probado a arrinconar a un gato, Prómaco?

El mestizo observó a Epaminondas. Su tono no era el del hombre que había encabezado aquella delegación a Esparta, ni el del que diseñó la genialidad de Leuctra o consiguió el destierro de Menéclidas. Algo había cambiado desde entonces. Algo que le hacía parecer más débil que antaño. Prómaco creía saber la razón, pero de todas formas se lo preguntó:

—¿Podremos hacerlo sin Pelópidas?

Epaminondas posó la vista en cubierta.

—No lo sé, Prómaco. Pero lo averiguaremos.

La maniobra de atraque fue compleja por las muchas naves que se apiñaban en el estuario. Cuando fijaron la pasarela y tocaron tierra, la Roca estaba esperándolos. Epaminondas había perdido entusiasmo, así que fue Prómaco quien contó al *hiparco* cómo había sido la singladura: trirremes atenienses avistados en la lejanía; navegación en paralelo durante días enteros, sin dejar de vigilarse unos a otros; puertos, tabernas, lupanares, alguna que otra tormenta...

La Roca tenía novedades, así que propuso que lo escucharan tras unas copas de vino. Ocuparon una mesa en el rincón de una posada a un estadio de las atarazanas.

—A todo el mundo parece habérsele trastocado el seso. Ya no se respeta ni a Zeus. Se esperaban complicaciones en los Juegos de este año, pero no lo que ha ocurrido: los arcadios y los eleos tomaron las armas en el estadio y acabaron arrastrando a los demás a una batalla en la misma Olimpia. Ya no es que unos y otros reclamen para sí la hegemonía. Es que se creen dueños de los Juegos Olímpicos.

Epaminondas y Prómaco escuchaban boquiabiertos las palabras de la Roca. Los Juegos Olímpicos y el oráculo de Delfos eran de todos. No eran de nadie.

—Los arcadios y los eleos son nuestros aliados —dijo el mestizo—. Los necesitamos para operar en el Peloponeso.

—Algunos lo siguen siendo. —La Roca trasegó un poco de vino—. Tegea continúa de nuestra parte. Lo malo es que Mantinea se ha desmarcado del sacrilegio de Olimpia y, no sé si por despecho o por algo más, ha proclamado que ahora prefiere el bando espartano.

—No puedo creerlo. Hace nada nos rogaban que los libráramos de ellos.

—Es una locura. —La Roca negaba despacio—. Todos quieren estar al frente de todo. Nadie quiere quedar por debajo. Creo que piensan que lo que hemos hecho nosotros puede hacerlo cualquiera. Ah, ojalá estuviera Pelópidas...

—Es lo de siempre —intervino Epaminondas—. La unión entre griegos es imposible si no hay alguien que los trate como a un rebaño de ovejas. Ahí lo tenéis: arrancamos a unos y a otros de las garras de sus tiranías y les ha faltado tiempo, en cuanto han instaurado la democracia, para devorarse a sí mismos. ¿Dices, Pamenes, que los mantineos han vuelto al redil de sus antiguos amos, los espartanos? Pues yo os aseguro que otros los imitarán. —Palmeó la mesa—. Ha llegado el momento. Ahora, antes de que sea demasiado tarde.

Prómaco y la Roca lo miraron con gesto grave.

—Ha llegado el momento... ¿de qué?

—De rematar a Esparta. Echáis de menos a Pelópidas, y yo también. Con él se nos ha ido el arrojo que la astucia no puede suplir. Aun así hemos de obrar como si él siguiera con nosotros. Creo que la presión de Mesene y Megalópolis ha dado sus frutos, y también hemos logrado abortar esa sucia conspiración a tres bandas. Nuestros enemigos han tocado fondo. Eso quiere decir que nunca estarán más débiles que ahora, o lo que es lo mismo: a partir de ahora cobrarán fuerzas. Tenemos a Persia en plena rebelión, a Agesilao entretenido en Asia y el norte asegurado. Alejandro de Feres tardará mucho en reponerse de su derrota en la Cabeza de perro, y Atenas está demasiado centrada en nuestra flota para fijarse en lo que ocurra tierra adentro. Leuctra fue nuestra primera oportunidad y la aprovechamos. Ahora tenemos una segunda, Pelópidas no habría consentido que la perdiéramos. Hay que organizar levas, preparar armas, acumular bastimento. Una convocatoria general en Beocia y una llamada de auxilio a nuestros aliados. El verano que viene volveremos a entrar en el Peloponeso. —Cerró el puño—. Ahora la batalla no será en nuestra tierra. Será en la suya, a las puertas de Esparta. Y será la definitiva.

32

Mantinea

Tegea. Año 362 a. C.

Con el Batallón Sagrado repuesto de sus bajas, el ejército beocio entró en el Peloponeso. Previamente, Tebas había hecho un llamamiento a todos sus aliados para que se presentaran en la ciudad arcadia de Tegea. La petición consistía en un último esfuerzo, y el resultado que todos esperaban era la derrota final de Esparta.

La desventaja de esa llamada fue que llegó a oídos de los enemigos, de modo que los peloponesios que ahora volvían al redil espartano también se concentraron. Lo hicieron a cien estadios al norte de los beocios, en la ciudad que tanta ayuda había recibido de Tebas pero ahora se erigía en su enemiga: Mantinea.

Aparte de a sus aliados peloponesios, el reclamo de auxilio espartano viajó hasta Atenas. Y los atenienses, enojados aún por la triquiñuela de Pelópidas con su embajador Timágoras en Susa, y más todavía por el juego del gato y el ratón en el Egeo con la flota beocia, decidieron mandar a Mantinea un contingente de seis mil hoplitas y quinientos jinetes. Con este gesto quedaba firmada la extraña alianza entre quienes antaño fueron enemigos casi irreconciliables, solo puestos de acuerdo para combatir contra los persas más de un siglo antes. Esparta y Atenas unidas. Solo decirlo hacía que un velo de silencio se cayera sobre los beocios.

Tales preparativos depararon otra consecuencia de gran alcance: el rey Agesilao, enterado de que esta vez los beocios iban a por todas, dejó plantado a Ariobarzanes en su lucha contra Artajerjes, tomó a sus hombres y regresó a Grecia. El sátrapa rebelde, que no esperaba lo que él interpretó como la deserción de un espartano, fue incapaz de reaccionar, de modo que el Gran Rey aprovechó la ocasión, atacó a su antiguo consejero y amigo, lo hizo prisionero, le agradeció los servicios prestados y lo mandó crucificar.

El principio de la campaña estuvo plagado de momentos casi cómicos. Como la base espartana en Mantinea quedaba al norte de la beocia, Epaminondas decidió dirigirse a marchas forzadas hasta la misma Esparta. Lo hizo antes de que llegaran sus aliados tesalios y eubeos, y eso le restó confianza para entrar en la ciudad sin murallas porque Agesilao, muy diligente, se había adelantado con parte de su ejército para proteger la capital. Lo cierto fue que Prómaco recordó a Epaminondas que la única derrota que había sufrido el difunto Pelópidas había sido precisamente por no aguardar refuerzos, por precipitarse y por mostrarse soberbio en Elatea. Epaminondas reconoció su error y regresó a Tegea, adonde acababan de llegar los últimos aliados. Nada más entrar en la ciudad, organizó una reunión con los líderes de cada fuerza y anunció su intención de luchar esa misma tarde.

—Porque ahora ya no hay excusa. No se trata de precipitarse o dudar, ni de soberbia o precaución. Ahora es la necesidad de que Esparta sea derrotada. Del todo.

Tegea se desbordaba. El mayor contingente lo aportaba la Confederación Beocia, pero también habían acudido tres mil eubeos y otros tres mil mesenios. Estos últimos babeaban solo de pensar que iban a poder enfrentarse en falange contra sus antiguos amos. La también recién fundada Megalópolis había enviado un contingente más modesto, al igual que los locrios y sicionios, pero Argos, la proverbial enemiga de Esparta en el Peloponeso, había mandado nada menos que cinco mil hombres. Los tesalios, agradecidos con Tebas por haberles quitado de encima la presión de la tiranía, aportaban a sus eficaces jinetes en número de dos mil. En total, y sumados a los propios tegeatas, los hombres que iban a enfrentarse a Esparta pasaban de los veintiocho mil. Resultaba imposible mantener tantas bocas más allá de unos días.

—Agesilao se ha quedado con parte de los suyos en Esparta —dijo la Roca, que actuaba en calidad de *hiparco* y había recibido los informes de los exploradores—. Pero nos enfrentamos a no menos de seis *moras* de pelilargos.

Prómaco, a un lado de la mesa donde tenía lugar el consejo de guerra, se inclinó hacia delante.

—¿Dices que el Cojo no ha salido de Esparta?

—No. Agesilao está demasiado anciano, supongo. El viaje desde Persia lo habrá fatigado. —La Roca amagó una risa nerviosa—. Permanece en Esparta para organizar su defensa. El otro rey, Cleómenes, es solo un crío, así que al frente de los espartanos está un igual. Un tal Antícrates.

Prómaco perdió el color en el rostro.

—Antícrates...

Todos miraron al mestizo, aunque solo Epaminondas sabía qué relación le unía con aquel espartano. Presionó su brazo con suavidad.

—El destino abre sus puertas, Prómaco. Una detrás de otra. Tras la última le darás la razón a la voz del Ténaro.

«Al alcance de la mano.»

El estratego argivo se adelantó.

—Seis *moras* espartanas son mil ochocientos hombres. ¿Y el resto?

—Sobre todo mantineos y atenienses —contestó la Roca—. Los demás son eleos, aqueos y mercenarios de Siracusa. Los superamos en todo: infantería, caballería y peltastas. Lo bueno de esto es que ellos no han entrado en Mantinea, así que es más o menos fácil calcular su número. Pero ellos no saben cuántos somos nosotros.

Todos se permitieron un momento de optimismo. Veinte años atrás, aventajar en número a los espartanos no significaba nada. Ahora podía serlo todo.

—Esta vez acabaremos el trabajo —asentó Epaminondas—.

Me da igual lo que pase con los atenienses, los mantineos y los demás, pero quiero aniquilar a esas seis *moras* espartanas. Después de Leuctra, los que quedan en Esparta no pueden ser muchos más, así que esto firmará su sentencia. Formaremos como siempre, con el grueso en cincuenta filas de fondo y a la izquierda. El Batallón Sagrado vendrá con nosotros, y la caballería tesalia también. El resto, como de costumbre y atrasados. No tardaremos en romperlos, os lo juro por todos los dioses, y podréis cargar contra quien la suerte os haya puesto enfrente. Pero esta vez quiero que el flanqueo sea doble. —Fijó sus ojos en Prómaco—. Tus lanzas largas han demostrado que pueden hacer algo más que enfrentarse a otros peltastas. Hoy estarás en el ala derecha, con la caballería de la Roca. En cuanto el fregado empiece, les caerás de flanco. ¿Entendido, amigo mío? Quiero que entres en sus filas y llegues hasta el propio Antícrates. Solo te detendrás cuando me veas delante de ti y entre nosotros no haya ningún espartano vivo.

Tras consultar a los lugareños, Epaminondas había decidido que el lugar para el encuentro sería el valle entre Mantinea y Tegea, justo antes de llegar a un encinar que llamaban Pélago y en el que había un templo dedicado a Poseidón. Cuando el sol se hallaba en su cénit, envió a toda la caballería para tomar las colinas a ambos lados. Los tesalios en el flanco izquierdo y los beocios en el derecho. Después, en lugar de ordenar a la infantería que se dirigiera al lugar, aguardó. Aguardó y aguardó. Aguardó tanto que Prómaco corrió desde su columna de peltastas y se lo preguntó: ¿acaso no temía que el enemigo cayera sobre la caballería si la veían allí, abandonada sobre las colinas?

—No, no lo temo —contestó—. Ahora mismo, las caballerías tesalia y beocia son las mejores de Grecia. ¿Tú dividirías tu ejército para acudir a cada lado del valle y atacar a unos tipos a caballo capaces de alejarte de los tuyos y machacarte cuando te quedes solo?

Acertó, claro. Antes de media tarde, un par de jinetes regresó para anunciar que el enemigo había salido del bosque de Pélago en formación, como si esperaran el ataque en cualquier momento.

—Ocupan la franja más estrecha del valle —dijo uno de ellos. Y con gesto perplejo, añadió algo insólito—. Los espartanos renuncian a su ala derecha.

La sorpresa fue unánime. Desde que Esparta había impuesto su superioridad militar, siempre, en todos los enfrentamientos a los que había acudido durante siglos, los espartanos ocupaban el lugar de honor. Nadie jamás osaba siquiera proponer otra cosa. Ahora, sin embargo, eran los mantineos quienes se hallaban allí. Sus escudos dorados aún lucían el motivo que todas las ciudades arcadias habían pintado en ellos, con las letras alfa y ro en color negro. Cuando los jinetes beocios se lo contaron a Epaminondas, se le iluminaron los ojos. Si en Leuctra habían podido con los espartanos, incluidos los trescientos Caballeros que protegían al rey, ¿qué no harían ahora con esos desgraciados? Los exploradores siguieron con su informe:

—A continuación de los mantineos están los espartanos, que comparten el centro con eleos y aqueos. En su ala izquierda forman los atenienses. Han puesto caballería en los dos flancos.

Epaminondas cerró los ojos para imaginar la falange enemiga con sus pocas filas de profundidad.

—Bien. —Se volvió hacia Prómaco—. Reúnete con la Roca en la colina de la derecha. Tendréis enfrente a los atenienses, ya lo has oído. Ares ha querido que hoy tengas que combatir contra aquellos que en el pasado lucharon de tu lado. Pero te necesito allí.

Como respuesta, el mestizo se volvió y gritó a sus hombres la orden de marcha. Epaminondas volvió a repasar en aquella imagen mental la falange enemiga. Sonrió. Los estrategos de las diferentes ciudades escucharon con atención sus instrucciones. Él avanzaría con el Batallón Sagrado por la izquierda, en el masivo cuadro tebano de cincuenta escudos de fondo. A continuación, y hasta el extremo derecho, formarían los demás aliados en una falange ordinaria de ocho escudos de fondo, retrasados con respecto a los tebanos y aguardando hasta el final para chocar contra el enemigo. Puso cuidado de que los mesenios se situaran entre los beocios y los argivos, de modo que tuvieran enfrente a los espartanos.

—También me gustaría que cada uno de vosotros se dirigiera a sus conciudadanos antes de avanzar. Tegeatas, eubeos, tesalios, mesenios, sicionios, locrios, argivos... Decidles lo que yo diré a los beocios. Decidles que no somos inferiores a esos que hoy se enfrentan a nosotros, sino todo lo contrario. Nos hemos reunido pueblos de toda Grecia y, cuando eso sucede, no hay enemigo que nos resista. Recordad Troya. Recordad la invasión del persa. Pero no penséis, hermanos, que hoy venceremos solo porque nuestros antepasados vencieron. No es eso lo que esperan los dioses. Así pues, honremos a quienes ganaron la gloria hace siglos y demostremos que estamos dispuestos a imitarlos. Porque la guerra no la decide el prestigio. No se puede vivir de las victorias de nuestros abuelos. Si así fuera, los beocios no habríamos derrotado jamás a Esparta. Y ya hemos gustado ese manjar. Os digo, amigos, que no hay sabor más dulce y que hoy lo compartiremos con vosotros.

»He consultado los auspicios y los dioses están de nuestra parte. Lo han estado desde hace más de quince años, y por eso una larga lista de victorias avala nuestra razón. Somos más, somos mejores y nuestra causa es más justa. Recordad ahora los agravios que los espartanos os han causado, los que causaron a vuestros padres y a vuestros abuelos. A partir de hoy nos espera una Grecia sin *harmostas* ni guarniciones extranjeras. —Miró al estratego mesenio—. Nadie tendrá que temer que unos monstruos de larga melena lleguen en plena noche para llevarse a sus hijos y convertirlos en esclavos. —Se dirigió al resto de los líderes—. No será ya necesario que velemos para que una potencia ajena no derroque nuestras democracias e imponga a sus partidarios podridos de dinero, ansiosos de tiranizarnos. Ni tendremos que servir a una raza soberbia que nos involucra en sus guerras de conquista y nos obliga a luchar contra quienes jamás nos agraviaron y solo defienden su libertad. Pero, sobre todo, es hoy donde terminan nuestras fatigas. ¿Alguno de vosotros ha vivido un estío en el que su única preocupación fuera la cosecha del grano? Si hoy ganamos a nuestros enemigos, el verano dejará de ser esa estación en la que el trigo se pudre porque no hay nadie que lo recoja; en la que hay que secar las lágrimas de los hijos, despedirse de las esposas y poner la vida en manos de un dios. Si alguno de vosotros considera que la justicia o la gloria no son suficientes razones para esforzarse hoy a cada paso, pensad en la paz y en la libertad como vuestras recompensas.

»De lo que quiero que convenzáis a vuestros hombres, pues, es de que el triunfo de hoy no solo es posible, sino inevitable. Para los que estamos alejados de nuestras ciudades no hay otro remedio; habremos de buscar la salvación en nuestro coraje y en nuestras lanzas, pues terrible sería que quedáramos a merced del enemigo y que este nos diera caza como a liebres asustadas a lo largo del Peloponeso, o que nos emboscara en el istmo o nos rematara en el Ática. Por otro lado, quienes os halláis cerca de vuestra tierra lograréis con la victoria que el peligro se esfume del futuro. Y si unos pagaríamos con la muerte la deshonrosa fuga, otros tendríais que acarrear la vergüenza si soltarais el escudo ante el enemigo, pues los ojos de vuestras familias están puestos sobre todos nosotros. Y para nosotros será el agradecimiento o la culpa de que el resto de sus vidas sean libres, o bien de que no exista ese resto de sus vidas.

»Ahora pensad en la ciudad sometida a la irresistible humillación de un tirano y sus adláteres. Imaginad que esa ciudad es la vuestra. Pero no la tuya, o la tuya, o la de ese de ahí. La de todos nosotros, hermanos, griegos todos. Y sabed que la tiranía de esos pocos hace crecer el ánimo en los corazones de los hombres que añoramos la libertad, y tras reunirnos y poner en común nuestro esfuerzo, hemos descubierto que juntos somos más y mejores que esos pocos. Enfrente tenemos las lambdas que nos han oprimido por generaciones. A sus pies, nuestra libertad. En nuestras manos, acabar con la tiranía de Esparta para siempre.

»Os he hablado antes de la cosecha del trigo. Bien, hermanos, eso es lo que vamos a hacer ahora. El odio que los espartanos han sembrado durante siglos da sus frutos hoy. Venid conmigo y cosechad.

Prómaco recorrió las filas de sus hombres, agazapados entre robles y encinas. Comprobaba peltas y barboquejos, llamaba a algunos por sus nombres y animaba a los que veía más pálidos. Les recordó la consigna del día:

—Zeus salvador y Ares homicida.

Delante de ellos, piafando junto a los árboles, los caballos aguardaban impacientes. Y abajo, en el centro del valle, el polemarca espartano llevaba a cabo el sacrificio ritual.

Antícrates.

Prómaco desenfundó el *kopis* por décima vez y comprobó su filo. Volvió a envainarlo. Se frotó las manos.

«Hoy es el día —se repetía—. Hoy es el día.»

—Llegan los nuestros.

Se volvió a la izquierda. Ni siquiera había oído los cantos, pero los tenía ahí, apenas a dos estadios de la formación enemiga. Al otro lado del valle, el macizo cuadro tebano, como en Leuctra. Una masa de escudos blancos decorados con la maza de Heracles. Ellos siguieron marchando con pisotones del pie izquierdo y al ritmo del peán. Los demás frenaron en una línea recta a lo ancho del valle. Justo al otro lado, sobre la colina de enfrente, el bosque ocultaba a la numerosa caballería tesalia.

En el lado espartano, más cercano, empezó a sonar el himno a Cástor. Alguien se llevaba a rastras el animal que Antícrates había degollado en honor de Artemisa Agrótera. Prómaco observó la formación de lambdas, con las lanzas en vertical tras cada *aspís*. Algunos astiles temblaban. ¿Cómo era eso posible? Sonrió.

—Es más fácil cuando uno está convencido de que va a ganar.

Se oyó la orden de la Roca y la caballería beocia se adelantó despacio, esquivando los troncos y asomando al borde de la colina. Los cánticos se acercaban, se oían los gritos de los *enomotarcas* corrigiendo filas. Cuando el cuadro tebano se hallaba a medio estadio de los mantineos, ambos bandos abatieron las lanzas. Sin embargo, la mayor parte del ejército dirigido por Epaminondas continuaba lejos e inmóvil. Los peltastas enemigos salieron por entre las filas a la carrera.

—¡Atención! —avisó la Roca, que no apartaba la vista del

otro lado del valle para arrancar al mismo tiempo que los tesalios.

Prómaco tiró de la pelta que llevaba a la espalda. La boca como esparto. El corazón golpeando fuerte. «Nunca te acostumbras», solía decir Ifícrates.

Se oyeron trompetas en el ejército enemigo y sus jinetes se adelantaron al paso por ambos flancos. Prómaco se fijó en lo que tenía delante, por entre la maraña de robles y pezuñas. La caballería ateniense se preparaba. Los hombres calmaban a sus animales y se secaban la mano de la jabalina. Podía comprender su miedo. La fama de los jinetes tebanos se había extendido tras lo ocurrido en la Cabeza de perro. Allí, los guerreros montados de la Roca habían superado a los tesalios, y a los tesalios se les tenía como los mejores guerreros a caballo de toda Grecia.

—¡Venid, hijos de puta! —los desafió la Roca—. ¡Venid a morir!

Era imposible que lo oyeran, pero un nuevo toque de trompa enemiga respondió al reto del *hiparco* tebano. La caballería enemiga se lanzó al galope.

Epaminondas se halla en el extremo izquierdo, en cabeza del Batallón Sagrado. No puede dejar de pensarlo mientras avanza y la distancia con los peltastas enemigos se acorta: ese es el lugar de Pelópidas.

Pelópidas. ¿Serán capaces de vencer sin él?

El frente cambia. Las caballerías mantinea y laconia cargan contra la colina de la izquierda. Salen en masa, y enseguida se adelantan unos a otros. Al mismo tiempo, los peltastas enemigos empiezan a lanzar.

—¡Escudos arriba!

Los peltastas están acostumbrados a luchar contra otros peltastas, así que lanzan en cuanto llegan a la distancia óptima. Ahora lo que tienen delante son hombres sin proyectiles, con armamento pesado. Por eso se han acercado más. A la orden de Epaminondas, los escudos se han elevado y ahora las jabalinas rebotan o se quedan clavadas. Apenas hay unos cuantos heridos.

A la izquierda, una ola hace retumbar la tierra. Los dos mil jinetes tesalios bajan la colina dando alaridos. Hasta a los tebanos se les hiela la sangre. Epaminondas mira delante, a los peltastas laconios que se aprestan para una segunda descarga. El cuadro tebano avanza incólume, pero como suele ocurrir cuando se acerca el choque, los hombres caminan en silencio. El himno a Heracles ha sido sustituido por los jadeos, las voces de ánimo y los murmullos para comentar lo que ocurre. Epaminondas decide que eso también ha de cambiar.

—¡Cantaaaad! ¡Cantad al dios de la guerra, que hoy nos ofrece la sangre de nuestros enemigos!

El Batallón Sagrado da el pie para la melodía, que enseguida se extiende por el cuadro tebano:

Ares prepotente,
que combas los carros con tu peso,
de casco de oro,
portador de escudo,
salvador de ciudades.

Las jabalinas rebotan de nuevo contra la vanguardia tebana. Los peltastas laconios se miran, indecisos. Parecen lamentarse de que las cosas no sean como les enseñaron de pequeños, pero se dan la vuelta. Tras ellos, los hoplitas de Mantinea hacen lo que Esparta ha enseñado a los demás guerreros griegos durante siglos: mantienen la formación. Incluso mientras sus peltastas dan su trabajo por hecho y se retiran, colándose entre los escudos de los hoplitas hacia la retaguardia.

—¡Trabad escudos!

La falange tebana lanza un único rugido metálico cuando cada *aspís* se une al de al lado para formar una muralla de madera, bronce y cuero. Cuerpos encogidos, correas bien asidas. Las lanzas asoman sobre los bordes, las rodillas se doblan, los pies se afirman, los dientes se aprietan, los mantineos llegan. Diez codos de distancia. Epaminondas comprueba que todo va según lo acordado. Siete codos. Toma aire y lo guarda en el pecho. Cuatro codos.

El tiempo se congela cuando un mantineo, poseído por un

daimon, abandona la primera línea y salta hacia delante. Da un bote de lanza desde arriba que choca contra un *aspís* tebano. No existe mayor imprudencia. Al siguiente latido de corazón, tres puntas de hierro perforan su coraza de lino prensado. El desgraciado queda tendido en tierra de nadie, entre ambas vanguardias. Grita. Llama a su madre, se retuerce. Todas las miradas convergen sobre él. Se aterran los suyos y los otros mientras agoniza. Asisten a su gorgoteo cuando vomita sangre. Poco a poco, sus chillidos se apagan. Una leve convulsión antes de morir. En ese momento, los hombres asisten a lo que puede ocurrirles a ellos. A Epaminondas no le parece un buen presagio.

—¡Por Tebas!

Se desata la confusión. Los lanceros de la primera línea intercambian punzadas con sus enemigos de enfrente. Tímidos intentos primero, fuertes pinchazos conforme se impone la rabia. Es ese instante en el que las filas se ondulan, porque los más valientes se adelantan y los más apocados se echan atrás. Epaminondas deja que esos duelos previos al choque se cobren algunas víctimas. Pero sabe que no puede alargarlos más allá del punto en el que la sangre se enciende. Cuando los gritos pierden fuerza, decide arrollar al enemigo.

—¡Un paso más! ¡Es lo único que os pido, hermanos! ¡Un paso más!

Tebas obedece, y el choque es tan brutal como todos esperaban. Ese momento de pura fuerza animal es lo único que iguala a todos los griegos, sean de donde sean. En algunos puntos cede la vanguardia tebana. El avance del cuadro parece detenerse mientras los mantineos de las filas traseras empujan y se acumulan contra las espaldas de sus compañeros. Pero una falange de cincuenta filas no puede frenar ante otra de ocho. Si en el extremo de la formación mantinea anidó alguna vez la esperanza, ahora se disuelve en el *othismos*. Epaminondas empuja, como el resto de los cuatro mil tebanos. Ya nadie canta a Ares, pero las ofrendas al dios homicida se suceden. El Batallón Sagrado se adelanta, con lo que la vanguardia se comba. Los amantes se mueven con precisión total. Cada guerrero empuja con todas sus fuerzas, pero luego baja el escudo medio codo y tira una lanzada al adversario de enfrente. Los pies resbalan hasta que consiguen fijarse. Nuevo empujón, y ahora es el compañero de la segunda fila quien pincha por encima. Poco a poco, el cuadro tebano recupera su ritmo de marcha. Los mantineos caen heridos y mueren bajo la avalancha humana, o bien sus caras y cuellos resultan atravesados. Matar se convierte entonces en un trabajo parecido al de remar. No hay sitio para moverse salvo hacia delante, el remo es una lanza y el agua es la carne mantinea.

Prómaco mira a su izquierda.

Los peltastas enemigos que atacaban al cuadro tebano desaparecieron hace un rato, pero los demás siguen corriendo hasta la distancia de lanzamiento. Los hoplitas mesenios, argivos y los demás cierran filas. Vuelan los dardos en enjambre. Más allá, donde las colinas del otro lado, la polvareda indica que la caballería tesalia ha cerrado con la enemiga.

En este lado también hay lucha de jinetes. La Roca se mide con los atenienses en el flanco derecho y los peltastas se adelantan hasta el sitio que ocupaban los caballos hace un momento.

—¡Prómaco, allí!

El mestizo sigue el dedo de uno de sus hombres, que apunta abajo y al este. Algunos jinetes atenienses se separan de los suyos para esquivar a los hombres de la Roca y ahora rodean la colina. Es una maniobra difícil porque el terreno no es llano y está muy arbolado, pero mejor no correr riesgos.

—¡En cuadro!

Se han adiestrado para eso. Cuatro mil hombres se mueven entre los robles para crear cuatro filas con los lanceros y encerrar a los jabalineros. Los *enomotarcas* gritan, tiran de las peltas e insultan a sus subordinados. Antes de que los jinetes atenienses lleguen, la infantería ligera beocia es un animal enorme, impenetrable y erizado de hierro.

Los atenienses no saben cargar como los tebanos. Para ellos, la caballería sigue siendo una unidad de exploradores que, como mucho, puede abatir al enemigo vencido cuando se da a la fuga. Pero no sabe qué hacer ante una muralla de largas picas. Los animales se alzan de manos o chocan entre sí.

—¡Lanzaaaad!

Los jabalineros largan su andanada desde el centro del cuadro. Caen varios enemigos, y los demás evolucionan entre los robles y rodean el cuadro en busca de un punto débil. Un par de jinetes desesperados cargan contra el erizo de púas, aunque lo único que consiguen es sacrificar a sus caballos. Cuando caen, ellos también son rematados.

—¡Lanzaaaad!

La segunda salva consigue más blancos. Algunos enemigos se dan a la fuga. Prómaco, con una mueca de fiereza en el rostro, se da cuenta de que la situación está controlada. Se mueve por entre sus peltastas para conseguir una visión del campo de batalla. Delante, la caballería de la Roca pone en fuga al grueso de los jinetes de Atenas. Unos y otros pasan junto a la falange enemiga y cabalgan hacia el norte. El flanco de los atenienses ha quedado limpio.

—¡Avanzaaaaad!

Se transmite la orden entre lanzamientos dispersos de jabalinas. Apenas quedan ya jinetes tentando el cuadro de peltastas. Los hombres se desplazan sin apartar sus picas, como un cangrejo que mantuviera abiertas sus pinzas para destrozar al cazador. Prómaco empieza a bajar la colina.

Los mantineos no aguantan hasta la última fila. Cuando faltan cuatro para ser absorbidas por el cuadro tebano, su falange se cimbrea y algunos hombres se hacen un hueco marcha atrás. La fuga es irregular. En algunos puntos, los guerreros se apretujan como ovejas acosadas por los perros en la puerta del cercado. En el extremo, el Batallón Sagrado entra como cuchillo en tocino. En el resto del cuadro, los tebanos de las filas traseras están ansiosos por probar sangre, así que empujan sin control a los de delante, y estos intentan avanzar conservando intacta la línea. Los más templados con diferencia son los amantes del Batallón Sagrado. Sus filas presionan en profundidad con fuerza calculada. La suficiente para sumarla en toda la columna, pero no como para inutilizar al luchador de la primera fila. El *othismos* no es para el Batallón Sagrado ese momento de angustia interminable, sino un trámite previo a pinchar, chocar, empujar, pinchar de nuevo... Los hombres se relevan a intervalos estudiados, y nadie sale dando la espalda al enemigo ni entra sin clavar en carne mantinea. Por fin, el sector de enfrente se desmorona.

Epaminondas ve entonces lo que ocurre más allá. La caballería tesalia ha masacrado sin piedad a los jinetes laconios y mantineos, y ahora se ve una nube de polvo en dirección norte. Se produce un respiro cuando la vanguardia tebana se encuentra sin enemigos con los que batirse. Solo los de la esquina derecha continúan alerta, aunque la falange enemiga se mantiene fiel al estilo de lucha griego que impera desde hace siglos: nadie se adelanta. Nadie rompe la línea. Se mantiene la formación.

—¡Conversión! ¡Ahora!

Él mismo inicia el movimiento a la carrera. Tras él se desplaza todo el Batallón Sagrado, que ha ensayado el movimiento tantas veces que hasta resulta natural. Los amantes sobrepasan la anchura de la falange enemiga y marcan el lugar que será la nueva ala izquierda. El cuadro tebano, lento cual bestia del pasado, rellena el hueco pisando cadáveres mantineos. Como si la puerta del Olimpo, tan grande que solo Zeus y los titanes pueden moverla, girara sobre sus goznes, así la falange chirría. A lo ancho del valle, los aliados de Tebas reaccionan. Es la señal para avanzar. Los estrategos gritan, las flautas aceleran su ritmo. Los pocos peltastas enemigos que aún quedan en el campo no tienen por dónde huir. Corren despavoridos en un intento por salvar el pellejo.

Epaminondas pugna por calmar su respiración. Ya no es un crío. Ni siquiera se nota tan fresco como cuando Leuctra. Mientras sus hombres cierran los últimos huecos, se pregunta cuánto tiempo lleva luchando.

«Debería ser un anciano.»

Es como una revelación. Ahora, tan cerca del triunfo final, se da cuenta de que no se ha permitido envejecer. Ríe, y los hombres del Batallón Sagrado lo observan con extrañeza. Epaminondas mira delante. Ahora ve de frente el flanco izquierdo del resto de la falange mantinea.

«Desgraciados. Tienen la cabeza tan cuadrada que no son capaces de reaccionar y girar para dar la cara.»

—¡Avanzaaad!

El cuadro se mueve hacia el centro del enemigo. La victoria se acerca.

Prómaco también dirige la conversión desde el flanco derecho. Los últimos jinetes atenienses han decidido que no tienen nada que ganar y mucho que perder en aquel sitio apartado de su hogar, y se han dado a la fuga hacia el este, por las colinas y hacia el golfo Argólico.

—¡Jabalinas detrás!

Sus hombres responden con movimientos precisos y rápidos, aunque Prómaco calcula que tiene tiempo. A su izquierda, los hoplitas mesenios se acercan a buen paso a los espartanos, y en el resto de la línea también se aproxima el choque. En el extremo opuesto, el enorme cuadro tebano evoluciona de un modo difícil de interpretar.

«Les han tomado el flanco. Es el momento.»

Los atenienses tienen arqueros. Disparan desde las últimas filas por encima de su propia falange, en tiro parabólico. Las flechas no son buen negocio para un guerrero tan ligeramente equipado como un peltasta. Vienen demasiado rápido y casi no da tiempo a cubrirse con la pelta. Los hombres de vanguardia empiezan a lanzar quejidos, dos o tres caen.

—¡Cerrad filas!

Hay varias bajas antes de que consigan reducir el blanco, pero Prómaco les ha ordenado presentar un frente de cincuenta lanzas. Ve que los atenienses responden bien, repartiéndose para encararlos sin descuidar su frente. Prómaco observa los escudos de los hoplitas aliados más cercanos. Son negros, con palomas blancas pintadas. Sicionios. Esos van a chocar cara a cara con los atenienses. Calcula su ritmo para que el ataque a dos bandas sea simultáneo, pero una nueva andanada de flechas le obliga a encogerse. Mira a su alrededor. El goteo de bajas es continuo. Ve a sus jabalineros atrasados, rodilla en tierra en un intento por protegerse de la lluvia de puntas enemigas. Si siguen así, sus peltastas estarán muy tocados cuando los sicionios entablen combate. Toma una decisión.

—¡Jabalinas, conmigo!

Sale corriendo hacia los atenienses *kopis* en mano. Los hombres que no llevan lanza pasan por entre los que sí la llevan. Corren deprisa porque delante del enemigo hay un espacio seguro donde no caen flechas. Todos han entendido lo que Prómaco pretende. Los hoplitas de Atenas, con la letra alfa bien visible en negro sobre cada *aspís* amarillo, traban escudos. Pero no entran en contacto con ellos. A diez cuerpos de la falange, Prómaco hace un gesto fiero con la espada hacia delante. Sus jabalineros lanzan sobre las cabezas de la vanguardia.

Entonces un ateniense de la primera línea se adelanta. Es un muchacho cuya barba apenas despunta. Corre con el pesado escudo a cuestas y se dirige hacia Prómaco. Ha adivinado que es quien lidera a los peltastas y pretende ganar gloria a su costa. Los demás atenienses gritan. Insultan a su compañero y le exigen que regrese a la fila. Prómaco flexiona las piernas. Alguien que se separa de la falange para atacar por su cuenta solo puede ser un loco o un novato. Ambas clases de suicida son fáciles de derrotar.

El ateniense pincha sin frenarse, aprovechando la velocidad de su carrera. Prómaco hurta el cuerpo y, al tiempo, golpea con la pelta en el astil de la lanza. El muchacho pasa llevado por la inercia mientras el mestizo gira sobre sí mismo y mete el hombro a fondo. El *kopis* penetra en la coraza de cuero cocido bajo el omoplato derecho. Entrar y salir. El hoplita suelta la lanza, se vuelve. Su cara está petrificada. Arquea el cuerpo hacia atrás, atormentado por el dolor. Prómaco acaba con su sufrimiento de un súbito pinchazo descendente, justo entre el cuello y el hombro.

Los jabalineros disparan la tercera andanada y la lluvia de flechas se detiene. Los hoplitas atenienses se gritan unos a otros para mantener la falange con dos frentes. Los sicionios llegan. Abaten lanzas. El choque a lo ancho de todo el valle se va a producir. Prómaco levanta el *kopis* manchado de sangre ateniense. Se dirige a sus lanceros.

—¡Atacaaaaad!

El cuadro tebano arrasa el flanco mantineo. Los escudos adornados con alfas y ros yacen por docenas abandonados mientras el Batallón Sagrado, guiado por Epaminondas, se separa del resto para tomar la retaguardia a los espartanos. El griterío es espantoso, y entre los chillidos de dolor y las maldiciones pueden oírse las órdenes contradictorias. «¡Atended al frente!» «¡No, vienen por la derecha!» «¡Cuidado por detrás!»

Epaminondas ríe satisfecho. El desconcierto es tal que sus enemigos ancestrales, curtidos en mil batallas, los mejores soldados de toda Grecia durante siglos, no saben qué hacer. Observa un remedo de conversión a la derecha antes de que el cuadro masivo de Tebas aniquile a los pocos mantineos que se han atrevido a quedarse. Los demás beocios llegan al mismo tiempo y empiezan a evolucionar para unirse al ataque de flanco. Tespios, orcomenios, tanagreos... Dos mil hombres más para devorar la carroña espartana. Por el frente, los mesenios llegan al choque con un estruendo de venganza contenida. Y más hacia el oeste, los argivos entran en contacto con los eleos, los eubeos con los aqueos, los sicionios y los locrios con los atenienses. En ese momento Ares debe de relamerse en las alturas olímpicas, porque las almas abandonan los cuerpos mutilados por cientos, por millares. Epaminondas ve las lambdas con claridad. Una *mora* entera se le opone y, aun con toda la ventaja de que goza, la sola visión de ese símbolo le eriza el vello. La confusión está servida. Los hoplitas llegan desde cualquier dirección, estorban y se ven obligados a girar sobre sus pies o a trazar curvas que deshacen las falanges. La antigua guerra de líneas rectas ha muerto.

—¡Zeus salvador! —grita.

—¡¡Ares homicida!! —responden miles de bocas.

Y la matanza sigue. El Batallón Sagrado culmina su rodeo y se abalanza contra la retaguardia enemiga, que se acaba de volver en un intento desesperado por evitar el colapso. Epaminondas choca con un espartano y el compañero de su derecha también. El Batallón Sagrado se sumerge en un segundo *othismos*, y el resto del cuadro tebano se le une enseguida. Los hombres se relevan en toda la falange, pero él no. Epaminondas no quiere irse de la vanguardia. Arroja su peso contra el enemigo de enfrente y boquea mientras el compañero de la segunda fila lo comprime contra la concavidad del *aspís*. Su lanza se desliza sobre los filos de los escudos y perfora el ojo del enemigo, que cae. Otro lo sustituye, pero un miembro del Batallón Sagrado le abre el muslo de un espadazo. Epaminondas da un paso más. Siempre es un paso más. Y otro. ¿Se acaba alguna vez? Los espartanos reculan ante la potencia irresistible que los supera. Hacia la tercera fila enemiga se oye una voz recia que no deja de dar órdenes. No lo hace con nerviosismo, sino con calculada eficiencia.

—¡Isanor, pasa tu lanza! ¡Flanco izquierdo, atención a la retaguardia! ¡Licas, date la vuelta! ¡¡Licas, obedece!!

El desastre no tarda en producirse. Tal vez por primera vez en toda la historia de Esparta, sus guerreros dejan caer los escudos en masa y escapan. Y como no pueden hacerlo a través de los enemigos, corren atropellando a sus propios aliados eleos. La última *mora* se desintegra entre los que huyen y los que mueren. En un momento pasan de quinientos a cuatrocientos, y nada más relevarse los mesenios en su *othismos* frontal, quedan en trescientos. Cuando los cadáveres estorban tanto que no pueden moverse sin resbalar, el número de resistentes baja dramáticamente hasta doscientos. Doscientos pelilargos que resisten en círculo, héroes de Esparta con los escudos en perfecta trabazón. Muchos de ellos han perdido hasta los *xyphos* que usan para pinchar en corto. Último relevo tebano, se redobla la presión de un *othismos* desproporcionado en el que cada espartano ha de soportar el empuje de decenas. Los que ya no pueden más se dejan caer, incapaces sus piernas de soportarlos. Otros se escurren entre la montonera de cadáveres o saltan contra los escudos pintados con el león del Batallón Sagrado. O, encogidos y con las manos tapándose los oídos, gritan, lloran y se cuelan en la falange elea. Apenas quedan cincuenta espartanos en pie y, sin que nadie lo ordene, los miles de beocios y mesenios que los rodean se detienen. Es un respiro en la matanza, causado por el propio Ares hecho horror. A los pies de los supervivientes, una alfombra de cuerpos ensangrentados, escudos desgajados, lanzas rotas, miembros convulsos.

Epaminondas siente que las arterias van a reventar. El aire casi no llega a sus pulmones. Se pregunta si debe continuar. A su lado, los amantes también dudan. Y en la vanguardia del cuadro tebano hay muecas de aprensión. Incluso los mesenios se retienen, estupefactos por el valor de sus antiguos y odiados amos. Epaminondas moquea y sangra por cien rasguños. Su hombro izquierdo está dormido y el sudor casi no le deja ver. Se da cuenta de que su lanza está destrozada, y se pregunta desde hace cuánto. Arroja el palo inservible, desenfunda la espada. Apunta hacia el último reducto de la potencia que ha dirigido los destinos de Grecia a golpe de látigo. Se dispone a lanzar la orden final cuando las palabras se le hielan en la garganta.

Delante de él, al mando de esos valientes, está Antícrates. Lo reconoce por su porte magnífico y por la cimera que lo identifica como polemarca espartano. Aguarda impecable, con el *aspís* por delante y la lanza sujeta a la altura del rostro. Junto a él, entre los demás espartanos, un hombre que no lo es.

—Menéclidas.

Está ahí, sosteniendo un escudo que lleva una lambda pintada. Con los ojos muy abiertos, casi desorbitados. Él, que juraba matar a cuantos espartanos se cruzaran en su camino. De pronto sus miradas se cruzan. El Amo de la Colina muestra los dientes a través de los labios temblorosos. Da un codazo a Antícrates y, cuando consigue su atención, señala con la barbilla hacia el líder del ejército que está a punto de derrotarlos. Lo que dice se escucha a la perfección en el respetuoso silencio que ahora guardan los vencedores:

—¡Ese es Epaminondas! ¡Ese es el causante de todo!

Prómaco sabe que nunca nadie volverá a despreciar a los peltastas. Ningún hoplita cargado con hierro y bronce se reirá jamás de esos tipos vestidos con piel de zorro que embrazan escudos de mimbre y cuero. Sus hombres son una auténtica falange, en línea contra los atenienses; orgullosos, conscientes de su empuje. Sus lanzas son tan largas que mantienen alejados a los enemigos, y estos se ven obligados a retroceder porque no son capaces de frenar todos los pinchazos.

Los sicionios también han chocado contra los atenienses por el frente, pero ellos sostienen el clásico *othismos*, fuerza bruta enfrentada tras los escudos, a puro empujón antes de que una de las dos partes ceda. Los peltastas de Prómaco, sin embargo, guardan la formación con el enemigo bien a la vista. La pelta sujeta al brazo con las correas y las dos manos aferrando el largo astil. El erizo de puntas por delante, tan sólido que los hombres se sienten seguros. Tal y como ensayaron tras los muros de Tebas, las *enomotías* avanzan por turnos. Cuatro hombres se adelantan un paso y pinchan sobre las alfas atenienses. Los cuatro siguientes los imitan. Y después otros cuatro. Los hoplitas enemigos, impotentes, empiezan a flojear. Aparecen huecos. Prómaco, armado con su *kopis*, no puede meterse en ese bosque de madera y hierro. Corre por detrás de sus hombres y desemboca en lo que antes era la retaguardia enemiga. Observa el panorama.

Miles de mantineos corren en pequeños grupos o en solitario para refugiarse en el bosque de Pélago. Algunos heridos se arrastran. Al nordeste se adivina una polvareda que tal vez provoque la caballería de la Roca. De los jinetes tesalios no hay rastro. Entonces ve algo inaudito:

Varios espartanos brotan de las filas traseras de los eleos. Sus quitones rojos, sus barbas incompletas, sus trenzas son inconfundibles. Huyen. Sin vergüenza alguna. Desarmados.

«Vuelve con tu escudo o sobre él.» Esa es la famosa frase, ¿no?

—Verdaderamente es el fin de Esparta —se dice Prómaco.

Mira hacia el oeste, más allá de la desbandada de los pelilargos. El cuadro tebano sobresale y viene en su dirección. Y más acá, el Batallón Sagrado ha conseguido rodear al enemigo y lo acosa desde su retaguardia. Recuerda cuál fue la orden de Epaminondas. «Solo te detendrás cuando me veas delante de ti y entre nosotros no haya ningún espartano vivo.»

La falange ateniense se quiebra en ese momento. Prómaco ordena a sus hombres que mantengan la posición mientras miles de atenienses corren. Como una piedrecita que arrastrara a otra, y esta a otras dos, y esas a tres más, y finalmente toda la montaña se derrumbara en un alud, los aliados de Esparta retroceden. Los aqueos lo hacen en cierto orden, pero los eleos, rotos por los propios espartanos, corren como si los persiguiera el jabalí de Calidón. Prómaco se vuelve a sus hombres. Ahora hay que culminar el trabajo, antes de lanzarse en persecución de los huidos.

—¡Al centro!

Da ejemplo corriendo hacia donde se encuentra la última resistencia espartana. Se cruza con argivos y locrios que, ávidos de botín o de sangre, hostigan a los fugados, y con eubeos que se reagrupan para acometer a los aqueos. La batalla se ha deshecho en múltiples escaramuzas con los que se niegan a huir y persecuciones de quienes sí lo hacen. Y en el centro del valle, solo medio centenar de pelilargos rodeados por beocios y mesenios por sur, oeste y norte. Ahora, cuando Prómaco se plante allí, los encerrarán.

Pero no llegan a tiempo. Los cincuenta espartanos supervivientes se retiran en orden hacia el único hueco que tienen, donde antes estaban sus aliados eleos. Se mueven sin dar la espalda al enemigo. Hay un conato de persecución por parte de los mesenios, pero los pelilargos se defienden encarnizadamente. Lanzan golpes desde todas partes mientras retroceden, así que no se ven sometidos a la presión del *othismos*. En cuanto encuentran vía libre al norte, ejecutan una variación perfecta y salen del campo rumbo al bosque de Pélago. Su movimiento deja un reguero de mesenios muertos y heridos, así que estos detienen el acoso. Además, a medio estadio hacia el norte, en los límites del encinar, muchos de los fugados paran, se reagrupan y forman nuevas falanges. Sus jefes saben que la única forma de sobrevivir a una derrota es la retirada en orden, y ahora se desgañitan mientras cubren huecos y llaman a los desertores. Los atenienses se mezclan con los eleos y se acercan a sus aliados aqueos. Los restos de la fuerza espartana llegan hasta sus amigos y son tragados por ellos. Prómaco corre hacia el cuadro tebano. ¿Por qué los amantes no han rematado a los supervivientes espartanos? ¿Y por qué Epaminondas no da la orden a todo el ejército de formar de nuevo? Cuando se acerca, ve a los miembros del Batallón Sagrado quietos, con la vista puesta en el suelo. Como si sus enemigos no se hallaran a medio estadio.

Y entonces ve a Epaminondas.

La Roca cabalgaba por el borde oriental del valle, junto a la falda de las colinas. Sus hombres habían derrotado a los jinetes atenienses y los habían perseguido hasta Mantinea. Casi al mismo tiempo, los restos de la caballería laconia también se refugiaban allí desde el flanco izquierdo, perseguidos de cerca por los tesalios. Ni estos ni los beocios se acercaron a las murallas por miedo a los arqueros, pero aguardaron un tiempo prudencial para que la caballería enemiga no pudiera influir en la batalla. Ahora regresaban.

Lo primero que vio la Roca fue los restos del ejército enemigo, agrupado en el bosque de Pélago. Mandó a sus hombres que lo evitaran. Que la caballería atacara a los hoplitas en un encinar era una imprudencia. Además, ¿por qué los suyos no se movían? Estaban allí, donde antes formaban los enemigos. Y ni siquiera se hallaban en formación de combate. Se dirigió al galope hacia donde se agrupaban las mazas de Heracles y los leones del Batallón Sagrado. Había un claro entre la multitud. Refrenó a su montura y descabalgó.

—¡Epaminondas! ¿Dónde está Epaminondas?

Le abrieron paso. La Roca vio a Prómaco en cuclillas, con las manos tapándose los ojos. Tras él, los amantes del Batallón Sagrado habían dejado los escudos contra las rodillas y sostenían los yelmos en la mano. Uno de los médicos del ejército beocio se inclinaba sobre un cuerpo. Comprimía su pecho y negaba con la cabeza.

Epaminondas tosió. Prómaco reaccionó y puso una mano tras su nuca. La Roca llegó hasta allí y lo comprendió todo.

—Antí... crates. Ha sido... Antícrates.

—Ese perro... —mascculló Prómaco.

—Ha hecho lo que... debía. —Epaminondas se interrumpió cuando lo asaltó un ataque de tos. El médico taponaba una brecha de medio palmo, así que la sangre se le escurría entre los dedos. La Roca lo interrogó con la mirada.

—La herida es profunda. Además de por fuera, creo que sangra por dentro.

El *hiparco* se derrumbó. Se sentó en el suelo y abrazó sus rodillas como un crío. El estratego mesenio se le acercó.

—Debes sustituirle. Alguien tiene que dirigirnos.

Prómaco, ajeno a aquel problema, se inclinó sobre Epaminondas cuando la tos remitió.

—Hemos vencido, amigo. Como tú querías.

—Bien. —Su rostro adquiría palidez por momentos—. Está hecho, Prómaco. Ahora podrás ir... a Esparta y buscarla. Cumple tu destino.

El mestizo bajó la cabeza para que Epaminondas no lo viera llorar. El estratego mesenio se acercó.

—¿Qué hacemos? El enemigo se reagrupa. ¿Los atacamos? ¿Avanzamos hacia Esparta?

Epaminondas boqueó, pero un silbido siniestro escapó de su boca. No contestó al mesenio, sino que siguió hablando a Prómaco.

—No... Tú... no los has visto. Ahí plantados. Vencidos, medio muertos... Esparta está acabada. Ha acabado aquí. —Se llevó la mano al pecho, sobre la del médico que a duras penas contenía la hemorragia—. Dejadlos ir. Haced la paz... con todos los griegos. Paz, Prómaco... Paz.

El mestizo le puso la mano en la mejilla llena de sudor, polvo y sangre.

—Alguien tiene que parar, ¿eh? Y como siempre, seremos nosotros.

Epaminondas sonrió. De pronto parecía tan viejo...

—Sí, Prómaco... Lo has entendido. —Levantó una mano temblorosa que el mestizo se apresuró a apretar—. Solo un último detalle... —Gimió entre dientes—. Menéclidas.

—¿Qué? —El mestizo miró al médico, como si esperara que este le diagnosticase un delirio a las puertas del Hades—. ¿Menéclidas? ¿Qué tiene él que ver...?

—Menéclidas estaba aquí, con ellos... Con Antícrates...

Uno de los amantes del Batallón Sagrado se acercó, aunque guardó una distancia de respeto.

—Todos lo hemos visto. Menéclidas ha sido quien ha dicho su nombre. Él se lo ha señalado al polemarca espartano. Es como si su único objetivo fuera matar a Epaminondas.

Otro tebano lo confirmó.

—Sí, era Menéclidas. Vestido como un pelilargo, pero era él.

Algunos más se adelantaron para unir sus voces. Prómaco

se mordió el labio. ¿Cuántas veces había tenido en su mano cortar el cuello a ese perro?

—Si se firma la paz definitiva, solo habrá un lugar en el que Menéclidas pueda esconderse.

—Ni siquiera allí... después de hoy. —Una súbita convulsión conmovió el cuerpo del hombre que había llevado a Tebas al triunfo—. Así que ve, Prómaco. Encuéntralo en Esparta... A él y a ella. Resuelve... nuestros errores. En Esparta... encontrarás todas las respuestas. Zeus, Apolo, Atenea...

Sus ojos se pusieron en blanco. Prómaco apartó la mirada, lo mismo que los amantes del Batallón Sagrado, los hoplitas tebanos, los peltastas, los mesenios... La Roca se echó a llorar como un niño, y hasta el cielo pareció oscurecer.

33

Amor verdadero

Esparta. Año 362 a. C.

La Roca tomó el relevo de Epaminondas y, en cumplimiento de su última voluntad, se reunió con el polemarca espartano Antícrates. Acordaron una tregua de un día en igualdad de condiciones, cada uno solicitó la recogida de los muertos propios y ambos bandos erigieron trofeos en el campo, como si los dos hubieran ganado la batalla. El resultado había sido claramente favorable a Tebas y sus aliados, pero de esta forma se concluía con la hostilidad. Solo había algo realmente importante, y era que cualquier esperanza de que la hegemonía espartana resurgiera había muerto allí, cerca de Mantinea.

El cadáver de Epaminondas emprendió viaje de regreso a Tebas, donde sería enterrado con todos los honores posibles y más aún. La mayor parte del ejército beocio lo acompañó, y las fuerzas aliadas también dieron por concluida la campaña. La Roca se quedó en Tegea por unas semanas para organizar las nuevas relaciones con la dividida liga arcadia. Una sucesión de equilibrios que evitara la hostilidad con Atenas y que permitiera la supervivencia de las dos ciudades fundadas por Epaminondas en el Peloponeso: Mesene y Megalópolis. Pero la Roca era un guerrero, no un político, así que dejó traslucir su inseguridad, acrecentada por el golpe que había supuesto la muerte de Epaminondas. Pidió a Prómaco que se quedara con él y le encomendó una misión fundamental.

—Esta vez no necesitarás armas. Se trata de que vayas a Esparta y negocies un acuerdo de paz duradero. Conoces nuestras exigencias. No cedas en ellas pero tampoco las lleves más allá. Lo único que precisamos es una muestra de buena voluntad que nos sirva con Atenas y con los arcadios discrepantes.

La ocasión era única. Y unos pocos años antes, ni siquiera lo habría dudado. Se mordió el labio mientras pensaba que sus palabras seguramente seguían resonando en el templo de Heracles en Cinosargo, en Atenas: «Llegaré hasta Veleka pese a todo y pese a todos.» Pero todo y todos le habían enseñado que no siempre había que darse prioridad a sí mismo.

—¿Estás seguro, Pamenes, de que quieres que vaya yo? Hay tebanos más capacitados para...

—Tú eres ciudadano de Tebas, Prómaco. Has estado en Esparta y vivido en el centro de todo lo trascendental que nos ha ocurrido en los últimos años. Yo no soy Epaminondas, así que no puedo darte consejos sobre la naturaleza de los hombres o la política. Tampoco soy Pelópidas, de modo que no te hablaré de gloria ni de venganzas inducidas por los dioses olímpicos. Solo soy Pamenes. Me llaman la Roca por lo duro que tengo el cráneo, ¿sabes? Serás tan buen embajador como cualquier otro.

Prómaco salió para Esparta al día siguiente con una rama de olivo de la que colgaban dos hebras de lana. La Roca puso a tres esclavos a su servicio y un tegeata lo acompañó hasta el límite con Laconia. El mestizo viajaba sin equipo militar, vestido con un sencillo quitón blanco y un pétaso bien calado. En calidad de heraldo tebano, ni debía temer ni debía hacer que le temieran.

En cuanto alcanzó los pasos de montaña, se arrepintió de no llevar armas. Lo que restaba de viaje no se prometía tranquilo: Arcadia y Laconia se habían convertido en un hervidero de bandoleros, tal como le contaron los primeros viajeros con los que se cruzó. Estos viajaban en un gran grupo y armados. Por lo visto, muchos de los mercenarios que Esparta había contratado para la última campaña se dedicaban ahora a campar cerca de las montañas y a asaltar granjas. Los pocos hombres con capacidad de combatir se habían concentrado en la capital para protegerla de un posible ataque tebano, y la anarquía reinaba desde el mar hasta los límites con Mesenia.

Prómaco puso en juego todo lo que sabía acerca de viajar por rutas montañosas. Aquello era un laberinto de desfiladeros, valles angostos y barrancos, y a trechos podían verse las huellas del caos que devastaba la región. Resultaba entre gracioso y triste pensarlo cuando llegaron a la Esquirítide, en el curso alto del Éurotas. Aquella era la tierra de la que los espartanos habían sacado desde muchos años atrás a sus periecos exploradores de montaña. Ahora, los *esquiritas* eran pastores de cabras que vigilaban el paso de la comitiva desde las alturas, tan interesados en la situación espartana como en la que pudieran tener los súbditos del Gran Rey en las orillas del Indo. En Selasia, uno de los esclavos juró que prefería morir a continuar la marcha, así que Prómaco le dio permiso para volver. Dos estadios más al sur, un mocoso de unos quince años les salió al paso con una hoz y exigió un óbolo por continuar. Desde el borde del camino se asomaban algunos otros críos, más cautos que decididos. Prómaco los echó a pedradas.

Conforme se acercaba a Esparta, Prómaco cobraba conciencia de que su destino también se aproximaba. Hasta saboreaba la posibilidad de encontrarla. De tenerla ante sí, en carne y hueso. Y en ese caso, ¿lo reconocería Veleka? ¿Habría cambiado ella?

«Claro que sí. Todos hemos cambiado.»

Para ahogar aquella emoción creciente se obligaba a recordar los términos de su embajada, pero no lograba hacerlo largo tiempo. En su mente se apelotonaban las dudas. Preguntas que tal vez ella le haría cuando por fin se miraran a los ojos. La imaginaba decepcionada, tan joven y rubia como la había conocido. Y oía su voz, cristalina como entonces: «¿Por qué no viniste antes, Prómaco?» Él intentaba convencerse de que había mil razones.

«¿O son mil excusas?»

En Esparta los recibieron centinelas armados que hacían las veces de muralla. Todos jovencísimos. Seguramente, en otro tiempo, muchachos como esos estarían todavía sumergidos en la intensa instrucción militar espartana, la *agogé*. Ahora la patria dependía de ellos. Observaron el caduceo de Prómaco con prevención y haciéndose los veteranos.

—Síguenos, extranjero —le ordenaron en un dorio áspero.

Lo condujeron hacia la gigantesca ágora de la ciudad, donde unos años antes Epaminondas, Filidas, él mismo y otros cuantos tebanos habían encajado la lluvia de insultos de una Esparta mucho más orgullosa. Ahora el lugar estaba vacío. Se veían pocos ilotas por la calle, y a Prómaco le pareció que ya no andaban tan encogidos como antaño. Los esclavos y el asno tuvieron que quedarse fuera, junto al templo de Artemisa Cazadora. A Prómaco le hicieron aguardar en el pórtico Pérsico. Por lo visto, la manía de impresionar a los visitantes con las glorias pasadas de Esparta era más una costumbre que un medio de intimidación premeditado.

El sol bajó y el aire que soplaba desde el Taigeto se volvió frío. Prómaco, sentado en la escalinata, repasaba una y otra vez las palabras que repetiría a quien tuviera a bien escucharle. Por fin, cuando atardecía, un pequeño grupo se acercó desde la sede de los éforos, al oeste del ágora. El mestizo se levantó y agitó las piernas para devolverles la circulación, pero se congeló cuando vio quién componía el comité de bienvenida.

Antícrates, *aspís* embrazado y lanza en mano, era el jefe de la escolta del rey Agesilao. Otros seis iguales, seguramente Caballeros y con toda probabilidad supervivientes de la última resistencia espartana en Mantinea, lo acompañaban. En cuanto al rey, ya no cojeaba tan ostensiblemente como la última vez que Prómaco lo había visto, pero seguramente sería porque las dos piernas le respondían igual de mal. El rey espartano parecía recubierto de cuero en lugar de piel, y sus ojos habían adquirido una claridad acuosa. Tras el grupo espartano, algo rezagado, venía Menéclidas.

—Hemos interrogado a tus esclavos. —Fue el saludo de Antícrates. Prómaco tardó un poco en abandonar el estupor. Tenía que decir algo. Intentó recordar las instrucciones de la Roca. Ni muy suave ni muy fuerte. Pero ¿qué importaba? Aquel espartano que tenía delante era el hombre al que más había buscado en su vida, y ahora se ponía al alcance de su mano. Lo observó con detenimiento. Aparte de algunas cicatrices y el tono gris del cabello en las sienes, Antícrates había cambiado poco a lo largo de aquel tiempo. Él también lo miró fijamente y sus ojos se iluminaron—. Un momento. Nos conocemos, ¿verdad?

—Nos conocemos, sí.

—Cierto, cierto... Nos vimos una vez en Tebas y otra aquí mismo, antes de Leuctra.

—Te olvidas de nuestro primer encuentro. Quisiste hacer negocios conmigo.

Antícrates se envaró.

—¿Cómo dices, extranjero? Los espartanos no negociamos.

—Ya. —Prómaco contempló al rey Agesilao, el Cojo. Tomó aire y evitó a Menéclidas—. Pero será mejor que cumpla mi misión. Me llamo...

—Sabemos tu nombre —le interrumpió Antícrates—. Eres Prómaco, tracio y buscavidas. Cuando tus esclavos nos lo han dicho, mi amigo Menéclidas ha insistido en verte. Dice que tiene cuentas que ajustar contigo.

—Todos tenemos cuentas que ajustar, espartano.

Antícrates apretó la lanza y Prómaco advirtió el suave cambio en la actitud de los demás iguales. A una sola orden, seis puntas atravesarían su pecho. Agesilao intervino:

—En verdad eres valeroso. Casi tanto como estúpido. ¿Luchaste en Mantinea, extranjero?

Prómaco irguió la cara.

—Desde luego. Y en Leuctra, y en Tegira, y en Naxos... No me he perdido una sola escaramuza si había sangre espartana que derramar. Pero mira esto. —Levantó el caduceo—. Vengo en calidad de heraldo de Tebas, así que los ajustes de cuentas y los derramamientos de sangre quedan para otra ocasión.

Menéclidas se adelantó, aunque no se atrevió a superar a los espartanos. Eso le obligaba a levantar la voz.

—¿Tú, heraldo de Tebas? Mentira, tracio. No eres ciudadano tebano.

—Lo soy desde hace un año, Amo de la Colina. Las cosas han cambiado en Tebas después de tu marcha. A mejor, por supuesto.

Se sostuvieron la mirada. El Cojo, Antícrates y los demás espartanos quedaron expectantes.

—Esto no es Tebas, tracio. —Meneclidas estuvo a punto de escupir, pero en el último momento se contuvo. Nunca se sabía cómo podían reaccionar los espartanos si alguien manchaba su suelo con saliva extranjera—. Esto es Esparta. —Y lo repitió con énfasis en cada palabra—: ¡Esto... es... Esparta! Aquí nadie sabe si los magistrados corruptos del beotarcado te han concedido una pensión, o la ciudadanía, o a sus hermanas como putas particulares. Eres un extranjero y puedes haber robado ese caduceo a cualquiera. Robar es algo que se te da bien. —Se volvió hacia Agesilao—. Se le da bien, señor. A mí me robó en varias ocasiones.

El Cojo movía las mandíbulas como si masticara. Gruñó algo entre los dientes que no tenía y señaló el caduceo.

—Mientras lleve eso en la mano, nadie puede hacerle daño en Esparta. No me importa de dónde lo haya sacado ni lo vanidoso que sea. Ahora vayamos al grano.

Antícrates levantó la barbilla.

—Dinos qué pretendes, extranjero. Y cuida tus palabras.

Prómaco carraspeó. Colocó el bastón de embajador a la altura del corazón.

—Vengo en nombre de Beocia para ofrecer la paz a Esparta. Un acuerdo que vaya más allá de la tregua nacida en Mantinea. Beocia no desea hacer la guerra a los espartanos ni a sus amigos ni a sus aliados. Beocia desea que la paz reine en Grecia.

Antícrates se inclinó hacia Agesilao y le habló al oído. El viejo rey asentía sin quitar la vista del embajador. Fue él mismo quien respondió.

—Escucha, extranjero. De poco sirve ocultar lo evidente, pero no creas que Esparta está acabada. No lo estará mientras uno solo de los hijos de esta tierra sea capaz de sujetar su escudo. Si Tebas desea la paz, se la concederemos. Pero ya sabéis las condiciones: disolución de vuestra ridícula confederación y retirada de vuestra ayuda a los rebeldes. Desmantelamiento de Mesene y de esa otra ciudad del norte, Megalópolis. Si no aceptáis, Esparta llamará a sus aliados y, al frente del mayor ejército que jamás hayan visto los siglos, invadiremos Beocia y arrasaremos Tebas.

Prómaco apretó los labios para no echarse a reír. La amenaza resultaba cómica no porque la soberbia espartana se basara en una fantasía, sino por lo débil de la voz de Agesilao. Aquel hombre era el vivo retrato de su patria. Algo que fue glorioso e invencible, pero que ahora se derretía como una vela arrojada en la hoguera.

—¿Es vuestra última palabra, espartanos?

Antícrates, que incluso parecía azorado, dio un golpecito en el suelo con la contera de la lanza.

—Sí. Pero el rey tendrá que buscar la conformidad de los éforos.

Agesilao miró a su súbdito como si no lo comprendiera, aunque luego respingó.

—Ah, los éforos. Sí, claro... Voy a informarles de cuál es la decisión de Esparta. Tal vez quieran añadir algo.

Antícrates hizo un gesto silencioso a los guerreros para que acompañaran al rey. Cuando este se dio la vuelta, Menéclidas no supo qué hacer. Agesilao se dio cuenta.

—Quédate aquí. Espera la respuesta de los éforos junto a tu compatriota.

—No es mi... —cortó la frase al ver la mirada homicida de Antícrates. Un soplo de aire del Taigeto removió el pelo claro de Menéclidas cuando la comitiva real salió del ágora. Quedaron los tres solos. Prómaco alternó la vista entre los dos hombres a los que más odiaba sobre la tierra.

«Ah, dioses, qué crueldad la vuestra —pensó—. Los ponéis a mi alcance ahora que no puedo tocarles un pelo.»

—Tengo curiosidad. —Antícrates se dirigió a Prómaco—. Antes lo has llamado Amo de la Colina. ¿Por qué?

—¿No te lo ha contado? Scolos. Aquel lugar fue testigo del coraje de vuestro huésped.

El espartano adivinó la ironía de aquellas palabras. Acostumbrado al estilo de su tierra, no necesitó saber nada más.

—Entiendo. Menéclidas, ¿qué dices a eso?

—Nada. Este tracio es un vagabundo que meneó su rabo de perro ante Pelópidas, y él lo acogió por lástima. Fue cuando vivíamos en Atenas. Luego se ganó también la confianza de Epaminondas. Aunque eso no tiene mucho mérito, pues el viejo no andaba sobrado de seso. —Sonrió con media boca—. Ahora ni uno ni otro pueden arrojarte sus sobras, ¿eh, tracio?

Prómaco deseó tener su *kopis* cerca. Las venas pulsaron con fuerza en las sienes. Miró el caduceo y pensó en dejarlo caer. En despojarse de su obligación como heraldo y apretar el cuello de Menéclidas hasta que la lengua le asomara dos palmos. Antícrates medió con sorna.

—Para no tener nada que decir, Menéclidas, hablas demasiado. Yo te mataría si fuera él. ¿Qué dices, extranjero?

—¿Te resulta divertido esto, espartano?

—No lo suficiente. Lo sería más si te deshicieras de ese bastón.

Menéclidas soltó una carcajada. La risa forzada se confundió con sus insultos:

—Tracio, eres un estúpido. ¿Crees que esto es el ágora de Tebas? Ya te lo he dicho: esto es Esparta. Aquí se habla con eso. —Señaló la lanza de Antícrates. Este enarcó las cejas, adelantó el labio inferior y asintió.

—Bien dicho. Ten, Menéclidas. —Le tendió la lanza—. Habla.

El Amo de la Colina se lo tomó a broma, pero el espartano se puso muy serio. Le repitió que cogiera su arma.

—Pero... —Menéclidas palideció— no puedo. Él es... En fin, un heraldo...

—Hace un momento lo has llamado mentiroso por identificarse como tal.

Menéclidas se hizo atrás. Seguía sin aceptar la lanza.

—Es que el rey ha dicho que mientras tenga el caduceo...

El sonido resonó en el ágora vacía. El Amo de la Colina miró fijamente el bastón de olivo tirado a sus pies.

—Así me gusta —dijo Antícrates. Dio un paso y acercó tanto el astil de su lanza a Menéclidas que golpeó su pecho con el puño que lo agarraba—. Coge esto, he dicho. Tú no eres espartano, así que no cometerás ninguna impiedad por matar a tu compatriota fuera de vuestra ciudad. Yo no puedo hacerlo. Lo entiendes, ¿verdad?

Si Prómaco hubiera sido un lobo, habría aullado de contento. Casi no podía creerlo. Entonces reparó en que quizá todo fuera una trampa. ¿Y si se había precipitado al deshacerse del objeto que le otorgaba inmunidad? Al arrojar el caduceo, no solo renunciaba a su misión, sino también a la protección de Zeus. Dio un paso atrás cuando Menéclidas tomó por fin la lanza del espartano. El tebano la agarró con ambas manos. Aún intentó zafarse de aquella situación que lo horrorizaba.

—Pero... el rey me castigará si...

—Al rey no le importará que un extranjero mate a otro por una cuestión de honor. En cuanto venga y vea el cadáver del heraldo, le explicaré que te ha llamado cobarde. Lo cual es verdad, por otra parte. Lo del insulto, digo. Que seas o no seas un cobarde lo sabremos ahora. Además, no temas si al matarlo dejas a Tebas sin mensajero. La respuesta de los éforos puede llevarla cualquiera. Tú no, Menéclidas. Tú estás desterrado de allí y dependes de que otros te acojamos. ¿Quieres quedarte en Esparta? Entonces demuestra que lo mereces. Mátalo.

Prómaco retrocedió otro paso. En verdad Menéclidas parecía tan sorprendido como él, pero ahora se veía en una situación difícil. Dobló un poco el cuerpo y adelantó el pie izquierdo. Prómaco se fijó en la disposición de las estatuas en el pórtico. Tal vez pudiera alcanzarlas y parapetarse tras ellas. Menéclidas apretó los dientes, terció la lanza. Llevaba muchos años sin luchar, pero sabía cómo manejarla. Desplazó la pierna, adoptó una posición de perfil y se dispuso a clavar.

—Un momento, un momento —volvió a intervenir Antícrates—. Pero ¿qué es esto? ¿Atacas a un hombre desarmado, Amo de la Colina? Oh, por Cástor y Pólux. Tiene gracia. —Ladeó la cabeza al mirar a Prómaco—. ¿Sabes que fue Menéclidas quien me señaló a Epaminondas? Pues así ocurrió. Yo solo tuve que irme contra él mientras mis compañeros embestían al resto del Batallón Sagrado. Intentó defenderse, pero supongo que llevaba demasiado rato luchando. Le solté un buen lanzazo en el pecho. Misión cumplida.

»Sé que lo que digo te duele. Añadiré algo: yo quería matar a ese tebano. Porque era mi enemigo, desde luego, pero sobre todo porque era un buen enemigo. Epaminondas ha traído la desgracia a Esparta, y no lo ha hecho mediante la traición o con dinero. Y dime, Prómaco, ¿crees que ese hombre merecía la muerte que le di? ¿Crees que cayó como un héroe en Mantinea?

—Desde luego, como un auténtico héroe. Y Pelópidas cayó como un héroe en Cabeza de perro. Y Górgidas cayó como un héroe en Leuctra.

—Estoy de acuerdo —contestó Antícrates—. Muchos son los que han muerto cubiertos de gloria en esta guerra. —Su mirada se perdió en el cielo, a estadios y estadios de distancia, más allá de las pocas nubes que acompañaban al atardecer—. Algún día los veré, ¿sabes? Nos reuniremos todos en el Hades. Tal vez Epaminondas y Pelópidas compartan una buena pierna de buey, y allí estará mi amigo Fébidas, al que matasteis en Scolos. O el valiente Pólidas, que cayó junto a la isla de Naxos. Incluso el torpe de Cleómbroto, que se dejó la vida en Leuctra. Yo me uniré a ellos y reiremos. ¿Sabes quién no estará con nosotros? Vamos, Prómaco, responde: ¿quién no se sentará a la mesa de los guerreros, esos que lucharon por algo noble, no arrojaron su escudo ni abandonaron al compañero?

Prómaco no respondió. No entendía nada. Solo observó cómo Antícrates se llevaba la mano al corto *xyphos* que colgaba de su cintura y lo desenfundaba con un sonido de metal y cuero. La volteó en su mano y ofreció el puño al mestizo. Menéclidas protestó:

—Pero ¿qué haces?

—Calla, Amo de la Colina —se burló el espartano, y volvió la cara para mirarlo con un desprecio que no cabría en toda aquella ágora—. Ese desgraciado que no puede compartir la mesa de los auténticos hombres eres tú. Tú, Menéclidas. Y si miento, demuéstralo ahora. —Se dirigió de nuevo al mestizo—. Venga, cógelo.

Prómaco no podía creerlo. El hombre al que deseaba matar desde hacía años le entregaba su propia arma. Ahora, con solo tomarla y lanzar una estocada, todo terminaría. Miró el *xyphos*. Luego los ojos de su peor enemigo. En estos vio algo que no encajaba en todo aquello.

Empuñó la espada y se apartó. Antícrates también dio dos pasos atrás. De repente Menéclidas estaba solo. Prómaco se volvió hacia él y se puso en guardia. A su espalda, el sol terminó de ocultarse.

—Gracias, Zeus. Gracias, Heracles. Gracias, dioses olímpicos, por el festín que servís en mi plato.

El Amo de la Colina habría palidecido más aún, pero toda la sangre había abandonado su rostro hacía ya un rato.

Atacó con el empuje de la desesperación. Intentó pinchar el vientre de Prómaco, pero lo hizo poco convencido. Temeroso de acercarse demasiado a pesar de la desproporción de armas. El mestizo se movió de lado. Rodeó a su enemigo y pasó junto a Antícrates. Sin siquiera pararse a pensarlo, supo que dar la espalda al espartano no era peligroso. Con un movimiento rápido, fintó una entrada en la guardia de Menéclidas, y este respondió retrocediendo hacia la escalinata del pórtico Pérsico.

—Vamos, Amo de la Colina.

Prómaco volvió a fintar. Abajo esta vez, para luego saltar a su izquierda y amenazar con un tajo alto. Menéclidas gimió. Su pie derecho chocó con el primer escalón del pórtico. El mestizo siguió moviéndose. Llegó hasta la escalinata y la subió de lado, sin perder la vista de su oponente. Menéclidas creyó llegado el momento y lanzó un golpe a fondo. Prómaco se dejó caer sobre las escaleras y la punta metálica pasó frente a su cara.

—¡Bien! —lo animó el espartano. El mestizo desvió el astil con su hoja y se puso en pie. Subió un escalón más. Y otro.

«Es un hoplita —se decía Prómaco—. Solo un hoplita hecho a la buena vida.»

Los hoplitas estaban en vías de extinción. Leuctra lo había anunciado y en Mantinea se había oído la sentencia. Prómaco amagó con atacar de frente, como cualquier hoplita esperaría de un adversario. Menéclidas echó ambos codos atrás y empujó su lanza con toda la fuerza que pudo reunir. Entonces el mestizo saltó. Sus pies se elevaron desde la escalinata, su cuerpo voló sobre la lanza al encuentro del Amo de la Colina. Solo que ahora Menéclidas no estaba en ninguna colina y no era amo de nada ni de nadie. La hoja espartana entró por la base del cuello, y el propio Prómaco llegó después, aplastando a su presa y hundiendo el metal más y más.

Rodaron por el ágora. La sangre del enemigo salpicó al mestizo, pero este siguió clavando. Bajo la axila, en el costado, en el vientre, en el cuello de nuevo. Pinchó una y otra vez sobre un fardo inmóvil, y fue como si cada estocada resucitara una pequeña parte de Epaminondas, de Pelópidas, de Górgidas... De todos los compañeros que habían caído por la libertad.

Se incorporó agotado, con la sangre chorreando desde el *xyphos*, la muñeca, el codo. Mientras jadeaba, miró a Antícrates.

—¿Por qué lo has permitido?

El espartano, sin la menor muestra de preocupación, se encogió de hombros.

—No me caía bien.

A Prómaco le irritó la respuesta. No era laconismo lo que necesitaba ahora. Subió el *xyphos* hasta apuntar al rostro del espartano.

—Por Heracles, dime la verdad.

—No me gusta que me amenacen, bárbaro. Cuidado. —Con un golpe de cabeza, señaló al cadáver sangrante a los pies de Prómaco—. Yo no soy él.

—Serás como él pronto.

Se lanzó contra Antícrates impulsado por un odio de años. Pero donde un momento antes estaba el pecho del espartano, ahora había un escudo adornado con una gran lambda. La hoja del *xyphos* rebotó contra el bronce, y los dos movimientos siguientes fueron secos y eficaces como hachazos de leñador. Prómaco recibió el golpe del *aspís* de plano, justo en la barbilla, y la patada en la corva lo levantó del suelo. Toda Esparta dio vueltas a su alrededor. Fue consciente de que había caído y de que ya no tenía la espada en la mano. Intentó levantarse, pero un peso irresistible le oprimía la garganta. La voz de Antícrates, lejana como en la gruta del Ténaro, resonó cerca:

—Casi lo logras, Prómaco.

El puñetazo hizo que el mundo estallara, y luego llegó la oscuridad.

Era de noche cuando Prómaco despertó. Imposible saber cuánto tiempo había pasado, pero lo cierto era que el rey Agesilao todavía no estaba de vuelta. Tosió para librarse de aquella molestia en la garganta y, cuando quiso incorporarse, el dolor le sacudió desde la mandíbula hasta la coronilla. Una luna casi llena alumbraba el ágora de Esparta. Se frotó el mentón, allí donde había impactado el puñetazo de Antícrates.

Antícrates.

Lo vio sentado en los escalones del pórtico Pérsico, con la estatua de la valiente Artemisia a su espalda, envuelta en sombras. Antícrates lo observaba con curiosidad, el *aspís* apoyado en una rodilla.

Prómaco luchó por sentarse. Y el espartano aguardó con paciencia a que lo lograra. A un par de pasos, el cadáver de Menéclidas yacía en un gran charco de sangre a medio secar.

—Debes decírmelo, Antícrates. Dime por qué me has dejado matarlo con tu propia arma.

El espartano soltó una risa cavernosa.

—Te lo diré. —Se puso en pie. Y esta vez, en un gesto muy poco espartano, dejó atrás el escudo. Anduvo hasta el pingajo sanguinolento que era Menéclidas—. Te explicaré por qué desprecio a la gente como él.

»Los desprecio porque se quedan atrás. Porque se esconden tras otro más valiente o más estúpido para no mancharse las manos de sangre. Porque callan cuando están solos, pero ladran como jaurías enteras cuando se saben respaldados por la chusma. Porque repudian a los conciudadanos que, en lugar de gemir, quejarse y parlotear, se calan el casco y embrazan el escudo; aunque después, cuando estos mismos parlanchines son los amenazados, corren a pedir auxilio a los que se juegan la vida. De lo que te estoy hablando es del espíritu de Esparta, Prómaco. Algunos lo llevamos en el corazón. Incluso los hay que, sin haber tenido la suerte de nacer en Esparta, comparten esa virtud.

»Pero la mayoría no goza de ella.

»Menéclidas no gozaba de ella. Lo supe en cuanto llegó a nosotros derrengado, suplicando que le ayudáramos a vengarse de Tebas. Nos juró que se quedaría a nuestro lado y nos señalaría al culpable de todo. A Epaminondas. Lo único que teníamos que hacer era acabar con él, y así Esparta sería vengada y hasta resurgiría. Desde luego, aceptamos su propuesta y acogimos a los demás exiliados beocios, lo mismo que a muchos otros que vuestra estúpida democracia expulsó de sus hogares.

»Verás: muchos de esos desterrados estaban el otro día allí, en Mantinea. Conmigo y con Menéclidas. Algunos lucharon bien. No como espartanos, desde luego, pero lo hicieron con honor. Otros arrojaron el escudo y se escabulleron igual que ratas. A Menéclidas tuve que sujetarlo por el cuello para que no desapareciera. Para que aguantara hasta que Epaminondas se puso a mi alcance... demasiado tarde para torcer el rumbo de la batalla. —Se miró las puntas de los pies—. Para mi vergüenza reconoceré que muchos espartiatas también huyeron.

»En otro tiempo, huir del combate se penaba aquí con un desprecio tan grande que el culpable no tardaba en desear la muerte. Ni siquiera sus familias se libraban de la humillación. Se les arrebataba todo, se deshonraba su nombre, se les escupía por la calle y hasta cualquier ilota podía apedrearlos si se cruzaban con ellos. Pero el otro día, en Mantinea, fueron cientos los espartiatas que se mancillaron. Todo lo que te he dicho antes del espíritu de Esparta quedó en nada. En menos que nada. ¿Y sabes cuál ha sido el decreto de nuestro rey Agesilao al respecto? Perdonar. Esas son las órdenes. Hay que perdonar lo que ocurrió en combate frente al enemigo que se batía como antaño hacíamos nosotros. Porque si no perdonamos a los cobardes, ¿quién quedará para sostener Esparta?

»Las leyes me obligan a obedecer a mi rey, y yo perdono; pero no puedo ni podré jamás respetar a quien tiró el escudo y dejó solo a su compañero de falange. El Amo de la Colina se equivocaba hace un rato, cuando te ha dicho que esto era Esparta. Ya no. Ahora es solo piedras y argamasa que forman casas, y calles, y tumbas, y santuarios, estatuas, pistas de carreras, corrales... ¿Tú eres de los que piensa que su patria es solo un trozo de tierra o un montón de templos? Bah, ¿acaso importa? Supongo que nuestro momento pasó. Oh, por Zeus, quizás es cierto y vivimos el de Tebas. Tal vez después le toque a Atenas, o se impongan los persas... A lo mejor ni unos ni otros estáis llamados a ocupar el lugar de Esparta mucho tiempo. La verdad es que me da igual. Bastante desgracia tengo con ser testigo de la decadencia. Lo que mi padre, mi abuelo y todos sus antepasados honraban por encima de todo..., yo lo desprecio.

«El espíritu de Esparta», se repitió Prómaco. Ya no podía faltar mucho para que Agesilao volviera de su entrevista con los éforos y dictara su respuesta oficial.

—Yo también he huido del combate. Antícrates.

El espartano arrugó el entrecejo.

—Has dicho antes que luchaste en Mantinea, y en Leuctra, y en...

—No me refiero a ese combate. Hay otros tipos de lucha, y yo no he sabido permanecer en la falange. He dejado caer el escudo muchas veces, y he abandonado a mis compañeros.

—Ahora soy yo quien no entiende.

Prómaco señaló al *aspís* del espartano, con el bronce reluciendo bajo la luna en la escalinata del pórtico.

—En la embrazadura. La bolsita de cuero que llevas como amuleto.

Antícrates, escamado, volvió hasta su escudo para darle la vuelta. Tomó el saquito y, de un tirón, lo arrancó de las correas.

—¿Esto? ¿Qué pasa con esto?

—Eso es mío y me lo dejé quitar. Y podía haberlo recuperado... Pero no he sido capaz.

Le contó cómo había llegado a sus manos en Tracia, tras un cruento combate contra los tribalos. Y cómo él se lo había entregado a Veleka la noche de los misterios. Le explicó lo de su fuga de Kypsela, su viaje a Olinto, su entrevista. Antícrates dejó caer la mandíbula.

—Claro, tú eres aquel tracio... Tú eres... Eres... Y Veleka... Pero no puede ser. Estás muerto.

Prómaco dibujó en su rostro la sonrisa más amarga de su vida

—No, Antícrates. Estoy vivo. Tu esclavo ilota hizo a medias el trabajo que le ordenaste, ya ves. Durante años he soñado con venir a Esparta. Y con tenerte a mis pies, con un cuchillo apoyado en el cuello. Con arrancarte el paradero de Veleka y con degollarte lentamente. Pero he fallado.

El espartano se llevó las manos a la cabeza.

—En verdad los dioses son crueles y caprichosos.

—No te burles, Antícrates.

—No me burlo, necio. —Dejó atrás el pórtico, fue hasta Prómaco y tiró de su pechera hasta que lo puso en pie. Le habló muy de cerca, asegurándose de que pudiera leer la verdad en sus ojos—. Yo no ordené a Hiérax que te matara y se llevara a Veleka. Ese estúpido ilota actuó por su cuenta.

Prómaco hizo que sus dientes chirriaran. Algo le decía que Antícrates no mentía, pero sus palabras no tenían sentido. No lo tenían, porque habían pasado dieciocho años. Dieciocho años de dolor, dudas, olvido, errores, más dudas... Dieciocho años que habían dejado secuelas no solo en él.

—¿Tu ilota raptó a Veleka? ¿Tú no tuviste nada que ver?

Antícrates lo soltó.

—Los ilotas son despreciables. Todos. Hiérax no era distinto.

»Aquella mañana, Veleka apareció inconsciente y atada en la tienda que Hiérax compartía con los demás esclavos. Cuando pregunté a ese ilota qué hacía ella allí, me contó que te habían matado mientras dormías para quitártela. La pobre tenía la cara entumecida y sangre seca en la boca. No quisieron reconocerlo, juraron que no la habían tocado más que para traerla. Pero no me hicieron falta explicaciones. En aquella época ya había visto muchos saqueos. Esa noche se habían divertido con ella.

Prómaco cerró los ojos.

—¿Murió?

—No. Veleka vive.

Fue como lluvia fresca en el desierto de Susa. De pronto, la fatiga y los golpes de Antícrates dejaban de pesar.

—¿Qué pasó?

—Hiérax dijo que lo había hecho por mí. Que se había fijado bien en cómo yo la miraba y en cómo me irritó que tú te negaras a vendérmela. Ese ilota Caramanchada sabía que me gustaba. Entonces me la ofreció como regalo. Ordené que llevaran a Veleka a mi tienda y que curaran sus heridas. Después, yo mismo degollé a Hiérax y baldé a palos a los otros ilotas.

»Cuando ella despertó y le dije que habías muerto, entró en una especie de trance. No sé cómo explicarlo porque una mujer espartana jamás aceptaría así la noticia. Pero ella no era espartana. Era una tracia que se había fugado de su hogar y que había perdido a su amor. Ultrajada por esclavos, sola en medio de una guerra.

»La traje a Esparta.

Prómaco negaba despacio. Sentía como si hubiera corrido una larga distancia para descubrir al final que su destino estaba en la dirección opuesta. Se apoyó en Antícrates. Las rodillas le fallaban.

—¿Está...? ¿Está aquí?

—No muy lejos. Has de saber que siempre la traté bien. Sirvió en mi hogar y fue de mucha ayuda para mi esposa. Incluso la asistió en algún que otro parto. Un día, después de dos o tres años, me dijo que había conocido a un perieco, un tal Gelón, que tenía una pequeña granja. Yo mismo la doté como pude y se la entregué a ese tipo. —Levantó el saquito de cuero—. Veleka me regaló esto antes de irse.

Prómaco se dejó caer. Quedó sentado una vez más en el ágora espartana. Hundió la cabeza entre las manos. La voz de Veleka resonaba en las paredes de su cabeza. Lejana, pero limpia y pura:

«No se quitan los amuletos, Prómaco. Todo el mundo lo sabe: solo sirven si son regalos.»

Por supuesto. Y un guerrero espartano como Antícrates también lo sabía, y por ello jamás habría puesto en su escudo un amuleto robado a una esclava. Así que ella tenía razón. Él no la escuchó, y eso los arrastró al abismo. Aunque por lo visto, Veleka había encontrado una cornisa a la que agarrarse.

«Hallarás tu amor en tierra extranjera y con un hombre extranjero.» Eso fue lo que la diosa Bendis le había revelado aquella tarde.

—Así que se casó con un perieco.

—Supongo que no me crees.

—No sé qué pensar. Yo... llevo años esperando este momento. Solo que imaginaba que las cosas habían sucedido de otra forma. —Se fijó de nuevo en el cadáver de Menéclidas—. Cuántas vidas han cambiado por mi culpa. Cuántas han acabado antes de tiempo. Es como si todos estos años hubiera perseguido a un espíritu. Un espíritu...

¿Y acaso no eran inalcanzables los espíritus, aunque se pusieran al alcance de la mano? ¿Era ese el significado de su propio oráculo?

—Pero Veleka no es un espíritu. —Antícrates se acuclilló junto a Prómaco—. Es posible que siga allí, en la granja de Gelón. Si es que los tuyos no la quemaron o si no la han asaltado las bandas de ilotas renegados. Deberías comprobarlo. —Volvió la vista al extremo del ágora—. Es más: has de irte ya. Dentro de poco tendré que dar ciertas explicaciones a mi rey sobre esta enorme mancha de sangre en el ágora de Esparta. Será mucho más fácil si tú no estás.

»Toma el camino del sur y rebasa Amiclas. Treinta estadios y verás a tu derecha el pico más alto de la sierra. A sus pies encontrarás la aldea de Briseas.

»Allí está Veleka.

La ribera derecha del Éurotas era un vergel. Entre el imponente farallón del Taigeto y la corriente, una alfombra de riqueza abandonada recibió a Prómaco al amanecer. Enormes fincas jalonaban el camino, aunque muchas de ellas, sobre todo las más aisladas, estaban vacías. Algunas incluso habían dejado de existir. En su lugar humeaban los rescoldos. Esqueletos de madera calcinada que una vez habían acogido a las familias de los iguales espartanos. Había almendros talados, manzanos reducidos a leña quemada. Pero también higueras y olivos sin recolectar.

Más hacia el sur, conforme la senda alejaba de Esparta al caminante, las granjas se agrupaban entre grandes despoblados. Los periecos construían sus moradas lo más cerca posible de las del vecino, e incluso compartían campos de cebada. Seguramente también treparían juntos las laderas del Taigeto, tan feraces que la caza tenía que ser, a la fuerza, abundante. Allí sí quedaba gente. Los granjeros lo vigilaban desde lejos, en grupos de seis o siete, con las hoces y azadas bien a la vista.

«Así que vives aquí. No es mal lugar.»

Se desvió del camino hacia la cumbre más alta. A sus pies, una aldea se empinaba por la ladera junto a un templete. Había movimiento en los campos. Mujeres con cestas que observaban a Prómaco desde una distancia segura, intentando discernir si se trataba de un visitante pacífico o de un vagabundo en busca de rapiña. Intentó acercarse a algunas de ellas, pero se alejaron a toda prisa. Decidió acogerse al templo de Dioniso y se sentó a la puerta.

—¿Qué maldad tramas, extranjero?

Levantó la vista. Una anciana arrastraba los pies desde las casas cercanas. Era muy flaca y tenía los ojos pequeños, uno de ellos casi descolorido, como cubierto por telarañas. Lo miró de arriba abajo. Prómaco sintió un escalofrío y se quitó el pétaso.

—¿Cómo sabes que soy extranjero?

La vieja llevaba un cayado. Apuntó con él hacia el santuario.

—El templo de Dioniso está prohibido para los hombres. Solo las mujeres pueden traspasar sus puertas o sentarse en los escalones, como estás tú ahora. Si no lo sabías, es que no eres de aquí.

Prómaco se disculpó por el sacrilegio. Se levantó y sacudió el *exomis* como si llevara parte del pecado adherido a la tela.

—Tienes razón, anciana, en que soy extranjero. Pero no deseo mal para nadie. Tal vez puedas ayudarme. Busco la granja de Gelón.

—¿Para qué?

—Para... ver a su esposa.

La vieja arqueó unas cejas que casi no conservaban pelo.

—¿De dónde vienes? ¿Te atreves a venir a una tierra extraña, profanas sus templos y pretendes ver a las mujeres de otros?

—Vengo de Tracia, anciana. Soy... —se decidió a decirlo— pariente de Veleka.

Ella inclinó la cabeza a un lado.

—No te pareces a ella.

—No, no nos parecemos. —Había que inventar algo convincente y que, al mismo tiempo, derribara las prevenciones—. Mi... madre era hermana de Bryzos, el padre de Veleka.

Eso pareció calmar a la anciana.

—No llevas armas, tracio. Mala idea en estos tiempos.

—Tienes razón. Pero no creo que las necesite aquí.

Ella lo examinó con aquella mirada diminuta y turbia. Movió el cayado hacia la derecha.

—Sigue ese sendero hasta el manantial. Desde allí verás un

enorme olivo quemado y, a veinte o treinta pasos, la granja que buscas.

Prómaco caminó deprisa, acuciado por la impaciencia. Durante el viaje, y también mientras intentaba conciliar el sueño, había ideado cien formas de presentarse. Pero una a una las descartaba. Él estaba muerto para Veleka. Y su esposo perieco no consentiría tan fácilmente que hablara con ella. Llegó al manantial, poco más que un chorrillo que brotaba entre las rocas. Formaba un reguero que discurría por la suave pendiente rumbo a la granja que la vieja había descrito. Allí estaba el olivo, retorcido y formando una curiosa figura. Parecía un gigante que intentara alcanzar el cielo con sus múltiples brazos carbonizados. Y tal como había dicho la anciana, la granja se erguía al otro lado. Un edificio robusto, de una planta y con un corral adosado a la parte trasera. El mestizo se acercó. La tierra era sinuosa, y crecían flores y arbustos. Vio algo más adelante. Una figura encogida. Se caló el pétaso hasta las orejas y se parapetó tras el tronco ennegrecido.

¿Era ella?

Llevaba el pelo sujeto y aplastado por un paño, pero las guedejas rubias le colgaban desde las sienes. Nada de pellejo sin curtir, como los ilotas, sino peplo de lino. Estaba arrodillada y apilaba ramitas en un cesto. Su aspecto parecía saludable, aunque resultaba difícil confirmarlo desde la distancia. Prómaco sintió la necesidad de ir. De verla más de cerca y comprobar si el paso del tiempo había cambiado su rostro. Abandonó el escondite, pero en ese instante salió alguien de la granja. Era un chico, no tendría más de trece o catorce años. Tras él, un perrazo enorme abandonó la construcción. El bicho saltaba a un lado y otro del crío, con sus largas y flácidas orejas volando tras él. Ambos se acercaron.

—¡Trae, madre!

Un nudo atoró la garganta de Prómaco, que volvió a parapetarse. La mujer se incorporó y puso los brazos en jarras. Ahora Prómaco podía ver su cara. Y casi adivinaba la luz azul de sus ojos. Ella se abrazó al niño, que ya la superaba en altura, mientras el perro brincaba alrededor de ambos. El chico tomó la cesta y examinó su interior. La madre disfrutaba.

«Claro que es ella. La misma que se emocionaba con cada pequeño detalle.»

Parecía feliz. Y el niño también. Hasta el perro. No hacía falta esforzarse mucho para imaginar cómo había sido su vida en aquel paraíso de tranquilidad. El tal Gelón gozaba de una próspera hacienda, y seguramente trabajaría lotes en las tierras colindantes. Tal vez de cuando en cuando vendrían algunos iguales desde Esparta para cazar jabalíes en el Taigeto. Entre ellos estaría Antícrates, que seguramente protegía a la familia e incluso habría apadrinado a aquel perieco jovencito que llamaba madre a Veleka.

Aunque eso ya había pasado. Ahora la vida se complicaba. Prómaco inspiró despacio y sintió nostalgia. Lo que otros habían conseguido mientras él malgastaba su vida...

«¿De verdad la he malgastado?»

El perro empezó a ladrar. Prómaco advirtió que el animal había captado su olor. Tanto Veleka como su hijo se pusieron alerta.

—¿Quién va?

Su voz tampoco había cambiado. Prómaco asomó tras el olivo. Levantó la mano en señal de paz.

—¡Lo siento! ¡No pretendo molestar!

Un hombre salió de la casa a toda prisa. Llevaba un azadón en la diestra y una niña de seis o siete años se le agarraba a una pierna.

—¿Qué quieres?

Prómaco lo observó. Nada de especial. Un tipo común. Cómo lo envidiaba.

—¡Nada! Perdonadme. Busco... el camino de Esparta.

Veleka se adelantó un paso, estiró el cuello. Mandó callar al perro y se dirigió a Prómaco.

—¿Te conozco?

«No. No me conoces. El Prómaco al que conocías murió. Lo mataron unos ilotas en Olinto.»

Veleka dio un par de pasos más. El mestizo retrocedió.

—No me conoces. No soy de aquí. —Se volvió hacia Gelón y trató de que su voz no se quebrara—. ¿Por dónde se va a Esparta?

El granjero apuntó con el azadón hacia el norte. La cría a sus pies era tan rubia como Veleka. Pequeña, delgada, bonita. Miraba a su padre y se escondía a medias tras su pierna. Prómaco no tenía ningún derecho a estar allí. A atemorizar a esa niña; a infectar a aquella familia con sus miasmas de amargura y valor tardío. A turbar el amor que se respiraba entre unos y otros. Eso le recordó las palabras del viejo ateniense Platón. Tan distantes en el tiempo que su voz sonaba en la mente como la de aquella gruta en el promontorio del Ténaro:

«¿No es mejor, más noble el sacrificio de no verla jamás y saberla libre que el de sacarla de su hogar para perderla?»

Veleka hizo ademán de seguir avanzando.

—¿Para qué quieres ir a Esparta?

La pregunta pilló por sorpresa a Prómaco. ¿Para qué quería ir a Esparta? ¿Para qué había querido ir a Esparta durante media vida?

«Por ti —pensó—. Para deshacer todo lo que nos hicieron pasar. Para regresar a aquel momento en el que nos separaron. Para cumplir lo que juré.»

Pero la voz de Platón volvía. Le reprendía como un padre al hijo díscolo que solo pensaba en el momento:

«Existe un amor superior a ese que te domina, Prómaco. Uno que no sirve a Afrodita, sino a Eros. Si él te hubiera inspirado, habrías amado el alma de Veleka más que su cuerpo, su cabello, su calor o su mirada. Tal vez, pues, hayas de buscar el amor puro en otro lugar. En otra alma.»

—¡Di! —repitió ella—. ¿Qué buscas en Esparta?

—Déjalo, mujer —intervino el granjero Gelón—. No nos concierne. Y entra en casa, anda.

Prómaco tiró del ala del pétaso para ocultar aún más su rostro. Se fijó en los rasgos de los dos críos. Tal vez consiguiera retenerlos en su memoria. Quizá pudiera imaginar que eran suyos. Sus hijos. Los hijos de Veleka. Sus labios temblaron. Imaginó a la niña morena en vez de rubia, con los ojos rasgados y oscuros en lugar de claros e inocentes; y no con aquel gesto temeroso, sino con una sonrisa franca y segura, que ni la misma Afrodita pudiera imitar. ¿Qué estaba haciendo? ¿Qué había hecho durante años?

«Ignorar lo que estaba al alcance de tu mano porque para ti era inalcanzable.»

Agitó la mano a modo de despedida.

—Gracias, amigos. No os molestaré más.

Cerca de Coronea, Beocia. Año 362 a. C.

Las ráfagas más tempranas del otoño alfombraban los alrededores del templo con hojas ocres y amarillas. Empujaban a las brisas templadas del estío, las avasallaban hasta expulsarlas de Beocia. Y al soplar entre los tejos, componían himnos extraños. Prómaco los escuchaba, absorto mientras subía la ladera hacia el templo de Atenea Itonia. Tal vez no fuera el viento. A lo mejor eran las dríades, que se escondían tras los árboles para acechar y avisaban de la llegada de un extraño.

Prómaco avanzó bajo el cielo encapotado con un sentimiento agridulce. El verano terminaba, sí. Se sucedía una vez más la eterna liturgia de Perséfone, que mataba al mundo para que pudiera resurgir a una nueva vida la siguiente primavera. Como había ocurrido a lo largo de siglos, de milenios desde que una deidad caprichosa puso en marcha los mecanismos del universo. Nacer, morir y volver a nacer. En un ciclo sin fin y hecho a medida tanto del pequeño insecto como del titán poderoso. Solo invisible al soberbio e ignorante mortal, que durante toda su existencia se afana en trabajos inútiles, pagado de sí mismo y engañado por un espejismo: el de que su paso por el mundo es un hito único.

Agarista se separó de las demás sacerdotisas cuando lo vio acercarse. No se excusó ante ellas ni saludó a Prómaco. Simplemente lo tomó de la mano y le obligó a seguirla hasta el jardincillo. Se retiró el velo sobre el cabello, miró la superficie de la fuente. Su reflejo cambiaba, moría y renacía entre las ondas, como todo en la tierra.

—¿Encontraste a Veleka?

—Sí.

No era preciso saber más. Tal vez un día, en el futuro, Agarista le preguntaría qué había pasado en Esparta. Cuáles habían sido los caprichos de los dioses, esos que los habían obligado a hundirse y salir a flote una y otra vez, a cambiar de rumbo para evitar las tempestades y los promontorios rocosos; a regresar mar adentro cuando el oleaje los arrastraba hasta costas hostiles y a navegar a ciegas, jornada tras jornada, hasta encontrar una orilla segura.

—Llega el otoño —dijo ella—. A mi hermano no le gustaba el otoño.

Prómaco contemplaba su perfil. Ojalá pudiera volver atrás, al momento en el que la vio por primera vez en Atenas. Ojalá no hubiera dudado y ojalá el verano no se hubiera acabado tan pronto.

—El verano volverá, Agarista.

—Hay veranos que no. Y puede que sea mejor así. ¿Tú crees, Prómaco, que el otoño hace que se marchite la belleza? Pelópidas sí lo creía. No ofendo a los dioses si prefiero el recuerdo de Pelópidas al mismo Pelópidas, ¿verdad? Él siempre fue y siempre será frívolo y joven, como Aquiles y como el verano. ¿Y tus recuerdos, Prómaco? ¿Son de juventud y belleza?

Prómaco le terminó de quitar el velo. El cabello negro de Agarista se veteaba de hebras grises.

—A mí no me importa envejecer, Agarista. Y desear que no llegue el otoño es tan absurdo como vivir de recuerdos. Si me hubiera dado cuenta de eso a tiempo, aún sería verano. Ahora da igual. Ya estoy aquí, que es donde siempre quise estar a pesar de mis recuerdos. Los recuerdos no pueden tocarse, como no podemos tocar el verano pasado. Pero fíjate —le acarició el pelo con el dorso de los dedos—, puedo tocarte. Siempre te tuve al alcance de la mano, aunque fueras inalcanzable. Lo único real somos tú y yo, y las nubes grises que amenazan lluvia.

Como si los dioses estuvieran pendientes de ellos, una gota cayó en la fuente y rompió en ondas la película de agua. Agarista sonrió como cuando era una muchacha descarada que hablaba con los pájaros. Las hojas vibraron con el repiqueteo creciente. Zeus iluminó el horizonte y, cuando el trueno hizo temblar el Helicón, el goteo discontinuo se había convertido en llovizna.

—¿Qué pasará ahora, Prómaco? ¿Más guerra? ¿Más muertes?

Él se encogió de hombros. La lluvia arreció y la fuente se cubrió de salpicaduras. Su tamborileo se parecía al ruido de marcha de la falange. Negó despacio con la cabeza.

«No. El verano pasó. Ahora es otoño.»

Tal vez sí hubiera algo, después de todo, que valía la pena recordar. Y no era una batalla concreta, ni un momento exacto en medio de la guerra o de los viajes a los que le había llevado su búsqueda. Tampoco un lugar diferente de cualquier otro, en el mar, en el desierto, en las montañas, en los bosques... Eran las palabras de los hombres que había conocido en medio de la vorágine. Las de Ifícrates, las de Epaminondas, las de Cabrias, las de Pelópidas... Las del viejo Platón en Atenas, la noche antes de conocer a Agarista. «Reconocerás el alma que buscas cuando sepas que tu sacrificio no será exigir el suyo, sino procurar su bien sobre todas las cosas.»

—Todavía tengo pendiente mi última misión. Esa que me encomendó un amigo moribundo. «No dejes que ella sufra», me dijo.

Sus caras se empapaban mientras se miraban de cerca. Agarista habló en voz baja:

—Será mejor que nos refugiemos.

—Sí. Será mejor.

Pero no se movieron de allí. En lugar de eso se besaron mientras el agua se deslizaba por su piel y rodeaba sus labios unidos.

Epílogo

Veinte años después.
Mieza, Macedonia. 341 a.C.

El maestro se acercó a la mesa tallada en roca. Tomó la jarra de vino puesta a la sombra y se llenó un cuenco que bebió entero. Mientras se restregaba la barba bien recortada, observaba a los alumnos que acababan de escuchar su historia. Jóvenes macedonios, hijos de la nobleza. Y entre ellos Alejandro, el vástago del propio rey Filipo. Este era el que más deslumbrado parecía por el relato.

La frondosa vegetación del Ninfeo les proporcionaba frescura. La brisa mecía las hojas y un inquieto arroyo fluía a poca distancia. En aquel lugar, el bien pagado profesor de cuarenta y cuatro años aleccionaba a sus selectos alumnos en política, retórica, filosofía o, como en la clase de hoy, ética. Ellos, los futuros líderes macedonios, absorbían las enseñanzas desde bancos esculpidos en la piedra, apartados de la bulliciosa corte de Pella. Uno de los muchachos, Leonato, fue el primero en preguntar:

—Aristóteles, dinos: ¿qué fue de Prómaco? ¿Regresó a Tebas con Agarista? ¿O volvió a Tracia?

El maestro hizo girar uno de sus caros anillos en torno al índice.

—Nadie sabe qué fue de él. Al menos nadie que yo conozca. Si vive, será ya un hombre mayor. Tal vez murió hace tiempo.

Leonato insistía.

—¿Entonces existió? ¿De veras?

—Desde luego. Mi maestro me habló de él en Atenas. En varias ocasiones. Y también algunos tebanos que me crucé en el camino.

—Yo no me lo creo —intervino otro chico, Ptolomeo—. Te lo has inventado todo, Aristóteles.

El maestro enarcó las cejas sobre los ojos pequeños y penetrantes. Se encogió de hombros.

—Y si así fuera, ¿en qué cambiaría? Mi propósito es que aprendáis, y tanto vale un ejemplo real como otro ficticio. ¿O importa mucho que las historias de Homero ocurrieran tal y como yo os las cuento? Comprended la astucia de Odiseo, valorad la determinación de Héctor o compartid el valor de Áyax, lo mismo si lucharon en Troya como si son la invención de un aedo loco.

—Tal vez sí existió Prómaco. —Alejandro se levantó. Anduvo hasta Aristóteles y se puso a su lado. El apuesto príncipe, de quince años, miró a los otros jóvenes con sus extraños ojos de colores dispares—. Sí, sí. Mi padre me habló de un tracio con ese nombre. Lo conoció cuando vivía en Tebas. Dice que siempre iban juntos.

—¿A la batalla? —preguntó Seleuco.

—De putas.

Rieron. Aristóteles los mandó callar con un gesto.

—Veamos: ¿qué habéis aprendido de todo esto?

El belicoso Seleuco alzó la mano.

—Que el Batallón Sagrado era invencible.

—De hecho hoy sigue invicto —completó el maestro—. Invencibles se sentían también los espartanos, pero ya veis que no lo eran. Aunque no me refiero a eso. Os he contado la historia de Prómaco porque Alejandro me preguntó si podemos aprender a ser virtuosos imitando a quienes vivieron antes que nosotros. Y bien: ¿creéis que es bueno conocer el pasado?

—Sin duda —contestó Alejandro.

—Salvo que ese pasado sea falso —insistió Ptolomeo—. ¿Qué virtud podemos aprender de una ficción? ¿He de cambiar mi vida por cualquier cuento que invente un griego? Nadie se acordará de Prómaco dentro de unos años. Si es que existió de verdad, que no lo creo. Pero da igual: hasta Pelópidas y Epaminondas caerán en el olvido, y con ellos sus virtudes. Es cuestión de tiempo.

—Hmmm —intervino Aristóteles—. Pensemos en ello. No vas descaminado al afirmar que los griegos cuentan historias que jamás ocurrieron, pero te equivocas en lo demás. Para empezar, es falso que no pueda aprenderse nada de esas historias inventadas, pues sí que contienen la verdad.

Alejandro ladeó la cabeza.

—Aristóteles, una mentira no puede encerrar la verdad. —Se separó unos pasos y alargó la mano hasta la pared pedregosa del santuario dedicado a las ninfas—. Esto. ¡Esto es verdad! Puedo tocarlo, como el hierro de la espada o la piel del amante. Y tal vez Ptolomeo tenga razón. ¿Quién recordará a Pelópidas en cien años? Esto —volvió a palmear el muro— es lo que queda. Como ese gran sepulcro que el sátrapa Mausolo se construyó en Halicarnaso y del que cuentan maravillas. Ya pueden pasar los siglos, que allí seguirá; y así todo el mundo lo recordará. Siempre.

Aristóteles se sonrió. Anduvo con las manos a la espalda. Se detuvo junto a Alejandro.

—El día en que tú viniste al mundo, príncipe, el templo de Artemisa en Éfeso ardió hasta desaparecer. Lo habían construido dos siglos antes con la idea de que permaneciese eternamente. ¿Y quién sabe cuánto durará ese sepulcro de Halicarnaso? Dime, Alejandro, ¿sabes dónde yace Aquiles?

—Bajo un montón de tierra, cerca de Troya. Algún día visitaré el túmulo.

—¿Me estás diciendo que el gran héroe no descansa en un enorme sepulcro de piedra, como ese sátrapa de Halicarnaso? ¿Me estáis diciendo, muchachos, que conocéis a Aquiles y sus hazañas a pesar de no haber visto jamás su tumba? ¿Acaso insinuáis que todos sabríamos quién fue y lo que hizo aunque desconociéramos el lugar donde reposan sus cenizas?

—Veo por dónde vas, Aristóteles —dijo Alejandro—. Pero tú nos obligas a recitar la *Ilíada* a diario. ¿Cómo no recordarla? Yo mismo duermo con un ejemplar a mi alcance. Es como si en ella vivieran Aquiles y el resto de los griegos, y los troyanos y los dioses. La historia de Prómaco es distinta.

—Ahora estás más cerca de la verdad, Alejandro. Aunque no has llegado del todo. Sé que tú mismo admiras a Heracles y a Aquiles, que sueñas con emularlos y acometer grandes empresas, como ellos. Te descubriré algo: ¿sabes que hay quien afirma que Aquiles jamás existió? ¿Sabes que ciertas personas no creen en los dioses y dicen que Heracles es un invento?

—Bárbaros y locos —se defendió el príncipe.

—Seguro. Pero haz un esfuerzo e imagina que esos bárbaros están en lo cierto: Heracles y Aquiles jamás pisaron esta tierra. ¿Cambiaría eso tu admiración por ellos? ¿Dejarías de aspirar a la gloria o de tomarlos como modelos?

—No me atrevo ni a pensarlo. Ambos existieron.

Aristóteles estiró su sonrisa.

—Bien dicho, Alejandro. E igual da si existieron por voluntad de los dioses, del destino o de un bardo con mucha imaginación, porque en todos los casos contienen las virtudes que codiciaban Prómaco y sus amigos. Las mismas que tú codicias.

»La historia de Prómaco y sus amigos, aunque fuera una invención, sería también como esa historia de Troya. No: es esa misma historia. Incluso nosotros formamos parte de ella. Porque Prómaco, como Menelao, quiso viajar a una tierra hostil para rescatar a su Elena. Y como Héctor, defendió Tebas de quienes pretendían destruirla. Recordad todos que Corina comparaba a Agarista con la paciente Penélope. ¿Acaso Pelópidas no era semejante a Aquiles, que despreció una existencia larga y tranquila porque prefería la gloria inmortal? ¿No fue Epaminondas fecundo en recursos y, al igual que Odiseo, se sirvió de la astucia para construir una ciudad repleta de guerreros en pleno territorio enemigo? Ved el caballo de madera en Mesene, muchachos. Ved el buen juicio de Andrómaca en Agarista. Ved la clarividencia del ciego Tiresias en mi viejo maestro, Platón. ¿Acaso no os sentís reflejados en esos anhelos, en esas pasiones? ¿Acaso no padecemos sus mismos defectos y amamos las mismas cosas? Sobre todo, reconoced sus virtudes en vosotros mismos y, si pensáis que carecéis de ellas, corred a buscarlas.

»Toda Macedonia espera que se te nombre heredero, Alejandro. ¿Cómo querrás que te recuerden las gentes venideras? ¿Como un rey que se construyó una fastuosa tumba de piedra, al estilo de ese sátrapa de Halicarnaso? ¿O por acumular estatuas de Apolo, al modo del vicioso Cotys en Tracia? —Aristóteles posó ambas manos sobre los hombros del príncipe—. Un buen rey debería cabalgar con Perseo, Hipólita y Pelópidas como compañeros. Con Tiresias, Agarista o Epaminondas como guías, con Áyax, Antígona o Prómaco como amigos. Y financiar tragedias como las de Sófocles o Esquilo. Mandar que se graben escenas de Homero en los templos. Difundir los escritos de Filisto, Eurípides y Filoxeno. Ordenar que se copien esas historias y enviarlas a cada rincón del mundo. Hacer que las conozcan los ricos, los pobres, los amigos y los enemigos. Porque sin cada uno de esos falsos cuentos incapaces de transmitir virtud, nos convertiríamos en infelices encerrados en una mazmorra, condenados a vivir en un aquí y un ahora muy reales, de esos que todo el mundo puede tocar. Ignorancia verdadera, muchachos, que nos mudaría en bárbaros por renunciar a lo que algunos consideran falso y carente de virtud. Bárbaros seremos, no lo dudéis, si olvidamos a Eros, a Atenea, a Heracles, a Teseo, a Electra, a Medea...

»Esa ha sido la forma en que nuestros padres nos enseñaron a entender a nuestros abuelos, a reconocer su virtud y a ser mejores personas. Así enseñaremos también a nuestros hijos, y ellos a los suyos. En mil años, cuando ningún sepulcro ni templo queden en pie, y cuando nadie sea capaz de hallar el túmulo de Aquiles, ¿sabéis cómo nos entenderán nuestros sucesores? ¿Sabéis cómo haremos que la virtud llegue hasta ellos? ¿Sabéis cómo lograrán, de esa forma, entenderse a sí mismos?

Aristóteles aguardó. Sus jóvenes discípulos macedonios también. Solo Alejandro separó su mano del muro de piedra y se atrevió a responder:

—Nos entenderán cuando conozcan la historia de Troya. La historia de Platón, de Pelópidas, de Agarista. La historia de Aristóteles, y la de Alejandro y sus compañeros. Se entenderán a sí mismos cuando alguien, como tú has hecho aquí, les cuente la historia de Prómaco.

Apéndice histórico

Lo que fue y lo que no fue

> Tuvieron otra batalla junto a Mantinea, y cuando Epaminondas llevaba ya de vencida a los primeros, y aún acosaba y seguía el alcance, el espartano Antícrates pudo acercársele y le hirió de un bote de lanza, según lo refiere Dioscórides.
>
> PLUTARCO, *Vidas paralelas (Agesilao)*

Plutarco también dice que Esparta honró a Antícrates por su hazaña, y que incluso sus descendientes gozaron de exención de tributos, muestra de la importancia que dieron los espartanos a la eliminación de su peor enemigo.

Tras la batalla de Mantinea, Esparta no solo no volvió a recuperar su poder, sino que aceleró su declive. Se estableció un periodo de paz general y, aunque los espartanos se negaron a reconocer la autonomía de Mesenia, no pudieron hacer nada por recuperarla. El viejo rey Agesilao, necesitado de dinero para su ciudad, se contrató como mercenario en la rebelión egipcia contra Persia, pero murió en un naufragio en el viaje de vuelta.

Tebas, al frente de la Confederación Beocia, tomó el relevo en la hegemonía griega. Aunque, carente de los genios de Pelópidas y Epaminondas, no pudo ir más allá: las grandes sumas invertidas en la guerra contra Esparta la habían extenuado. Se considera que en este periodo se pone fin a la Grecia Clásica y a la consideración de la polis, la ciudad, como marco político y base de la cultura occidental. Se imponía la necesidad de otro modelo. Uno supraestatal que consiguiera unir bajo un mismo poder a las muchas y siempre enfrentadas polis griegas.

Ese modelo lo implantó Filipo, el joven príncipe macedonio que había vivido en Tebas como rehén. De regreso a su tierra, su hermano Pérdicas le asignó obligaciones militares. Filipo aplicó varias de las innovaciones aprendidas en Tebas y se valió del ingenio para mejorarlas. Tras la muerte de su hermano en el año 359 a.C., y después de actuar como regente de su jovencísimo sobrino Amintas, Filipo se proclamó rey de Macedonia y comenzó una política expansiva. Entre sus tácticas más conocidas destaca el uso combinado de caballería e infantería, así como la equipación de sus eficaces falanges, más ligeramente armadas que las de los hoplitas y especializadas en el uso de las larguísimas lanzas llamadas *sarissas*. Las conquistas de Filipo en Tracia y en el norte de Grecia lo llevaron a enfrentarse contra una coalición encabezada por Tebas y Atenas. La batalla definitiva tuvo lugar el 338 a.C. en Queronea (Beocia). Los macedonios lograron la victoria y aniquilaron a la mejor unidad militar griega de la época, el Batallón Sagrado, que hasta entonces había permanecido invicto. Aun hoy, junto a la Carretera A3 de Grecia, a su paso por Queronea, un león de mármol guarda el lugar donde fueron enterrados los amantes del Batallón Sagrado.

Una vez dominada toda Grecia, Filipo empezó a dar cuerpo a su plan definitivo: la conquista de Persia. Pero a poco de iniciados los preparativos, fue asesinado y le sucedió su hijo Alejandro, a quien la historia conoce con el sobrenombre de Magno. Un muchacho que, junto con los demás jóvenes de la nobleza macedonia, había recibido las enseñanzas de Aristóteles en Mieza.

Tebas no tardó en rebelarse contra el nuevo rey macedonio, pero este la sometió en el 335 a.C. y, como castigo, destruyó casi completamente la ciudad. Una vez afianzado su poder, Alejandro Magno cumpliría el sueño de su padre Filipo y las pesadillas del ya difunto rey Artajerjes.

La novela es ficción, por lo que la trama y los personajes sirven a su función literaria. Así pues, hay algunos episodios de esta obra que son ficticios; también los hay que, con base histórica, están transformados para encajar en la narración. Algo parecido puede ocurrir con ciertos personajes o con las relaciones entre estos. Un ejemplo claro es Górgidas, personaje real de gran importancia en el periodo de hegemonía tebana y probable fundador del Batallón Sagrado, pero de quien se ignoran momento y circunstancias de su muerte. Tampoco existe dato alguno que respalde su relación amorosa con Pelópidas. Estas condiciones han de extrapolarse al resto de los personajes históricos de la novela, como el propio Pelópidas, o como Cotys, Epaminondas, Artajerjes, Platón, Ifícrates, Filipo, Cabrias, Agesilao, Antícrates... En otros casos, como los de Prómaco, Veleka y Agarista, los personajes son totalmente fruto de mi imaginación. Esta es una novela histórica, por lo que la época retratada es auténtica; auténticos son también, en esencia, los hechos y los personajes que los hicieron posibles. Sin embargo, existen detalles que he manipulado para su encaje dramático. Hablaré de algunos de los más importantes históricamente:

En cuanto al proceso a Epaminondas, reproducir un juicio tebano del siglo IV a.C. resulta difícil por falta de documentación. Ante las dudas, opté por acercarlo al derecho procesal ateniense o, al menos, a lo que se conoce de él. Según Plutarco, Pelópidas fue acusado junto a Epaminondas. Yo he preferido centrar el episodio en este para simplificarlo y dotar de más fuerza dramática al enfrentamiento entre dos formas de encarar la política y la vida.

Para agilizar la trama he dejado sin narrar algunos episodios bélicos. El más famoso seguramente es la llamada Batalla sin Lágrimas, en el año 368 a.C. y en el marco de inestabilidad peloponesia causada por el desastre de Leuctra. Se trata de la última gran victoria espartana, aunque no tuvo lugar contra Tebas. El ejército de Esparta derrotó a la Liga Arcadia, se cuenta que sin sufrir una sola baja.

En el campo militar me he permitido otras libertades. Tal vez una muy llamativa sea la uniformidad en los motivos pintados en los escudos, recurso tendente a hacer más visuales las batallas y facilitar su comprensión. Es probable que los únicos escudos plenamente uniformados en esa época fueran aquellos que podemos considerar más «profesionales»: los espartanos, con su lambda, y tal vez los del Batallón Sagrado.

La fama del Batallón Sagrado, dicho sea de paso, se ha diluido con el tiempo. Es de suponer que los cambios de costumbres —y quizá la percepción de la homosexualidad, de su relación con la virilidad y los tabúes correspondientes— hayan tenido algo que ver. En cualquier caso fue una unidad eficaz como pocas, célebre y muy respetada en su época. Plutarco nos cuenta las impresiones de Filipo II de Macedonia tras la batalla de Queronea. Ante la visión de los cadáveres del batallón de amantes, buen conocedor de quiénes habían sido sus enemigos y de cómo se habían conducido en vida, exclamó: «¡Perezca el hombre que sospeche que estos hombres o sufrieron o hicieron algo inapropiadamente!»

Existe discusión acerca de cómo se desarrollaban las batallas hoplíticas y, en concreto, sobre qué es realmente el *othismos*. En la novela me he servido de dos corrientes enfrentadas: la clásica, que reduce el combate al «empuje» entre falanges y posterior alcance, y la moderna, que supone una auténtica lucha de vanguardias, con relevos y descansos, hasta el colapso del derrotado. También parece darse cierto consenso acerca de que el número de muertes en una batalla campal era relativamente bajo, e incluso en que la mayor parte se producía en la persecución posterior, con el derrotado a la fuga, o en los días y semanas siguientes, a causa de las heridas.

Al casto Epaminondas de la novela habría que contraponer al auténtico, que al parecer también mantenía relaciones amorosas con jóvenes como Cafisodoro, muerto en Mantinea y enterrado junto a él, o el belicoso Asópico. En lo relativo a las innovaciones tácticas de Epaminondas, me he permitido ficcionar sus antecedentes e influencias posteriores en un momento clave para el arte de la guerra: su génesis ideal, así, residiría en parte en la experiencia del genial Ifícrates y sus lanceros tracios. Sus consecuencias se trasladarían, a través del joven rehén Filipo, a Alejandro Magno, a la caballería y a las *sarissas* de Macedonia, y a su invencible ejército conquistador de Persia. También he ficcionado el origen de la formación oblicua de Leuctra para dar un papel importante a mi protagonista, Prómaco. Según la documentación, ni Tegira ni Elatea constan como batallas en las que se usara ese orden de combate. Igualmente me he permitido licencias estratégicas y tácticas, aunque más en el sentido de cubrir lagunas, al narrar la batalla naval de Naxos o en los episodios de Scolos, Elatea y Cinoscéfalos.

He considerado conveniente simplificar también en personajes. Los protagonistas reales de cualquier periodo histórico son muchos, siempre más de los que pueden vivir en una obra de ficción sin confundir al lector o convertir la trama en un barrizal. Por eso prescindo de otros famosos tebanos que actuaron como beotarcas o participaron en la conspiración antiespartana, o de líderes griegos que surgieron en el periodo de la crisis peloponesia. He hecho lo mismo en episodios concretos, siempre con el afán de construir una ficción comprensible. Un ejemplo es la caracterización de Filisco de Abidos, personaje que efectivamente se dedicó a trabajar contra Tebas con dinero persa. En realidad, el intento de soborno de Epaminondas no lo llevó a cabo él personalmente, sino a través de un tal Diomedonte de Cícico a sus órdenes.

En otros casos he ficcionado la historia mediante transformaciones dramáticas con el mismo fin. Siguiendo con el ejemplo de Filisco, es invención mía la maniobra de su captura y uso en el juicio público contra Menéclidas, algo de lo que no existe constancia pero que es necesario para la evolución personal del Amo de la Colina. Otro ejemplo cercano sería el del aplastamiento de la rebelión orcomenia. Sus consecuencias, mucho más crueles que las narradas en la novela, fueron el juicio y condena a muerte de los trescientos aristócratas que promovieron el levantamiento, la venta como esclavos del resto de los ciudadanos de Orcómeno y la destrucción de la ciudad. Todo ello con el beneplácito de la asamblea confederal beocia. Otro ejemplo es el tratamiento de los personajes femeninos. Aunque Corina se comporta de modo más parecido a como lo haría una tebana del siglo IV a. C., el caso de Agarista es distinto; probablemente menos histórico, al menos en lo relativo a su actividad extradoméstica. Otro asunto de posible choque entre ficción e historia podría ser el carácter de las relaciones homosexuales en la novela. Aunque hay que decir que en este campo, como en casi todos los demás, nuestra óptica suele ser principalmente ática. Si algo nos permite la ficción, sin embargo, es considerar o incluso crear nuevas ópticas. Los ejemplos podrían ser otros, pero todos ellos llevan a la misma conclusión: para saber sobre la realidad histórica es mejor dejar atrás la ficción literaria y acudir a las fuentes y al trabajo de los historiadores.

Con respecto a los personajes atenienses: Platón siguió impartiendo sus particulares clases en la Academia hasta su muerte, en el 347 a.C., con algún que otro accidentado paréntesis para viajar a la convulsa Sicilia. La Academia siguió en funcionamiento tras Platón durante ¡876 años! Las ideas de Platón sobre el amor y la democracia, tal y como se reflejan en la novela, son simple interpretación, aunque tienen una base real y documentada.

Por cierto que poco después de la batalla de Mantinea y la confirmación de Tebas como ciudad hegemónica en Grecia, un joven macedonio llamado Aristóteles llegó a Atenas y se convirtió en alumno de Platón, aunque acabaría por desviarse de las enseñanzas del maestro e incluso fundaría su propia escuela, el Liceo. Tras varios cambios de domicilio y hacia el 343 a.C., Aristóteles fue contratado por Filipo II de Macedonia para educar a su hijo, el futuro Alejandro Magno, en el Ninfeo de Mieza. Cabe apuntar aquí que Alejandro se separó de la doctrina aristotélica al integrar bárbaros en su ejército, del mismo curioso modo en el que Prómaco, medio bárbaro, fue acogido en la ficción por el ejército beocio.

Ifícrates y Cabrias, tal y como insinúo en la novela, dirigieron un ejército mercenario en Egipto, hacia el 374 a.C., en una confusa misión: al principio, Cabrias luchó para los egipcios rebelados contra Artajerjes, pero ante la protesta oficial de este, Atenas obligó a Cabrias a retirarse y mandó a Ifícrates para ponerse al servicio de Farnabazo, en el bando persa. Hacia el 368, Ifícrates se hallaba de nuevo en el norte, influyendo sobre la política macedonia a favor de Atenas. En el 365 se puso otra vez al servicio de su suegro Cotys, que seguía gobernando su reino odrisio de forma despótica y en constante fricción con sus vecinos. Cabrias, que llevó a cabo importantes innovaciones militares, tanto estratégicas como tácticas y técnicas, murió, según nos cuenta Plutarco, por culpa de su arrojo en combate, en el 357 a.C. Ifícrates terminó su vida de forma más tranquila y pocos años más tarde, con toda probabilidad retirado en Tracia.

Y a propósito de Tracia: hacia el 359, Cotys fue asesinado y el reino se dividió entre sus hijos: Kersobleptes, Amadoko y Berisades. Estos y sus descendientes se enfrentaron entre sí más tarde, aunque se vieron eclipsados por el irresistible surgimiento de Macedonia. Por cierto que la «secta juvenil» de adoradores de Bendis es una invención mía. Los ritos orgiásticos eran célebres en Tracia y Frigia, pero en relación con otras divinidades, como Dioniso o Cottito. Y aunque plausible, la profusión de grandes esculturas de Apolo en la corte de Cotys es inventada. Los hallazgos materiales griegos en la antigua Tracia no incluyen, hasta el momento, objetos tan suntuosos. Tampoco se ha corroborado arqueológicamente —aunque sí documentalmente— que las consortes reales tracias acompañaran a sus esposos muertos al sepulcro.

Un personaje que parece irse de rositas es el tirano Alejandro de Feres, causante de la muerte de Pelópidas. Sin embargo, las Erinias, aunque lentas, jamás dejan de cumplir su labor. En un oscuro episodio narrado por Plutarco, la bella y bien dotada Teba, conocida como Kalimastia en la novela, fue quien mató a su esposo, o al menos facilitó que sus tres hermanos entraran furtivamente en el dormitorio y acabaran con el tirano mientras dormía. Uno de sus asesinos, Tisífono, gobernó como sucesor de Alejandro, parece ser que bajo la influencia de la propia Teba.

Glosario

Agogé. Sistema oficial de educación para los varones espartiatas a partir de los siete años. Era colectivo, obligatorio y fundamentalmente militar.

Agriano. Miembro de la tribu tracia agriana.

Akateion. Mástil —y vela— menor de un trirreme, adelantado con respecto al palo mayor y pensado para dar impulso extra en situaciones apuradas.

Akinakes. Espada corta usual entre los persas y los arqueros escitas. Recta y de doble filo.

Aspís. Escudo hoplita. Circular, de casi un metro de diámetro, fabricado con láminas de madera y normalmente recubierto por una chapa de bronce.

Beotarca. Magistrado anual de la Confederación Beocia; colegiado, con poderes civiles y militares.

Bitinio. Miembro de la tribu tracia bitinia, establecida en Asia Menor.

Casco beocio. Habitual entre la caballería, posee una visera o ala que lo rodea por entero y que puede alargarse en la zona de mejillas y nuca.

Casco corintio. De una sola pieza de bronce, con nasal largo y ancha cobertura para las mejillas. Desfasado en la época de la novela.

Casco tracio. Provisto de visera y carrilleras.

Ciar. Remar hacia atrás.
Cicón. Miembro de la tribu tracia cicona.
Címbalo. Platillo metálico para la percusión.
Cimera. Parte superior del casco. Puede adornarse con un penacho, plumas, etc.
Crátera. Gran vasija donde se mezclan el vino y el agua.
Crobycio. Miembro de la tribu crobycia, de probable filiación tracia.
Daimon. Genio oculto o divinidad misteriosa que influye en el destino o trastoca el ánimo humano.
Dardanio. Miembro de la tribu dardania, emparentada con los tracios.
Darico. Moneda de oro persa.
Diarquía. Gobierno simultáneo de dos reyes.
Dípylon. Una de las puertas de Atenas. Daba al noroeste.
Dracma. Moneda griega de plata.
Dríade. Ninfa que habita en los bosques sagrados.
Éforo. Magistrado supremo de Esparta. Colegiado. Entre otras muchas funciones, los éforos controlan a los reyes espartanos.
Enomotía. Unidad militar de unos cuarenta hombres. La dirige un *enomotarca*.
Erinia. Cada una de las tres divinidades que administran el castigo de los dioses y atormentan a los culpables.
Espartiatas. También llamados «iguales». Auténticos ciudadanos de Esparta, con plenitud de derechos de acuerdo con sus leyes.
Estadio. Medida de longitud equivalente a unos 175 metros.
Estratego. Jefe del ejército, especialmente en Atenas.
Eupátrida. Aristócrata del Ática. A pesar de la democracia, los magistrados más prestigiosos de Atenas solían ser *eupátridas*.
Euro. Viento del este.
Exomis. Túnica que se abrocha sobre un hombro.
Falange. Cuerpo de infantería, especialmente el formado por hoplitas que luchan en línea y con los escudos unidos.
Fíbula. Broche que sujeta o cierra una prenda.
Geta. Tribu tracia del norte.
Gineceo. Zona de la casa reservada a las mujeres.
Greba. Pieza metálica que cubre la espinilla.

Harmostas. Gobernantes de las guarniciones espartanas en las ciudades sometidas a Esparta. Aparte de sus funciones militares, defendían los intereses espartanos apoyando a las oligarquías locales.
Harpía. Cruel divinidad alada de aspecto monstruoso.
Hetaira. Cortesana. El término comprendía desde ciertas amantes sofisticadas hasta prostitutas de lujo.
Hidria. Vasija para el agua.
Hiparco. Jefe de la caballería. En Beocia se escogía anualmente junto a los beotarcas.
Hoplita. Soldado de infantería pesada, ya se trate de un ciudadano en armas o de un mercenario.
Iguales. Espartiatas. Auténticos ciudadanos de Esparta, con plenitud de derechos de acuerdo con sus leyes.
Ilirio. Natural de Iliria, al oeste de Macedonia y Tracia.
Ilota. Esclavo estatal de Esparta, procedente principalmente de Mesenia.
Kylix. Copa ancha de dos asas con fondo decorado y poco profundo. Ideal para compartir el vino en los simposios.
Kopis. Sable corto y curvo con filo interior.
Laconio. El nativo de Laconia, región del Peloponeso de la que Esparta es capital.
Lambda. Undécima letra del alfabeto griego. La lambda mayúscula (dos líneas rectas que forman ángulo hacia abajo) es la inicial de Lacedemonia, nombre primigenio de Esparta. Los hoplitas espartanos la pintaban en sus escudos.
Libación. Acción de derramar vino u otro licor en honor de la divinidad.
Meteco. Extranjero que vive en ciudad ajena y, por lo tanto, carece de plenitud de derechos.
Moira. Cada una de las tres deidades que controlan el curso de la existencia humana, la suerte de cada individuo y el momento de su muerte.
Mora. Unidad militar espartana. La componen unos seiscientos guerreros.
Óbolo. Moneda de plata. Equivale a la sexta parte de un dracma.
Odomanto. Miembro de la tribu tracia del mismo nombre.
Odrisio. Miembro de la tribu tracia odrisia. Los odrisios con-

siguieron aglutinar a varias tribus tracias y formar un reino estable.

Ólisbos. Falo artificial de cuero relleno.

Othismos. Noción de tipo táctico que alude a la forma en que las falanges en combate chocan y se empujan entre sí. Según las distintas teorías, el empujón o bien es literal —escudo contra escudo y con la presión acumulada de todas las filas de cada falange—, o bien mediante la lucha de las vanguardias y la ganancia de terreno.

Pelta. Escudo ligero, normalmente en forma de media luna, que da nombre al peltasta o infante ligero. Es de mimbre o madera y puede recubrirse de piel.

Peonio. Miembro de la tribu tracia (o tal vez iliria) del mismo nombre.

Peplo. Vestido femenino que envuelve todo el cuerpo. El dórico, propio de las espartanas, es de lana, corto y abierto a un lado. El jónico, de lino, va enteramente cosido.

Perieco. El habitante de una polis autónoma aunque subordinada a Esparta, tanto en Laconia como en las regiones limítrofes. Aparte de sus funciones artesanales y comerciales, las ciudades periecas aportan tropas al ejército espartano.

Pilos. Casco cónico, sin visera ni otros aditamentos.

Polemarca. Magistrado principal. Entre los espartanos, el comandante de una *mora*.

Porné. Prostituta de bajo nivel.

Proskynesis. Deber de saludo hacia el rey persa. Consiste en humillar el cuerpo y lanzar un beso al soberano.

Próxenos. Ciudadano que ayuda y protege en su polis a los extranjeros originarios de otra concreta.

Quitón. Túnica.

Tiranía. De modo distinto a su concepción actual, la tiranía en la antigua Grecia es una institución de gobierno no necesariamente negativa. El tirano es un gobernante absoluto que, en principio, puede no tener un origen legítimo, pero su gobierno no es siempre despótico o impopular.

Tribalo. Miembro de la belicosa tribu tracia del mismo nombre, al norte del reino odrisio.

Trierarca. Capitán de un trirreme.

Trirreme. Nave de combate con tres órdenes de remos, un palo mayor desmontable y un palo menor y fijo *(akateion)* hacia proa, ambos con sus respectivas velas.

Xyphos. Espada pistiliforme. Corta, punzante y de doble filo. Los *xyphos* espartanos son especialmente cortos.

Bibliografía

ALONSO TRONCOSO, V.: «El ultimátum de la guerra en la antigua Grecia», en *Melanges de la Casa de Velázquez* [en línea], núm. 23, 1987.

ARISTÓFANES: *Lisístrata*, Madrid, 1997.

ARISTÓTELES: *Ética Nicomáquea*, Madrid, 1993.

ARTEAGA NAVA, E.: *El derecho griego. Algunos tópicos y términos* [en línea], México, 2002.

BARTHELEMY, J. J.: *Viaje del joven Anacarsis a la Grecia a mediados del siglo cuarto antes de la era vulgar* [en línea], 1835.

BLÁZQUEZ MARTÍNEZ, J. M.: *Introducción a los escenarios en la antigua Grecia* [en línea], 2006.

BOSWORTH, A. B.: *Alejandro Magno*, Madrid, 2005.

BUCKLER, J. y BECK, H.: *Central Greece and the Politics of Power in the Fourth Century BC* [en línea], 2009.

BRIOSO SÁNCHEZ, M.: «El público del teatro griego antiguo», en *Revista de estudios teatrales* [en línea], núm. 19, 2003.

CARDETE DEL OLMO, M. C.: «El sinecismo de Megalópolis y la creación de la Confederación Arcadia», en *Studia historica. Historia antigua* [en línea], núm. 23, 2005.

CARTLEDGE, P.: *Los griegos: encrucijada de la civilización*, Barcelona, 2007.

CASADESÚS BORDOY, F.: «El arte de tejer como paradigma del

buen político en Platón», en *Δαίμον. Revista internacional de Filosofía* [en línea], Suplemento 3, 2010.

CASILLAS, J. M.: «"Geras Thanonton" muerte y funerales en la monarquía lacedemonia», en *Polis, revista de ideas y formas políticas de la Antigüedad Clásica* [en línea], núm. 5, 1993.

— «Soldados-mercenarios en Esparta: desde Leuctra a la muerte de Agis III», en *Studia historica. Historia antigua* [en línea], núm. 9, 1991.

CEPEDA RUIZ, J. D.: «La ciudad sin muros: Esparta durante los períodos arcaico y clásico», en *Espacio y tiempo en la percepción de la antigüedad tardía* [en línea], 2006.

CERNENKO, E. V.; MCBRIDE, A. y GORELIK, M. V.: *The scythians*, Osprey P., Men-at-Arms series, 137, Londres, 1983.

DOMINGO, P.: «Voces: la voz de los mesenios bajo el dominio espartano», en *ARYS: Antigüedad, Religiones y Sociedades* [en línea], V. 06, 2003-2005.

DOMÍNGUEZ MONEDERO, A. J.: «Los mesenios de la diáspora. De la sumisión a la resistencia», en *Studia historica. Historia antigua* [en línea], núm. 25, 2007.

DOVER, K. J.: *Homosexualidad griega*, Barcelona, 2008.

DURÁN VADELL, M.: «El mercenariado en la Grecia Antigua», en *Militaria: revista de cultura militar* [en línea], núm. 12, 1998.

DURÁNTEZ CORRAL, C.: *El significado de la victoria en los juegos de Olimpia. Los vencedores olímpicos*, León, 2003.

ECHEVERRÍA REY, F.: «El hoplita y la naturaleza de lo "hoplítico". Un caso de terminología militar de la Grecia Clásica», en *Studia historica. Historia antigua* [en línea], núm. 23, 2005.

— «Los promachoi y la formación cerrada en la épica griega», en *Herakleion: Revista interdisciplinar de Historia y Arqueología del Mediterráneo* [en línea], núm. 1, 2008.

ESQUILO: *Tragedias: Los persas. Los siete contra Tebas. Las suplicantes. Prometeo encadenado*, Madrid, 1993.

EURÍPIDES: *Tragedias: Medea. Hipólito. Andrómaca*, Madrid, 1995.

FIERRO, M. A.: *La teoría platónica del eros en la República* [en línea], 2006.
FORNIS, C.: «*MAXH KPATEIN* en la guerra de Corinto: las batallas hoplíticas de Nemea y Coronea (394 a.C.)», en *Gladius* [en línea], núm. 23, 2003.
— «TO ΞΕΝΙΚΟΝ ΕΝ ΚΟΡΙΝΩ: Ifícrates y la revolución subhoplítica», en *Habis* [en línea], núm. 35, 2004.
GABALDÓN MARTÍNEZ, M. M. y QUESADA SANZ, F.: «Memorias de victoria y muerte. Ideales, realidades, tumbas de guerra y trofeos en la Antigua Grecia», en *Hesperia culturas del Mediterráneo* [en línea], núm. extra 11, 2008.
GALLEGO, J.: *Campesinos en la ciudad. Bases agrarias de la polis griega y la infantería hoplita*, Buenos Aires, 2005.
GARCÍA SÁNCHEZ, M.: *El gran rey de Persia: formas de representación de la alteridad persa en el imaginario griego*, Barcelona, 2009.
— «Miradas helenas de la alteridad: la mujer persa», en *Actas del III y IV seminarios de Estudios sobre la mujer en la Antigüedad*, Valencia, 1999-2000.
GARZÓN DÍAZ, J.: «Dicearco de Mesenia. Tres fragmentos de la descripción de Grecia», en *Memorias de historia antigua* [en línea], núm. 10, 1989.
GOLDSWORTHY, A. K.: «The Othismos, Myths and Heresies: The Nature of Hoplite Battle», en *War in History* [en línea], vol. 4, 1997.
GÓMEZ CASTRO, D.: «La campaña egipcio-chipriota (383-373 a.C.): relaciones internacionales y mercenarios griegos en Oriente», en *Gladius* [en línea], núm. 31, 2011.
GÓMEZ ESPELOSÍN, F. J.: *Historia de Grecia antigua*, Madrid, 2001.
GONZÁLEZ ALMENARA, G.: *La presencia femenina en el ámbito privado. Estudio sobre textos griegos de época clásica (Heródoto, Tucídides, Jenofonte)*, La Laguna, 2003.
GONZÁLEZ GARCÍA, F. J.: «Los pretendientes de Helena. Juramentos, sacrificios y cofradías guerreras en el mundo griego antiguo», en *Polis, revista de ideas y formas políticas de la Antigüedad Clásica* [en línea], núm. 7, 1995.
GUERRA GÓMEZ, M.: *El sacerdocio femenino (en las religio-*

nes greco-romanas y en el cristianimos de los primeros siglos), Toledo, 1987.

HARRISON, T.: *Greeks and Barbarians*, Nueva York, 2002.

JANOUCHOVÁ, P.: «The cult of Bendis in Athens and Thrace», en *Graceo-Latina Brunensia* [en línea], vol. 18, 2013.

JENKINS, I.: *La vida cotidiana en Grecia y Roma*, Madrid, 1997.

JENOFONTE: *Anábasis*, Madrid, 1995.

— *Helénicas*, Barcelona, 1978.

MORENO HERNÁNDEZ, J. J.: «Ifícrates y la infantería ligera griega», en *Polis: revista de ideas y formas políticas de la Antigüedad Clásica* [en línea], núm. 14, 2002.

— «La caballería macedonia: teoría y práctica», en *Gladius* [en línea], vol. 24, 2004.

— «La táctica macedónica en tiempos de Filipo II», en *Espacio, tiempo y forma. Serie II, Historia antigua* [en línea], núm. 15, 2004.

— *Los orígenes del ejército de Filipo II y la falange macedonia* [en línea], Madrid, 2011.

NAVARRO ANTOLÍN, F.: «La retórica del discurso: la Cohortatio. Tradición clásica y pervivencia», en *Cuadernos de Filología Clásica* [en línea], vol. 19, 2000.

NEPOTE, C.: *Vida de los más ilustres generales (Milcíades, Temístocles, Epaminondas, Pelópidas, Amílcar y Aníbal)*, Madrid, 1947.

NOGUERA BOREL, A. y SEKUNDA, N.: *Hellenistic warfare I. Proceedings Torun Conference*, Valencia, 2003.

ORTIZ DE LA VEGA, M.: *Los héroes y las grandezas de la tierra*, Madrid, 1855.

PAPADOPOULOU-BELMEHDI, I.: «Tejidos griegos o lo femenino en antítesis», en *Enrahonar* [en línea], 26, 1996.

PASCUAL GONZÁLEZ, J.: «El surgimiento de una facción democrática tebana», en *Faventia: Revista de filologia clàssica* [en línea], núm. 8, 1986.

— «Górgidas: Realidad e ideal de la aristocracia tebana», en *Espacio, tiempo y forma. Serie II, Historia antigua* [en línea], núm. 9, 1996.

— «La confederación beocia a principios del siglo IV a. C.: Jerarquización y aspectos económicos del territorio», en *Ge-*

rión. Revista de Historia Antigua [en línea], vol. 15, 1997.
— «La Confederación Beocia a principios del siglo IV a. C. La distribución territorial de las poleis», en *Gerión. Revista de Historia Antigua* [en línea], vol. 14, 1996.
— «La datación de la ascensión al trono de Esparta de Agesilao II y la cronología de la dinastía XXX egipcia», en *Gerión. Revista de Historia Antigua* [en línea], vol. 30, 2012.
— «La influencia espartana en el Egeo y el mar Jónico en el periodo posterior a la Paz del Rey (386-371 a. C.)», en *Espacio, tiempo y forma. Serie II, Historia antigua* [en línea], núm. 19-20, 2006-2007.
— «La *sympoliteia* griega en las épocas clásica y helenística», en *Gerión* [en línea], núm. 25, 2007.
— «Las facciones políticas tebanas en el periodo de la hegemonía (379-371 a. C.) I: La conspiración democrática del 379», en *Polis: revista de ideas y formas políticas de la Antigüedad Clásica* [en línea], núm. 3, 1991.
— «Las facciones políticas tebanas en el periodo de la hegemonía (379-371 a. C.) II: liderazgo y democracia (378-371)», en *Polis: revista de ideas y formas políticas de la Antigüedad Clásica* [en línea], núm. 4, 1992.
— «Sobornando a los griegos por cuenta de Persia. La misión de Diomedonte de Cícico en Tebas (*ca.* 368 a.C.)», en *Habis* [en línea], vol. 28, 1997.
— *Tebas y la confederación beocia en el periodo de la Guerra de Corinto (395-386 a. C.)* [en línea], Madrid, 1993.
— «Theban victory at Haliartos (395 B.C.)», en *Gladius* [en línea], vol. 27, 2007.
— «Un invierno "clásico" en los lagos beocios», en *Dialéctica histórica y compromiso social* [en línea], vol. 3, 2010.
PAUSANIAS: *Descripción de Grecia (Libros I-III)*, Madrid, 1994.
— *Descripción de Grecia (Libros VIII-X)*, Madrid, 1995.
PENADÉS, A.: *Historia National Geographic 8. El declive de Atenas*, Móstoles, 2013.
— «Ir a juicio en Atenas: acusar y defenderse», en *Historia National Geographic* [en línea], núm. 95, 2011.

PLATÓN: *Apología de Sócrates. Banquete. Fedro*, Madrid, 1993.
— *Parménides. Teeteto. Sofista. Político*, Madrid, 2000.
— *República*, Madrid, 1992.
PLINIO SEGUNDO, C.: *Historia Natural*, Madrid, 1624.
PLUTARCO: *Vidas paralelas III. Pelópidas-Marcelo; Coriolano-Alcibíades; Timoleón-Paulo Emilio*, Madrid, 2006.
— *Vidas paralelas VI. Alejandro-César; Agesilao-Pompeyo; Sertorio-Éumenes*, Madrid, 2007.
POPOWICZ, E.: «La Guerra Total en la Grecia Clásica», en *Polis: revista de ideas y formas políticas de la Antigüedad Clásica* [en línea], núm. 7, 1995.
QUESADA SANZ, F.: «Soldada, moneda, tropas ciudadanas y mercenarios profesionales en el antiguo Mediterráneo: el caso de Grecia», en *III curs d'Història monetària d'Hispània. Moneda i exèrcits*, Barcelona, 1999.
RACHET, G.: *Diccionario de civilización griega*, Barcelona, 1996.
RAMÍREZ TREJO, A. E.: «Los antiguos tracios en el testimonio de Heródoto», en *Nova Tellus* [en línea], núm. 3, 1985.
RAY JR., F. E.: *Greek and Macedonian Land Battles of the 4th Century B.C.*, Jefferson N. C., 2012.
REDONDO MOYANO, E.: «Algunos aspectos de la vida cotidiana en la comedia griega», en *Curso de Cultura Clásica 2009* [en línea], 2011.
RHODES, P. J.: *A History of the Classical Greek World (478-323 BC)*, Chischester, 2011.
RUIZ GALACHO, D.: «Constituciones políticas en la antigua Grecia. El estado ateniense», en *Filosofía, política y economía en el Laberinto* [en línea], núm. 2, 2000.
— «Constituciones políticas en la antigua Grecia. El estado de los lacedemonios», en *Filosofía, política y economía en el Laberinto* [en línea], núm. 1, 1999.
SANCHO ROCHER, L.: *Filosofía y democracia en la antigua Grecia*, Zaragoza, 2010.
SCHMIDT, J.: *Diccionario de mitología griega y romana*, Barcelona, 1996.
SEARS, M. A.: *Athens, Thrace, and the Shaping of Athenian Leadership*, Cambridge, 2013.

SEKUNDA, N. y HOOK, R.: *Greek hoplite* (480-323 BC), Osprey P., Warrior, 27, Oxford, 2000.
— *The spartan army*, Osprey P., Elite series, 66, Oxford, 1998.
SHEPHERD, R.: *Polyænus's Stratagems of War*, Michigan, 1793.
SPRAWSKI, S.: «Battle of Tegyra (375 BC). Breaking through and the opening of the ranks», en *Electrum* [en línea], núm. 8, 2004.
VV. AA.: *Arqueología & Historia* (Desperta Ferro). *La mujer en Grecia*, Madrid, 2017
VV. AA.: *Safo y otros poemas arcaicos. Poesía lesbia y otros poemas*, Madrid, 1999.
VILARIÑO RODRÍGUEZ, J. J.: «La evolución del arquero en el contexto bélico griego», en *El Futuro del Pasado: revista electrónica de historia* [en línea], núm. 1, 2010.
WEBBER, C. y MCBRIDE, A.: *The thracians* (700 BC-AD 46), Osprey P., Men-at-Arms, 360, Oxford, 2001.
WILL, E.; MOSSÉ, W. y GOUKOWSKY, P.: *El mundo griego y el Oriente*, Madrid, 1998.

Índice

GRECIA ANTIGUA
Siglo IV a.C.
TRACIA
MACEDONIA
ILIRIA
Epídamno
Apolonia
EMETIA
Pella
MIGDONIA
CALCÍDICA
Anfípolis
Olinto
Potidea
Egas
TINFEA
EPIRO
TESALIA
Feres
MAR DE
MAR JÓNICO
Córcira
Ambracia
Oreo
Eubea
FOCIDA
Elatea
Tegira
Larimna
ETOLIA
ACARNANIA
Orcómeno
Delfos
Tespias
Tebas
Leuctra
LOCRIA
Léucade
Platea
ÁTICA
Mégara
Ítaca
Corinto
Salamina
Cefalonia
PELOPONESO
ARCADIA
Argos
Olimpia
Zacinto
Mantinea
MESENIA
Esparta
LACONIA
Citera
MAR MED

BÓSFORO
Bizancio
Perinto
Propóntide
Proconeso
Kypsela
Samotracia
Egospótamos
Imbros
IMPERIO PERSA
Lemnos
Pérgamo
Mitilene
Arginusas
Lesbos
LIDIA
MAR EGEO
Focea
Sardes
JONIA
Esmirna
Eritrea
Quíos
Éfeso
Samos
Mícale
Mileto
Andros
Halicarnaso
Delos
Naxos
Cos
Cnido
Islas Cícladas
RODAS
Melos
Tera
Cárpatos
Cnosos
CRETA
Festos
0
50
100Km